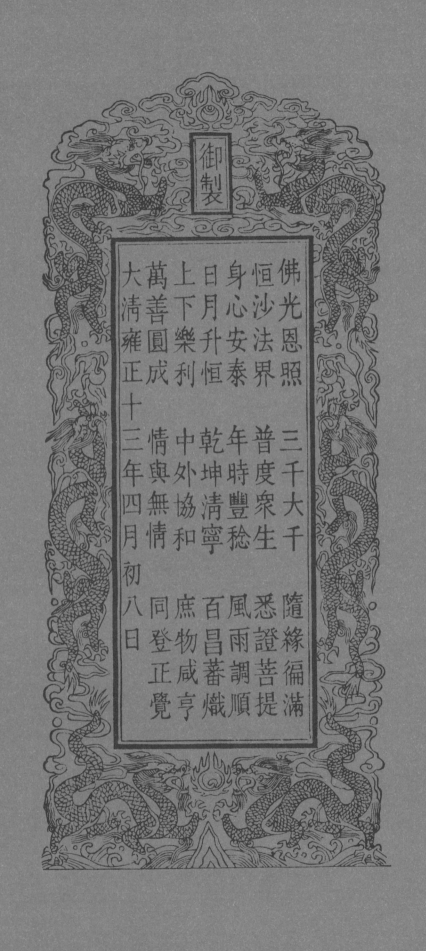

御製

佛光恩照　三千大千　隨緣徧滿

恒沙法界　普度衆生　悉證菩提

身心安泰　年時豐稔　風雨調順

日月升恒　乾坤清寧　百昌蕃熾

上下樂利　中外協和　庶物咸亨

萬善圓成　情與無情　同登正覺

大清雍正十三年四月初八日

第一〇〇册　小乘論（一二）

成實論

姚秦三藏鳩摩羅什譯

清刻龍藏佛說法變相圖

成實論卷第一

訶梨跋摩造

姚秦三藏鳩摩羅什譯

發聚中佛寶論初具足品第一

前禮所應禮　自然正智者　一切智應供
大師利世間　亦禮眞淨法　及聖弟子衆
今欲解佛語　饒益於世間　論應修多羅
不違實法相　亦入善寂中　是名正智論
譬如天日月　其性本明淨　煙雲塵霧等
五翳則不現　邪論覆正經　其義不明照
正義不明故　邪智門則開　罪負惡名聞
心悔疲倦等　此衰惱亂心　皆由邪智起
若人欲除此　罪負等衰惱　爲求正論故
當近深智者　親近深智者　是正論根本
因此正論故　能生福勝等　雖有利智人

誦百千邪論 於衆不能得 辯才名聞利
知佛法第一 說亦得樂果 欲令法久住
不爲名聞故 廣習諸異論 徧知智者意
欲造斯實論 唯一切智知 諸比丘異論
種種佛皆聽 故我欲正論 三藏中實義

於是說論問曰我今知汝說成實論汝先言前禮所應禮所謂爲佛何故名佛成何功德故應禮所應禮耶答曰佛名自然人以一切種智知一切法自相差別離一切不善集一切善常求利益一切衆生故名爲佛教化所說是名爲法行此法者名之曰僧如是三寶應禮因緣我今當說佛五品具足故爲世間天人所敬問曰諸餘聖人亦復有此五品功德與佛何異答曰佛五品法具足清淨所以者何身等諸業無錯謬故戒品具足佛尚不誤毀禁戒況當故犯又久集慈悲惡心不發如經中說佛語阿難若人從生習慈能起惡不不也世尊佛久集善性不爲自守怖畏名聞而持禁戒又於無量佛所久修戒行拔三毒根永無餘習以是等緣戒品具足定品具足者佛依是定得一切智以此故知定品具足如蘇油多燈炷大故光明亦大又佛定堅固如漆漆木餘人禪定如華上水不得久住又佛禪定於無量劫次第漸成故能具足又如來定不待衆緣若人若處若說法等餘人不爾又如來定常深修習如人自守恒憶不忘佛入禪定不加心力又譬如人自於住處及自語言安隱無難佛處定中亦復如是故言如來常在三昧又壞禪定大喜等法佛悉善斷又定果報久得自在神通最勝第一以

如意通於一念頃能過十方無量世界一切所爲隨意即辦於諸變化自在無礙心能普周一切諸法其餘衆生莫能及者又佛成就聖自在法於可樂中生不樂想於不樂中能生樂想於樂不樂能生捨想問曰於不樂中可生捨想云何於中能生樂想答曰善修心故於惡口等不樂法中不以爲礙於餘神通天眼天耳知他心智宿命通中亦無所礙以定力故神通無礙於諸禪定通達明了其餘衆生不聞其名惟有如來出入無礙又佛禪定名之爲力如十力中說餘人無有是故如來定品具足慧品具足者有二種無明一障禪定二起煩惱如來悉斷斷相違故慧品具足有得自然法不從他聞巧於言辭善知義趣辯才無竭智慧無盡又餘衆生於諸伎術不能具足惟佛盡知無有減少是故如來慧品具足又佛所說法善於義趣餘小智人有所言說不能無過惟有如來所言無失故知如來慧品具足又無量功德成此智慧故能具足又說微妙法無有錯謬如不淨觀破婬欲等又智慧勝故威儀亦勝以是等緣慧品具足解脫品具足者於二無明心俱解脫無有餘習永不退轉如是等名解脫具足解脫知見具足者能於一切斷結道中念念悉知如人伐木手執斤斧邊有智者知柯微盡佛亦如是於斷結智念念所盡悉分別知又知衆生深心所念如應說法令得解脫是故能於衆生一切解脫道中知見具足又世尊知時說法如欽勀盧梵志等也又如來善知諸法差別應爲是人說如是法如佛語阿難應

爲車匿說離有無經是故如來善知解脫又善方便斷衆生垢如爲難陀以欲斷欲又先知衆生信等根熟然後說法如羅睺羅又有衆生爲業報障不得解脫佛能令盡然後說法又有衆生待時漏盡如夫婦經說又有衆生待人漏盡如舍利弗待阿說耆又有衆生待處漏盡如弗迦沙王又有衆生待伴漏盡如放牛難陀待阿由陀村人等又有衆生待佛眞身又待化身而得漏盡佛悉別知而爲說法令得解脫又佛種種說妙法故能破一切障解脫法故名解脫知見具足又佛說法善於義趣不說非義無果報事又佛漸次說解脫道猶如算數是故易解又佛知衆生宿植善根次第說法又佛現得解脫而爲人說不從他聞又佛法具足多諸伎能如以衆藥具足療病佛法亦爾以衆治門除一切煩惱如九想等大小諸結不能反害故能具足破諸煩惱又無上方便濟度衆生或以軟語或以苦言或復兼以軟語苦言是爲如來解脫知見具足

十力品第二

復次佛十力成就故智慧具足以往反因緣故說十力初是處非處力是因果中決定智知從是因生如是果不生是果如行不善必得苦報不生樂報是處名有是事非處名無是事是初力者諸力之本問曰世間亦知因果是處非處如從麥生麥不生稻等答曰處非處力知業等法故名此力甚深第一諸天世人所不能及又了知生法因次第緣增上是故此力名爲微妙謂知去來現在諸業及

諸受法知處知事知因知報是故此智名之爲力以知三世處事因報故名甚深所以者何或謂過去未來無法故佛於此說言有力又法在過去未來世中雖無現相佛亦現知復次業有二種若善不善或有善業而現受苦如以持戒而受諸惱或有罪業今現受樂如爲破戒而得自在或有生疑謂未來世亦如現在是故如來次業說受受法四種有現苦後樂現樂後苦有現樂後樂現苦後苦佛悉了知處事因報處名受者事名施物因名施心如經中說先心歡喜施時心淨施已無悔是業得果名之爲報唯佛能知是業多少若定不定現報生報及後報等悉知無餘故名爲力佛於諸禪解脫三昧三摩跋提知垢知住知增知淨於此義中禪名四禪四無色定即是色界無色界業解脫者謂八解脫能盡是業是禪無色定及八解脫是爲三昧得是三昧用現在前名三摩跋提三摩跋提分別四種隨垢隨住隨增隨淨知垢者隨垢定也知住者隨住定也知增者隨增定也知淨者隨達定也隨達定者煖頂忍等四法是也佛於此等悉知無餘故名爲力佛了知衆生諸根利鈍信等根勝故名爲利如諸佛等鈍名不及如蚍蜉等無有中根以不定故利根有邊如諸佛鈍亦有邊如蚍蜉中無邊故不說中根復次有二種道信行法行復有二種道難道易道異此二道故名爲中觀人利鈍是故爲中又隨所樂故根有差別樂信根故名爲信多有智慧人諸根皆勝以所樂故名和伽利信根爲勝如是諸根悉知無餘故名

爲力佛知衆生各有所樂樂名爲欲如人樂酢則欲於酢佛隨所樂各各別知謂是衆生樂於五欲或樂修道如此知已隨宜說法故能廣度一切衆生佛知世間無量種性衆生久習所樂則成其性如調達等世世謗佛惡心轉深便名爲性善性亦然或有衆生從性起欲或緣現起如來悉知所樂及性故名爲力佛知一切所至處道知行是道生地獄中乃至生天知行是道得至泥洹是業皆從根欲性生有漏業知生五道中無漏業故得至泥洹先但說道今說道果又先總相說今分別說有如是業趣於地獄有如是業能到泥洹趣地獄者亦有差別是業當墮活地獄中是業當墮黑繩地獄是故佛於第七力中知微細業餘人若知不能分別故名爲力佛如是知過去業果名宿命智力又佛知衆生先所行道知已說法故於宿命說有智力又佛念過去一切生處若在色處若無色處自知已身亦知衆生故名爲力佛天眼智見未來世三有相續知三種業四種受法亦爲記說了知無礙故名爲力以漏盡力知不相續衆生命終或有相續或不相續是力皆爲一切衆生至處道力總說泥洹道今此力中廣分別說佛因垢淨故有十力得九力故則智成就得第十力故則斷成就智斷具足故名世尊天人所敬

四無畏品第三

又佛成就四無所畏是故應禮四無所畏者如來得一切智一切漏盡能說障道及盡苦道此四法中若有人來如法難問我無所畏

初無畏者是一切智亦是九力第二名斷即第十力智斷具足故如來自已功德具足後二無畏令他具足佛說障礙是實障法所謂不善或善有漏障解脫故名障礙法爲離障礙法爲離障礙故說出道問曰如汝此中所說諸力即是無畏今力與無畏有何差別答曰智名爲力以此力故有所堪受是名無畏有愚癡人無慚愧故多所堪受如來堪受從智慧生又以智故不畏他人故名無畏所以者何或雖有智猶怯弱故又智名爲力能說是智名無所畏所以者何有人雖知不善說故又能勝他人名爲無畏所以者何有人雖知不勝他故有智無盡故名爲力辯才無盡故名無所畏復次說有義趣故名爲力所說自在名曰無畏又因名爲力果名無畏以從智中生無畏故有人從生怯弱後得少智便能無畏何況世尊從久遠來其心廣大又得一切智而當有畏又有人不能勝他故有所畏無有一人佛不勝者故無所畏又有論者善於言辭亦善義趣則無所畏佛即是也得一切智故善於義趣得無礙辯故善於言辭或復有人於事無力而生怖畏如來逮得一切智故於一切事無不有力一切經書一切論義皆悉通達明了問答故無所畏復次有人短闕若家若性若色若戒多聞智等故致譏論如來於此都無所闕是故無畏又如法論者不可破壞佛即是也如阿叔羅婆羅門語世尊言如法論者難勝難壞順道論者思量論者有因論者亦復如是復次若人成就四種論法亦難勝難壞一者住於正執二者

受因非因三者能受譬喻四者住論法中佛具此四諸天世人無能勝者故無所畏復次不諂善師而論議者則易可壞如來昔曾於定光等無量佛所修習論法故不可壞又佛說二諦所謂世諦第一義諦是故智者所不能壞凡夫無智亦不與諍又佛不與世間共諍世間謂有佛亦說有世間謂無佛亦說無是故無諍以其無諍故不可壞復次論有二種一眞實論二諂曲論諸外道等多諂曲論佛眞實論故不可壞又佛法中正行淨故論議亦淨正行清淨名盡苦因諸外道論有相似因無正因故不能得勝又佛經清淨所說義趣不違實相不同外道又佛所說道不但隨語皆心自知如經中說佛告比丘汝等莫但信我語當自知見自身證行又言汝來諸無諂者若我晨朝爲汝說法令夕得道夕爲說法令晨得道復次若人於法有所不達便止不言設有所言亦必可壞佛無不達故能無畏又如來得諸無礙智於一切法無不通達故無所畏又小智不知大人所知大能知小佛於衆生最爲大故能知小論故無所畏又諸外道論因所見起佛知是見從衆緣生知集知滅知味知過知出諸外道等不能盡知故生諍論佛以一切種智知一切法故能破壞一切諸論不爲一切諸論所壞故無所畏如是等緣名力無畏差別義也問曰佛於諸法悉無所畏何以但說四無畏耶答曰說四則爲總說一切無畏所以者何前二無畏自說智斷後二無畏爲他說障道法說盡苦道亦名智斷師及弟子智斷具足故名總說

一切無畏問曰衆生何故疑佛非一切智人答曰佛所言說或有似非一切智人如佛問曰汝從何來有如是等又如經中說有人若至城邑聚落問其名字我不說是一切智人聞斯經者疑佛非是一切智人又佛所說似有貪著如經中說佛言善來比丘汝於此身爲得大利隨順我法我則歡喜有似瞋語如語調達汝爲死人是食唾人有似慢語自言我是人中師子成就十力四無所畏於大衆中能師子吼有似見語言善持我法如擎油鉢有語調達我不以衆與舍利弗目揵連況當與汝有小智人聞斯等言便謂如來諸漏不盡又佛說諸欲是障道法有人雖受亦能得道又毗尼中所說遮法有人毀壞亦能得道小智疑佛不知障法又人修道亦有結使小智生疑謂修聖道不能盡結既不盡結何能離苦是故如來於此四法說無所畏問曰如向所疑當云何斷答曰佛隨俗語世間亦有知而問者不以爲過佛亦如是在世間故隨俗而問又世間亦有心無貪著而言似有貪有如是等佛亦如是利衆生故現有是言若言欲非障法如來說欲實是障法若欲在心則無修道要先除欲然後得道若言雖犯遮法猶得道者破實遮法必無得道若非實罪以重緣故佛還自聽非壞遮法若言修道亦有結者聖道能破一切結使未具足故不能盡破譬如酥性能破熱病以服少故不能消盡修道亦爾是故無咎如來成就四無所畏是故應禮

十號品第四

復次經中說如來等十種功德謂如來應供正徧知明行足善逝世間解無上士調御丈夫天人師佛世尊如來者乘如實道來成正覺故曰如來有所言說皆實不虛如佛問阿難如來所言頗有二不不也世尊故名如說又如來從得道夜至泥洹夜於其中間所說皆實不可破壞故名如說有以一切種智知前後際然後說故所言皆實又諸佛世尊憶念堅固無所忘失有人或以比智而有所說有隨經書或有現在不能善見而有所說是人所說若得若失如經中說比智者言或得或失佛於諸法現知已說是故所言皆不可壞名實說者又佛所說皆說實義不如餘人有實不實故不可壞又所言應時如經中說佛知衆生心喜心樂乃說道法故名如說又應爲說者即爲說之如緊叔伽經中說又所應說法而爲說之所謂若略若廣陰入門等是故所說無非眞實復次有二種語法一依世諦二依第一義諦如來依此二諦說故所言皆實又佛不說世諦是第一義諦不說第一義諦是世諦是故二言皆不相違復次如來若遮若開亦不相違隨所爲事遮不即此事開隨所爲事開不即是事遮是故所言皆不相違又有三種語法一從見生二從慢生三從假名生佛無二種語於第三語清淨無涂又有四種語法見聞覺知法佛於此四所言皆淨心無貪著又有五種語法過去未來現在無爲及不可說是五種法佛悉通達明了知已然後乃說故名如說能如說故名爲如來以煩惱盡故得此法貪恚癡等是妄語

根本滅此諸結是故應供復次如來說應供也是滅結法由正智生以無常等慧正觀法故諸煩惱盡故因正智生應供法是正智法從明行生前際後際及不相續善通達故得名正智盡行施等波羅蜜故諸明行足餘人亦於無始生死行施等法無正行故不名善逝佛有正道行施等行故名善逝得此五法如來自巳功德具足得正智故能知世間一切心念知所念已而爲說法故名無上調御所當調者無不調伏巳調伏者永不敗壞所調伏者天人是也故名天人師或有生疑云何以人而能化天故言我是天人師也佛者若過去未來現在諸法有爲無爲有盡無盡若麤細等一切諸法坐道場時除無明睡得一切智朗然大悟故名覺者如是九種功德具足於三世十方世界中尊故名世尊佛十號具足故自身具足他亦具足自利利人是故應禮

三不護品第五

佛身口意業不護所以者何佛無不淨身口意業欲令他人不見不知又諸餘人或有無記似如不淨身口意業智者所呵佛亦無也所以者何如來一切身口意業皆由智慧正憶念起若諸忘念少智之人無如是業又世間人或卒誤語佛無此等又佛善修身戒心慧如是等法以善修故一切不善及似不善業皆悉除滅又世尊從久遠來修行善法不適今也是故諸業性淨不護又佛常樂戒行不以怖畏墮惡道等又佛一切身口意業皆爲利人故無不善以無不善故不須護以淨

不護業是故應禮又佛成就三念處故所以應禮若說法時聽者一心不以爲喜若不一心不以爲憂常行捨心所以者何佛貪恚習無有餘故又知諸法畢竟空故無憂無喜又佛善集大悲心故於善不善心無憂喜等起大悲又佛深知衆生各各性故若善心聽不以爲喜不善心聽不以爲憂以性爾故常行捨心又佛心堅固猶如大地去重不高若置重物亦復不下餘凡夫人其心如秤少增而下少減而高又佛世尊名大悲者是故天人皆應敬禮有捨深禪定樂爲人說法餘人悲心無所成辦世尊大悲能濟衆生故名有果又以大悲成無上道更無餘緣復次佛無我心少欲知足最爲第一以大悲故自歎己身又佛性柔和以大悲故有苦切言起大方便受諸勤苦爲度衆生又佛以大悲度衆生故住於世間受五陰身如熱鐵丸於須臾頃不可堪忍又佛世尊善修捨心捨此捨心常行大悲故可尊敬又佛爲善人善中之善所以者何自得大利亦利他人自利利人故名善人又佛爲衆生眞善知識如經中說我是衆生眞善知識是憐愍者利益者等又佛世尊有精進等諸功德聚如和利以百句讚佛有此功德是故應禮又佛自說功德如增一阿含如來品中自說我是人中師子人華人象於沙門中第一婆羅門中亦是第一衆聖中王行無錯謬不隨苦樂者我身是也問曰佛以何故自讚其身自讚其身者是愚人相答曰世尊不求名利但爲他故自歎己身又佛無我心爲利人故自歎無咎又以因緣少多

自讚於佛功德不能說盡是故不隨愚人相中不自高故又如清淨經中舍利弗住於佛前讚佛功德是故應禮又少欲知足等無量功德皆在佛身所以者何佛集一切諸功德故以是等緣應敬禮佛

法寶論初三善品第六

問曰汝先言應禮法以何功德故應禮耶答曰佛自讚言我所說法初中後善義善語善獨法具足清淨調柔隨順梵行初中後善者佛法無時不善於少壯老三時皆善入時行時出時亦善又初止惡中捨福報後一切捨是名三善又佛三時常說正法不雜非法如餘外道又初中後時常爲智者之所愛樂又於三時一切甚深不如餘經初麤中細後則微末以是等緣故名三善義善者佛法義有深利益得今世利及後世利出世道利不如外典願增天眼語善者隨方俗語能示正義故名語善所以者何言說之果所謂義也是故諸所言說能辨義理是名語善又佛法貴如說行非但言說是故隨方俗語能令得道名爲語善不如外典但貴語言若失語言若失音聲辭主得罪又善說眞諦故名義善善說世諦故名語善獨法者佛但說正法不爲戲論說往古事亦不雜說法及非法又但爲無餘涅槃故說又獨佛能說故曰獨法問曰又聲聞部經但聲聞說又有餘經諸天神說汝何故言獨佛說耶答曰是法根本皆從佛出是諸聲聞及天神等皆傳佛語如毗尼中說佛法名佛所說弟子所說變化所說諸天所說取要言之一切世間所有善語皆是佛

說故名獨法具足者佛所說法無所減少如欝陀羅伽經中說具足相又佛法中不待餘經而得成也如和伽羅那經待五種經然後得成佛法不爾於一偈中其義具足如說諸惡莫作諸善奉行自淨其意是諸佛教故名具足清淨調柔者二種清淨故名清淨調柔語清淨故名曰清淨義清淨故名曰調柔又佛聽於正義中置隨義語於正語中置隨語義不如外道隨經而取又佛法中依法不依人法亦分別依了義經不依不了義經是名淨法非但隨經又佛法中有三法印一切無我有爲諸法念念無常寂滅涅槃是三法印一切論者所不能壞以眞實故名清淨調柔隨梵行者入直聖道名爲梵行是名涅槃道能到故名梵行法寳成就如是功德是故應禮

衆法品第七

復次佛自讚言我法能滅能到涅槃能生正智能善將導能滅者滅貪恚等諸煩惱火故曰能滅如習不淨觀滅婬欲火如習慈心滅瞋恚等不如外道斷食等法故名能滅能到涅槃者佛法究竟必至涅槃不如外道住有分中者禪定等又佛法中說一切有爲皆有過患無稱讚處不如婆羅門讚梵世等故名佛法能到涅槃能生正智者所有佛法皆爲涅槃是故能生正智又佛法中有眞智果如從聞慧生思慧從思慧生修慧故名佛法能生正智能善將導者佛法先自善成後令他人住正法中故名善導又佛法有六一曰善說二曰現報三曰無時四曰能將五曰來嘗

六曰智者自知善説者佛説諸法如法實相若不善法説不善相善説善相故名善説現報者佛法能得現世果報如經中説晨朝受化令夕得道夕爲説法令朝得道又現報者如現在沙門果經中説現得恭敬名聞禪定神通等利又佛法皆有義理故能致得恭敬現報後報及涅槃報諸外道法無義理故尚無現報及後世報何況涅槃故名現報無時者佛法不待其日月歳星宿吉凶乃得修道其日月歳不得修道不如婆羅門法初春婆羅門受火春末刹利受火等復有或待日出或日未出而供養火如見五穀待時而種或謂佛法亦當如是故説無時如經中説佛法易行住坐卧無時不得能將者以正行故能將衆生至解脱處故名能將來嘗者佛法應當自身作證不但隨他如佛語比丘汝等莫但信我語當自思惟是法可行是不可行不如外道語弟子言捨是問答如人淨洗不喜塵土當如聾瘂但隨我語故曰來嘗智者自知者是佛法利智慧人乃能信解斷食等麤愚者信樂智者不受以正智慧能破煩惱如是等法智者乃解雖以甘膳充足其身一心精進貪恚不染如是等事智者現知如人病愈自知得離如水相冷飲者乃知又或有過語法如地堅相堅何等相不得語答觸乃可知如生盲人不可語以青黃赤白若人不得佛法味者不可語以佛法實義以寂滅故復次佛法可自證知不可以已所證傳與他人如財物等如婆羅延經中佛言我不能自斷汝疑能證我法汝疑自斷又是法到他身

時不可得見如火傳等又凡夫愚人爲無明山所障覆故不信是法如因阿夷羅越沙彌說大山喻故言智者自知又佛法甚深開示則淺斷除虛僞流布天人甚深者佛法甚深以不知因故世間多見現果不能知因故說自在天等邪因十二因緣深故難解世間智淺於佛法中不生深想不能通達衆因緣法乃至小草以衆因緣思惟觀察其相轉深如佛所說衆因緣法是事甚深愛盡離滅及涅槃處是亦難見問曰若因緣甚深阿難何故生淺想耶答曰有論師言是語不然阿難是大弟子通達法相云何當言因緣法淺又若以總相觀因緣法故生淺想所以者何是人不能善分別觀煩惱業故又若人於本所學事得究竟便生淺想如得智還觀初章或復有人智慧未成於甚深法則生淺想有佛善說法故或有衆生便生淺想又佛法皆空是空甚深佛以種種因緣譬喻宣示義則易解小兒亦知如須陀耶沙彌等又佛法堅固諸言說中最爲眞實不如婆羅門羅摩延經等但有語言無有實義如盧提梵志言世尊諸比丘等於利益法眞實法中精勤修學所謂漏盡又佛法爲利一切世間故說不如婆羅門言婆羅門法但自得道餘人不得又佛法尊重諸天王等五欲自恣亦來信受以是因緣故應禮法

十二部經品第八

復次佛法分別有十二種一修多羅二祇夜三和伽羅那四伽陀五憂陀那六尼陀那七阿波陀那八伊帝曰多伽九闍陀伽十鞞佛

略十一阿浮多達磨十二憂波提舍修多羅者直說語言祇夜者以偈誦修多羅或佛自說或弟子說問曰何故以偈誦修多羅答曰欲令義理堅固如以繩貫華次第堅固又欲嚴飾言辭令人喜樂如以散華或持貫華以爲莊嚴又義入偈中則要略易解或有衆生樂直言者又樂偈說又先直說法後以偈誦則義明了令信堅固又義入偈中則次第相著易可讚說是故說偈或謂佛法不應造偈似如歌詠此事不然法應造偈所以者何佛自以偈說諸義故又如經言一切世間微妙言辭皆出我法是故偈頌有微妙語和伽羅那者諸解義經名和伽羅那若有經無答無解如四無礙等經名修多羅有問答經名和伽羅那如說四種人有從冥入冥從冥入明從明入明從明入冥從冥入冥者如貧賤人造三惡業墮惡道等如是等經名和伽羅那問曰佛何故說無答無解經答曰有經義理深重是經義阿毗曇中當別說是故不解或有人言佛所說經皆有義解但集法者撰深義經置阿毗曇中如因內結外結人終夜解義此義應在結使聚中伽陀者第二部說祇夜祇夜名偈偈有二種一名伽陀二名路伽路伽有二種一順煩惱二不順煩惱不順煩惱者祇夜中說是名伽陀除二種偈餘非偈經名憂陀那尼陀那者是經因緣所以者何諸佛賢聖所說經法要有因緣此諸經緣或在修多羅中或在餘處是故名尼陀那阿波陀那者本末次第說是也如經中說智者言說則有次第有義有解不令散亂是名阿波

陀那伊帝曰多伽者是經因緣及經次第若此二經在過去世名伊帝曰多伽秦言此事過去如是闍陀伽者因現在事說過去事如來雖說未來世事皆因過去現在故不別說鞞佛略者佛廣說名鞞佛略有人不信謂諸大聖樂寂滅故不喜憒閙厭世雜語拔樂衆根故不樂廣說如經中說有得道人過二月已乃出一言爲斷此故說有廣經饒益他故如說如來二種說法一廣二略廣勝略故阿浮陀達磨者未曾有經如說劫盡大變異事諸天身量大地震動有人不信如是等事是故說此未曾有經現業果報諸法勢力不思議故憂波提舍者摩訶迦旃延等諸大智人廣解佛語有人不信謂非佛說佛爲是故說有論經經有論故義則易解是十二部經名爲佛法法寶具足如是功德是故應禮

僧寶論初清淨品第九

問曰汝先言應禮僧何故應禮答曰佛於處處自稱歎僧是僧寶戒品清淨定品慧品解脫品解脫知見品清淨應請應禮合掌供養無上福田能益施者戒品清淨者佛弟子衆持戒無瑕乃至小罪深懷畏懼又佛弟子不爲福報生人天等亦不怖畏墮地獄等而勤持戒但樂善法故名清淨又持淨戒不限時節不如婆羅門六月持戒長夜受持乃至究竟故名清淨又持淨戒離於二邊離五欲樂亦離苦身故名聖所愛戒是戒名爲智者所愛又心淨故戒亦清淨又深心止惡不但守戒怖畏後世故名僧寶戒品清淨定品清淨者若定能生眞智故名清淨慧品清淨者若

慧能盡煩惱故名清淨解脫清淨者若得盡諸煩惱非但能遮故名解脫清淨解脫知見清淨者於諸煩惱盡中得智謂我生盡非未盡煩惱中言我生盡是名解脫知見清淨應請應禮供養者以能具足如是功德故應求請禮敬供養福田者於中植福獲報無量乃至涅槃猶不可盡能益施者能令施者功德增益如八功德田滋茂五穀不令敗壞僧田亦爾成就八功德故能令施者功德增長是故應禮

分別賢聖品第十

問曰以何法故名之爲僧答曰四行四得戒定慧等功德清淨故名爲僧四行者行須陀洹行斯陀含行阿那含行阿羅漢四得者須陀洹斯陀含阿那含阿羅漢行須陀洹者有三種人一隨信行二隨法行三隨無相行信行者若人未得空無我智信佛法故隨佛語行故名信行如經中說我於是事以信故行若得眞智則不但隨信行如經中說知不作者不信者等是名上人是故當知未得眞智名隨信行如經中說若人於法能以智慧觀忍樂者是名信行過凡夫地未得須陀洹果於其中閒不得命終是名信行是人在聞思慧中正觀諸法心忍欲樂雖未得空無我智能生世閒似忍法心自此已來名過凡夫地所以者何後當廣說若無信等五根是人則住外凡夫中是人漸習得煖法等修慧仍本名故亦名信行以終不及法行人故是經應言要必當得須陀洹果不應言不得命終所以者何是信行者以尚還故如郁伽長者供

養衆僧天神示言其是阿羅漢其是行阿羅漢者乃至其是須陀洹其是行須陀洹者若在十五心中不可得示當知行須陀洹者有近有遠是名信行法行者是人得無我智在煖頂忍第一法中隨順法行謂空無我等是名法行是二行人入見諦道見滅諦故名無相行是三種人名行須陀洹者世俗道中無斷結故不得名爲行三果者此事後當說須陀洹者如佛經說若人斷三結身見疑戒取名須陀洹不墮惡道必得正智極至七有問曰若須陀洹見諦所斷煩惱都盡滅無量苦如地喻經說何故但言斷三結也答曰此事後當廣說謂身見盡故餘等亦盡不墮惡道者後業聚中亦當廣說必至菩提者是人入法流中必至涅槃如木在恒河離八因緣必到大海極七有者是人於七世中無漏智熟如歌羅羅等七日變成又如服蘇等極至七日堅病則消又如親族限至七世又如七步虵螫人身時以四大力故得至七步以毒力故不得至八又欺誑法極至七世又如七日出時則劫燒盡如是七世集無漏慧燒煩惱盡又法應七有有須陀洹今世入涅槃有第二第三極至第七是名須陀洹行斯陀含者思惟所斷結有九品若斷一二至三四五是名行斯陀含者有人言以一無礙道斷是事不然佛經中說以無量心斷如斧柯喻經中說又行斯陀含者亦名家家是人或二或三往來或於現身得入涅槃是名行斯陀含者斯陀含者一來此間便入涅槃是人思惟所斷結薄住是薄中名斯陀含是斯陀含或今

世入涅槃行阿那含者若斷第七第八品結是人皆名行阿那含者斷第八品是名一種行阿那含者或有今世即入涅槃盡離欲界九品結故名阿那含是阿那含差別八種所謂中陰滅者有生有滅者有不行滅者有行滅者有上行至阿迦尼吒滅者有至無色處滅者有轉世者有現滅者隨上中下根故有差別中陰滅者亦有三種上中下根有阿那含深厭世間有少障礙不得現滅是人則於中陰中滅生有三種謂生滅者行滅者不行滅者生滅者生時深厭離有即入涅槃是名生滅以根利故或有生已諸無漏道自然在前不加勤行而入涅槃是不行滅以根中故或有生已深畏受身勤修行道乃入涅槃是名行滅以根鈍故上行滅者亦有三種若從一處終至一處生便入涅槃是名利根二三處生是名中根一切處終一切處生是名鈍根從初禪至廣果天是名決定到廣果已若生淨居是人不復到無色處以樂慧故若入無色處者是人終不生淨居天以樂定故轉世者若先世得須陀洹果斯陀含果後轉身得阿那含果是人不入色無色界現滅者第一利根即於現身得入涅槃復有二人一名信解脫二名見得是二人者根差別故若鈍根學人在思惟道名信解脫利名見得若阿那含其八解脫是名身證是等皆名行阿羅漢者以斷結同故若盡斷滅一切煩惱名阿羅漢阿羅漢有九種退相守相死相住相可進相不壞相慧解脫相俱解脫相不退相是諸阿羅漢以得信等根故有差別最鈍根者是

名退相退失三昧退三昧故無漏智慧不能現前守相者根小勝故若護三昧則不退失不護則退前退相者雖護亦退死相者根又小勝深厭諸有是人不能得三昧故無漏智慧難得現前設得喜失故求死也住相者若得三昧不進不退是名住相前三種在退分三昧住相者在住分三昧可進相者若得三昧轉深增益是人住在增分三昧不壞相者得三昧已種種因緣不能敗壞是人住在達分三昧慧最利故善取三昧入住起相故不可壞因滅盡定故有二人不得此定名慧解脫得此定者名俱解脫不退相者所作功德盡無退失如經中說佛語比丘若我弟子以牀轝我我先所得盡無退失如是九種名無學人先十八學人及九無學是二十七人名爲世間一切福田僧中具足是故應禮

福田品第十一

問曰以何等故此諸賢聖名爲福田答曰斷貪恚等諸煩惱盡故名福田如說稊稗不去害善穀苗是故施無欲人得報利大又是人心空故名福田所以者何以空相故諸貪恚等煩惱不起不生惡業又諸賢聖得不作法故名福田又是人等所得禪定皆悉清淨永離大小諸煩惱故又棄捨憂樂故名福田又能斷除五種心縛心得清淨故名福田又成就八種功德田故又以七定具善護心故又能盡滅七種漏故無諸漏失又具足戒等七淨法故又能成就少欲知足等八功德故又能度彼岸及勤求度故名福田又經中說但能發心欲行善法尚多利益況修行耶是諸

賢聖常行善法故名福田又經中說誰施主家有持戒比丘受供養已入無量定是施主家得無量福衆中有入無量三昧無相三昧無動三昧能令施主得無量報故名福田又經中說三事和合故得大福一曰有信二曰施物三曰福田於衆僧中多功德人功德人中信心易生又施衆僧具九因緣故獲大果又施衆僧以受者淨故施必清淨又施有八種有清淨心少施物亦少施破戒人有清淨心少所施物多施破戒人有清淨心少施物亦少施持戒人有清淨心少所施物多施持戒人有清淨心多施四種物亦爾於僧中施必當成就若二若三一切善人皆因衆僧增益功德然後隨意回向菩提又所施僧此物皆當得解脫果於生死中終不能盡又所施衆僧皆爲嚴心又若於一人生信淨心或時可壞於衆僧中信心清淨終不壞敗又於一人生愛敬心或不能廣於衆僧中生信敬心緣無量故心則廣大又施爲一切入僧數人以心大故果報亦大以是等緣諸賢聖人名爲福田是故應禮

成實論卷第一

音釋

匿尼質切　諮津私切訪問也　瘂倚下切瘖也　鞞駢眉切　轝雲俱切共擧也　鈂音沉

成實論卷第二

訶梨跋摩造

姚秦三藏鳩摩羅什譯

吉祥品第十二

以是三寶功德具足故經初說又此三寶於一切世間第一吉祥如吉祥偈中說佛法及衆僧是名最吉祥復有諸經以吉祥爲初學者僧壽名聞流布是作經者意也如阿呵等字貫在經初此非吉相後當廣說若求第一最吉祥者三寶是也應當歸依如吉祥偈說

諸天世人中　無上尊導師　佛爲大覺者

是名最吉祥　若人於佛所　安信心不動

奉持清淨戒　是名最吉祥　遠離愚癡人

親近有智者　可敬者則敬　是爲最吉祥

是故應禮三寶以最吉祥故我經初說

立論品第十三

今欲論佛法饒益於世間佛以大悲心爲廣利益一切世間故說是法無所齊限如或有人但爲婆羅門故說解脱經佛所說經皆爲度脱四品衆生乃至畜生亦不限礙問曰不應造論論佛語也所以者何若佛自論可名爲論若佛不論餘不能論所以者何一切智人意趣難解不知何所爲故而說是事若不得佛意妄有所說則爲自傷如經中說二人謗佛一以不信憎惡故謗二雖有信於佛所說不能諦受亦名謗佛設有眞智不知佛意尚不能得論佛所言況未得者而欲造論論佛意耶所以者何如異論經中佛爲解故說如是事諸比丘等種種異論皆不得佛意又如長老摩訶迦旃延語諸比丘如伐大樹棄

捨根莖但取枝葉汝等亦爾捨離如來而問我耶若摩訶迦旃延於論議中自喻枝葉何況餘人能解佛語又佛問舍利弗云何學人云何數法人三問不答又佛爲一切諸法根本惟佛能解餘人不能解又阿難白佛遇善知識於得道中則爲半利亦有道理所以者何以二因緣正見得生一從他聞二自正念佛語阿難但善知識則爲具足得道利已又如佛言若我爲人有所說法是人不得我意故生諍訟令諸論師各有所執或言過去未來有法或有言無當知如是諸論師等不解如來隨宜所說故生諍訟又如阿難爲三摩提說諸所受皆名爲苦爾時佛語諸比丘言汝觀阿難髮像是義又諸論者謂阿羅漢應先受供養比丘不知便往問佛佛言於我法中前出家者應先受供養飲食麤事猶尚不能知何況如來意說微妙法以此等故不應造論答曰不然所以者何有因緣故能知他意如偈中說能知說者意所趣向亦知說者欲說何事有二種道聖道世間道後當廣說以此道故知說者意復次異論經中佛亦盡聽又迦旃延等大論議師得佛意故佛皆讚善又優陀夷比丘曇摩塵那比丘尼等造佛法論佛聞即聽又佛法深妙解者造論不解則止如是其餘佛爲諸法根本等問悉已通答又應造論所以者何若經造論義則易解法則久住又佛聽造論如經中說佛語比丘隨所造論應善受持是故於修多羅中取義立論別爲異部故應造論又佛爲種種可度衆生說世間等諸論義門如莎提等不能解

故其心迷亂莎提等比丘說生死往來常是一識佛如是等種種說法若無論議云何可解以是等緣故應造論

論門品第十四

論有二門一世界門二第一義門以世界門故說有我如經中說我常自防護爲善自得善爲惡自得惡又經中說心識是常又言長夜修心死得上生又說作者起業作者自受又說某衆生生某處等如是皆以世界門說第一義門者皆說空無如經中說此五陰中無我我所心如風燄念念生滅雖有諸業及業果報作者受者皆不可得如佛以五陰相續因緣說有生死又有二種論門一世俗門二賢聖門世俗門者以世俗故說言月盡月實不盡如摩伽羅毋說兒婦爲毋其實非毋如經中說舌能知味以舌識知味舌不能知如稍刺人言人得苦是識知苦非人受苦如貧賤人字爲富貴佛亦隨人名爲富貴又佛呼外道名婆羅門亦名沙門又如刹利婆羅門等佛亦隨俗稱爲尊貴又如一器隨國異名佛亦隨名又如佛言是吾最後觀毗耶離諸如是等隨世語言名世俗門賢聖門者如經中說因緣生識眼等諸根由如大海又如經說但陰界入衆緣和合無有作者亦無受者又說一切苦如經中說世間言樂聖人說苦聖人說苦世間言樂又諸所說空無相等名賢聖門又有三時論門若於此事中說名爲色若已曾有當有今有皆名爲色識亦如是若已曾知當知今知皆名爲識如此等名三時論門又有若有論門若有觸必因六入

非一切六入盡爲觸因若有愛必因於受非一切受盡爲愛因或説具足因如觸因緣受或説不具足因如受因緣愛不説無明或復異説如經中説心歡喜身得猗三禪無喜亦有身猗又説猗者受樂四禪有猗而無受樂是名異説又有通塞二種論門如經中説若人發足爲供養塔中間命終皆生天上是名爲通又餘經説作逆罪者不得生天是名爲塞又經中説受諸欲者無惡不造是名爲通須陀洹人雖受諸欲亦不能起墮惡道業是名爲塞又經中説因眼緣色而生眼識是名爲通若爾應緣一切色皆生眼識而不然又經中説因耳緣聲生耳識等不生眼識是名爲塞又所言通塞皆有道理不壞法相復有二種論門一決定二不決定決定者如説佛爲一切智人佛之所説名眞妙法佛弟子衆名正行者又言一切有爲皆悉無常苦空無我寂滅泥洹如是等門是爲決定不決定者若言死者皆生是則不定有愛則生愛盡則滅又經中説若得心定皆生實智是亦不定聖人得定能生實智外道得定則不能生又如經説所求皆得是亦不定或得不得若言六入必能生觸是亦不定或有能生或有不生如是等名定不定門復有爲不爲論門如説竒草芳華不逆風熏又説拘毗羅華能逆風聞爲人華故説不逆風熏爲天華故説逆風熏又説三受苦受樂受不苦不樂受又餘經説所有諸受皆名爲苦有三種苦苦苦壞苦行苦爲此故説所有諸受一切皆苦又説是苦三種有新故中新受名樂久厭則苦中

名爲捨又說爲得道故名爲道人未得道者亦名道人有如是等相因得名又有近論門如佛語比丘汝斷戲論則得泥洹雖未便得但以近故亦名爲得又有同相論門如說一事餘同相事皆名已說又如佛說心爲輕躁則爲已說餘心數法又有從多論門如佛言若人不知二見生滅相者皆名有欲若能知者皆名得離須陀洹人亦知二見生滅之相而有貪欲但以知者多是離欲人復有因中說果論門如說施食則與五事命色力樂辯才而實不與命等五事但與其因又如說食錢錢不可食因錢得食故名食錢又如經說女人爲垢實非垢也是貪著等煩惱垢因故名爲垢又說五塵名欲實非欲也能生欲故名之爲欲又樂因緣說名爲樂如說以法集人是人爲樂又苦因緣說名爲苦如說與愚同止是名爲苦如說火苦火樂又說命因爲命如偈中說資生之具皆是外命如奪人物名爲奪命又說漏因爲漏如七漏經說此中二是實漏其餘五事是漏因緣又果中說因如佛言我應受宿業謂受業果如是等衆多論門盡應當知

讚論品第十五

應習此論所以者何學習此論得智人法如經中說世有二人一謂智人二謂愚人若不善分別陰界諸入十二因緣因果等法是名愚人若善分別陰界入等是名智人今此論中正分別解陰界入等故因此論得智人法是以應學又習此論故不名凡夫又有二人一是凡夫二非凡夫如說雖剃鬚髮被服法

衣受佛威儀猶遠佛法以不成就信等根故若能成就信等根者雖處居家不名凡夫如經中說有四種人有入僧威儀不入僧數有在僧數非僧威儀有入僧威儀亦入僧數有非僧威儀亦非僧數初名出家凡夫次名在家聖人三名出家聖人四名在家凡夫以此故知離信等根則不入僧數是故當爲信等諸根勤行精進欲得信等當於佛法聽受誦讀如說修行是故應習此佛法論又從此論得二種利自利利他如經中說有四種人有能自利不能利他有能利他不能自利有能俱利有俱不利若能自具戒等功德不能令他住戒等中是名自利如是四種若人雖能自利令他施等得大果故亦名利他此中佛意不說此利若人但能爲他說法是名利他是人雖不自隨法行爲他說故自亦得利如經中說爲人說法得五種利此中佛意亦不說此利此中但說最第一利謂如說行得盡諸漏是故說法能利他人以兼利故名人中最猶衆味中之醍醐也復次是人今處明中後亦入明世間衆生多從冥入冥從明入冥若少行佛法是人亦能從冥入明從明入明所以者何行布施等不能得如聽佛法利若少聽佛語能得達慧破諸衰惱獲無量利如經中說有四種人有從冥入冥從冥入明從明入明從明入冥又四種入有順流者有逆流者有中住者有得度者若人一心聽佛法者是人即能除滅五蓋修七覺意是故此人截生死流名逆流者亦名爲住亦名得度者復有四種人有常沒者有暫出還沒者有出

觀者有得度者若不能生隨順泥洹信等功德是名常没或生世間信等功德不能堅固還復退失是名暫出還没起隨順泥洹信等功德分別善惡是名出觀具足修習隨順泥洹信等功德是名度者若人能解佛法正義終不常没設復暫退亦不永失又以此人名爲修功德者若人不修身戒心慧作少惡業亦墮惡道若人修習身戒心慧雖多爲惡不墮惡道修身者以聞慧修身受心法以修身故漸次能生戒定慧品能滅諸業滅諸業故生死亦滅又經中説有四種人有結使利而不深有深而不利有亦深亦利有不深不利初名有增上結時時而來次名若軟中結常來在心三名若增上結常來在心四名若軟中結有時而來若人得聞佛法正論斷二種結深而利者又解佛法正義既不自惱亦不惱他外道持戒即自惱身若墮邪見即惱他人謂無罪福業果報故若行布施亦是自惱亦名惱他如天祠中多殺牛羊若解佛法義者但爲得利不自惱身亦不惱他如得禪定行慈悲者是故應習是佛法論又習此論者名可與言解正義故如經中説若論議時應當分別是可與言是不可與言若人不住智者法中處非處中若分別中及道中者是人皆名不可與言與此相違名可與言不住智人法中者論者以正智慧善解義趣然後執用此人不知是故不執如尼延子等自言我師是可信人但隨其語不住處非處者不住用因中諸外道等於二種因共因異因若他説共因答以異因他説異因答以共因不住

如是二種因中不住分別中者不住譬喻中不住道中者不住論道中如說論者莫出惡言勿捨義宗但說實利方便勸誨令得解悟自心歡喜名聖語法是中若人正知佛法語者乃可與言非餘人也又不可與言者有應定答問以不定答應分別答問以不分別答應反質答問以不反質答應置答問不置而答與此相違名可與言應定答問者惟有一因如佛世尊世間無等如此比也應分別答問者更有因緣如死相續等應反質答問者如有人問還問令答應置答問者若法無實體但有假名若問此法爲一爲異常無常等是不答義惟解佛法者乃解知耳是故應習此佛法論又有三種人正定邪定不定正定者是人必入泥洹邪定者必不入泥洹餘名不定若人能解佛法義者必入正定又有四種人純罪多罪少罪無罪純罪者若人但有不善無一善法多罪者多惡少善少罪者多善少惡無罪者但有善法無有不善若人能解佛法正義必入二種少罪無罪復次若人解佛法義則受苦有量以必當得至涅槃故

四法品第十六

復次若習此論得上攝法如經中說有四攝法布施愛語利行同利布施者衣食等物以此財施攝取衆生還可敗壞愛語者隨意語言是亦有咎取彼意故利行者爲他求利若有因緣助他成事是亦可壞同利者如共一船憂喜是同是或可壞若人以法布施愛語利行同利攝取衆生則不可壞以法攝者謂習此論故應勤學又習此論得上依止如經

中說依法不依人有人雖言我從佛聞若從多識比丘所聞若從二三比丘所聞若衆中聞若從大德長宿邊聞不以信此人故便受其語是語若入修多羅中不違法相隨順毗尼然後應受入修多羅者謂入了義修多羅中了義修多羅者謂是義趣不違法相法相者隨順毗尼毗尼名滅如觀有爲法常樂我淨則不滅貪等若觀有爲法無常苦空無我則滅貪等知無常等名爲法相應依是法不依於人若說依法則總一切法是故次說依了義經不依不了義經了義經者即第三依謂依於義不依語也若此語義入修多羅中不違法相隨順毗尼是則依止依智不依識者謂隨順色等法如經中說能識故識智名通達實法如經中說如實知色受想行識故名爲智如實即空是故識有所得不應依也若依於智即是依空欲通達此上依止故當習此論又經中說天人四輪能增善法一依善處二依善人三自發正願四宿植善根住善處者謂處中國離於五難依善人者生値佛世宿植善根者不聾瘂等自發正願者正見是也正見必從聞佛法生是故應習此正法論又誦習此論者於壽命中得大堅利謂通達諦如經中說有四堅法說堅定堅見堅解脫堅說堅者若說一切有爲皆無常苦一切無我寂滅泥洹是名說堅名聞慧滿因此得定名思慧滿因此定故觀有爲法無常苦等能得正見名修慧滿三慧得果名解脫堅復次若聞佛法正論則得大利如經中說四大利法親近善人聽聞正法自正憶念隨順

法行若近善人則聞正法以此正法在善人故聞正法已則生正念以無常等正觀諸法從是正觀能隨法行謂無漏見也又聞此論則具四德處慧德處實德處捨德處寂滅德處聞法生慧是慧德處以是智慧見眞諦空名實德處見眞空故得離煩惱名捨德處煩惱盡故心得寂滅是寂滅德處又人得聞佛法正論能種隨順泥洹四種善根所謂暖法頂法忍法世間第一法以無常等行觀五陰時生順泥洹下軟善根能令心熱是名暖法暖法增長成中善根名爲頂法頂法增長成上善根名爲忍法忍法增長成上上善根名世間第一法又有四種善根退分住分增分達分離諸禪定禮敬誦讀是等善根名爲退分得定等善根是名住分從聞思等生諸善根是名增分無漏善根是名達分若聞佛法永離退分得三善根

四諦品第十七

復次若人聞佛法義則能善知分別四諦苦諦集諦滅諦道諦苦諦者謂三界也欲界者從阿鼻地獄至他化自在色界者從梵世至阿迦尼吒天無色界者四無色也又有四識處色受想行外道或謂識依神住故佛說識依此四處又有四生卵生胎生濕生化生諸天地獄一切化生餓鬼二種胎生化生餘殘四生又有四食摶食者若麤若細飯等名麤酥油香氣及諸飮等是名爲細觸食者冷暖風等意思食者或有人以思願活命識食者中陰地獄無色衆生入滅定者雖無現識識得在故亦名識食又有六道上罪地獄中罪

畜生下罪餓鬼上善天道中善人道下善阿修羅道又有六種地水火風空識四大圍空有識在中數名爲人又六觸入眼等六根與識和合名爲觸入又七識處於是處中以顛倒力故識貪樂住又世八法利衰稱譏毁譽苦樂人在世間必受此事故名世法九衆生居衆生皆以顛倒力故能處此中又有諸法五種分别五陰十二入十八界十二因緣二十二根五陰者眼識色爲色陰依此生識能取前色是名識陰即時心生男女怨親等想名爲想陰若分别知怨親中人生三種受是名受陰是三受中生三種煩惱是名行陰以此事起受身因緣名五受陰以四緣識生所謂因緣次第緣緣緣增上緣以業爲因緣識爲次第緣以識次第生識故色爲緣緣眼爲增上緣此中識從二因緣生所謂眼色乃至意法名十二入是中加識名十八界謂眼界色界眼識界等是陰等法云何當生在十二時中故名十二因緣是中無明是煩惱行名爲業因此二事次第生識名色六入觸受愛取二法是名煩惱有名爲業未來世中初受身識名之爲生餘名老死是十二因緣示有過去未來現在但衆緣生無有我也又爲生死往來還滅故説二十二根一切衆生初受身時以識爲本是識六種從眼等生故説六根所謂眼根乃至意根能生六識故名六根可以分别男女相故名男女根有人名爲身根少分此六根或名六入從是六事生六種識故名爲壽所以者何是六入六識得相續生故名爲壽是相續斷故名爲死是故此事

名之曰命是中何等是根所謂業也以因業故六入六識得相續生是命中業名爲命根是業從諸受生諸受即名樂等五根從此五根生貪愛等一切煩惱及身口業此業因緣還受生死是爲垢法能令生死因緣相續以何因緣能生淨法必因信等信等四法因緣成慧慧有三時謂未知欲知知已修習所作辦時此根皆是智慧差別佛以生死往來還滅垢淨故說二十二根如是等法苦諦所攝能知此者是名善知苦諦集諦者業及煩惱業者業品中當說煩惱者煩惱品中當說諸業煩惱是後身因緣故名集諦滅諦者後滅諦聚中當廣說謂假名心法心空心滅此三心故名滅諦道諦者謂三十七助菩提法四念處四正勤四如意足五根五力七菩提分八聖道分四念處者身受心法中正安念及從念生慧觀身無常等安住緣中名身念處是念及慧漸次轉增能分別受名受念處又轉清淨能分別心名心念處能以正行分別諸法名法念處四正勤者若生惡不善法見其過患爲斷故生欲勤精進斷方便謂知見緣未生惡不善法爲不生故生欲勤精進不生方便謂知見緣未生善法爲生故生欲勤精進生方便謂知見緣已生善法爲增長故生欲勤精進以上中下次第方便及不退轉故四如意足者欲三昧妙行成就修如意分因欲生三昧名欲三昧欲精進信猗憶念安慧思捨等妙法共成名妙行成就功德增長故名如意足欲增長故名爲精進是名第二行者有欲有精進故修習定慧得心三昧所

謂定也思惟三昧所謂慧也五根者聞法生信是名信根信已爲斷垢法證淨法故勤發精進是名精進根修四念處是名念根因念能成三昧是名定根因定生慧是名慧根是五根增長有力故名五力八聖道分者從聞生慧能信五陰無常苦等是名正見是慧若從思生名正思惟以正思惟斷諸不善修習諸善業行精進名正精進從此漸次出家受戒得三道分正語正業正命從此正戒次成念處及諸禪定因此念定得如實智名八道分如是次第復次八道分中戒應在初所以者何戒定慧品義次第故正念正定是名定品精進常徧一切處行慧品近道故在後說是慧二種若麤若妙麤者聞慧思慧名正思惟妙者修慧謂入暖等法中能破假名及五陰法是名正見以此正見見五陰滅名初入道因是次得七菩提分念菩提分者學人失念則起煩惱故繫念善處繫念先來所得正見是名擇法不捨擇法故名精進行精進時煩惱減少心生歡喜故名爲喜以心喜故則身得猗是名爲猗身猗得樂樂則心定是定難得名爲金剛得無著果斷憂喜等故名爲捨是名上行又不發不沒其心平等故名爲捨菩提名無學智修此七法能得菩提名菩提分是三十七品得四沙門果須陀洹果者謂通達空以此空智能斷三結斯陀含果者即修此道能薄煩惱於欲界中有餘一生阿那含果者能斷欲界一切煩惱阿羅漢者斷一切煩惱若能誦習此佛法論則能通達四諦得四沙門果故應修習此佛法論

法聚品第十八

復次習此論者則能通達可知等法聚以通達故外道邪論不能制伏亦能速滅煩惱自能離苦亦能濟人可知等法聚者謂可知法可識法色法無色法可見法不可見法有對法無對法有漏法無漏法有爲法無爲法心法非心法心數法非心數法心相應法心不相應法心共有法心不共有法隨心行法不隨心行法內法外法麤法細法上法下法近法遠法受法非受法出法非出法共凡夫法不共凡夫法次第法非次第法有次第法無次第法如是等二法又有三法色法心法心不相應法過去法未來法現在法善法不善法無記法學法無學法非學非無學法見諦斷法思惟斷法無斷法如是等三法又有四法欲界繫法色界繫法無色界繫法不繫法又有四道苦難行道苦易行道樂難行道樂易行道又有四味出味離味寂滅味正智味又有四證法身證法念證法眼證法慧證法四受身四入胎四緣四信四聖種四惡行如是等四法五陰六種六內入六外入六生性六喜行六憂行六捨行六妙行七淨八福生九次第滅十聖處十二因緣如是可知等法聚無量無邊不可說盡我今略舉其要可知法者第一義諦也可識法者謂世諦也色法者色聲香味觸也無色法者心及無作法也可見法者謂色入也有對法者色法是也有漏法者若法能生諸漏如非阿羅漢假名法中心是也與上相違名無漏法也有爲法者從衆緣生五陰是也無爲法者五陰盡滅是

也心法者能緣是也心數法者若識得緣即次第生想等是也心相應法者謂識得緣次第必生如想等是也心共有法者謂法心共有如色心不相應行是也隨心行法者若法有心則生無心不生如身口無作業也內法者已身內六入也麤細法者相待有也如觀五欲色定爲細觀無色定色定爲麤也上下法者亦如是也近遠法者或異方故遠或不相似故遠也受法者從身生法也出法者謂善法也共凡夫法者有漏法也次第法者從他次第生也有次第法者能生次第也色法者色等五法也心法者如上說心不相應行者無作業也過去法者已滅法也未來法者當生法也現在法者生而未滅也善法者爲利益他衆生法及眞實智也與此相違名不善法也二俱相違名無記法也學法者學人無漏心法也無學法者無學人在第一義心也餘名非學非無學也見諦斷法者謂須陀洹所斷示相我慢及從此生法也思惟斷法者謂須陀洹斯陀含阿那含所斷不示相我慢及從此生法也無斷法者謂無漏也欲界繫法者若法報得阿鼻地獄乃至他化自在天也色界繫法者從梵世乃至阿迦尼吒天也無色界繫法者四無色也不繫法者無漏法也苦難行道者鈍根得定行道者是也苦易行道者利根得定行道者是也樂難行道者鈍根得慧行道者是也樂易行道者利根得慧行道者是也出味者出家求道也離味者身心遠離也寂滅味者得禪定也正智味者通達四諦也念證法者四念處也因是念

處能生四禪是名身證因四禪故能生三明名爲眼證通達四諦名爲慧證四受身有能自害他不能害有爲他害不能自害有能自害他亦能害有不自害不爲他害四入胎者有不自念入胎亦不自念住胎出胎有自念入胎而不自念住胎出胎有自念入胎住胎而不自念出胎有自念入胎住胎出胎以顛倒心亂故不自念心正不亂故能自念四緣因緣者生因習因依因生因者若法生時能與作因如業爲報因習因者如習貪欲貪欲增長依因者如心心數法依色香等是名因緣次第緣者如以前心法滅故後心得次第生緣緣者若從緣生法如色能生眼識增上緣者謂法生時諸餘緣也四信信佛者謂得眞智於佛生淸淨心決定智佛於衆生中尊

信此眞智即是信法得是智者一切衆中最爲第一是名信僧得聖所愛戒謂以深心不造諸惡知我因是戒能信三寶信是戒力故名信戒以四聖種故不爲衣服愛之所染不爲飲食卧具從身愛之所染故名四聖種四惡行者以貪故瞋故怖畏故癡故墮惡道中色陰者色等五法也受陰者能緣法也想陰者能分別假名法也行陰者能生後身法也識陰者惟能識塵法也地種者色香味觸和合堅相多者名爲地種濕相多者名爲水種熱相多者名爲火種輕相多者名爲風種色相無故說名空種能緣法故名爲識種眼入者四大和合眼識所依故名眼入耳鼻舌身入亦如是意入者謂心也色入者眼識所緣法也聲香味觸法入亦如是六生性者謂黑

性人能習黑法亦習白法及黑白法白性人亦如是六喜行者依貪心也六憂行者依瞋心也六捨行者依癡心也六妙行者實智慧也七淨戒淨者戒律儀也心淨者得禪定也見淨者斷身見也度疑淨者斷疑結也道非道知見淨者斷戒取也行知見淨者思惟道也行斷知見淨者無學道也八福生者人中富貴乃至梵世也諸福報樂此中最多故說此入也九次第滅者入初禪滅語言二禪滅覺觀三禪滅喜四禪滅出入息虛空處滅色相識處滅無邊虛空相無所有處滅無邊識相非有想非無想處滅無所有相入滅盡定滅受及想也十聖處者聖人斷五法成六法守一法依四法滅僞諦捨諸求不濁思惟離諸身行善得心解脫善得慧解脫所作已辦獨而無侶斷五法者斷五上分結得阿羅漢一切結盡行六妙法眼等諸情於色等塵不憂不喜亦不癡故守一法者繫念身也依四法者謂乞食等四依法也復有人言依四法者聖人有法遠離有法親近有法除滅有法忍受淨持戒故能達實相名離僞諦斷一切見名得初果捨諸求者謂欲求有求及梵行求得初果故知有爲法皆是虛誑也欲捨三求得金剛三昧已捨於學道爾時能盡名捨諸求不濁思惟者滅六種覺心得清淨能薄三毒得第二果滅除貪憂得第三果名不濁思惟離身行者除欲界結得四禪故名離身行得盡智故名善得心解脫得無生智故名善得慧解脫諸聖人心住此十處故名聖處佛法所作必應盡苦故曰所作已辦遠離凡

夫及諸學人故曰無侶心離諸法住畢竟空故名爲獨十二因緣無明者謂隨假名心因此倒心能集諸業故曰無明緣行識隨業故能受有身故曰行緣識也受有身已名爲名色六入觸受此諸分等隨時漸增受諸受時依止假名故能生愛因愛生餘煩惱故名爲取愛取因緣有是名三分從是諸業煩惱因緣後世中生從生因緣有老死等是中若說無明諸行則明過去世有令斷常見知從無始生死往來從業煩惱因緣受身若說生死則明未來世有令斷斷見若不得眞智則生死無邊但有苦果若說中間八分明現在法但從衆緣相續故生無有眞實此中無明諸行是先世因緣此因緣果謂識名色六入觸受從此五事起愛取有是未來世因此因緣果謂生老死若受諸受時還生愛取是故此十二分輪轉無窮能得眞智則不集諸業諸業不集則無有生生名起成若人習此正論則知諸法皆自相空不集諸業諸業不集則無有生無有生故老死憂悲苦惱都滅故欲自利兼利衆生漸成佛道熾然自法滅他法者當習此論

十論初有相品第十九

問曰汝經初言廣習諸異論欲論佛法義何等是諸異論答曰於三藏中多諸異論但人多喜起諍論者所謂二世有二世無一切有一切無中陰有中陰無四諦次第得一時得有退無退使與心相應心不相應心性本淨性本不淨已受報業或有或無佛在僧數不在僧數有人無人有人言二世法有或有言

無問曰何因緣故說有何因緣故言無答曰有者若有法是中生心三世法中能生心故當知是有問曰汝當先說有相答曰知所行處名曰有相難曰知亦行於無所有處所以者何如信解觀非青見青又所作幻事亦無而見有又以知無所有故名入無所有處定又以指案目則見二月又經中說我知內無貪欲又經中說如色中貪斷名爲色斷又如夢中無而妄見以是等緣故知亦行於無所有處不可以知所行處故名爲有答曰無有知行無所有處所以者何要以二法因緣故識得生一依二緣若當無緣而識生者亦應無依而識得生然則二法無用如是亦無解脫識應常生是故知識不行於無復次以有所識故名爲識若無所識則亦無識又說識能識塵謂眼識識色乃至意識識法若言有無緣識此識何所識耶又若言有無緣識是則錯謬如有人言我狂心亂世間所無而我皆見又若知無所有不應生疑以有所知故得生疑又經中說若世間所無我知見者無有是處又汝言自相違若無何所知耶又經中說能緣法者是心心數法亦說一切諸法皆是所緣此中不說無法爲緣復次諸法塵是生識因若無以何爲因又經中說三事和合故名爲觸若法無者何所和合復次無緣之知云何可得若知則不無若無則不知是故無無緣知又汝先言知行無所有處如信解觀非青見青者無有是處所以者何是非青中實有青性如經中說是木中有淨性又取青相心力轉廣一切盡青非無青相又幻

網經說有幻幻事者無衆生中見似衆生故名爲幻又汝言以知無所有故名入無所有處定者以三昧力故生此無相非是無也如實有色壞爲空相又入是三昧所見法少故名爲無如鹽少故名無鹽慧少故名無慧又如說非有想非無想處是中雖實有想亦說非有非無又汝言以指案目見二月者見不審故以一爲二若合一眼則不見二又汝言我知內無欲者是人見五蓋相違七覺法故便生念言我知無欲非知無也又汝言知色中貪斷名色斷者見眞實慧與妄解相違故名貪斷又汝言夢中無而見者因先見聞憶念分別及所修習故夢中見又冷熱氣盛故隨夢見或以業緣故夢如昔菩薩有諸大夢或天神等來爲現夢是故夢中見有非知無也難曰汝言要以二法因緣識得生者是事不然佛破神我故說二法因緣生識非盡然也又汝言以有所識故名識者識法有則知有無則知無若此事無以無此事故名爲見空又三心滅故名爲滅諦若無空心何所滅耶又汝言眼識識色乃至意識識法者是識但能識塵不辨有無又汝言若有無緣識是則錯亂者則有知無之知如狂病人見所無者又汝言若知無不應生疑者若疑爲有爲無則有無緣知也又汝言如經中說若世間所無我若知見無是處者是經不順法相似非佛語或三昧如是入此三昧所見盡有爲是三昧故如是說又汝言自相違者我言緣無非相違也又汝言心心數法能緣一切法是緣者有心心數法而無所緣亦心心數法

不能實緣故不名緣又諸法實相離諸相故不名爲緣又汝言諸塵是生識因若無以何爲因者即以無爲因又汝言三事和合名爲觸者若三事可得則有和合非一切處盡有三事又汝言若知不無若無不知者若有緣知亦同是過又汝言如木中有淨性者是事不然有因中有果過故又汝言取相心轉廣者是亦不然本青相少而見大地一切皆青則是妄見如是觀少青故能見閻浮提盡皆是青非妄見也又汝言幻網經說有幻幻事者無衆生中見似衆生爲衆生事此事實無而見則是無緣知也又汝言以三昧力故生此無相如實有色壞爲空者若色實有而壞爲空則是顛倒又少而言無亦是顛倒又汝言見不審者是事不然如眼氣病人見空中有毛其實無也又汝言見五蓋相違七覺法故便生念言我知無者七覺法異無貪亦異云何爲一又汝言見眞實慧與妄解相違名貪斷者妄解名虛妄觀是故說知欲斷故色斷眞實慧者無常觀也又汝言夢中實見者是事不然如夢墮舍而實不墮是故有知無之知不以知行故名有相

無相品第二十

問曰若此非有相今陰界入所攝法應當是有答曰此亦不然所以者何是人說凡夫法陰界入攝是事不順法相若然者有說如等諸無爲法亦應是有而此實無故知陰界入所攝法非是有心問曰若人以現知等信有所得名爲有相答曰此亦非有相是可信法決定分別不可得說又有經說應依於智不

應依識以性得故色等諸塵不可得後當廣說此無相不壞有所得相云何可立問曰有與法合故名爲有答曰有後當破又有中無有云何有與法合故名有耶以是因緣有相決定分別不可得說但以世諦故有非第一義問曰若以世諦有者今還以世諦故說過去未來爲有爲無答曰無也所以者何若色等諸陰在現在世能有所作可得見知如經中說惱壞是色相若在現在則可惱壞非去來也受等亦然故知但有現在五陰二世無也復次若法無作則無自相若過去火不能燒者不名爲火識亦如是若在過去不能識者則不名識復次若無因而有是事不然過去法無因可有是故不然復次凡所有法皆衆緣生如有地有種水等因緣則芽等生有紙筆人工則字得成二法等合則有識生未來世中芽字識等因緣未會云何得有是故二世不應有也復次若未來法有是則爲常以從未來至現在故如從舍至舍則無無常是事不可又經中說眼生無所從來滅無所至是故不應分別去來法也復次若未來有眼色識者則應有作過去亦爾而實不然是故知無去來法也又去來色有則應有對有礙而實不然是故無也復次若瓶等物未來有者則陶師等不應有作而現有作故無未來又佛說有爲法三相可得生滅住異生者若法先無今現有作滅者作已還無住異者相續故住變故名異是三有爲相皆在現在非過去未來

成實論卷第二

音釋
猗於宜切

成實論卷第三

訶梨跋摩造

姚秦三藏鳩摩羅什譯

二世有品第二十一

問曰實有過去未來所以者何若法是有此中生心如現在法及無爲法又佛說色相亦說過去及未來色又說凡所有色若內若外若麤若細若過去未來現在總名色陰又說過去未來色尚無常何況現在無常是有爲相是故應說有又現見從智生智以修習故如從稻生稻是故應有過去若無過去果則無因又經中說若過去事實而有益佛則說之又說應觀過去未來一切無我又緣未來意識依過去意若無過去識何所依又知過去業有未來果是名正見又佛十力知去來諸業又佛自說若無過去所作罪業是人終不墮諸惡道又學人若在有漏心中則不應有信等諸無漏根又諸聖人不應決定記未來事又若無去來則人不應憶念五塵所以者何意識不知現五塵故又說十八意行皆緣過去又若無去來則阿羅漢不應自稱我得禪定以在定中無言說故又四念處中不應得觀內心內受所以者何現在不得觀過去故又亦不應修四正勤所以者何未來世中無惡法故餘三亦爾又若無去來則無有佛又亦不應有修戒久近是故不然

二世無品第二十二

答曰過去未來無汝雖說有法中生心是先已答無法亦能生心又汝說色相色數色可相者是事不然過去未來不應是色無惱壞

故亦不可説無常相也但佛隨衆生妄想分別故説其名又汝言智生智者因與果作因巳滅如種與芽作因巳滅佛亦説是事生故是事生又汝言實而有益佛則説者佛説是事本現在時不言猶有若説過去滅盡則知無有又汝言觀無我者以衆生於去來法計有我故佛如是説又汝言是正見者以此身起業此業與果作因巳滅後還自受故説有果於佛法中若有若無皆方便説爲示罪福業因緣故非第一義如以因緣説有衆生去來亦爾依過去意者是方便依不如人依壁等亦明心生不依於神因先心故後心得生業力亦爾佛知是業雖滅而能與果作因不言定知如字在紙罪業亦爾以此身造業是業雖滅果報不失又汝言不應有諸無漏根者若學人得無漏根巳得在現在雖過去滅未來未至以成就故不得言無又汝言聖人不應記未來者聖智力爾雖未有法而能懸記如過去法雖巳滅盡念力能知又汝言不應念五塵者是凡夫人癡故妄念先取定相後雖滅盡猶生憶念念法應爾非如兎角等十八意行亦復如是現在取色雖滅過去亦隨憶念又汝言不應自稱我得禪定者是定得現在現在憶念力故自言我得又汝言不應得觀内心内受者有二種心一念念生滅二次第相續用現在心觀相續心非念猶在又汝言不應修習四正勤者防未來世惡法因緣亦起未來善法因緣又汝言則無佛者佛寂滅相雖現於世不攝有無況滅度耶衆生歸命亦如世人祠祀父母又汝言亦不應

有修戒久近者不以時故戒有差別所以者何時法無實但以諸法和合生滅故名有時是故汝所說因是皆不然

一切有無品第二十三

論者言有人說一切法有或說一切法無問曰何因緣故說有何因緣故說無答曰有者佛說十二入名爲一切是一切有地等諸陀羅驃數等諸求那舉下等諸業總相別相和合等法及波居帝本性等及世間事中兎角龜毛蛇足鹽香風色等是名無又經中佛說虛空無轍跡外道無沙門凡夫樂戲論如來則無有又隨所受法亦名爲有如陀羅驃等六事是憂樓伽有二十五諦是僧佉有十六種義是那耶修摩有又若有道理能成辦事亦名爲有如十二入又佛法中以方便故說一切有一切無非第一義所以者何若決定有即墮常邊若決定無則墮斷邊離此二邊名聖中道

有中陰品第二十四

論者言有人說有中陰或有說無問曰何因緣故說有何因緣故說無答曰有中陰者佛阿輸羅耶那經中說若父母會時衆生隨何處來依止其中是故知有中陰又和蹉經說若衆生捨此身已未受心生身於其中間我說受爲因緣是名中陰又七善人中有中有滅者又經中說雜起業雜受身雜生世間當知有中陰又經中說四有本有死有中有生有又說七有五道有業有中有又說閻羅王訶責中陰罪人令顚倒墮又佛因中陰知衆生宿命謂此衆生生此處彼衆生生彼處又

經中說以天眼見諸衆生死時生時又說衆生爲陰所縛故從此世間至彼世間又世人亦信有中陰言若人死時有微四大從此陰去又若有中陰則有後世若無中陰則無後世若無中陰者捨是身已未受後身中間應斷以是故知有中陰

無中陰品第二十五

有人言無有中陰汝雖說阿輸羅耶那經中說有中陰是事不然所以者何若是聖人不知此爲是誰從何處來則無有中陰若有者何故不知又汝言和蹉經說是事不然所以者何是經中問異答異是和蹉梵志所計身異神異故如是答中陰中有五陰又汝言有中有滅者是人於欲色界中間受身於此中滅故名有中有滅也所以者何如經中說若人死何處去何處生在何處是義無異又汝言雜受身雜生世間者若言受身言生世間是義不異又汝言四有七有者是經不然以不順法相故又汝言閻王訶責者此在生有非中有也又汝言佛因中陰知宿命者是事不然聖智力爾雖不相續亦能念知又汝言天眼見死時生時者欲生名生時將死名死時非中陰也又汝言衆生爲陰所縛從此至彼者示有後世故如是說不明有中陰也又汝言死時有微四大去者世人所見不可信也此非用因又汝言若無中陰中間應斷者以業力故此人生此彼人生彼如過去未來雖不相續而能憶念是故無有中陰又宿命智中說知此人此間死彼間生不說住中陰中又佛說三種業現報生報及後報業不說

有中陰報業又若中陰有觸即名生有若不能觸是則無觸觸無故受等亦無如是何所有耶又若衆生受中陰形即名受生如經中說若人捨此身受餘身者我說名生若不受身則無中陰又若中陰有退即名爲生所以者何要先生後退故若無退是則爲常又以業力故生何用中陰又若中陰從業成者即是生有如說業因緣生若不從業成何由而有是應速答答曰我以生有差別說名中陰是故無如上過是人雖中陰生亦與生有異能令識到迦羅羅中是名中陰難曰以業力能至何用分別說中陰耶又心無所至以業因緣故從此間滅於彼處生又現見心不相續生如人刺足頭中覺痛此足中識無有因緣至於頭中以近遠衆緣和合生心是故不應分別計有中陰

次第品第二十六

論者言有人說四諦次第見有人說一時見問曰何因緣故說次第見何因緣故言一時見答曰次第見者如經中說若人見世間集即滅無見見世間滅即滅有見當知集滅二相各異又若人能知所有集相皆是滅相是名離垢得法眼淨又說利智慧人漸捨諸惡如鍊金師能離身垢又漏盡經說能知見者則漏得盡行者不能自知日日所盡常修習故得盡諸漏又佛言於諸諦中能生眼智明慧欲界苦中二色無色界二集等亦爾又經中佛自口說漸次見諦如人登梯次第而上以是等經故知四諦非一時得又諸煩惱於四諦中四種邪行所謂無苦無集無滅無道

故無漏智亦應次第四種正行又行者應定心分別是苦是苦因是苦滅是苦滅道若一心中何得如是次定分別故知次第非一時也

一時品第二十七

有人言四諦一時見非次第汝說見世間集則滅無見見世間滅則滅有見者則壞自法若然者亦不應以十六心十二行得道又汝言知所有集相皆是滅相得法眼者若爾便應以二心得道一者集心二謂滅心但以不然又汝言利智漸捨惡者亦不應但十六心也又汝言漏盡經說能知色等得漏盡者如是則應有無量心非但十六心又汝言眼智明慧者佛自言於四諦中得眼智明慧不言次第有十六心又汝言佛自口說漸次見諦如登梯者我不習此經設有應棄以不順法相故又汝言四種邪行者於五陰等亦應邪行隨所邪行皆應生智如是則不應但以十六心得道又汝言應定分別者於色等中亦應分別是故不但應有十六心也又行者不得諸諦惟有一諦謂見苦滅名初得道以見法等諸因緣故行者從暖等法漸次見諦滅諦最後見滅諦故名爲得道

退品第二十八

論者言有人說阿羅漢退或說不退問曰何因緣故說退何因緣故說不退答曰有退者如經中說時解脫阿羅漢以五因緣故退樂作務樂誦讀樂斷事樂遠行長病又經說二種阿羅漢退相不退相又經中說若其比丘退解脫門則有是處又經中說觀身如瓶防

意如城慧與魔戰守勝無壞若無退者不應守勝又二種智盡智無生智若盡智不復生者何用無生智又優陀耶難得滅盡定者即是退因是人雖退亦生色界以是等緣當知有退

不退品第二十九

有人言聖道不退但退禪定問曰若然者無二種阿羅漢但有退相以一切阿羅漢於禪定中皆有退故答曰退禪定中自在力非一切阿羅漢皆得自在力問曰不然如劬提比丘六反退已便以刀自害若退禪定者不應自害以佛法中貴解脫不貴定故答曰是人依此禪定當得阿羅漢道失此定故則失無漏非無漏有退所以者何如偈說畢故不造新於諸有中皆得厭離滅諸結使更無生相是諸健人猶如燈滅又說譬如石山風不能動健者如是毀譽不傾又經中說愛生愛等是阿羅漢永拔愛根何從生結又說所謂聖人究竟盡邊所作已辦又說聖人散滅不集破裂不織等又經中說無明因緣起貪恚癡是阿羅漢無明永盡云何生結又經中說若諸學人求泥洹道我說是人應不放逸若得漏盡不復漏也是故不退又說智者善思惟善語言善身業所作無失又說比丘不樂放逸見放逸過是則不退親近泥洹又經中說麋鹿依野鳥依虛空法歸分別眞人歸滅又三因緣起諸結使貪欲不斷所欲現前中生邪念是阿羅漢貪欲已斷雖對所欲不生邪念故不起結又說比丘邪觀諸法故起三漏是阿羅漢無邪觀故不起諸漏又經中說若

以聖慧知已則無有退如須陀洹果無有退者又阿羅漢善知三受生相滅相味相道相出相故不起結又說比丘若戒定慧三事成就則不退轉又阿羅漢斷已生結未生者令不生又經中說實行聖人終無有退阿羅漢已證四諦諸漏盡故名實行者又說七覺名不退法阿羅漢具足七覺是故不退又阿羅漢證不壞解脫是故不退又阿羅漢於佛法中得堅固利所謂不壞解脫又如人截手念與不念常名截手阿羅漢亦爾斷結使已念與不念常名爲斷又經中說信等根利名阿羅漢利根者終無有退又阿羅漢能於無上斷愛法中心善得解脫畢竟盡滅又譬如火燒所未燒燒已不還本處比丘如是以能成就十一法故終無有退問曰有二種阿羅漢汝所引經說不退者答曰此是總相說諸學人應不放逸阿羅漢不須非是別相說不退相者又佛說偈勝若還生不名爲勝勝而不生是名眞勝若阿羅漢還生煩惱則不名勝又阿羅漢生已盡故不復受身汝經雖說阿羅漢退法應還得若爾亦可法應不退若比丘能令諸根不生名阿羅漢是故無退

心性品第三十

論者言有人說心性本淨以客塵故不淨又說不然問曰何因緣故說本淨何因緣故說不然答曰不然者心性非本淨客塵故不淨所以者何煩惱與心常相應生非是客相又三種心善不善無記善無記心是則非垢若不善心本自不淨不以客故又是心念念生滅不待煩惱若煩惱共生不名爲客問曰心

名但覺色等然後取相從相生諸煩惱與心作垢故說本淨答曰不然是心心時即滅未有垢相心時滅巳垢何所染問曰我不爲念念滅心故如是說以相續心故說垢染答曰是相續心世諦故有非眞實義此不應說又於世諦是亦多過心生巳滅未生未起云何相續是故心性非是本淨客塵故不淨但佛爲衆生說心常在故說客塵所染則心不淨又佛爲懈怠衆生若聞心本不淨便謂性不可改則不發淨心故說本淨

相應不相應品第三十一

論者言有人說諸使心相應有說心不相應問曰何因緣故說心相應何因緣故說不相應答曰心相應者後使品中當說又貪欲等諸煩惱業是業諸使相應汝法中雖說心不相應使與心相應結纏作因是事不然所以者何經中說從無明邪念邪思惟等起貪等結無有經說從使生也汝法中雖說久習結纏則名爲使是事不然所以者何身口等業亦有久習相是亦應有似使心不相應行而實不然又若然者諸法皆從現在因生無過去因然則不應從業生報亦不從意生意識也又此諸使念念滅故復何因生問曰共相因生答曰是亦不然因果不得一時合故此事後燈喻中當說故不應言諸使非心相應

過去業品第三十二

說者言迦葉鞞道人說未受報業過去世有餘過去無答曰此業若失則過去過去若不失是則爲常失者過去異名則爲失巳復失是業與報作因巳滅報在後生如經中說以

是事故是事得生如乳滅時與酪作因何用分別過去業耶又若言若然者餘因中有過云何無因而識得生如無乳時何得有酪若無四大身口等業何依而有如是等我先說過去有過彼應答此

辯二寶品第三十三

論者言摩醯舍婆道人說佛在僧數答曰若說佛在四衆所謂有衆衆生衆人衆聖人衆是則非過若言佛在聲聞衆中是則有答以聞法得悟故曰聲聞佛相異故不在此中問曰佛居僧之首有人施者名爲施僧答曰此施屬何等僧此經小失是應當言施屬佛僧問曰佛語瞿曇彌以此衣施僧則爲供養我亦是供養僧答曰佛意言以語言爲供養我是物供養僧如經中說若人瞻病即是看我問曰諸有成就聖功德人舍利弗等皆在僧數中佛亦如是以同相故答曰若以同相者諸凡夫人及非衆生數亦有應入僧數者而實不然是故知佛不在僧中又佛不入僧羯磨中亦不同諸餘僧事又以三寶差別故佛不在僧中

無我品第三十四

論者言犢子道人說有我餘者說無問曰何者爲實答曰實無我法所以者何如衆經中佛語比丘但以名字但假施設但以有用故名爲我但以名字等故知無眞實又經中說若人不見苦是人則見我若如實見苦則不復見我若實有我見苦者亦應見我又說聖人但隨俗故說言有我又經中佛說我即是動處若實有者不名動處如眼有者不名動

處又處處經中皆遮計我如聖比丘尼語魔王言汝所謂衆生是即爲邪見諸有爲法聚皆空無衆生又言諸行和合相續故有即是幻化誑惑凡夫皆爲怨賊如箭入心無有堅實又言無我無我所無衆生無人但是空五陰生滅壞敗相有業有果報作者不可得衆緣和合故有諸法相續以是等緣故佛種種經中皆遮計我是故無我又經中解識義何故名識謂能識色乃至識法不說識我是故無我又群那比丘問佛誰食識食佛言我不說有食識食者若有我應說我食識食以不說故當知無我又洴沙王迎經中佛語諸比丘汝觀凡夫隨逐假名謂爲有我是五陰中實無我無我所又說因五陰故有種種名謂我衆生人天等如是無量名字皆因五陰有若有我者應說因我有長老弗尼迦謂外道言若人邪見無而謂有佛斷此邪慢不斷衆生是故無我又焰摩伽經中舍利弗語焰摩伽言汝見色陰是阿羅漢耶答言不也見受想行識是阿羅漢耶答言不也見五陰和合是阿羅漢耶答言不也見離五陰是阿羅漢耶答言不也舍利弗言若如是推求不可得者應當言阿羅漢死後無耶答言舍利弗我先有惡邪見今聞此義是見即滅若有我者不名惡邪又四取中說我語取若有我者應言我取如欲取等不應言我語取又先尼經說於三師中若有不得現我後我我說是師則名爲佛以佛不得故知無我又無我中我想名爲顛倒若汝意謂我中我想非顛倒者是事不然所以者何佛說衆生所有見我皆

見五陰是故無我又說衆生種種憶念宿命皆念五陰若有我者亦應念我以不念故當知無我若汝意謂亦有經說憶念衆生如某衆生中我名某者是事不然此爲世諦分别故說實念五陰非念衆生所以者何以意識念意識但緣於法是故無有念衆生念又若人說決定有我於六邪見中必墮一見若汝意謂無我亦是邪見者此事不然所以者何以二諦故若以世諦說無我第一義諦說有我是則爲過我今說第一義故無世諦故有是故無咎又佛說拔我見根如癡王問中佛答癡王若人以一心觀諸世間空則拔我見根不復見死王又諸說有我因緣憂喜等事皆在五陰又以破諸外道我見因緣是故無我

有我無我品第三十五

問曰汝言無我是事不然所以者何四種答中是第四置答謂人死後若有若無亦有亦無非有非無若實無我不應有此置答又若人言無有衆生受後身者即是邪見又十二部經中有本生經佛自說言彼時大喜見王我身是也如是等本生今五陰非昔五陰是故有我從本至今又佛說今喜後喜爲善兩喜若但五陰不應兩喜又經中說心垢故衆生垢心淨故衆生淨又一人生世間多人得衰惱一人生世間多人得利益又若修集善不善業皆依衆生不依非衆生數又處處經中佛自說我言有衆生能受後身又能自利不利他等以是等緣故知有我汝先雖說但名字等是事不然所以者何佛但以外道離

五陰已別計有我常不壞相斷此邪見故言無我今我等說五陰和合名之爲我是故無咎又雖言我但名字等應深思惟此言若衆生但名字者如殺泥牛不得殺罪若殺實牛亦不應有罪又如小兒以名字物施皆有果報大人持施亦應得報而實不然又但名字故無而說有者聖人應有妄語以實語故名爲聖人故知有我又若聖人見實無我而隨俗故說有我者則是見倒以異說故又若隨俗無而說有則不應復說經中實義十二因緣三解脫門無我法等若人謂有後世隨而言有若人謂無隨人言無又謂世間萬物皆從自在天生如是種種邪見經書皆應隨說是事不可是故汝所引經皆已總破故非無我答曰汝先言以置答故知有我者是事不然所以者何此不可說法後滅諦聚中當廣分別故無實我及不可說者但假名說非實有色又汝法中我以六識識如汝經說因眼所見色故我壞是則眼識所識則不應言非色非非色聲等亦如是復次若我六識所識則與經相違經中說五情不能互取五塵所伺異故若我可六識識則六根互用又汝所言前後相違眼識所識則不名爲色又汝言無我是邪見者經中佛自告諸比丘雖無有我因諸行相續故說有生死我以天眼見諸衆生生時死時亦不說是我又汝自法中有過汝法中言我不生若不生則無父母無父母則無逆罪亦無諸餘罪業是故汝法即是邪見又汝言有本生者因五陰故名喜見王即彼陰相續故名佛故說我是彼王汝法中

我是一故不應差別又汝言爲善兩喜者經中佛自遮是事言我不說又捨此五陰受彼陰者但以五陰相續不異故言兩喜又汝言心垢故衆生垢者以此故知無有實我若有實我應與心異不應言心垢故衆生垢所以者何不可彼垢此受故但以假名因緣有垢故言假名垢是故假名爲我非眞實也又汝法中說我非五陰是則不生不滅無罪福等有如是過我說五陰和合假名爲我因是我故有生有滅及罪福等非無假名但非實耳又汝先言破外道意故佛說無我者汝自妄想如是分別佛意不然又種種說我皆是過咎如汝言外道離五陰已別計有我汝亦如是所以者何五陰無常我不可說若常無常是即離陰復次陰有三分戒定慧品善不善無記欲界繫色界無色界繫如是分別我不得爾故異五陰又我是人五陰非人是則爲異又陰是五我是一是故我非陰也若有我者以此等緣則異五陰又世間無有一法不可說一不可說異是故無有不可說法問曰如然可然不得言一不得言異我亦如是答曰是亦同疑何者是然何者可然若火種是然餘種是可然則然異可然若火種即是可然云何言不一若可然即是火種若離火種亦俱不然故名同疑若然有可然如我有色即墮身見又應多我如薪火異牛糞火異我亦如是人陰我異天陰我異即是多我又如然可然在三世中我與五陰亦應如是在三世中如然可然是有爲故我與五陰亦應有爲又汝雖言然與可然不一不異然眼見異

相我與五陰亦應有異又五陰失而我不失以此間沒至彼間生有兩喜故若隨五陰有失有生則同五陰不名兩喜汝以妄想分別是我得何等利又諸塵中無有一塵六識所識汝所說我可六識識則非六塵又十二入不攝則非諸入四諦不攝則非諸諦是故若說有我即爲妄語又汝法中說可知法者謂五法藏過去未來現在無爲及不可說我在第五法中則異於四法汝欲令異於四法而非第五是則不可若言有我則有此等過何用妄想分別我耶是故汝先說外道離五陰已別計有我我等不爾是事不然又汝先言我但假名應深思者是事不然所以者何是佛法中說世諦事不應深思又汝說妄語見倒亦復如是又汝言不說經中實義者是事應說令知第一義故又汝言世間所說盡應隨者若說從自在天生萬物等是不可受若有利益不違實義是則應受是故無咎若世諦中能生功德能有利益如是應受後當廣說又汝言殺泥牛等無殺罪者今當答此若於有識諸陰相續行中有業業報泥牛等中無如此事是故當知五陰和合假名爲我非有實也

苦諦聚色論中色相品第三十六

問曰汝先言當說成實論今當說何者爲實

答曰實名四諦謂苦苦因苦滅苦滅道五受陰是苦諸業及煩惱是苦因苦盡是苦滅八聖道是苦滅道爲成是法故造斯論佛雖自成此法爲度衆生故處處散說又佛略說法藏有八萬四千是中有四依八因是義成捨

而不說或有略說我今欲次第撰集令義明了故說問曰汝言五受陰是苦諦何謂爲五答曰色陰識陰想受行陰色陰者謂四大及四大所因成法亦因四大所成法總名爲色四大者地水火風因色香味觸故成四大因此四大成眼等五根此等相觸故有聲地者色等集會堅多故名地如是濕多故名水熱多故名火輕動多故名風眼根者但緣諸色眼識所依及同性不依時皆名眼根餘四根亦如是色者但眼識所緣及同性不緣時是名爲色香味觸亦如是是等相觸故名爲聲

色名品第三十七

問曰經中說諸所有色皆是四大及四大所因成何故言諸所有皆是耶答曰言所有皆是定說色相更無有餘以外道人說有五大爲捨此故故說四大及四大所因成者四大假名故有徧到故名大無色法無形無形故無方無方故不名爲大又以麤現故名大心心數法不現故不名爲大問曰何故名地等法爲色不名爲聲等答曰有對法名色聲等皆有對故亦名爲色非如心法等有形故名色聲等皆有形故亦名爲色障礙處所故名爲形問曰色等非盡有形聲等無形答曰聲等一切有形以有形以有對有障礙故壁障則不聞問曰若聲等有礙則應不受餘物如壁障故則無所容答曰聲細微故得有所受如香味等細故共依一形不相妨礙是故聲等有礙有對故皆名爲色又可惱壞相故名爲色所有割截殘害等皆依於色爲違此故名無色定有示宿命善惡業故名爲色又示

心心數法故名爲色又爲稱名故名爲色

四大假名品第三十八

問曰四大是假名此義未立有人言四大是實有答曰四大假名故有所以者何佛爲外道故説四大有諸外道説色等即是大如僧佉等或説離色等是大如衞世師等故此經定説因色等故成地等大故知諸大是假名有又經説地種堅依堅是故非但以堅爲地又世人皆信諸大是假名有所以者何世人説見地嗅地味地觸地又經中説如地可見有觸又入地等一切入中是人見色不見堅等又人示地色地香地到地觸實法有中不可得異示又大名義以遍到故此相假名中説不但在堅相中又説地住水上是假名地住非但堅住又説大地燒盡都無煙炭燒假名地非但燒堅又以色等故信有地等非但堅等又井喻中説水亦見亦觸若濕是水則不得有二所以者何佛説五情不能互取塵故又佛説八功德水輕冷軟美清淨不臭飲時調適飲已無患是中若輕冷軟皆是觸入美是味入清淨是色入不臭是香入調適無患是其勢力此八和合總名爲水故知諸大是假名有又因所成法皆是假名無實有也如偈中説輪軸等和合故名爲車五陰和合故名爲人又阿難言諸法衆緣成我無決定處又若人説堅等是大是人則以堅等爲色等所依是則有依有主非是佛法故知四大皆是假名又諸法中有柔軟細滑等皆觸入攝堅等四法有何義故獨得爲大又一等四執皆有過咎故知四大但是假名又實法有

相假名有相及假名所能後當廣說是故四大非實有也

四大實有品第三十九

問曰四大是實有所以者何阿毗曇中說堅相是地種濕相是水種熱相是火種動相是風種是故四大是實有又色等造色從四大生假名有則不能生法又以堅等亦四大所謂堅依堅名地是故堅等是實大有又經中二種語堅依堅濕依濕等故知堅是實法依堅是假名餘大亦如是是故堅等是實大依堅法以隨俗故名大故有二種大亦實亦假名又阿毗曇中說形處是地堅相是地種餘大亦爾又經中佛說眼形中所有堅依堅是地濕依濕是水熱依熱是火肉形是地此肉形中佛說有四大當知堅等是實大形是假名大又佛不說風中有依故知風是實大又若人說四大是假名則離大相若依堅名地種者水依堅物水即爲地泥團依濕泥團即爲水如熱病人舉身皆熱身即爲火是事不然是故不得言依堅是地種但堅爲地種餘大亦爾又四大共生故不相離如經中說諸所有色皆四大造若人說四大是實則不相離若四大假名則應相離所以者何依堅色等衆離依濕等衆若爾則眼形中無有四大則與經相違汝欲不違經者則四大是實汝先言爲外道故說四大者是事不然所以者何諸外道輩說四大與色等若一若異我等說觸入少分是四大是故無咎又我等說現見堅等是四大不如衛世師人說四大亦有非現見又汝言堅依堅者依義二種如經中

說色依色又說心依大法此義中說堅即依堅更無異法若爾有何過耶又汝說世人皆信乃至八功德水但隨俗言說非是實大又汝說因所成法皆是假名是事不然所以者何經中說若六觸入若因六觸入所成法又有比丘問佛何等為眼佛答因四大造清淨色是名為眼如是十入又汝言有主有依我等不然但說法住法中又汝言堅等有何義故獨得名大者堅等有義所謂堅相能持水相能潤火相能熱風能成就是故四大是實

成實論卷第三

音釋

驃毗召切　轍直列切軌轍也　鍊連彥切鍛也　梯杜奚切木階也　麋靡為切鹿屬　醯呼雞切　軸直六切車軸也

成實論卷第四

訶梨跋摩造

姚秦三藏鳩摩羅什譯

非彼證品第四十

答曰不然四大是假名汝雖言阿毗曇中說堅相是地種等是事不然所以者何佛自說堅依堅是地非但堅相是故此非正因又汝說色等從四大生是事不然所以者何色等從業煩惱飲食婬欲等生如經中說眼何所因因業故生又說貪樂集故色集又如阿難教比丘尼言姊是身從飲食生從愛慢生從婬欲生故知色等非但從四大生問曰色等雖從業等生四大亦應爲少因如由業故有縠此縠亦假種子等生如是眼等雖從業生四大亦爲少因答曰或有物無因緣而生如劫盡已劫初大雨是水從何所生又諸天所欲應念即得如坐禪人及大功德人所欲隨意是事有何等緣非但業耶又如色相續斷已更生若人生無色界還生色界是色以何爲本問曰何故有物但從業生何故有物待外緣生答曰若有衆生業力弱者則須種子衆緣助成業力强者不假外緣又法應爾或有業或有法或有生處但業力得不須外緣又若須因緣應說種子是芽等因何故乃說因堅等生又以何義故從堅等生色等不從色等生堅等耶又堅等色等共俱生故云何言因堅等有色等不因色等有堅等又一時生法則無相因如二角俱生不得言左右相因問曰如燈明雖一時生亦說明因於燈非燈因明是事亦爾答曰燈與明不異燈以二

法合成一色二觸色即是明故不得異燈汝不諦思此喻問曰是明從燈去在餘處是故應異答曰不在異處此明色現見在燈中若在異處離燈亦應見而實不見當知是色不異燈也問曰更有一時生法亦爲因果如有對中識以眼色爲因緣非眼色以識爲因緣答曰不然眼識以前心爲因眼色爲緣因心先滅云何俱生又若法隨所因生即是因成若心因情塵有即是因所成法復次四大即是造色以因所生故又現見世間物從似因生如從稻生稻從麥生麥如是從地生地不生水等如是從色生色如是等問曰亦見有物從異因生如倒種牛毛則有蒲生種角葦生答曰我不言無從異因生但說似因中亦生故言從色等生色等不但從四大生是故不得定言色等從四大生又汝言以堅等示四大是故堅等是實大者此事不然所以者何以堅等相定可以分別四衆軟等不定或在多堅衆中或在多濕衆中故不可以分別諸衆餘亦如是又於堅等觸分別名爲軟等何者若以濕亦以生性柔軟細滑以堅相多故堅鞕麤澀如是等是故但以堅等分別四衆又如經中說以依堅故示四大差別故知依堅法名爲地種非但堅相故說堅相是成地因又於成地中堅是勝因是故別說餘相亦爾又爲作名字所有堅依堅皆名地種或有人但說堅相爲地種爲破是故佛說堅依堅爲地種餘亦如是又堅相衆中以堅多故有二種語一切衆中皆有堅等諸觸若堅依堅名爲地種若濕依濕名爲水種若熱依熱

名爲火種又堅是成地勝因故於中名地成假名因緣中有假名名字如説我見人伐林又汝言有二種語是事不然若隨説種是實者則十二入等不應是實是故因眼緣色有眼識生是則非實以不説種故是爲邪論又佛入火種定從佛身出種種餤色是中何者爲火種以色等成火非但熱相又佛説是身名篋於中但盛髮毛爪等如經中説是身中有髮毛爪等以是故髮毛爪等是地種不以有種語故名爲實法又種子經中説若有地種無水種者諸種子不得生長是中何者是地種謂假名田非但堅相水亦假名非但濕相又一法二種亦實亦假名是不可得是故色等是實又眼等假名故有諸大亦實亦假名者則是邪論又六種經中佛説髮毛爪等名地種又象步喻經中亦説髮毛爪等爲地種又以何義故説種是實不説種是假名又此義非經所載又汝言佛説眼形中所有堅依堅是地等者佛以此言示五根因四大成或有人説從我生根或謂離大别更有根有説諸根種種性生謂從地大生鼻根等佛斷此故説眼等根四大合成空無實法又分别成假名因緣假名亦無又此肉形中有四分堅依堅等佛以是語示諸物中有從四大生者又汝言佛不説風中有依故名實大者是事不然所以者何風中輕是勝相非依輕法地等中依堅法等勝風則不然又依輕法少故不説又汝言若説四大是假名則離大相者是事不然若堅依堅從四大生名爲地種非謂異物相依若法相異則不名依即是相

離問曰生則即是不名爲依依名異物來依答曰名字爲依非異物相依以生法差別故如言虛空徧至實無所至又汝言四大共生者是事不然如日光中但有色及熱觸可得更無餘法月光中但有色及冷觸可得亦無餘法是故非一切物中盡有四大如有物無味如金剛等有物無香如金銀等有物無色如溫室等有物無熱如月等有物無冷如火等有物相動如風等有物無動如方石等如是或有物不堅或有物不濕或有物不熱或有物不動是故四大非不相離問曰以外因緣諸大性發如金石等中有流相待火則發水中有堅相因冷則發風中有熱相因水火則發草木中有動相得風則發是故先有自性假緣而發故知四大不得相離若本無性云何可發答曰若爾風中或有香香應在風中如香薰油應在油中是事不然又不從諸大生造色如從濕生濕如是從色生色又若不相離則因中有果如童女有子食中有不淨等我等不說因中有果雖乳中無酪而酪從乳生如是何用憶想分別謂四大共生不相離耶

明本宗品第四十一

汝先言我等不說四大與色若一若異是故無咎者是事不然所以者何諸外道欲成我故以四大一異爲喻故佛於假名中以四大爲喻故說四大義若不爾則不應說世間皆自然知地等四大而不了實性是故爲說不說手等若以堅等爲四大者何所利益又汝言依義二種謂諸大是實者此事未了當知

是依義異謂假名是又汝言隨俗言說非實大者是事不然所以者何若經書若世間中不以無因緣故於色等中作四大名字如世間言我見人於色等中說人名非無因緣若無因緣强作名者見馬應名爲人而實不然又以何故不於聲中說名爲地世人常說地聲終不說聲是地若無因緣强作名者亦可名聲爲地而實不然是故色等四法是地於地分中說地名字如色是成假名因於中說名人於樹中說名林於比丘中說名僧如是於色等法中說四大名又汝言若六觸入若因六觸入所成是經不然如汝法中造色無所能生我法亦爾於假名中更無所生是故此經不應有若有應轉此義又汝言因四大造清淨色名爲眼者是事不然四大和合假名爲眼假名四大爲色色清淨故名爲眼又汝雖言法住法中無依無主是即爲依主以住者是依所住法爲主又汝言堅相能持等是事不然非但堅相能持假衆因緣餘亦如是是故四大是假名有

無堅相品第四十二

問曰汝說多堅色等成地大是故地等是假名者是事不然所以者何堅法尚無況假名地若泥團是堅泥團即爲軟故知無定堅相又以少因緣故生堅心若微塵踈合名爲軟密合名爲堅是故無定又一法中無有二觸令生是心身堅身軟是故無定堅相又堅軟無定相待故有如見欽拔羅以氎爲軟見氎故以欽拔羅爲堅觸法不應相待故有又目覩金石則知是堅觸非眼可得是故無堅以

此因緣軟等諸觸亦皆無也

有堅相品第四十三

答曰實有堅相汝雖言泥團是堅泥團即爲軟是事不然所以者何我等無有實泥團法衆法和合假名泥團故無此咎又汝言以少因緣故生堅心是事不然我於密合微塵中得是堅相故名爲堅於不密中得此軟相是故無咎若法可得即名爲有又汝言一法中無二觸者是事不然我於一法中可得多觸亦堅亦軟又汝言堅軟相待故無定者是事不然如長短等相待亦有又如甞白石蜜味以黑石蜜爲苦甞呵棃勒味以黑石蜜爲甘若以相待故無則味亦無問曰黑石蜜中有二種味亦甘亦苦答曰氎中亦有二觸亦堅亦軟又汝言見石知堅是事不然不可以眼知堅以先觸故比知如見火知熱熱非可見又人見欽㧞羅生疑爲堅爲軟是故非眼可見故有堅等諸觸復次實有堅等所以者何能起分別心故若無堅者何所分別又堅能與心作緣亦所作業異謂打擲等又與軟濕相違則名爲堅又以能持因緣故名爲堅又能障礙手等故名爲堅又我等現知是堅現知事中不須因緣又以世間事得名爲堅餘亦如是故知有堅

四大相品第四十四

問曰我已知有是堅法而今見金熱則流水寒成冰此金以堅故屬地流故屬水答曰各自有相共法堅依堅是地種若濕依濕是水種等問曰金堅則爲消流水濕則爲堅冰云何諸大不捨自相如經說四大相或可變得

四信者不可得異答曰我不以堅爲流以濕爲堅但堅與流爲因濕與堅爲因是故不捨自相問曰阿毗曇中説濕是水相或有人説流是水相經中説潤是水相竟以何者爲實答曰流濕潤皆是水之别名問曰流是水業眼所見法是故流非濕潤答曰以濕潤故流濕故赴下是故流即是潤亦濕潤是水相流是水業問曰風中説輕動相輕異動異輕是觸入所攝動是色入所攝今可以二法爲風耶答曰輕是風相動是風業與業合説問曰無有動相諸法念念滅故不至餘處以至餘處故名曰動至去動是一義故答曰我但以世諦故説名爲業非第一義因是輕法餘處法生得名爲業爾時名去問曰輕無定相所以者何以相待故有如十斤物於二十斤爲輕於五斤爲重答曰重法量法因心等法亦相待有如或有法相待故長或有法相待故短總相因心故即爲相若輕法相待故無是等亦應皆無而不然是故相待非是正因又輕非相待故有以不可稱故有物不可稱如槖囊中風是故非相待有但重法相待無有重物不可稱者問曰若不可稱名爲輕者除重餘色等法不可稱故皆應爲輕而不然是故汝所説非是輕相答曰我等意離色等更無異法名爲重色等法或有生性可稱如堅不堅力無力新故相不朽消不消麤軟等亦不離色等而有重相亦如是是色等衆若屬地水是則可稱若屬風火則不可稱問曰若重法不離色等者輕亦應不離色等而有答曰然離色等無别輕法但色等衆和合爲輕

問曰不然欲分別輕重必以身根是故輕重非是色等衆答曰如分別堅等或以眼或以耳等此堅等物不離色等輕重亦如是雖用身根是中更無異相又身根不觸不生身識是重相身雖未觸亦能生識如重物雖以物累持亦知其重問曰非於爾時知是重相答曰如人著衣雖不相觸亦知有力無力輕重亦爾所以者何從種種觸生種種身識如或因案掐生堅軟識或從舉動生輕重識或從把捉生强弱識或從觸對生冷熱識或從摩捫生澀滑識或從擠搦生强濯識或從劖刺或因鞭杖生異種識或有觸常在身内非如寒熱等從外假來所謂猗樂疲極不疲極若病若差身利身鈍嬾重迷悶瞢瞢疼痺頻伸飢渴飽滿嗜樂不樂憒等諸觸各主異識問曰若輕重相即色等衆者云何於色等中以身識緣答曰非色等衆中用身識緣但此中觸分以身識緣如堅不堅等雖在色等衆中或以眼見得知又如猗樂等是色等衆亦以身識分別是事亦爾問曰若輕重但是觸有何答何用分別色等衆爲答曰如世人說新穀陳穀是新陳相應異色等而實不爾但色等初生名爲新若此新相是色等衆重相云何非耶問曰若色等衆即是輕重等者是輕相在火風中則輕多色等衆應名爲風若然火即爲風答曰隨相多者即名爲大火中亦有輕熱相以熱多故名爲火不以輕多故名火風中但有輕無熱是故但以輕爲名又我等不但以輕爲風若輕而能爲動因故名爲風如經中說輕動相名風於是中輕相是風

動爲風業問曰風能倒山若是輕物云何能爾答曰風麤而力强勢能如是如或有風能動小草或能頹山當知風業如是問曰今地等大皆是色香味觸衆無差别耶答曰不定如名地中有色香味觸或但有色觸如金銀等或水中有色香味觸或有三色味觸或火中有色香味觸或有三色香觸或但色觸風中或有觸無香或有香觸是故不定問曰風觸云何答曰寒熱堅軟等諸觸若隨大相續不離可知即此大觸問曰有醫言風色黑是實云何答曰風與黑色爲因如風病人口中有辛苦味而此醫不說風中有味則風與味爲因問曰或有人說風是冷不說爲輕是實云何答曰無有名冷爲風如水雪有冷不名爲風又風冷名異所以者何如熱風及不冷不熱風亦名爲風是故應依輕衆名爲風又無色觸等法生名爲風非冷爲風問曰若風有色味有何咎答曰風中色味不可得若言雖有以微細故不可得者心中亦應憶想分别謂有色味是事不然又我等不說因中有果是故若事果中可得不必因中先有是名成四大實

根假名品第四十五

問曰眼等諸根與四大爲一爲異答曰從業因緣四大成眼等根是故不異四大又佛分别眼作如是言眼肉形中所有堅依堅名爲地種故知諸根即是四大所以者何但分别堅等更無有眼佛欲令人知眼空故作如是說若不爾應眼中别有堅等若堅等中别有眼雖分别堅等則無所益是故諸根不異四

大有六種經中說六種是人若諸根異四大則眼等不名成人因緣因色等成四大聲亦是成人因緣但六種中假名爲人故知諸根不異四大又比丘問佛何等爲眼佛答因四大成色不可見有對是名爲眼故知不異四大是比丘利根有智於眼等根深生疑世間皆知見色是眼乃至亦知觸是身是比丘於眼等根中生有無疑所以者何或有諸師說五性爲五根或說一性是比丘欲試觀佛法故問佛佛欲示五根皆屬四大答言比丘是眼因四大所成色不可見有對若法有實則非因成因假名法更成假名如因樹成林問曰或有人言色成就名爲眼是實云何答曰若成就不成就四大從業因生名眼等根若不爾是比丘於眼等根中疑終不可斷所以者何佛爲說眼等諸根因四大造是故此比丘知無實眼法故知眼等不異四大又佛處處分別四大示眼空故如說以慧不戲論者謂觀此身分別六種堅依堅名爲地等如是厭離五種但有一識亦如屠牛喻象步喻經中分別四大更無有眼若別有眼應更分別又和蹉等諸論議師亦作是說以無過故應當信受問曰五根與四大異所以者何眼等眼等入攝四大觸入所攝又眼等爲內入四大爲外入眼等爲根四大非根又眼等是造色成就四大不爾故知諸根非是四大答曰隨因緣故即事異說如信等五根亦名行陰若四大從業生眼等所攝亦名內入亦名爲根又四大即是成就如輪等成車輪即是車是事亦爾問曰不然如心清淨名爲信信異

心異是事亦爾答曰不然如因清水珠水即爲清水清即是水如是得信珠則心池淨是心淨即是心又我等於此論中不説從心有異信是故此喻非也又根是假名於成假名因不得言異問曰亦不得言一答曰四大成就中假名爲根亦不但名四大爲根故知諸根不異四大

分别根品第四十六

問曰是諸根中何大偏多答曰無有偏多問曰若諸大等何故有能見色有不能者答曰皆從業生從業生屬眼四大力能見色餘根亦爾問曰若從業生何故不以一根徧知諸塵答曰此業五種差别有業能爲見因如施燈燭得眼根報聲等亦爾業差别故根力有異問曰若是業力何假諸根但應從業生識能取諸塵答曰不然現見無根則識不生所以者何如盲者不見聾者不聞現見事中因緣無用此非難也又法應爾若無諸根則識不生外四大等無根不生法應假此又以諸根嚴衆生身故從業生如以得穀因緣業故穀生亦假種子芽莖枝葉次第而生此亦如是問曰心何故不爾如眼識以眼爲根亦因次第滅心心但以次第滅心爲根更無有如眼等根處應説因緣答曰定有五塵定有五識心不如是又心法應爾但以次第滅心爲根更不須餘如過去未來法雖無而意能緣心心法亦如是此事亦然又是事與汝法同汝法色等塵中識待根而生待次第滅心意識得生問曰若意識更無根者爲依何處答曰依四大身問曰無色界復何所依答曰無

色界識無所依法應如是無依而住所以者何根差別故意識能知有無若有色則依無色亦能住故無色界亦無依而住又衆緣合故識生如經中說因意緣法則意識生此何所依非如人依壁等一切諸法皆住自性

根等大品第四十七

問曰諸外道說五根從五大生是實云何答曰無也所以者何虛空無故是事已明是故不從五大生也問曰諸外道言眼中火大多所以者何以業因故因施明得眼如經中說施衣得色施食得力施乘得樂施燈得眼是故眼中火大多又眼假明能見離見離明則不見故知火大多又火能遠照眼有光故能遠對色又言人死眼還歸日故知日為本性又眼定能見色色屬火故還見自性如是虛空地水風等隨根偏多人死耳根還歸虛空耳定能聞聲聲屬虛空餘亦如是故根中諸大應有多少答曰汝言似業因者是事不然所以者何或見有果不似業因如說施食得五事報又若眼中明多則應不假外明如燈燭等又若眼假外明故名火多者則耳等根中空等亦應多不假外空等而實假外是故非因又水能益眼如人洗眼眼即明了則應水多又火能壞眼如日光等若是自性不應自壞故知非火又天眼離明亦能見色是故眼不屬火又月明中亦得見色月非火性又眼法能爾或有眼待明能見有不待明而見如眼得空等因緣雖不到色而能遠見眼法如是不應憶想分別謂火大多又汝言離明則不見者若離虛空憶念及色亦不能見則

虛空等亦應皆多又非一切眼皆假外明如鵄鵂等禽猫貍等獸不假外明亦能得見故非火多又火是明照常有熱相眼不如是若以言眼有光明能遠對色是事已破眼無光故若言還歸於日眼則是常又日等非根眼何故歸也又若日死日根及日復何所歸是故不然又上天死時眼何所歸上無日故又虛空無作則無所歸又諸根無去以有爲法念念滅故汝言眼定能見色色屬火故還見自性是事不然無用因故聲屬空等亦如是是故汝言於五根中諸大偏多是事已破問曰有論師言一根一性地中求那多故有香能發香知水火風中有味色觸故能發味色觸知是實云何答曰我先說不定地中有香餘物亦有是故非因又諸大合生不見有地離水等者若地有香故能發香知亦應發色等知以地中具四求那故問曰香但是地有鼻屬地故觸能知香答曰地之求那但是地有鼻應盡知又水但有冷觸火但有熱觸應以舌眼能知而實不然又無陀羅驃故則無有根又諸根力用與塵合故生知和合已破則無根用是故無有一性爲根

根無知品第四十八

問曰諸根爲到塵故知爲不到能知答曰非根能知所以者何若根能知塵則可一時徧知諸塵而實不能是故以識能知汝心或謂根待識共知不離識知者是事不然無有一法待餘法故能有所作若眼能知何須待識又若根能知應當分別是爲根業是爲識業問曰照是根業知是識業答曰此非分別云

何名照汝法中耳等諸根非是火性不應能照若諸根於識如燈者今諸根更應有照者如燈則照復有照如是無窮若更無照者但根能照亦應無根但識能知是故照非根業又根非能知如燈能照而不能知必能爲識作依是名根業是故但識能知非諸根也若有識則知無識則不知如有火則熱無火則無熱當知從火有熱問曰經中說以眼見色不應取相耳等亦爾故知眼能取色又眼等名根若不能知何以名根又經中說我諸弟子於微細事能知如眼所見若眼不能見佛諸弟子則無所見是事不可是故諸根定能取塵又以根取塵以識分別是則根識有異答曰經中佛自說眼是門爲見色故是故眼非能見以眼爲門識於中見故言眼見問曰亦說意是門爲知法故可以意爲門而非知乎答曰意亦以次第滅心爲門是故意不能知意識能知又經中佛說眼欲好色眼即是色性無分別故實不欲也是識欲耳又佛說眼所識是色識能識色眼實不識又世間人以世俗故說眼能見耳能聞佛亦隨說何者但色可見餘不可見佛亦說見貪欲等過又世間言月盡佛亦隨說如貧賤人字爲富貴佛亦隨名佛意不欲與世間諍如摩伽羅母等是故當知隨世語故佛說眼見問曰世間何故作如是語答曰隨眼識所因於是因中說名爲見如說彼人見此人見如說人作罪福等諸佛天神見又如說以左眼見右眼見又說以日明見月明見或虛空見或向中見若門中見如蔑物中言此人者彼人者或言

以草木薪煑牛糞煑油煑酥煑火煑日煑實是火煑餘假得名如是但識能見眼得其名又是語不盡應言以眼門見色又眼是人所用具人是假名作者應有用具又因眼識見名爲眼見如牀上人笑名爲牀笑又眼繫識業故中說識業如手足等繫在於人是中人業名爲手業又眼識因眼因中說果如言其人燒其聚落如言食金名金爲命草爲牛羊是皆因中說果如是從眼生識能見色故名爲眼見又識近眼見色便名眼見如牧牛近水便言在水又以眼故分別眼識是故眼中置眼識業如杖婆羅門又眼能成眼識是故於中說眼識業如財物損減名人損減財物增長名人增長又眼識與眼和合故能見名爲眼見如木與人合而能打名木人打如墨染合衣故名墨衣又諸法互說如慧業於受等中說又應言以眼識見色略中語故但言眼見又如藥石隨一受名汝言若不能見何以名根今當答汝眼等五法勝餘色等故名爲根問曰眼等五法與餘色等此十法俱不知塵如離眼等則識不生若離色等識亦不生以何爲勝答曰以諸根故識得差別名眼識耳識等如鼓與桴合而有音以鼓勝故名曰鼓音如地與穀等合而生芽以穀勝故名爲穀芽諸識亦爾隨所依處得差別名不以緣故若說色識則容生疑爲是眼識爲是緣色意識又根中有識塵中無識又於眼等中生我癡心又識所依處是根非塵又在自身數中名根非塵又是人所用具名根非塵又根是衆生數非塵又根不通利則識不明若

根清淨則識明了又以識根上中下故識隨差別以此等緣故名爲勝又根是不共一塵可得多人共有又根與識一業果報塵不如是又根是因塵是緣所以者何以根異故識有差別不以塵故如種是因地等是緣隨種異故互有差別因勝緣故得名爲根汝言我弟子於微細事如眼所見是隨俗語世間人眼中說見故言如眼所見如佛說偈明達近智如舌知味舌雖不知不同瓢杓意依於舌生舌識故言舌知味依眼生識名爲眼見故言佛弟子如眼所見汝言以根取塵以識分別是事已答根無知故又汝等不說根思惟知我有差別相是故諸根不能取塵又汝等諸知不待根生所以者何大及我等先根而生又汝大等諸諦無本性故則應皆無汝法本性變爲大等本性法無是事已說是則無根

根塵合離品第四十九

問曰汝言識能知非根知是事已成今爲根塵合故識生爲離故生耶答曰眼識不待到故知塵所以者何月等遠物亦可得見月色不應離月而來又假空與明故得見色若眼到色則間無空明如眼篦觸眼則不得見當知眼識不到而知耳識二種或到故知或不到而知耳鳴以到故知雷聲則不到而知餘三識皆到根而知所以者何現見此三根與塵和合故可得知意根無色故無到不到問曰汝言眼色不到而知是事不然所以者何眼中有光是光能去見色光是火物眼從火生火有光故又若不到能見何故不見一切

色耶以眼光去有所障礙不徧到故不見一切又經中説三事和合故名爲觸若不到者云何和合又五根皆是有對以塵中障礙故名有對鼻香中舌味中身觸中眼色中耳聲中若不到則無障礙又現在五塵中知生是故五識到故能知若不到能知亦應知過去未來色而實不知又衆緣合故知生是故眼光去與塵合以光到色故名和合聲亦以到耳故聞所以者何人在遠處小語則不聞若聲如色不到而知小聲亦應可聞而實不聞故知以到故聞又聲可遠聞若不到聞則無遠近又聲以壁障則不可聞若不到可聞雖障亦應聞又聲遠聞則不了近聞則了若不到而聞則無差别以到耳故有是差别故知音聲到故可聞又聲順風則了逆風不然故知到故可聞又聲可盡聞若不到而聞不應盡聞如色不到而見故不盡見故知聲不同色若不到可聞則與色同如色一分見餘亦待明故見聲亦應爾而實不然是故不到不聞汝言耳等根塵不到而知是事不然聲香味觸應來到根若令根去是事不然以耳等根無光明故但一火大有光是故不去有聲若厚濁物及水等障耳亦得聞若有光根不能如是故知耳根無光又耳於闇中亦能知塵若有光根闇則不知又有光根待方能知能見一方不能一時徧知諸方如人東向則見東方色不見餘方有説意能去是故到塵能知如經中説是心獨行遠逝寢藏無形又是心散行如日光照又是心動動如魚失水又是心本隨意行等是故六塵皆到故知答

曰汝言光到是事不然所以者何如人遥見杌樹疑謂是人若光到者何故生疑又太近眼則不得見如眼着藥篦則不能見故光雖去以太近故亦不應見又眼離明則不能見太近則明壞又若光到彼何故見麤不能細辯又見色中有方差別謂東西方色亦有遠近差別若眼到故知則無差別所以者何香味觸中無是差別是故眼光不到而知又眼光若先見已復何用去若先不見去何所趣又近色遠色一時俱見去法不爾是故眼光不去又若眼光去中道應見諸色而實不見故知不去又光去者光則離身不名爲根如指斷離身則無身覺又不見有眼能捨自依以無此類則爲非因又此眼光無能見者則爲是無問曰有此眼光以日光明映故不見如日光中衆星不現答曰若爾夜則應見問曰色法要假外明乃可得見夜無外明所以不見答曰若此光晝夜俱不可得是則竟無可見問曰猫狸鼠等諸夜行虫眼光可見答曰是可見色住猫等眼中如螢火虫明色在身非是光也又如夜行虫闇中能見人不能見然則但彼有光餘物則無法自應爾又汝言若不到能見應見一切色者若色在知境是則可見如經中說若眼不壞色在知境如是則見問曰云何名在知境答曰隨色與眼合時名在知境問曰若眼不到有何合時答曰是事亦同如汝眼去到色或有能見或不能見如眼到日能見日輪而不見日業我亦如是眼雖不去若色在知境是則能見若不在知境則不能見問曰眼光遠去以勢極故

不見日業答曰若以勢極故不見細業者日輪量麤何故不見是事不然又若光到彼能見者何故見遠日輪而不見彼巴連弗等近國邑耶若汝意謂巴連弗等不在知境故不見者我眼不到亦以色不在知境故不能見問曰巳知諸色在知境故可見今云何可見云何不可見答曰世障故不見如過去未來色映勝故不見如日光明蔽諸星宿及珠火明等不顯故不見如夜中火可見餘不可見地勝故不見如以初禪眼不見二禪色闇障故不見如闇中瓶神力故不見如鬼等身厚濁障故不見如山外色遠故不見如餘世界太近故不見如自眼睫次未至故不見如光中塵可見光外則不見細故不見如樹杌似人不可分別多相似故不見如一粒米投大聚中又如一鳥入鳥群中與上相違名在知境問曰云何名眼壞答曰風熱冷等衆病所壞若風壞眼則見青黒旋轉等色若熱壞眼則見黄赤火焰等色若冷壞眼則多見白池水等色若勞壞眼則見樹木動摇等色疲倦壞眼則見色不了偏案一眼則見二月鬼等所着則見怪異罪業力故則見惡色福業力故見淨妙色熱氣壞眼則見焰等色又衆生得眼不成就故見不見足又眼生膚翳蔽故不見若眼根壞故不見是名眼壞與上相違名爲不壞耳等諸根亦應隨義分別問曰巳知五塵在知境故可知法塵云何名不在知境答曰上地故不知如初禪心不知二禪巳上法根勝故不知如鈍根心不知利根心中法人勝故不知如須陀洹不知斯陀含心中

法力差別故不知如有意識於此法無力以是意識不知此法如攝心意識所知法亂心意識所不能知如辟支佛意力所知法聲聞意力所不能知佛意力所知法聲聞辟支佛意力所不能知如上品法下品意識所不能知又如細微法塵不可得知如阿毗曇中說何等心可念謂了了者先所經用者可念非不經用者如生死人先所用法能念未用則不念聖人若經用若不經用聖智力故皆悉能知又勝塵故知如用色界心知欲界法又到障故不知如身見心緣五陰不見無我無常苦亦如是又力障故不知如鈍根人利根障故令心不知與上相違名在知境問曰云何名意壞答曰狂顛鬼着憍逸失心或酒醉或藥迷悶亂心或有貪恚等煩惱熾盛放逸壞心如迷婆伽捕魚師等或刪若婆病能破壞心又老病死亦能壞心若心在善法若不隱沒無記法中是名不壞如是等因緣故雖有諸塵而不能知是故汝言若不到能見何故不見一切色者是事不然又汝言三事和合故名觸者隨根知塵時則名爲觸不必相到所以者何意根亦說三事和合是中不以相到故名爲觸又汝言以相到故名有對者是事不然已說非對相故又汝言現在知生者第六識亦有但知現在如他心智又汝言衆緣合故知生者第六意根中已答謂隨所知塵時名爲和合又因意緣法意識生此言則空以不到故又以決定故名和合眼識但依眼不依餘亦不無依但緣色不緣餘亦非無緣乃至意識亦如是

成實論卷第四

音釋

葦羽鬼切　鞕魚孟切堅也　篋苦協切箱屬　橐蒲拜切與韛同吹火韋囊也

掐苦洽切爪刺也　擠搦擠子禮切排也搦女角切按也　剗刺劖鋤銜切鑴也刺七賜切直傷也

鼜瞢鼜徒亘切瞢莫亘切鼜瞢不明也　痺必至切足溼病也　懵莫孔切昏闇也　鵄鵂鵄赤脂切鴟鵂也鵂許尤切鵂鶹也

猫狸猫莫交切狸力支切　睫即葉切目旁毛也　杌五忽切樹無枝也　刪所閑切

成實論卷第五

訶梨跋摩造

姚秦三藏鳩摩羅什譯

聞聲品第五十

汝言人在遠處小語則不聞故知聲到耳者是事不然所以者何如汝言人在遠處語從聲有聲相續轉微更不復生是故不聞我亦如是耳雖不到聲小故不聞又如汝眼光雖去但見日輪不見日業我亦如是耳雖不到聲麤故可聞細則不聞又如汝眼光雖遠去不能至百千萬由旬雖能徹見水精等障壁等障則不見能見日輪而不見日業我耳亦如是聲雖不到麤故能聞而不能細辯又汝言順風則了是事不然所以者何則無有人能逆風聞如香逆風則不可聞聲亦應爾逆風不應少聞而實可聞是故知聲不到而聞若聲可少聞以風障故又聲不可如香爲風所吹何用分別逆順風耶又汝言聲可盡聞故知來到不同色者是事不然所以者何聲法應盡聞色法不爾萬物皆有同相異相是可知塵故同知盡不盡故異不以到不到故異又鈴聲於鈴中可聞何以知之如人欲聽鈴音則以耳就鈴又聲是求那是故不去以諸求那無作業故問曰從聲相續生聲求那如水中波名爲聲去答曰是聲與波何以相喻水相鼓扇則有波生今聲中更有何聲能生異聲若汝意謂聲能生異聲者何故不即於本處生不餘處生水水相擊故有波生若說言人是聲造耳即應是說者而實不可是故知聲不說而去又若鈴聲轉相續生而鈴

非無聲若聲如波相續生者定水無波如是從鈴有聲鈴應無聲而實不然故知聲在鈴中又捉鈴則聲止故知聲常依鈴若聲依鈴亦離鈴者捉鈴時依鈴聲應滅離鈴聲應在又現語言中無有如鈴相續生者又聲中有方差別謂東西方聲亦有近聲遠聲若聲到耳則無是差別又若聲來者則天耳無用所以者何百千世界聲云何能來又如射聲能中聲處若聲到耳應自射耳若不爾者不名射聲又若遠近聲可俱得聞又聲念念滅故不生異聲不見念念滅法能有所生是故聲不生異聲如念念滅業不生異業聲亦如是念念滅故不生異聲若聲生異聲業亦應生異業然則業不生業此言則壞又汝法中聲與異聲相違相違各不同處若聲與異聲同處則不名相違若不同處則前聲滅已後聲自生是故聲不生異聲又聲是一法云何能生異聲不見一物有能生者問曰如合是一能生成物聲亦如是雖是一法能生異聲答曰汝見合法是一能有所生聲亦然者色亦爲一應生異色香味觸亦如是然則陀羅驃或有五性三性二性又同業故聲與業同相如說雖聲求那滅與業同如指彈刀刀動名業即亦有聲動不離刀聲亦如是以手捉刀則聲俱動止故知業不生異業聲亦不應更生異聲如汝分別從初業勢更生後業如是亦應從初聲生勢從勢生後諸業是中無有異勢從勢生後因業能生勢而聲不能又業滅故不名因陀羅驃所以者何先業滅已後陀羅驃生聲亦如是先聲滅已後聲自生後

聲不應有因若汝猶謂前聲生異聲者則聲不名念念滅所以者何是聲生時是第一念生異聲時是第二念異聲生已是第三念前聲滅時是第四念故非念念滅也又聲云何與異聲相違爲如毒與毒藥相違藥與病相違耶若不爾則鈴不應有二聲若一念中鈴有二聲則千念中亦應有二聲又如無求那陀羅驃與火合故生求那滅本黑色更生赤色聲亦如是前聲滅已異聲更生若不爾應一念中鈴有二聲而實無二是故不然又若從聲生異聲者則不隨因而實從鈴生聲是則隨因又此異聲應非鈴聲又此異聲終不應斷無斷因故問曰從是初聲轉生微聲是故有斷答曰何故轉生微聲隨打勢著隨著有初聲第二聲分等亦隨著差別故有以無打因故著勢則打著勢打故聲則轉微又若因聲生異聲者亦應因色生水鏡中色如是水月鏡像即名爲色然則衛世師經一切皆壞又汝等說從離生聲是事亦無所以者何不從手離生聲合故有聲以刀竹等諸分相著離時相棖是故有聲又我等不說從合生聲所以者何指與空合則不生聲若指不相棖亦不生聲是故不從合生但四大若合若離則有聲生如諸大業常在諸大不捨而去

聞香品第五十一

問曰汝言香至鼻聞是亦不然所以者何如聲可遠聞香在遠處亦可得聞汝意若謂從是香物相續生香因聲相續中已說其過答曰香云何可聞問曰華微分去香亦依去答曰不然若華分去華分是色應當可見而實

不見故知不去問曰是華分色微故不見答曰香亦細微不應得聞問曰香勢大故可聞如羮中興渠雖不見色但聞其香答曰今現見隨華分色亦聞其香細分中色何故不見又若燒華其香更增色但有滅故香非華分又若香是華分亦應少聞而實不然又若華分去華應損減而實不減何以知之如一斤鬱金常有香去而常一斤問曰所損微故不可得知如水瓶中去一滴水不覺其減答曰若常損者華尚應無況不覺減又若華常減則不可見聞以常減故念念生滅念念滅故應生異陀羅驃況不更生異求那耶而實是華可得見聞故知華分不去問曰若但香去香亦應盡以常損故又香無分故但應都盡答曰我等不使華分隨風亦不令風吹華香去但因華香中更生異香因此香風復生香風來至鼻聞故無斯咎何以知之如聞麻中香非華分香以華熏故若是華分何能熏麻故知此香不在華分又此華香若摩若搦若著熱中其香則滅若在麻中則不可滅又此華香但在油中不在滓中故非華分又此香久在麻華中不爾故非華分問曰若非華分是何物香答曰是名麻香因華而生不得離麻如是因華香風更生異香是事已明復次或有熱風冷風可覺是中水火色不可見當知風中更生異觸非吹水火分去若風中熱觸屬火冷觸屬水則不冷不熱觸應當屬地如水火色不可得者地色亦應細故不可得若爾風則無觸是即爲過他人亦可得說如風與水火合故有冷熱觸如風與地合故有

不冷不熱觸是中無有決定因緣水分火分得隨風去而地分不去如汝經中有三觸觸身而非地水火故知風是不可見相以此言故三觸於風或客非客所以者何是三種觸若非見相則是風又汝意若謂見水火中有冷熱觸故非是風分如是見地中有不冷不熱觸故亦不應是風分若先別有風觸不與地合應言是觸屬風而初不見云何當知不冷不熱但是風觸非地分耶又我等亦說色香味觸但是地物非水等有汝意若謂見水等中有色等者與地合故於水等中見非水等有如水中熱相是中無決定因水與火合故有熱相與地合故無色等相初不曾見別有水等不與地合若曾見者可言是色屬水非是地有亦應如是分別水等問曰何故風

中得生異香而不能生異色味觸耶答曰風法應爾法有種種不可思議餘物得生異色味觸如華熏麻生辛苦味乳浸阿摩勒即爲甘果𦶜支熏摩頭樓伽子種生赤葉青雜雌黃則成綠色青赤色合變爲紫色如是等於異物中生異色味問曰汝說風中更生異香是事不然所以者何如無風室中得聞遠香又香可逆風聞如波利質多天樹故知風中不生異香但應因香更生異香答曰緣有二種香若風中則更生香風若無風則因香生香斯有何咎汝先言香可遠聞故應不到是事不然所以者何不同色故若不至而聞則與色同不到而聞又遠覩香煙則不得聞到時乃聞故知不到不聞又無天鼻故故知到聞若不到而聞應有天鼻如天眼耳

覺觸品第五十二

問曰觸亦應不到可知所以者何日觸遠住故答曰日觸云何可知問曰火分從日邊來到身乃知答曰若從日有火分來日没時火分應在而實不在故知不來問曰日雖没而熱猶在以觸故知答曰若爾火則無色汝經中無無色火是即爲過問曰是中有細微色答曰火色多而觸少如見燈色未覺其觸問曰觸定到乃知耶答曰定到知所以者何如因香風中有異香生知是因日更有火生問曰日没火色何故不見答曰或有火但觸無色如日没熱如熱病人火依於身如温室中火滅餘熱湯中火等皆有觸無色是故火或有色無色應當信受

意品第五十三

汝言意行是事不然所以者何意念念生滅如風如業念念滅法則無去相又意去者若知已去不知已去二俱不然若先知已復何用去若不知已去爲何所趣又若心在眼云何復得到耳若心生念我當到耳則爲念耳若欲聞聲即是念聲若心在眼不得生念餘根亦爾故意不去又若人先見城國邑等今隨本念不知現在故意不去又若法去者應先近後遠而今遠近俱念故知不去又若法去者中道應知諸塵如人行道中知色等物而意不爾又如心能知無謂過去未來兔角龜毛虵足風色赤鹽香等亦知俱不到故故知不去又若心到緣則不應有無知疑知邪知而實有之故知不到又心緣泥洹若心到者則以有爲到無爲中是則不然還出無爲

入有爲中是亦不然又若生心念有後世心即到後世此身應死不得復還是故不去又心念未來即到未來不可以現在法爲未來也又心念過去即在過去不應以去來法爲現在也故知不去又從欲心面生異色恚等亦爾若心到異處色不應異故知不去又心在緣中名之爲受是受三種若苦若樂不苦不樂若心到異處此則無受故知不去又心依於身如經中說心依名色故不離身到餘處去又身合識故名爲身若心在異處身則無識緣與識合便名有識是故不去問曰夢中心至餘方答曰不然如夢中所作失不淨等是皆在身心顛倒故謂在餘方而實不去又夢中所爲皆是虛妄如人夢飲竟不除渴又夢行欲等不名爲墮故知夢中意亦不去又心但在曾所見聞覺知法中不行異法若去到者亦應知異法問曰神使意去能到餘方答曰是事後破神品中當廣分別故意不去

根不定品第五十四

問曰諸根爲定爲不定耶答曰云何名定云何名不定問曰以眼等根所知及因是名爲定答曰若爾根非定也所以者何諸根非是眼等所知及因問曰眼瞳子及舌身可以眼見耳鼻在內故不可得見答曰死人亦有瞳子舌身而實無根問曰瞳子二種有是根非根死人根瞳子滅非根者在答曰根瞳子無能見者故非眼等所得經中說五根是色不可見有對若是可見則可分別此瞳子是根此瞳子非根問曰若經中說因四大成清淨

色名爲五根何故復說五根是色不可見有對耶答曰是故可疑業力不可思議以業力故四大變而爲根佛恐弟子謂此五根自從業生故言是色又外道說五根從我生我即非色又言五根知大知小故非決定是人亦以無色爲根是故佛言諸根是色因色等成或謂因色等成則應可見故說不可見亦非耳等根之所得或謂若爾便應無對故說有對對諸塵故若色有形有對是名麤色但眼所見又外道言諸數量異合離好醜作業總相別相及陀羅驃雖非色法亦是可見故佛說言於此等中但色可見非餘法也礙於手等故名有對問曰若爾皆應受觸答曰雖俱障礙非一切處盡生身識隨生識故分別諸根復次諸根實非決定所以者何法若決定如手取物唯取一手眼能見大小故非定也又若定物觸則有作如觸火則燒觸刀則割眼遠而能見故非決定又若法決定則礙決定法如手礙手眼於水精雲翳等中亦不障礙故非決定又根若決定應在身內在身內故雖與意合亦應不見外塵而實能見故非決定又法若決定則可數名五根而眼等各二并舌與身是名爲八故非決定但處有定根非定也又左眼見右眼亦識不應異見異識以根無左右相故非是決定又根塵合法不可得故無決定也又得決定色等法則不覺能得根則覺故非決定問曰眼光能見大小亦能遠去見色無有障礙猶如日光離身能見是光因二眼定處合爲一光而能見色又眼是一耳鼻在內不可分別是故汝說異

見異識此言則壞又神知非根根是所用又汝言合法不可得者是事已答謂日光映等耳等諸根和合密故亦不可得如合木密際不可知又因神故覺非是諸根又根由大成大無覺故根亦非覺又瓶因微塵如微塵無覺瓶亦無覺又不知異塵故知無覺答曰汝言光去故根是決定汝以光爲根光非定故根亦不定又此光無光以破故又汝言一根是事不然一眼見異二眼見異若一眼壞見則不明是左右眼光已答問曰若一眼能生識者則二眼應是一根何用第二眼爲答曰以鼻隔故不得爲一設無障隔亦不爲一如手指等汝言是神所用是事先破神不能用日光映者是亦先破汝言和合密故不見是亦不然所以者何法若決定則無和合體相異故如合木雖密猶見其際根塵和合不見如是汝言以神故覺當說無神汝言諸大成根是事不然業力變大爲根則有差別問曰根是決定所以者何是四大所成四大定故根亦決定又以眼等根是決定故大等能爲利益又大變爲根大決定故所變成法應亦決定又當根有塵當塵有根若不決定不應相當應如意法故知決定又世間人於瞳子等決定法中說名諸根又根知五種定法非如意等故名決定又根知現在餘皆比知故名決定又根知有緣意亦無緣如知過去等又根塵和合故生根知法應以決定根對決定塵故知決定答曰汝言根由大成名決定者雖俱由諸大而有是根非根如是或有決定或不決定汝言利益利益於知非助根也

又言大變成根變亦爲知非利益根又四大清淨名根故非決定汝言根塵根當亦是意定根非知故其餘皆是意力差別又雖說六識要以意識決了如見四諦時現知諸法正觀法性皆以意識又如旋火輪及幻化犍闥婆城皆無而妄見見色亦爾是故眼等悉爲邪緣汝言根塵合故生知若到故知不到而知皆先已答

色入相品第五十五

又言青黃等色名爲色入如經中說眼入滅色相離是處應知問曰有說業量亦是色入所以者何如經中說黑白長短麤細諸色答曰形等是色之差別何以知之若離色則不生形量等心若形等異色離色亦應生心而實不生故知不異問曰先生色心後生形心所以者何黑白方圓心不並生答曰長短等相皆緣色故意識中生如先見色然後意識生男女相業亦以諸有爲法念念滅故無識法不去以去故名爲業問曰去名身業若無去則無身業答曰世俗名字故有身業非第一義問曰若第一義中無身業者第一義中亦無罪福無罪福故亦無果報答曰法於異處起時若益他惱他故成罪福不應難也

聲相品第五十六

問曰何故不說因聲成大答曰聲離色等色等不相離是故不說又聲不如色等常相續故又亦不與色等俱生又與色等生異所以者何色等相生漸以根芽次第而有聲不如是又聲從物得名如說㲲聲不言㲲中聲又或言見㲲或言見㲲色初不言聞㲲但言聞

瓶聲又衆生昔殖靜寂業故若萬物皆常有聲則無時暫靜是故聲非成諸大因問曰物皆有聲何以知之棖則聲發諸大常相棖故一切盡應有聲答曰非萬物相棖皆有聲因所以者何眼見二指相棖不能生聲問曰是中生聲微故不知答曰不生乃至微聲亦不聞故若言有聲則無現信他人亦可言水中有聲細故不聞火中有味風中空中皆有色等而實無故非一切相棖盡能生聲問曰俗中常言聲是空之求那今何以知之從四大生答曰今現見聲從四大生我等先現見故又言鐘聲鼓聲故知是鐘鼓聲又以四大異故聲有差別如鐘鼓聲異又擊銅器則聲動俱有捉則俱止當知器動聲亦如是又將欲爲聲必備四大質像故知聲從大生又業因緣故聲有差別如衆生聲或麤或妙不應以業緣故生空求那是故非也又因相故因相者隨法以何故有即名爲因如是因大有聲無則無聲如有火則熱無火無熱當知從火有熱從大生聲亦復如是如有虛空熱虛空猶在而熱或無當知空非熱因聲亦如是如有虛空有聲虛空猶在而或無聲故知非因又聲是虛空求那此無可信現事中初不見聲因於空亦無比知是中以何爲比又經書中亦多相違如是無一可信故知不然

香相品第五十七

問曰多摩羅跋等衆香合故其香異本爲即此等香更生異香耶答曰因香和合更生異香如青黃色雜更生緑色又以種種業因緣故生種種香問曰優樓佉弟子謂香唯是地

之求那此事云何答曰無陀羅驃是事已明故知不然又衛世師人謂白鑞鉛錫金銀銅等皆是火物而是中有香故知不唯地有問曰白鑞等與地合故有香答曰此非客香所以者何先餘物中不聞此香若曾聞者可言是客如先聞華中香後衣中聞可名是客是白鑞等香不如是是故非因又是白鑞等無香時不應言客又我亦可說水等中無色等但與地合故色等可得若汝言水等中自有色者我等亦說白鑞等中自有香又若物中有不相離法即此物有是故香隨不相離處即此物香又水等中若有香以微故不知有何答如說月中有火火決定熱又汝說溫室中火滅餘熱中有微色亦說湯中有微冷相水香亦爾是中無決定因言水中無香又汝

諸陀羅驃無決定相所以者何汝自誓言地中有香而金剛玻瓈等燒變異故皆是地物而皆無香又汝言水相定冷乳等相亦定冷而酥等有香故說名地物又言火決定熱以白鑞等爲火物而中無定熱又月等實冷而汝說爲火物以此等故諸陀羅驃無決定相是故香唯地有此事不然汝以白鑞等爲火物是亦不然所以者何無決定熱故優樓佉弟子說火決定熱而白鑞等無熱問曰白鑞等物熱在果中不在觸中答曰酥果冷故應是水物而汝以定有香故名爲地物是故說果不名用因又訶黎勒果時定熱應是火物而實有香有五味故不名火物以說果非因故白鑞等非是火物又火相輕白鑞等重火色白而白鑞等色黑又白鑞等與火無有同

相可得知是火物又白鑞等與火相連所以者何熱則消故若是火物得火應增而實不增故非火物汝等不善思故謂香惟是地物是香皆在四衆中

味相品第五十八

味名甜酢醎辛苦淡等此六味皆隨物差別不以四大偏多故有如說地水多故甜是事不然甜味有無量差別當知物生自有別異問曰藥師說但有六味此事云何答曰不限於六所以者何或二味合或三或四如是無量不以甜酢合故名甜酢味甜酢和合更生異味如是無量有隨世俗故差別諸味如人以爲甘即名爲甘又諸味熟時各各相因甘味熟時或甘或變餘味亦爾故知諸法有如是力非惟六也

觸相品第五十九

觸名堅軟輕重强弱冷熱澀滑强濯猗樂疲極不疲極若病若差身利身鈍嬾重迷悶瞢瞢疼痺頻伸飢渴飽滿嗜樂不嗜樂懵等問曰有說觸有三種冷熱不冷不熱是事云何答曰於堅等中生知若離堅等無冷熱知問曰優樓佉說地觸是不冷不熱風觸亦爾水觸冷火觸熱是事云何答曰先已說無有決定謂酥等定冷鑞等無熱又先說三觸若是風客則風無別觸故無定相又湯中冷相不可得故水非定冷相問曰湯中有微冷相火勝故不知何以知之若火勢盡還更冷故答曰白鑞等酥等堅物與火合故則流若堅相不失而有流相則堅相即爲流相若失堅相而有流相是則冷觸滅已更生冷觸如地觸

是不冷不熱與火合時觸若不失則不名熟變若失此觸更生異觸如是則冷觸失已更生冷觸若爾水諸求那亦應熟變汝言反覆有過又相違法生故諸相無常如火合故草等相滅若謂熱觸覆冷觸者他人亦可言乳相不滅但酪相覆故不可得若汝謂不見乳還爲乳然則無有熟變所以者何無始生死中何物不爲火之所燒亦見土中有黑泥可得當知亦從熟變而還故知熟變非常不還如是則冷觸失還生冷觸或有與火合故黑色滅還生黑色赤色滅還生赤色如是冷觸滅已離火還生斯有何咎又衛世師人說但地有熟變相水等中無而藥師說若飲沸湯則得異果若湯中色等不失安有異果故知水等亦有熟變如火燒物失本相故更有異相故知物有異相水亦如是又是諸相相違故無常如水能滅火火能消水火力無物不消況與水合而冷觸不滅是故衛世師經說水決定冷是事不然

苦諦聚識論中立無數品第六十

心意識體一而異名若法能緣是名爲心問曰若爾則受想行等諸心數法亦名爲心俱能緣故答曰受想行等皆心差別名如道品中一念五名念處念根念力念覺正念精進等亦如是又一無漏慧而有苦習智等種種別名又一定法亦名爲禪解脫除入如是心一但隨時故得差別名故知但是一心所以者何如經中說是人欲漏心得解脫有漏無明漏心得解脫若別有心數應說心數得解脫又經中說佛若知衆生歡喜心柔軟心調

和心堪任得解脫然後爲說四眞諦法是中不說心數又經中說心垢故衆生垢心淨故衆生淨又說若比丘入四禪中得清淨不動心然後如實知苦聖諦集滅道諦又十二因緣中說行緣識又說六種爲人又說輕躁易轉無過於心又經中說使詣城主語其事實語已還去主名爲心又說內有識身外有名色是名爲二又但說有識身不說有心數又說三事合故名觸若有心數不名爲三而實說三故知但心無別心數

立有數品第六十一

問曰心異心數法異所以者何心心數法共相應故若無心數則無相應而實有相應故知有心數法汝意若謂心與餘心相應是事不然所以者何經中說心獨行遠逝寢藏無形是中但遮同性雖與心數共行猶名爲獨行如比丘獨處雖有虫獸以無類故亦名獨處故知心不與餘心相應而實有相應故知有數又心七界一入一陰所攝心數法一界一入三陰所攝又心是依處數法依止如經中說是心數法皆依心行又若無心數則無五陰是則不可又此二生異從二生心從三生數如經中說因眼緣色生眼識三事和合名觸觸因緣生受有說名色集故識集觸集故受集又心數法與所依相應同共一緣在一世中心不如是以是差別故知心異心數法異又四依中說依智非依識智若是識云何言依故知智非識也又佛自說心數法若謂從心生依止心故名爲心數又佛不說此義唯獨有心而無心數他人亦可言但有數

而無心汝若以名字破數我亦以名字破心又所作異故諸法相異如水能浸漬火能焚燒如是受等所作異故知有異相又諸經中說心中生覺故知心數異心不應心中自生心故又如說心垢故衆生垢心淨故衆生淨若但是心則垢淨無因是人不以無明故垢慧明故淨應自垢自淨此則不可是故有心數法

非無數品第六十二

汝雖言雖緣法名心心差別名數如道品中說是事不然所以者何經中說心相異心數相異能識是識相覺苦樂是受相別知是想相起作是行相故知心異心數亦異汝言心得解脱是亦不然餘經中說離無明故慧得解脱故不但說心得解脱又以心勝故但說心又世間人皆多識心數法不爾故佛偏說又佛經中有不盡語此言是也又如經說汝等比丘能斷一法我保汝等得阿那含道所謂貪欲而實不偏斷是事亦然歡喜心等皆以此答汝言内外二法是亦不然說外有名色即說心數以外入攝故名爲外又是中佛說三事内有識身即說識與根外有名色即是說塵汝言說有識身是亦不然此經中說外一切相即是心數汝言三事和合名觸是事不然觸與受等心數作因是故獨說

非有數品第六十三

答曰汝言以相應故有心數法是事不然所以者何諸法獨行後當廣說故無相應是心獨行亦以此答非遮同性是遮數法汝言攝異故有心數是作經者自立名字佛經中不

說相攝是故非也汝言依處者如汝意識依心不以依故便名爲數如是心依於心不得名異汝言無五陰者是事不然我以心差別故有名爲受有名爲想等汝以心數別爲三陰我亦以心別爲三陰汝言生異是事不然若心與數法共生何故言二生心三生心數若但說心則有此理所以者何是人先說識時後說想等汝言相應緣世故知有異是先已破無相應故汝言依智非依識者我說心有二種一名爲智二名爲識故依智心不依識也汝言佛說依心生法名心數者心所生法名曰心數心從心生故名心數汝云佛亦不說無心數者我亦不言無心數法但說心差別故名爲心數又若有道理不可說名說如其無道理雖說非說是故不可以說爲因又我等當說心心數法名字義以集起故名心受等亦能集起後有相同於心故名爲心又心與心數俱從心生故名爲心數若人但說有心數法是人應說數法名義而實不可說是故非因汝言作異及心生覺皆以此答所以者何我以心差別故所作業異亦心中生心名心生覺汝言垢淨無因是事不然雖無數法而有垢淨又無異相故無心數法所以者何汝以心相應故名爲心數相應法無後當廣說故不從心別有數法

明無數品第六十四

汝言相異故有心數是事不然所以者何若識若覺是諸相等無有差別若心識色即名爲覺亦名想等如世間言汝識是人即名爲知從受苦樂亦即是知當知識即受想若此

等法有定異相今應當說實不可說故無異相汝言慧得解脫是事不然無因緣故隨心有染亦有無明是心聚中染及無明盡與相應若言無明垢慧染垢心者則無因緣如是離無明故慧得解脫若離染垢故心得解脫亦無因緣又是名不了義經如經中說離三漏故心得解脫故知亦從無明心得解脫若說從染心得解脫是說遮斷言從無明慧得解脫是畢竟斷若從染故心得解脫從無明故慧得解脫若從恚等得何物解脫事應答當知離心無得解脫故但有心汝言以心勝故但說心者心有何勝義而慧等法無汝言人多識心故但說心者世間人亦多識苦樂應說受等汝言有餘語經者何故不但說心數而但說心汝言但斷一法是語有緣佛隨衆生煩惱偏多苦常覆心者說是一法斷此法故餘亦自斷是故非因汝言說名相故即說心數汝自憶想分別是經不說此義汝若自生憶想分別何不言以名相說心緣可有此理汝言觸與受等心數作因是言多過俱相應法而言觸是受等因非受等是觸因有此等咎故知但心無別心數

無相應品第六十五

無相應法所以者何無心數法故心與誰相應又受等諸相不得同時又因果不俱識是想等法因此法不應一時俱有故無相應又佛說甚深因緣法中是事生故是事得生又如穀子芽莖枝葉華實等現見因果相次故有識等亦應次第而生若汝意謂貪等煩惱與色共因應俱生者是事不然色無了知不

能緣故心心數法有緣有了是故一時不應俱有無多了故又以一身名一衆生以一了故若一念中多心數法則有多了有多了故應是多人此事不可故一念中無受等法又何故六識不一時生問曰諸識皆得次第緣生故不一時答曰以何障故一次第緣不得次第生六識耶當知先因後果次第生故又經中說眼見色不取相取相即是想業若佛聽識業而遮想業當知或有識而無想若人取相是見色取非是見時故知識等次第而生又經中說眼見色已隨喜思惟是中亦先說識業後說受等又經中說見是見等故知非一切心盡有受等又以五識相是事可明所以者何若人於眼識中不能取怨親相及平等相是則無想亦無憂喜無分別故或有人說是中亦無貪等煩惱故知無思能求後有故名爲思此後當說故知五識亦無思也又汝等五識不能分別此中云何當有覺觀思惟分別先麤後細故名覺觀又若五識中有覺觀者如說欲我知汝本皆由思覺生是則覺時無欲識時云何有覺或有人言五識中有想無覺是覺因想生云何想時有覺是故應受五識無想無覺無觀所以者何五識中無男女分別亦無受等分別是中何所分別又汝等說五識次第必生意識以五識無分別故若五識中有分別者何用次第生意識耶又覺觀不應一心中生以麤細相違故譬如振鈴初聲爲覺餘聲曰觀彼喻亦然若五識中有覺觀者應說其業實不可說當知心心數法次第而生癡慧相違不應俱有云

何一念中亦知亦不知又一心中不容有疑所以者何若機若人不得一心中行以心業無此力故又人言心數法中憶行過去世緣現在心云何當有又若念此人是我知識曾利益我念已生喜是事云何在一心中又欲不欲云何在一心中如經中說若諸比丘樂欲我法法則增長若不樂欲法則損減云何當在一心中又若一心中有心數法法則錯亂所以者何於一心中有知不知疑不疑信不信精進懈怠如是等過又一切心數應盡在一心中以何障故苦樂貪恚等不在一心中若汝謂苦樂等相違故不在一心中者知不知等亦相違故不應在一心中故無相應又七菩提分經中佛次第說諸心數法若比丘行四念處爾時修習念菩提分心在念中簡擇諸法簡擇諸法故生精進精進力故能集善法心主淨喜心生喜故得猗得猗故心攝心攝故得定得定故能捨貪憂捨貪憂故知心數次第而生又入聖分經中亦次第說若得正見則從正見生正思惟乃至正定又次第經中佛語阿難持戒之人不應願欲心無憂悔持戒人心法無憂悔無憂悔者不應願欲心得歡悅心無憂悔法應歡悅歡悅則心喜心喜則得身猗身猗則受樂受樂則心攝心攝則得實智得實智則猒離猒離則解脫故知心法次第而生又八大人覺中亦次第說若比丘行少欲則知足知足則遠離遠離則精進精進則正憶念正憶念則心攝心攝則得慧得慧則戲論滅又七淨中亦次第說戒淨爲心淨心淨爲見淨見淨爲度疑淨

度疑淨爲道非道知見淨道非道知見淨爲行知見淨行知見淨爲行斷知見淨又因緣經中亦次第說因眼緣色生癡分濁念是中癡即無明癡者所求爲愛愛者所作名業如是等又大因經中亦次第說愛首九法因愛生求因求故得因得故校計因校計故生染因染故貪著因貪著故取因取故生慳心因慳心故守護因守護故便有鞭杖諍訟諸苦惱等又須陀洹法中亦次第說若親近善人得聞正法聞正法故能生正念正念因緣能修行道又經中說因眼緣色眼識生三事和合故名觸若說心心數法一時生者則無三事和合若說一一生則有三事和合以是等緣故無相應

有相應品第六十六

問曰有相應法所以者何若人見受是神識心依之以相應故想陰等亦如是若無相應何由有此又人經中說因眼緣色生眼識三事和合生觸共生受想行等於是法中有種種名所謂衆生天人男女大小如是等名皆因諸陰若說心心數法次第生者則因二陰有人不應因五陰所以者何不可因去來陰等名爲人汝言現在無五陰者云何說因五陰名人天等而此中說因諸陰非但二也故因五陰有衆生名又經中說有相應語謂有根智根應信又經中說觸即與受想思俱生又說五支初禪亦說受等是識住處若識無相應云何識住受等法中是住名依止住所以者何不說識是識住處故又經中說是心數法皆從心生依止於心又說衆生心長夜

爲貪恚等之所染汚若無相應云何能染又心心數法性羸劣故相依能緣喻如束竹相依而立又經中說心掉動時不宜三覺謂擇法精進喜更增動故宜三覺意謂倚定捨止發動故念能俱調若心懈没則不宜三覺謂倚定捨增退没故宜三覺意謂擇法精進喜能發起故念能俱調又論師言一時修習助菩提法不得相離故知有相應法

非相應品第六十七

汝言見受是神是事不然凡夫癡惑妄生此見不能分別此是受此識依止是人若能如是分別亦能入空是人見心相續不別但著語言故如此說是癡惑語不可信也汝言因諸陰故名爲人者是因五陰相續名人故說諸陰如世間言樂人苦人不苦不樂人不可一時有此三受諸陰亦然汝言有根智相應信經中亦說餘事相應如說二比丘於一事中相應又說怨相應苦愛別離苦汝法中色無相應而此以世俗故亦名相應智信亦爾信能信無常等慧隨了知共成一事故名相應汝言從觸即有受等俱生是事不然世間有事雖小相違亦名爲俱如言與弟子俱行亦如說頂生王生心念即到天上是事亦然凡夫識造緣時四法必次第生識次生想想次生受受次生思思及憂喜等從此生貪恚癡故說即生汝言五支初禪是禪地中有此五支非是一時如欲界三受所以者何以先說法後說地故有覺觀不得相應先已答汝言識處者此經中說識緣處不說依處何以知之即此經中說識緣色喜潤故住汝雖言

若識緣識住則應有五識處是事不然所以者何是識時少識識事已心生想等是中起愛起愛因緣說名識處是故不說識是識處又七識處中亦說識是識處又應思此經勿但隨語如說信能度河是言不盡而實以慧得度是亦應爾汝言心數依心是事不然知心識事後生想等故又經中說受等依心非如彩畫依壁是名心數依心汝言心數相依如束竹者與餘經相違若俱相應何故心數依心而心不依數若汝謂心先生大故數法依止則成我義以心生時無數法故汝言煩惱染心故知相應此無道理若心先淨貪等來污是即淨法可污則害法相亦如先說心性本淨客塵來污彼應答此若心性本淨貪等何爲如言心垢故衆生垢心淨故衆生淨

然則衆生亦應相應若衆生不可相應貪等亦不相應以心相續行中生垢等心污諸相續故說染心如說從染心得解脫是心相續中若淨心生名得解脫是事亦然如雲霧等雖不與日月相應亦能爲翳貪等亦然雖不與心相應亦能染污又煙雲霧等能蔽日月故名爲翳貪等亦爾能障淨心故名爲污問曰雲霧日月在一時中煩惱與心不如是故此喻非也答曰障礙同故是事已成故無咎也是煩惱能污心相續故名爲染汝言數從心生依止心者是事先答汝言心心數法性羸劣者以念念滅故名羸劣非相助故能行於緣若相助者應得暫住而實不見有相助力何用相應汝言覺意相宜是說隨時應修三覺非一念中如舍利弗言我於七覺自在

能入若心掉動爾時應修猗等三覺又佛亦說覺法次第汝言一時修菩提分是事不然若一時修三十七品則應一時並修二信及五念等若汝意謂隨得處修即是離修又隨他所得如二禪等故名不離又一時修三十七品則無道理所以者何一念不得修多法故

多心品第六十八

問曰已知無別心數亦無相應今此心爲一爲多有人謂心是一隨生故多答曰多心所以者何識名爲心而色識異香等識亦異是故多心又眼識生異謂待光明虛空等緣耳識不爾三識塵到故生意識從多緣生故知不一又若識知塵常如是相云何更知異塵若多心生則能得知如邪正知異若定若疑若善不善無記知異善中亦有禪定解脫及四無量神通等異不善亦有貪欲瞋恚愚癡等異無記亦有去來等異有識能起身業口業有起威儀若合若離因次第緣增上各差別故諸心亦異又淨不淨等諸受差別故心亦異又所作差別故心有異又淨不淨心性各異若心性淨則不爲垢如日光本淨終不可污若性不淨不可令淨如毳性黑不可令白而施等中實有淨心殺等法中有不淨心故應不一又隨苦樂等受差別故心亦不一如說比丘用識識何等事謂識苦樂不苦不樂又若心是一一識應能取一切塵說多心者隨根生識是故不能取一切塵若心是一以何障故不取一切故知多心又可取法異故能取亦異如人或自知心云何自體自知

如眼不自見刀不自割指不自觸故心不一又猨喻經說譬如猨猴捨一枝攀一枝心亦如是異生異滅又若心是一說六識衆此言則壞又經中說身或住十載而心念念生滅又說當觀住心無常此心相續故住念念不停又如一業不可再取識亦如是不重在緣又如草火不移到薪如是眼識不到耳中故知多心

一心品第六十九

問曰心是一所以者何如經中說是心長夜爲貪等所汚若心異者不名常汚又瓔珞經說若心常修信戒施聞慧死則上生又禪經中說得初禪者心調柔故能從初禪到第二禪又心品中說是心常動如魚失水是故汝等當壞魔軍故知心一動此到彼又雜藏中比丘言五門窟中獼猴動發獼猴且住勿謂如本故知一心於五根門身窟中動令即是本故言勿謂如本又言是心徧行如日光照智者能制如鉤制象故知心一走諸緣中又無我故應心起業以心是一能起諸業還自受報心死心生心縛心解本所更用心能憶念故知心一又以心是一故能修集若念念滅則無集力又佛法無我以心一故名衆生相若心多者非衆生相又左見右識不應異見異識故知一心自見自識

非多心品第七十

汝雖言色等識異是事不然所以者何若心是一爲種種業取色聲等如一人在五向室中處處取塵即是心於眼中住待明等緣而能見色如即此人於餘處待伴即是心所知

差別如即此人先是知者後還無知如是邪知還爲正知如即此人先是淨者後還不淨如是疑知即是定知如即此人先是疑者還爲定者是不善心即還爲善亦爲無記如即此人或念善或念不善或念無記即是心能作來去威儀差別如即此人爲去來等種種威儀如是淨心即爲不淨不淨即爲淨如即此人先是清淨後還不淨即是心與樂相應後還與苦相應如即此人本爲樂人還爲苦人故說心一用爲多業汝言一識不取六塵故非一心是事不然我以根差別故識有差別若識住眼中但能取色不取餘塵餘亦如是汝言取可取異是事不然心法能知自體如燈自照亦照餘物如算數人亦能自算亦算他人如是心一能知自體亦能知他汝說獶猴喻是事不然如一獶猴捨一枝復取一枝心亦如是捨一緣復取一緣其餘所說能自起業自受報中皆已總答所以者何若心異者則應異作異受異死異生如是等過故知一心

成實論卷第五

音釋

棖直庚切觸也　瞳徒紅切目無童子也　佉丘伽切　鑞力合切錫也　甜徒兼切甘也　酢倉故切與醋同　嬾魯旱切惰也　羸倫爲切瘦也　劣龍輟切弱也　毳充芮切細毛也

成實論卷第六

訶梨跋摩造

姚秦三藏鳩摩羅什譯

非一心品第七十一

答曰汝言心一貪等長汚是事不然於相續心中見是一相如言夕風即是晨風今河即是本河朝燈即是昨燈如齒名再生而先齒實不再生以相似者生故名再生如是心異以相續故謂是一心汝言憶念者人或自念本心若本心來今何所念又云何當以此心即念此心無有一智能知自體故非一心汝言修集若心常一何所修益若有多心則下中上次第相續生故有修集汝言心爲人相若心是一即爲是常常即眞我所以者何以今作後作常一不變故名爲我又不能知心差別相故則以爲一如注水相續心謂爲一如眼病者見衆髮爲一若於此事能分別者則知其異又深智者能知心異所以者何諸梵王等於中迷悶作如是言是身無常心識是常若梵王等猶尚迷惑豈況餘人而不著常故應善思衆緣生法常到則滅汝言左見右識是智力故異見異識如此人作書餘人能識又如餘人所爲聖人能知亦未來事未生未有聖智能知又過去事無憶念故知未來未有智力能知此事後當廣說

明多心品第七十二

汝言心一用爲多業是事不然所以者何正以了爲心而色了與聲了異心何得一又如捉瓶手業不即此業更捉餘物如是隨以何心取色不即此心聞聲又此眼識以眼爲依

以色為緣是二無常念念生滅眼識何得不念念滅譬如無樹影亦隨無如是眼色念念滅故所依生識亦念念滅念念滅法無有去力又先意品中已種種答故意不去汝雖言識住眼中待明能見如即是人能見聞等是事不然所以者何今此論中求法實義人是假名不應為喻又應求人相我說諸陰為人亦說疑識等衆異定識衆不以疑識等衆即為定識衆如是一切汝言根差別故識有差別是事不然根是生識因緣若識是一根何所為汝以燈算為喻是喻不然如為不照然燈而燈體非不照故不自照以燈破闇眼識得生眼識生已亦能見燈及瓶等物又算數人能知自色亦知他色故名相知汝言業等業等難中已答故無斯咎又若心常一則無業無報所以者何正以心及所依為業若心是一何有業報縛解等亦如是又汝言異作異受是亦不然諸陰相續非一非異墮二邊故又世俗名字說諸業等非真實義故於陰相續中說此彼等名字無咎故知多心

識暫住品第七十三

問曰已明多心今諸心為念念滅為少時住有人言心少時住所以者何了色等故若念念滅不應能了故非不住又若念念滅則色等法終不可知所以者何如電光暫住尚不可了況念念滅而能了耶今實有了故知諸識非念念滅又眼識依眼緣色是二不異識亦不異又心能具取青等諸色故知非念念滅若汝意謂以相續故能決了者是亦不然若一一心不能決了雖復相續亦不能了如

一盲人不能見色多亦不能若汝復謂如一一縷不能制象多集則能如是一心不能決了相續則能者是亦不然一一縷中各有少力和合則能心一念中無少了力是故相續亦不應能了而實有了故知非念念滅又若心念念滅者去來等業皆應無用以少時住故能令有用是故知心非念念滅雖復無常要有暫住

識無住品第七十四

答曰汝言心有了故非念念滅是事不然諸相在心力能決了不以住故若不爾者於聲業中不應決了所以者何現見此事念念滅故而實決了故知不以住故能了正以了爲心若了青非即了黄是故設使暫住了青不能了黄又了青時異了非青時異一法不應二時法與時俱時與法俱又取有二種一者決了二不決了若識不念念滅一切所取盡應決了我以隨識多相續生是取則了若少相續是則不了又識取塵或遲或疾心則不定汝言依緣不異是義已成色念念滅故依緣亦異汝言能具取者識能徧取身分故名具取是故無有一識而能徧取所以者何未具足取心已隨滅何得有心能一切取汝言作業無用是事不然如燈雖念念滅亦有照用諸業與風雖念念滅亦能動物是識亦然又如燈等雖念念滅亦可得取識亦如是雖念念滅亦能得取復次諸心意識皆念念滅所以者何青等諸色集在現前能速生識故知不住又人或生心自謂一時能取諸緣故識不住若識暫住則人不應生此惑心所以

者何如種根相續有暫住故人於其中不生惑心謂芽莖等一時而有故知識念念滅又人見瓶即生瓶憶以次見生憶故念念滅又若謂識不念念滅則可一智即邪即正如見是人是取即取非人如是疑取即是定取是則不可故知念念滅又取分別等諸因緣故知念念滅又聲業相續念念滅相於中生知故知心念念滅

識俱生品第七十五

問曰已明心念念滅今諸識爲一時生爲次第生有論師言識一時生所以者何有人一時能取諸塵如人見瓶亦聞樂聲鼻嗅花香口含香味扇風觸身思惟音曲故知一時能取諸塵又若一識能於身中徧知苦樂然則以一眼識亦應能取諸樹是事不可云何一識悉知根莖枝葉華實故知多識一時俱生徧取諸觸又種種色中一時生知而青知非即黃知故知一時俱生多識又諸身分中能速生知取一分時即能徧取又佛法中無有有分不可一識徧取諸分故知一時能生多識徧取諸分

識不俱生品第七十六

答曰汝言諸識一時俱生是事不然所以者何識待念生如經中說若眼入不壞色入在知境若無能生識念眼識不生故知諸識以待念故不一時生又一切生法皆屬業因以心一一生故地獄等報不一時受若多心俱生便應俱受而實不可故知諸識不一時生又識能速取緣如旋火輪以轉疾故不見其際諸識亦爾住時促故不可分別又諸識

若一時生一切生法皆可一念一時俱生有何障礙然則一切法生不須爲功不造業功亦應解脫是事不可故知諸識不一時生又身爲心使若諸心俱生身則散壞以去來等心一時生故而身實不壞故知諸心不一時生又眼見外物種根芽等及迦羅羅𩅰胞等色少壯老形次第而有心亦應爾又經中說若受樂時二受則滅所謂苦受不苦不樂受如是等若識俱生則應一時俱受三受而實不然故知諸識不一時生又一身中一心生故名爲一人若識俱生則一身多人而實不然是故一身識不並生又若識並生則應一時知一切法所以者何眼中無量百千識生乃至意中皆亦如是如是則應知一切法而實不然故知諸識不一時生問曰諸識何故要次第生答曰一次第緣故識一一生問曰何故正有一次第緣答曰法應如是如汝一神一意我亦如是一意一次第緣如芽屬種應次第生芽不生莖等如是隨法屬心應次心生不生餘法又識相定爾一一起滅次第相屬如火相熱是故諸識要次第生

苦諦聚中想陰品第七十七

問曰何法爲想答曰取假法相故名爲想所以者何如經中說有人少想有人多想有人無量想無所有想而實無此多少等諸法故知想者取假法相是想多在顛倒中說如說無常中常想顛倒苦中樂想顛倒無我中我想顛倒不淨中淨想顛倒亦於信解觀一切入等中說又以想三種差別取緣謂怨親中人於是緣中次生三受受生三毒故想有過

想有過故佛說應斷如說眼見色莫取相故知取假法相是名為想問曰取假法為想此義不然所以者何此想能斷煩惱如經中說善修無常想故能破一切欲染色染及無色染一切戲掉我慢無明故知非但取假法想取假法想則不應能斷諸煩惱答曰此實是慧以想名說如說受者於一切得解脫亦說以意斷諸煩惱又如說以不黑不白業能盡諸業亦說信能度河一心度海精進除苦慧能清淨而實以慧得度不以信等如是智慧以想名說又經中說以慧為刀如說聖弟子以智慧刀斷諸結惱故智慧能斷結非是想也又三十七聖道品中不說想名故不能斷結又經中說知者見者能得漏盡非不知見者又三無漏根中說未知欲知根知根知已根皆以知為名又佛說慧為慧品解脫知見品又說無禪不智無智不禪又次第經中說持淨戒者則心不悔乃至攝心得如實知又法智等皆以慧為名又三學中慧學最勝亦說智慧具足解脫知見具足又七淨中說道知見淨又佛說正知一切法故名無上智慧想無如是說又理應用慧斷諸煩惱不以想也所以者何如大因經說若義入修多羅不違法相隨順毗尼是義應取又說於正義中置隨義語於正語中置隨語義故經雖說無常想等能斷諸結理應是慧又說無明是煩惱根離無明故慧得解脫故知以慧斷諸煩惱問曰汝言諸想取假法相以何為相答曰有人以假法為相假法有五一過去二未來三名字四者相五者人是事不然所以者何

人因五陰成相無成因故非假名問曰今相義云何答曰緣即是相何以知之如說師子獸王住河此岸取彼岸相截流而渡若不相當則還此岸至死不捨是經中以樹木等爲相又說比丘示相是中亦以衣等爲相又說世尊現如是相又說宰人因王食故取所嗜相又說明旦是日出相又說三相所謂攝相發相捨相是中即以攝等爲相隨念何法心繫在緣是名攝相又諸天退時先五相現是中即以五法爲相故知不以假法爲相亦非行陰所攝又舍利弗取富樓那面貌等相又經中說眼見色不取相又法印中說若比丘自見斷色聲等相我未說是人得清淨知見以此故知緣即是相非假法也問曰緣非是相所以者何無相三昧亦有緣故又說見色已不取相若緣是相云何取色而不取相答曰相有二種有過相有無過相遮過相故說見色不取相無相者緣亦有過後滅諦中當廣說謂滅三心故名無相初入行者非一切相盡是過也若取攝相發捨相等是則無過又涅槃名無法故不應爲難如說若取法相不能爲汚取假名相則生煩惱所以者何取怨親等差別相故生憂喜等從此能生貪恚等過故知取假法相是名爲想也

苦諦聚受論中受相品第七十八

問曰云何爲受答曰苦樂不苦不樂問曰何謂爲苦何謂爲樂云何名爲不苦不樂答曰若增益身心是名爲樂損減身心是名爲苦與二相違名不苦不樂問曰此三受無決定相所以者何如即一事或增身心或爲損減

或俱相違答曰是緣不定非受不定所以者何如即一火或時生樂或時生苦或時能生不苦不樂從緣生受是則決定即此一事以隨時故或爲樂因或爲苦因或爲不苦不樂因問曰以何時故此緣能爲苦樂等因答曰隨能遮苦於是時中則生樂相如人爲寒所惱爾時熱觸能生樂相問曰是熱觸過增還能爲苦非復是樂故知樂受亦無答曰世俗名相故有樂受非眞實義隨是人喜熱觸時亦爲增益又遮先苦爾時是中則生樂相若離先苦是熱觸則不能爲樂故非實有問曰汝言但以名相故有樂者是事不然所以者何經中佛自說三受若實無樂云何說三受又說色若定苦衆生於中不生貪著又說何等爲色中味所謂因色能生喜樂又說樂受生時樂住時樂壞時苦苦受生時苦住時苦壞時樂不苦不樂受不知苦不知樂又樂受是福報苦受是罪報若實無樂受罪福但有苦果而實不然又欲界中亦有樂受若實無樂受色無色界不應有受而實不然又說樂受中貪使若無樂受貪何處使不可說苦受中貪使故知實有樂受答曰若實有樂受應說其相何者爲樂而實不可說當知但以苦差別中名爲樂相一切世界從大地獄上至有頂皆是苦相爲多苦所惱於小苦中生此樂相如人爲熱苦所惱則以冷觸爲樂是故諸經作如是說無所妨也問曰亦可說世間一切皆樂於微樂中而生苦想若不爾者亦不得言於微苦中生樂想也答曰苦受相麤故不可以微樂爲苦又樂雖微亦非惱相所

以者何不見有人受微樂故舉手大呼又樂受轉微故名寂滅相猶如上地轉轉寂滅是故說微樂中生苦想者但有是語凡夫愚人於微苦中妄生樂想則有道理

行苦品第七十九

諸受皆苦所以者何衣食等物皆是苦因非樂因也何以知之現見衣食過增則苦亦增故名苦因又手痛等苦可以相示樂相不然又衣食等物皆爲療病如人不渴飲不生樂又人爲苦所惱於異苦中而生樂想如人畏死以刑罰爲樂又鞭杖刀矟諸苦因緣皆是決定樂因不然又一切所須究竟苦故當知先有後時乃覺如屐漸盡又於女色等中先生樂想後還增惡故知以邪憶想生此樂想離邪憶想還見其過又女色等皆是乾痟病等苦因故非樂也又離欲時皆捨此緣若實是樂何故捨耶又人隨生樂處後即此事還生苦心故知非樂又身爲苦因非樂因也如野田中嘉苗難植而穢草易生如是身田衆苦易集而虛樂難生又人於苦中先起樂倒後生貪著樂若少實不名爲倒如常我淨少實亦無樂亦如是俱顛倒故又人於辛苦中而生樂心如擔重易肩故知無樂又經中佛說當觀樂是苦觀苦如箭入心不苦不樂當觀無常念念生滅若定有樂不應觀苦當知凡夫於苦取樂是故佛說隨凡夫人生樂想處汝當觀苦又此三受皆苦諦攝若實是樂苦諦云何攝又苦爲眞實樂相虛妄何以知之以觀苦心能斷諸結非樂心也故知皆苦又一切萬物皆是苦因猶如怨賊怨賊二種

或即能爲苦或初雖軟善後則害人萬物亦爾或初便生善或後友爲害故知皆苦又衆生得欲無厭如飲鹹水不足故苦又無所求欲乃名爲樂求故名苦不見世間有無求者故知無樂又一切衆生身苦心苦常隨逐故知身爲苦又身如獄常有羈鎖何以知之以滅此身乃名解脱羈鎖故苦又一切物漸漸次第皆可鄙惡如地獄等身冬夏等時小兒等根知寒暑等相待後皆憎惡當知皆苦又身多怨賊謂毒蛇篋五拔刀賊詐親善賊及空聚落壞聚落賊大河此岸種種諸苦皆常隨逐故知皆苦又知衆生身諸苦隨逐謂生苦老苦病苦死苦怨憎會苦愛別離苦違願等苦常與相隨故知身爲衆苦之聚又以有身故則有我所及貪著等諸衰惱集故知身爲衆苦因緣又五道衆生行四威儀皆無有樂所以者何如經中說色是苦受想行識是苦若色生時當知即是老病死等諸衰惱生受想行識亦復如是又身常怱務以身口意造作衆事造作衆事皆名爲苦又諸賢聖以身盡爲悦若實有樂云何失樂而生歡悦故知皆苦也

壞苦品第八十

問曰汝雖以多因緣明苦而人猶貪樂隨得所欲以之爲樂答曰是先已答凡夫倒故於苦取樂又癡惑所言云何可信雖得所欲亦應觀苦所以者何是皆無常壞時生苦如經中佛說天人愛色樂色貪色是色壞時生大憂苦受想行識亦復如是以壞敗故當知亦苦又人受虛妄樂便生貪著以貪著因緣生

守護等過故當觀樂甚於苦也又樂爲苦門以貪樂故從三毒起不善業墮地獄等受諸苦惱當知皆以樂爲根本又一切合會皆别離相離所愛時深受諸苦不由不愛故知樂者甚過於苦又樂具之生皆爲欺誑衆生令墮諸苦如食野禽爲魚沈餌皆以取故樂物亦然如應觀苦又於樂受中得少味故獲無量過猶如魚獸所味至寡其患甚多故應觀苦又樂受是煩惱生處所以者何以貪身故則欲所須欲因緣故恚等煩惱次第而生又樂受是生死根本所以者何因樂生愛如經中說愛爲苦本又一切衆生有所造作無不爲樂故名苦本又樂受難捨甚於桎梏又生死中貪樂所縛所以者何以貪樂故不脱生死又此樂受常能生苦求時欲苦失時念苦得時無厭如海吞流是亦爲苦又樂受是不疲倦因所以者何衆生求樂因時雖經嶮難以爲樂故心不懈倦是故智者應當觀苦又樂受名起諸業因所以者何以貪樂故能起善業爲現樂故起不善業亦是一切受身之因所以者何取樂生愛愛故受身又樂受與涅槃相違所以者何衆生貪著生死樂故不樂涅槃又未離欲者愛此樂受愛因生苦故知樂受是衆苦本又經中說二求難斷一謂得求二謂命求求隨意諸欲是名得求求得壽命受此諸欲是名命求此二求者以樂受爲本是故智者難斷應斷謂能如實觀樂受相又樂受味亦能染污未得離欲大智人心以難斷故甚於苦受又樂受味是貪等因若無樂受則無所貪又樂受味真智能斷所以

者何世間諸智要取上地味能捨下地故知樂受甚過於苦又衆生心縛在生處乃至畜生亦貪惜身當知皆以樂受味故是故應觀樂受爲苦

辯三受品第八十一

問曰已知一切皆苦今以何差別故有三受答曰即一苦受以時差別故有三種能惱害者則名爲苦既惱害已更求異苦以遮先苦以願求故大苦暫息爾時名樂憂喜不了不願不求爾時名爲不苦不樂問曰不苦不樂不名爲受所以者何苦樂可覺不苦不樂不可覺故答曰是人爲三觸所觸謂苦觸樂觸不苦不樂觸以有因故當知有果如人熱極得冷觸覺樂得熱觸覺苦得不冷不熱觸覺不苦不樂故知有此不苦不樂汝意或謂不苦不樂觸中不能生受是事不然所以者何人覺此觸不冷不熱覺知所緣即名爲受云何言無又緣有三差怨親中人於親生喜於怨生憂於中生捨故知想分別故有此三受以緣味故起此三想又緣有三種爲益爲損或俱相違有樂不樂有俱相違亦有貪處瞋處癡處有喜不喜有俱相違有福果罪果有不動果是諸緣中隨生三受故知有此不苦不樂受又可適心處是名樂受違逆心處是名苦受不逆不順名不苦不樂又世八法得失毀譽稱譏苦樂凡夫於失等四法違逆其心於得等四法以爲可適必當應有離欲聖人能俱捨者捨名不苦不樂受是故非無也問曰若以觸等因緣故有三受者則一切心行皆名爲受所以者何所有心行在於身中

皆是苦樂不苦不樂答曰如是一切心行皆名爲受所以者何經中説十八意行是中但是一意有十八差别謂六喜行六憂行六捨行以想分别故有苦分樂分捨分故知一切心行無非受也又經中説諸受皆苦故知心行在於身中皆名爲苦又説若色生即是苦生云何色名爲苦以苦因故故知緣及諸根但能生苦是故一切心行皆名爲受以行苦故一切諸行應觀是苦以壞苦故應觀樂受爲苦苦苦即苦是三種苦皆從衆緣和合故生念念滅故聖人觀苦是故一切心行皆名爲受問曰無漏諸受亦是苦耶答曰亦苦所以者何無漏諸受聖人亦次第捨從初禪來乃至證一切滅是故皆苦又有漏禪樂無漏禪樂有何差别隨有漏禪以何因故苦無漏諸禪亦以此苦又若聖人住無漏心深厭一切是故無漏心生則深生厭患如睫入目凡夫不知皆以苦爲樂聖人智深妙故厭離有頂甚於餘人厭患欲界故無漏苦喻於有漏又諸聖人得無漏心但向泥洹所以者何是人爾時明見一切有爲法苦若無漏受樂則應喜樂不應復生向泥洹心問曰若諸心行皆名受者云何别有諸心等法答曰即是一受緣中行異故有差别諸心等法亦行緣異但識緣時是行名心此等如先説是一切法在身中時有利益等諸差别故故名爲受又多以心能起煩惱爾時名受如經中説樂受中貪使苦受中瞋使不苦不樂受中無明使是故想分别緣中喜等法名受所以者何是時能生諸煩惱故問曰若一一受中三煩惱

使何故定說樂受中貪使答曰苦受中不應貪使癡一切處使以癡力故於苦中生樂想不知見事故得苦生瞋不苦不樂受細故不覺貪瞋所以者何是人於此中不生苦樂想故不知見事故但生癡使又於捨緣中若貪瞋不行凡夫於中謂能勝緣是故佛言汝不勝此緣以未覺故貪瞋不行如經中說凡夫所有色中生捨皆依止色若勝此緣於我增益若作損減還生貪瞋故知未勝又不苦不樂受其相寂滅如無色定以寂滅故煩惱細行凡夫於中生解脫想是故佛說此中有無明使又未覺緣故苦樂不了若知此緣苦樂明了爾時則生貪瞋問曰若覺此緣則生苦樂想是故但應有苦樂受答曰是人有時於此緣中不生樂心不生苦心是故不但有苦樂也如先說皆是苦而有三差問曰汝言覺知此緣還生樂想云何覺知不可以無明覺知答曰是人於此緣中先取相故於此緣中若無明使若貪瞋使問曰但於苦樂中生癡如經中說是人於諸受不如實知集滅味過出等以不知故於不苦不樂中說是無明使是故但於苦樂中起無明使非不苦不樂中答曰此經自說於諸受不如實知集滅味等故不苦不樂中無明使使問曰雖有是說此義不然云何於苦樂不知集滅等故不苦不樂受中無明使使所以者何於餘事不知餘事中使使是故此經應如是說是人於不苦不樂受中不知集等故不苦不樂受中無明使使若不苦不樂受中無明不使答曰是人於不苦不樂受中生三種心寂滅想不苦

不樂想故生不苦不樂心若以邪智取相則生樂心若取上地樂味則生苦心是故經中說諸受多語所以者何一切諸受皆無明所使是不苦不樂受隨時故有三種差別又若未通達苦集等爾時於苦受中生樂想亦生不苦不樂想是故說不知諸受集等故無明使使但不苦不樂受中多無明使使

問受品第八十二

問曰經中說是人受樂受時如實知我受此樂受如實知何受耶過去未來受不可得受現在受不得自知答曰此經意說人受是故無過又樂等受來在身中以意能緣故亦無咎又於樂具中說樂等名世間亦有因中說果故又是人先受樂受然後取相故名受樂受時如實知問曰爲以受者故名受可受故名受若以受者名受則受與樂等異而經中說樂受苦受不苦不樂受若以可受名受誰受之者以受故名受答曰於緣中說樂如火苦火樂是故以覺知緣故名爲受樂又衆生受此受故名可受爲受問曰衆生不名爲受經中說受爲受答曰名義如是有相則有作假名中有相是苦樂不苦不樂在身則心能覺故說受爲受問曰經中說諸受中順受觀行者爾時云何生苦樂不苦不樂相是人爾時不皆生苦想耶答曰是人未得一切皆苦但憶念三受問曰若用意識修四念處云何說身樂答曰於一切受中應如是繫念是身樂是心樂又修念處時身中生樂想繫念是中故名身樂問曰若一切受皆是心法何故說身受答曰爲外道故說外道謂諸受依神

故佛說諸受依止身心問曰何者是身受答曰因五根所生受是名身受因第六根所生受是名心受問曰是受云何名垢云何名淨答曰諸煩惱名垢是煩惱所使受是名爲垢煩惱所不使受是名爲淨問曰云何苦受名淨答曰斷煩惱人苦受是名爲淨又與煩惱相違苦受是名爲淨問曰已說垢淨何故更說依貪依出貪即是煩惱出即是淨答曰先總說垢今更別說貪爲垢因如經中說有垢喜有淨喜有淨中淨喜垢喜者因五欲生喜淨喜者謂初禪喜淨中淨喜謂二禪喜若受但爲泥洹是名依出是故更說問曰五根中何故苦受樂受各分爲二而捨受不耶答曰憂喜要以想分別生苦樂不必由想分別捨受想分別微故不爲二問曰第三禪中意識所受何故名樂不說喜耶答曰是樂深厚徧滿身心故名爲樂喜但能徧心不能徧身故三禪中依差別喜說身受樂問曰是三受中何者能生深厚煩惱答曰有論師言樂受能生所以者何先以說壞敗等因緣受大苦故又論師言苦受能生所以者何衆生爲苦所逼以求樂故深起煩惱又種種樂少苦能勝如人具足受五欲時蚊蚋所侵則生苦覺色等五欲樂不如是又如存百子樂不如喪一子苦又生死中苦受相多樂受不爾所以者何多有衆生在三惡趣生天人少又不須加功自然得苦加功求樂有得不得猶如田中穢草自生嘉苗不爾又因苦受起重罪業所以者何苦受中有瞋使如經中說瞋爲重罪有論師言不苦不樂能生所以者何是中有

癡使癡是一切煩惱根本又此受細微是中煩惱難覺知故又此受是衆生本性苦樂爲客又此受偏在三界餘二不爾又此受是長壽因貪此受故壽八萬大劫久受苦相諸陰又此受與泥洹相違所以者何是中生寂滅相泥洹相故不復能得眞實泥洹又此受以聖道能過如說因離性得解脱苦受樂受以世間道亦能得過又此受窮生死邊斷相續時斷是故能生深厚煩惱

五受根品第八十三

問曰樂根爲在何處乃至捨根在何處耶答曰苦樂在身隨所得身乃至四禪餘三在心隨所得心乃至有頂問曰如經中說憂根初禪中滅喜根三禪中滅樂根四禪中滅捨根滅盡定中滅是故汝說不然答曰若汝信此經者則苦根應在初禪而汝法中初禪實無苦根是故不應信此經也問曰色無色界深修善法應無憂苦答曰三界皆苦上二界中雖無麤苦亦有微苦何以知之四禪中說有四威儀隨有威儀皆應有苦又色界有眼耳身識此識中所有受名爲苦樂從一威儀求一威儀故知有苦又經中問色中有何味所謂因色生樂生喜色中有何過謂所有色無常苦敗壞相色界有色故有味心有過心故有苦樂又行者於諸禪定亦貪亦捨必以樂受因緣故貪苦受因緣故捨故知有苦樂也又佛說聲等是初禪刺覺觀是二禪刺乃至非想非無想處有想受刺刺名苦義故知一切有苦又一切五陰皆名爲苦正以惱害爲苦如欲界受惱害故苦上二界受亦有惱害

何故非苦如欲界說病等八行色無色界同說八行何故無苦又色界說光明優劣故知色界業亦差別業差別故必應當有得苦報業又經說此中有嫉妬等煩惱如有梵天語諸梵言此處是常汝等勿詣瞿曇沙門亦有梵天來難問佛又經中說入第四禪斷不善法又經中亦說是中有邪見煩惱是等煩惱即是不善應得苦報何故無苦又論師說一切煩惱皆是不善是中云何無苦受耶

又經中說諸天人愛色樂色貪色著色是諸天人愛樂貪著色故是色敗壞則生憂苦乃至識亦如是故知一切未離欲人皆有憂喜又愛緣生喜離此愛緣必生憂悲凡夫無智何能有力得所愛緣而不生喜失不生憂如經中說唯得道者將命終時無憂喜色故知一切凡夫憂喜常隨又佛自說不憂不喜一心行捨是應羅漢功德又六捨行唯聖所行非凡夫也凡夫或時行捨皆以未能知見緣故如經中說凡夫色中所有捨心皆依上色貪色不離故知凡夫無捨心也又經中說樂受中貪使若彼無樂受貪何處使汝意或謂不苦樂中貪使使經無說處又上地中轉寂滅樂大利身心如說是天一坐千劫若苦行者於諸威儀不能久住如經中說安坐七日受解脫樂又是中猗樂第一如經中說猗者受樂故知一切地中皆有樂也汝意或謂猗樂受樂異是事不然所有利益事來在身則名爲樂是故猗樂不異受樂問曰若上界定有苦樂憂喜云何得與禪經相順答曰此經違害法相若捨何咎又此中樂行寂滅不著

不能發起麤貪麤恚是故說名無苦無樂又此中苦樂細微不了無有刀仗等苦喪親等憂是故名無如說色界無寒無熱是中亦有四大云何當言無寒無熱耶如說三禪衆生一身一相是中亦有光明差別如說若行禪者不能善除睡眠戲調則光明不淨又少智人名爲無智又如世人以食中少鹹名爲無鹹如是彼中憂喜不了故名爲無又汝等說彼中無覺佛經中說想因緣覺是中有想云何無覺故知覺法乃至有頂爲麤覺故說二禪滅是故上二界中亦有苦樂等 受陰竟

成實論卷第六

音釋

縷 力主切綫也 臠 力兗切肉也塊 胞 皮教切 稍 所角切兵器也 屐 奇逆切 羈 居宜切羈縻也 餌 忍止切魚食也 [illegible] 桎梏 職日切足械也梏姑沃切手械也 睫 即葉切與睫同 蚋 儒銳切小蚊也

成實論卷第七

訶梨跋摩造

姚秦三藏鳩摩羅什譯

苦諦聚行陰論中思品第八十四

經中說思是行陰。問曰：何等爲思？答曰：願求爲思。如經中說下思下求下願。問曰：以何故知求名爲思？答曰：經中說作起，故名爲行。愛陰作起是求，如經中說作起皆依於愛。又經中說，如一束麥置四衢道中，六人來打，有第七人復更來打。比丘，於汝意云何？是爲熟不熟？已世尊。佛言：癡人亦爾，常爲六觸入之所打，如是打時復思後身，是爲至熟。當知求即是思。又說意思食，應觀如火聚。火何所喻？是人求後身，後身如火，常生諸苦故。又經中說我即是動處，亦是戲論，作起依愛，隨有我處則有動念戲論作起依愛。若作起法說名依愛，當知求即是思。又說若小兒從生習慈，能起惡業，思業不不也。世尊是義名求欲造惡業。又說業者若思，思已是中思是意業，思已是身口業。思已名爲求已。又和利經中說，尼延子斷冷水，受暖水，死時求冷水，竟不得而死，生意著天，是則以思冷故生。故知求即是思。問曰：汝言求是思者，此是愛相，非是思也。所以者何？有因有緣，經中說癡人所求即是愛也。又大因經中說因愛故求等。又經中說苦者多求，樂者不求。又說若人欲於五欲，欲即是求。又說愛因緣取，先求後取，求即是愛。是故汝以求爲思，是事不然。又汝言願是思者，是亦不然。所以者何？和利經中說不思造業，業則不重；不思名不先知世間，亦以知爲

思如言云何智者能爲是事誰有思者當作是事此語義名智者故知知即是思答曰願名爲集欲分願名思如人願言我未來世得如是身問曰若欲分願名思者則無無漏思又思爲愛因如經中說若知見意思食即知見斷三愛故知思是愛因答曰汝言無無漏思我亦不說有無漏思所以者何作起行相故名爲思無漏法無起作相故思是作起非滅法也又汝言思是愛因是亦不然所以者何思爲愛果亦是愛分非愛因也以果斷故說因斷謂意思食斷故三愛斷行等因緣衆皆以是答故知愛分是思愛有二種有因有果因名愛果爲求求即是思問曰若因時名愛果時名思則思非愛分也所以者何若法在因相異在果相異故知思非愛分如有因有緣經中說癡人所求即名爲愛愛者所作即名爲業是故思隨業相故與愛異又若人貪此事故求是事是故從貪生求求即是思是故貪爲思因答曰我先說愛分是思愛分即是愛但愛初起名貪貪已名求又汝言願者是事不然所以者何願是思分先願名業後業回向問曰思與意爲一爲異答曰意即是思如法句中說惡心所作所說皆受苦果善心亦爾故知意即是思若意非是思何者爲意業意業名意行緣中是故思即是意雖總相說意行名思而思多在善不善中說是思有衆多分若人爲他衆生求善求惡爾時名思若求未得事爾時名求若求後身爾時名願故知一思以種種名說

觸品第八十五

識在緣中是名爲觸以三事和合名觸是非觸相所以者何根不到緣是故根緣不應和合以此三事能取緣故名爲和合問曰別有心數法名爲觸所以者何十二因緣中說觸因緣受又說觸爲受想行等因若法無者云何爲因故知有此心數法名爲觸又六六經中說六觸衆又經中說應觀無明等觸若說成假法諸因不應復別說假法又經中有二種觸一三事和合觸二三事和合故觸故知觸有二種一有自體二是假名如日珠牛糞三事異火月珠異水地等異芽如是觸異眼等有何咎耶又如諸比丘和合不異比丘諸陰和合不異諸陰二木和合不異二木二手和合不異二手衆病和合不異衆病觸亦如是不異眼等復有何咎答曰我先說心能取緣爾時名觸是故心時爲因識生然後受等法生六六經中亦說爾時名觸是有道理又我等不受此二種觸常言三事和合名觸設復有是二種觸經違法相故亦應棄捨是故引經非因又若是觸異如水火者作亦應異而實不見別有異作故知此觸不異三事又若觸是心數則與餘心數異所以者何觸是諸心數緣而觸非觸緣以生異故非心數法問曰以觸勝故觸緣心數非觸緣觸如受緣愛非愛緣受答曰觸有何勝相而餘心數無應說其相而實不可說是故非因受是初時愛是後時故受緣愛非愛緣受又若觸是別心數法應說其相而實不可說當知不異又佛於異法中亦說觸名如說若有苦惱來觸人身又說受樂觸不放逸受苦觸不瞋此於

受中說觸名字又佛語箭毛鬼言汝觸麤澀不可近身如世間說火觸是樂亦說觸爲食亦言手觸此等皆於身識所知事中說觸名字又餘處說盲不觸色亦於色等緣中說觸名字是觸語不定故非别有此心數法若說觸是心數則與觸相違所以者何佛說三事和合名觸故知實無别心數法若法來在身皆名爲觸又隨能與受等心數作因爾時與名爲觸

念品第八十六

心作發名念此念是作發相故念念能更生異心又說念相能成辦事如經中說若眼内入不壞色外入在現前是中若無能生異心念者則眼識不生問曰諸識知皆以念力生不答曰不也所以者何諸識知生不必定或以作發力生如強除欲等或以根力故生如明目者能察毫端或以緣力故生如遠見燈不見其動或以善習故生如工巧等或以諦取相故生如所著色或法自應生如劫盡時禪或以時節故生如短命衆生惡心或以生處故生如牛羊等心或隨身力故生如男女等心或隨年故生如小兒等心或以疲倦故生或以業力故生如受諸欲或以定力故生如繫心一處知識增長或以必定故生如次無礙道必生解脱或以久厭故生如厭辛苦則思甜味或隨所樂故生如對色等或樂觀色不喜聽聲青等亦爾或以細軟故生如毛入目則生苦心餘處不然或以苦滅故生如除目患則食得味或以滅障故生如除欲等則知其過或漸短次故生如因下生中因中

生上或隨所徧故生問曰若一切知識皆次第相屬何故說無能生異心念耶答曰爲外道故外道等說神意合故知識生爲破此語示諸知識屬次第緣故如是言若人能生異心念者知識不生所以者何以次第緣故則知識有因一一而生又隨所徧處一一識生譬如伐樹隨傾而倒又先說諸識不一時生以是因緣故知諸識一一次第生又諸識法應次第而生不待神意和合如外物芽莖枝葉華實次第而生内法亦如是一一知識次第而生是念二種一正一邪正謂順理如說正問正難是名可答有理難問又問諸法實相無常性等是名爲正有隨所能成故名爲正故知隨順道念眞實念等名爲正念又隨人隨時念名爲正念如多欲人不淨觀爲正念心沒時發相爲正念與此相違名爲邪念正念能生一切功德邪念能起一切煩惱

欲品第八十七

心有所須是名爲欲所以者何經言欲欲以須諸欲故名欲欲又經中說欲爲法本以欲求故得一切法故名法本又說若諸比丘深欲我法法則久住若一心所須名爲深欲又如意足中言欲三昧精進三昧心三昧思惟三昧隨心所須名欲是欲法以精進助修集定慧從此四事所須皆得名如意分又說汝欲飛去又一比丘常好讀誦是人修禪得阿羅漢不復讀誦有天問言汝常好誦今何故不比丘言我本未離欲故須欲經書今離三界不復須也所有經書禪定智慧聖人皆說是可捨法故知以須爲欲因所須故貪於諸

欲是名貪欲

喜品第八十八

欲心好樂是名爲喜如說衆生性類相從喜惡隨惡好善從善是名爲喜問曰性不名喜所以者何佛知衆生種種諸性是性智力知種種喜是欲智力故知性喜各異答曰久修集心則名爲性隨性生喜是故知久集心有名性智力知隨性生喜名欲智力故說衆生隨性相續從長集惡心則好喜惡久集善心則喜樂善若寒者喜熱是現在因緣不從性生是爲性喜差别

信品第八十九

必定是信相問曰必定是慧相必定名斷疑是名慧相答曰未自見法隨賢聖語心得清淨是名爲信問曰若然者自見法己不應有信答曰然阿羅漢名不信者如法句中說不信者不知恩者名爲上人又經中說世尊我於是事隨佛語信若自見法心得清淨是名爲信先聞法後以身證作如是念此法眞實諦不虛誑心得清淨是名爲信在四信中譬如病人先信師語服藥差病然後於師生清淨心是名爲信是信二種一從癡生一從智生從癡生者不思善惡於富蘭那等惡師所生清淨心從智生者如四信中於佛等生淨心是信三種差别善不善無記問曰是不善信即是煩惱大地中不信法非是信也答曰非不信法信是淨相是不善信亦是淨相若不爾則不善受不應名受而實不然故有三種差别若信在根數隨順解脫在三十七品則定是善

勤品第九十

心行動發是名爲勤常依餘法若念若定於中發動一心常行是名爲勤勤有三種善不善無記若在四正勤中是名爲善餘不名善行者若信不善過患善法利益然後生勤爲斷不善集善法故故次信根說精進根是勤入善法中名曰精進能爲一切利益之本以此精進助念等法能得大果如火得風多所焚燒

憶品第九十一

知先所更是名爲憶如經中說久遠所更能憶不忘是名爲憶問曰此憶在三世中所以者何經中說憶一切皆宜又此憶在四憶處是四憶處亦三世緣何故但說緣過去耶答曰此言皆宜非爲三世若心掉沒則憶隨二處是名徧行汝言四憶處三世緣者是中慧能現在緣非是憶也是故如來先說憶名解則說慧問曰云何異識所更異識能憶答曰憶法如是於自相續生滅法中即生異識還自能緣又知識法爾異識所更異識能知如眼識色意識能知又他人所用他人能知如諸聖人乃至宿命餘身所更憶力故知問曰若知先所更名爲憶者今識等法皆應名憶所以者何是法亦行先所更故答曰識等法亦說是憶如佛語薩遮尼延子言汝憶本事當答又說若憶先戲樂則煩惱發故識等法憶本事故亦名爲憶是憶從取相生隨法取相是則憶生異則不生定慧定慧品中當說

覺觀品第九十二

若心散行數數起生是名爲覺又攝心中亦

有麤細麤名爲覺以不深攝故名麤心如經中說佛言我行有覺觀行是故初禪未深攝故名爲覺散心小微則名爲觀是二法者徧在三界以是心之麤細相故又散亂心名爲覺觀以此相故應一切處又未現知事以比知思量應爾不爾是名爲覺是故思量未現知事故有正覺邪覺之名離分別思量則名正見是三種知邪覺是顛倒思惟謂無常中常等正覺是未得眞智以比相知是行者在達分善根中是說名忍如是等餘順道比知名爲正覺是中若離憶想分別名現在知於此覺中思惟籌量以此因緣故如是此因緣故不如是是名爲觀問曰有說覺觀在一心中是事云何答曰不然所以者何汝等自說喻如打鈴初聲爲覺餘聲爲觀又如波喻麤者爲覺微者爲觀是時方異故不應一心又五識無分別故無有覺觀相

餘心數品第九十三

若不行善或邪行善名爲放逸無別一法名爲放逸爾時心行名爲放逸與此相違名不放逸若善心行名不放逸亦無別法又心隨不善名爲放逸隨順善法名不放逸善根者不貪不恚不癡以思量爲首能無貪著名爲不貪以慈悲爲首不生忿怒是名不瞋以正見爲首不謬不錯是名不癡無一別法名爲不貪有人言無貪名不貪是事不然所以者何無貪名無法無法云何與法爲因無瞋無癡亦如是又與三不善根相違故但說三憍慢等亦應是不善根以略故說三不善根不善品中當說無記根者又人說四謂無記愛

見慢無明又有人說三愛無明慧是非佛所說隨無記心何因緣生名此因緣爲無記根又身口業多從無記心起故無記心名無記根心行時能令身心安靜除滅麤重爾時名猗種種心時名捨若諸受中不了心行名捨諸禪中離苦樂任放心行名捨七覺中不沒不動平等心行名捨離憂喜得平等心名捨四無量中離憎愛心名捨如是隨種種法相違故則有無量心數差別

不相應行品第九十四

心不相應行謂得不得無想定滅盡定無想處命根生滅住異老死名衆句衆字衆凡夫法等得者諸法成就爲衆生故有得衆生成就現在世五陰名爲得又過去世中善不善業未受果報衆生成就是法如經中說是人成就善法亦成就不善法問曰有人言過去善不善身口業成就如出家人成就過去戒律儀是事云何答曰是皆成就所以者何經中說若人爲罪福即是已所有二事常追其身猶影隨形又經中說殃福不朽謂能得果若不成就罪福業者不應得果則失諸業問曰過去律儀不應成就所以者何汝言過去法滅未來未有現在不能常有善心云何成就戒律儀耶答曰是人現在律儀成就非過去也如以現染故染如是以現在戒故名爲持戒不以過去但以先受不捨故名成就過去問曰有論師言衆生成就未來世中善不善心是事云何答曰不成就所以者何未作業已得故是故未來不成就是名爲得無別有心不相應法名爲得與此相違名爲不得

亦無別有不得法也無想定者無此定法所以者何凡夫不能滅心心數法後當廣說是心心數法微細難覺故名無想無想處亦如是滅盡定者心滅無行故名滅盡無有別法猶如泥洹命根者以業因緣故五陰相續名命是命以業爲根故說命根生者五陰在現在世名生捨現在世名滅相續故住住變故異非別有法名生住滅等又佛法深義謂衆緣和合有諸法生是故無法能生異法又說眼色等是眼識因緣是中不說有生是故無生無咎又說生等法一時生若法一時生即是滅是中生等何所爲耶應思是事又十二因緣中佛自說生義諸衆生處處生受諸陰名爲生是故現在世中初得諸陰名生亦說五陰退沒名死亦說諸陰衰壞名老無別有老死法名衆者從字生名如言其人隨字成義名句諸字名字有人言名句字衆是心不相應行此事不然是法名聲性法入所攝問曰凡夫法是心不相應行是事云何答曰凡夫法不異凡夫若別有凡夫法亦應受別有瓶法等又數量一異合離好醜等法皆應別有外經書中說瓶異瓶法異因瓶法知是瓶色異色法異是事不然所以者何法名自體若汝謂凡夫法異則色自無體應待色法故有是事不然是故汝不深思故說別有凡夫法有諸論師習外典故造阿毗曇說別有凡夫法等亦有餘論師說別有如法性眞際因緣等諸無爲法故應深思此理勿隨文字苦諦聚竟

集諦聚業論中業相品第九十五

論者言已說苦諦竟集諦今當說集諦者諸業及煩惱是業有三種身業口業意業身業者身所作名身業是業三種奪命等不善起迎禮拜等善斷草等無記問曰若身所作名身業者瓶等物亦應是身業身所作故答曰瓶等是身業果非是身業因果異故問曰不應有身業所以者何身所動作名爲身業有爲法念念滅故不應有動答曰是事念念滅品中已答所謂法於餘處生時損益他是名身業問曰若爾者身即身業以餘處生故非身所作名爲身業答曰身是作業之具身於餘處生時集罪福名爲業是故身非業也問曰集罪福是無作身作云何答曰身餘處生時有所造作名爲身作問曰是身作或善或不善而身不然是故非身所作答曰隨心力故身餘處生時能集業是故集若善不善非直是身口業亦爾非直音聲語言以心力隨音聲語言所集善惡是名口業意業亦如是若決定心我殺是衆生爾時集罪福亦如是問曰如從身口別有業意與意業爲即爲異答曰二種或意即意業或從意生業若決定意殺衆生是不善意亦是意業是業能集罪勝身口業若未決定心是意則與業異問曰已知作相從作生異集業何者爲相答曰是即名無作問曰但身口有無作意無無作耶答曰不然所以者何是中無有因緣但身口業有無作而意無無作又經中說二種業若思若思已思即是意業思已二種從思集業及身口業是意業最重後當說從重業所集名無作常相續生故知意業亦有無作

無作品第九十六

問曰何法名無作答曰因心生罪福睡眠悶等是時常生是名無作如經中說若種樹園林造井橋梁等是人所爲福晝夜常增長問曰有人言作業現可見若布施禮拜殺害等是應有無作業不可見故無應明此義答曰若無無作則無離殺等法問曰離名不作不作則無法如人不語時無不語法生如不見色時亦無不見法答曰因離殺等得生天上若無法云何爲因問曰不以離故生天以善心故答曰不然經中說精進人隨壽得福多隨福多故久受天樂若但善心云何能有多福是人不能常有善心故又說種樹等福德晝夜常增長又說持戒堅固若無無作云何當說福常增長及堅持戒又非作即是殺生作次第殺生法生然後得殺罪如教人殺隨殺時殺者得殺罪故知有無作又意無戒律儀所以者何若人在不善無記心若無心亦名持戒故知爾時有無作不善律儀亦如是問曰已知有無作法非心令爲是色爲是心不相應行答曰是行陰所攝所以者何作起相名行無作是作起相故色是惱壞相非作起相問曰經中說六思衆名行陰不說心不相應行答曰是事先已明謂有心不相應罪福問曰若無作是色相有何咎答曰色聲香味觸五法非罪福性故不以色性爲無作又佛說色是惱壞相是無作中惱壞相不可得故非色性問曰無作是身口業性身口業即是色答曰是無作但名爲身口業實非身口所作以因身口意業生故說身口意業性又

或但從意生無作是無作云何名色性有無色中亦有無作無色中云何當有色耶問曰何等作能生無作答曰從善不善作業能生無作非無記以力劣故問曰幾時從作生無作答曰從第二心生隨善惡心强則能久住若心弱則不久住如受一日戒則一日住如受盡形戒則盡形住

故不故品第九十七

問曰經中說故作業不故作業云何名故不故耶答曰先知而作名爲故作與此相違名不故作問曰若不故作不名爲業答曰有是業但心故作業則有報又決定心作業名故不決定心作名不故如卒語名不故不卒語是名故如經中說汝有過失我當數之若卒語我則不數乃至三問若先無作心而作如人行時踐路殺蟲是名不故是不故業以不集故不能生報業有四種有作不集有集不作有亦作亦集有不作不集作不集者如作殺等業後則心悔作施等業後亦心悔又起作業心不復念是名作非集集不作者若他作殺等則心生喜他作施等心亦生喜亦作亦集者若作殺等罪施等福亦心生喜不作不集者亦不作亦不生喜於是中亦作亦集是業受報如經中說若業亦作亦集是業必受果報是故作集業若現受報若生受報若後受報問曰若故作集業必受報者則無解脱答曰業雖故作得眞智故不復更集譬如焦種不復更生問曰佛監兩經中說有人造地獄報業現世輕受答曰若重惡業能現輕受何故不能令都盡耶若人不能具修眞智

則惡業得便故現世少受果報問曰阿羅漢雖具修眞智亦受惡報答曰深修善法則障不善是故若人於百千世集戒等善則不善業不能得起猶如諸佛一切智人餘人不能如是故爲不善業所得便故阿羅漢雖具修眞智以宿業故亦受惡報問曰經中亦說佛受謗等不善業報答曰佛一切智人無惡業報以斷一切不善法根本故但以無量神通方便現爲佛事不可思議如增一阿含中說有五事不可思議業有二種定報不定報定報業者若多若少必當受報不定業者可令都盡問曰云何名定報業何等是不定報業答曰經中說五逆罪是定報業問曰但五逆罪是定報業更有餘耶答曰餘業中亦有定報分但不可得示或以事重故有定報如於佛及弟子若供養若輕毀或以心重故有定報如人以深厚纏殺害蟲蟻重於殺人如是等餘業亦有定報問曰若五逆罪可令薄者何故不能使都盡耶答曰此罪法爾不可都盡如須陀洹雖至懈怠不到八生又五逆罪以堅重故不可都盡如王法中有重罪者可得令輕不可全赦

輕重罪品第九十八

問曰經中說有輕重罪業何謂輕重答曰若業能得阿鼻地獄報是名重罪問曰何等業能得此報答曰若業破僧必受此報所以者何別離三寶令僧寶離佛寶亦破法寶又生上邪見故能起是業亦深嫉恚佛故起此業亦久集惡性深貪利養故故起此業又此人說非法是法時障多衆生行諸善法故名重

罪問曰但破僧罪得阿鼻地獄報更有餘耶答曰餘業亦有若言無罪無福供養父母及諸善人無有果報是等邪見亦得此報又使他人墮此邪見令多衆生造諸惡故亦受此報又能作如是邪見經盡如富蘭那等諸邪見師害正見故開多衆生爲惡因緣又謗賢聖罪亦得此報如說八萬四千歲一脅受苦又如法句中說聖人以法壽以此法教化鈍根依惡見違逆如是語如刺竹結實則自害其形是人墮地獄首下足在上以惡心惡口誹謗賢聖者是人墮十萬尼羅浮地獄三十六萬五阿浮地獄又殺生等若事重心重是罪亦墮阿鼻地獄與重相違是名爲輕謂於炙火炙等諸淺地獄畜生餓鬼及人天中受不善報是名輕罪

大小利業品第九十九

問曰經中說有大小利業何者爲大利業答曰隨以何業能到阿耨多羅三藐三菩提是名最大利業次業能得辟支佛道次業能得聲聞道次業得有頂報壽八萬大劫是生死中最大報業次業得無所有處壽六萬劫如是次第乃至梵世壽命半劫次欲界他化自在天處壽天數萬六千歲乃至四天王壽天數五百歲如是人中四天下各隨業受報如是畜生餓鬼地獄亦有小利業問曰何等業能得阿耨多羅三藐三菩提等答曰檀等六波羅蜜具足能得阿耨多羅三藐三菩提從此善業次第轉薄得辟支佛菩提轉薄得聲聞菩提若行增上四無量心得生有頂行四無量次第轉薄次生下地行四無量心轉薄

及隨定戒因緣故生色界以布施持戒修善因緣故生欲界是施等業隨福田厚薄故有差別若於諸佛福田中行是則最勝次於辟支佛等福田中行次第轉少問曰爲智福田勝斷福田勝答曰若智能達法相謂畢竟空此則勝斷所以者何如佛以智故於弟子中勝不以斷故如雜藏中說若掃僧房地如一閻浮提不如掃佛塔猶如一掌處又一切智慧皆爲斷故若諸菩薩久處生死皆爲善斷善斷者謂自斷結亦斷衆生是諸結皆漸以智斷故知智慧福田於斷爲勝問曰若利根須陀洹鈍根斯陀含是二福田何者爲勝答曰利根者勝非鈍根也問曰此語不然如經中說供養百須陀洹不如供養一斯陀含又說穢稗害禾貪欲穢心是故施無欲人應得福多斯陀含能薄三毒須陀洹未何故言勝答曰是經名不了義何以知之即此經中說施畜生得百倍利而實施鵄鳥等所得果報勝施外道五神通人是故此經應辨其義此經從多故說除利智慧又須陀洹以智力故雖受諸欲亦名福田非斷欲凡夫乃至能得有頂定者又多聞智在達分中尚勝非有頂定不通達分又彌勒菩薩雖未得佛爲阿羅漢之所禮敬又但能空發菩提心者已爲羅漢所敬如一沙彌擔持衣鉢逐阿羅漢行是沙彌發無上心阿羅漢即取衣鉢自擔隨其後行如譬喻中廣說故知智慧福田爲勝

成實論卷第七

音釋

踐蹈 踐才線切履也蹈徒到切踐也 脅 虛業切腋下也 稊稗 稊杜奚切稗蒲拜切稊稗似穀穢草也 鵽鳥 鵽知刮切黃雀也

成實論卷第八

訶梨跋摩造

姚秦三藏鳩摩羅什譯

三業品第一百

問曰經中說三業善不善無記業何等是善業答曰隨以何業能與他好事是業名善是善業從布施持戒慈等法生非洗浴等問曰何名爲好答曰令他得樂是名爲好亦名爲善亦名爲福問曰若令他得樂名爲福者令他得苦應當有罪如良醫灸針令他生苦是應得罪答曰良醫針灸爲與樂故不得罪也問曰若爲與樂便得福者如婬他妻令其生樂亦應得福答曰婬欲名決定不善若人令他行不善法是則爲苦非爲樂也樂名令樂後樂非現在少樂以此因緣後得大苦問曰有人飲食因緣生他人樂或飲食不消令人至死是施食人應得罪得福答曰是人好心施食無惡心故但得福德不得罪也問曰婬他妻者亦復如是但爲樂故亦應得福答曰此事先答謂婬欲是決定不善生大苦故又施飲食中有福德分所以者何得飲食者不必盡死衆生皆以貪染心故而受婬欲全非福因云何得福問曰有人以殺生故利益多人如人破賊則國無患若殺毒獸則利人民是等可以殺生而得福乎或有人劫盜因緣供養父母婬欲因緣生好兒息妄語因緣或與壽命以惡口等令他得利是皆十惡所攝云何以此而得福乎答曰是人得福得罪爲利他故得福以損他故得罪問曰是醫亦初與他苦後令得樂何故不得罪得福而但得

福耶答曰是醫以善心針炙無有惡意若業爲善惡故起則罪福兼得問曰殺等皆是福德所以者何以殺因緣得所欲事如爲王殺賊則得富貴以福因緣得隨所欲云何殺生不名爲福又人能殺則得名聞名聞是人之所樂人之所樂是福德果又以殺故得喜樂喜樂亦是福德果報又經書說若逆陣死得生天上如偈說若人戰陣死天女諍爲夫又說雖善富貴人爲賊而逕前能殺則無罪不殺則得罪又世法經說有四品人婆羅門刹利毗舍首陀羅是四品人各自有法婆羅門有六法刹利四法毗舍三法首陀羅一法六法者一自作天祠二作天祠師三自讀韋陀四亦教他人五布施六受施四法者一自作天祠不作師二從他受韋陀不教他三布施不受施四守護人民三法者作天祠不作師自讀韋陀不教他自布施不受施一法者謂供給上三品人若刹利爲守護人民故奪他命有福無罪又韋陀經說殺生得福所謂以韋陀語呪殺羊羊死生天韋陀經是世間所信又說若實應死者殺之則無罪如五通仙能呪殺人不可言神仙有罪罪人云何能成此事故知殺生得福又或有心力能奪命得福施命得罪若人以善心殺生欲令得樂云何有罪如屠兒等畜養牛羊雖施而罪如是盜等事中亦有福德答曰汝言殺生得所欲故名福德者是事不然所以者何由福德故得隨所欲是所欲事緣殺生得所以然者以先世造不淨福故如經中說劫奪殺害得財用施令他悲泣及不淨施如是等施名曰不

淨要由惡緣而得受報又此人先世有福亦有殺生業緣是故今身因殺受報亦有衆生應償財命故由殺害得隨所欲又非一切衆生皆以殺生而得富貴如世間言是人薄福多作無獲名聞喜樂亦復如是皆以福德因緣故得名聞身力及樂但是福不淨故由殺而得問曰師子虎狼等所得身力皆從罪生夜叉羅刹等得身力樂亦從罪生答曰是事先答亦由不淨福故以罪緣得汝言經書中說若逆陣死得生天上是事不然所以者何是經以此邪語誘導愚人令其有勇何以知之要由福生福由罪生罪是中都無福因何由得福汝言四品衆生各自有法刹利爲護人故殺無罪者此如家法如屠兒等世世家法常應殺生亦不免罪刹利亦爾雖是王法亦故得罪若刹利以王法故殺生無罪則屠獵等亦應無罪但刹利以憐愍心爲民除患由此得福若奪人命此則有罪如人劫奪他財以養父母是人則罪福兼得問曰是人劫盜以養父母不應得罪如世法經說若乏食七日從旃陀羅奪取無罪若命欲斷得從婆羅門取是人雖以惡業活命不名爲破戒法人以急難故猶如虛空塵垢不污是人亦爾罪所不染答曰即梵志法中說若劫奪時財主來護梵志爾時應當籌量若使財主功德不如則應殺之所以者何我是勝人能以種種悔法除滅此罪若功德與等自殺殺他其罪亦等以此罪重難除滅故若財主德勝應自捨身以此中罪有可除故如是分別劫奪殺中亦應如是又言以惡業活命是中有惡

業故云何名福汝言若人逕前殺則無罪不殺得罪是言已壞所以者何若前人德勝應自捨身是無罪者何故爾耶汝言韋陀經說殺生得福是言先答謂殺無福汝言人實應死殺無罪者則殺惡賊亦應無罪又一切衆生皆是罪人以起作業受陰身故然則殺生無得罪者是事不可問曰若衆生先世自造殺緣今殺何故得罪劫盜等業亦皆如是答曰若爾則無罪福所以者何是人先世造殺緣故殺之無罪離此殺生亦無福德如是若施他人亦應無福以受者先世自行施業今自得報而實不可無罪福故當知衆生雖自造殺業殺者亦皆得罪以起貪恚癡諸煩惱故此諸煩惱名邪顛倒邪倒心生尚應得罪況當故起身口業乎故令生死無窮若不爾者則諸神仙起貪恚等諸煩惱時不應便失神通若此非罪復與何法相違故名福德當知衆生雖復先世自造殺緣殺者亦應有罪汝雖言罪人無所能成是事不然旃陀羅等亦能以呪術殺人仙人亦爾以惡心故隨語能成又此人以福力故能成以奪命故得罪汝言或有心力從奪命生福施命得罪是事不然所以者何要由心力及福因緣故能得福非但由心若以善心婬于師妻殺婆羅門可得福耶安息等邊地人以福德心婬母姊等復有福耶故知從福因緣有福德生非但心也劫盜等亦如是故知殺等皆是不善又此殺等非爲利他故名不善雖於現世少時得樂後受大苦以損他故名不善相又現見多有衆生行殺等法亦多在三塗及人道中

受諸苦惱當知苦惱是殺等果果似因故又三惡道中罪苦尤劇故知以殺等因緣生於此中問曰天人中亦如是諸天亦常與阿脩羅戰共相殺害人中亦以坑陷網毒殺害衆生答曰大人中有離殺等法三惡道無當知此中罪苦尤甚又人以殺等因緣則失壽等利樂上古時人有無量壽命光從身出明如日月飛行自在地皆自然生隨意物自然粳米皆以殺等罪故失如是事後轉更失至十歲人時酥油石蜜稻粟麥等一切皆無故知殺等是不善業又若離殺等還得利樂壽命增長如壽年八萬歲諸欲隨意故知殺名不善又今鬱單曰有自然粳米衣從樹生皆由離殺等故取要言之衆生所有一切樂具皆從離殺等生故知殺等是不善業也又殺等法善人所捨若諸佛菩薩緣覺聲聞及餘功德人皆悉捨離故知不善問曰是殺生等善人亦聽韋陀經中爲天祠故聽令殺羊答曰此非善人善人者常求利他修慈悲心怨親同等如是人者豈當聽殺生耶是人貪恚濁心故造此經求生天上呪他衆生以福力故能成是事又此殺等得解脱者之所不爲故知不善問曰得解脱者亦不作餘事謂過中食等是事亦可是不善耶答曰是罪因緣故善人亦捨若法無過不應捨離過中食等能害梵行是故亦捨有法以體性不善故捨如殺盜等有法以爲不善因緣是故亦捨如飲酒過中食等故知殺生體性不善又殺生者多人憎惡如師子虎狼及諸怨賊旃陀羅等若以此法因緣人所憎惡豈非不善又若不

殺者爲多人所愛如行慈悲諸賢聖人所愛故知殺爲不善問曰有殺生者以勇健故爲人所愛如人爲王殺諸惡賊則爲王所愛答曰以因緣故非深愛也如説若人以惡業令主心歡喜主若生厭心反還疑此人若以惡事生疑云何名愛又行不善者尚不自愛況他人乎故知殺生是不善法又殺等法是打害繫縛等諸苦惱因故知不善問曰不殺等法亦有苦因如王勑人令殺惡賊若不殺者王必害之答曰若以不殺便被害者諸不殺者皆應當死是人自以違王教故若知此人深心不殺則不加害反應供養故知殺等是苦因緣非不殺等又行殺等者死時心悔故知不善又行殺等故人所不信於同類中尚不相信何況善人又行殺等者尚爲同類所識況餘人乎又行殺等者善人捨遠如旃陀羅屠獵師等又行殺等者不名樂人如屠獵者終不以此等業而得尊貴又善人爲功捨離殺等若非不善何故爲功勤求捨離又現見殺等有不愛果當知來世亦得苦報又若殺等非不善者更有何法名不善耶問曰若殺等法是不善者則無好身所以者何無有不殺生時若來若去擧足下足時恒常傷殺細微衆生亦常以我想而取他物亦隨自想而爲妄語是故終無好身答曰故作則罪非不故也如經中説實有衆生於中生衆生想有欲殺心殺已得殺罪盜等亦爾問曰如人食毒故與不故俱能殺人又如蹈火知與不知俱能燒人刺等亦爾當知殺生故與不故俱應得罪答曰此喻不然毒以害身故死罪

福在心何得爲喻又火刺等若不覺不能生苦是故此喻不然若無識則不覺痛有識則覺如是若無故心則業不成有心則成此喻應爾又故則有罪不故則無諸業皆以心差別故有上有下若無故心云何當有上下如醫與非醫俱生人苦以心力故罪福差別又如兒捉母乳則不得罪以無染心故若染心捉則便有罪當知罪福皆由心生又若無故心而有罪者得解脫人亦有不故而惱衆生是應得罪則無有解脫以諸罪人無解脫故又若不故而有罪福則一業便應是善不善如人爲福業時誤殺衆生此業則名亦罪亦福是事不然當知不故不應有罪有福又若無心而有業者云何分別此善此不善此無記耶皆以心故有是差別如有三人俱行繞塔一爲念佛功德二爲盜竊三爲清涼雖身業是同而有善不善無記差別當知在心又有業定報有不定報有上中下有現報生報後報等若不由心而得罪福云何當有如是差別又若離心有業則非衆生數亦應有罪福如風頹山惱害衆生風應有罪若吹香華來墮塔寺便應得福是則不可故知離心無罪福也又外道說行斷食法卧於灰土刺棘等上投淵赴火自墜高崖等以苦因緣而有福德智者難言若爾則地獄衆生常被燒炙餓鬼飢渴飛蛾投火魚鼈處水猪羊犬等常卧糞土是等亦應得福是人答言要以故心受此苦惱則有福德非不故也地獄等不以福心受燒等苦若不以故心故無福者亦以無故心是故無罪若以不故心而有福者地

獄等中亦應有福有如是過又若不故心而有罪福則無善人所以者何於四威儀中常殺衆生此事不可當知不故則無罪福又亦無得好生處常爲罪故而實有梵王等諸妙好身故知不故無罪福業又汝等法中食不淨食則皆有罪若深思惟一切飲食皆是不淨食皆應得罪如是觸酒等則非婆羅門若不見聞以淨心食便無罪者當知離心則無罪福又於天祠中以福心故殺羊令羊生天以福心殺故則有福德若不爾者一切殺生皆得福得罪又婆羅門言或有劫盜無罪如乏食七日得從首陀羅取若命欲斷得從婆羅門取亦爲生好兒故婬欲無罪若不以故心則不應有此等差别故知若人不故與他人毒何由得罪若故與他毒毒反消病則應

得福如施人食是食不消令人死者是應得罪若不故而有罪福是法則亂又世間人一切事中皆信於心如即一言能生喜怒椎打等亦如是故知諸業皆由於心又意業最勝後品當說故知諸業在心又若智慧人雖處五欲而不得罪皆是意力所以者何智者見色不起妄想故無著色之過聲等亦爾若不起妄想而有罪者一切見聞盡應有罪然則意業無用智者以智慧爲首雖受五欲不生貪著五欲雖在以心猒故而能不汙是非意業力耶是故無有不故而得罪福問曰汝說善不善相謂損益他是事不然所以者何若人自將養身而行福業是人自食亦有福德又塔寺非衆生灑掃亦得福又禮敬等於他無益但損他功德不應有福又非但發心故

有福德隨以衣食利益他人爾時得福如是行慈悲者不應有福又若塔寺等非衆生數若奪財物若加毀壞不應有罪又不現前惡口駡他不應有罪以不聞故何所損減又於他人但生惡心不起身口復何所損此皆不應得罪又或自駡或自殺身或自邪行亦或得罪是故善不善相非但由損益他答曰汝言自將養身有福德者是事不然若自供養有福德者則無有人應供養他而實求福德者供養他人又隨自爲已其福轉薄故知自爲不應有福又汝言自食爲行福業若自養身爲饒益他從是心邊能生福德不由自養而得福也汝言塔寺非衆生灑掃亦得福者是人念佛功德於衆生中尊是故灑掃此事亦由衆生故得福耳問曰已滅度佛不名衆生又經中說佛非有非無亦非有無亦非非有非非無云何名衆生耶答曰若已滅度不名衆生是人念佛未滅度時而爲供養是故得福如人祭祠父母念生存時若不爾者不名供養父母此事亦爾汝言禮敬等於他無益是事不然所以者何以禮敬等種種利他令他尊貴人所恭敬是名利益亦令他人隨學恭敬亦得福德又禮敬他時自破憍慢以破不善分故多所利益亦以顯他功德禮敬等有如是利又汝言禮敬等損他功德是事不然以好心禮敬非如外道爲損他故而行禮敬又如布施若他不消亦損他功德然則布施亦不應有福故禮敬等應深思惟有益則行如經說有一比丘於浴室中手摩他身佛語諸比丘此供養者是阿羅漢受供養者

是破戒人汝等當學無以師子供養犬等汝言不但發心故得福者心是一切功德之本若人利他已利今利當利皆以善心爲本若人損他已損今損當損皆以不善心爲本又行慈者以慈心果報饒益一切謂風雨隨時日月星宿不失常度大海不溢大火不燒大風不壞此皆慈果報力如經中說若一切世間皆行慈心則所欲自然汝言劫奪塔寺不應罪者是人以衆生心而劫奪之隨是何塔爲劫奪此以是因緣故若能爲損若不能爲損皆爲主故得罪若汝心謂於佛不能生惱故無罪者以惡口等加阿羅漢不能生苦亦應無罪汝言不現前罵應無罪者是事不然是人以惡心加彼以惡心故彼雖不聞若聞必當生苦是故得罪汝言若生惡心不起身口不應有罪者是亦不然是濁惡心爲惱他故生若他覺知必生苦惱如賊來奪人物雖不覺知亦爲惱人故汝言自殺自罵亦得罪者是事不然若自苦身而得罪者則無有人得生好處所以者何人於四威儀中常苦其身然則一切衆生常應得罪如惱他人是故無有得生好處此事不然當知不從自身有罪福也爲道因緣故毗尼中結此戒若人惡心自殺以煩惱故得罪無記業者若業非善不善於他衆生無益無損是名無記問曰何故名無記答曰是此業名字若業非善非不善者名曰無記又善不善業皆能得報此業不能生報故名無記所以者何善不善業堅强是業力劣弱譬如敗種不能生芽又報有二種善得愛報不善得不愛報無記無報問

曰有此中取非愛非憎是無記報有何答答曰佛說報有二種邪身行得不愛報正身行得愛報不說有中又福德果報得愛念如意罪則與此相違又苦樂是罪福報不苦不樂亦是善行果報故知無無記報

邪行品第一百一

佛說三邪行身邪行口邪行意邪行身所造惡名身邪行是邪行有二種一十不善道所攝如殺盜邪婬二不攝如鞭杖繫縛自婬妻等及不善道前後惡業問曰是殺生等三不善業但是身業性耶答曰殺罪名殺不善業是罪身亦可造隨以自身殺害衆生口亦可造隨教勑人令殺衆生或以呪殺心亦可造有人發心能令他死盜婬罪亦如是但自作得具足罪又身不善業以身爲相或口爲相或發心他則知以此因緣亦得造殺等罪但以多是身所作故通名身業口邪行亦如是口所造惡業名口邪行是中亦有二種若人決定問時現前誑他是不善道所攝餘不名攝貪恚邪見等是意邪行問曰何故十不善道中說邪見三不善根中說癡耶答曰邪見是癡之異名是癡增長堅固名爲邪見癡更無別相但以顛倒貪著故名爲癡問曰經中說諸邪行得不愛報正行得愛報是愛不愛相不決定如即一色而有愛不愛是故應辯其相答曰樂是愛相如經中說福報名樂苦是不愛相如經中說汝等於罪應生怖畏以是苦因緣故問曰若樂是愛相者豬犬等以食糞爲樂是福德果耶答曰是不淨福果如業經說若非時施不淨施輕心濁心非福田

中如是等施得此果報問曰若經中說正行得愛報何故復說以正行因緣得生天上答曰有邪行者亦生天上或謂生天是邪行報故經中更說正行因緣生於是中又邪行正行能得善惡道身受身已於中受苦樂如邪行因緣惡道中受苦正行因緣天人中受樂

正行品第一百二

身所作善名身正行口意亦爾離殺生等三不善業名身正行離口四過名口正行離意三不善名意正行是離三種律儀所攝所謂戒定無漏律儀又所有禮敬布施等善身業皆名身正行所有實語軟語等皆名口正行不貪等意業皆名意正行是名三正行問曰外道神仙無報得解脫戒是人能得戒律儀不答曰是諸外道從心生戒律儀戒或亦口受又諸餘人等亦能得戒律儀所攝正行如壽十歲人受不殺法故生子壽二十歲問曰經中說正行淨行寂滅行有何差别答曰有論師言凡夫善身口意業名爲正行學人以斷結故即此正行名爲淨行無學人斷結從無結生語故名寂滅行又無學人畢竟不起不善業故名寂滅行如說身寂滅口寂滅意寂滅又人言此三種行義一而異名但美其質直故稱正離諸煩惱故曰淨離諸不善故名寂滅故雖三名其義不異問曰又論師言但心是寂滅行非思是義云何答曰是三種行皆但是心所以者何離心無思無身口業問曰經中說見正行成就人則爲見天若見天數非一切正行者皆生天上何故如是決定說耶答曰言天數故是事已明正行者雖

不必生天若生尊貴處則與天相似故言見天數諸正行者皆應生天或以餘緣所壞是故不生所謂邪正雜行邪行强故不得生天如經中說佛語阿難我見有人行三正行而生惡道是人先世邪行果熟今雖正行未具足故有臨命終時起邪見心故墮惡道邪行生善處亦如是故凡夫法不可信也當知隨强力業受生差别

繫業品第一百三

問曰經中說有三種業欲界繫業色界繫業無色界繫業何者是耶答曰若業從地獄至他化自在天於中受報名欲界繫業從梵世至阿迦尼吒天受報名色界繫業從虚空處至非有想非無想處受報名無色界繫業問曰無記業及不定報業不在此三種中耶答曰是業及果報皆名欲界繫所以者何此法是欲界業果報故問曰欲界法非一切盡是業報是故不然答曰一切欲界法盡是欲界繫業報問曰若爾則是外道邪論謂一切所受苦樂皆是先業因緣又先業果報謂善不善業有報非報又精進之功則無所用若皆是業報復何勞功耶又若諸煩惱及業皆是業報則無得解脫以業報不可盡故答曰汝言是外道邪論是事不然外道說苦樂好醜但是先業果報然則不應復假現在因緣而實見萬物從現在緣生如種子等故不得言一切皆從先業因緣又從因從緣萬物得生如以種爲因地水空時等爲緣眼識以業爲因眼色等爲緣是故不同外道邪論汝言先

業果報是事不然現見從果有果相續生如從穀生穀如是從報生報有何咎耶又如不能男人及鳥雀鴛鴦等欲毒蛇等瞋當知皆是先業果報問曰若從報生報是則無窮答曰我說業報三種善不善無記從善不善生報無記不生故非無窮如從穀生穀於是中從種子生芽不從麪等生如是從善不善報有果報生不從無記報生汝言不勞功者雖從業生報要須加功然後得成如從得穀業有穀生然要須種等爾乃得成汝言無得解脫是事不然得眞智故諸業滅盡猶如焦種不能復生故無解脫過有諸所生法皆以業爲本若無業本云何能生又萬法之生各有定分如此法必從是人身生不在餘身若無本業云何如是決定差別問曰若法但從因

生如從豆生豆有何咎耶答曰是事亦以業爲本以得豆業因緣故從豆生豆何以知之上古時人行善行故粳米自生故知業爲本故從豆生豆問曰是衆生數物則從先業生答曰不然非衆生數物亦以業爲本一切衆生有共業果報謂得住處以業因緣故有地等以得明業因緣故有日月等當知物生皆以業爲本問曰若生法皆以業爲本有爲無漏云何答曰亦以業爲本所以者何皆是先世布施持戒等力之所由是故亦從業等生問曰若無漏法亦從業生是亦名繫法是則不可以經中說有不繫受故答曰無漏法以眞智爲因以業爲緣因力大故名爲不繫問曰何業受欲界報何業受色界報無色界報答曰若在欲色無色界起十不善業則於欲

界受報問曰若在色無色界亦能起不善業耶答曰彼中能起不善業經中說彼中有邪見邪見非善乎問曰彼中邪見是無記非不善也答曰非無記何以知之佛經中說邪見是苦惱因邪見人所起身口意業有所造作皆爲苦報猶如苦瓠所有四大盡爲苦味如欲界邪見不善色無色界亦以此相故名不善以相同故如婆伽梵志語諸梵言汝等勿詣瞿曇沙門我於此間能度脱汝是心口不善在色界起又餘梵天於彼難佛如是等人又人在色無色界謂是泥洹臨命盡時見欲色中陰即生邪見謂無泥洹謗無上法故云何非不善耶以此等故當知彼中有不善業問曰若於彼中起不善業是業爲何處繫答曰若是不善業受欲界果報故繫在欲界善業有上中下下者受欲界報中者色界報上者無色界報又有人言四禪所攝善業受色界報四無色定所攝受無色界報餘散亂心起業受欲界報問曰云何彼中起善業欲界受果報答曰如此間攝心起善業彼間受報如是彼中散亂心起善業此間受報又如色無色界起不善業欲界中受報彼中善業亦如是問曰若在色無色界不能起欲界繫善業答曰是中無此因緣若在欲界能起色無色善業在色無色界不能起欲界善業耶又汝等說在色界中能生欲界無記心若能生無記心何故不能生善心耶又經中佛語手天子當念住心受麤想麤想即是欲界繫心是人隨以善心聽法禮佛皆是欲界繫心若不爾者不名麤想又是中求念財福如說世

尊我於三事無猒足故此問命終生無熱天謂見佛聽法供養僧求念財福是欲界繫心又此中有念佛等非財福故當知有欲界繫善

三報業品第一百四

問曰經中佛說三種業現報生報後報業何者是耶答曰若此身造業即此身受是名現報此世造業次來世受是名生報此世造業過次世受是名後報以過次世故名爲後問曰中陰報業在何處受答曰二處受次第中陰業在生報處受以生有差別名中陰故餘中陰業在後報處受問曰是三種業爲報定耶世定耶答曰有人言報定現報業必現受報餘二亦爾雖有此言是義不然所以者何若爾者非但五逆名爲定報而六足阿毗曇說五逆是定報又監兩經中亦說不定有業應受地獄果報是人修身戒心慧故能現受報是故此三種業應當世定現報業不必現受若受則應現受非餘處餘二亦如是問曰何等業能受現報答曰有人言利疾業受現報如於佛諸聖人及父母等起善惡業是則現報若業不利而重是則生報如五逆等亦利亦重則受後報如轉輪王業若菩薩業又有人言是三種業隨願得報若業願令世受是即現受如末利夫人以自食分施佛願現世爲王夫人餘二業亦如是有隨業熟則先受問曰過去業云何名熟答曰具足重相是名爲熟問曰頗有一念起業次念受報耶答曰無也漸次當受如種漸次生芽業法如是問曰若處胎中及睡眠狂亂等人能集業不

答曰此等有思則能集業但不具足問曰若離此地欲能起此地業不答曰有我心人皆集此業若離我心則不復集問曰阿羅漢亦禮敬修福等此業何故不集耶答曰以衆生心故諸業則集阿羅漢無我心故諸業不集又阿羅漢心無漏無漏心者不集諸業又經中說斷罪福業名阿羅漢是人不集罪業福業及不動業故業受畢新業不造問曰學人集諸業不答曰亦不集也所以者何經說是人散壞諸業不積不集滅不然等有論師言是學人有我慢故諸業亦集但以無我智力不必受報問曰是三種業於何界可造答曰三界中一切處可造問曰不定業有耶無耶答曰有若業或現報或生報或後報是名不定如是業多問曰若知此三種業得何利耶答曰若能分別是三種業則生正見所以者何現見有惡行者而受富樂善者受苦於中或生邪見謂善惡無報若知此三業差別則得正見如說偈行惡見樂爲惡未熟至其惡熟自見受苦行善見苦爲善未熟至其善熟自見受樂又分別大業經說不斷殺者得生天上是人若先世有福將命終時發强善心能如是知則生正見是故應知此三種業相

三受報業品第一百五

問曰經中佛說三種業樂報苦報不苦不樂報業何者是耶答曰善業得樂報不善業得苦報不動業得不苦不樂報此業不必定受若受則受樂報非苦等餘二亦爾問曰是諸業亦得色報何故但說受耶答曰於諸報中受爲最勝受是實報色等爲具又於緣中說

受如說火苦火樂或有因中說果如人施食名施五利亦如言食錢等問曰從欲界至三禪中得受不苦不樂報耶答曰得受問曰是何業報答曰是下善業報上善業則受樂報問曰若爾何故第四禪及無色定中說耶答曰彼是自地所以者何彼中但有是報更無異受以寂滅故問曰有人言憂非業報是事云何答曰何故無耶問曰憂但從想分別生業報不應是想分別故又若憂是業報業報則輕故非報耶又此憂離欲時斷業報離欲時不斷是故憂非業報答曰汝言憂從想分別生故非報者樂亦是業報是樂二種一樂二喜亦從想分別生不應名報汝言業報則輕是憂重過於苦所以者何憂是愚人所有智者則無是故難除亦能深生熱惱又四百觀中說小人身苦君子心憂又此憂要以智斷身苦樂亦能除又憂能生三世中惱所謂我先有苦今苦當苦又憂是諸煩惱住處如經中爲煩惱處故說十八意行以五識中不生煩惱故

又經中說以憂爲二箭以受苦重故如人一處重被二箭則受苦倍增如是癡人爲苦所逼更增憂患以惱身心故甚於苦也又愚者常憂所以者何是人恩愛乖離怨憎合會所求不得等故常憂惱又此憂從二因生一從喜生二從憂生若失所愛物是從喜生如經中說佛問波斯匿王汝愛迦尸憍薩羅國耶又說諸天樂色貪色是色若壞則生憂惱是名從喜生從憂生者從所憎事生亦從嫉妬等生未離欲者嫉妬等結常惱其心如說天

人多慳嫉妬又多衆生憂惱他人故得憂惱報如說隨種生果故知憂是業報汝言離欲時斷故非報者是事不然須陀洹未離欲亦斷地獄等報可以地獄等報爲非報耶故不可以離欲時斷便名非報問曰不苦不樂報業名不動此業是善應受樂報何故受不苦不樂報耶答曰是受不動故實樂以寂滅故名不苦不樂又經中說樂受中貪使彼中貪於彼受中使知是樂也

三障品第一百六

問曰經中說三障業障煩惱障報障何者是耶答曰若諸業煩惱及報能障解脱道故知名曰障問曰何者能障答曰施戒修善回向三有此能障道又定受報業是亦爲障如經中說若此人必定集受報業則不入正位是名業障又若人煩惱厚利增上常在心中是煩惱障又若人煩惱不可除遣如不能男等欲亦名煩惱障又若地獄等罪惡生處及隨所生處不能修道皆名報障問曰有人不先明悉前人不知其善則不布施謂彼人若由我施得造諸惡我則有分如梵志等諸出家人故出家人不應布施以新業繫障解脱故答曰不然他作罪福於我無分所以者何罪福因緣中有多過咎何者如衆生是殺因緣若無衆生何所殺耶然則死者應當有罪又如富者是盜因緣美色是邪婬因緣他人是妄語等因緣僞稱等是欺誑因緣買者亦應有罪又受者爲施者因緣亦應得福若人造井池等用者皆應得福然則不應自爲福德而實不然是故因緣中不應有罪福又受者

福分應當消盡則人不應從他受施所以者何以福德分貧飲食故有施者應罪多而福少所以者何詎有幾所婆羅門能爲善者多以三毒濁心深著五欲不勤修善是故施者應罪多福少又梵志等自稱善人修行法者是人不能正觀諸法禪定攝心若離禪定心難調伏是故施者施未離欲人應得罪多又人供養父母供給妻子親屬知識皆應得罪則無有人得福分者而實不然是故罪福不在因緣中又持戒等法亦利益他是人不殺生故施一切命則持戒者得大罪分以不殺故前人得壽所作衆惡盡應是持戒者分不求福者便當殺生不應持戒又人說法令他修福修福因緣後得富貴富貴則憍逸憍逸則造諸惡此諸惡說法者皆應有分又施因緣令他人富以富因緣所作諸罪亦應是施者分然則梵志不應受施亦不應與而今梵志但受不與故知此爲邪道又如諸王如法治民亦應有罪又若子爲罪而父母有分則應不生子又良醫療疾亦應得罪以其得命爲諸罪故又天降雨時生長五穀天應得罪以濟育惡衆生故又施食者亦應得罪受者或食不消乃令至死亦未離欲人以著味故施者應罪然則施者常應令受者自立誓言令食汝食要不爲惡然後當與若不如是則施者兩失問曰經中亦言若比丘食檀越食著檀越衣入無量定以是因緣故此檀越得無量福若以是因緣而得福者云何不得罪耶答曰若是比丘食檀越食著檀越衣入無量定檀越施福自得增長不得定福如田良

故所收必多薄則收少如是福田良故施報則大薄則福少不以受者爲福爲罪而施者得分是故不以罪福因緣而得罪福彼雖爲因緣而罪福要由自起三業問曰未離欲人心不自在必貪著有故出家人不應行施答曰若爾則出家人持戒等皆有福德是亦應捨而實不可是故布施亦不應捨但勿回向三有當爲泥洹又但應遠離煩惱諸不善業所以者何是諸業因時可防果時無可如何是故諸佛常於因時教化說法不如閻王於果時方化訶責問曰是三業障中何障最重答曰有人言報障最重以不可化故有人言以隨人故一切皆重問曰何者可轉答曰皆可令滅若可轉者不名爲障

四業品第一百七

問曰經中佛說四種業黑黑報業白白報業黑白黑白報業不黑不白無報業爲滅盡諸業故何者是耶答曰黑黑報業者隨以何業生苦惱處如阿鼻地獄及餘苦惱無善報處若畜生餓鬼少分與此相違名第二業隨以何業生無苦惱處如色無色界及欲界人天少分黑白雜名第三業隨以何業生苦惱不苦惱處若地獄畜生餓鬼人天少分第四業名無漏能盡三業若業二世所呵今呵後呵是人爲罪墮在黑闇無有名聞故名爲黑又二世苦毒今苦後苦故名爲黑問曰是業何者能生純苦惱處答曰相次爲惡心無有悔間無有善能消惡業是名能生純苦惱處又以邪見心而造諸惡又於重人爲惡所謂父母及餘善人又於衆生爲惡無所遺惜如殺

衆生若盡奪財物若閉牢獄而復斷食若重拷掠令無餘樂如是等業生純苦處白白報業者若人純集諸善無有不善此二業勢力最大餘無能勝若受黑業報時不容白報受白業報時不容黑報所以者何一切衆生皆集善不善業力相障故不得並受如負二人物强者先牽第三業弱善不善雜故並受報互相勝故問曰有人言若不善業受惡道報是名初業色界繫善名第二業欲界繫人天中雜受報業是名第三業無礙道中十七學思是第四業此義云何答曰佛自説此業等相謂若人起罪身口意行受苦惱身生苦惱處所受諸受皆不隨意故知隨令衆生生純黑苦處是名初業色無色界則純受樂欲界天人亦有純受樂者如經説有樂人亦有六觸人天所覺諸塵無不隨意是第二業黑白雜行是第三業一切無漏業皆爲盡諸業以相違故非但十七學思名第四業問曰無漏實白何故名不白耶答曰此白相異不同第二業白是白最勝無相待故如説轉輪聖王成就清淨過人天眼實是人眼勝餘人故名曰過人此業亦爾勝餘白業故説不白又有人言應説名非黑白報業此則無過又泥洹名非白是故此業應名非白又亦應説非黑非白所以者何泥洹名無法此業爲泥洹故名不黑不白又世間貴重有漏善業故名爲白以第四業能捨此業故名不白又此業無黑相故亦無白相可得又報白故業名白是業無報故不名白

五逆品第一百八

次身受報故名無間若現受則輕苦惱報少以其重故次第疾墮阿鼻地獄五逆由福田德重故名爲逆所謂破僧惡心出佛身血殺阿羅漢殺父母以不識恩養故名爲逆此逆罪但人道中能起非餘道中以人有別知故問曰殺餘聖人得逆罪不答曰殺聖人者多墮地獄若殺阿羅漢必應當墮若人打佛而血不出亦得重罪以欲害世尊故問曰若人作一逆罪則墮地獄若作二三亦於一身盡受報不答曰是罪多故久受重苦於是中死還生是中問曰破僧罪中云何爲重答曰若非法知非法是法知是法如是心作則名爲重若非法謂法法謂非法是不如先又若人於佛所破僧自稱大師天人中尊是亦爲重問曰若凡夫可破非是聖人何名重罪答曰障礙正法故名重罪問曰破僧法爲幾時答曰法不久住不經一宿是中梵王等諸天舍利弗等諸大弟子即還和合有人言是五百比丘先世障他得道善根因緣今得此報又凡夫人心輕躁故易可破壞若但得世間空無我心尚不可破況無漏耶以惡欲在心故造破僧因緣故求福者應捨惡欲

成實論卷第八

音釋

灸（居有切灼體也）誘（與久切教也）旃陀羅（梵語也此云嚴熾旃諸延切）椎（直垂切擊也）溢（弋質切滿也）拷掠（拷苦浩切擊也掠力灼切笞也）

成實論卷第九

訶　梨　跋　摩　造

姚秦三藏鳩摩羅什譯

五戒品第一百九

佛說優婆塞有五戒問曰有人言具受則得戒律儀是事云何答曰隨受多少皆得律儀但取要有五問曰離繫縛等何故不名爲戒而但說不殺等耶答曰是眷屬故問曰何故不說斷婬而但說不邪婬耶答曰白衣處俗難常離故又自婬其妻不必墮諸惡趣如須陀洹等亦行此法是故不說令斷婬欲問曰離兩舌等何故不名爲戒答曰是事細微難可守護又兩舌等是妄語分若說諸妄語則已總說問曰飲酒是實罪耶答曰非也所以者何飲酒不爲惱衆生故但是罪因若人飲酒則開不善門是故若教人飲酒則得罪分以能障定等諸善法故如植衆果必爲牆障如是四法是實罪離爲實福爲守護故結此酒戒

六業品第一百一十

業有六種地獄報業畜生報業餓鬼報業人報天報不定報業問曰何者是耶答曰地獄報業者如六足阿毗曇樓炭分中廣說又殺生等罪皆爲地獄如經中說喜殺生者生地獄中若得爲人則受短命乃至邪見亦如是問曰已知十不善道受地獄報亦生畜生餓鬼及人道中而汝但說生地獄及人中今當別說何業但受地獄報耶答曰即此罪業最重者受地獄報小輕則受畜生等報又若具足三種邪行則爲地獄餘不具足業爲畜生

等又故作重罪則爲地獄又破戒破見人所造惡業則爲地獄又深心爲惡心壞行壞是人造惡業則爲地獄又造不善業以不善助則爲地獄又若於賢聖造不善業則爲地獄又起不善業不善修集如人起不善業後讚快樂不欲捨離則爲地獄又以憎恚心而造罪業則爲地獄若爲財物則受餘報又以邪見心起不善業則爲地獄又破戒者所作罪業則爲地獄又無慚愧者所作罪業則爲地獄又惡性人所作罪業則爲地獄譬如濕地小雨成泥又常行不善者所作惡業則爲地獄又若無急緣而造惡業則爲地獄又若人不得空無我分深染著故所造罪業則爲地獄又若人不修身戒心慧所造惡業則爲地獄又若凡人所作惡業則爲地獄所以者何是人不知陰界諸入十二緣等以不知故不應作而作應作而不作不應語而語應語而不語不應念而念應念而不念是人所作罪業雖少亦爲地獄又若不見不善中過是人則能起重罪業受地獄報又若人爲罪不依於善則爲地獄如負債人不依恃王債主則得便又若人善業劣弱所作少罪亦爲地獄如人身中火勢微少得難消食則不能消又若人但行不善無善業雜則爲地獄如人爲賊輕重悉繫又若捨離一切善根如象戰時不護惜首是人作罪則爲地獄又若行小法受學小師是人作罪則爲地獄如貧賤負債爲富貴所牽又若人常長不善如負債日息猶如屠兒獵師等業則爲地獄又若覆藏罪則爲地獄如瘡內漏又若人不善久住心中

不能疾滅則爲地獄如被治毒即能殺人又若人自作不善亦以教人開多衆生苦惱門故則爲地獄如諸國王及多知識人行惡邪行令多人學如富蘭那等又若所作業多惱衆生如燒林等又教多人令墮非法如田獵等又若人以惡業活命如賊魁膾屠獵師等又畢竟破戒人所作罪業則爲地獄至死不捨故名畢竟如偈説畢竟破戒人如藤蔓樹枝是人身造惡自令怨得願又無事而忿以此忿心而爲罪業則爲地獄若有事而忿罪則不爾又以瞋起業是結重故則爲地獄如經中説瞋爲重罪而易除滅又若惡心成性則爲地獄若以因緣而起罪業是則輕微又若縱逸人所造惡業則爲地獄若爲知識所護則得生天如莎婆魁膾臨命終時舍利弗到其所是人即以惡眼視舍利弗不能令異呼小來前更以氣噓之見舍利弗光色益榮便生念言此人勝我不可殺也即以淨心七反上下視舍利弗以此因緣七生天上七生人中後得辟支佛道又如鴦掘魔羅多起罪業將欲殺母佛爲善知識故即得解脱又如施越以火坑毒飯欲中害佛佛爲善知識故亦得解脱如是等人雖有惡業不墮地獄故説若縱逸人所作惡業則爲地獄又若斷善根不可復治如調達等猶如病人死相已現是人作罪則爲地獄又若人不數爲善將命終時善心難生是人心悔故墮地獄又若臨死時起邪見心是人以先不善爲因邪見爲緣故墮地獄如是多有諸業爲地獄報又論師言一切不善皆是地獄因緣是不善之餘

生畜生等中如經中說佛語比丘汝等所見衆生身邪行口邪行意邪行者當知便爲見地獄人問曰已知地獄報業畜生報業何者是耶答曰若人雜善起不善業故墮畜生又結使熾盛故墮畜生如婬欲盛故生於雀鴿鴛鴦等中瞋恚盛故生於蚖虵蝮蠆等中愚癡盛故生猪羊等中憍逸盛故生於師子虎狼等中調戲盛故生猨猴等中慳嫉盛故生狗等中如是等餘煩惱盛故生種種畜生中若有少施分者雖生畜生於中受樂如金翅鳥龍象馬等又口業報多墮畜生如人不知不信業果報故起種種口業言如是人輕躁猶如猨猴則生猨猴中若言貪餮如烏語如狗吠騃如賭羊聲如驢鳴行如駱駝自高如象惡如逸牛婬如鳥雀怯如猫貍諂如野干

倏如羖羊多毛如牛起如是等惡口業故隨業受報又衆生以貪樂故發種種願如樂婬欲則生鳥等中若聞諸龍金翅鳥等有勢力故願生其中又經中說若於迮狹處死願得寬處則生鳥中若渴死求水故生水中餓死貪食故生廁等中又從愚癡起輕微業以雜善故生於蚕蝨蚤蟻等中又若教他人令墮邪法則生無智處盲生盲死作死屍中虫又行雜業故生畜生中如經中說諸畜生隨種種心得種種形又若起應食草業如人妄語自呪誓言若食此食令我食草或言食土如是等又若人惡口罵言汝何不食草食土是人隨語受生食草土等又人行不淨施得食草等報又若人觝債不償墮牛羊麞鹿驢馬等中償其宿債如是等業墮畜生中問曰已

知畜生報業以何業故墮餓鬼中答曰於飲食等生慳貪心故墮餓鬼問曰若人自物不與何故得罪答曰是慳人若人從乞以貪惜故則生忿恚以此罪故生餓鬼中又此慳人若人從乞有而言無以妄語故墮餓鬼中又此人久來修習慳結見他得利生嫉妬心故墮餓鬼又此慳人見他行施則憎恚施主言此乞者以慣得故必當復來從我乞又從久遠來修習慳心既自不施亦遮他與又若共有物如寺中僧物及天祠中諸婆羅門物有人獨惜不欲與人故墮餓鬼又若人劫奪壞他飲食故生無飲食處又若人無有布施福隨所生處報無所得兼有呵罵乞者業故於中受苦又此慳者見人飢渴無憐愍心故所生處常受飢渴如以慈悲得生天上如是以恚恨故生惡道中又深著親屬愛樂住處故墮迦陵伽等餓鬼中生以貪愛是生因緣故如是等如業報經中廣說問曰已知三惡報業以何業故生人天中答曰若布施持戒修善等業上者生天中下者生人中又利根者則生人中以能行人法故名爲人又雜善業故生人中此業有上中下一心不一心淨不淨等何以知之以人有種種差品不同故如經中說殺生則短命盜竊則貧窮邪婬則家不貞良妄語則常被誹謗兩舌則眷屬不和惡口則常聞惡聲綺語則人不信受貪嫉則多婬欲瞋恚則多惡性邪見則多愚癡憍慢則生下賤自高則矬短嫉妬則無威德慳則貧寒瞋則醜陋惱他則多病雜心布施則嗜不美味非時布施則不得隨意疑悔則生邊

地行不淨施則從苦得報非道行婬則得不男形人中有如是等雜不善業善業亦與此相違如不殺得長壽等人道中有如是等種種不同故知是雜業報又以願故得生人中又人不樂放逸亦不多欲好樂智慧發人身願則生人中又若人好樂供養父母及諸所尊亦知供養沙門婆羅門等喜爲事業亦好修福則生人中於人中若淨業因緣生欝單曰又若人憎惡ㄇ宅舍廬我所差別則生欝單曰又若人正行白業不惱他取財而以布施亦不貪著自持戒行又不破戒前後眷屬則生欝單曰是善小劣生拘耶尼又小不如生弗于逮天報業者是施戒善上淨故生天又若人得智慧分折伏諸結故生天上又亦隨雜業故有差别如人中說又以願故若聞天上受樂因緣所作善業皆願往生如八福生處中說若行慈悲喜捨則生梵世乃至有頂是中禪定有差品故報亦差别若不善斷睡眠調戲等是人身光則濁若善除滅光則明淨又上善業報則生天以諸所欲隨念即得故若離色相得無色定則生無色處如是等名天報業不定報業者下善不善業是業或地獄餓鬼畜生人天中受問曰餘四道中可得受善業報地獄云何答曰若小地獄中暫有停息如從火地獄得解遥見樹林心喜往趣入此林中涼風動樹刀劒未墮爾時暫樂或見醎河謂是清水馳走往趣亦得暫樂如是等是地獄中善業報分是名不定報業

七不善律儀品第一百一十一

七不善律儀謂殺盜邪婬兩舌惡口妄言綺

語若人於此七事若具足若不具足皆名不善律儀人問曰何者成就不善律儀答曰成就殺不善律儀謂屠獵等成就盜者謂劫賊等成就邪婬謂非道行婬及婬女等成就妄語謂歌戲伎兒等成就兩舌謂喜讒謗及讀誦讒書構合國事等成就惡口謂獄卒等亦以惡口自活命等成就綺語謂合集言辭令人笑等有人言諸王宰將治王事者常成就此不善律儀是事不然所以者何若人作罪相續不息是名成就不善律儀王等不爾問曰云何得此不善律儀答曰隨行惡業時得問曰為從所殺衆生得此律儀為從一切衆生得耶答曰從一切衆生得如人持戒於一切衆生得善律儀不善律儀亦如是若隨殺衆生得二種無作一殺罪所攝二不善律儀所攝於餘衆生得不善律儀所攝問曰是不善律儀幾時成就答曰乃至未得捨心則常成就問曰若人從下軟心得不善律儀若貪等心得是人常如是成就為更得耶答曰隨心隨煩惱因緣更得此不善律儀念念常得於一切衆生得起七種是七種有上中下故有二十一種如是念念常於一切衆生邊得問曰是不善律儀云何得捨答曰隨受善律儀時捨死時亦捨又發深心從今日更不復作爾時亦捨有論師言轉根時捨是事不然所以者何不能男等亦得成就眦尼中亦說若比丘轉根不失律儀當知不以轉根故捨問曰五道中何道衆生成就不善律儀答曰但人成就不在餘道有人言師子虎狼等常以惡業活命亦應成就

七善律儀品第一百一十二

七善律儀不殺至不綺語問曰於非衆生數得是善律儀不答曰得但要因衆生是善律儀三種戒律儀禪律儀定律儀問曰何故不說無漏律儀答曰無漏律儀在後二中攝故不别說有論師言更有斷律儀謂離欲界時得善律儀以斷破戒等惡故名曰斷而實一切律儀皆三中攝問曰諸外道等得此戒律儀耶答曰得此人亦以深心離諸惡故戒師教言汝從今日不應起殺等罪問曰餘道衆生得此戒律儀不答曰經中說諸龍等亦能受一日戒故知應有問曰有人言不能男等無戒律儀是事云何答曰是戒律儀從心邊生不能男等亦有善心何故不得問曰何故不聽作比丘答曰是人結使深厚難得道故又此人不在比丘中亦不在比丘尼中是故不聽又彼中亦遮餘人如睞眼等是人亦得此善律儀問曰眦尼中遮逆罪者賊住者污比丘尼等不聽作比丘是諸人等亦有善律儀耶答曰是人若爲白衣或得善律儀如不遮此人修行布施慈等善法如是若有世間戒律儀者有何咎耶但以是人爲惡業所污亦障聖道是故不聽出家問曰爲從可殺等衆生得善律儀爲於一切衆生得耶答曰皆於一切衆生邊得若不爾律儀則有分有分則不具足又此律儀則可增減亦同尼延子法謂百由旬内不殺生等有此等過是故律儀無有分别若有人言我於此人離殺此人不離是人不得此戒律儀有論師言若分别布施行慈心等亦有福德戒亦可爾如持一

戒亦得一戒福如是於一衆生亦得律儀問曰是戒律儀二種一盡形二一日一夜盡形者若比丘若優婆塞一日一夜者如受八戒一日一夜是事云何答曰是事無定若一日一夜若但一日或但一夜若半日或半夜隨能受時得出家則但應盡形若言我但一月二月若但一歲則不名得出家法五戒亦爾問曰若得善律儀還破失律儀不答曰不失但以不善法汚此律儀問曰但於現在衆生得戒律儀爲從三世衆生得耶答曰皆於三世衆生所得如人供養過去所尊亦有福德律儀亦爾是故一切諸佛同一戒品是律儀無量如於一衆生得起七種從不貪等善根起故亦從上中下心起故故有多種如一人一切衆生邊亦如是念念常得故有無量問曰戒律儀幾時可得答曰有人受一日戒是初律儀即日受優婆塞戒是第二律儀即日出家作沙彌是第三律儀即日受具足戒是第四律儀即日得禪定是第五律儀即日得無色定是第六律儀即日得無漏是第七律儀隨得道果更得律儀而本得不失但勝者受名如是則福德益增以此戒律儀於一切衆生念念常得故説一日戒律儀四大寶藏不及十六分中之一禪律儀無漏律儀隨心行戒律儀不隨心行問曰有人言入定時有禪律儀出定則無是事云何答曰出入常有是人得實不作惡法與破戒相違常不爲惡善心轉勝故應常有問曰若禪無色中無破戒法以何相違名善律儀答曰法應如是諸仙聖人皆得善律儀若以破戒相違故有律

儀者則但應從可惱衆生所得善律儀有如是咎是故不然

八戒齋品第一百一十三

八戒齋名優婆娑優婆娑秦言善宿是人善心離破戒宿故名善宿問曰何故正說離八事耶答曰此八是門由此八法離一切惡是中四是實惡飲酒是衆惡門餘三是放逸因緣是人離五種惡是福因緣離餘三種是道因緣白衣多善法劣弱但能起道因緣故以此八法成就五乘問曰是八分齋但應具受爲得分受答曰隨力能持有人言此法但齋一日一夜是事不然隨受多少戒或可半月乃至一月有何咎耶有人言要從他受是亦不定若無人時但心念口言我持八戒是戒五種清淨一行十善道二斷前後諸苦三不爲惡心所惱四以憶念守護五回向涅槃能如是齋則四大寶藏不及其一分天王福報亦所不及如言

六齋神足月　奉行於八戒　此人獲福德
則爲與我等

若人齋日受齋福如帝釋受此齋法應泥洹果故漏盡人應說此偈受齋法中繫縛桎梏皆應放捨亦斷一切不善因緣是名清淨問曰轉輪聖王好受齋法誰教之者答曰大德天神曾見佛者教之令受

八種語品第一百一十四

八種語四種不淨四種淨四不淨者若人見言不見不見言見不見謂見問言不見見謂不見問則言見如是事倒心倒故名不淨四種淨者若見言見不見言不見見謂不見問

言不見不見謂見問則言見事實心實故名曰淨聞覺知亦如是問曰見聞覺知有何差別答曰有三種信見名現在信聞名信賢聖語知名比知覺名分別三種信慧此三種慧或皆是實或皆顛倒上人不起不淨但起淨語是故下人所用則名不淨上人所用故名爲淨有人言是義中諸正智人皆名爲上不但得道故凡夫人亦有淨語

九業品第一百一十五

九種業欲界繫業三種作無作非作非無作色界繫業亦如是無色界二種及無漏業身口所造業名作因作所集罪福常隨是心不相應法名爲無作亦有無作但從心生非作非無作者即是意意即是思思名爲業是故若意求後身此亦名意業亦名爲思思念後身故名爲業

問曰若爾則無無漏思答曰若以此爲思則無漏思也問曰是無作雖從身生當有多少差別不答曰若一切身分皆起作業因此則集多無作得大果報問曰是無作在何處答曰業道體定集無作作或有或無餘則待心若强心則有軟心則無又此無作亦從願生若人發願我要當布施若起塔寺是人定得無作問曰是無作幾時得幾時失答曰隨所作事在若起園林塔寺等施隨施物不壞爾時常隨又隨心不息如人發心我應常作此事若會同若衣施如是等事在心不息爾時常得又隨命未盡如人受出家戒爾時常得問曰有人言但欲界中從作生無作色界中無是事云何答曰應在二界所以者何色

界諸天亦能說法禮佛及僧如是人等云何不從作業生無作耶又有人言隱沒無記無無作是事不然隱沒無記是重煩惱是煩惱集則名爲使但不隱沒無記無無作所以者何是心下軟不能起集如華能熏麻非草木等有人言過梵世上無有能起作業心所以者何覺觀能起口業彼無覺觀但用梵世心能起口業是事不然衆生隨業受身若上地生不應用梵世中報故知以自地心能起口業又汝說彼無覺觀後當說有問曰聖人斷結未盡能起作業不答曰聖人不能起實罪業問曰狗等衆生音聲是口業不答曰雖無言辭差別從心起故亦名爲業又若現相若號令若簫笛等音皆名口業是身口業要由意識能起非餘識也是故人有自見身業自聞口業以意識所起業相續不斷故自見聞

十不善道品第一百一十六

經中佛說十不善業道謂殺生等五陰和合名爲衆生斷此命故名爲殺生問曰若此五陰念念常滅以何名殺答曰五陰雖念念滅還相續生斷相續故名爲殺生又是人以有殺心故得殺罪問曰爲緣現在五陰故名殺生耶答曰五陰相續中有衆生名壞此相續故名殺生不以念念滅中有衆生名問曰有人依官舊法殺害衆生或爲强力所逼强殺衆生自謂無罪是事云何答曰亦應得罪所以者何是人具足殺罪因緣以四因緣得殺生罪一有衆生二知是衆生三有欲殺心四斷其命是人備此四因云何無罪盜名若此物實屬此人而劫盜取是名爲盜是中亦有

四種因緣一是物實屬他二知屬他三有劫盜心四劫盜取已問曰有人言伏藏屬王若取此物則於王得罪是事云何答曰不論地中物但地上物應屬王所以者何給孤獨等聖人亦取此物故知無罪又若自然得物不名劫盜問曰若一切萬物皆共業所生劫盜何故得罪答曰雖從共業因生因有强弱若人業因力强又勤加功此物則屬問曰若人於塔寺衆僧所奪取田宅等物從誰得罪答曰雖佛及僧於此物中無我所心亦從得罪以是物定屬佛僧於中生惡心若盜若劫是故得罪邪婬名若衆生非妻與之行婬是名邪婬又雖是其妻於非道行婬亦名邪婬又一切女人皆有守護若父母兄弟夫主兒息等出家女人爲王等守護問曰婬女非婦與之行婬云何非邪婬耶答曰少時爲婦如毗尼中說是少時婦乃至以一鬚遮故問曰若無主女人自來求爲妻者是事云何答曰若實無主於衆人前如法來者不名邪婬問曰若出家人取婦免邪婬不答曰不免所以者何無此法故出家法常離婬欲但罪輕於犯他人婦妄語者若身口意誑他衆生令虛妄解是名妄語佛爲重罪故說衆中定問名爲妄語乃至一人問時亦名妄語豈須衆人耶又隨所欲誑人於此人得罪若人語他人言我語某甲如是事事雖不實不名妄語又妄語隨想若見無見想問言不見無妄語罪如毗尼中說問曰若人事倒不見言見云何非妄語耶答曰一切罪福皆由心生是人於不見事中而生見想是故無罪如於實衆生中

無衆生想非衆生中生衆生想不得殺罪問曰如實有衆生生衆生想乃得殺罪如是若見生見想則應無罪非不見見想而得無罪答曰是罪因心因衆生生是故雖有衆生無衆生想則不得罪以無心故若無衆生有衆生想以衆生無故亦不得罪若有衆生有衆生想因緣具故得殺生罪若於見事中生不見想問言不見是人想不倒故不欺衆生雖爲事倒亦名爲實若不見事中而生見想問曰不見是人想倒欺誑衆生事雖不倒亦名妄語兩舌名若人欲别離他而起口業是名兩舌若無别離心他聞自壞則不得罪若善心教化令離惡人雖爲别離亦不得罪若不以結使濁心雖復口言亦不得罪惡口名若人若言無所利益但欲惱他是名惡口若憐愍心爲利益故苦言無罪如無事加惱是則有罪依方針灸雖苦非罪苦言亦爾諸佛賢聖亦爲此事如言癡人等又若無結使濁心所爲苦言不名爲罪如離欲人等若以善心苦語中起煩惱即時得罪綺語名若非實語義不正故名爲綺語又雖是實語以非時故亦名綺語又雖實而時以隨順衰惱無利益故亦名綺語又雖言實而時亦有利益以言無本末義理不次亦名綺語又以癡等煩惱散心故語名爲綺語身意不正亦名綺業但多以口作亦隨俗故名曰綺語餘三口業皆雜綺語不得相離若妄語而非苦言亦不别離則有二種妄語綺語若是妄語亦欲别離而不苦言則有三種妄語兩舌綺語若妄語苦言不欲别離亦有三種妄語惡口綺語若

妄語若言亦欲别離則具四種若無妄語若言亦不别離但非時語無益語無義語則但是綺語是綺語微細難可捨離但有諸佛能斷其根是故諸佛獨稱世尊言則信受餘無及者問曰已說七種業道何用復說三意業耶答曰或謂罪福要由身口非但從心是故說心亦是業道是三種意業力故起身口惡業是三種雖重以意業微細故在後說雖一切煩惱能起惡業此三但爲惱衆生故名不善業道若中下貪不名業道是貪增上深著他有方便欲惱能起身口業故以貪嫉爲業道恚癡亦爾又若說癡即說一切煩惱此中但爲能起身口侵惱衆生故說三種問曰何故名癡爲邪見耶答曰癡有差别所以者何非一切癡盡是不善若癡增上轉成邪見則名不善業道一切不善皆由此三門若人爲財利故起不善業如爲金錢殘殺衆生或以瞋故如殺怨賊或有不爲財利亦不瞋恚但以癡力不識好醜故殺衆生問曰經說惡道因緣有四隨貪隨恚隨怖隨癡行故墮諸惡道今此中何故不說隨怖起惡業耶答曰怖是癡所攝若說隨怖即是隨癡所以者何智者乃至失壽命因緣尚不起惡業又是事先已答謂煩惱增長能起身口業爾時名不善道是三多起不善故問曰何故名爲業道答曰意即是業於此中行故名業道先行後三中後行前七中三業道非業七業亦業亦道問曰亦有鞭杖及飲酒等諸不善業何故但說十耶答曰此十罪重故說又鞭杖等皆是眷屬先後飲酒非是實罪亦不爲惱他設令

惱他亦非但酒也問曰是不善道爲在何處答曰悉在五道但欝單曰無邪婬以三事起以貪欲成餘以三事起亦以三事成問曰聖人能起不善業不答曰亦起意不善業不起身口又意業中亦但起瞋心不起殺心問曰經中說學人亦祝人言滅令汝斷種此事云何答曰亦有經說阿羅漢祝是漏盡人煩惱根斷尚不起心況當祝耶言學人祝亦應如是又聖人於不善業得不作律儀云何當作不善又此聖人不墮惡道若能起不善則亦應墮問曰若諸聖人今世不造不善業故不墮惡道過去世中有不善業何故不墮答曰是聖人心中實智生時諸惡道業皆以羸劣猶如敗種不能復生又三毒二種一能致惡道一則不能能入惡道者聖人斷盡以業煩惱故得受身聖人雖有諸業煩惱不具足是故不墮又是人依大勢力所謂三寶能消大惡如人依王債主不惱又是人智慧明利能消惡業如人身中火勢盛故難消能消又此人有多方便或念諸佛或念慈悲諸善業故得脫諸惡如多方詐賊依諸嶮難則不可得又此聖人知得解脫道如牛王行如鳥依空又長夜修習諸善法故不墮惡道如經中說若人常修身戒心慧者地獄報業能現輕受又如偈說行慈悲心無量無礙諸有重業所不能及又此聖人心不善業不能堅固如一渧水墮熱鐵上又此聖人善業深遠如桓殊羅樹根又此聖人善多惡少少惡在多善中則無勢力如一兩鹽投之恒河不能壞味又此聖人富信等財如貧窮人爲一錢受罪富

貴者雖爲百千亦不得罪又入聖道故得爲尊貴如貴人雖罪不入牢獄又如虎豹犬羊及尊卑共諍大者得勝又此聖人心宿聖道諸惡道罪不能復惱如王宿空舍餘人無能入者又此聖人行自行處惡道罪業不能得便如鷹鷂喻又聖人繫心四念處故諸惡道業不能得便如圎瓶入鈙又具二種結故墮惡道隨業受報聖人斷一種故不墮惡道又此人常受善業報故諸惡業道不能得便又如先六業品中說地獄業相聖人無因緣故不墮惡道

十善道品第一百一十七

十善業道所謂離殺乃至正見是十事戒律儀所攝一時得禪無色律儀所攝亦一時得離名善業道即是無作問曰餘禮敬布施等福是善業道何故但說離名業道耶答曰以離勝故是十種業於施等爲勝所以者何以布施等所得福報不及持戒如十歲人以離殺因緣增益壽命又十不善業是實罪故離名實福入後三善業是衆善之本是故施等諸善皆業道所攝又是業道有離鞭杖等先後合說故一切諸善皆在中攝

過患品第一百一十八

問曰不善業有何過患答曰以不善業故受地獄等苦如經中說殺生因緣故墮地獄若生人中則受短命如是乃至邪見又以不善業業因緣故久受苦惱如阿鼻地獄過無量歲壽命不盡又衆生所有一切諸惡敗壞衰惱皆由不善又未曾見不善業有大利益如屠獵師等終不以此業而得尊貴汝意或謂

以壞賊因緣而得富貴是事先三業品中已答又行不善者受訶責等諸苦惱分又令他人得所惡事名爲凶暴是故應離此不善業又經中說殺有五失人所不信得惡名聞遠善近惡死時心悔後墮惡道又殺生因緣樂少苦多又行不善業染污人心世世積集久則難治又行不善者從冥入冥流轉三塗永不得出又行不善者空受人身如採藥雪山而收毒草是爲極愚如是以十善道乃得人身但不行善尚爲大失況起惡業又行不善者雖自愛身而實不自愛雖自護身實非自護以起自惱業因緣故又是人遇身猶如怨賊自令苦故又若行不善則自賊其身況他人耶又行不善業今雖不現果報則著是故雖少亦不可不信如毒雖少亦能害人如債雖少漸漸滋息又爲惡於人人常不忘是故爲雖久遠亦不可信又行不善者名不樂樂以行不善故失人天樂不樂樂者愚之甚也又行不善者苦劇可愍現受心悔等苦後則受惡道苦又不善業果飛虛隱海無得脫處如金槍追佛又一切不善皆由癡起故有智者不應隨也又經中說放逸如怨能害善法故不應隨又不善業諸佛菩薩應眞賢聖五通神仙及明罪福者無不呵毀故不應造又現見惡心熾盛則情志迷亂惱悶痛苦面色變異人不喜見況起身口以此等緣故知不善有無量過患

成實論卷第九

音釋

膾古外切魁膾屠宰之爲首者　蚖吾官切毒蛇也　蝮螫蝮房六切毒蛇也螫施隻切蟲行毒也　餮他結切貪食也　駃語駭切癡也　賭陟魚切與豬同豕也　駱駝駱盧各切駝徒河切　佷郎訖切很佷也　羖公戶切牡羊也　迮側華切嗌也　廁初吏切溷廁也　蚤蝨蚤子皓切蝨所櫛切　麞諸良切　讒鉏銜切譖也　構古候切集也　睞洛代切邪視也　滳立滴水滴也　鈙其禁切水器也

成實論卷第十

訶梨跋摩造
姚秦三藏鳩摩羅什譯

三業輕重品第一百一十九

三業中何者爲重身業耶口業耶意業耶問曰有人言身口業重非意業也所以者何身口業定實故如五逆罪皆因身口所造又身口能成辦事如人發心殺此衆生要以身口能成其事非但意業得殺生罪亦非但發心得起塔寺梵福德也又若無身口但意業者則無果報如人發心我當布施而實不與則無施福又非但隨願事得成辦如人發願爲大施會而實不與則無會福若心業大者應得施福然則業報錯亂又比丘中無意犯罪若意業大何故不犯又若發心便得福者福則易得行者何故捨此易業而爲施等難行業耶又若然者則福無盡如人但空發心竟無所用何所盡耶以財物有量故福可盡又不但發心能損益他如飢渴衆生要須飲食非心業所除又世間人衰利太甚以心輕躁難制伏故無惡不起則已受重衰若發善心欲造福業則已獲大利是過則甚又若意業大發心欲殺生則隨地獄如是雖久集戒等復何所益又行持戒等諸善功德無有安隱所以者何但一發心便得罪故又經中說身口業麤故先斷斷麤煩惱故得心定又若發婬心則爲婬已便應犯戒若發心不名婬者離此婬心更有何法名爲婬耶又所起作業皆由身口不以意業如欺他人必由口業得妄語罪又如先說四種因緣得殺生罪謂有

衆生有衆生想有欲殺心斷其命以四事成罪當知不以意業爲重又如佛言若小兒從生習慈能起惡業思惡業耶故知但是身口發惡非意業也答曰汝言身口業重非意業者是事不然所以者何經中佛説心爲法本心尊心使心念善惡即言即行故知意業爲重又意差別故身口業有差別如上中下等離心無身口業又經中説故起作業必應受報又説七種淨福三種但用意業此七淨福於財福爲勝又慈是意業經説慈心得大果報如經説我昔七歲修集慈故於七大劫不還此間故知意業爲重則能遍覆一切世界又意業爲重如意業報故壽八萬大劫又意業勢力勝身口業如行善者將命終時生邪見心則墮地獄行不善者死時起正見心則生天上當知意業爲大又經中説於諸罪中邪見最重又説若人得世間上正見雖往來生死乃至百千歲終不墮惡道又意業力勝身口業如和利經中説外道神仙起一瞋心即滅那羅干陁國如檀特等諸嶮難處皆是仙人瞋心所作又意業能即得果報如經中説若是人今死即入地獄即生天上如竄矛離手又如意業積集垢法乃至入阿鼻地獄積集善法乃至泥洹又心有報故身口得報以不故業無果報故有不離意業有身口業報若意依身口行善不善名身口業離身口業意業有報離意業身口無報故知意業爲重非身口業汝雖言身口業定實如五逆罪皆身口所作故名重者是事不然以思重事重故業重非身口重故又以心決定故業則

定實如但以心力入正法位亦以心力能具逆罪若無心者雖殺父母亦無逆罪故知身口無力汝言身口能辦事者是亦不然以事訖名辦若奪他命已得殺生罪非起身口業時事訖時要須心力是故非身口也汝言但空發心無果報者是事不然如經中說發强心故即生天上即下入地獄云何言意業無果報耶汝言非但以願能成事者是亦不然有人深發善心勝大會福汝言意無犯罪是亦不然若發惡心即時得罪如佛說有三種罪身口意罪故知但發惡心不得無罪但不結戒以難持故麤罪持戒能遮細罪定等能除汝言罪福易者是事不然人以心力薄故捨易為難如慈心等其福甚多非布施也但以衆生智力劣弱不能行慈等意業故為施等以雜華香等諸供養具淨心難得故汝言福無盡者亦以此答是人若有智力則能得無盡善法汝言意業無所損益是事不然以身口業皆為意業所導故不名勝以隨力所起是則為勝又諸利益皆由行慈心所以者何以行慈力故風雨順時百穀成熟如劫初時粳米自生至十歲人時是事皆無云何言慈心無利益耶又行慈者能盡一切不善業根由不善業有諸衰惱云何言行慈無大利益若一切衆生行慈心者盡生善處一切自然不須加功故知慈福最為深厚又或時以慈布施利益衆生或但以慈利有行慈者衆生若觸其身若入影中皆得快樂當知慈福勝於施等汝言衰利太甚是先已答謂以意力損益衆生故知意業為重汝言久集戒等

無所益者是亦不然所以者何意淨故則持戒淨若意不淨戒亦不淨如此七種婬經中說又戒清淨得大果報如經說持戒者所願隨意謂戒淨故又若淨持戒得安隱心非餘法也汝言身口業麤故先斷是事不然以微細善得大果報如禪定中思汝言若發婬心便應犯戒是事不然若人意業不淨則戒亦不淨又得罪福異結戒法異汝言所起作業由身口者皆以總答謂身口業法異意業法異身口業要由作者成如以四因緣成殺生罪不離心業又世間衆生謂身口業惡意業不爾又意業不加於人亦不可得有又先說罪福相以是相故但意業重非身口也

明業因品第一百二十

論者言已略說諸業業是受身因緣身爲苦性故應滅之欲滅此身當斷其業以因滅果亦滅故如因形有影形滅則影滅是故若欲滅苦當勤精進斷此業因問曰從業受身是事應明所以者何或有人言身從婆羅伽提生有言從自在天生或言從大人生或言從自然生是故應說因緣云何知從業生耶答曰是事已種種因緣破當知從業受身又萬物有種種雜類當知因亦差別如見粟麥等異知種不同自在天等無差別故當知非因業有無量差別故受種種身又諸善人皆信因業受身所以者何是人常行施戒忍等善法離殺生等諸不善法故知從業受身又若因業受身是則可返得眞智故邪智則斷邪智斷故貪恚等諸煩惱斷諸煩惱斷故能起後身業亦斷是則可返自在等因中則不可

返以自在等不可斷故故知從業受身又現見果與因相似如從麥生麥從稻生稻如是從不善業得不愛報從善業得愛報自在等因中無此相似是故業爲身本非自在等又今現見萬物皆從業生以惡業故受打捕繫閉鞭杖死等諸苦善業因緣受名聞利養等樂隨意愛語者得隨意受報故知從業受身非自在等又世間人自知萬物從業因生故起稼穡等業亦爲施戒忍等諸福德業無有閑坐而從自在望所欲者故知從業得報又若人雖説因自在等而猶依諸業謂自苦身及受齋等故知以業爲因又若事不現應隨他教謂聖人所行一切賢聖皆依戒等善法如從業因有世間故若離戒等亦無聖人無有聖教違背業者故知從業受身又行戒等諸善業故能成神通變化等事故知以業爲因又地獄等諸惡趣中瞋惱等多故知由瞋惱等有諸惡道如樹上見菓知樹是因故知業爲身本又惡道中癡等力强當知煩惱是惡道因一切不善皆由癡故又生諸惡道多生善處少眼見殺等惡行者多行善者少故知殺等事是惡道因又殺等事善人所呵棄而不爲善人必知殺等有惡果故呵棄不爲若知無惡果何故棄耶又諸善人心若起惡即勤制止以懼惡報故當知殺等必有惡報若不爾者應隨意所作是最爲樂則殺可食衆生奪他財物若婬他妻是亦爲樂以懼來世苦故遠離斯事故知從業有身又修習正智盡有漏業則不受身故知業是其本又阿羅漢雖有諸有漏業修正智故業則不集故

知業爲身因身因滅故身亦滅又知四諦故依諦煩惱永不復起以不起故則無有身智者如是思惟則欲知四諦故知業爲身因又若因緣不具則不受身如地乾種焦則一切芽不生如是識處地無愛水潤業種爲真智所焦後身芽則不生智者知是事故欲乾識處地焦種子則勤加精進故知業是受身因緣集論竟

集諦聚中煩惱論煩惱相品第一百二十一

論者言已說諸業諸煩惱今當說垢心行名爲煩惱問曰何謂爲垢答曰若心能令生死相續是名爲垢心此垢心差別爲貪恚癡等是垢心名爲煩惱亦名罪法亦名退法亦名隱没法亦名熱法亦名悔法有如是等名是垢心修集則名爲使非但垢心生時名使煩惱名貪恚癡疑憍慢及五見此等差別故有九十八使貪名喜樂三有亦喜樂無有是名爲貪如經中說欲愛有愛無有愛無有名斷滅衆生爲苦所逼欲斷陰身以無爲樂問曰喜樂是受相非貪相也如經中說今喜後喜義言今世受樂後亦受樂又說今憂後憂義言今世受苦後亦受苦又如天問中言有子則喜佛答有子則憂如是等答曰貪爲喜分如經中說受因緣愛樂受中貪使搏食中有喜有貪喜盡故貪盡當知貪爲喜分是則無咎何以知之如經中說集諦者謂渴是也何謂爲渴謂欲得後身是渴何相謂依止貪欲得種種問曰若說欲得後身是渴相者何故復說依止於貪欲得種種答曰更有渴相若言欲得種種是總相說欲得後身是别相說

離欲人亦有欲得種種渴謂欲得水等是非集諦所攝若依止貪欲得後身是渴名集諦所攝問曰若渴亦是喜貪亦是喜何故說依止貪耶答曰初生名渴增長名貪故言依止如經中說喜繫世間是故喜即是貪又經中說除滅貪憂諸不善法是中貪即是喜憂即是瞋如說瞋爲憂則知亦說喜爲貪是故十八意行中不說煩惱但說諸受故知喜分是貪又凡夫離貪不能受樂離瞋不能受苦離癡不能受不苦不樂何以知之第三受中說凡夫人於此受中不知集不知滅不知味不知過不知出故於不苦不樂受中無明使使是凡夫人常不知此五種法故常於不苦不樂受中爲無明使使無明使者即是不知性受行也如是凡夫苦樂心行亦即是貪恚又若初來在心名受增長明了名爲煩惱又下輭心名受即此心增上名曰煩惱

貪相品第一百二十二

論者言是貪九結中通三界繫名爲愛於七使中分爲二種欲貪有貪所以者何有人於上二界生解脫想是故佛說是處名有有名爲生若無貪則不生是故別說有貪非但欲貪或謂但欲貪是名煩惱盡欲貪名得解脫故佛說禪無色中亦有有貪佛示彼中有微細縛是故別說是貪於十不善道及四縛中名爲貪欲貪欲名欲得他物於五蓋及五下分結中名爲欲欲欲名欲欲於五欲三不善根中名爲貪不善根貪不善根名能生長諸不善法是貪若非法行名爲惡貪如劫盜他物乃至取塔寺及衆僧物若未死衆生欲

食其肉若欲婬毋女姊妹師婦出家人及已婦非道是名惡貪若已物不欲捨是名爲慳慳即是貪若實無功德欲令人謂有是名惡欲若實有功德欲令人知是名發欲若得多施多物是名多欲若得少施少物求好無厭名不知足若深著種姓家屬名色財富少壯壽等名爲憍逸若貪四供養名爲四愛又是貪二種一欲貪二具貪又有二種一我貪二我所貪一緣內二緣外上二界貪一向緣內又有五種一色貪二形貪三觸貪四威儀語言貪五一切貪又色聲香味觸貪名五欲貪又於六觸生愛名六塵貪又於三受中貪樂受中有欲得貪有守護貪苦受中有不欲得貪有欲失貪不苦不樂受中有癡貪又此貪有九分如大因經中說因愛求隨所欲事如人爲此事所苦則求異事如說樂者不求苦者多求是貪增長名求求時若得名爲得愛因得則籌量是可取是不可取若心決定是名因籌量故欲愛因欲愛故貪著貪著名深愛貪著因緣取取名爲受因受生慳因慳守護因守護故備受鞭杖刀矟等是名九分又有九分是貪隨時故有下中上下下下中下上中下中中中上上下上中上上又此貪世間分爲十種如見好色初發心言是次生欲三發願四念五隨學所作六忘慚愧七常在目前八放逸九狂癡十悶死是名貪相

貪因品第一百二十三

問曰是貪云何生答曰若於女色等緣中生邪憶念若色若形若觸若威儀語言則貪欲生又若不守護眼耳等門則貪欲生又於飲

食不知節量則貪欲生又親近女色則貪欲生又受諸樂則貪欲生又以愚癡故貪欲生於不淨中生淨想故又由惡知識故貪欲生如淨潔衣以裹垢污又與多欲人共同事故則貪欲生又於身等四法生妄憶念則爲貪所牽如圓瓶無制如華無實又若懈怠不勤修善則貪欲得便又於非行處行則爲貪所侵謂婬女沽酒屠兒舍等如鷹鷂喻又觀不淨等未能壞緣則貪欲得勢又從久遠來常習貪欲故成貪使是則易生又於女色等緣喜取相取了取相名取手足面目語言戲笑視瞻啼泣等相取了名分別男女形狀差別如是取已憶念分別則貪欲生又思量心弱隨逐所緣不能制伏則貪欲生又若生貪欲忍受不捨則漸增長從下生中從中生上又於貪欲中但見利味不知其過則貪欲生又以時節故貪欲生如春時等又以方處故貪欲生如有處所從久遠來多習婬欲又有隨身故貪欲生如年少無病資生具足又以力能故貪欲生如服藥等又若得淨妙隨意五欲則貪欲生謂見好華池園林敷榮清冷流泉鮮雲電光香風來扇若聞衆鳥哀聲相和及女人柔軟莊嚴音聲威儀語言等又以業因緣故貪欲生如清淨施者則能好喜淨妙五欲罪人則好不淨又以隨類故貪欲生如人欲人又深著假名則貪欲生是人於內生士夫相外生女相及衣服怨親等相又未得定心內見衆生外見色等則貪欲生又若貪使未盡愛緣現前於中生邪憶念如是等因緣則貪欲生

貪過品第一百二十四

問曰貪欲有何等過故欲斷耶答曰貪欲實苦凡夫顛倒妄生樂想智者見苦見苦則斷又受欲無厭如飲鹹水隨增其渴以增渴故何得有樂又受欲故諸惡弁集以刀仗等皆由欲故又經中說貪罪輕而難捨於瞋恚故名爲輕罪其實是重又貪爲後身因緣如説愛因緣取乃至大苦聚集又說苦因爲愛又說比丘應當思惟所有諸苦何由而有當知皆以身爲因緣身因於愛又說摶食中有喜有貪是故識於中生當知愛爲受身因緣又是貪常於不淨中行如女人等是女人身心不淨如糞塗毒蛇能螫能汙又此貪欲常癡中行如經中說譬如狗齩血塗枯骨涎唾合故想謂爲美貪者亦爾於無味欲中邪倒力故謂爲受味又如段肉等七種譬喻有人或於去來事中而生貪欲故知常癡中行有衆生以貪欲因緣樂少苦多所以者何如富貴處少散壞時多又愛欲者爲樂因故備受諸苦謂求時苦守護時苦用時亦苦如稼穡商賈征伐仕進等是求時苦守時恐怖畏失故苦現在無厭故苦又歡愛貪少別離苦多故知欲爲多過又如佛說愛欲有五種患一味少過多二諸結熾盛三至死無厭四聖所呵棄五無惡不造又此貪欲常令衆生順生死流遠離泥洹有如是等無量過患當知欲爲多過又諸煩惱生皆因於貪如貪身故起諸煩惱又愛使不拔則數數受苦如毒樹不伐則常害人又貪能令衆生荷負重擔又經中說貪愛爲繫如黒白牛自不相繫但以繩繫

如是眼不繫色色不繫眼貪欲於中繫若緣是繫則無得解脫又經中説衆生爲無明所蓋覆愛結所繫往來生死無有本際又經中説貪斷故色斷乃至識斷此貪以無常等觀故斷斷此貪欲則心得解脫色貪斷則無色無色則苦滅乃至識亦如是故知貪欲爲堅固縛又貪欲如賊而衆生不見其惡又貪欲常於輭美門中行故名深惡又衆生心喜起貪欲乃至蚊蟻皆於飲食婬欲中起又此貪欲種種因緣能縛人心謂父母兄弟姊妹妻息及財物等又衆生以飲食婬欲等貪欲覆心則能受生若貪禪定則生上界又此貪欲能爲和合一切世間所樂各異貪故和合猶如乾沙得水相著又生死中以貪愛爲味如説色中味著謂因色生若喜若樂若不貪則不味不味則能速斷生死又此貪欲與解脫相違所以者何衆生皆以貪著欲樂禪定樂故不樂解脫又隨斷貪分即變爲樂如説隨所離欲轉得深樂又説若欲得諸樂當捨一切欲樂捨一切欲故得畢竟常樂若欲得大樂當捨離少樂捨離少樂故能得無量樂又説智者更無別利如離貪愛心隨心離貪愛則滅諸苦惱又此貪欲爲害善法所以者何深貪著者則不顧戒及種性教法威儀名聞不受教化不見衰患不觀罪福如狂如醉不知好醜亦如盲人不見福利如説貪欲不見利貪欲不識法猶如盲闇無知以不除貪故又説貪欲爲大海無邊亦無底波浪漩洑深惡蟲及羅刹如是諸嶮難無人能渡者但住淨戒船得正見風力佛爲大船師能示諸正

道如所説修行是者則能渡又諸煩惱中無有想分別味如貪欲者又此貪欲最爲難斷如經中説二願難斷一得二壽問曰貪欲有如是過云何當知貪欲者相答曰多貪欲者喜樂女色及華香瓔珞伎樂歌舞到婬女家飲食聚會喜大衆集及諸戲具喜隨愛語心常歡喜面色和澤先意問訊含笑語言難忿易悅多憐愍心身體便疾性多躁動自深著身如是等名多貪欲相是相皆與繫性相順是故難斷又一切貪欲究竟皆苦所以者何所貪愛事必當離散離散因緣必有憂苦如説天人皆樂色貪色喜色著色是色壞時憂悲心悔受想行識亦如是又佛於處處經中説種種喻呵此貪欲謂能害慧命故説爲毒在心即苦故名爲刺能斷善根故名爲刀能燒身心故名爲火能生諸苦故名爲怨從心中生故名爲内賊以難拔故名爲深根能汙名聞故名淤泥障善道故名曰妨礙内疼惱故名箭入心起諸惡故名不善根注生死海故名爲河劫盜善財故名爲賊貪欲有如是等無量過患是故應斷

斷貪品第一百二十五

問曰貪欲有如是過當云何斷答曰以不淨觀等遮無常觀等斷問曰有人覺無常故更增貪欲此事云何答曰若人能知一切無常則無貪欲如經中説善修無常想故則能破壞一切貪有貪色無色貪一切戲調憍慢無明又若人能見世間皆苦苦因緣貪此貪則斷又若人常念我必應受生老病死是則貪斷又若得淨樂則捨不淨樂如得初禪則捨

欲愛又見貪欲過是則能斷過如先說又多聞等慧增長故能斷貪欲以智慧性破煩惱故又善緣具足則貪欲斷謂淨持戒等十一定具後道諦中當說又色智等法智等諸方便佛爲大醫諸同學爲給使正法爲藥自如說行爲將息則貪欲病斷如有知病人三事具足病則時愈問曰如經中說以不淨除貪汝何故說不淨等及無常等耶答曰一切佛法皆爲破諸煩惱然各有勝力初以不淨遮貪後以無常智斷又以不淨除麤貪欲是多人所知貪使細故以無常斷又但一經中作如是說諸經中亦說餘法能斷如是因緣則貪欲斷

瞋恚品第一百二十六

論者言瞋恚相者若瞋此人欲令失滅頋使他人打縛殺害一向棄捨永不欲見是瞋名波羅提伽義言重瞋有瞋但欲毀罵鞭打他人名違欣婆義言中瞋有瞋不欲捨離或從憎愛妻子中生名拘盧陀義言下瞋有瞋常涂汙心名爲摩叉義言不報恨有瞋在心不捨惡欲還報名憂婆那呵義言報恨有瞋急執一事種種教誨終不欲捨如師子渡河取彼岸相至死不轉名波羅陀舍義言專執有瞋見他得利心生嫉妬名爲伊沙有瞋常喜諍訟心口剛强名三藍波義言忿諍有瞋若師長教戒而返拒逆名頭和遮義言狠戾有瞋若得少許不適意事則心惱亂名阿羼提義言不忍有瞋言不柔輭常喜頻蹙不能和顏先意語言名阿婆詰略義言不悅有瞋於同止中常喜罵詈名阿搔羅治義言不調有

瞋以身口意觸惱同學名爲勝者義言惱觸有瞋常喜彈呵好呰毀物名登單那陀義言難可是瞋二種或因衆生或不因衆生因衆生者名爲重罪又上中下分別九品又因九惱分別爲九無事横瞋是爲第十是名瞋相問曰瞋云何生答曰從不適意苦惱事生又不能正知苦受性故則瞋恚生或從呵罵鞭杖等生或與惡人同事則瞋恚生如屠獵師等或智力劣弱故瞋恚生如樹枝條爲風所動或久集瞋使乃至成性故瞋恚生或從屠獵毒蛇中來故瞋恚生或喜念他過故瞋恚生如九惱中説或隨時節故瞋恚生如十歲人等或以種類故瞋恚生如毒蛇等或以方處故瞋恚生如康衢國等又先説貪生因緣與此相違則瞋恚生又計我心憍慢熾盛及深著物如是等緣則瞋恚生問曰是瞋有何等過答曰經中説瞋爲重罪於貪欲故名爲易解而實難解但不如貪久隨逐心又瞋爲兩惱先自燒惱而後燒人又瞋定爲地獄以從瞋起業多墮地獄故又瞋能壞善福謂施戒忍是三皆從慈心等生瞋與慈相違故名能壞又從瞋起業皆受惡名又從瞋起業後皆心悔又瞋恨者無憐愍故名曰凶暴衆生常苦而復瞋惱如瘡加火又經中自説瞋過謂多瞋者形色醜陋卧覺不安心常怖畏人所不信等問曰多瞋恚者有何等相答曰心口剛强常不歡悦頻蹙難近面色不和易恣難解常喜恚恨喜於諍訟嚴飾兵器朋黨惡友又憎惡善人爲人麤獷不諦思慮少於慚愧有如是等名瞋恚相是相皆爲憎惡他人

是故應斷問曰當云何斷答曰常修慈悲喜捨瞋恚則斷又見瞋過患是則能斷又得眞智瞋恚則斷又以忍力故瞋恚則斷問曰何謂忍力答曰若能忍他呵罵等苦是人得善法福亦不得從不忍生惡是忍辱力又行忍者名爲沙門以忍辱爲道初門故沙門法者怒不報怒罵不報罵打不報打又若比丘能忍則應出家法又瞋恚者非出家人法出家人法忍辱是也又若比丘形服異俗而瞋恚心同則非所宜又若行忍者則爲已具慈悲功德又修忍者能成自利所以者何爲瞋恚者欲惱害人而返自害所有身口加惡於人自所得惡過百千倍故知瞋爲大自損減是故智者欲令自利得免大苦及大罪者應當行忍問曰云何能忍呵罵等苦答曰若人善修無常了達諸法念念生滅罵者受者皆念念滅是中何處應生瞋耶又善修空心故能忍辱作如是念諸法實空誰是罵者誰受是罵者又事若實則應忍受我實有過前人實語何故瞋耶若事不實彼人自當得妄語罪我何故瞋又若聞惡罵當作是念一切世間皆隨業受報我昔必當集此罵業今應償之何故瞋耶又若聞惡罵當自觀其過由我受身身爲苦器故應受罵又行忍者作如是念萬物皆從衆因緣生是惡罵業從耳識意識音聲等生我於此中自有二分他人唯有音聲是則我罪分多何故瞋耶又我於此聲取相分別故生憂惱即是我咎又忍辱者不咎他人所以者何是瞋等罪過非衆生咎衆生心病發故不得自在如治鬼師治鬼著者但

瞋於鬼不瞋病人又是人勤行精進貪集善法故不計他語又念諸佛及衆賢聖尚不免罵如巧罵婆羅門等種種罵佛如舍利弗等爲婆羅門加諸毀辱何況於我薄福人耶又作此念世間多惡不奪我命已爲大幸況打罵耶又作是念此惡罵等於我無苦易可忍受如佛教比丘若鐵鋸解身尚應忍受何況罵耶又此行者常厭生死若得毀罵則證驗明了轉增厭離捨惡行善又是人知不忍辱後受苦報作如是念寧受輕罵勿墮地獄又是人深懷慚愧我爲大人世尊弟子修行道者云何當起所不應作身口業耶又聞行忍菩薩及帝釋等所得忍力是故應忍

無明品第一百二十七

論者言隨逐假名名爲無明如說凡夫隨我音聲是中實無我無我所但諸法和合假名爲人凡夫不能分別故生我心我心生即是無明問曰經中佛說不知過去世等名爲無明何故但說我心是耶答曰是過去等中多人錯謬故說是中不知名爲無明又經中解明名義謂有所知故名爲明知何等法謂色陰無常如實知無常受想行識陰無常如實知無常與明相違名爲無明然則不明如實故名無明問曰若不明如實名無明者木石等法應名無明以不明如實故答曰不然木石無心不能分別過去世等無明能分別故不同木石問曰無明名無法如人目不見色無不見法是故但明無故名爲無明無別法也答曰不然若無無明於五陰中妄計有人及瓦石中生金想者名爲何等故知邪分別

性名爲無明非明無故名無明也又從無明因緣有諸行等相續生若無法者云何能生問曰若非明名無明者今但除明一切諸法盡是無明是故不以一法名爲無明答曰是無明自相中說不說餘法如言不善即說不善體不說無記無明亦爾又雖稟人形無人行故說名非人如是此明雖有分別不能實知故說無明木石不爾問曰若說無色無對無漏無爲皆是餘說無明何故不如是耶答曰或有此理不善等中則不如是問曰有人言但以明無故名無明如實無光明則名爲闇答曰世間有二種語或明無故說名無明或邪明故說名無明明無故說無明者如世間言盲不見色聾不聞聲邪明故說無明者如夜見杌樹生人想見人生杌樹想又若人不能實知是事故名不知又邪心名煩惱是諸行因緣阿羅漢斷故無有無明因緣諸行若非明名無明者今阿羅漢無佛法中明應名無明若有無明非阿羅漢當知別有無明體性邪心是也是無明分爲一切煩惱所以者何一切煩惱皆邪行故又一切煩惱覆蔽人心皆爲盲冥如說貪欲不見法貪欲不見福能受此貪者皆名盲冥恚癡亦如是又從一切煩惱生諸行而經中說從無明生行故知一切煩惱皆名無明又不見空者常有無明但垢無明是諸行因緣又邪明故說無明未見空者常是邪明故知無明分爲一切煩惱問曰無明云何生答曰若聞思邪因則無明生如有陀羅驃有有分者有精神諸法不念念滅無有後身音聲及神是常草木等有

心故成如是等邪執則無明生或從邪因故無明生謂親近惡友聽聞邪法邪念邪行是四邪因故無明生又生餘煩惱因緣皆是生無明因又從無明因故無明生如從麥生麥從稻生稻如是隨計衆生則無明生又經中說從邪念因緣則無明生邪念即是無明別名謂見有人心先生人念後明了故名爲無明是二先後相助相生如從樹生果從果生樹問曰無明有何等過答曰一切衰惱皆由無明所以者何從無明生貪等煩惱從貪等煩惱起不善業從業受身受身因緣得種種衰惱如經中說無明所覆愛結所繫受諸有身又師子吼經中說諸取皆以無明爲本有偈說所有諸惡處若今世若後世皆無明爲本故從貪欲起一切煩惱過皆由無明有以從無明生一切煩惱故又凡夫以無明故受此五陰不淨無常苦空無我何有智者受此諸苦又正思惟故能捨五陰如經中說若知我心是邪顛倒則不復生故知以無明因緣故縛明因緣故解又世間衆生以無明力故貪求少味不見多過如蛾投火如魚呑鉤衆生亦爾現貪少味不顧多過又外道經典所生邪見說無罪福等皆是無明又諸惡道皆因不善不善皆是無明又邪見起業多墮地獄邪見皆由無明故生又佛爲世尊一切智人三界大師眞淨行者及聖弟子等諸外道輩不能別知如眞寶珠盲者棄之此皆無明過也又一切衆生所有衰惱敗壞等事皆由無明一切利益成就增長皆由於明若增長無明究竟必墮阿鼻地獄如劫初人不知味

是虛妄而生貪著故失色力壽命等事當知皆由無明忘失諸利又此無明但眞智斷貪等不爾又貪心中無恚恚心中無貪無明在一切心中及不修慧人無明常在心中又諸煩惱中無明最强如經中説無明罪重亦難除解又無明是十二因緣根本若無無明則諸業不集不成何以知之諸阿羅漢無衆生相無無明故諸業不能集成業不集故識等諸分不能復生故知無明是諸苦根本又現見貪著此不淨身亦於無常中生常想猶如空拳以誑小兒亦如幻師能現前誑人令見土爲金又俗言愚人現以罪加而可以言誑世間亦爾眼見不淨而爲其所誑又諸心法念念盡滅取相故生色滅盡已癡故取相於聲等中亦復如是是故難解此皆無明之過

問曰多無明人有何等相答曰是人於畏處不畏善處不喜憎惡善人愛樂惡人倒取人意常喜反戾堅執邪事少於慚愧不顧嫌疑不能悅彼亦自難悅不能親附亦難親近愚騃無識好弊垢衣樂處黒闇及不淨處自大自貴喜輕懱人不以道理自顯功德過不知過利不識利不好淨潔亦無威儀拙於語言常喜恚恨僻取他教而深貪著學誦難得既得易失設有所得不能解義設有所解則復邪僻如是等相皆由無明故知無明有無量過是故應斷問曰當云何斷答曰善修眞智則無明斷問曰知陰界等亦名眞智經中何故説無明藥者若因緣若因緣觀答曰諸外道輩多於因物中謬因中謬故説自在天等爲世間因物中謬故説有陀羅驃有有分等

觀因緣法此二則斷問曰因緣名無明藥何故二種說耶答曰欲攝餘智故若觀陰界入等亦破無明但重無明名邪見邪見以因緣斷故二種說貪恚亦如是又世間多於瓶等名字中謬如聞瓶名則心生疑爲色等是瓶爲離色等更有瓶耶如是爲五陰是人爲離五陰更有人耶若心決定則墮二邊所謂斷常身即是神身異神異亦如是若人知瓶從衆緣生因色香味觸成如是色等諸陰爲人能如是知則能捨離從名生癡是名字能覆諸法實義如天問經說名勝一切法更無能過者是名字一切諸法皆隨又說見世間集則滅無見見世間滅則滅有見又說諸行相續故說五陰生死此皆無明過患觀因緣則滅又經中說若人見因緣是人即見法若見法即見佛如是若人能斷從名生癡是人則實見佛不隨他教是故以正智故則無明盡正知因緣法故能得正智又略說八萬四千法藏中所有智慧皆除無明以無明是一切煩惱根本亦助一切煩惱故如是因緣則無明斷

憍慢品第一百二十八

問曰已說三煩惱是生死根本爲更有不答曰有名爲慢問曰云何爲慢答曰以邪心自高名慢是慢多種若於卑自高名慢於等計等亦名爲慢以此中有取相我心過故於等自高名爲大慢於勝自高是名慢慢於五陰中取我相名爲我慢我慢二種示相不示相示相是凡夫我慢謂見色是我見有色是我見我中色見色中我乃至識亦如是示是二

十分故名示相不示相是學人我慢如長老差摩伽說不說色是我不說受想行識是我但五陰中有我慢我欲我使未斷未盡是名我慢若未得須陀洹等諸果功德自謂爲得名增上慢問曰若未得何故生得心耶答曰於習禪中得少味故能遮結使不行於心中故生此慢又聞思慧力常近善師樂遠離行少知五陰相故生須陀洹等果想名增上慢問曰增上慢有何等咎答曰後當憂惱如經中說若比丘言我斷疑得道即應現前說甚深因緣出世間法若是比丘實不得道聞是法時則生悔惱故應勤斷此增上慢又增上慢人諸佛世尊有大慈悲猶尚捨遠不爲說法是故應斷又增上慢人住邪見法故無實功德猶如賈客深入大海而貪僞珠是人亦爾入佛法海得少禪悅謂爲眞道而生貪著又增上慢人後老死時不任受道故當勤求眞實智慧又增上慢人自失己利亦增益愚癡以實未得想謂得故是故不應自誑其身當速棄捨若於大勝人謂少不如名不如慢是人自高亦自下身若人無德自高名爲邪慢又以惡法自高亦名邪慢若於善人及所尊中不肯禮敬名爲憿慢如是等名爲憍慢相問曰慢云何生答曰不知諸陰實相則憍慢生如經中說若人以無常色自念是上是中是下是人正以不知如實相故乃至識亦如是若知陰相則無憍慢有善修身念則無憍慢如牛恃角則爲暴慢若去其角則不能也身爲不淨九孔流惡何有智者恃此自高以如是等念身因緣則無憍慢又智者知一

切衆生若貧若富若貴若賤皆以骨肉筋脉五臓糞穢合而成身俱有生老病死憂悲苦惱亦有貪恚等諸煩惱罪福等諸業及地獄等諸惡道分云何當起憍慢又見内外心從因緣生皆念念滅則無憍慢又善修定心則無憍慢所以者何隨逐相故則憍慢生若無相者何處起慢又智慧者若實有戒等功德則不生慢所以者何戒等功德皆爲盡此諸煩惱故若無功德何有智者於無事中而起憍慢又觀無常等相則滅憍慢何有智者以無常苦不淨之物而爲憍慢問曰憍慢有何等過答曰從慢有身從身生一切苦如經中佛説若我弟子不能如實知憍慢相者我與受記當生某處以有餘慢不斷故又一切煩惱皆隨取相我是相中之大故知從慢有身又此憍慢即是癡分所以者何以眼見色謂我能見又此憍慢生不以道理所以者何一切世間皆無常苦無我云何以此而生憍慢是故於貪恚癡最無道理又從慢起業亦利亦重以貪著深故從貪起業不能如是又憍慢力故貪等熾盛即此貪得種姓等慢則增長熾盛又我慢因緣生卑賤家亦於師子虎狼中生從此因緣則墮地獄憍慢有如是等無量過咎問曰云何名多憍慢相答曰是人所執堅固難可與語無恭敬心少於怖畏喜自在行自大難教所有薄少自以爲多喜輕懱人此過難除故有智者所不應行此慢爲破一切功德故生

疑品第一百二十九

論者言疑名於實法中心不決定謂有解脱

耶無解脫耶有善不善耶無耶有三寶耶無耶是名爲疑問曰若於樹杌生疑杌耶人耶於土塊生疑塊耶鴿耶於蜂生疑蜂耶閻浮菓耶於蛇生疑蛇耶繩耶於野馬生疑光耶水耶如是等疑因眼識生於聲生疑孔雀聲耶爲人作耶於香生疑優鉢香耶爲和香耶於味生疑爲肉味耶似肉味耶於觸生疑爲生縉耶爲熟縉耶意識則種種生疑如疑是法有陀羅驃耶但求那耶有神耶無神耶如是等是疑不耶答曰若杌人等中疑則非煩惱此不能爲後身因緣以漏盡人亦起此故問曰是疑云何生答曰若見聞知二種法故疑生所以者何先見二種立物一杌二人於後遥見與人等物則生疑杌耶人耶土等亦爾二種聞者若聞説有罪福後世亦聞説無是故生疑二種知者如天大雨而溝渠漫溢若堰水時渠亦漫溢如天欲雨蟻子運卵若人發掘亦移卵去如孔雀鳴人亦能作實事可見如瓶不實事亦可見如旋火輪實事不可見如樹根地下水非實事亦不可見如第二頭第三手如是等二種見聞知法故生疑又不審見故疑生如遠等八因緣又二信故疑生如有人言有後世有人言無俱信二人是故疑生又於此可疑事中乃至不見異相是故疑生若見異相此疑則無

問曰云何名見異相答曰見聞知決定故則無有疑於佛法中隨以身證法實相時畢竟無疑如菩薩坐道場時説精進婆羅門得深法現前見知諸緣盡疑網即斷滅又若得有道理慧此疑則斷如智者聞行因緣識即決

定知生死無始如是等

問曰疑有何過答曰若多疑者一切世間出世間事皆不能成所以者何疑人不能起發事業若發則劣故不能成又經中說疑是心之栽栟猶如荒田多栽栟故異草尚不得生況稻穀等心亦如是爲疑根所壞於邪事中尚不能定況能正定又佛說疑名闇聚闇聚三種過去闇聚未來闇聚現在闇聚此闇聚是諸我見生處又此人設得定心則是邪定若離佛法則無能爲說正定者又多衆生懷疑至死如說阿吒伽羅等五通仙人亦抱疑而死又此疑者若爲施等福德或無果報或少得報所以者何是諸福業皆從心起是人心常爲疑所濁故無善福又經中說疑心布施於邊地受報所以者何是多疑者不能一心隨時手與不能種種生恭敬心故於邊地受少果報如波耶綏等小王

問曰無此疑也所以者何疑名心數法諸心數法念念生滅若是非疑若非亦非疑一心不得有是有非故知無也答曰我不說念念中有疑不決定心相續名疑爾時心不決了是杌是人是相續心以不信故濁亦以邪見故不信疑時或有或無是不信二種一從疑生二從邪見生從疑生則輕從邪見生則重信亦二種一從正見生二從聞生從正見生則信堅固從聞生者不能如是

成實論卷第十

音釋

矛（莫浮切句兵也）　粳（古行切稻之不黏者曰粳）　稼穡（稼古訝切種也穡所

力切斂也
摶徒官切手捖成圜也
𪗞五巧切齧也
涎唾涎夕連切唾湯卧切
漩澓漩似宣切澓房六切漩澓水洄流也
羼提梵語也此云忍辱羼初限切
詰苦吉切
搔蘇遭切
鋸居御切
筋脉筋舉欣切骨絡也脉莫白切幕絡也
堰於彥切埭也
枿牙葛切伐木餘枿也
緌宣佳切

成實論卷第十一

訶　梨　跋　摩　造
姚　秦　三　藏　鳩　摩　羅　什　譯

身見品第一百三十

五陰中我心名爲身見實無我故說緣五陰五陰名身於中生見名爲身見於無我中而取我相故名爲見問曰於五陰中作我名字有何咎耶如瓶等物各自有相是中無過我亦如是又若說離陰有我是應有咎答曰雖不離陰說我是亦有過所以者何諸外道輩說我是常以今世起業後受報故若如是說五陰應即是常又說我者以我爲一然則五陰即應是一是名爲過又我即是過所以者何以我心故有我所有我所故起貪恚等一切煩惱故知我心是煩惱生處又此人雖不離陰說我以取陰相故不行於空不行於空故生煩惱從煩惱生業從業生苦如是生死相續不斷又是人以計我故尚不能得麤分別身頭目手足況能分別諸陰以受我一我常故若不分別何能入空又若見我則畏泥洹以我當無故如經中說凡夫聞空無我生大怖畏以我當無故都無所得如是凡夫乃至貪求癩野干身不用泥洹若得空智則不復畏也如憂波斯那經說清淨持戒人善修八聖道命終時心喜猶如破毒器又若說有我即墮邪見若我是常則苦樂不變若不變則無罪福若我無常則無後世自然解脫亦無罪福故知身見是重罪也又身見者名爲甚癡一切凡夫皆以身見亂心深著有故往來生死若見無我往來則斷問曰若五陰無

我衆生何故於中生我心耶答曰若聞人天男女名相想分別故則生我心亦以非因似因故生我心所謂若無我者誰受苦樂威儀語言起罪福業受果報耶又於無始生死久集我相則成其使如瓶等相故生我心又於諸受陰中我心生非不受中故謂生我心處此中有我所以者何不一切處生我心故又以愚癡故生我心猶如盲人得瓦石等生金玉想又是人未得分別空智癡故見我如於幻夢乾闥婆城火輪等中而生有想問曰現見色身髮毛爪等諸分各異云何智者以之爲我答曰有人見神如麥如芥子等住於心中婆羅門神白剎利神黃違舍神赤首陀羅神黑又韋陀中說冥初時大丈夫神色如日光若人知此能度生死更無餘道小人則小大人則大住身窟中又坐禪人得光明相見身中神如淨珠中縷如是人等計色爲我麤思惟者說受是我以木石等中無受故可知受即是我中思惟者說想是我以苦樂雖過猶有想我心故細思惟者說行爲我以瓶等相雖過猶有思我心故深細思者說識爲我知思亦麤是思雖過猶故有識我心故又於五陰中住我心是人不能分別受等諸陰於色心中合生我想如於色等四法總生瓶想以色等差別有二十分見色是我所以者何色是我了法受等所依此諸受等繫在於色故謂色爲我有人見色住受等中受等是不了法故色所依止如虛空不了故地等依止如是二十分皆由癡生問曰眼等中何故不說我分答曰亦有如經中說若人說若眼是

我是則不然所以者何眼是生滅若眼是我我則生滅又眼等各各相別若說眼是我耳等非我是則不然若耳等復是則一人多我色等中有差別故可得說色是我而非受等問曰若說無我亦是邪見此事云何答曰有二諦若說第一義諦有我是爲身見若說世諦無我是爲邪見若說世諦故有我第一義諦故無我是爲正見又第一義諦故說無世諦故說有不墮見中如是有無二言皆通如虎銜子若急則傷若緩則失如是若定說我則墮身見定說無我則墮邪見又過與不及二俱有過若定說無是則爲過若定說有我是名不及故經中說應捨二邊若第一義諦故說無世諦故說有名捨二邊行於中道又佛法名不可諍勝若說第一義諦故無則智者不勝若說世諦故有則凡夫不諍又佛法名清淨中道非常非斷第一義諦無故非常世諦有故非斷問曰若法第一義諦故無便應是無何爲復說世諦故有答曰一切世間所有言說謂業及業報若縛若解等皆從癡生所以者何是五陰空如幻如燄相續生故欲度凡夫故隨順說有若不說者凡夫迷悶若墮斷滅若不說諸陰則不可化以罪福等業若縛若解皆不能成若破此癡語則自能入空爾時無諸邪見是故後說第一義諦如初教觀身破男女相故次以髮毛爪等分別身相但有五陰後以空相滅五陰相滅五陰相名第一義諦又若說世諦故有則不須復說第一義無又經中說若知諸法無自體性則能入空故知五陰亦無又第一義空經中

說眼等以第一義諦故無世諦故有大空經中說若言是老死若言是人老死若外道言身即是神若言身異神異是事義一而名異若言身即是神身異神異是非梵行者若遮是人老死即說無我若遮是老死即破老死乃至無明故知第一義中無老死等言生緣老死皆以世諦故說是名中道有羅陀經中說佛語羅陀色散壞破裂令滅不現乃至識亦如是如石壁等以不實故可令不現諸陰不現亦以第一義無故隨諸陰相在則我心不畢竟斷以因緣不滅故如諸樹雖剪伐焚燒乃至灰炭樹想猶隨若此灰炭風吹水漂樹想乃滅如是若破裂散壞滅五陰相爾時乃名空相具足又如經說汝羅陀破裂散壞分析衆生令不現在是經中說五陰無常衆生空無先經中說五陰散滅是爲法空

邊見品第一百三十一

若說諸法或斷或常是名邊見有論師言若人說我若斷若常是名邊見非一切法所以者何現見外物有斷滅故經中說有見名常無見名斷又身即是神名爲斷見身異神異是名常見又死後不作名曰斷見死後還作名爲常見死後亦作亦不作是中所有作者名常所不作者名斷非作非不作亦如是問曰是第四不應名見答曰是人於世諦中亦無人法故名爲見常無常邊無邊等四句亦如是又經中說六觸入盡滅有異餘即爲常無異餘即名斷又若見我先作後當更作是名常見我先不作後不更作是爲斷見又邪見經說人身七分地水火風苦樂壽命若其

死時四大歸本根歸虛空又說以刀輪害衆生積爲肉聚無殺生罪是名斷見及梵網經中說斷見相若言有後世作者即是受者是名常見問曰斷常見云何生答曰隨以何因緣說死後還作是因緣故生常邊見隨以何因緣說死後不作是因緣故生斷滅見問曰此見云何斷答曰正修習空則無我見我見無故則無二邊如炎摩伽經中說若一一陰非人和合陰亦非人離陰亦非人現在如是不可得云何當說阿羅漢死後不作故知人不可得人不可得故我見及斷常見亦無又見諸法從衆緣生則無二邊又如說見世間集則滅無見見世間滅則滅有見又行中道故則滅二邊所以者何見諸法相續生則滅斷見見念念滅則滅常見又說五陰非即是人亦不離陰是人故知非常非斷能得異身故不得爲一俱是衆生故不得爲異又五陰相續故有衆生生死是中不得言即以是相續生故亦不得言異以相續中可說一故又說此陰彼陰異故不得言常從自相續因緣力生故不得言斷

邪見品第一百三十二

若實有法而生無心是名邪見如言無四諦三寶等經中說邪見謂無施無祠無燒無善無惡無善惡業報無今世無後世無父毋無衆生受生世間無阿羅漢正行正至自明了證此世彼世知我生已盡梵行已成所作已辦從此身已更無餘身者施名爲利他故與祠名以韋陀語言因天故祠燒名於天祠中燒蘇等物善名能得愛果三種善業惡名得

不愛果三種惡業善惡業報名今世善惡名等及天身等後世報今世名現在後世名未來父母名能生衆生受生名從今世至後世阿羅漢名盡煩惱者謂無此事故名邪見又衆生垢淨有知見無知見皆無因緣又無力無勇及此果等名爲邪見取要言之所有倒心皆名邪見如無常常想苦爲樂想不淨淨想無我我想非勝勝想勝非勝想淨道非淨道想非淨道淨道想無中有想有中無想如是等諸顛倒心謂阿毗曇中五見梵網經中六十二見皆名邪見問曰是邪見云何生答曰以癡故生染著非因似因故邪見生又以染著樂因故說無苦又失空道故說無苦以無受苦者故若說世間萬物無因無緣或說因自在等不因於愛是名無集隨以何因緣說無泥洹或異說泥洹是名無滅若無泥洹道何所至耶或說更有異解脱道謂斷食等是名無道無佛者是人言諸法無量云何一人能盡知耶或生是念佛爲人中之尊以無人故當知無佛無煩惱盡故名無法無有正行得此法者故曰無僧以布施現果不可得故謂無常施又有經書中說無布施比知亦不決定世間有好布施者而更貧窮有慳貪者而得富貴以是等因故說無施無祠無燒亦如是若火燒物爲灰是中有何等果無善惡無善惡業報者言若神是常則無善惡若神無常則無後世無後世故則無善惡無善惡業報無今世者分析諸法終歸都無無後世者隨以死後不作因緣故謂無後世無父母者亦以分分析之令盡又說如因糞生蟲

糞非蟲父母又頭等身分非即父母身分又諸法念念滅故以何爲父母耶無衆生受生者衆生法無故今世尚無況能受身又思惟言是衆生爲是身耶爲非身耶若是身者眼見此身埋則爲土燒則成灰蟲食爲糞故無受生非身則有二種若心若離心若是心心法生滅念念不住況至後身若離心則不計我於他心中尚不計我況無心處是故無受生者無阿羅漢者是人見一切人飢則求食寒則求溫熱則求涼毁害則瞋敬養則喜故無有能盡煩惱者又經書或説無阿羅漢隨逐此經故生此見垢淨等無因緣者是人見此垢法自然而生又有垢者即體是垢故説無因知見無知見亦如是無力無勇者見一切衆生皆假因緣或有言由自在天能有所作又見衆生屬業因緣不自在故説無力無勇及此果無常常想者隨以何因緣破念念滅以是因緣故生常見又説諸法滅時還爲微塵或言還歸本性又諸法雖滅以憶想故能受苦樂則生常想又説神是常音聲亦常以是等緣故生常想苦謂樂者隨以何因緣説言有樂如先三受品中説以是因緣故生樂想不淨淨想者以染著身故眼見不淨而生淨想或作是念我得人相見此人身不淨更有衆生以之爲淨如是等緣故生淨想無我我想者見陰相續生而取一相以之爲我又如先生身見因緣以是因緣故生我想非勝勝想者是人於富蘭那等外道師中而生勝想又梵王自説我是大梵天王造萬物者如是等有人言若人具足受五欲樂是名勝

法又言若人離欲入初禪乃至四禪是最勝法又說世間現見衆生中婆羅門爲尊非現見衆生中天爲最尊是非勝勝想勝非勝想者一切衆生中佛爲最勝有人於中不生勝想作如是言是刹利種又學道日淺又謂佛法言不巧妙文辭煩重不如韋陀此不名勝衆僧中有四品人是故不勝如是等勝中生非勝想非淨道中淨道想者若人言以灰水等洗令人清淨又說生死盡訖名清淨道又但貪著持戒梵行供養天等亦說由自在天故得清淨或說苦行本業盡故名清淨道又斷葷辛及酥酪等故得清淨又淨洗浴以韋陀呪然後飯食名清淨道以如是等種種邪道而得解脫不以八直爲清淨道有中生無想者若法世諦中有亦說爲無無中生有想者若說有陀羅驃有有分者亦說有數量等求那亦說總相別相及集亦說世性等無物爲有如是等因緣生顛倒心皆名邪見於此邪見中別四種見餘殘重者皆名邪見問曰是邪見云何斷答曰經中佛說正見能斷邪見問曰正見云何生答曰若見聞比知正決定故則正見生又善修正定則正見生如經說攝心能如實知非散心也問曰是邪見有何等過答曰一切過咎及諸衰惱皆由邪見此人謂無罪福及善惡業報故現在無諸好事況未來世如是破善惡人名斷善根決定當墮阿鼻地獄如阿毗曇六足中說殺是人罪輕殺蟲蟻又此邪見人汙染世間爲多損減衆生故生如毒樹生爲惱害故又此人所起身口意業皆爲惡報如經中說邪見人所

起身口意業欲瞋思念皆爲惡報如種苦瓠拘賒毒枝必周曼陀樹種是中所有地種水火風種皆爲苦味以種苦故如是邪見人諸餘心心數法以邪見故皆得惡報是故此人雖爲施等終無好果以先爲邪見心所壞故是人所作不善皆是增上以久集惡心故又以戒法故能制非法是人無善惡故無所禁忌深爲放逸行不善法定破慚愧二種白法與畜生無異又若人言無善惡是人心中常懷不善又是人無有能受善法因緣所以者何是人不能親近善人不聞善法惡心易起善心難生以易起惡故無善因緣如是漸積則斷善根又此邪見人名在難處如地獄衆生不任得道如此人雖生中國具足六根能別好醜亦不任得道又此邪見人無惡不造不忌輕重又少作不善亦墮地獄以重罪心起是業故如業品中解地獄業以是因緣此人所作皆爲地獄又此人不能盡罪惡業以不善法常在心故又此人展轉地獄難得解脫所以者何斷善根人若善根未相續間終不脫地獄是人邪見在心中故善根云何得相續耶又邪見人名不可治猶如病人死相已現雖有良醫不能復治是人亦爾無餘善故乃至諸佛亦不能治是故必墮阿鼻地獄

二取品第一百三十三

於非實事中生決定心但是事實餘皆妄語是名見取及先說非勝法中定生勝想亦名見取問曰見取有何過答曰是人得少功德自以爲足又是人唐勞其功所以者何是人於非善事中生妙善想勤加精進以此因緣

後則心悔又是人爲智者所笑以非勝中生勝想故又若人非勝謂勝是愚癡想猶如盲人於瓦礫中生金銀想爲有目者之所輕笑見取有如是等過若人捨智以洗浴等戒望得清淨名爲戒取問曰不以戒故得清淨耶答曰以智慧得清淨戒爲智慧根本問曰戒取有何過答曰所說見取之過以下事爲足等皆是此過又戒取因緣唐受諸苦謂受寒熱卧灰土木刺棘等上投淵赴火自墜高等後世亦受劇苦果報如經中說持牛戒若成則還爲牛若不能成則墮地獄又此人從冥入冥以受此法現世得苦後亦苦故又此人得深重罪所以者何以非法爲法毀壞眞法亦謗行正法者令多衆生背眞淨法墮罪中故積集大罪必受阿鼻地獄果報寧止不行勿行邪道所以者何若本不行易令行道邪行敗心故難入道又雖是怨賊不能令人衰惱如生邪見所以者何怨賊不能汙人如隨逐邪見受外道所行種種邪戒裸形無恥灰土塗身拔髮等故又此邪見者皆失世間一切利樂現在失五欲樂後失生善處樂及泥洹樂若人求樂得苦求解得縛不名狂耶所以者何以施一飡因緣可得生天此人行邪行故雖施身命無所利益

隨煩惱品第一百三十四

心重欲眠名睡心攝離覺名眠心散諸塵名掉心懷憂結名悔所謂不應作而作應作而不作曲心詐善名諂諂心事成名誑自作惡不羞名無慚衆中爲惡不羞不難名無愧心隨不善名放逸實無功德示相令人謂有名

詐現奇特爲利養故口悅人意名羅波那欲得他物表欲得相如言此物好等名爲現相若爲呰毀此人故稱讚餘人如言汝父精進汝不及也名爲激切若以施求施言是施物從其邊得如是等名以利求利若人有喜睡病名單致利若得好處行道因緣具足而常愁憂名爲不喜若人頻申身不調適爲睡眠因緣名爲頻申若人不知調適飲食多少名食不調若不堪精進名爲退心若諸尊長有所言說不敬不畏名不敬肅喜樂惡人名樂惡友如是等名隨煩惱從煩惱生故

不善根品第一百三十五

三不善根謂貪恚癡問曰憍慢等亦應是不善根何故但說三耶答曰一切煩惱皆是二煩惱忿慢等是癡分故不別說又三種煩惱多在衆生心中慢等不爾又一切未離欲者乃至蚊蟻是三煩惱皆在心中憍慢等不如是又貪是瞋不善根違失所貪則隨生瞋癡爲二本所以者何若人無癡則不貪瞋又經中說十不善業有三種從貪恚癡生不說從慢等生又有三種受更無第四是三受中三煩惱使若別有慢等於何受中使是事實不可說當知此三是諸煩惱本問曰何故樂受中貪使答曰現見此中生故如經中說人得樂觸生喜若觸則不喜是人於諸受中集滅味過出不如實知故不苦不樂受中無明使使所以者何是人於無色界繫諸陰相續不如實知故則於是中生寂滅想若解脫想若不苦不樂想若我想是故說不苦不樂中癡生問曰是諸使爲法中使衆生中使耶答曰

因法生衆生心隨衆生心則受諸受隨諸受貪等煩惱使故知因法生使而使衆生何以知之若衆生未斷此使則此使使若斷則不復使若法中使法常有故使應常使常不應斷故又非衆生數亦應有使若然者若以人使故壁等有使以人識故壁等亦應有識是事實無又然則無阿羅漢餘人使故有使問曰是使未斷則使斷則不使答曰二種使使一緣使二相應使是使若斷若不斷即是緣及相應何故說斷則不使若爾更應說第三使相以不可說故當知無矣又使能緣異地而不使故知但衆生中使非法中也問曰二種使使一緣使二相應使是衆生諸使非緣非相應云何當使答曰是事先答諸使因法生而使衆生如阿毗曇身中說欲界衆生幾使使等若不使衆生云何有如此問問曰若使使衆生經中說樂受中貪使此則相違答曰是不盡語應言樂受中生貪而使衆生問曰是貪亦因色等生此中何故但說因樂受生答曰以憶想分別歡喜等故貪生非但從色等生問曰因苦受亦生貪如說樂者不求苦者多求何故但說從樂受生答曰不以苦受故貪生是人爲苦所惱故於樂受中生貪問曰不苦不樂受中亦貪使使何故但說樂受中耶答曰是人以不苦不樂受爲樂故貪生故說樂受中貪使以此三受中三煩惱使故但說三

成實論卷第十一

音釋

縷隴主切線也　衘呼監切口含物也　㭊先的切與析同　驃毗召切

礫郎狄切小石也　劇竭戟切甚也　激古歷切動也

成實論卷第十二

訶梨跋摩造

姚秦三藏鳩摩羅什譯

雜煩惱品第一百三十六

問曰經中說三漏欲漏有漏無明漏何者是答曰欲界中除無明餘一切煩惱名爲欲漏色無色界有漏亦如是三界無明名無明漏問曰諸漏云何增長答曰以下中上法故漸次增長又得色等勝緣故諸漏增長問曰是三漏云何說爲七漏答曰實漏有二種見諦斷是諸漏根本思惟斷是諸漏果五助漏因緣合爲七即此煩惱佛隨義故說三漏四流四縛四取四結等問曰四流欲流有流見流無明流何者是答曰除見及無明餘欲界一切煩惱是名欲流色無色界有流亦如是諸見名見流無明名無明流問曰流中何故別說見流漏中不說耶答曰外道多爲見所漂流是故流中別說以能漂没故名爲流能繫三有故名爲縛問曰四取欲取見取戒取我語取何者是答曰無我故但取是語名我語取若人有我見即生二邊是我若常若無常若定言無常則取五欲以無後世故深著現在樂若定言常鈍根者則取持戒望後世樂小利根者作如是念若神是常則苦樂不變則無罪福故起邪見如是但因我語故生四取問曰四結貪嫉身結瞋恚身結戒取身結貪著是實取身結何者是答曰貪嫉他物他人不與則生瞋心以鞭杖等是在家人鬪諍根本亦名隨樂邊若人持戒欲以此戒而得清淨即謂是實餘妄語是見則隨是出家人

諍訟根本亦名隨苦邊五陰名身是四結要須身口成故名爲身結又有人言是四法能繫縛生死故名爲結問曰五蓋貪欲瞋恚睡眠掉悔疑是事云何答曰人貪著諸欲故瞋恚隨逐如經中說從愛生恚及嫉妬等煩惱鞭杖等惡業皆以貪欲故生是人身心爲貪恚所壞多事疲勞則欲睡眠是人睡眠小息貪恚還來散亂其心不得禪定心隨外緣故生掉戲不淨業人心常憂悔以散心悔心故心常生疑有解脫不如王子語阿夷羅曰沙彌問曰何故名蓋答曰貪欲瞋恚能覆戒品掉悔能覆定品睡眠能覆慧品有人爲除此蓋故說是善是不善是人於中生疑爲有爲無此疑成故能覆三品是五蓋三法力强故獨名爲蓋二蓋力薄故二法合成又此二蓋

生因緣俱是故合說睡眠因緣五法謂單致利不喜頻申食不調心退没掉悔因緣四法謂親里覺國土覺不死覺憶念先所戲樂言笑是名生因藥亦同故睡眠以慧爲藥掉悔以定爲藥覆亦同故二合爲蓋此五法或是蓋或非蓋欲界繫不善名爲蓋餘不名蓋五下分結貪欲瞋恚戒取以墮下故名爲下分如持牛戒成則爲牛不成則入地獄疑障離欲身見是四根本是名爲五又以貪恚故不出欲界身見不出我心戒取不出下法疑不出凡夫又貪欲瞋恚故不過欲界若過還爲所牽餘三不過凡夫故名下分五上分者掉戲壞禪定故心不寂滅是掉戲隨取相故憍慢生是取相心從無明生故有色染無色染此五結學人以之爲上行故名上分是五結

於學人心中說不爲凡夫問曰掉戲何故於色無色界說名爲結欲界中不說耶答曰彼中無麤煩惱故掉戲明了又此掉戲於壞定有力故說爲結斷此上分則得解脫有人色無色中生解脫想爲遮此故說有上結五慳者住處慳家慳施慳稱讚慳法慳住處慳者獨我住此不用餘人家慳者獨我出入此家不用餘人設有餘人我於中勝施慳者我於此中獨得布施勿與餘人設有餘人勿令過我稱讚慳者獨稱讚我勿稱讚餘人設讚餘人亦勿令勝我法慳者獨我知十二部經義又知深義祕而不說問曰是五慳有何等過答曰是住處等多人共有是人旣捨自家於共有中更生慳悋是弊煩惱又此人於解脫中終無有分所以者何是人於共有法尚不能捨何況能捨自五陰耶又此人墮餓鬼等諸惡處生又此人以利養覆心則生憍慢輕餘善人故墮地獄又壞他施故若得人身則爲貧窮又以慳心斷施者功德受者施物故得重罪若慳悋法得盲等罪所謂生盲及多怨中生不得自在退失聖胎三世十方諸佛怨賊徃來生死常爲愚癡善人遠離離善人故無惡不起惡名三種惡惡大惡惡中惡惡名殺盜等大惡名自殺亦教人殺自慳亦教人慳惡中惡名自悋法亦教人悋法是人悋法令多人墮惡亦是滅佛法道如經中說住處慳有五過未來善比丘不欲令來已來則頻蹙不喜念欲令去藏僧施物於僧施物生我所心家慳有五過以貪著家故則與白衣同其憂喜斷白衣爲福受者得施斷此二故

即生此家爲厠中鬼施慳有五過常乏資生破二人利呰毀善人心常憂惱稱讃慳有五過聞讃餘人心常擾濁於百千世常無淨心呵毀善人自高已身卑下他人常被惡名又一切慳總有斯過謂積聚多物畏怖大衆多人增惡心常擾濁身常孤煢生下賤家如是無量是五慳過五心栽疑佛疑法疑戒疑教化若有比丘爲佛及諸大人所稱讃者是人則以惡口譏刺是名爲五疑佛者作如是念佛爲大富蘭那等爲大耶疑法者佛法爲勝韋陀等爲勝耶疑戒者佛所説戒爲勝鷄狗等戒爲勝耶疑教化者阿那波那等教法爲能至泥洹不譏刺者以瞋恚心無畏敬心侵惱善人是人以此五法敗壞其心不任種諸善根故名心栽問曰是人何故於佛等生疑

答曰是人不能多聞是故生疑若多聞者疑則薄少又此人愚癡無智不知分別佛法異法是故生疑又此人於法不能得味是故生疑又不聞不讀韋陀等經聞人稱讃故生貴心又是人世世邪疑偏多心常濁故於佛等疑如佛侍者蘇那刹多羅又此人與多邪見人共同事業故令生疑又此人讀誦韋陀和伽羅那等邪見經故壞正智慧是故生疑又此人於諸法義喜生邪念不能得造經者意是故生疑又此人始終不能得自利功德以此緣故於佛等生疑五心縛若人不離身欲故貪著身不離五欲貪著欲又與在家出家人和合於聖語義中心不喜樂得少利事自以爲足是中四縛因貪欲起若人不離內身欲故於外色等欲中生著是故樂與兩衆和

合以樂憒閙故於聖語義示寂滅法中心不喜樂是故於持戒多聞及禪定等少利事中自以爲足以貪著此少利事故忘失大利智者不應貪著小事以妨大利是人若離八難得人身難故應一心勤加精進又凡夫法不可信也若離此具足因緣或有餘緣終不復能得入聖道又不貪小利則能得出家果報亦死時不悔亦能自利利他又此人於功德中尚不貪著何況惡法故名正行又凡夫過咎所不能染問曰何謂凡夫過耶答曰經中說凡夫應二十種自折伏心應作是念我但形服異俗空無所得我當以不善而死當墮大怖畏海當至畏處不知無畏處亦不知道不得禪定數受身苦難離八難怨賊常隨諸道皆開未脱惡道常爲無量諸見所縛於五逆罪未能防制無始生死未有邊際不作不得罪福善惡不得相代不爲善法終無安隱所作善惡終不忘失我當以不調至死是二十法所不能汙又所應作者是人已作故心不悔若貪著者則不能成在家及出家法是故不應貪著小利

七使問曰諸煩惱何故名使答曰生死相續中常隨衆生故名爲使猶如乳母常隨小兒如瘧病未脱如負債日息如鼠毒未除如熱鐵黒相如穀子芽如自要奴券如斷事證人如智慧漸積如業常集如炎相續如是次第相續增長故名爲使問曰是使爲心相應爲不相應答曰心相應所以者何所說貪等使相是諸使相與喜相應若喜心不相應是事不然是喜若在樂受中名爲貪使又貪名染

著心不相應中無染著義故知諸使與心相應問曰不然諸使非心相應所以者何經中說小兒婬心尚無況能婬欲亦爲欲使所使又說不思不分别亦有緣識住故又經中說身見斷時諸使俱斷又聖道煩惱不得一時是故聖道生心不相應使斷若不爾者聖道何所斷耶又若無心不相應使凡夫學人若在善心無記心時便應是阿羅漢又使爲纏因從使生纏得纏使則熾盛故知諸使非心相應又若人在善無記心亦名有使若無心不相應使者何故名有使耶故知諸使非心相應答曰不然汝言小兒無欲亦有貪使是事不然小兒未得除貪藥故貪欲未斷故爲貪使使如鬼病人雖不發時亦名鬼病人所以者何以其未得呪術藥草斷病法故亦如四日瘧病雖二日不發亦名瘧病人亦如鼠毒未瘥除故雷聲則發如是於何心中未得除使藥故名爲不斷餘問亦已總答汝言不思不分别亦有緣識住故者亦以未斷使故汝言身見與使俱斷者汝以纏爲心相應未生時亦斷使亦如是雖聖道時無亦名爲斷以得相違法故汝言道與煩惱不一時者亦以未斷故說言有汝言凡夫學人若在善無記心應是阿羅漢者阿羅漢已斷此人未斷故如人不受斷肉法雖不食肉不名斷肉又有無明邪念邪思惟等故所未斷煩惱則生阿羅漢無此因故不同餘人又汝言得纏使則熾盛是事不然諸煩惱以下中上法故熾盛非得纏故汝言人在善無記心名有使者亦以未斷故名有使以是等緣故知貪等諸

使非不相應八邪道邪見乃至邪定以不如實知顛倒見故名爲邪見乃至邪定問曰正命邪命不離身口業何故別說答曰邪命出家人所難斷是故別說邪命者以諂誑等五法能得利養故曰邪命取要言之諸出家人所不應作資生之業謂王使販賣治病等業及所不應取衆生錢穀等若取皆名邪命又毗尼所制以此自活皆名邪命如經中說優婆塞不應五種販賣問曰何以濟命答曰如法乞求以此活命不應邪命所以者何以心不淨毀壞善法不任修道故又行道者應作是念入佛法中爲行道故不爲活命是故樂善法者應行淨命又比丘應住比丘法中若行邪命非比丘法

九結品第一百三十七

愛等九結問曰何故於諸見中別說二取答曰戒取難免離故猶如浮木入洄澓中難可得出是人亦爾作是念我以是持戒當生天上爲此故受投淵赴火自墜高等種種諸苦又世間人於戒取中不見其過故佛說爲結又依此戒取能捨入直聖道又此非正道非清淨道名隨苦邊又戒取是出家人縛諸欲是在家人縛又戒取者雖復種種行出家法空無所得又戒取者今不得樂後受大苦如持牛戒成則爲牛敗則墮地獄又因此戒取能謗正道及行正道者又戒取是諸外道起憍慢處作如是念我以是法能勝餘人又以戒取故九十六種有差別法又戒取是麤見故多衆生行智慧道微妙難見世間不知行之得利又此見能牽人心故愚癡者多行此

法又此名重惡見以逆正道行非道故見取者所以貪著邪法不能捨離是見取力又以見取力故諸結堅固問曰帝釋問經中何故但說天人有慳嫉二結答曰是二煩惱最是鄙弊所以者何見他衆生飢渴苦惱以慳心故不能矜濟見從他得亦生嫉妬心懷惱熱以是因緣墮貧賤醜陋無威德處又釋提桓因是二結偏多數來惱心故佛爲說又此二結是重罪因緣所以者何因此二結起重惡業故又三毒中貪恚能起重罪貪恚盛故起此二結又此二結能惱男女又難捨離所以者何若深修善心乃能永斷嫉妬深修布施然後盡斷慳心以不見業報而能捨所重物是爲甚難如人見子得勝已事心尚難喜況於怨賊以此二結依憎愛故深難除斷以此業緣故佛獨說

雜問品第一百三十八

論者言一切煩惱多十使所攝是故當因十使而造論十使者貪恚慢無明疑及五見問曰十煩惱大地法所謂不信懈怠妄憶散心無明邪方便邪念邪解戲掉放逸是法常與一切煩惱心俱此事云何答曰先已破相應但心法一一生是故不然又此非道理何以知之或有不善心與不善信俱或有不善心而無信精進等亦如是故知非一切煩惱心中有此十法又汝說睡掉在一切煩惱心中是亦不然若心迷沒爾時應有睡不應在戲掉心中有如是等過問曰欲界中具十煩惱色無色界除瞋餘殘一切是事云何答曰彼中亦有嫉妬等何以知之經中說有梵王語

諸梵言汝等勿詣瞿曇沙門汝但住此自得盡老死邊是名嫉妬有嫉妬故亦應有瞋又經說梵王捉一比丘手牽令出衆謂言比丘我亦不知四大何處無餘盡滅如是以諂曲心誑諸梵衆是名諂曲若言我是尊貴造萬物者是名憍逸如是等彼間亦有如是等惡煩惱故當知亦有不善有論師言若貪父毋及和上阿闍梨等是名善貪貪他物等名不善貪若不爲損益他人名無記貪瞋不善法及惡知識等是名善瞋若瞋善法及瞋衆生名不善瞋若瞋非衆生物名無記瞋若依慢斷慢是名善慢輕他衆生名不善慢無明等亦如是又論師言若善不名煩惱問曰欲界身見說名無記所以者何若身見是不善一切凡夫皆生我心不可令盡墮地獄故說無記是事云何答曰身見是一切煩惱根本云何名無記耶又此人墮爲他人說有神我爾時云何當名無記邊見亦如是問曰若轉人邪見令墮疑中此人是不善耶答曰此人非是不善所以者何寧墮疑中不入邪定問曰有人言欲界繫煩惱一切能使欲有相續色無色界繫亦如是是事云何答曰但愛能令諸有相續以先喜後生故又說愛爲苦集亦說愛樂飲食貪欲等故隨處受生邪見等中無如是義經中雖說慢因緣生亦先慢後愛故生瞋亦如是故知皆以愛故諸有相續問曰諸煩惱中幾見諦斷幾思惟斷答曰貪恚慢無明二種見諦斷思惟斷餘六但見諦斷問曰學人亦有我心故知不示相身見分學人未斷答曰是慢非見見名示相問曰有人

言慳嫉妬悔諂曲等但思惟斷是事云何答曰是皆二種亦見諦斷亦思惟斷何以知之如尼延子等見佛弟子得供養故生嫉妬心是嫉妬見道則滅故知見諦所斷有人先於佛弟子慳惜不施得見道故便能施與是慳則見諦斷如蘇那刹多羅等悔亦見諦斷如須陀洹墮地獄等因緣及第八世受身諂曲等亦見諦斷問曰諸煩惱幾見苦斷幾見集滅道斷幾思惟斷答曰先說見諦所斷六使四種見苦斷見集滅道斷餘四使五種問曰身見邊見但見苦斷戒取二種見苦見道斷是事云何答曰諸煩惱實見滅諦時斷是故身見等不應但見苦斷又身見於四諦中謬五陰無常從因緣生我非無常不從因生五陰有滅而我無滅道與我見相違法是故身見四種所斷邊見亦四種斷所以者何行者見苦從集生則滅斷見見由道得滅則滅常見戒取亦四種有因有果是故見苦時知戒是苦不以此得淨是見苦斷知戒是苦因不以此得淨是見集斷以邪見謗泥洹謂以此見得淨是見滅斷以此謗道是見道斷如見取依邪見故四種戒取亦應如是問曰若爾者不名九十八使答曰諸使隨地斷不隨界故不限九十八也問曰貪慢及除邪見餘四見皆三根相應除苦根憂根瞋恚亦三根相應除樂根喜根無明五根相應邪見疑四根相應除苦根瞋覆罪慳嫉但憂根相應是事云何答曰先已破無相應故後當說五識中無煩惱故又汝法中貪喜根相應慳則不爾是無因緣慳是貪分故如是憍慢不與憂根

相應亦無因緣故知汝等所說皆自憶想分別問曰有人言見苦所斷五見疑及貪恚慢不相應無明及集諦所斷邪見見取疑及貪恚慢不相應無明是名徧使餘非徧此事云何答曰一切是徧所以者何一切皆共相因相緣故又於已邪見中生貪所謂無苦乃至無道貪著此見而以自高若聞說苦則生憎恚又此貪能緣滅諦瞋亦能憎恚泥洹亦以泥洹生自高心道亦如是當知餘使亦有能徧又欲界繫煩惱能緣色界如以貪喜樂以瞋憎惡以彼法自高亦以之爲勝非欲界也如欲界煩惱能緣色界色界見等煩惱亦能緣欲界果無色界亦如是又此煩惱皆能總相別相所以者何貪亦能總相染四天下又長爪經說一切忍是貪一切不忍是瞋一切不忍是貪一切忍是瞋亦以此煩惱自高是煩惱皆能起身口業所以者何經中說生如是見說如是事謂有神等又此一切煩惱皆在第六識中五識中無所以者何想行第六識故一切煩惱皆從想生若不爾身見等亦應在五識中所以者何以眼見色謂我能見疑慢等亦如是問曰經中說六愛衆云何言五識中無煩惱耶答曰如六意行皆在意識中但以眼等開導故名六意行是事亦爾又意識中所有分別因緣五識中無故知五識中無煩惱也

斷過品第一百三十九

問曰有人言諸煩惱九種下中上下下下中下上中下中中中上上下上中上上智亦九種是煩惱先斷上上後斷下下以下下智斷

上上煩惱乃至以上上智斷下下煩惱是事云何答曰以無量心斷諸煩惱所以者何經中佛說譬如巧匠手執斧柯眼見指處雖不能分別日日所盡若干分數但見盡已乃能知其盡比丘亦爾修行道時雖不分別知今日所盡若干諸漏昨日所盡若干分數但盡已乃知漏盡故知以無量智盡諸煩惱非八非九問曰依止何定斷何煩惱答曰因七依處能斷煩惱如經中佛說因初禪漏盡乃至因無所有處漏盡又離此七依亦能盡漏如須尸摩經中說離七依處亦得漏盡故知依欲界定亦得盡漏問曰見諦所斷煩惱不應依無色定斷以此行者壞色相故答曰是事先答謂無色定能緣於色問曰爲先從初禪次第離欲至二禪等爲一時耶答曰應當次第以離初禪欲生二禪等故問曰欲界中亦有次第耶答曰諸煩惱念念滅故亦應次第又如炎摩天抱則成欲兜率陀天執手成欲化樂天以口說成欲他化自在天相視成欲當知欲界煩惱亦漸次盡有人言以福德因緣於彼中生不以斷煩惱故以所欲妙故成有差別又根鈍故抱乃成欲根轉利故視則成欲問曰有人言思惟所斷煩惱漸次斷先欲界繫後色無色界繫見諦所斷則一時斷是事云何答曰隨諦所斷而實一切煩惱見滅諦斷是事先說所謂見諦所斷身見等煩惱皆見滅諦斷從煖法來以無常等行觀五陰相始斷煩惱見滅乃盡問曰觀欲界繫苦能斷欲界結集亦如是如欲界乃至非想非非想處亦如是觀欲界滅能斷三界結道亦

如是事云何答曰滅智能斷煩惱是故汝說不然問曰經中說觀五陰無常等故得須陀洹果乃至阿羅漢果汝云何言但觀滅諦斷煩惱耶答曰是觀五陰智生滅合觀故能斷結使如經中說比丘觀是色是色集是色滅又當說見法識法則煩惱斷可知見滅諦故諸煩惱盡又五陰是苦於中生諸煩惱若見五陰滅以爲寂滅安隱如是則苦想具足故知見諸陰滅則煩惱盡如說因諸法無體性依一捨心斷無體性即是滅若行者見色無體性乃至識無體性則深得離又三解脫門皆縁泥洹以此解脫門能斷煩惱無餘方便故知但無爲縁道能斷煩惱是故汝所說斷煩惱法是事不然論者言諸煩惱有如是等無量分別門以求解脫者應當知所以者何以知是縛過故得解脫如人識怨故能遠離如知險道故能得避煩惱亦如是又煩惱縛甚爲微細過於毗摩質多羅阿脩羅王縛乃至有頂衆生尚爲煩惱縛是故應知其過又衆生乃至有頂猶還退墮皆以不能見知煩惱過故又不斷結故生增上慢自謂已斷後則疑悔是故應知諸煩惱過勿爲所誑又若衆生捨離淨妙泥洹之樂反貪鄙弊欲樂有樂皆是諸煩惱過若斷煩惱則得大利故應知見諸煩惱過又障解脫法所謂煩惱若不斷煩惱終無解脫因縁所以者何諸煩惱是身因縁隨煩惱有身隨身有苦是故欲求離苦者應勤精進斷諸煩惱

明因品第一百四十

問曰煩惱爲身因縁是事應明所以者何有

諸外道不信此事或言是身無因無緣猶如草木自然而生或言萬物是大自在等諸天所生或言萬物從世性生或言微塵和合故生說如是等是故應明答曰從業有身是事先成是業從煩惱生故以煩惱爲身因緣問曰云何知因煩惱有業答曰隨假名心名爲無明假名心者能集諸業故知煩惱因緣有業又阿羅漢諸業不集不成故知諸業由煩惱成如經中佛說若人得明捨離無明是人能起罪業福業無動業不不也世尊又無無漏業故知但隨假名者能起諸業無漏心不緣假名故不起業也又學人無行如經說學人還而不行滅而不作作相是行行名爲業又無漏心非行相故無無漏業是故一切諸受身業皆因煩惱生又斷煩惱者不復受生故知有身皆因煩惱問曰一切衆生皆以無煩惱生後時乃起如人生時無齒其後乃生答曰不然有煩惱者隨所有相謂啼哭等生時現有故知皆與煩惱共生又現見衆生多生廁等中不生磐石等中當知貪著香味等故於是中生故知由煩惱生問曰地獄等中不應得生所以者何無人貪樂地獄等故答曰衆生以癡力故顛倒心生將命終時遥見地獄謂是華池以貪著故則於中生如經中說若入迮鬧中死欲得寬處於鳥中生若渴死者生爲水蟲若凍死者生熱地獄中熱渴死者生寒氷地獄中若貪著婬欲生鳥雀中若貪飲食則生爲死屍中蟲又因所貪著故造諸惡諸惡因緣强受果報又貪著身故諸業能生果報所以者何貪著巳身愚癡力故

憍慢等諸煩惱生從此能集成業以業力故生諸道中問曰若以煩惱因緣有身斷煩惱者五陰不應復得相續答曰是身本由煩惱故生煩惱雖盡以勢力故身猶不斷如以杖轉輪雖暫廢杖轉猶不止問曰若以先業煩惱勢故有身斷煩惱者以先業煩惱勢故亦應受身答曰要以取相故識能住是人先業勢盡今善修無相解脱門故不受後身又如熱石上諸種不生如是以智慧火熱諸識處則識種不生後相續斷又諸行因緣不具足故不復相續如經中佛說識爲種子業行爲田貪愛爲水無明覆蔽以此因緣則受後身阿羅漢是緣不具故無後身當知煩惱因緣受生又無煩惱者有知苦等心今受生者不見有此等心故知無煩惱者不能受生問曰須陀洹等有苦等心而生時亦不見有答曰諸阿羅漢智慧力强一切煩惱不能勝故將命終時能障受生須陀洹等智力不爾故不應爲喻又汝說如齒後漸漸生煩惱亦爾是事不然所以者何諸阿羅漢無漏智慧燒煩惱故不應得生如焦種子不能復生又現見今世從煩惱生身如從貪欲身色變異瞋恚亦爾故知後世五陰亦從煩惱生問曰亦見從飲食等因緣有五陰生而不名飲食爲受身因緣答曰飲食假心能生色等煩惱不爾更無所假而生色等故知煩惱爲身因緣又現見鳥雀等多欲毒蛇等多瞋豬等多癡當知此諸衆生必當先修集此婬欲等諸煩惱故於是中生問曰生處法爾非先修集煩惱因緣答曰若爾則婬欲等無因是事不可當

知從先修集因緣故有又貪恚等煩惱熾盛則爲殺等諸罪以此罪故現受鞭杖繫縛等苦煩惱若薄則得持戒修善等利因此戒善現得名聞利養等樂如現世衰利皆因煩惱故知來世亦當如是問曰若因煩惱有身則斷生死往來所以者何以煩惱盛故墮惡道中既受罪身煩惱更增永無脱因如是不應得生善處若受福身爲福轉增則亦不應復生惡處如是則無生死往來答曰是人雖墮惡處或得善心雖生善處或起惡心是故生死往來不斷又隨貪等煩惱減少隨生好處隨貪等多隨生惡處如豬犬等隨減煩惱生善處者如以煩惱薄故能行布施持戒等福生六欲天斷婬欲故得勝禪樂斷色染故得勝定樂一切結盡則得無比泥洹樂故知此身因煩惱有又現見衆生樂弊國土及諸惡人弊止住處皆由貪著故知生死中衆生所住亦由貪著如蛾貪明色故爲燈所焚是貪著不從智生所以者何此蛾不知火是苦觸故投其中如是衆生墜後身苦皆以無明因緣貪愛故生如魚吞鉤麞鹿逐聲皆以貪著故致死又如人以貪著故遠到異方而不能反當知皆以煩惱故生又如樹根不拔其樹猶生如是貪根不拔苦樹常在如佛説樹根不拔雖斷猶生貪使不拔數數受苦又是身不淨無常苦空無我自非無明何有智者貪受此衰苦猶如盲人可以垢衣誑爲寶飾如是爲無明所盲則能受多過患不淨五陰又以我心故受身雖苦而不能捨若無我心則能遠離如舍利弗説清淨持戒得道者死時

歡喜猶破毒器故知煩惱因緣有身又有以無智故貪著此身如以畫篋盛滿不淨隨未開時則可愛樂開則臭穢又如毒蛇滿闇室中燈未照時則生樂著見則捨離衆生亦爾隨有無明則樂世間若生明時心則厭離如是貪愛爲身根本所以者何以貪愛故求求有二種欲求有求求現在諸欲是名欲求更求後身是名有求故知貪愛現在諸欲是名欲求更求後身是名有求故知貪愛是身之本又若著五陰則生身見謂言是我名我語取因此取故生餘三取取因緣有有因緣生當知煩惱是身根本又是身皆苦於此苦身生樂想倒以此樂倒則生倒愛以此倒愛能受後身故知貪愛因緣有身又此身以食因緣故住著摶食故不過欲界如業品中說貪香味故廁等中生以著觸故胞胎中生著温涼觸故卵生濕生俱不過欲界因界觸生三種受故說觸因緣受意思食亦如是發後身願我當作此無見知識爲食愛本能致後身如是四食皆由貪愛一切衆生皆以食存故知愛因緣生又四生卵生胎生濕生化生以愛婬欲故卵生胎生貪香味等故受濕生隨其所愛故起殷重業則愛化生故知四生差別皆由貪愛又四種受身有能自殺他不能殺如是等四皆以貪愛差別故有故知貪愛因緣有身又四識處隨色識住依色緣色以喜爲潤受想行亦如是而不說識是識處以識時無煩惱故故知煩惱因緣有身又十二因緣皆由無明所以者何隨假名心名爲無明因此無明起福行罪行及不動行欲安樂

衆生是名福行苦惱衆生是名罪行攝心慈悲等名爲不動行隨此諸業識住後身依識生名色六入觸受此四是先世業煩惱果報復因此受生愛取有是業煩惱能生後世生老死等如是十二有分相續皆以無明爲本故知煩惱因緣有身又生死無始何以知之經中說從業因緣有眼等根因愛有業因無明有愛無明因邪憶念邪憶念還因眼緣色從癡故生故知生死輪轉無始若說因自在天等則非無始是事不可故知煩惱因緣有身又滅盡煩惱則得解脫又衆生身種種雜類若因自在等則不應雜以煩惱業有多種故身亦非一又二十二根因六根生六識是中有男女根是諸法相續不斷故名爲命是命以何爲根所謂業也是業因於煩惱煩惱依受故以五受爲根如是展轉生死相續依信等根能斷相續如是二十二根往來生死故知皆以煩惱有身又求解脫者生戒定慧解脫解脫知見品此何所用皆爲滅諸煩惱知者見其利故依此諸品故知煩惱因緣有身又諸煩惱次第滅盡斷三結得須陀洹果貪欲等薄得斯陀含果欲界結盡得阿那含果諸禪定中亦如是次第一切都盡得阿羅漢果如是隨諸煩惱次第滅故身亦漸滅若因自在天等則不應漸滅故知煩惱因緣有身又貪等煩惱諸善人皆求斷滅必當見貪等因緣今世後世得衰惱事是故求斷若不爾則不求斷若人說身因自在等是人亦求斷貪欲等故知貪欲等因緣有身又智者知以智慧而得解脫可知以無智故縛故知煩

惱因緣有身又佛處處經中說貪喜盡故得正解脱所以者何眼色等不名爲縛貪喜爲縛破貪喜故心得正解脱正解脱心能入泥洹故知煩惱因緣有身又以空無相無作而得解脱故知煩惱因緣有身所以者何觀諸法空即無相可得以滅相故不願後身是故以空名解脱門相違則縛以此等故由煩惱有身是事已明集諦聚竟

成實論卷第十二

音釋

煢 渠營切孤獨也 憒閙 憒古對切亂也閙奴教切不靜也 瘧 魚約切寒熱病也 券 區願切契也 洄澓 洄胡瑰切澓房六切洄澓水漩流也 磐 蒲官切大石也 迮 側格切狹也 䐗豬 並音諸與猪同 麞 止長切獸名

成實論卷第十三

訶梨跋摩造

姚秦三藏鳩摩羅什譯

滅諦聚立假名品第一百四十一

論者言滅三種心名爲滅諦謂假名心法心空心問曰云何滅此三心答曰假名心或以多聞因緣智滅或以思惟因緣智滅法心在煖等法中以空智滅空心入滅盡定滅若入無餘泥洹斷相續時滅問曰何謂假名答曰因諸陰有所分別如因五陰說有人因色香味觸說有瓶等問曰何故以此爲假名耶答曰經中佛說如輪軸和合故名爲車諸陰和合故名爲人又如佛語諸比丘諸法無常苦空無我從衆緣生無決定性但有名字但有憶念但有用故因此五陰生種種名謂衆生人天等此經中遮實有法故言但有名又佛說二諦眞諦俗諦眞諦謂色等法及泥洹俗諦謂但假名無有自體如色等因緣成瓶五陰因緣成人問曰若第一諦中無此世諦何用說耶答曰世間衆生受用世諦何以知之如說畫火人亦信受諸佛賢聖欲令世間離假名故以世諦說如經中佛說我不與世間諍世間與我諍以智者無所諍故又上古時人欲用物故萬物生時爲立名字所謂瓶等若直是法則不可得用故說世諦又若說二諦則佛法清淨以第一義故智者不勝以世諦故愚者不諍若說二諦則不墮斷常不墮邪見及苦邊樂邊業果報等是皆可成又世諦者是諸佛教化根本謂布施持戒報生善處若以此法調柔其心堪受道教然後爲說

第一義諦如是佛法初不頓深猶如大海漸漸轉深故説世諦又若能成就得道智慧乃可爲説實法如佛念言羅睺羅比丘今能成就得道智慧當爲説實法譬如癰熟壞之則易生則難破如是以世諦智令心調柔然後當以第一智壞又經中説先知分別諸法然後當知泥洹行者先知諸法是假名有是眞實有然後能證滅諦又諸煩惱先麤後細次第滅盡如以髮毛等相滅男女等相以色等相滅髮毛相後以空相滅色等相如以楔出楔故説世諦又以世諦故得成中道所以者何五陰相續生故不斷念念滅故不常離此斷常名爲中道如經中説見世間集則滅無見見世間滅則滅有見以有世諦則可見集見滅故説世諦又以世諦故佛法皆實謂有我無我等門若以世諦故説有我則無咎以第一義故説無我亦實又以世諦故有置答難若就實法則皆可答又若見實有衆生是大癡冥若言實無亦墮癡冥所以者何此有無見則爲斷常令諸行者得出有邊復墮無邊若無世諦何由得出又若人未得眞空智慧説無衆生是名邪見謂無衆生受生死故故名邪見若得空智説無衆生是則無過如經中説阿羅漢比丘尼語惡魔言汝以何爲衆生但空五陰聚實無衆生又説是身五陰相續空無所有如幻如化誑凡夫自爲怨爲賊如箭如瘡苦空無我但是生滅敗壞之相問曰俱是無所有心何故或名邪見或名第一義耶答曰若人未生眞空智慧有我心故聞説無我即生恐懼如佛言若凡夫人聞空

無我更不復作則大驚怖故知未得空智有我心故怖畏泥洹則爲邪見得眞空智知本來無則無所畏又此人未得眞空見無所有則墮惡見謂斷見邪見若是人先以世諦故知有我信業果報後觀諸行無常生滅相漸漸證滅無我心則滅貪心若聞說無所有則無過咎故說世諦又有外道謗佛瞿曇沙門破眞實神是故佛言我以世諦說有衆生我解正見中說有衆生徃來生死是名正見但凡夫以邪念故於實無衆生中說言實有破此邪念不破衆生如瓶等物以假名說是中非色等是瓶非離色等别有瓶如是非色等諸陰是衆生亦不離色等陰别有衆生如因色等過假名如是以滅相過色等以譬喻故令義易解猶如畫燈亦名爲燈而實無燈用如是雖說有瓶非眞實有雖說五陰非第一義

假名相品第一百四十二

問曰云何知瓶等物假名故有非眞實耶答曰假名中示相眞實中無示相如言此色是瓶色不得言是色色亦不得言是受等色又燈以色具能照觸具能燒實法不見如是所以者何識不以異具識受亦不以異具受故知有具是假名有又因異法成名假名有如因色等成瓶實法不因異成所以者何如受不因異法成又假名多有所能如燈能照能燒實法不見如是所以者何如受不能亦受亦識又車名字在輪軸等中色等名字不在物中有如是差别又輪軸等是成車因緣是中無車名字然則車因緣中無車法而因此

成車故知車是假名又如以色等名字得說色等以瓶等名不得說瓶等故知瓶等是假名又有假名中心動不定如人見馬或言見馬或言見馬身或言見皮或言見毛或言聞箏聲或言聞絃聲或言嗅華或言嗅華香或言嘗酪或言嘗酪味或言觸人或言觸人身或言觸人臂或言觸人手或言觸人手指或言觸指節意識於衆生等中動謂身是衆生心是衆生色等是瓶離色有瓶如是等實法中心定不動不得言我見色亦見聲等又可知等中不可說亦名爲有是爲假名如瓶等故知瓶等是假名有所以者何色等法不名可知等中不可說又如色等法自相可說瓶等自相不可說故知是假名有或有說假名相是相在餘處不在假名中如經中說業是智者不智者相若身口意能起善業是名智者身口意起不善業名不智者身業口業依止四大意業依心此三事云何名智者不智者相故知假名無有自相又假名相雖在餘處亦復不一如說人受苦惱如矟入心惱壞是色相又受是受相亦於人中說如佛說智者愚者俱受苦樂而智者於苦樂中不生貪恚取多少等相是想相亦於人中說如說我見光明見色作起是行相亦於人中說如說是人起作福行亦起罪行及不動行識是識相亦於人中說如說智者識法如舌嘗味是故若在餘處說亦說多相是假名相色等相不在餘處亦無多相又若法爲一切使使是假名有實法不爲使使以諸使使人故又假名中無智生先於色等中生智然後以邪心

分別言我見瓶等有瓶中智要待色等所以者何因色香味觸謂言是瓶實法中智更無所待又假名中生疑如杌耶人耶色等中不生疑爲色爲聲問曰色等中亦有疑有色耶無色耶答曰不然若見色終不疑是聲更以餘因緣故疑有色無色如聞說色空而復見色則生疑言爲有爲無若見滅諦此疑則斷問曰滅諦中亦有疑爲有滅耶爲無滅耶答曰於所執中生疑非滅諦中若聞執有滅亦執無滅於中生疑爲有爲無是人爾時不見滅諦所以者何見滅諦中無復有疑故知生疑處是假名有又於一物中得生多識是假名有如瓶等實法中不爾所以者何色中不生耳等諸識又多入所攝是假名有如瓶等是故有人說假名有四入所攝實法不得多入所攝又若無自體而能有作是假名有如說人作而人體業體實不可得又所有分別是怨親等皆是假名非實法有所以者何若直於色等法中不生怨親等想又來去等斷壞等燒爛等所有作事皆是假名非實法有所以者何實法不可燒不可壞故又罪福等業皆假名有所以者何殺生等罪離殺等福皆非實有又假名有相待故成如此彼輕重長短大小師徒父子及貴賤等實法無所待成所以者何色不待餘物更成聲等又不假空破是假名有如依樹破林依根莖破樹依色等破根莖若以空破是實法有如色等要以空破又隨空行處是假名有隨無我行處是實法有又有四論一者一二者異三者不可說四者無是四種論皆有過咎故知瓶等

是假名有一者色香味觸即是瓶異者離色等別有瓶不可說者不可說色等是瓶離色等有瓶無者謂無此瓶是四論皆不然故知瓶是假名

破一品第一百四十三

問曰此一等四論有何過耶答曰一論過者謂色等法相各差別若爲一瓶是則不可又色等一一不名爲地和合云何有地所以者何若一一馬不名爲牛云何和合爲牛問曰如一一麻不能成聚和合能成如是色等一一不能成地和合則能成答曰不然所以者何麻聚是假名有一等是實法中論云何爲喻又色香味觸是四法地是一法四不應爲一若四爲一一亦應爲四是事不可故知色等不即是地又世間皆說地色地香地味地觸不見有言是色色要以異法相示如其人舍等問曰此不以異法相示即以自法自示如石人手足所以者何離手足更無石人如是雖不離色等是地亦以自體自示有何咎耶答曰若說地以色等自示無有此理汝雖說石人喻是喻不然所以者何若示石人手時以餘身爲石人又空中亦可說有如說石人身時爾時石人更無有餘而亦得說如佛說是身中有髮毛血肉等離此髮等更無有身是髮等所依止處雖無別依處而亦可說故知說石人者亦是妄說汝若以石人成地亦無地也汝經中說有色香味觸是地是地即無如身故知色香味觸非即是地又諸求那中不得相示不得言色是有香但得言地有色香味觸故知非一又色等心地心各異

故知色等非地又色等名異地名亦異問曰心異名異皆和合中有異答曰若心與名但和合故有和合但是名字然則地但有名字無一論也又地可以一切根知何以知之人作是念我見地嗅地嘗地觸地若色香味觸是地不應但色中生地想謂我見地香等亦如是而實但色中生地想故知非色等是地假名字因緣一分中亦可說假名名字如人伐樹亦言伐樹亦言伐林又諸求那邊陀羅驃異是中所有因緣以是因緣不成一論又僧佉人說五求那是地是亦不然所以者何如先說聲離色等念念滅相續更生非成四大因故知非一切四大盡有聲也

破異品第一百四十四

問曰異論中有何等過答曰離色等法更無地也何以知之不離色香味觸生地心但於色等法中生心所以者何如色異聲等異不待聲等而生色心若離色等別有地者亦應不待色等而生地心而實非不待是故無別有地問曰非不待餘法要待色相而生色心答曰破總相品中當說離色無別色相是故不然又異地等法無根能知故知無別地等問曰地等以二根可取謂身根眼根何以知之眼見知是瓶以身根觸亦知是瓶是故汝言無根取地是事不然答曰若爾是瓶則四根取亦以鼻根嗅泥舌根嘗泥問曰鼻根舌根不能取瓶所以者何闇中不能分別若嗅瓶若嗅盆若嘗瓶若嘗盆答曰雖不能分別瓶盆而於泥中生知謂嗅泥嘗泥又若埋盆出口若見若觸不能定知是瓶是瓮爲是破

瓦故知眼根身根亦不應取瓶又於闇中雖生瓶心不能分別金瓶銀瓶故知眼根身根亦不能取瓶又鼻根舌根能取華果乳酪等法眼根身根則不能取如雖見華等不能分別知香臭美惡及甘酢等是故若謂眼根身根知陀羅驃而鼻根舌根不知無有是事如鼻根舌根不能異陀羅驃而亦有分別眼根身根亦如是雖無異陀羅驃而亦得分別又五根中無有取假名知故知假名非眼身鼻舌諸根所得第六根中有如能知假名所以者何意識能緣一切法故又眼若能見色見非色者亦應能見聲等若爾則不復須耳等諸根是事不可是故不以眼根身根耳陀羅驃問曰以色了陀羅驃則眼能見非一切異色法皆可見也答曰以色了瓶是事不然所以者何誰作瓶色但是和合是故非色了瓶又若以可見法了餘法令可見者以瓶等不可見法了色色亦應是不可見又瓶應二種亦可見亦不可見以爲可見不可見法所了故又若要以色等法了故眼等根可知者色相不應是眼根所知所以者何汝法因色根故色可見是色相更無有相然則色相應不可見是故不然又若以色了故可見者一切諸根盡應知陀羅驃耳根亦應知虛空以聲了故又應以身根知風以觸了故而汝法不然是故無此了法問曰餘法不能爲了但色能作了答曰不然是中無有因緣但色能爲了而餘法不能如汝說大多陀羅驃是中色可見如是則因色故得色應當以色相了色然後可得不但色能爲了若如是說猶不離

先過又異時生色心異時生甁心是故縱色能了於甁何益又如盲人習甁量故雖失眼根觸亦知甁是故非但色能爲見因又盲人身根亦能知風是故非但色了故能生知又汝經中亦說觸來觸身非地水火當知不可見相是風此亦不然所以者何盲人知此風時亦不知此觸爲是可見爲非可見又人眼見數量等法是中無有色了又聞香亦得知非香法甞味亦能知非味法是故要以色了陀羅驃然後可知是事不然問曰若色了於見中非因者若數量等法在不可見陀羅驃中及風亦應可見答曰我法離色更無餘法可見故知隨法中有色生則眼能見眼見色已即生甁想若法中無色生是中雖有眼不生異甁想是故若離色等別有甁者無此理也

破不可說品第一百四十五

問曰不可說論中有何等過答曰實法無有於一異中不可說者所以者何無有因緣譬喻以此知不可說色等法實有故非不可說也又諸法各有自相如惱壞是色相更無異相云何名不可說又隨識差別故法有差別如以眼識知色不知聲等是故此中無不可說又色是色入所攝非聲等攝若汝欲令有不可說者色是色是可說色是非色是不可說聲等亦如是又諸法有次第數若不可說則諸法無數所以者何第一第二不相異故故知實無不可說法但於假名中爲一異故說不可說

破無品第一百四十六

問曰無論中有何等過答曰若無則無罪福等報解脫等一切諸法又若執無所有是執亦無以無說者聽者故又有無等論皆以信故說若信現知若信比知若隨經書若說無所有則不在此三中汝意或謂我隨經書是事不然經書意亦難解或時說有或時說無云何取信若信比知要先現見然後比知又瓶等法今現見有以能生心故隨能生心則有此法故非無也又今瓶盆等現有差別若一切無何有差別汝意或謂以邪想故有分別者何故不於空中分別瓶等又汝若謂以癡故生物心者若一切無此癡亦無何由而起又汝意謂一切法無是知何緣得生諸知不以無緣而生以知物故名知是故不應言無又若都無者令一切人應隨意所爲而諸善人皆樂布施持戒忍等善法遠離不善法故知非無又瓶等法今現可知而汝言現在皆無以無法故亦不應信經書然則何因緣故說一切無故一切無是事應明若不能以因緣明者他人所執自然應成他論成故汝法則壞若有因緣可成則不名爲無

立無品第一百四十七

說無者言汝雖以言說破空然諸法實無以諸根塵皆不可得故所以者何諸法中無有有分可取是故一切法不可取不可取故無汝若謂有分雖不可取諸分可取者是事不然諸分中不生心所以者何麤瓶等物可取故又分不作有分所以者何因有分故說分有分無故分亦無又無陀羅驃求那無分是故無分又若見細分則應常生分心不生瓶

心所以者何若常念分終不應生瓶心又若先憶分後生瓶心則瓶心應久乃生而實不久生故不念分又若見瓶不生分别分心即生瓶心又無一切分所以者何一切分皆可分析壞裂乃至微塵以方破塵終歸都無又一切諸法究竟必生空智是故第一義中諸分皆無又若説分者則破二諦所以者何若人説無有分但有諸分則無去來見斷等諸業如是則無世諦汝以第一義爲空第一義中亦無諸分故知但説諸分則不入二諦不入二諦故無又若法可過即爲是無如因分過有分亦更因餘分過先分以可過故無此分論又色等亦無所以者何眼不能見細色意不能取現在色是故色不可取又眼識不能分别是色意識在過去不在色中故無有能分别色者無分别故色不可取又初識不能分别色第二識等亦復如是是故無有能分别色者問曰眼識取色已後以意識憶念是故非無分别答曰眼識見色已即滅次生意識是意識不見色云何能憶若不見而能憶者盲人亦應憶色而實不意是故意識不能憶也問曰從眼識生意識是故能憶念答曰不然所以者何一切後心皆因眼識生皆應能憶又終不應忘以從彼生故而實不然故知意識亦不能憶如憶虚空取色瓶等萬物亦皆虚誑無而妄取是故無一切物又若説眼見爲到色見爲不到能見若到則不能見眼無去相是事先明若不到而見應見一切處色而實不見故知非不到能見問曰色在知境則眼能見答曰何名知境問曰

隨眼能見時名爲知境荅曰若眼不到亦名知境者一切處色應盡是知境是故到與不到俱不能見故知色不可見又若先有眼色後眼識生是眼識則無依無緣若一時則不名眼色因緣生識一時無相因故又眼是四大若眼能見耳等亦應能見同四大故色亦如是又是眼識應若有處若無處二俱有過所以者何若眼識依眼是則有處若物無處則不得依止若汝謂識於眼少分處生若徧生若二眼中一時生識則有處有處則有分如是則以衆識而成一識有如是過亦有多識一時生過又一一識分不能識有分者應識而實無有分有如是過若無處則不應依眼

破聲品第一百四十八

說無者言一語尚無所以者何心念念滅聲亦念念滅如說富樓沙是語不可聞所以者何隨聞富識不聞樓識聞樓識不聞沙無有一識能取三言是故無識能取一語故知聲不可聞又散心聞聲定心則不能聞定心所知是實是故聲不可聞又是聲若到不到俱不可聞俱不可聞故無聲又有人說耳是虛空性以其無物故名虛空是故無耳無耳故無聲又聲因緣無是故無聲聲因緣者謂諸大和合是和合法不可得所以者何若諸法體異則無和合若無異體云何自合設在一處亦念念滅是故不得和合

破香味觸品第一百四十九

香不可取所以者何以鼻識不能分別是膽蔔香是諸餘香意識不能聞香是故意識亦

不能分別是瞻蔔香問曰雖不能分別是瞻蔔香但能取香答曰不然如人不得瞻蔔樹以愚癡故生瞻蔔樹心如是不得香體以愚癡故而生香心又如先說香若到不到而取二俱有過是故無香味亦如是觸亦無所以者何微塵等分中尚不生觸知如先說是故無觸

成實論卷第十三

音釋

楔 先結切木楔也　矟 所角切矛屬　杌 五忽切木無枝也　酢 倉故切酸也

成實論卷第十四

訶梨跋摩造

姚秦三藏鳩摩羅什譯

破意識品第一百五十

意識亦不能取法所以者何意識不能取現在色香味觸先已說過去未來則無是故意識不取色等問曰若意識不知色等法應知自體答曰法不自知所以者何現在不可自知如刀不能自割過去未來無法故亦無餘心是故意識不能自知問曰若人知他心時則意識能知心法答曰如人心不自知亦作是念言我有心於他心中亦復如是又若未來法無亦能生知他心若如是有何咎又意能緣法則有多過如意到緣識不到緣及意不應憶色等以此過故意識不知法

破因果品第一百五十一

說無者言若有果應因中先有求那而生先無求那而生二俱有過如兩手中先無聲而能有聲酒因中先無酒亦能生酒車因中先無車而能成車故非因中先有求那而生果也汝若謂因中先無求那而生果者則以無色風之微塵應能生色若爾風則有色金剛等中亦應有香又現見白縷則成白氎黑縷還成黑氎若因中先無求那而生果者何故白縷但能成白不成黑耶故非因中先無求那而成果也理極此二而俱有過是故無果又若因中有果則不應更生有云何生若無亦不應生無云何生問曰現見作瓶云何無果答曰是瓶若先不作云何可作以其無故若先已作云何可作以其有故問曰作時名

作答曰無有作時所以者何所有作分已墮作中所未作分墮未作中故無作時又若瓶有作應若過去未來現在過去不作以先滅故未來不作以未有故現在不作以是有故又因作者故有作業成是中作者實不可得所以者何頭等身分於作無事故無作者無作者故作事亦無又因於果若先若後若一時皆不然所以者何若先因後果因已滅盡以何生果如無父云何生子若後因先果因自未生云何生果如父未生何能生子若因果一時則無此理如二角並出不得言左右相因理極此三而皆不然是故無果又此因果若一若異二俱有過所以者何若異則應離縷有氎若一則縷氎無差又世間不見有法因果無別又若有果應自作他作共作無因作是皆不然所以者何無有法能作自體若有自體何須自作若無自體何能自作又不見有法能作自體故不自作他作亦不然所以者何眼色於生識無事故不他作又無作想故一切諸法無有作者如種不作是念我應生芽眼色亦不作是念我等應共生識是故諸法無有作想共作亦不然有自他過故無因作亦不然若無因亦無果名若四種皆無云何有果若有應說又此果應若先有心作若先無心作若先有心作胎中小兒眼等身分誰有心作自在天等亦不能作先已說業亦無心於作是業在過去中云何當有心作是故業亦無心若先無心作云何苦他者得苦樂他者得樂又現作業中亦以心分別應如是作不應如是作若無心作云何有

此差別是故先有心無心是皆不然如是等一切根塵皆不可得是故無法

世諦品第一百五十二

答曰汝雖種種因緣說諸法皆空是義不然所以者何我先說若一切無是論亦無亦不在諸法中如是等破空汝竟不答猶故立空是故非無一切諸法又汝所說無根無緣等是事非我等所明所以者何佛經中自遮此事謂五事不可思議世間事衆生事業因緣事坐禪人事諸佛事是事非一切智人不能思量決斷但諸佛有能分別法智聲聞辟支佛但有通達泥洹智慧於分別諸法智中但得少分諸佛於一切法一切種本末體性總相別相皆能通達如人舍宅等物易壞難成如是空智易得正分別諸法智慧難生問曰如佛坐道場所得諸法相如佛所說當如是說答曰佛雖說一切法不說一切種以不爲解脫故如佛說諸法從因緣生不說一一所從因緣但說要用能滅苦者彩畫等諸色伎樂等諸音諸香味觸無量差別不可盡說若說亦無大利故佛不說如是等事不得言無又如人不知分別彩畫等法便言其無汝亦如是所不能成事而便說無是事於知者則有不知者爲無如生盲人言無黑白我不見故不可以不是故便無諸色如是若不能以因緣成故便言無一切法又諸佛世尊一切智人我等所信佛說有五陰故知色等一切法有如瓶等以世諦故有

滅法心品第一百五十三

問曰汝先言滅三心名滅諦已知滅假名心

因緣令何謂法心云何當滅答曰有實五陰心名爲法心善修空智見五陰空法心則滅問曰行者觀五陰空謂五陰中無常法定法不壞法不變法我我所法以無此法故言其空非不見五陰答曰行者亦不見五陰所以者何行者斷有爲緣心得無爲緣心是故行者不見五陰但見陰滅又若見五陰則不名爲空以陰不空故如是空智則不具足問曰行者見色以無我故空如經中說行者見此色空乃至見此識空當知非無色等諸陰答曰有如是言但非清淨如法印經中說行者見色等法無常敗壞虛誑厭離之相是亦名空但未是清淨是人於後見五陰滅是觀乃淨故知見諸陰滅問曰以有爲緣智何故不得清淨答曰行者或時起五陰想故假名心還生是故有爲緣心不得清淨若證諸陰滅則五陰不復現前成假名因緣滅故假名想則不隨逐譬如有樹剪伐焚燒灰炭都盡樹想乃滅不復隨逐是事亦爾又佛語羅陀汝破裂散壞衆生令不現在又一經說汝羅陀破裂散壞色乃至識令不現在故知若壞衆生是假名空若破壞色是名法空又二種觀空觀無我觀空觀者不見假名衆生如人見瓶以無水故空如是見五陰中無人故空若不見法是名無我又經中說得無我智則正解脫故知色性滅受想行識性滅是名無我無我即是無性問曰若以無性名無我者今五陰實無耶答曰五陰實無以世諦故有所以者何佛說諸行盡皆如幻如化以世諦故有非實有也又經中說第一義空此義以第

一義諦故空非世諦故空第一義者所謂色空無所有乃至識空無所有是故若人觀色等法空是名見第一義空問曰若五陰以世諦故有何故說色等法是眞諦耶答曰爲衆生故說有人於五陰中生眞實想爲是故說五陰以第一義故空問曰經中不說有業有果報但作者不可得耶答曰此因諸法說作者不可得是說假名空如經中說諸法但假名字假名字者所謂無明因緣諸行乃至老死諸苦集滅以此語故知五陰亦第一義故無又大空經中說若人言此老死其老死若人說身即是神若說身異神異此言異而義同若有此見非我弟子非梵行者若遮其老死則破假名遮此老死則破五陰又說生緣老死名爲中道當知第一義故說無老死世諦故諸生緣老死又如過瓶想則第一義故無瓶如是過色等法則第一義故無色又經中說若法是誑即是虛妄若法非誑即名爲實諸有爲法皆變異故悉名爲誑誑故虛妄虛妄故非眞實有如偈說

世間虛妄縛　狀如決定相　實無見似有
深觀則皆無

當知諸陰亦空又見滅諦故說名得道故知滅是第一義有非諸陰也若諸陰實有行者亦應見而得道而實不然故知五陰非第一義有又以陰滅爲實故知諸陰非實不可言諸陰是實無陰亦實又所有見法皆以癡故如人眼不可誑則不見幻如是若無愚癡則不見諸陰是故諸陰非第一義有又經中說隨有我則是動處而陰中有我如阿難說因

法成我謂因色陰乃至識陰又如諸上座比丘問差摩伽汝以何事爲我答曰差摩伽言我不說色是我不說離色是我乃至識亦如是但於五陰中我慢未斷此經意以學人或時散亂念故則起我慢若攝心念五陰滅我慢即滅如華非但根莖枝葉爲華亦不離此爲華如是非色等是我亦不離色等是我如是滅我因緣則我慢不起故知諸陰亦空又行者應滅一切相證於無相若實有相何爲不念非如外道離於色時知實有色但不憶念行者要見色等諸陰滅盡見盡滅故名入無相故知色等非第一義又隨有五陰則有我心當知無五陰故我心則滅是故諸陰皆空又水沫經中佛說若人見水聚沫諦觀察之知非眞實比丘亦爾若正觀色陰即知虛誑無牢無堅敗壞之相觀受如泡想如野馬行如芭蕉識如幻亦復如是此中五喻皆示空義所以者何眼見水沫消時還無泡等亦爾故知諸陰非眞實有又若佛弟子深猒生死皆以見法本來不生無所有故若見無常則但能生敗壞苦相若見無性無餘相故則能具足行苦具此三苦名得解脱當知一切諸法皆空又空是解脱門此空非但是衆生空亦有法空如說眼生時無所從來滅時無所至處則知過去未來眼空現在眼亦以四大分别故空如佛說眼肉形中所有堅依堅名爲地等若得此空則說無所有又說一切諸行斷故名斷性離故名離性滅故名滅性故知一切諸行皆滅若實有諸行則無正斷離滅滅名爲無當知第一義故諸行皆無但

以世諦故有諸行

滅盡品第一百五十四

若緣泥洹是名空心問曰泥洹無法心何所緣答曰是心緣無所有是事先明爲知泥洹故問曰此空心於何處滅答曰二處滅一入無心定中滅二入無餘泥洹斷相續時滅所以者何因緣滅故此心則滅無心定中以緣滅故滅斷相續時以業盡故滅論者言行者若能滅此三心則諸業煩惱永不復起問曰何故不起答曰是人具足無我故業煩惱滅如燈煙墨有所依處則住無依處則不住也如是若有我心依處業煩惱則集無則不集又無漏正見燒盡諸相令無有餘如劫火燒地等無餘以無相故諸業煩惱則不復集又有我心者則業煩惱集阿羅漢通達空智無我心故則不復集問曰是人雖新業不集以故業故何得不生答曰是人以正智慧壞此業故不能得報如焦種子不復能生又若無愛心則諸業不能得報如地無潤則種不生又此行者於諸識處悉滅諸相識無所依故無生處如種無依則不得生又業煩惱具故能受身不具則滅是人無煩惱故因緣不具雖有諸業不能受生又衆生以煩惱故受諸趣身以受身故諸業於中能與果報若無煩惱則不受身不受身故諸業云何能與果報如人負債依恃勢力則債主不能得便行者亦爾若不在生死雖有諸業不能與報又如人被縛餘人則能隨意毀辱如是衆生爲煩惱所縛隨業多少皆能與報得解脫者則不能得便又自業能與果報是人行空行故於

諸法中無有自相是故諸業不能與報如以兒爲奴則無有財分此亦如是又煩惱力能轉諸業煩惱勢盡則諸業不轉如輪雖在動勢盡故則不復轉又煩惱力能變諸業如母愛子血變爲乳愛心滅故則不復變如是煩惱力故業能與報離則不能又是人以戒定慧等功德修身勢力大故諸業不能得便是故雖有故業不能與報如是此人故業現在少償新業不造如火燒薪薪盡則滅是人亦爾以不受故滅滅三心故於一切諸苦永得解脫是故智者應滅三心

道諦聚定論中定因品第一百五十五

論者言今論道諦道諦者謂八直聖道正見乃至正定是八聖道略說有二一名三昧及具二名爲智今當論三昧問曰三昧何等相答曰心住一處是三昧相問曰是心云何得住一處答曰隨所多習於此處住若不多習則速捨離問曰當云何習答曰隨所樂習問曰云何能樂答曰身心麤重名苦以猗法除身心麤重相則能生樂問曰云何生猗答曰以歡喜因緣故身心調適問曰云何生喜答曰從念三寶及聞法等心悅故生問曰云何心悅答曰從清淨持戒心不悔生問曰已說三昧因今三昧復是誰因答曰是如實智因如實智者謂空智也如說行者如是攝心清淨心除蓋心住心不動心則能如實知苦聖諦集滅道聖諦是故欲得如實智者當勤精進修習三昧散心者尚不能得世間經書工巧等利何況能得出世間利故知一切世間出世間利皆以定心故得又一切妙善皆由

正智一切鄙惡皆由邪智如經中說無明爲首無慚愧隨從起一切惡以明爲首慚愧隨從起一切善而三昧是正智慧因故知一切妙善皆因三昧是故當勤精進修習

定相品第一百五十六

問曰汝說心住一處是三昧相三昧與心爲一爲異答曰三昧與心不異有人說三昧與心異心得三昧則住一處雖有此言是義不然若心得三昧能於緣中住者是三昧亦住緣中亦應更因餘三昧住如是無窮是事不可若是三昧自然住者心亦如是不應因三昧住是故若言三昧異心於義無益又受想等諸心數法亦於緣中住此復更因何法故住是事應說若受想等各有三昧即同先過又經中但說一心是三昧相不說心得三昧故住故知不然又言一心則不明餘法如先說隨心樂處於此緣住當知心邊無別三昧隨心久住名爲三昧問曰是三昧爲有漏爲無漏答曰三昧二種有漏無漏世間諸禪定是有漏入法位時諸三昧名無漏所以者何是時名爲如實知見爾時二種亦名三昧亦名爲慧攝心故名三昧如實知故名慧攝心有三種善不善無記是中以善攝心爲三昧非不善無記此三昧亦有二種一是解脫因一非解脫因解脫因者名爲定根有論師言但無漏定名爲定根是語不然若有漏無漏能爲解脫因者皆名定根是三昧隨住緣故分別三種小大無量心少時住若見小緣是名爲小餘二亦爾又隨時故有三種相制相發相捨相心退沒時應用發相心掉動時應

用制相心調適時應用捨相如金師治金或炙或漬或時捨置若常炙則消常漬則生若常捨置則不調柔行者心亦如是若動不制則常散亂若没不發則復懈怠若適不捨則還不適又如調馬若疾則制若遲則策若調則捨行者調心亦復如是又此三昧有三種方便入定方便住定方便起定方便如法入定是入定方便在定不動是住定方便如法起定是起定方便問曰云何得此三種方便答曰行者取自心相如是制如是發如是捨則能入定住出亦爾問曰但直取定何用方便答曰若不生此三種方便則有過咎不得隨意欲入則起欲起還入有此等過又以利爲損以損爲利如見少淨色及少光明謂得大利若念無常苦空等心不得樂反謂爲損

問曰行者何故或有得定或不得耶答曰得定因緣有四一者今世勤習二者前身有緣三者善取定相四者聞隨定法又修定四種一常勤習而不一心行二一心行而不常修習三亦常修習亦一心行四不常習不一心行又有四種有多善少慧有少善多慧有多善多慧有少善少慧於此中第三行者必能得定第四必不能得第一第二若調等則得

三三昧品第一百五十七

問曰經中說三三昧一分修三昧共分修三昧聖正三昧何者是耶答曰一分修者若修定不修慧或修慧不修定共分修者若修定亦修慧是世間三昧在暖等法中聖正三昧者若入法位能證滅諦則名聖正何以知之如長老比丘說行者以定修心因慧能遮煩

惱以慧修心因定能遮煩惱以定慧修心因性得解脫性謂斷性離性滅性又若定慧一時具足故名聖正如以定慧得解脫名俱解脫問曰有人言一分修者若因三昧能見光明不見諸色若見諸色不見光明共分修者謂能見色亦見光明聖正者謂學無學所得三昧是事云何答曰無有經說唯見光明而不見色經中但說我本曾見光明亦見諸色今失光明亦不見色又汝應說因緣何故能見光明而不見色如是等故汝說非也問曰又經中說三三昧空無相無願是三三昧云何差別答曰若行者不見衆生亦不見法是名爲空如是空中無相可取此空即是無相空中無所願求是空即名無願是故此三一義問曰若爾何故說三答曰是空之能謂應修空修空得利謂不見相不見相故無相無相故不願不願故不受身不受身故脫一切苦如是等利皆以修空故得是故說三問曰有論師言若三昧以空無我行是名爲空若行無常苦因集生緣道如行出是名無願若行滅止妙離是名無相是事云何答曰汝言行無常苦名無願者此則不然所以者何佛常自說若無常即是苦若苦即是無我知無我則不復願故知亦以空故不願若說行因集生緣名無願者此或可爾所以者何經中說見所有生相皆是滅相則生猒離又道中不應有無願行所以者何願是愛分如經說上中下願道中不生貪愛是故不應有無願行又經中說五陰滅故名滅當知隨無五陰是名爲空空即是滅是中無願以愛身故願

故知此三一義不應差別問曰又經中說三三昧空空無願無願無相無相何者是耶答曰以空見五陰空更以一空能空此空是名空空以無願猒患五陰更以無願猒此無願是名無願無願以無相見五陰寂滅更以無相不取無相是名無相無相問曰有論師言是三三昧名有漏是事云何答曰此非有漏所以者何是時無漏能使故又此三昧於空等勝云何當是有漏問曰若空等三三昧實是智慧何故名三昧耶答曰諸三昧差別故又三昧能生如實知見故名三昧果中說因故問曰有論師言是空空等三三昧但無學人得非餘人是事云何答曰學人亦應得所以者何行者應證有漏無漏一切法滅是故學人亦應當證無漏法滅

四修定品第一百五十八

有修定爲現在樂有修定爲知見有修定爲慧分別有修定爲漏盡若三昧能得現在樂謂第二禪等何以知之佛說第二禪謂從三昧生喜樂爲名爲餘法如入舍衛城爲飯食故問曰初禪亦有喜樂何故不說有現樂耶答曰初禪雜諸覺觀能散心故不說現樂問曰第二禪亦有喜等能亂心法何故名樂答曰先滅諸覺深攝心故說喜等爲樂但以行苦故一切名苦又初禪中苦麤二禪等中苦細苦細故得名爲樂問曰第二禪等亦有後世樂行何故但說爲現在樂答曰如爲阿闍世王說現在沙門果又以近故說又爲破五欲樂故說現在樂若人貪著五欲樂故不得諸禪爲是故說汝等若能離五欲樂當得勝

現在樂又諸佛不讚受後身故不說後樂又世間人言在家人樂非出家人是故佛說此是出家人現在樂也又是四修定皆爲現樂以初受名故獨說現樂問曰若是四修定能成種種利何故但說此四利耶答曰利有二種世間利出世間利第二修定爲世間利所謂知見知名八除入十一切入等利見名五神通等利所以者何是利眼見故名爲見是事因取光明故成故爲知見說光明相二是出世間利以慧分別五陰名慧分別故經中說慧分别者行者若生諸受諸覺諸想皆能別知別分受者諸觸因緣受無有受者别知覺者此計我覺云何令無謂分別男女等假名想破此想故則無諸覺如經中說諸覺何因所謂爲想故知但破想故則無諸覺諸覺無故諸受亦無故知破假名故名慧分別以慧分別故得漏盡如經中說行者觀五陰生滅相故能證陰滅故知一切世間出世間利皆攝在四中問曰有論師言第四禪中能得阿羅漢果無礙道名爲漏盡是事云何答曰是中無有差别因緣但第四禪中無礙道名爲漏盡非餘是故不然又修定爲三種利一爲現樂二爲知見三爲斷結或說爲二如說爲畢竟盡故善清淨故生死盡故分別種種性故是有眼者說道是中前三說斷後一說知佛於此中不說現樂

成實論卷第十四

音釋

猗（於宜切　輕安也）漬（疾智切　浸也）

成實論卷第十五

訶梨跋摩造
姚秦三藏鳩摩羅什譯

四無量定品第一百五十九

慈悲喜捨慈名與瞋相違善心如善知識爲善知識常求利安行者亦爾爲一切衆生常求安樂是故此人與一切衆生爲善知識問曰何謂善知識相答曰常相爲求今世後世利益安樂終不相違求無益事行者亦爾但爲衆生求安樂事不求非安樂事悲名與惱相違慈心所以者何亦爲衆生求安樂故問曰瞋惱有何差別答曰心中生瞋念欲撾打害此衆生從瞋起身口業則名爲惱又瞋爲惱因懷瞋心者必能行惱喜名嫉妬相違慈心妬名見他好事心不忍則生嫉恚行者見一切衆生得增益事生大歡喜如自得利問曰此三皆是慈耶答曰即是慈心差別三種所以者何不瞋名慈有人雖不能瞋而見苦衆生不能生悲若能於一切衆生中深行慈心如人見子遭急苦惱爾時慈心轉名爲悲或有人於他苦中能生悲心而不能於他增益事中生歡喜心何以知之有人見怨賊苦尚或生悲見子得勝己事尚不能喜行者見一切衆生得增益事生歡喜心如己無異是名爲喜故知慈心差別爲悲喜問曰何所捨故名捨答曰隨見怨親則慈心不等於親則重於中不如於怨轉薄悲喜亦爾是故行者欲令心等於親捨親於怨捨怨然後於一切衆生慈心平等悲喜亦爾故經中說爲斷憎愛修習捨心問曰若爾則無別捨心但以心

平等故名爲捨答曰我先說慈心差别爲悲喜等又慈心以下中上法故有三種能令此三平等故名爲捨如說以上慈心修習三禪問曰以何方便得此慈心答曰後當說瞋恚過患知此過患已當修慈心又見慈心利益功德如經中說行慈心者卧安覺安不見惡夢天護人愛不毒不兵水火不喪如是一切從瞋生業無如之何聞此利益故能修習又行者生念我起瞋恚自受果報非餘人受故應不瞋而修慈心又行者思量我以少惡加人則自受多惡百倍不啻故應離惡又經中說五種除瞋因緣常當憶念又瞋恚非是行者所宜又當念前人利益善事除捨惡事則瞋恚息又當觀前人本末因緣此人先世或爲我母懷妊生育爲我勤苦或爲我父兄弟妻子云何當瞋又念來世或當爲我父母兄弟或作羅漢緣覺諸佛云何可瞋又見惡人以行惡故兩世受苦是故不瞋又深觀前人體性善惡若惡人加我何故生瞋如火燒人不應瞋也又見前人爲煩惱所逼不得自在猶如鬼著何爲生瞋又隨以何因緣修習忍辱應念此法則瞋恚息慈心增長忍功德者謂行者生念我若瞋他即爲凡鄙與彼無異是故應忍如佛說偈譬如調象能堪刀箭我亦如是能忍諸惡又偈說惡口罵詈毀辱瞋恚小人不堪如石雨鳥惡口罵詈毀辱瞋恚大人堪受如華雨象是故應忍又以此惡事迴爲功德以從諸惡成功德故又行者知此衆生愚癡無識猶如嬰兒不應瞋也以此方便能修慈心問曰云何修悲答曰行者見諸

衆生樂少苦多故生悲心我當云何於苦衆生更加諸苦又見衆生深貪著樂則生念言我今云何斷他所願故生悲心又見苦衆生以現苦故苦見樂衆生以無常故苦是故一切衆生皆有苦分或早或晚無得脫者以是因緣故生悲心問曰云何修喜答曰行者見嫉他利者是凡鄙相是故修喜作如是念我應與衆生樂他今自得則是助我故應生喜又見此嫉妬空無所益不能損他但反自害又如經中說嫉妬之過欲離此過故生歡喜問曰云何行捨答曰見不等心過欲令心等是故行捨又行者見貪恚心過故修行捨問曰是無量心在何地中答曰皆在三界問曰有論師言從三禪以上無喜根是事云何答曰我不說喜心是喜根性但爲利他心喜不濁故名爲喜是四無量皆是慧性問曰云何於無色界中有四無量心以色相故分別衆生彼中壞裂色相云何當有答曰無色衆生亦可分別如經中說當作有色及無色等又經中說修慈極遠得徧淨報修悲極遠得空處報修喜極遠得識處報修捨極遠得無所有處報故知無色中亦有無量問曰一一地中有一無量心非想非非想處無耶答曰一切處有一切但修上慈故生徧淨處以諸業生相似果報故謂求樂衆生者還得樂報悲亦如是由有身故多集諸苦虛空中無色故識處心於緣中深樂住故捨極無所有處者行者爲想所疲倦故入無所有處非想非非想處亦有無量但以細微不了故不說又一切處有一切隨多故說徧淨中慈最上故如

是等又諸禪定中四無量心受果報勝以衆生縁故問曰有論師言是四無量但縁欲界衆生是事云何答曰何故不縁餘衆生耶應說因縁佛於無量經中說行者慈心普覆四方上下一切衆生色無色界衆生亦有無常敗壞墮諸惡趣何故不縁問曰有論師言但生欲界行者能現入無量是事云何答曰一切處生皆能現入問曰若彼中生亦能現入則福不應盡常生彼中答曰如彼中亦現入禪等諸餘善法而亦有退沒慈等亦爾問曰若有此理何不速退答曰有如是業雖有退因緣而不速退如欲天等雖有善業亦生惡道是事亦爾問曰行慈三昧者何故兵刃水火不能害耶答曰是善福深厚諸惡不加亦爲諸天所守護故問曰經說與慈俱修覺意有漏無漏云何俱修答曰是慈與覺意相順如經中說若人一心聽法則能斷五蓋修七覺意不可聽法亦修覺意又經中說汝等比丘修習慈心我保汝得阿那含果慈心雖不斷結先以慈心集諸福德智慧利故得聖道慧能斷諸結故說修慈得阿那含與慈修覺亦復如是問曰阿羅漢斷衆生想云何行無量心答曰阿羅漢雖入慈心不能集成慈業以不受生故問曰諸佛世尊大悲云何答曰諸佛世尊有如是不思議智雖知諸法畢竟空而能行大悲深於凡夫但不得定衆生相問曰悲與大悲有何差別答曰悲名但心憐愍能成辦事故名大悲所以者何菩薩見衆生苦爲盡此苦勤修精進又於無量劫修習所成故名大悲又以智眼見衆生苦決定發

心要當除滅故名大悲又多所利益故名大悲亦無障礙故名大悲所以者何悲心或念他惡故生障礙大悲於種種深惡通達無礙又悲心或有厚薄不等一切平等故名大悲又自捨巳利但求利他故名大悲悲不如是是名差別如是慈等於佛皆名爲大但以悲能救苦是故獨說

五聖枝三昧品第一百六十

經中說五聖枝三昧謂喜樂清淨心明相觀相喜是初禪二禪喜相同故名爲一枝第三禪以離喜樂別爲一枝第四禪中清淨心名第三枝依此三枝能生明相觀相是明相與觀相爲因能壞裂五陰觀五陰空故名觀相能至泥洹故名爲聖問曰經中說聖五智三昧何者是耶答曰佛自說行者作是念我此三昧聖清淨是名初智此三昧非凡夫所近是智者所讚是第二智此三昧寂滅妙離故得是第三智此三昧現在樂後得樂報是第四智此三昧我一心入一心出是第五智佛示定中亦有智慧非但繫心行者修習定時若生煩惱於中生智除此煩惱欲令三昧爲聖清淨是名初智聖清淨者謂非凡夫所近是智者所讚非凡夫者謂諸聖人以得智故不名凡夫此智能破假名是第二智薄諸煩惱貪等煩惱滅故名寂滅寂滅故妙離諸煩惱故得名爲離得此皆是離欲道是第三智隨證煩惱斷得安隱寂滅離熱樂故名現樂後樂現樂名離煩惱樂後樂謂泥洹樂是第四智行者常行無相心故當一心出入是第五智是故若未生此第五智若應生若生即

得三昧果

六三昧品第一百六十一

問曰經中說六三昧有一相修爲一相有一相修爲種種相有一相修爲一相種種相種種相修亦如是何者是耶答曰一相者應是禪定禪定於一緣中一心行故種種相應是知見知諸法種種性故於五陰等諸法中方便故問曰云何一相修爲一相答曰若人因定還能生定者是一相修爲種種相者若人因定能生知見者是一相修爲一相種種相者若人因定能生禪定及五陰方便者是種種相修亦如是問曰有論師言一相修爲一相者若人因第四禪證阿羅漢果是也一相修爲種種相者若人因第四禪證五神通者是一相修爲一相種種相者若人因第四禪證阿羅漢果及五神通者是種種相修爲種種相者若人因五枝三昧證阿羅漢果及五神通者是餘二亦爾是義云何答曰應說因緣何故第四禪及阿羅漢果是一相五枝三昧及五神通名種種相又五枝不可爲依五枝三昧是四禪明相觀相云何依此得阿羅漢果所以者何要依一禪得阿羅漢果又亦不應依明相得阿羅漢果是故非也問曰有人說六種入定順入逆入逆順入順超逆超逆順超是事云何答曰有論師言行者欲趣滅盡定故次第入出諸禪是故不應若逆若順若逆順及超越等五種入出得何利耶行者欲至滅盡定必應次第入亦應次第起又若得上地何故更入下地下地刺棘如人不復樂小兒戲又如人巳巧不復樂拙是事亦

應如是又若說超越是事不然經中但說次第入諸禪定行者若能超至第三何故不能超至四五若言力勢齊此如人登梯可超一桄不能超二此喻亦不必定有大力人能至四桄亦不能超百步是故不然經中雖說佛入泥洹時逆順超越入諸禪定此經與正義相違不可信受雖有此言是義不然所以者何若說行者趣滅盡定但應順入不須五種行者若欲直趣滅定是則不須若自欲試心於禪定中能自在不退故逆順出入超越如人乘馬若對敵陣則不須槃若欲調習則於閑時若言下地刺棘不應入者不以下地勝故便入以是行者所行道故若言如人不樂小兒戲者或以因緣爲小兒戲如老伎人終日舞戲非情所樂爲教習故如是聖人逆順出入超越諸禪欲示天人及諸神仙諸禪定中自在力故又佛入泥洹時欲以深妙禪定熏修舍利故自在入出逆順超越又人見佛入無餘泥洹時則猒惡一切諸有爲法是故佛現珍愛此法汝言此經違正義者是事不然汝言何故不能超至四者菩薩藏中說超越相從初禪起入滅盡定從滅盡定起乃至入散心中以心力大故能如是

七三昧品第一百六十二

論者言有七依依初禪得漏盡乃至依無所有處得漏盡依名因此七處得聖智慧如說攝心得生實智有人但得禪定謂之爲足是故佛言此非足也應依此定更求勝法謂盡諸漏故說爲依問曰云何依此禪定得盡諸漏答曰佛說行者隨以何相何緣入初禪是

行者則不復憶念是相是緣但觀初禪中所有諸色若受想行識如病如癰如箭痛惱無常苦空無我如是觀時心生猒離解脫諸漏乃至無所有處亦如是但三空處無色可觀行者見欲界憒亂初禪寂滅然後乃得是故佛言勿念初禪寂滅樂相但觀初禪五陰八種過患餘依亦爾問曰欲界何故不說依耶答曰須尸摩經中說除七依更有得聖道處故知欲界亦有問曰有人言依初禪邊未到地得阿羅漢果是事云何答曰不然若未到地有依是則有過若能得未到地何故不入初禪是故不然問曰非想非非想處何以不說依耶答曰彼中不了定多慧少故不說有依七想定則七依也問曰佛何故說七依名七想定答曰外道無眞智故但依止相一切依止皆爲想所汙不爲解脫故名想定聖人能破壞想但依此定直取漏盡故名爲依如說行者觀此諸法如病如癰等非想非非想處亦以想不了故不說想定

八解脫品第一百六十三

論者言經中說八解脫初內色想觀外色行者以此解脫破裂諸色何以知之第二解脫中說內無色想觀外色以破內色故言內無色想故知行者於初解脫中漸壞身色至第二解脫中內色已壞但有外色第三解脫中外色亦壞故不見內外色是名色空如波羅延經中說壞裂色相斷滅諸欲內外無見我問是事四解脫中說心識空如六種經中說若比丘於五種中深生猒離餘但有識當知是中四解脫壞裂諸色第八解脫一切滅盡

所以者何若滅色滅心則有爲都滅是名阿羅漢果以如是次第乃得滅盡是名八解脫有人言初二解脫是不淨第三解脫名淨此事不然所以者何是名解脫無有以不淨觀而得解脫淨觀亦無解脫但以空觀能得解脫又外道能得淨不淨觀而不名得解脫問曰外道亦能壞裂色相此事云何答曰外道以信解觀壞裂色相非空觀也所以者何如用信解觀見身已死棄之塜間蟲獸食等問曰外道離色得無色定應有無色解脫答曰外道雖有無色定以貪著故不名解脫聖人因無色定能觀四陰病等八事故名解脫問曰汝說滅定是阿羅漢果此事不然所以者何學人亦名得八解脫汝說滅定名爲漏盡然則學人應得漏盡答曰經中總相說滅不分別言是心滅是煩惱滅如經中說二種滅一滅二次第滅二種泥洹一現在泥洹二究竟泥洹亦說二種安隱一安隱二第一安隱得安隱者亦二種一時安隱二得第一安隱是故學人所得非眞實滅又經中說若比丘能入滅定一切事訖若滅定非阿羅漢果則不應說一切事訖問曰學人實不得八解脫耶答曰經中說學人得九次第定不說得滅盡行者若得滅盡而不能入諸禪定名慧解脫若能入諸禪定而不得滅盡是名身證若二俱得名俱解脫所以者何諸漏是一分障禪定法是一分得解脫二分名俱解脫問曰諸次第中滅諸解脫中滅有異耶答曰名同而義異次第中滅名心心數滅解脫中滅名諸煩惱滅如經中說諸行次第滅謂入初禪

語言滅入二禪覺觀滅入三禪喜滅入四禪樂滅入空處色相滅入識處空相滅入無所有處識相滅入非想非非想處無所有想滅入滅盡定諸想受滅於此諸滅更有勝滅所謂行者於貪恚癡心猒得解脫問曰云何知次第中心心數滅解脫中諸煩惱滅答曰滅名雖同義應有異次第中說想受滅解脫中說無明觸受滅所以者何從假名生受破假名則滅次第中不爾諸經中如是差別若直說行者得滅盡則一切事訖當知爲證泥洹時諸煩惱滅不說心心數滅問曰若八解脫是滅煩惱法則一切阿羅漢悉皆應得答曰皆得但不能入若得證禪定則能得入問曰行者若無禪定云何能得身心空及盡諸煩惱答曰是人有定而不能證更有如電三昧因是三昧得盡煩惱如經中說我見比丘欲取衣時有煩惱取衣已即無煩惱如是等所以者何心如電三昧如金剛眞智能破煩惱又此義佛第三力中說所謂諸禪解脫三昧入垢淨差別如實知於中禪名四禪有人言四禪四無色定皆名爲禪解脫名八解脫三昧名一念中如電三昧入名禪解脫三昧中得自在力如舍利弗說我於七覺中能自在出入故知慧解脫阿羅漢有諸禪定但不能入深修習故能自在入問曰阿羅漢何故有不深修習諸禪定者答曰是人得道所作已辦樂行捨心故不善習若無捨心則入定無難如經中說行者善修四如意足能吹雪山令爲塵末何況死無明耶故知八解脫中說漏盡滅非入定滅又經中說有明性有空性

有無邊虛空性有無邊識性有無所有性有非想非非想性有滅性因闇故有明性因不空故有空性因色故有無邊虛空性因無邊虛空性故有無邊識性因無邊識故有無所有性因無所有故有非想非非想性因五陰故有滅性若不能破壞五陰假名相是名爲闇若能破壞五陰假名則名明性如佛教一比丘汝於空諸行中當觀諸行空中調伏心如人持燈入空室中所見皆空行者取色證此色滅是名空性外道因無邊虛空處得離色乃至因非想非非想處離無所有處因諸陰有滅性者行者有所思量所有作起皆滅爲妙是名因諸陰有滅性問曰是諸性依何定故得答曰經中說明性乃至非想非非想性皆以自行入定故得謂行緣有爲道故得所以者何初緣色智是名明性第二性亦取色取已分別令空如是乃至非想非非想性滅性入滅一切有爲法空故得滅是中滅盡諸有爲法故故知此中說滅名爲漏盡泥洹問曰此諸解脫是何地中有答曰行者欲破壞色或依欲界繫三昧或依色界繫三昧能得色空一切地中能得心空問曰此解脫幾有漏幾無漏答曰是空性故一切無漏

八勝處品第一百六十四

初勝處內色想見外色少若好若醜於是諸色勝知勝見故名勝處第二內色想見外色多第三內無色想見外色少第四內無色想見外色多第五內無色想見外青色青形青光如憂摩伽華如眞青染波羅奈衣第六見黃第七見赤第八見白行者見如是等無量

諸色所以者何非但有此青等四色以略說故有八勝處行者若能以空壞裂諸色爾時名爲勝處問曰誰能得此答曰是佛弟子非餘人也問曰是八勝處在何地中答曰在欲色界問曰爲有漏爲無漏答曰先是有漏以空壞色則名無漏問曰何故此法獨名勝處答曰此是行者所貪著處是故佛爲弟子說名勝處示勝此緣故

九次第初禪品第一百六十五

九次第定四禪四無色定及滅盡定初禪者如經中說行者離諸欲諸惡不善法有覺有觀離生喜樂入初禪問曰應但說初禪相何故乃說離諸欲耶答曰有人謗言世間無有能離欲者以世人皆處五欲中故無人眼不見色耳不聞聲鼻不嗅香舌不知味身不覺觸故說離欲名欲心欲非是色等如說色等諸物不名爲欲何以知之有精進者色等猶在而能斷欲又經中說色等是分不名爲欲是中貪心則名爲欲若生貪心則求諸欲求欲因緣故有貪恚鞭杖殺害惡法隨逐如大因經中說因愛生求等故知離貪欲故名爲離欲有人言離色等五欲名爲離欲離惡不善法名離五蓋初禪近散亂心故名有覺又此行者定力未成散亂心發故名有覺如經中說我行有覺有觀行當知佛說散心爲覺是覺漸微攝心轉深則名爲觀隨定成就心不多散是時名觀是觀隨逐行者至禪中間若離覺觀得喜名離生喜是喜初得能利益身故名爲樂是離覺觀喜住一緣中是名爲禪是禪爲覺觀所亂故得異身果報以上中

下差別故有梵衆天梵輔天大梵天問曰若離覺觀喜名初禪者則不復以五枝爲初禪若離覺觀與第二禪有何差別又經中說初禪有覺有觀猗樂異喜亦異若喜即是樂則七覺意中不應別說猗覺意也答曰汝言初禪無五枝是事不然不說五枝是初禪性初禪近地有此覺觀故名爲枝問曰若近地有法數爲枝者初禪亦近五欲則應說爲枝答曰五欲不名爲近此行者心已離故又初禪次第不起欲心又五欲不住爲初禪枝枝名爲因因即是分如聖道分集會具等覺觀亦爾是初禪因若行者定心於緣中退還取定相攝心於緣憶念本相是名覺觀故知覺觀是初禪因第二禪中定心已成是故不以覺觀爲因亦二禪次第不生覺觀若汝說初禪

與覺觀俱是亦不然從初禪起次生覺觀以近覺觀故名爲俱如與弟子俱行雖小相遠亦名爲俱又此地中有生因緣故名有覺觀如鬼病人雖不發時亦名爲病是人爲鬼所汙有緣還發故名爲病又樂受即是喜但差別說亦從猗別說爲樂如經中說得身猗則受樂問曰若爾云何初禪說五枝耶答曰隨時說五如七覺意得時節故名十四覺意是中說有身猗心猗而實無身猗但心樂故身亦受樂喜亦如是初來在身名爲喜樂喜初得相故名爲樂後但名喜以時異故又無別猗法但喜生時身心無麤重法柔輭調適故名曰猗如病四大滅無病四大生是人名樂猗亦如是又於除滅中亦說名猗如經中說諸行次第滅如入初禪語言滅乃至入滅盡

定諸想受滅是故無別猗法若說初禪與覺觀相應是亦不然所以者何經中說行者若入初禪則語言滅覺觀是語言因云何有語言因而語言滅若謂覺觀猶在但語言滅者則若人在欲界心不語言時亦名爲滅問曰若初禪中無覺觀者應名爲聖默然而佛但說二禪爲聖默然不說初禪故知初禪應有覺觀答曰以近覺觀故不說默然非覺觀相應故不說也又經中說初禪有音聲刺故不說默然問曰初禪何故以音聲爲刺答曰初禪住定心弱如華上水第二禪等住定心强如漆漆木又觸等亦名爲初禪刺以觸能令起初禪故二禪等不爾所以者何以初禪中諸識不滅故第二禪等五識滅故

二禪品第一百六十六

滅諸覺觀内淨一心無覺無觀定生喜樂入第二禪問曰若第二禪說滅覺觀當知初禪必有覺觀如二禪中有喜故三禪說滅喜答曰如初禪中無苦根亦說苦根第二禪滅此亦如是問曰初禪中雖無苦根而有諸識諸識是苦根所依故說初禪苦根不滅答曰初禪中雖有諸識非苦根所依問曰五識性是苦根所依以性同故說初禪有苦答曰若爾憂根從意識性生故應一切處有問曰今何故說二禪中苦根滅答曰初禪近不定心不定心者能生欲界繫諸識於中生苦根是故不說初禪苦滅問曰若爾初禪亦近憂根是憂根亦應說若第二第三禪滅答曰依欲憂根從依欲喜生得淨喜則不淨喜滅是故初禪中無憂根依不定生苦根初禪近散心故

不名爲滅又如三禪無苦亦說斷苦樂故入第四禪是事亦爾又行者於初禪中定未具足常爲覺觀所亂故說二禪滅諸覺觀內淨者二禪攝心深故散亂當不得入內無亂心故名內淨是二禪體一心無覺無觀者一心名心行一道亦名爲禪即是內淨得此深定故覺觀不生不如初禪心數在覺觀故說無覺無觀定生喜樂者初禪以離故得喜此中定成就故得喜故曰定生問曰初禪中喜二禪中喜有何差別答曰初禪以滅憂故喜二禪滅苦故喜又初禪中喜違不淨喜故得二禪中喜違淨喜故得雖俱以愛因緣故喜而初禪喜弱問曰如是義爲有漏爲無漏答曰皆是有漏有我心則有喜若無漏心則無我無我故無喜問曰無漏無喜是事不然佛七覺中說喜覺分覺分但是無漏故知有無漏喜又經中說心喜者得身猗身猗則受樂若無無漏喜亦應無無漏猗無無漏樂又佛見衆僧深行善法則生歡喜故知有無漏喜答曰汝以七覺證無漏喜是事不然覺分二種有漏無漏如經中說行者聽法時能斷五蓋修七覺分又覺名無覺智若爲覺行不淨等法皆名覺分汝說亦不應有無漏猗者先生喜已後得無漏謂如實知見又非一切猗皆因喜生如二禪已上無喜亦有猗又我等不說離智別有受法此無漏智初來在心說名爲樂是故有無漏樂但不因喜生又經中說除身心麤重名猗得無漏時身心調適是故有無漏猗又佛常行捨心是故言佛有喜此事應明又若人無我我所則無喜若羅漢有

喜亦應有憂而實無憂故知無喜問曰如初二禪有喜無憂羅漢亦爾有喜無憂有何咎耶答曰諸禪定中有憂如根義中說憂喜乃至有頂苦樂隨身乃至四禪又趣三禪中說離喜行捨故知無無漏喜若有云何言離又無漏心不應有喜喜皆依假名想分別有問曰若爾則初二禪中無無漏受經中說初禪二禪但有喜未有心樂爾喜亦無復何所有答曰此喜離喜等不說無漏禪更有經說無漏禪所謂行者何相何緣入初禪不念是相是緣但觀初禪中所有色受想行識如病如癰乃至無我問曰如病如癰如箭痛惱此四是世間行非無漏是故汝以此經爲證不能成無漏也答曰此四行皆是苦之異名故名無漏問曰學人亦無無漏喜耶答曰若在道心爾時無喜在俗則有無學常無問曰經中說以喜樂心能得四諦云何言無無漏喜答曰無我心即名爲樂行者得無我心破壞顛倒知眞實故心則快樂無別有喜又此經明不以喜能得實智故如是說

成實論卷第十五

音釋

撾 陟加切擊也 啻 施智切不啻不止如是也 妊 汝鴆切孕也 桄 音光梯桄橫木也 癰 於容切腫也

成實論卷第十六

訶梨跋摩造

姚秦三藏鳩摩羅什譯

三禪品第一百六十七

離喜行捨憶念安慧受身樂是樂聖人亦說亦捨憶念行樂入第三禪問曰何故離喜答曰行者見喜能漂故離又此喜從想分別生喜動轉相從初已來苦常隨逐以此故離又行者得寂滅三禪故捨二禪又從喜生樂淺離喜生樂深如人於妻子等不能常喜以喜從想分別生故樂不從想分別生故能常有行者亦爾喜初來則以爲樂後則猒離問曰若人爲熱所惱則以冷爲樂行者爲何苦所惱故以三禪爲樂答曰二禪中喜是發動想如刺棘行者爲此喜所惱故於無喜定中而生樂心問曰隨有熱苦則以冷爲樂若得離熱冷則非樂行者若已離喜何故於三禪中猶生樂心答曰生樂二種或由苦在如有熱苦則以冷爲樂或由離苦如離怨憎如佛離拘舍彌比丘言我安樂是事亦爾得離動想故於三禪生樂如離五欲故以初禪爲樂行捨者以離喜故心得寂滅行者先深著喜心多散亂今得離故其心寂滅故說行捨憶念安慧者於喜過中此二常備不令喜來破壞又憶念者憶念喜安慧見喜中過受身樂者離喜行捨捨即是樂以無動求故是樂不從想分別生故名身受樂聖人亦說亦捨者說名隨世人故說名爲樂如說非想非非想處心不貪著故捨憶念行樂者是人知捨謂見喜過而生猒離故得妙捨又憶念亦好謂能

念喜過此中亦應説安慧與念同行故不説樂者是第一樂是故聖人亦説亦捨問曰三禪中有受樂何故説捨樂答曰我此論中不説離受別有捨樂受樂即是捨樂問曰若爾第四禪中應説受樂以有捨故答曰我説四禪亦有受樂但爲滅第二禪樂故如是説問曰若俱是受樂何故初禪二禪名喜三禪名樂答曰以想分別故名喜無想分別故名樂行者於第三禪心轉攝故無想分別故名爲樂又得三禪寂滅轉深故名爲樂如説動求心聖人名苦動名分別言此是樂也

四禪品第一百六十八

除斷苦樂先滅憂喜不苦不樂捨念清淨入第四禪問曰若先斷苦何故於此中説若必欲説應言先斷如先滅憂喜答曰四禪名不動欲成此不動相故説無四受所以者何動名發動行者爲樂苦所侵則心動心動則生貪恚故斷樂苦令心不動問曰若第四禪受利益最大何故不名爲樂答曰是受寂滅故説不苦不樂隨心念知此是樂則名爲樂得第四禪離三禪樂故不以爲樂捨念清淨者此中捨清淨以無求故三禪有求謂此是樂又此禪中念亦清淨所以者何三禪中以著樂故憶念散亂至四禪中樂貪斷故憶念清淨問曰何故四禪不説安慧答曰若説憶念清淨當知已説安慧以此二法不相離故又三禪後分中亦不説安慧但説行捨憶念樂此是禪定道非智慧道安慧是慧故不説第不説行捨念慧樂又此憶念能成禪定若人定未成時要以取想憶念能成所以獨説又

得上功德捨下功德不須思惟故不說慧問曰不苦不樂受是無明分四禪中多與慧相違故不說慧答曰若爾不苦不樂受不應爲無漏樂受是貪分故亦無無漏問曰三禪中爲違自地過故說安慧爲違他地過故說憶念四禪自地無如是過故不說安慧答曰四禪亦有貪等過故應說安慧是中貪過細微難覺故必應當說餘地中亦應說而不說故知應如我答問曰何故四禪出入息滅答曰息依身心何以知之隨心細時喘息亦細四禪心不動故出入息滅又如人疲極若擔重上山則喘息麤息時則細四禪亦爾以無動想心止息故出入息滅有人言行者得四禪四大故身諸毛孔閉是故息滅此事不然所以者何飲食汁流充徧身中若諸毛孔閉則不應行而實不可故知四禪心力能令息滅問曰四禪中無樂受是中云何有愛使經中說樂受中愛使答曰是中有細樂受但斷麤樂故說不苦不樂如風動燈若置密室則名不動是中必有微風故然但無麤風故名不動四禪亦爾必有細樂斷麤苦樂故名不苦不樂

無邊虛空處品第一百六十九

過一切色相滅有對相不念一切異相入無邊虛空處色相名色香味觸相行者以何故過謂此色中有對有礙及諸異相謂鍾鼓等此諸相是種種煩惱種種業種種苦因以此故過若過一切色相則有對相滅有對相滅則無異相是中略故不說過此故此滅復有人言一切色相者即是眼識所依止相有對

相者是耳鼻舌身識所依止相異相者是意識所依止相此事不然所以者何若言滅有對相則已攝色何故別說又離色相對相無別有意識所依止色是故不應別說異相應如先說入無邊虛空處者行者以色相逼內疲倦故觀無邊虛空內取眼鼻咽喉等虛空相外取井穴門向樹間等虛空相又觀身死棄之塜間火燒滅盡若鳥獸食噉蟲從中出故知此身先有虛空問曰是虛空定以何爲緣答曰初緣虛空成已自緣諸陰亦緣他諸陰所以者何以悲爲首作如是念衆生可愍爲色相所惱問曰此定何衆生緣答曰緣一切衆生問曰是行者離色相云何能緣欲色衆生答曰是行者能緣色但於色中心不通暢不樂不著如經中說若聖人深見憶念五欲於中不樂不通不著畏沒退還如燒筋羽若念泥洹心則通暢此人如是亦能緣色但不貪樂又如行者雖離色相以虛空邊能緣四禪如無色定能緣無漏色是中無過非煩惱處故餘亦應爾問曰虛空是色入性云何緣此能過色相答曰此定緣無爲虛空故能過色問曰此定不緣無爲處空所以者何此定方便中說緣眼等中虛空故知緣有爲虛空又經中不說無爲虛空相但說有爲虛空相所謂無色處名虛空是故無爲虛空答曰色性不名虛空所以者何經中說虛空無色不可見不可對問曰更有經說因明知虛空除色無有餘法因明可知答曰無色名虛空諸色以明可知是故因明則知色無非有虛空又於闇中亦知虛空盲人以手亦知虛空

又以杖亦知此是虛空故知虛空非是色性色不以此等因緣可知又色是有對虛空無對又以火等能盡滅色而不能滅虛空若虛空滅更名何爲法問曰若有色生則虛空滅如起墻壁是中則無復有虛空答曰此中色生是色竟無所滅所以者何色無名虛空無法不可更無是故色不滅空又汝言虛空是色是中無有因緣可令是色問曰現見向等中虛空現見事中不須因緣答曰虛空不可現見先已破故所謂闇中亦可知等問曰若虛空非色爲是何法答曰虛空名無法但無色處名爲虛空問曰經中説因六種故衆生受身又説虛空名不可見無色無對若無法不得作如是説無有説兔角名不可見無色無對答曰若實有法皆有所依如名依色色亦依名虛空無依故知無法汝言空種是亦不然所以者何色礙於色是色得異色無則得增長以此義故佛説因六種衆生受身汝言虛空無色無形無對亦以破諸物故作如是説不説有虛空相汝言無有説兔角爲不可見無色無對是亦不然所以者何皆由虛空得有所作來去等事兔角等中無如是義問曰心亦如是無色無形無對可言無耶答曰心有作業謂能取緣虛空無業但以無故得有所作故知無法是故此定初緣虛空問曰此定能緣何地答曰此定緣一切地及緣滅道問曰有人言諸無色定雖能緣滅但緣比智分滅不緣現智分滅是事云何答曰緣一切滅以現法智緣現在自地滅以比智緣餘滅道亦如是能緣一切治故問曰生無

色界衆生能起餘地心不答曰能起餘地心及無漏心問曰若爾云何不没答曰住業果報中故能不没如欲色界中神通力故住異色異心而能不没彼中亦爾問曰無邊虛空定與虛空處一切處有何差别答曰欲入虛空定方便道名一切入定成已名虛空定是中定因果是地一切有漏無漏若定非定若垢若淨皆名無邊虛空處

三無色定品第一百七十

過一切無邊虛空處入無邊識處行者深猒色故亦捨色治法如人渡河已亦棄船去如得出賊欲遠捨去行者亦爾雖因空破色亦欲遠去無邊識者行者以識能緣無邊虛空則識無邊是故捨空緣識又如爲色疲倦故緣虛空如是以虛空疲勞欲止息故但緣於識又此人以識能緣空故謂識爲勝故但緣識行者以識隨緣隨時故有無邊疲倦猒離欲還破識故入無所有處作如是念隨有識則苦我若有無邊識必當有無邊苦是故攝緣識心心微細故謂無所有復作是念無所有即是想想爲苦惱如病如癰若無想復是愚癡我若見無所有即爲是有故於諸想未得解脱行者見想爲衰患無想爲癡寂滅微妙所謂非想非非想處凡夫常怖畏無想以爲愚癡是故終無能滅心者有人言無想衆生亦能滅心是事不然所以者何若色界中能滅心者無色界中何故不能問曰色界有色故能滅心無色界中先已滅色今復滅心若見色心俱滅則驚怖迷悶答曰若在彼中不能滅者於此間生則應能滅如滅盡定問

曰是滅心果無想是故若滅色心則爲求失答曰滅盡定亦有有心果此事亦爾又若果不斷亦名住於果如在變化色變化心中還生果故不名求滅是故色界中不應説滅心若説者無色界中亦應當説又無想定中心不應滅所以者何行者要猒離心故能滅心若猒心者尚不猒生無色界中況生色界又凡夫人於心深生我想如經中説凡夫長夜貪著此心謂之爲我是故不能無餘猒離又經中説外道能説斷滅三取而不能説斷滅語取是故不能滅心又若正知因縁法者能得心空如獼猴喻經説凡夫或能離身而不能離心寧觀身常勿觀心常所以者何眼見是身或住十歲乃至百年所謂若心若意若識如事念念生滅變異如獼猴縁樹捨一枝攀一枝不住一處若聖弟子於中正觀因縁法故能知無常又知因縁法者以受差別故能分別識諸外道輩以無分別因縁智故不能滅心又凡夫人離色不離心故不得解脫若俱能滅心復以何故不得解脫又凡夫人怖畏滅故於泥洹中終不能生安隱寂滅想如經中説無我無我所有是凡夫人深怖畏處又於無想中生愚癡心若於泥洹不生寂滅安隱想者云何當能滅心又凡夫法要因上地能捨下地是故無能滅心因縁但以定力細想現前心不覺故自謂無想若起麤想即時退墮如少智人名曰無智如食少鹹名爲無鹹如迷悶失念蟄蟲氷魚如説非想非非想處此中亦爾雖實有想隨世俗故説名無想

滅盡定品第一百七十一
過一切非想非非想處身證想受滅問曰何故諸禪中不說過一切無色定中不說滅耶答曰我說諸禪定中皆有覺觀喜樂等法是故不說過一切也問曰無邊虛空處有色心此事已明故無色中亦不應說過一切答曰若入無邊虛空定中得脱色心而不得脱覺觀等法復有人言若說過滅沒皆義一而異名又無色中定心堅固下地中心爲散亂所壞是故不說過一切問曰若俱說有刺棘謂色想等何故說心堅固耶答曰雖俱說刺棘亦名第四禪爲無動如是無色定中定力大故得名堅固問曰學人不應得滅盡定以未過一切非想非非想處故答曰學人能見非想非非想處一切行滅但未能令其不生故得說過問曰若此中意以泥洹爲滅者汝先言九次第中滅是心心數滅是則相違答曰滅定二種一諸煩惱盡二煩惱未盡煩惱盡者在解脱中煩惱未盡者在次第中一滅煩惱故名滅定二滅心心數法故名滅定滅煩惱是第八解脱亦名阿羅漢果阿羅漢果名滅一切想令不復生此中雖滅諸想有餘結故不能令更不生問曰若行者以九次第定能滅心者須陀洹等云何能證心滅法耶答曰九次第中滅名爲大滅若人善修諸禪定道心力强故能得此滅若無斯力則但有滅不能如是爲大力故說次第定餘處亦有心滅如第四禪中能滅心心數法入於無想初禪等中何故無滅又餘處亦應有滅心義如經中說須陀洹等皆能證滅但心滅名滅更

無餘法滅故知離此九地亦有心滅問曰若滅盡定能滅一切心心數法何故但說想受滅耶答曰一切心皆名爲受是受二種一想受二慧受想受名有爲緣心以想行假名法中故假名二種一因和合假名二法假名是故一切有爲緣心皆名爲想慧受名無爲緣心是故若說想受滅者則爲說一切滅問曰一切心心數法中受想最勝是故獨說所以者何煩惱有二分一受分二見分愛生受分想生見分又欲色界中受勝無色界中想勝是故但說二種又諸識處中但說受想識處從心起故即名爲行又若說受想滅則說一切心心數滅以諸心數不相離故答曰不然汝言勝故獨說應當說心所以者何處處經中說心爲王亦是二分煩惱所依亦以心差別故名爲受想故應說心又說心則易是故汝說非也問曰此定何故說身證耶答曰八解脫皆應說身證又是滅法非言所了故說身證如觸水者則知冷相非聞能知此事亦爾又此是無心法故應以身證問曰汝說滅定是無心法此義不然所以者何入此定者是衆生世間無有無心衆生是故不然又經中說命熱識此三法常不相離故無滅心又一切衆生皆以四食得存入滅盡定則無諸食所以者何是人不食摶食觸等亦滅故無食也又心從心生若此心滅餘心不生無次第緣故後心云何更生又心但入無餘泥洹斷相續時滅非餘處滅如經中說以色過諸欲以無色過色以滅過諸作念思惟心爲作念思惟要以滅能過得有餘泥洹則垢心滅

得無餘泥洹則無垢心滅此是佛法正義又入滅定者不名爲死心滅名死若滅心還生死者亦應更生然則終無有死若滅心還生入泥洹者亦應還生然則終無解脱而實不然故心不滅答曰汝言無無心衆生雖同無心而異於死如經中問曰入滅盡定者與死有何差别答曰言死者命熱識三事都滅入滅盡定者但心滅而命熱不離於身故知應有無心衆生又是人心得常在以得力故亦名有心不同木石汝言三事不相離者爲欲色界衆生故説無色界中有命有識而無熱又入滅盡定者有命有熱而無識即此經中亦説識離於身是故若言三事不相離者隨有處説汝言無食云何存者此身以先意思食故住現在以冷等觸故能持身汝言心因心生心與異心作因作因已滅是故能生異心問曰云何滅心能生異心如眼滅已則不能生識答曰如已滅業能生果報是事亦爾又意與意識三事相礙眼與眼識不如是是故非因汝言斷相續時心滅是事不然滅有三種色滅心滅或色心倶滅或色滅非心如無色中或心滅非色如入滅定或色心倶滅如斷相續時汝言入滅盡定不名死者是人命熱不滅死者三事都滅是則爲異又此人因命熱故心能更生死者不爾汝言若滅心還生則無解脱是事不然所以者何入泥洹者先業所受命熱識滅不期更生此人命熱不滅先期心生如滅盡定品中説入滅盡定者因是六入及身命故還能起是故心能更生入泥洹者心更不生故知此定無心問曰

何故施起此定者能得現報答曰從此定起心深寂滅如經中說起滅定者心順泥洹又是人禪定力强依此定故智慧亦大智慧大故能令施者得勝果報如人供養百千聲聞不如一佛是中皆以智慧爲勝不在斷結是事亦爾又入此定者以多善法熏修其心故生大果如善治田所收必多又施多猒世者則得大報起滅定者深惡世間是故供養爲勝又施淨心者得大果報非垢心者此人不以假名垢心是故供養得大果報又是人常住第一義諦餘人住於世諦又此人常住無諍法中所以者何有爲緣心則有諍訟又如經中說稊稗害禾貪欲害心是故施無欲人得大果報貪欲因緣謂假名相起此定者緣泥洹故離假名相又經中說若人受檀越供已入無量定是檀越以此因緣得無量福起滅定者緣泥洹心是名無量此滅亦是無量得無量福故能得現報又以八功德嚴此福田泥洹緣心是眞正見餘分隨從是故能生現報問曰有人言滅盡定是心不相應行亦名世間法此事云何答曰如上說起此定者有深寂滅等諸功德是功德世間所不應有問曰滅盡定者爲是遮法以此法故令心不生是故應名心不相應行如鐵得火則無黑相離火還生此事亦爾答曰若爾者泥洹亦應是心不相應行所以者何因泥洹故餘陰不生若泥洹非心不相應行者此定亦不應名不相應行但諸行者法應如是入此定中隨所願故心能不生是故不應說名不相應行問曰此定如是次第入者亦應次第起耶

答曰亦次第起漸入麤心問曰經中說初起滅盡定者觸三種觸所謂無動無相無所有何故如是答曰無爲緣心中所有觸名無動無相無所有無動即是空有爲緣心輕故有動所謂取色受等空中無相無相中無貪等所有此無心者初緣泥洹後緣有爲故說起時觸三種觸問曰有人言入滅盡定心是有漏起定心或有漏或無漏是事云何答曰非有漏行者欲入此定先來破壞一切有爲破已故入起時泥洹緣心現前故知俱是無漏問曰經中說行者入滅盡定時不自念入起時亦不自念若爾云何能入答曰常修習故定力堅强雖不自念而能得入又此行者從斷有爲爾來入滅若不制心令緣有爲則不名入是故經說入此定者先調習心故能得入問曰若無異空可得修無爲緣心更得何利答曰久修習故定則堅固知見明了如有爲緣心見念念滅亦無異念念滅但久修習則心堅固此事亦爾

十一切處品第一百七十二

不壞前緣心力自在名一切處行者取少相已以信解力令其增廣所以者何此攝心力若入實中則皆能令空入信解中皆能令隨先所取相問曰何者是信解性答曰青等諸色無量略說其本有四地等四大是四色本能破此八事是名虛空以識能知無邊空故亦名無邊所以者何非有邊法能取無邊是名爲十問曰地中實有水等行者云何能觀但是地耶答曰久習此觀常取地相後但見地不見餘物問曰行者所見地相實爲地不

答曰以信解力故見爲地非實爲地問曰若變化力有所變化亦非實耶答曰變化以定力成故所作皆實所謂光明及水火等問曰有論師言入一切處但在第四禪中是事云何答曰若在欲界及三禪中有何咎耶後二一切處各當自地此十皆是有漏以不壞緣故問曰虛空相非破色耶答曰行者亦以信解取眼鼻等空相爲空不能直破實色是故亦名信解問曰經中說入一切地定者念地即是我我即是地何故作如是念答曰行者見心徧滿故生此念一切是我問曰有人言此定但緣欲界繫地等是事云何答曰若緣一切欲色界繫地等有何咎耶假令此定更緣餘法復有何咎又此定是信解觀虛妄緣無有不虛地等問曰佛弟子亦觀地等是事云何答曰學人若觀皆爲破壞問曰實非一切皆是地等云何此定非顛倒耶答曰此觀中有癡分以此觀中起我見故不淨等觀雖非眞實而隨順離欲此觀不爾故有癡分問曰何故不觀受等無邊但觀識耶答曰可取是地等取者是識是故見識不見受等又先說受等皆心之差別又行者不見受等徧滿以不一切處受苦樂故佛弟子若行此定爲壞緣故所以者何此緣是行者所貪著處若不破壞則同凡夫

十想無常想品第一百七十三

無常想苦想無我想食猒想一切世間不可樂想不淨想死想斷想離想滅想無常想者謂無常法中定知無常問曰何故一切無常答曰是一切法皆從緣生因緣壞故皆歸無

常問曰不然有法雖從緣生而非無常如外經說爲三祠者得生常處又梵世身常答曰汝法中亦說釋提桓因能作百祠亦復退墮又偈中說多諸帝釋等造過百千祠皆悉無常盡百千祠者猶不在故知三祠非常又釋提桓因及天王等身分亦盡是故從緣生法無有常者又汝法中以韋陀爲貴韋陀中說由智慧故得不死法如說見日色大人過於世性先隨順此人意則能得不死道更無餘道小人神小大人神大常在身中若人不知此神相者雖復讀誦韋陀等經無所益也又梵世身皆是無常何以知之汝法中說梵王亦常祀祠持戒爲諸功德若知身常何故爲福又聞汝經中說諸梵王有惡婬欲若有婬欲必有瞋等一切煩惱若有煩惱必有罪業如是罪人云何當能得常解脱又非一切神仙皆爲天祠亦不一切行梵天道若此是常則盡應爲之又一切萬物皆悉無常所以者何若地水火風大劫盡時更無有餘又時轉如輪故知無常又成就戒定慧等無量功德諸大聖人定光佛等及辟支佛摩訶三摩伽等劫初諸王皆悉無常當有何物常耶又佛自說一切生法皆無常定相如牛糞經中說佛以少牛糞示諸比丘無爾所色常定不變是經中廣説釋梵轉輪諸王果報亦盡故知一切無常又三界一切皆有壽量阿鼻地獄極壽一劫僧伽陀地獄壽命半劫餘則或多或少龍等極多亦壽一劫餓鬼極多壽七萬歲弗于逮壽二百五十歲拘耶尼壽五百歲欝單越定壽千歲閻浮提壽或無量劫或壽

十歲四天王壽天五百歲乃至有頂壽八萬劫故知三界一切無常又以三種信信知無常現見中無有法是常聖人所說中亦無法常比知中亦無有常要先現見後比知故又若有處常何有智者滅一切法而求解脫誰不欲與所愛常共同止受諸樂者而實智者皆求解脫故知生法無得常者又復當說一切生法皆念念滅尚無繫停況有常耶問曰修無常想能辦何事答曰能破煩惱如經中說善修無常想能壞一切欲染色染及無色染掉慢無明問曰不然此無常想亦增貪欲如人覺知盛年不久則深著婬欲如華不久解則速用爲樂知他妙色非已常有則駛增婬欲如是隨知無常則生貪著故無常想不壞貪欲亦有人知無常故而爲殺等又乃至畜生皆知無常而亦不能破諸煩惱是故修無常想無所利益答曰以無常故生別離苦失盛年安樂壽命富貴智者以此則不生喜心無喜心故不生貪心因受故愛受滅則愛滅故知無常想能斷貪欲又若法無常即爲無我行者能觀無常無我則不生我心無我心故無我所心我我所無故何所貪欲又能修習無常想者於自他身見念念滅死云何生貪又行者隨所求事皆無常壞敗則爲所誑以虛誑故不生貪著如小兒尚知空拳誑故不生貪著又衆生不喜不牢固事如人不喜朽故器物亦如女人聞其男子命不過七日雖復盛年端正尊貴勢力誰當喜者是人正以無常想故不生貪著又智者常習別離想故不樂和合所以者何智者憶念退墮等

苦乃至天欲尚不生貪但求解脫汝言無常增貪欲者是事不然若人未斷我慢見外物無常故生憂悲失所愛惜故生貪求是凡夫人除捨欲樂更不知離苦猶如嬰兒爲毋所打還來趣毋智者知苦因猶在苦不可滅即捨苦因所謂五陰又此行者壞裂内陰得無我心雖失外物不生憂惱得無我者更何所求無常想者亦無所求又此無常想若未能生苦無我想則不名具足能破煩惱故經中說應一心正觀五陰無常若不壞内陰見外物無常以有我心故生憂悲此則不名正觀又人雖見無常亦不生猒離如屠獵等是人雖知無常不名善習又人雖能正觀而不能常勤修習則貪心間錯故說一心又人少修無常而多煩惱則不能壞如藥少病多此事亦爾故說一心正觀無常能破煩惱又知法無常是名眞智慧眞智慧中無有貪等煩惱所以者何以無明因緣故有貪等當知無常非增貪欲又無常想能滅一切煩惱行者若知此物無常則無有貪又知此人必自當死何爲生瞋何有智人瞋將死者又若法無常云何以此而生高心又知諸法無常性故則不生癡以無癡故亦無疑等故知無常相違諸煩惱

成實論卷第十六

音釋

喘（尺兗切息也）汁（質入切羹汁也）蟄（直立切蟲藏也）稊稗（稊杜兮切稗蒲拜切稊稗似穀𥢶草也）駛（疏士切疾也）

成實論卷第十七

訶梨跋摩造
姚秦三藏鳩摩羅什譯

苦想品第一百七十四

苦法侵惱是名爲苦是苦三種苦苦壞苦行苦現在實苦謂刀仗等是名苦苦若愛別離時所有苦生謂妻子等是名壞苦若得空無我智心知有爲法皆能侵惱是名行苦隨此苦心名爲苦想問曰若修苦想得何等利答曰是苦想有猒離果所以者何修苦想者無依貪喜無此喜故則無有愛又行者若能知法是苦則不受諸行若法雖無常無我不能生苦則終不捨以苦故捨以捨苦故於苦得脫又一切衆生最所怖畏所謂是苦若少壯老年賢愚貴賤知此苦想皆生猒離一切行人於泥洹中能生安隱寂滅心者皆於生死生苦想故何以知之若衆生爲欲界繫苦所惱則於初禪生寂滅想如是展轉乃至有頂苦之所惱則於泥洹生寂滅想又生死中所有過咎謂苦是也如經中說色中過者謂色無常壞敗苦相又以無明故貪著此苦何以知之衆生於實苦中生樂想故深生苦想故則得猒離是故佛言我爲能覺苦者說苦諦此中佛因世諦示如是義隨一切天人世間生樂想處我諸弟子於中生苦想生苦想已則得猒離又極愚癡處謂於苦中而生樂想以此想故一切衆生往來生死心識惱亂若得苦想則得解脫又以四食能致後身以此苦想能斷諸食如子肉食如無皮牛食如火聚食如百稍刺食如是說四食中皆是苦義

以此苦想能斷諸食又修苦想者意不樂住四識處中皆見苦故如癡䠶投火以樂想故智者知火能燒則能遠離凡夫亦爾無明癡故投後身火智者以苦想故能得解脱又一切三界皆是苦是苦因緣於中苦受是苦能生苦受是苦因緣雖不即苦久必能生是故當觀世間一切皆苦生猒離心不受諸法則得解脱

無我想品第一百七十五

行者見一切法皆破壞相若著色爲我是色敗壞知是敗壞相故則離我心受等亦爾如人爲山水所漂有所攬捉皆斷脱失行者亦爾所計爲我見此物壞則知無我是故於無我中修無我想問曰修無我想得何等利答曰修無我想者能具苦想凡夫以我想故於實苦中不能見苦以無我想故於少苦中尚覺其惱又於無我想故能行捨心所以者何以我想故畏我求失若能實知則失於苦無我可失則能行捨又以無我想能得常樂所以者何一切無常是中若生我我所心則謂我當無我所亦無則常有苦若作是念無我我所諸法壞時則不生苦又行者以無我想故心得清淨所以者何一切煩惱皆從我見生以此事益我故生貪欲此事損我故生瞋恚以此是我即生憍慢我命終後當作不作即生見疑如是皆以我故起諸煩惱以無我想故諸煩惱斷煩惱斷故心得清淨心清淨故能等金石栴檀刀斧稱讚毀罵心離憎愛安隱寂滅故知無我想者心得清淨又除無我想更無餘道能得解脱所以者何說有我

者若知無我無我所有能生如是決定心時即得解脫問曰不然或以無我想更生貪心如貪女色皆以非我親故隨以非我能集罪福所以者何自損益身則無罪福答曰有我心者能生貪欲於自身中生男子相於他身中生女人相然後貪著又貪著之起皆由假名彼相即是假名故非無我而生貪心又無我心者不集諸業如阿羅漢斷我想故諸業不集此無我想能斷一切煩惱及業故應修習

食猒想品第一百七十六

一切苦生皆由貪食亦以食故助發婬欲於欲界中所有諸苦皆因飲食婬欲故生斷食貪故應修猒想又如劫初衆生從天上來化生此間身有光明飛行自在始食地味食之多者即失威光如是漸漸有老病死至今百歲多諸苦惱皆由貪著食故失此等利是故應正觀食又貪著飲食故生婬欲從婬欲故生餘煩惱從餘煩惱造不善業從不善業增三惡趣損天人衆是故一切衰惱皆由貪食又老病死想皆由飲食又食是深貪著處婬欲雖重不能惱人如爲食者若少壯老年在家出家無不爲食之所惱也又應食此食而心不著未離欲者是最爲難如受刀法如服毒藥如養毒蛇是故佛說當修習心以此而食不爲貪食苦之所惱有諸外道行斷食法是故佛言此食不以斷故得離當思而食若但斷食煩惱不盡則唐死無益是故佛說於此食中應生猒離想則無上過問曰云何於食應生猒想答曰此食體性不淨極上味食

果皆不淨是故應猒又如一切淨潔香美飲食不即淨時能利益身以齒咀嚼涎唾浸漬狀如歐吐墮生藏中能利益身故知不淨又此飲食不知故樂若人雖得美食還吐出已更不能食當知以不知力故以之爲美又以飲食因緣受田作役使積聚守護如是等苦由此因緣起無量罪又所有不淨皆由飲食若無飲食何由而有皮骨血肉及糞穢等諸不淨物又所有惡道諸厠蟲等皆以貪著香味故生其中如業品中說渴死衆生生爲水蟲憒閙處死則生鳥中貪婬欲死生胞胎中如是等又若離此食則得大樂如生色界及泥洹中又隨以食故有稼穡等苦如是觀食不淨苦故應修猒想

一切世間不可樂想品第一百七十七

行者見諸世間一切皆苦心無所樂又此行者修離喜定如無常想苦想無我想食猒想死想行等則心不樂一切世間又此人見所愛者則增貪欲見所惡者則增瞋恚故俱不樂又見富貴人有守護等苦見貧窮人有短乏苦又見好處者將墮惡處見惡處者現受諸苦又見現在富貴知必將墮亦是貪等煩惱住處現在貧窮如無因緣可以得出故不貪樂一切世間又少有衆生得生好處多墜惡道如經中說少生好處多生惡處見此過已但求泥洹又此人見貪等過煩惱常隨衆生如怨伺人得便便殺此怨賊中云何可樂又見從煩惱生不善業常追隨逐不善業果終不可脫如經中說若汝作惡業今作已作當作乃至飛空中終不能得解脫是故不樂

又生等八苦常隨福人況無福者如是云何當樂世間又如毒蛇篋五拔刀賊空聚落賊此岸諸苦常隨衆生云何可樂又如鹹辛愛河所漂五欲毒刺無明黑闇火坑中苦常隨衆生云何當樂又行者知安隱樂少衰惱苦多所以者何見諸世間吉日嘉會林木敷榮果實繁茂國土安樂無得久者歡樂者少受苦者多是故不樂一切世間問曰修習此想得何等利答曰能於世間種種相中心不貪著又修此想故速得解脫於生死中不復久住又此行者得利智慧常習一切過患想故又此人心不生煩惱若生速滅如一滴水墮熱鐵上行者以不樂世間故能深樂寂滅若不猒世間則於寂滅不能深樂是故應習一切世間不可樂想

不淨想品第一百七十八

問曰云何修不淨想答曰行者見身種子不淨謂從父母不淨道生赤白和合又此身爲不淨所成謂爛壞飲食汁流潤漬又生處不淨謂母胎中不淨充滿又糞穢等諸不淨物合而爲身於九孔中常流不淨又身所置處是處即爲不吉不淨又飲食衣服來著人身皆爲不淨爲他所惡又爲此身物皆是不淨如澡浴水若澡盤等又從身所出爪髮垢膩及洟唾等皆是不淨又見死屍以爲不淨此身死時更有何異當知本來常是不淨生時但以我心覆故謂之爲淨又觸死人者名爲不淨而髮爪等常是死物無量死蟲亦常觸身故知此身本來不淨又不淨蟲及蠅蚋等諸不淨蟲常來觸身故知不淨又此身如廁

不淨常滿因是厠中生千種蟲此身亦爾又此身如塚所以者何以死屍處故名爲塚此身亦多死蟲在其中住又此身能造不淨若淨處好華衣服瓔珞等由此身故皆爲不淨又諸婆羅門於死家產家不從受食以不淨故而此身中千萬種蟲常生常死則無可從受飲食者故知不淨又世間中獄爲不淨此身即是千種蟲獄故名不淨又此身常須澡浴若是淨者何須澡浴耶又以妙好華香瓔珞莊嚴此身當知此身體性不淨假外淨物以爲莊嚴又此人身最爲不淨如餘衆生皮毛爪齒筋骨肌肉或有任用於人身中無一可取以最不淨故又如優鉢羅鉢頭摩諸蓮華等從不淨中生故名不淨是身不爾不以餘物故令不淨性是不淨又此身若淨則不應以衣服覆蔽如人以衣覆屎尿聚欺誑他人女人如是以服飾覆身誑惑男子男子亦爾當知不淨又周徧此身常出不淨謂九孔不淨門及諸毛孔無一淨者故知不淨問曰修不淨想爲得何利答曰以取男女淨想故起貪欲從此貪欲開諸罪門修不淨想則能制伏貪欲所以者何此身皆是臭穢不淨但溥皮覆故不可知似如以衣覆不淨聚好淨潔者則應遠離又此行者以青瘀等想壞一切身以壞身故不生貪欲又亦現見青瘀等色問曰若實未青何故見青答曰行者以信解力取此青相見一切色皆爲青瘀問曰此觀云何非是顛倒答曰此身有青瘀分如經中說水中有淨性又常修習青瘀相故能勝餘色如青珠光能映白色如是久習青瘀等

相則不淨具足不淨具足則不起婬欲不起婬欲則諸罪門閉隨順泥洹修不淨想獲如是利

死想品第一百七十九

行者以死想於壽命中心不決定故應修習又此人常深樂善法除斷不善所以者何衆生多以忘死故起不善業若憶念死則能除斷又常念死故於父母兄弟姊妹親里知識等中貪愛則薄又修習死想則爲自利謂能一心集諸善法世間衆生多樂他利自捨已利又此人能速得解脱所以者何隨往來世間常有此死是人猒死故求解脱問曰應云何修死想答曰先總説一切無常今但觀身無常陰相續斷名曰死想此身無常甚於外物猶如坏瓶無堅牢相行者觀身又過於此所以者何此坏瓶若加防護或可久住此身極久不過百歲以無牢故當念死想又此身多違害法謂刀杖鋒刃怨賊坑岸飲食不消冷熱風病取要觀之一切衆生非衆生物皆是違害身法是故應修死想又行者見身於念念中常是壞相無一念可保故修死想又行者現見少壯老年有病無病無有能却死者自念已身亦當如是故修死想又行者見有不定報業非一切業盡壽百歲業不定故死亦不定故應念死又無始生死中有無量業有業能妨餘業我亦應有非時死業云何當信此命耶又行者見死有大力勢不可以軟言誘誑財物追逐鬪諍得脱如大石山從四方來無逃避處問曰若人能令閻王歡喜則得脱死答曰是愚癡語閻王無自在力能

爲生殺活但能考檢行善惡事若受報盡反得害身因緣故死是故行者見身無依無救住死道中故念死想又行者常見此身爲老病所惱無牢固性以念念生滅相續識繫故修死想又此行者見死是定命則不定定勝不定故修死想問曰何故不說老病等想而但說死想答曰老病奪人不能令盡病奪強健老奪少壯親里財物餘身猶在死則奪盡又老病等是死因緣故不別說又經中說死名大黑闇無有光明無救護者亦無伴黨無所恃怙是最怖處故應念死又衆生以死因緣怖畏後世又三界中一切有死老病不爾問曰若不離衆生有死想者衆生即是假名行者何故修習此想答曰不壞衆生相者怖畏於死若修死想則不生怖畏故應修習又無常想等名爲近道不淨食猒及死想等是名遠道未得道者以此等想故能制伏心

後三想品第一百八十

斷想者如四正勤中說已生惡不善法爲斷故勤精進此諸惡不善法是地獄等苦惱因緣亦是諸惡名聞及心悔等諸苦之本是故應斷問曰當云何斷答曰得不作法爾時則斷又邪憶念是貪欲等諸煩惱因斷此念故是法則斷問曰修此斷想得何等利答曰修此想者常不隨惡法爲所應爲又此離八難人身利者謂斷煩惱又樂斷煩惱是法服毀形出家人利若不爾者唐自辱身又若行者樂修斷想則爲以法供養於佛離欲想滅想者若欲盡不生是名離欲念此離欲故名離想問曰若說斷想即是離想何故更說答曰

從斷得離斷謂除滅貪欲如經中說斷貪欲故五陰則斷又斷想是離欲想所以者何若於此法無貪名斷此法是故若得離欲則苦惱滅如經中說離欲者得解脫得解脫即名爲斷若入無餘是名爲滅又經中說有三性斷性離欲性滅性若說斷性離欲性即是阿羅漢斷一切煩惱離三界欲住有餘泥洹若說滅性即是命終捨壽斷陰相續入無餘泥洹又有二種解脫慧解脫心解脫若說斷即是離無明故慧得解脫若說離欲即是離愛心得解脫二解脫果是名爲滅又若說斷想即說斷無明漏若說離欲想即說斷欲漏有漏若說滅想是此二果又如經說斷一切諸行故名斷離一切諸行故名離滅一切諸行故名滅然則此三義一而名異若修無常想乃至滅想則一切事訖滅諸煩惱斷陰結想續入無餘泥洹

定具中初五定具品第一百八十一

問曰汝先說道諦所謂定具及定已說定具今應當說所以者何若有定具則定可成無則不成答曰定具者謂十一法一清淨持戒二得善知識三守護根門四飲食知量五初夜後夜損於睡眠六具足善覺七具善信解八具行者分九具解脫處十無障礙十一不著淨持戒者離不善業名曰持戒不善業者所謂殺盜邪婬是身三業妄語兩舌惡口綺語是口四業遠離此罪是名持戒又禮敬迎送及供養等修行善法亦名爲戒以戒能爲定因是故受持所以者何猶如冶金先除麤垢如是先以持戒除破戒麤過後以定等

除餘細過所以者何若無持戒則無禪定以持戒因緣禪定易得如經中說戒爲道根亦爲妙梯又說戒爲初車若不上初車云何得上第二車等又說戒爲平地立此平地能觀四諦又說二力思力修力思力即是持戒修力是道先思惟籌量破戒罪過持戒利益故能持戒後得道已自然離惡又說戒爲善提樹根無根則無樹故須淨戒又法應爾若無持戒則無禪定猶如治病藥法所須如是治煩惱病若無持戒則法藥不具又說淨持戒者則心不悔乃至離欲心得解脫是諸功德皆由持戒故名定具又有業障煩惱障是二障果名爲報障若淨持戒則無此三障若心無障則能成定又淨持戒者不敗壞故必至泥洹如恒水中材又淨持戒故能安立持戒能遮不善身口業禪定能遮不善意業如是遮諸煩惱得眞實智則畢竟斷又道品樓觀以戒爲柱禪定心城以戒爲郭度生死河以戒爲橋梁入善人衆以戒爲印入眞聖田戒爲壃畔如田無畔水則不住如是若無淨戒則定水不住問曰云何名淨持戒答曰若行者深心不樂爲惡怖畏後世及惡名等名淨持戒又行者以心淨故持戒清淨如七婬欲經中說身雖不犯心不淨故戒亦不淨又破戒因緣是諸煩惱若能制伏爲淨持戒又聲聞持戒但爲泥洹求佛道者以大悲心爲一切衆生不取戒相能令此戒如菩提性如是持戒名曰清淨善知識者經中說以二因緣能生正見一從他聞法二自正憶念所從聞法名善知識問曰若爾何故但說善知識耶

答曰經中說阿難問佛我宴坐一處作如是念遇善知識則爲得道半因緣也佛言莫作是語善知識者則爲得道具足因緣所以者何生老病死衆生得我爲善知識則於生老病死皆得解脫又衆生因善知識則能增長戒等五法如娑羅樹因雪山故五事增長又佛尚自樂善知識如物得道時作如是念若人無師則無所怖畏無恭敬心常爲惡法所覆無安隱行我當以誰爲師依誰而住作是念已徧觀一切無勝已者即生念言我所得法因此成佛當還依此法梵等諸天亦讚言爾無勝佛者一切諸佛皆以法爲師又善知識猶如明燈有目無燈則不能見如是行者雖有福德利根因緣無善知識則無所益問曰何者是善知識答曰隨能令人增長善法名善知識又一切善人住正法者皆是天人世間善知識也守護根門者謂正憶念行者不可閉目不視但應一心正念現前又名正慧以此正慧能破壞前緣能破壞前緣故能不取相不取相故不隨假名若不守諸根以取相故諸煩惱生流於五根即破戒等善法若能守根門則戒等堅固飲食知量者不爲色力婬欲貪味故食爲濟身故問曰行者何故爲濟身耶答曰爲修善法故若離善法則無道無道則無離苦若人不爲修善故食則唐養怨賊亦壞施主福損人供養如是不應食人之食問曰飲食以何爲量答曰隨能濟身是名爲量問曰應食何食答曰若食不增冷熱等身病貪恚等心病是則應食是食亦應隨時若知此食於此時能增冷熱貪恚等

病則不應食問曰諸外道言若食淨食則能得淨福謂隨意所嗜色香味觸水灑呪願然後乃食是名爲淨此事云何答曰飲食無有決定淨者所以者何若以殘食爲不淨者一切飲食無非殘者如乳爲犢殘蜜爲蜂殘水爲蟲殘華爲蜂殘果爲鳥殘如是等又此身從不淨生體性不淨不淨充滿飲食先是不淨後入身中無一淨者但以倒惑妄謂爲淨問曰若都無淨則與旃陀羅等有何差別答曰有以不殺不盜不邪命等如法得食以觀食過智慧水灑然後乃食非但水灑便名爲淨初夜後夜損睡眠者行者知事由精勤成故不睡眠又見睡眠空無所得若汝以睡眠爲樂此樂少弊不足言也又行者不樂煩惱同處如人不樂與怨賊住世豈有人於賊陣中而當睡寐故不睡眠問曰睡眠强來云何除遣答曰是人得佛法味深心歡喜故能除遣又念生死中老病死過心則怖畏故不睡眠又行者見得人身諸根具足得值佛法能別好醜是爲甚難今不求度何時當得解脫故勤精進以除睡眠

不善覺品第一百八十二

具足善覺者若人雖不睡眠而起不善覺所謂欲覺瞋覺惱覺若親里覺國土覺不死覺利他覺輕他覺等寧當睡眠勿起此等諸不善覺應當正念出等善覺所謂出覺不瞋惱覺八大人覺欲覺者謂依欲生覺於五欲中見有利樂是名欲覺爲衰惱衆生是名瞋覺惱覺行者不應念此三覺所以者何念此三覺則得重罪又先已說貪等過患以此過患

故不應念問曰何故不說癡等覺耶答曰是三惡覺次第而生餘煩惱不如是行者或念五欲故生貪覺不得所貪故生瞋恚瞋成名惱是故不說癡等又癡所成果所謂貪恚若從貪恚生不善業此三覺名不善業因如經中說如有土封夜則煙出晝則火然煙即是覺火名爲業親里覺者由親里故起諸憶念欲令親里得安隱樂若念衰惱則生愁憂若念與親里種種同事名爲親里覺行者不應憶念此覺所以者何本出家時已捨親里今依此覺則非所宜又若出家人還念親里則唐捨家屬空無所成以愛親里故生貪著貪著故守護守護因緣鞭杖等業次第而起是故不應生親里覺又與親里和合則不能增長善法又行者當念一切衆生生死流轉無非親里何故偏著又生死中爲親里故憂悲啼哭淚成大海今復貪著則苦無窮已又衆生以利益因緣便相親愛無有決定又念親里者是愚癡相世間愚人未有自利而欲利他若念親里則少自利以此等故行者不應起親里覺國土覺者行者生念某處國土豐樂安隱當往到彼可得安樂又心輕躁欲徧遊觀行者不應起如是覺所以者何一切國土皆有過惡有國土大寒有國土大熱有國多儉有國多病有國多盜賊有如是等種種諸過故不應念又輕躁者則失禪定隨所樂處能增善法則名爲好何用偏觀諸國土耶一切國土但可遠聞到不必稱以世間人多過言故又遊諸國者受種種苦又身是苦因持此苦因隨所至處則受諸苦又受苦樂皆

由業因雖復遠去亦無所益是故不應起國土覺不死覺者行者作如是念我徐當修道先當讀誦修多羅毗尼阿毗曇雜藏菩薩藏廣習外典多畜弟子牽引善人供養四塔勸化衆人令大布施後當修道名不死覺行者不應起如是念所以者何死時不定不可預知若營餘事中則命盡不得修道後將死時心悔憂惱我唐養此身空無所得與畜生同死如經中說凡夫應二十種自折伏心謂如是念我但形服異俗空無所得乃至當以不調至死又智者不作所不應作如法句中說不應作不作應作則常作憶念安慧心諸漏則得盡又經中說未得四諦者方便爲欲得當勤加精進甚於救頭然是故不應起不死覺又不死覺是愚癡氣何有智者知命無常如條上露而能保一念又經中說佛問諸比丘汝等云何修習死想有答佛言我不保七歲或有言六歲如是轉減乃至須臾佛言汝等皆是放逸修死想也有一比丘偏袒白佛言我於出息不保還入入息不保還出佛言善哉善哉汝眞修死想是故不應起不死覺利他覺者於非親里中欲令得利若作是念令某富貴安樂能行布施某則不及行者不應起如是覺所以者何不以念故便能令他得苦樂也但自以此壞亂定心問曰欲令他利非慈心耶答曰行者求道應念第一義利謂無常等是中雖少有福以能妨道利少過多亂定心故若以散心念利他人則不能見貪著過患故不應念輕他覺者行者若念此人種姓形色富貴伎能及持戒利根禪定智

慧等皆不如我行者不應起如是覺所以者何一切萬物皆無常故若上中下有何差別又此人身髮毛爪齒皆名不淨等無有異又老病死等衰惱亦同又一切衆生內外苦惱皆等無異又凡夫富貴是罪因緣又富貴不久還爲貧賤是故不應起輕他覺又此憍慢是無明分智者云何當起此覺

成實論卷第十七

音釋

咀嚼 咀在呂切 嚼疾雀切　稼穡 稼居訝切 穡所力切 種曰稼斂曰穡　渧 丁歷切 與滴同　蚋 儒稅切 蠛蠓也　瘀 依據切　坏 鋪盃切 未燒瓦器也　壃 居良切 界也

成實論卷第十八

訶梨跋摩造

姚秦三藏鳩摩羅什譯

善覺品第一百八十三

出覺者心樂遠離若離五欲及色無色界樂此遠離故名出覺此遠離樂無諸苦故隨貪著有若無貪著則樂於諸覺中二覺名樂謂無瞋無惱覺所以者何此二覺名安隱覺如如來品中說如來常有二覺現前謂安隱覺及遠離覺安隱覺者即是不瞋惱覺遠離覺者即是出覺又念此三覺則福增長亦能成心定又心得清淨又念此三覺能障諸纏諸纏斷故速能證斷又行者以樂遠離多集善法故能速得解脫八大人覺者佛法中若少欲者能得利益非多欲者知足者遠離者精進者正憶者定心者智慧者無戲論者能得利益非戲論者是名爲八少欲名行者爲修道故必欲所須但不多求餘無用物是名少欲知足者有人若以因緣若爲持戒若令他人心得清淨是故少取而心不以爲足若人少取心以爲足是名知足有人雖取少物而求好者是名少欲非知足也若趣得少物是名知足問曰若取所須名少欲者一切衆生皆名少欲以其各有所須故答曰行者以不著心取但爲用故故不多取不如世人爲嚴飾名聞長取多物問曰行者何故少欲知足答曰於守護等中見有過患又畜無用物是愚癡相又出家人不應積聚與白衣同以此過故少欲知足又行者若不少欲知足則貪心漸增爲財利故求不應求又貪樂財利終

無安隱以深著故又是人出家爲遠離樂以貪利故忘其所爲又亦不能捨諸煩惱所以者何外物尚不能捨況内法耶又見利養是衰惱因如雹害禾是故常習少欲知足又見施物難償如負債不償後受苦惱又見利養是諸佛等善人所棄如佛說我不近利養利養勿近我又此行者善法充足故捨利養如佛說諸天尚不能得出樂離樂寂滅樂眞智樂如我所得故捨利養又如舍利弗說我善修無相以空三昧觀一切外萬物視之如涕唾又行者不見受欲有猒足者如飲鹹水不能除渴是故勤求智慧爲足又見多欲者常發願求求多得少故常有苦又見乞求者人所輕賤不加敬仰如少欲者又出家多求非其所應人與不取則是所宜是故應行少欲知足遠離者若於在家出家人中行身遠離於諸煩惱行心遠離是名遠離問曰行者何故遠離答曰諸出家人雖未得道以遠離爲樂諸白衣等處在女色憒閙之中終無安樂又若遠離則心易寂滅如水不擾自然澄清故行遠離又此遠離法爲恒沙等諸佛所讚何以知之佛見比丘近聚落宴坐心則不悅又見比丘空處睡卧佛則心喜所以者何近聚宴坐多諸因緣散亂定心令應得不得應證不證空處睡卧雖小懈怠若起求定則散心能攝攝心能得解脱又因取相故起貪等煩惱空處無色等相煩惱易斷如火無薪則自然滅又經中說若比丘樂於衆住樂雜言說不離衆故尚不能得愛緣解脱何況能得不壞解脱遠離行者必能俱證又如燈離風

則能明照行者如是遠離行故能逮眞智精進者行者若行正勤斷不善法修集善法是中勤行故名精進如是則能得佛法利所以者何以集善法日日增長如優鉢羅鉢頭摩等隨水增長懈怠行者猶如木杵從初成來日日減盡又精進者以得利故心常歡喜懈怠行者惡法覆心恒懷苦惱又精進者於念念中善法常增長無有減損又深行精進得最勝處謂諸佛道如經中佛語阿難深修精進能至佛道又精進者定心易得又鈍根精進尚於生死速得解脫利根懈怠則不能得又所有今世後世世間出世間利皆因精進一切世間所有衰惱皆因懈怠如是見懈怠過精進利益故念精進正憶者常於身受心法修正安念問曰念此四法得何等利答曰惡不善法不來入心如善守備則惡人不入又如瓶滿更不受水此人如是善法充滿不容諸惡又若修此正憶則攝解脫分一切善法如飲海水則飲衆流以一切水在大海故又修此憶名住自在行處煩惱魔民所不能壞如鷹鷄喻又此人心安住難動如圓瓶入制又此人不久當得利益如比丘尼經中說諸比丘尼問阿難言大德我等善修念處覺異於本阿難言善此法應爾定心者若習定心得微妙利如經中說修定心者能如實知又以此人身得過人法謂身出水火飛行自在等又此人得樂乃至諸天及梵王等所不能及又此人名爲所應爲不應爲者則不爲也又善修習定則善法常增又修習定者後心不悔是人名爲得出家果亦名順佛教者

不如餘人空受供養是人能報施福餘人不能又此定心法諸佛賢聖皆所親近又能堪受一切善法又若定心能成則得聖道若不能成則生淨天謂色無色界所以者何以布施等不能得如是事謂能究竟不造諸惡如經中說若小兒從生習慈能起惡心思惡事不不也世尊此皆是定力又定心名眞智慧因眞智慧能盡諸行諸行盡故諸苦惱滅又行者於一切世間出世間事應念即辦不勞加功餘人尚不能發心量其所得故說定心能獲利益智慧者智者心中不生煩惱若生即滅如一滴水墮熱鐵上又智者心不起諸想若起即滅如條上露見日則晞又若有智眼能觀佛法如有目者日能爲用又智者名得佛法分如所生子得父財分又智慧者名曰有命餘則名死又智慧者名眞道人能知道故又智者知佛法味如舌根不壞能別五味又智慧者於佛法中心定不動猶如石山風不能動又智慧者名信以得四信不隨他故又得聖慧根名佛弟子餘人名外凡夫故說智者能得利益無戲論者若一異論名爲戲論如阿難問舍利弗若六觸入離欲滅盡更有餘耶舍利弗言若六觸入離欲盡滅已若有餘是不可論而汝論耶若無亦有亦無非有非無問答亦爾問曰是事何故不可論耶答曰此問實我法若一若異是故不答我無決定但五陰中假名字說若以有無等答即墮斷常若以因緣說我則非戲論又若人見衆生空法空則無戲論故說無戲論者得佛法利是名具足善覺

後五定具品第一百八十四

具善信解者行者若能好樂泥洹憎惡生死名善信解如是信解速得解脫又樂泥洹者心無所著又樂泥洹則無怖畏所以者何若凡夫心念泥洹即生驚怖我當永失問曰何因緣故信解泥洹答曰行者見世間無常苦空無我則於泥洹生寂滅想又此人本性煩惱輕微聞說泥洹則心信樂又若從善師若讀經書聞生死過患如無始經及五天使等諸經中說則猒離生死信樂泥洹具行者分如經中說五行者分一謂有信二謂心不諂曲三謂少病四曰精進五名智慧有信名於三寶四諦心無疑悔無疑悔故能速成定又有信者心多喜故能速成定又信者心調易攝故疾得定問曰若由定生慧後能斷疑今云何先定已說無疑答曰以多聞故能斷所疑非得定故又生深信家與信者同事常修信心雖未得定而能不疑如是等不諂曲者以質直心無所隱藏是則易度如人向醫具說病狀則易救療少病者能初夜後夜精進不息若多病疾則妨行道精進者爲求道故常勤精進如鑽燧不息則疾得火智慧者以有智慧四事得果所謂聖道問曰念處等法亦名行者分何故但說此五法耶答曰雖俱是分此法最勝是行者所須是故獨說亦離一切惡集一切善名行者分如瞿尼沙經中說具解脫處者謂五解脫處一者若佛及尊勝比丘爲之說法隨其所聞別能通達語言義趣以通達故心生歡喜歡喜則身猗身猗則受樂受樂則心攝是初解脫處行者住此

解脫處故憶念堅强心則攝定諸漏盡滅必得泥洹二者善諷誦經三者爲他說法四者獨處思量諸法五者善取定相謂九相等皆如上說問曰佛及尊勝比丘何故爲此行者說法答曰以堪受法能獲大利是故爲說又此比丘因佛出家諸根純熟故爲說法尊勝比丘以同所業故爲說法又此行者必須聞法是故爲說又此人有淨戒等功德成就猶如完器堪任受盛故爲說法此名三慧通達語言是多聞慧通達義趣是思惟慧從此二慧能生心喜乃至攝心生如實智是名修慧此三慧有三種果謂猒離解脫又聞法讀誦爲人說法是多聞慧思量諸法名思惟慧善取定相是名修慧問曰心解脫漏盡是二有何差別答曰以定遮煩惱故說心解脫永斷煩惱故說漏盡問曰若持戒等法亦是解脫處如說持戒則心不悔心不悔則歡喜等或因施等亦得解脫何故但說此五法耶答曰以勝故獨說又問此法有何勝耶答曰是解脫近因戒等以遠故不說又問云何知是近因答曰行者聞法知陰界入等但衆法和合中無我故則破假名破假名即是解脫故名近因又經中說多聞功德謂不隨他教心易攝等亦以此故知是近因又佛法有大功德能滅煩惱至泥洹等於此寂滅法中若聽若誦若自思量則速解脫故名近因又施得大富持戒尊貴多聞得智以智慧故得盡諸漏不以富貴故知近因又舍利弗等稱大智者皆由多聞問曰若以多聞心易攝者阿難何故初中後夜不得解脫答曰阿難頭未到枕

即得解脱是故數在希有法中何故不速又阿難於此夜中精進小過以疲極故不得解脱又阿難自誓我於今夜必得漏盡亦如菩薩於道場自誓誰有此力如阿難者皆是多聞之力無障礙者所謂三障業障報障煩惱障若人無此三障則不墮難處若離諸難則堪受道又此人名具足四輪謂好國土依止善人自發正願先世福德又能成就四須陀洹分謂親近善人喜聽正法自正憶念能隨法行又能棄捨貪等三法如經中説不斷三法則不能度老病死不著者不著此岸不著彼岸不没中流不出陸地不爲人取及非人取不入迴澓不自腐爛此岸謂内六入彼岸謂外六入中流謂貪喜陸地謂我慢人取謂與在家出家和合非人取謂持戒爲生天上

迴澓謂返戒腐爛謂破重禁若人於内入計我即於外入生我所心從内外入生貪喜故即於中没從此則生我慢所以者何若人著身受有樂故人來輕毁則生憍慢如是以我我所貪喜我慢亂其心故能成餘事問曰此喻中以何爲水若以八直聖道爲水則不應以内外六入爲岸貪喜等爲中流亦不應有迴澓腐爛若以貪愛爲水云何隨此得至泥洹答曰以八直聖道爲水譬喻不必令盡相似如此木若離八難必至大海比丘如是離諸流難則隨八聖道水流入泥洹如言乳如貝但取其色不取堅軟言面如月但取盛滿不取形也又行者出聖道已著内外入不如此木即於水中著此彼岸腐爛等也又論師言如恒河水必至大海如是八聖道水必至

泥洹故以爲喻如是畧說十一定具若有此法自然得定

出入息品第一百八十五

阿那波那十六行謂念出入息若長若短念息徧身除諸身行覺喜覺樂覺心行除心行念出入息覺心令心喜令心攝令心解脫念出入息隨無常觀隨斷離滅觀念入出息若長若短問曰云何名息長短答曰如人上山若擔重疲乏故息短行者亦爾在麤心中爾時則短麤心者所謂躁疾散亂心也息長者若行者在細心中則息長所以者何隨心細故息亦隨細如即此人疲極止故息即隨細爾時則長息徧身者行者信解身虛則見一切毛孔風行出入除身行者行者得境界力心安隱故麤息則滅爾時行者具身憶處覺喜者是人從此定法心生大喜本雖有喜不能如是爾時名爲覺喜覺樂者從喜生樂所以者何若心得喜身則調適身調適則得猗樂如經中說心喜故身猗身猗則受樂覺心行者行者見喜過患以能生貪故貪是心行從心起故以受中生貪故見受是心行除心行者行者見從受生貪過除滅故心則安隱亦滅除麤受故說除心行覺心者行者除受味故見心寂滅不沒不掉是心或時還沒爾時令喜若心還掉爾時令攝若離二法爾時應捨故說令心解脫行者如是心寂定故生無常行以無常行斷諸煩惱是名斷行煩惱斷故心則猒離是名離行以心離故得一切滅是名滅行如是次第得解脫故名十六行念出入息問曰何故念入出息名爲聖行天

行梵行學行無學行耶答曰風行虛中虛相能速開導壞相壞相即是空空即是聖行故名聖行爲生淨天故名天行爲到寂滅故名梵行爲得學法故名學行爲無學故名無學行問曰若觀不淨深猒離身速得解脱何用修此十六行耶答曰不淨觀未得離欲息惡猒身心則迷悶如服藥過則還爲病如是不淨喜生惡猒如跋求沫河邊諸比丘不淨觀故深生惡猒飲毒墜高等種種自殺此行不爾能得離欲而不生惡猒故名爲勝又此行易得自緣身故不淨易失又此行細微以能自壞身故不淨行麤壞骨相離又此行能破一切煩惱不淨但破婬欲所以者何一切煩惱皆因覺生念出入息爲斷諸覺故問曰出入息爲屬身爲屬心耶答曰亦屬身亦屬心所以者何處胎中無故知由身若第四禪等及無心者無故知由心問曰息不故起不應由心所以者何是息不由意起如心念餘事息常出入如食自消如影自轉非人爲也答曰息不故起不由憶念但以衆緣和合故起若有心則有無心便無故知由心又隨心差別麤心則短細心則長又出入息由地由心若在出入息地亦有出入息地心爾時則有出入息地所謂欲界及三禪若在出入息地而無入出息地心及在無心爾時則無若在無出入息地爾時亦無問曰息起時先出耶先入耶答曰生時先出死時後入出入第四禪亦如是問曰是念出入息云何名具足答曰行者若得此十六行爾時名具足有論師言以六因緣故名具足所謂數隨止觀轉緣

清淨數名數出入息從一至十數有三種若等若過若減等謂十則數爲十過謂十一數名爲十減名數九爲十隨名行者心隨息出入觀名行者見息繫身如珠中縷止名令心住出入息轉謂轉身緣心令受緣心現前心法亦爾清淨名行者離一切煩惱諸難心得清淨此不必定所以者何是諸行中不必要用數隨二法行者但令心住息中斷諸覺故若能行十六種名爲具足又此具足相不決定鈍根所行於利根者則非具足問曰是出入息經中何故說名爲食答曰若息出入停等身得快樂如得美食益身調適故名爲食問曰此十六行中盡念出入息耶答曰是人名壞裂五陰方便若壞裂五陰除假名已更復何用念出入息是名身憶四種憶身故名身憶問曰憶緣過去息是現在何故名憶答曰是破假名智以憶名說諸心數法更相爲名如十想等亦憶先後所行故名爲憶問曰長短等中不說聖行云何無行名憶處耶經中說若行者學出入息若長若短若徧身若除身行爾時名身憶處答曰是名初方便道爲心清淨故後名斷道又此中有無常等行但此經不說餘經中說行者於出入息中觀身生相滅相及生滅想又說觀身無常等但第四中無常等行具足故說

定難品第一百八十六

是定若離障礙諸難能成大利定難者所謂麤喜如經中說我生麤喜心難法行者不應生此麤喜以有貪著等過亂定心故問曰從法生喜云何能令不生答曰行者念空則不

生喜以有衆生想故生喜五陰空無衆生云何當喜又行者應作是念以因縁故種種法生謂光明等是中何所喜耶又行者見所喜法尋皆敗壞麤喜則滅又行者更求大事不以光明等法爲是故不生喜又行者見滅相利故不以光明等相爲喜又此行者修習寂滅欲盡煩惱故不生喜以此等縁能滅麤喜又有怖畏定難行者見可畏縁故生怖畏世間所有可怖畏處行者悉見於此事中皆應諦觀無常敗壞不應隨也所以者何坐禪法中有此因縁見可畏事不可以此而生怖畏是事虚妄皆空如幻能誑凡夫非眞實也如是思惟則離怖畏又依空法則無怖畏又作是念我行力故感此異相不應怖畏又自念身有戒聞等功德具足無可加害因縁故不怖畏又此行者樂道深故不惜身命何所怖畏又此人心常處正念是故怖畏不能得便又念勇悍相故不怖畏怖畏是怯弱相以如是等滅除怖畏又有不適定難謂行者有冷熱等病若疲極失睡諸因縁故令身不適有貪憂嫉妬等諸煩惱令心不適則失禪定是故行者應自將護身心令其調適又有異相定難所謂垢相亦有非垢相能亂禪定如布施等相又有不等定難所謂精進若疾若遲疾則身心疲極遲則不取定相俱退失定如捉鳥子急則疲極緩則飛去又如調絃若急若緩俱不成音又精進若速則難究竟如佛語阿那律汝精進過必當懈怠所以者何若精進過則事不成還墮懈怠精進若遲事亦不辦是故不等名爲定難又有無念定難謂

不念善法設念善法則非所受又不念定相而念外色是名不念行者應一心精進念所受法如擎油鉢又有顚倒定難謂多欲人受行慈心多瞋恚人修習不淨上二種人觀十二因緣又沒心中修止掉心中行精進是二心中行捨是名顚倒又有多語定難謂多覺觀覺觀是語言因故又心不樂住强繫在緣又有不取相定難相有三種所謂止相進相捨相又有三相謂入定相住相起相行者不善分別如是等相以失禪定又有慢定難若謂我能入定彼不能入是名憍慢若謂彼能而我不能是名不如慢若未得定自謂爲得是增上慢於不妙定而生妙想是名邪慢又貪等法亦名定難如經中說若行者一法成就則不能觀眼無常所謂貪也問曰一切未離欲人皆不能觀眼無常耶答曰此言少失應說現在起貪不能觀眼無常又成就中而有差別有人貪等厚重常來在心則能障定若薄而不能常則不能爲難又經中說十三惡法皆名定難十三白法皆是順定所謂佛言若不斷三法則不能度老病死謂貪恚癡若不斷三法則不能斷貪恚癡謂身見戒取疑次有三法謂邪念邪行沒心次有三法謂妄憶不安慧亂心次有三法謂調戲不守諸根破戒次有三法謂不信邪戒懈怠次有三法謂不喜善人惡聞正法喜出他過次有三法謂不恭敬難可與語習惡知識若不斷三法則不能斷不恭敬難與語惡知識謂無慚無愧放逸若能斷無慙無愧放逸則能斷不恭敬難與語習惡知識乃至能斷身見戒取

疑則能斷貪恚癡度老病死是中度老病死謂無餘涅槃斷貪恚癡謂阿羅漢果有餘泥洹斷身見戒取疑謂三沙門果斷邪念邪行没心謂在暖等達分善根斷妄憶念不安慧亂心謂修四憶念處斷調戲不守諸根破戒謂受出家戒斷不喜善人惡聞正法喜出他過不信邪戒懈怠不恭敬難可與語習惡知識無慚無愧放逸謂在家清淨所以者何若人獨處爲惡不羞是名無慚此人於後惡心轉增衆中爲惡亦無所耻是名無愧失善法本二白法故常隨惡法是名放逸以成就此三惡法故不受所尊師長教誨名無恭敬反戾師教名難與語如是則遠離師長親近惡人名習惡知識於此中從無慚生無恭敬從無愧生難與語從放逸生習惡知識故爲不信受邪戒法常爲懈怠習近惡人教令不信言爲惡無報或聞行惡得報即便受行雞狗等法望速畢罪受行此法不覺有利故生懈怠以懈怠故不喜善人謂無真實行正行者亦惡聞正法謂行正法皆如邪法無所利益以心濁故喜出他過謂他行法皆如自已都無所得如是不能制煩惱故心則戲調以戲調故不攝諸根則能破戒以破戒故妄生憶念行不安慧心志散亂便生邪念生邪念故便行邪道行邪道時不得利故心則迷没心不明故不斷三結不斷三結故不能斷貪等煩惱病等諸衰與此相違名爲白法又有愁憂定難行者生念我於爾所年月歲數不能得定故生愁憂又貪著喜味亦是定難又有不樂定難雖得好處善師等緣心亦不樂又

貪等諸蓋皆名定難取要言之乃至衣服飲食等法減損善根增長不善皆名定難應當覺知勤求捨離

止觀品第一百八十七

問曰佛處處經中告諸比丘若在阿蘭若處若在樹下若在空舍應念二法所謂止觀若一切禪定等法皆悉應念何故但說止觀答曰止名定觀名慧一切善法從修生者此二皆攝及在散心聞思等慧亦此中攝以此二事能辦道法所以者何止能遮結觀能斷滅止如捉草觀如鎌刈止如掃地觀如除糞止如揩垢觀如水洗止如水浸觀如火熟止如附癰觀如刀決止如起脉觀如刺血止制調心觀起沒心止如灑金觀如火炙止如牽繩觀如用釗止如鑷鑷刺觀如剪刀剪髮止如器鉀觀如兵仗止如平立觀如發箭止如服膩觀如投藥止如調泥觀如印印止如調金觀如造器又世間衆生皆墮二邊若苦若樂止能捨樂觀能離苦有七淨中戒淨心淨名止餘五名觀八大人覺中六覺名止二覺名觀四憶處中三憶處名止第四憶處名觀四如意足名止四正勤名觀五根中四根名止慧根名觀力亦如是七覺分中三覺分名止三覺分名觀念則俱隨八道分中三分名戒二分名止三分名觀戒亦屬止又止能斷貪觀除無明如經中說修止則修心修心則貪愛斷修觀則修慧修慧則無明斷又離貪故心得解脫離無明故慧得解脫得二解脫更無餘事故但說二問曰若止觀能修心修慧修心慧故能斷貪及無明何故定說止能修

心能斷貪愛觀能修慧能斷無明答曰散心者諸心相續行色等中此相續心得止則息故說止能修心從息心生智故說觀能修慧以生觀已後有所修皆名修慧初慧名觀後名爲慧如經中說修止斷貪是說遮斷何以知之色等外欲中生貪若得止藥則不復生如經中說行者得淨喜時捨不淨喜若說無明斷是究竟斷何以知之無明斷故貪等煩惱斷滅無餘經中亦說離貪故心得解脫是名遮斷離無明故慧得解脫是畢竟斷有二種解脫時解脫不壞解脫時解脫是遮斷不壞解脫是畢竟斷問曰時解脫是五種阿羅漢無漏解脫不壞解脫是不壞法阿羅漢無漏解脫何故但說遮斷耶答曰此非無漏解脫所以者何時解脫名但以上力少時遮結而未能永斷後則還發故非無漏又此解脫名時愛解脫漏盡阿羅漢無所可愛問曰若爾則無聖所愛戒答曰以諸學人漏未盡故我心時發是故於戒生愛非阿羅漢我心永滅而生愛也問曰瞿提阿羅漢於時解脫六反退失恐第七退故以刀自害若失有漏不應自害故知時解脫不名有漏答曰此人退失所用斷結禪定於此定中六反退失第七時還得此定便欲自殺爾時尋得阿羅漢道是故魔王謂學人死繞屍四邊徧求其識來白佛言世尊云何汝弟子未漏盡而死佛言此人已拔愛根得入泥洹問曰若斷貪名遮斷者經中說從貪心得解脫從恚癡慧得解脫又說斷貪喜故心得好解脫又說從欲漏心得解脫如是皆應名遮解脫非實解脫答

曰是中亦說無明斷故知是畢竟解脫若說斷貪或是遮斷或畢竟斷若不生眞智則是遮斷隨生眞智是畢竟斷無有用止能畢竟斷貪若然者外道亦能畢竟斷貪而實不然故知但是遮斷問曰經中說以止修心依觀得解脫以觀修心依止得解脫是事云何答曰行者若因禪定生緣滅智是名以止修心依觀得解脫若以散心分別陰界入等因此得緣滅止是名以觀修心依止得解脫若得念處等達分攝心則俱修止觀又一切行者皆依此二法得滅心解脫

修定品第一百八十八

問曰汝言應修習定是定心念念生滅云何可修答曰現見身業雖念念滅以修習故有異伎能隨修習久轉轉便易口業亦爾隨所轉習學轉增調利堅固易憶如讀誦等當知意業雖念念滅亦可修習如火能變生水能決石風能吹物如是念念滅法皆有集力又隨習煩惱則隨熾盛如人世世修習婬心則成多欲恚癡亦爾如經中說若人隨念何事心則隨向如常隨欲覺心則向欲二覺亦爾故知此心雖念念滅亦可修習又修名增長現見諸法皆有增長如經中說行者以邪念故欲等諸漏未生則生生者增長謂從下生中從中生上如種芽莖節華葉果實現見從因漸次增長定慧等法亦應如是又現見熏麻其香轉增是香及麻念念不住而有熏力故知念念滅法亦可修習問曰麻是住法華香來熏無有住心以念念滅智而來修習云何爲喻答曰無有住法一切諸法皆念念滅

此事先成故非難也又若法不念念滅則無修習即體常住修何所益若法念念生滅以下中上法故有修習問曰諸華到麻能熏智不及心故無修習答曰先業喻中是事已明所謂後業不到先業先語不待後語而身口業亦有修相是故汝言不到不修不名爲難又現見因果雖不同時亦得從因有果如是心法雖念念滅亦有修習又如種得水雖不到芽等亦能令芽等滋茂如是智慧修習先心後心增長問曰若麻念念滅則異麻生是麻爲熏生爲不熏生若不熏生終無有熏若熏生者復何用久熏答曰以因熏故如種得水則芽滋茂如是因先華合而異麻生是則熏生汝言何用久熏如汝經中說因火合法微塵黑相滅赤相生若初火合法滅黑相者

不應更生黑相若初火合法生赤相者復何須後火合法若初火合時黑相生赤相終不應生若第二時赤相生復何須久與火合若汝意謂赤相漸生心亦如是有何咎耶壞等亦爾又諸法雖有因緣亦次第生如受胎等漸漸成身如種根等亦漸次生如是定慧等法雖念念滅亦以下中上法次第而生又修法微細異心相續如羽毛暖微卵則漸變掌肌暖故斧柯微盡心亦如是定慧妙故漸次修習又修習法時到乃知如偈中說一分從師受一分因友得一分自思惟一分待時熟若人雖復終日讀誦不能明了如時熟者如以多華一時熏麻不如少華漸漸久熏膏潤水浸累墻壁等皆亦如是現見種根芽等增長微細尚不能見日日所長如毫末許小兒

等身酥乳等熟亦復如是故知修法微妙難覺問曰或見有法一時頓集有人先不見色見即染著亦有少時多所通達何故但說漸次修習答曰皆是過去曾修習故故知積習以漸此事已明又非但發心能有所成如經中說若於善法不勤修習而但願欲不受諸法於諸漏中心得解脫是人所念終不從願以不能勤修善法故行者若能勤修善法雖不發願亦於諸漏心得解脫以從因生果不須願故猶如鳥雀要須抱卵不以願故禽從㲉出又不以願故燈明清淨要須備具清油淨炷無物觸動其明乃淨又非但願故能得嘉穀必須良田好種時澤調適農功具足乃有所獲又不但願故身得色力要服良藥餚饍等緣乃得充滿如是非但願故能得漏盡要須眞智乃得解脫何有智者知從因生果而捨其因從餘求果又修習法現見果報如經中佛說且置七日我教弟子乃至須臾修習善法於無量歲常得受樂又諸比丘尼語大德阿難我等善修念處覺異於初又經中佛告諸比丘若人無諂曲心來至我所我朝爲說法令夕得利夕爲說法令晨得利又若人得阿羅漢道無他人與亦非非人與但修正因故獲斯利又無上佛道尚以積習善法故得況餘事耶如經中說佛語比丘我依二法得無上道一者樂善無厭二者修道不倦佛於善法終無齊限又諸菩薩雖不得定亦不懈倦所以者何若不爲善則無所獲爲善亦不相代不爲善者終無安隱思量此已則勤精進修習善法若發精進或得或失不精

進者求無得望是故應勤修習勿生懈惓又智者究竟必應解脱若離修習更無方便是故智者當勤修習勿生懈惓又行者念行正行必有果報故雖未便得不以爲憂又行者應念我已曾得修習果報以衆生昔來皆得一切諸禪定故我今正修亦必當得故不猒惓又正行者佛爲作證我今正行故知必得又我得道因緣具足謂得人身諸根完具明識罪福亦信解脱遇善知識具此等緣云何不得修習果報又正行精進終不唐棄故不猒惓又煩惱斷細微難覺如柯漸盡我諸煩惱亦當有斷但以細故不能盡覺故知修善精進爲最又少智尚能破諸煩惱如少光明亦能除闇如是但得少智則為事辦故不猒惓又久而難成所謂得定若得定已則餘功未幾是故雖不速得終不猒惓又行者應念得定甚難如昔菩薩福慧深厚精勤六年爾乃逮得及餘比丘得定亦難況我凡人薄福鈍根而能疾得如是念已不生疲猒又諸行人必應爲者所謂修定更無餘業故得與不得要當修習又修習者雖不得定亦名得身遠離身遠離已定則易得又若勤修定則不負佛恩亦以行遠離故得名行者又修習善久則成善性乃至轉身善常隨逐故能常與善人相遇是爲大利又常修善者或於現身必得漏盡若死時得若命終已化生善處於彼間得如聞法利中説又行者内心發勇猛相作如是念我若不壞煩惱陣者終不空返又行者依憍慢心生如是念他人有信等善根故能得定我今亦有何爲不得如昔菩薩

從阿羅邏等仙人聞法作如是念是人有信等善根故能得法我今亦有何故不得又行者知煩惱劣弱智慧力强斷之何難如說比丘成就六法能以口風吹散雪山況死無明又行者生念我於宿世不修定故今不能得今若不勤後復不得故應勤習又常修定故心得住處如瓶轉不止必得住處又行者生念我若常勤精進若得不得後必不悔故應一心勤修諸定

成實論卷第十八

音釋

鵽當括切又知滑切黃雀也 鑽燧鑽祖官切燧徐醉切鑽燧穿木取火也 悍侯旰切性勇急也 鐮力塩切鍥也 剗楚限切與鏟同 鑷尼輙切箝也 鉀古狎切與甲同 鷇克角切鳥卵也 餚饍餚何交切凡非穀而食曰餚饍時戰切美食物也

成實論卷第十九

訶梨跋摩造
姚秦三藏鳩摩羅什譯

中智相品第一百八十九

眞慧名智眞者謂空無我是中智慧名爲眞智假名中慧名想非智所以者何經中說如刀能割聖弟子以智慧刀能斷結縛使纒一切煩惱不說餘法不以不實能斷煩惱故知智慧爲實問曰汝但說慧能斷煩惱是事不然所以者何以想亦能斷諸煩惱如經中說善修無常想故能破一切欲染色染及無色染一切戲掉憍慢及無明答曰不然慧斷煩惱以想名說佛二種語一實語二名字語如經中說慈斷瞋恚而是慈法實不斷結但智能斷如說智刀斷諸煩惱故知慈能斷結是名字語又慧義經中說解知故名慧能解知何事謂色無常如實知無常受想行識無常如實知無常是名智慧又說聖弟子定攝心者如實知是故知第一義緣名爲智慧又智慧喻中說智刀慧箭等是喻皆示斷除煩惱但眞智慧能斷煩惱故知智慧爲實又偈中說行者見世間一切諸天人退失眞智故貪著於名色世間多見虛妄常樂淨等名失眞智若見眞實空無我等名得眞智故知智慧爲實又經中佛說若人失財名失少利若失智慧名失大利又說於諸利中財是少利慧爲最利又說於諸明中日月明少慧明第一若慧非實佛以何故作如是說又經中說慧根是聖諦攝又說苦集智等當知眞實緣第一諦是名智慧又說於諸法中智慧爲上又

說無上正徧知亦說慧眼故知其實又佛十力皆是智性故知智慧爲實緣第一義問曰若爾則無世間智慧答曰實無世間智慧何以知之世間心緣假名出世間心緣空無我所以者何世間即是假名出於假名名出世間問曰汝說不然所以者何經中說識何所識謂識色聲香味觸法亦如陰界入等皆以識識今是識皆應名出世間是故汝言世間心但緣假名不能緣實是事不然又意識亦能實緣以能緣受想行等故又佛說二種正見世間出世間見有福罪等名爲世間若聖弟子緣苦集滅道無漏念相應慧名出世間又偈中說得世上正見雖往來生死乃至百千世常不墮惡道又經中說邪行者得生善處是人罪業未成善緣先熟或臨死時正見相應善心現前故生善處又十善道中亦說正見汝云何言無世間智又佛自說有三種慧聞慧思慧修慧聞慧思慧皆是世間修慧二種又佛生念羅睺羅比丘未能成就得解脫慧又說五法能令未熟解脫心熟此皆是世間智慧又經中說有人能出而未能觀有人能觀而不能度得世間智故名能出未見四諦故不能觀若見四諦而未得漏盡故名不度又佛自說法智比智他心智世智又說宿命智生死智皆是有漏又說法住智泥洹智如是等經中說故當知有有漏智答曰若有有漏智慧今應當說有漏無漏智差別相問曰若法墮有是名有漏異則無漏答曰何法名墮有何法名不墮有是事應答若不能答則非有漏無漏相汝言有世間心緣非假

名謂識諸塵等是事不然所以者何佛說凡夫常隨假名是義以一切凡夫心不破假名故常隨我相終不相離雖見色亦不離甁等相故凡夫心不緣實義雖緣受想等法亦見是我我所故知一切世間心皆緣假名汝言有諸世間智慧謂二種正見等今當答心有二種癡心智心緣假名法是名癡心若但緣法謂空無我是名智心如解無明經中說無明者不知先不知後不知先後不知業不知報不知先後業報如是等處處如實不知不見不解癡妄黑闇故名爲無明如實不知者謂不知空無我是凡夫心常在假名緣假名故名爲無明緣空名智今若一切世間智皆緣假名緣假名心名爲無明何得言有世間智慧問曰如汝說智慧相緣假名名無明者

今阿羅漢應有無明亦有緣甁等心故答曰阿羅漢無緣甁等心所以者何初得道時已壞一切假名相故但爲事用故說甁等不著見慢有三種語一從見生二從慢生三從事用生凡夫若說甁若說人是語皆從見生學人雖無我見以失正念故於五陰中以我慢想說是人是甁如差摩伽經中說事用生者謂阿羅漢如大迦葉見僧伽梨言是我物天神生疑佛釋之言此人求拔慢根燒盡因緣云何有慢但以世間名字故說故知阿羅漢無甁等心問曰若無世間智慧說二種正見等經當云何通答曰此皆是想以智名說佛能通達諸法實相隨可度衆生立種種名如智慧以受等名說所謂受者於諸法得解脫亦說善修無常等想能破一切煩惱亦說第

四不黑不白業能盡諸業所謂學思又說以意斷諸貪著又說信能度河一心度海精進除苦慧能清淨又說眼欲見色眼實無欲但心欲見以眼名說問曰若世間智實是想者何故名智若無因緣說名爲智則一切想皆應名智亦可說有二種想一緣世諦二緣第一義諦答曰不然想有種種差別有想極癡乃至不識世間善惡有想次癡能別善惡有想少癡能緣骨想等不離假名則不能壞諸陰相此想能順壞陰相智故佛說智又此想能與實智作因故名爲智世間有因中說果如說食金施人五事女爲戒垢好岸渠樂法服人樂又七漏經中說用斷等漏因名漏又說以食爲命草爲牛羊亦說衣食等物皆是外命若奪人財即是奪他命此皆說因爲果如是智因說智故無咎也問曰諸念處乃暖等中心能緣實法是無漏耶答曰無漏心能破假名是故隨心能破假名從此以來名爲無漏問曰齊何處心能破假名答曰隨能具足見五陰生滅相爾時得無常想無常想能令行者具無我想如說聖弟子以無常想修心則能住無我想以無我想修心能速得解脫貪恚癡等所以者何若無我想修心則能住苦想以我想故雖苦不覺是故若法無常無我亦苦智者則能深生惡猒故無我想能具苦想問曰汝何故壞次第說經中說若無常即是苦苦即是無我故無常想能具苦想苦想能具無我想答曰經中說無常想修聖弟子心能住無我想故無常想能具足無我想又如是說亦有道理所以者何說我者爲

成後世故說我是常是故若見五陰無常即知無我如經中說若人說眼是我則無道理所以者何眼有生滅若眼是我我即生滅有如是過問曰此二經當云何通答曰苦相二種一從無常想生名壞苦相一從無我想生名行苦相是故二經亦不相違問曰若爾者念處暖法等中有無常想此法皆應是無漏答曰念處等中若是無漏有何咎耶問曰凡夫心不應是無漏亦凡夫心有妄念等處云何當是無漏答曰此人非眞是凡夫此人名行須陀洹果問曰行須陀洹果在見諦道中念處等法不名見諦答曰行須陀洹果有近有遠住念處等中名遠行者見諦名近何以知之佛於斧柯喻經中說若知若見故得漏盡知見何法謂此色等此色等生此色等滅若不修道則不得漏盡修之則得如抱卵喻又行者常修道品煩惱微盡雖不數覺盡已乃知如斧柯喻又行者常修三十七品欲縛結纏易可散壞如海船喻故知從念處來修習道品皆名行初果者又若一念若十五念中不得修習當知此是遠行須陀洹者問曰初說知此色等此色等生此色等滅是初果道後三喻是三果道是故不名行初果者答曰若卵不抱則壞抱則成就如是從念處來初發修習若不能成不名爲行能成則是學人名不爛壞能堪受者是故若於念處等中爛壞則名凡夫若修習成則名行初果者猶在鷇中若得出鷇名須陀洹故知在念處等中名遠行者又郁伽長者供養衆僧天神示言此是阿羅漢乃至此是行初果者若在見

諦道云何可示當知是遠行者又經中佛說若無信等五根是人名住外凡夫中是義識有内外凡夫若不得達分善根名外凡夫得名爲内是内凡夫亦名聖人亦名凡夫因外凡夫故名聖人因見諦道故名凡夫如阿難語車匿言凡夫不能念色空無我受想行識空無我一切諸行無常一切法無我寂滅泥洹爾時車匿未入法位亦說凡夫不能念此問曰若近若遠俱名行者有何差別答曰若見滅諦名眞行者若在遠分善根見五陰無常苦空無我而未見滅是名名字行者所以者何如經中說諸比丘問佛何名見法佛言因眼緣色生眼識即共生受想思等是一切法皆無常敗壞不可保信若法無常即是苦是苦生亦苦住亦苦數數起相亦苦乃至意法亦如是若此苦滅餘苦不生更無相續行者心念是處寂滅微妙謂捨一切虛妄貪愛盡滅離寂泥洹若於此法中心入信解不動不轉不憂不怖從此已來名爲見法故知行者若以無常等行觀見五陰名遠行者若見滅諦名近行者如車匿答諸上座我亦能念色等無常而於一切行滅愛盡泥洹心不能入通達信解若如是知不名見法又說行者若於此法以軟慧信忍名信行者過凡夫地入正法位不得初果終不中夭若以利慧信忍是名法行見此法已能斷三結名須陀洹明了無餘名阿羅漢故知見滅名近行者問曰行者何故不盡見滅答曰經中說諸法無性從衆緣生是法甚深一切愛盡寂滅泥洹是處難見佛觀十二因緣滅故成無上道又

法印中說行者若觀五陰無常敗壞虛妄不堅固亦名爲空而名知見未淨此經後說行者作如是念我所見所聞所嗅所甞所觸所念以此因緣生識是識因緣爲常無常即知無常若從無常因緣生識云何當常是故見一切五陰無常從衆緣生盡相壞相離相滅相爾時行者知見清淨以說滅盡名知見淨故知見滅名見聖諦又先法住智後泥洹智故見滅諦名得聖道

見一諦品第一百九十

問曰汝說但見滅諦名行果者是事不然所以者何經中佛說我及汝等不能如實見四諦故久處生死今見是四諦身因緣斷生死相盡更不受有當知見四諦故名行果者非但見滅又佛說上滅所謂四諦是故行者應悉知見又說若人法服毀形正信出家皆爲見四諦故若人欲得須陀洹斯陀含阿那含道皆爲見四諦故若得阿羅漢辟支佛佛道皆已見四諦故故知非但見滅諦也又佛自說四諦以次第得又轉法輪經中說我觀此苦此苦因此苦滅此苦滅道於是中生眼智明覺如是三轉皆說四諦又經中說鮮淨白氎投之池中即時受色此人如是即於一坐見四眞諦又說行者淨心正觀苦諦乃至道諦如是見故從欲漏有漏無明漏中心得解脫又諸經中說聖諦處盡皆說四諦不但說滅又佛說四智苦智集智滅智道智皆爲四諦故又行者法應徧觀四諦猶如良醫應知病知病因破病破病藥如是行者欲脫諸苦應知苦苦因苦滅苦滅道若不知苦何由當

知苦因苦滅及苦滅道故知非但見滅答曰諸有說四聖諦利皆於陰界入等中說謂知此色等色等生滅故得漏盡又佛自說我於色等陰中不如實知味過出離終不自謂得無上道若如實知則自知得道又城喻經說我若未知老死老死生老死滅老死滅道乃至諸行諸行生諸行滅諸行滅道不自說我得無上道若如實知自說得佛如是等見苦是得見道者則十六心不名得道問曰我不說此名得道見是思惟時答曰四諦中亦如是說亦可說是思惟時若不爾應說因緣見四諦名得道時見五陰等名思惟時問曰斷煩惱智名爲得道思惟五陰等不斷煩惱答曰我先已說五陰等智亦斷煩惱如說知見色等故得漏盡又說見世間集則滅無見見世間滅則滅有見又佛自觀因緣得道又甄叔伽經中說種種得道因緣有人觀五陰得道或觀十二入十八界十二因緣等得道故知非但以四諦得道若汝意謂雖有是說不以此觀能斷煩惱亦可說言雖觀四諦不斷煩惱又要當以眞諦得道而解四諦中說生苦老苦病苦死苦怨憎會苦愛別離苦所求不得苦取要言之五陰爲苦又說苦因所謂貪愛常隨喜樂處處愛身觀如是等不應盡漏此皆世諦非第一故問曰雖觀生死等不應盡漏略說五陰皆苦是中有智能破煩惱答曰餘三諦云何故知汝自憶想分別又觀五陰皆苦是散亂心不應得道問曰若不以四諦得道當以何法得道答曰以一諦得道所謂爲滅如經中說妄名虛誑實名不顚倒

一切有爲法皆虛誑妄取故知行者隨心在有爲法中皆非眞實如經中說諸有爲法虛誑如幻如炎如夢如假借等如法句經中說虛妄繫世間似如有堅實實無見如有正觀則皆無如實無男女法但五陰和合强名男女凡夫倒惑謂之有實行者觀此五陰空無我故即不復見如法印經中說行者觀色無常空虛離相無常者謂色體性無常空虛者如瓶中無水名曰空瓶如是五陰中無神我故名爲空如是觀者亦名爲空亦名知見未淨以未能見五陰滅故後乃見滅所謂行者作如是念我所見聞等故知見滅諸煩惱盡問曰何故見滅則煩惱盡非餘諦耶答曰行者爾時苦想決定若未證滅想於有爲法中苦心未定如人不得初禪喜樂於五欲中不生猒想又如未得無覺觀定於覺觀定不以爲患行者亦爾未證泥洹寂滅相時不得行苦當知見滅諦故苦想具足苦想具足故愛等結斷問曰若見滅諦故苦想具足應見滅諦後煩惱方斷所以者何見滅諦已苦想具故答曰非後時斷隨於滅中得寂滅相即時苦想具足後當現前如經中說行者於集生相法知盡滅想即於法中得法眼淨又人於諸陰中常有我心雖觀諸陰無常苦等未得求滅若見滅諦以無相故我心求滅問曰若見滅諦則我心盡何故佛觀前人柔軟心等爲說四諦不但說滅答曰此中有順道行何者以無常想無我想具足故得此苦觀以其近道是故合說問曰若得道時斷身見者何故復說戒取疑耶答曰行者得道現見諸法

皆空無我即不復疑不同凡夫聞思等觀若見道諦則知唯此一實更無餘道是故說三問曰若得道時見諦所斷諸煩惱盡何故但說三結盡耶答曰一切煩惱皆以身見爲本如佛問比丘人以何事因何事見何事故生如是見唯有此身死則斷滅如是等一切見比丘白佛佛爲法王唯願解說佛言人以色因色見色是我故起此見乃至識亦如是當知因見我故生諸煩惱所以者何若有身見則謂此我若常無常若定見常則是常見定見無常則是斷見若我是常則無業無報無苦解脫我若無常亦無業無報及苦解脫不以修道而得泥洹若以此見爲勝即是見取謂能得度即是戒取自見中愛他見中恚以此見自高即是憍慢皆以不如實知故起此結即是無明是故身見斷故見諦結斷問曰若身見斷餘亦斷者何故別說戒取疑耶答曰以其勝故行者現見法相則無有疑此疑疑我爲有爲無亦疑此道得清淨不今見苦諦則我見斷亦知唯此一道更無有餘是故說斷身見名眞見苦斷戒取故名修行道於智所知法中無疑若以正智知所知法即斷集證滅名具四諦故說此三示無疑相此疑從我道生如經中說初得道相謂見法得法知法達法度諸疑網不隨他教於佛法中得無畏力安住果中

一切緣品第一百九十一

問曰何智能一切緣答曰若智行界入等名一切緣所以者何若說諸入諸界法物事有諸緣諸塵可知識等皆盡諸法若智能緣名

一切緣問曰此智不知相應共生等法答曰能知若緣入等是名總相智總相智故能緣一切所以者何若說十二入則更無餘法故知此智亦緣自體問曰經中說二因緣生識是故不應有自緣智又諸智無有因緣譬喻能緣自體如指端不能自觸眼不能自見答曰汝說二因緣生識此事不定亦有無緣生智非一切皆從二因緣生又第六識於自陰中都無所緣無現法故是識不能緣色等法故若能緣者盲人亦應見色此人爾時心心數法在去來中去來無法爲何所緣但遮計神故如是說若諸識生皆由此二非四因緣或有識生無二因緣如經中說六入因緣觸而實無觸以六入爲因緣若生則不出於六入爲遮第七入故如是遮四因緣故佛說二入又於過去未來虛空時方等中知生而此法實無此即是無緣知問曰若然者以此因緣過去未來等法應有若無云何生知於兔角龜毛蛇足等中終不生知答曰於作中知生如是見人去則憶去時若聞人語如是則憶語時如是等過去中無作是故不然問曰今於過去中爲何所憶答曰憶無所有法汝言何故不憶兔角等若法生已而滅是則可憶若本來無何所憶耶如法先名衆生今雖過去亦名衆生如是先於此法生憶故即此心還憶非異心也又是人先取此法相此法雖滅而能生憶想分別法若法於此人心生此法失滅後意識生能知此事是名相緣識又是相能與後緣相識作因緣兔角等識無相爲因是故不生又亦應有緣兔角等識若

無云何能說問曰兔角等性非可識所以者何終不生長短黑白等念故過去法亦如是所以者何我等不能以過去法令現在前如聖人知未來事言此事當爾此事不爾答曰聖智力爾法雖未有而能預知如聖人能壞石壁入出無礙此事亦爾無而能知又以憶力故知如眼識不能分別男女若眼識不能意識亦不應能而意識實能是事亦爾又如我等於先所用已滅事中生知聖人亦爾於無法中而能生知又如說提婆達多無有一識能識四字而亦能識是事亦爾又如諸數量別異合離此彼等是中雖無現法亦能生識又如人身不可以一念徧知亦不可以分分識知雖分分不知一念不知而亦生人知是事亦爾汝言無有因緣譬喻能知自體此中有說意能自知言行者隨心觀而去來無心故知以現在心緣現在心若不爾終無有人能識現在心相應法問曰經中說若能以慧觀一切法無我即得猒離苦是道爲清淨此智慧除自體及共生法餘一切法緣答曰此智但有漏緣非無漏所以者何此偈中說即猒離苦故知但緣苦諦又爲壞我見修無我智我見五受陰緣當知無我亦緣受陰是五受陰無常故無我如經中說若無常即是無我若無我即是苦又佛語比丘斷非汝所有法比丘言得已世尊佛問汝云何得世尊色是非我所受想行識非我所佛言善哉善哉當知但受陰中生無我心又經中說諸所有色若過去未來內外麤細近遠大小皆應知非我非我所如是如實以正慧觀又說觀

色無我受想行識無我觀色無常虛妄如幻詐無智眼爲怨爲賊無我無我所又佛說於此座中有愚癡人在無明㲉無明所盲捨離佛法生此邪見若色無我受想行識無我云何無我起業而以我受故知無我但緣受陰又經中無處說無我智緣一切法處處皆說五受陰緣問曰佛自說一切法無我故知有爲無爲此智皆緣非但緣五受陰又說十空緣一切法空即無我又說諸行無常苦一切法無我若無我智但緣苦諦何故不說諸行無我以說一切法無我故當知若說行則說有爲若說法即通一切又說誰於一相法及別異相法智慧現在前如明眼見色唯諸佛世尊正智得解脫能於一相法及別異相法智慧現在前如明眼見色以無我相故諸法一相故知無我緣一切法非但緣苦答曰一切二種一攝一切二攝一分攝一切者如佛說我是一切智人一切名十二入攝一分者如說一切然而無漏無爲不可得然又如來品中說如來是一切捨者一切勝者不可捨持戒等法但爲惡法說一切捨不可勝餘諸佛但爲餘衆生故說一切勝又說云何比丘名一切智謂如實知六觸入生滅是名總相知一切法非別相智佛總別悉知名一切智是比丘總知諸法無常等故名一切智其名雖同而實有異名攝一分又佛言若法入修多羅隨順比丘不違法相是法應受又說若人言此是佛語是人語正而義非智者於中應說正義語此比丘是語應與何義相稱復有說者義正而語非是正義中應置正語如

是等經佛悉聽之又有了義不了義經此是不了義經何故於一事中說一切名應知其意又世間人於一事中亦說一切如言爲一切祠一切與食亦說此人一切皆食故知雖說一切無我當知但爲五受陰說非一切法汝說十空此中不得有無爲空所以者何無人於無爲中生我想故設有餘空亦無所害汝亦以苦智與空相應是故空非一切法緣問曰世間空緣一切法非無漏空答曰無世間空一切空皆是無漏又問法印經中說空是世間空答曰是出世間空非世間空又問是中說知見未淨故知是世間空答曰我先說無漏心能破假名是故從破假名來名無漏心後見滅諦離增上慢名知見淨是故無世間空汝說一切行無常一切法無我如是應有行者具足無我想時法想具足故於無我說法名字如見品中說若人不見苦是即爲見我若如實見苦即不復見我如實者謂見無我是故說一切法無我但緣苦諦說無我行汝說佛現前見一相異相此亦應有以界入等爲一故說一相有何咎耶

聖行品第一百九十二

有二行空行無我行於五陰中不見衆生是名空行見五陰亦無是無我行何以知之經中說見色無體性見受想行識無體性又經中說因無性得解脫故知色性非眞實有受想行識性非眞實有又經中說五陰皆空如幻不可說幻爲眞實幻若眞實有不名爲幻亦不可言無但以無實能爲誑惑又此行者觀一切空故知五陰非眞實有如破一相故

不見壁等一法五陰亦爾無一實法問曰若色等法亦非眞實今應唯一世諦答曰滅是第一義諦故有如經中說妄謂虛誑諦名如實滅即是如實決定故名第一義有又行者生眞實智一切有爲皆悉空無故知滅是第一義有問曰汝說見五陰中無衆生因何五陰說名衆生爲有漏爲無漏答曰亦有漏亦無漏問曰經中說若見衆生皆是見五受陰答曰無漏法亦在衆生數不在非衆生數木石等中故知亦因無漏諸陰名爲衆生又若聖人在無漏心爾時亦名有心衆生故無漏心亦名衆生一切諸陰皆名受陰從受生故問曰云何知皆從受生答曰無漏法皆從布施持戒修定等業心中生無則不生如經中說爲無明所覆愛結所繫故愚夫得此身智者亦如是身即受陰問曰若一切陰皆名受陰漏無漏陰有何差別答曰一切諸陰從受生故皆名受陰但不受後身故名無漏是名差別陰與受陰俱從受生故曰受陰是故此經不相違背是二行皆緣無所有若色等法空及體性滅皆是無所有問曰此二皆緣五陰經中說見色空無我見受想行識空無我答曰因諸陰見空無我所以者何於衆生因緣有見衆生空亦見色等法滅問曰是則俱緣若行者念諸陰及空即名緣陰及無所有答曰行者於衆生因緣中不見衆生故即生空心然後見空又於五陰滅中不見色體性受想行識體性故知此二皆無所有緣

見智品第一百九十三

問曰正見正智有何差別答曰即是一體無

有差別正見二種世間出世間世間者謂有罪福等出世間者謂能通達苦等諸諦正智亦爾問曰汝說見智相不如是所以者何諸忍但見非智盡智無生智及五識相應慧但智非見答曰何故諸忍非智問曰以未知欲知故名未知根若苦法忍是智苦法忍知已苦法智應名知根不名未知根是故忍非智也又經中說若行者於是諸法少能以慧觀忍名未訖竟訖竟名智若忍名觀未訖又初無漏慧始見名忍不應以初見爲智又忍時不了智時決了又忍生時疑猶隨逐故忍非智答曰忍即是智所以者何欲樂忍皆是一義行者先知苦已然後忍樂若先不知何所忍樂又少語中但說觀忍而不說智然則應受行果者無智若汝意謂行者有智而名爲忍爾亦應受忍即是智又經中說行者知時見時即得漏盡又說知見得是一義又佛說苦智集滅道智不說有忍故知智即是忍又佛解脫義中說如實知故名智忍亦如實知故不應有異若汝以未知根故名爲忍者是事不然我等不說先忍後智於一心中即名忍智是經義不成汝云何以不成相成汝言忍名未訖我已先答謂先知後忍當知忍即爲說若不知說云何能忍汝言忍時未了汝法中以忍斷結如其不了何能斷結汝言忍時疑猶隨逐若爾見諦道中皆有疑隨是中智生皆應非智又無有分別是忍是智如世間觀隨順四諦亦名爲忍亦名爲智無漏忍智亦應如是問曰盡智無生智但智非見答曰有何因緣問曰經中別說正見正智故智

非見答曰若爾則正見不名正智若汝謂正見是正智正智亦應是正見又五分法身從慧品中別說解脫智見應當非慧然則盡智無生智亦非是慧今即正見以異相故說名正智謂盡一切煩惱於阿羅漢心中生故說名正智問曰若正智即是正見則阿羅漢不名十分成就答曰體一而異名如法智苦智又說阿羅漢名八功德福田成就是故正智即是正見又六和敬中第六和敬說名同見若如汝說則盡無生智不名和敬又正觀故名正見盡無生智以正觀故亦名正見問曰五識相應慧但智非見答曰何故非見問曰五識皆無分別以初在緣故見名思惟觀察又五識但緣現在是故非見答曰是中無覺觀故不能分別若言初在緣故非見是事不然所以者何汝法眼識有相續緣如意識故不應言初在緣若爾意識亦不應有見汝又說緣現在故非見是亦不然他心智亦緣現在是亦應非見五識中無眞實智以無行故亦常隨假名故見智慧等一切皆無況但無見問曰有人言眼根名見是事云何答曰眼根非見眼識能緣隨俗言說故曰眼見問曰有人言有八見謂五邪見世間正見學見無學見除此八見餘慧不名爲見是事云何答曰若見智得解了達證皆是一義若言此見此非見皆自憶想分別說問曰經中說知者見者則得漏盡有何差別答曰若智初破假名名爲知入法位已則名爲見始觀名知達了名見有如是法深淺差別

成實論卷第十九

成實論卷第二十

訶梨跋摩造
姚秦三藏鳩摩羅什譯

三慧品第一百九十四

三慧聞慧思慧修慧從修多羅等十二部經中生名爲聞慧以此能生無漏聖慧故名爲慧如經中說羅睺羅比丘令能成就得解脫慧雖聞韋陀等世俗經典以不能生無漏慧故不名聞慧若能思量諸經中義是名思慧如說行者聞法思惟義趣又說行者聞法思惟義已當隨順行若能現前知見是名修慧如說行者於定心中見五陰生滅如諸經中說汝等比丘修習禪定當得如實現前知見又七正智經中說若比丘知法名聞慧知義名思慧知時等名修慧又如羅睺羅讀誦五受陰部等名聞慧獨處思義名思慧後得道時名修慧又經中說三種器杖聞杖離杖慧杖聞杖名聞慧離杖名思慧慧杖名修慧又經中說聞法五利未聞則聞已聞明了斷疑正見以慧通達甚深義趣未聞則聞已聞明了是名聞慧斷疑正見是名思慧以慧通達是名修慧又聞法利中說行者以耳聽法以口誦習是名聞慧以意思量是名思慧以見通達是名修慧又四須陀洹分中聞正法名聞慧正憶念名思慧隨法行名修慧又五解脫門中從所尊聞法是名聞慧通達語義是名思慧生歡喜等名爲修慧又經中言佛所說法三時善等善男子若長若幼聞法生念在家憒閙出家閑靜若不出家則不能淨修善法即捨所有親屬財物出家持戒守護諸

根威儀詳審獨處思惟遠離五蓋得初禪等乃至漏盡於此中長幼聞法是名聞慧念在家憒閙出家閑靜是名思慧遠離五蓋乃至漏盡是名修慧又經中說二因緣故能生正見從他聞法自正憶念從他聞法名聞慧自正憶念名思慧能生正見名修慧又偈中說當習近善人聽受正法樂於獨處調伏其心是中習近善人聽受正法是名聞慧樂於獨處是名思慧調伏其心是名修慧又佛教諸比丘汝所說時當說四諦所思惟時當思四諦是中若說四諦名聞慧思惟四諦名思慧得四諦名修慧如是等處處經中佛說三慧問曰是三慧幾欲界幾色界幾無色界答曰欲色界一切如手居士生無熱天彼中說法若人說法必思其義故知色界亦有思慧無色界中但有修慧問曰有人言欲界無修慧色界無思慧是事云何答曰以何因緣故欲界無修慧問曰以欲界道不能斷諸蓋障諸纏令欲界纏不現在前答曰佛法中無有此語以欲界道不能斷諸蓋障諸纏令欲界纏不現在前又說以欲界道能破煩惱何者欲界有不淨觀等如經中說善修不淨觀能破貪欲慈等亦爾問曰是欲界不淨觀等不能永斷煩惱答曰色界不淨觀等亦不能畢竟斷諸煩惱問曰以麤重不適等行能斷煩惱非不淨等答曰無有經說麤等能斷煩惱不淨等不能經中說以不淨等能斷煩惱又麤等有何勢力能斷煩惱而不淨等不能又若欲界有麤等行應以此行斷諸煩惱若無應說因緣何故有不淨等而無麤等若有而不

斷煩惱色界雖有亦不應能斷是亦應説因縁何故欲界不能而色界能問曰欲界雖有麤等而不能斷諸煩惱以是散亂界故散亂心者無所能斷如經中説攝心是道散亂心非道答曰應説因縁何故欲界名散亂界耶是中有不淨觀等若是散亂界云何能觀骨等異相又色界攝心有何異相而欲界無問曰以色界道能得離欲於此閒死生色界中如楔出楔答曰何名離欲問曰斷煩惱名離欲以色界道能斷煩惱非欲界也答曰諸外道斷結還起還生欲界是故凡夫不名斷結若斷已更生則無漏斷結亦應更生是事不可又經中説斷三結已能斷三毒凡夫不能斷三結故無得離欲又凡夫常有我等心故無有能斷身見等若凡夫能離欲者一切煩惱皆不應有所以者何一切煩惱皆衆縁成如經中説從衆縁成我若此凡夫於欲界五陰不起身見復未得上界諸陰然則凡夫應無身見有如此過如是煩惱應當永盡此凡夫應是羅漢而實不得煩惱都盡如經中説聞大雷音二人不怖轉輪聖王及阿羅漢今此凡夫亦應不怖又阿羅漢不欣生不惡死此人亦應如是如優波斯那阿羅漢爲毒蛇所螫將命終時諸根不異顏色不變是人亦應如是又阿羅漢世閒八法不能覆心此人亦應爾以離欲故而實凡夫雖説離欲皆無此相故知不斷煩惱問曰凡夫能斷諸結此閒命終往生色界若不斷結云何生彼經中亦説有離欲外道又説阿羅漢迦羅摩鬱頭藍弗捨離欲色生無色中又説以色離欲以

無色離色以滅離起思念是故汝言凡夫雖斷煩惱以還生故不名爲斷是事不然汝亦說凡夫諸有所斷皆實是遮但名爲斷離其實不斷說名爲斷實不離欲說名離欲如偈中說若念我我所死來則能斷小兒拚土戲隨愛時悋護若心猒離時則壞而捨去此亦名離欲而外道斷與死斷異死斷不生色無色界小兒捨土雖供養之無大果報若供養離欲外道得大果報語言雖同其義則異故知凡夫實有斷離答曰遮中有差別若能深遮煩惱則生色無色界又若能遮身見先已說過若不能遮欲界身見云何能生色界無色界但能遮貪恚故生色界非遮身見等故知凡夫實不斷結亦有欲界善法能遮煩惱故知欲界亦有修慧又經中說除七依處亦許得道故知依欲界定能生眞智問曰是人依初禪近地得阿羅漢道非欲界定答曰不然言除七依則除初禪及近地已又此中無有因緣能依近地非欲界定若此行者能入近地何故不能入初禪耶是事亦無因緣又須尸摩經中說先法住智後泥洹智是義不必先得禪定而後漏盡但必以法住智爲先然後漏盡故知除諸禪定除禪定故說須尸摩經若受近地即過同諸禪又無有經中說近地名是汝自憶想分別問曰我先說楔喻故知以異地道能斷異地結如以細楔能出麤楔如是以色界道能斷欲界行者若先斷欲及惡不善法然後能入初禪故知必有近地以定斷欲又說因色出欲若無近地云何因色又經中說行者若得淨善則能捨不淨

善猶如難陀因天女愛能捨本欲又若不得初禪寂滅味者不能於五欲中生麤弊心故知先得初禪近地能捨欲界答曰得欲界淨善能斷不善如說五出性若聖弟子或念五欲不生喜樂心不通暢如燒筋羽若念出法心則通暢又說行者隨生不善覺觀則以善覺觀滅是故汝說楔喻亦可欲界汝言因色離欲是末後事行者以欲界道斷諸煩惱隨次漸斷乃至能得色界善法爾時欲界名畢竟斷得色界法汝言得滅盡定阿羅漢亦得諸定但說其末汝言得淨妙喜及寂滅味皆已總答又若欲界無定云何能以散心證色界善問曰慧解脫阿羅漢無定亦但有慧答曰此中但遮禪定必當應有少時攝心乃至一念如經中佛說比丘取衣時有三毒著衣已則滅無有經說散亂心中能生眞智皆說攝心生如實智

四無礙智品第一百九十五

問曰有近法位世智何者是耶答曰是暖等法中能破假名智是智以世俗見諦故曰世智近聖道故名近法位問曰是見諦道中未來修等智答曰無未來修等智後當說所以者何破法相中無假名心是故見諦道中不修世智問曰經中說四無礙智何者是耶答曰若名字中無礙智名法無礙言音中無礙智名辭無礙謂殊方異俗言音差別如經中說行者不應貪著國土言辭若言音不便義亦難解若無名字則義不可明即此言辭不留不盡名樂說無礙如經中說有四種說法或說有義趣不能無盡有能無盡而無義趣

有二俱能有二俱不能此三種智名言辭方便知名語中義無礙智名義無礙如說有四種說法有義方便無語方便有語方便無義方便有俱方便有俱無方便若人能得四無礙智是名具足方便難訓難近說法中上樂說無盡亦有義趣智慧無窮言辭無滯問曰此無礙智云何當得答曰以先世業因緣故得若能世世善修因緣智慧及陰等方便以修習力故今世雖不學習文字讀誦經典亦能得知如天眼通等問曰何人能得答曰唯聖人得有人言但阿羅漢得非諸學人此不必爾學人亦能得八解脫何故不能得此智耶問曰此四無礙在何界中答曰欲色界一切無色界中唯義無礙無礙二種有漏無漏學人具二種無學人唯無漏若得則一時盡

得女人亦得如曇摩塵那比丘尼等

五智品第一百九十六

五智法住智泥洹智無諍智願智邊際智知諸法生起名法住智如生緣老死乃至無明緣行以有佛無佛此性常住故曰法住智此法滅名泥洹智如生滅故老死滅乃至無明滅故諸行滅問曰若爾者泥洹智亦名法住智所以者何若有佛無佛是性亦常住故答曰諸法盡滅名為泥洹是盡滅中有何法住問曰泥洹非實有耶答曰陰滅無餘故稱泥洹是中何所有耶問曰實有泥洹何以知之滅諦名泥洹苦等諸諦實有故泥洹亦應實有又泥洹中智名滅智若無法云何生智又經中佛為諸比丘說有生起作有為法有不生起作無為法又經中說唯有二法有為無

爲有爲法有生滅住異無爲法無生滅住異又經中說諸所有法若有爲若無爲滅盡泥洹唯此爲上又說色是無常滅色故泥洹是常乃至識亦如是又經中說滅應證若無法何所證又佛於多性經中說智者如實知有爲性及無爲性無爲性即是泥洹以眞智知云何言無又諸經中無有定說泥洹無法故知汝自憶想分別謂無泥洹答曰若離諸陰更有異法名泥洹者則不應名諸陰盡滅以爲泥洹又若有泥洹應說有體何者是耶又緣泥洹定名曰無相若法相猶存者何名無相如經中說行者見色相斷乃至見法相斷又經中處處說一切行無常一切法無我寂滅泥洹是中我名諸法體性若不見諸法體性名見無我者若泥洹是法則無體性不可得見以此法不滅故如隨有瓶時無瓶壞法若瓶壞時得說瓶壞斷樹等亦如是若諸行猶在爾時不名泥洹諸行滅故有泥洹名又苦滅不名更有別法如經中說諸比丘若此苦滅餘苦不生更無相續是處第一寂滅安隱所謂捨離一切身心貪愛永盡離滅泥洹是中言此苦滅餘苦不生更有何法名泥洹耶又亦更無別有盡法但已生愛滅未生不生爾時名盡更有何法說名盡耶實不可說復次有是法之異名五陰法無名爲泥洹是中無有而名爲有此則不可以滅盡故說名泥洹猶如衣盡更無別法若不爾者亦應別有衣盡等法汝言有滅智者亦無所妨如於斷樹等中智生亦無別有斷法又由諸行故是中智生謂隨諸行無名爲泥洹如隨無此

物知此物空問曰今無泥洹耶答曰非無泥洹但無實法若無泥洹則常處生死永無脫期如有瓶壞樹斷但非實有別法言餘諦等皆已通答所以者何有苦滅故說有不生不起不作無爲法等悉無所害無諍智者隨以何知不與他諍此名無諍有人言慈心是也以慈心故不惱衆生復有人言空行是也以此空行不與物諍又有人言樂泥洹心是以樂泥洹故無所諍有人言在第四禪此不必爾是阿羅漢以此智修心皆無所諍願智者於諸法中無障礙智名爲願智問曰若爾者唯佛世尊獨有此智答曰如是唯佛世尊具足此智餘人隨力所及得無障礙邊際智者隨行者得最上智以一切禪定熏修增長若於增損壽命等中得自在力名邊際智

六通智品第一百九十七

有六通智六通者身通天眼天耳他心智宿命漏盡身通名行者身出水火飛騰隱顯摩捫日月至梵自在及種種變化如是等業名爲身通問曰此事云何當成答曰行者深修禪定故得如經中說禪定者力不可思議有人言變化心是無記此事不然若此行者爲利他故種種現變何故名無記耶有人言以欲界心作欲界變化色界心作色界變化此亦不然眼等亦應如是可以欲界識見欲界色耶如是等若色界心化欲界變化有何咎有人言初禪神通能至梵世乃至四禪神通到色究竟是亦不然隨根力所及若利根者以初禪神通能到四禪鈍根者亦以二禪神通不能用初禪如大梵王到禪中間是中無

神通以初禪力能到諸餘梵天即以初禪不能知梵王住處又佛以宿命憶念無色如經中說若色無色中先所生處佛悉知之是故不定有人言天眼是慧性此事不然天眼由光明成慧不如是問曰經中說修光明相能成知見知見即是天眼答曰不然亦說天耳不以慧性名之爲耳故非慧也又天眼緣現在色意識不爾又解天眼中說知衆生業報眼識無有此力但意識中智用眼識時生故如從禪定生色名爲天眼問曰天眼形處大小答曰如童子量又問盲人云何答曰亦齊眼處又問天眼爲一爲二答曰是二又問隨見所向方耶答曰徧見諸方又問化人有耶答曰無造化者有天耳論亦如是行者若知他心名他心智問曰何故不說知他心數答曰以此因緣故無別有心數知他受想等亦名他心智有人言此智同性緣如以有漏知有漏無漏知無漏是事不然此人不說決定因緣以此因緣知同性緣有人言但緣現在此亦不然或緣未來如人入無覺定知從此定起當覺如是如是事有人言此智不知見諦道是事不然若知何咎耶又說辟支佛欲知見諦道中第三心即見第七心聲聞欲知第三心即見第十六心此不名知見諦道耶有人言此智不知上地上人上根是亦不定諸天亦知佛心如佛一時深擯衆僧還念欲取梵王悉知又於一時心念爲王如法化世魔王即知而來勸請又諸天亦知此是阿羅漢乃至此是行須陀洹又諸比丘亦知佛心如佛將泥洹時阿那律次第知佛所入諸禪

定有人言此智不知無色是亦不然佛以宿命能知無色他心智亦如是知有何咎耶問曰云何知他心答曰於緣中知若心行色名緣色心如是等問曰若爾則他心智緣一切法答曰如是若不知緣云何知心如經中說我知汝心如是如是即是緣色等知他心三種一相知二報得三修得相知者如以鴦伽呪等故知報得者如鬼神等修得者修禪定力得他心智此六通中說修得者若憶過去世中諸陰名宿命智問曰爲憶何陰答曰憶自陰他陰及非衆生陰雖不能憶勝者諸陰能憶勝者戒等諸法何以知之如舍利弗答世尊言我雖不知去來佛心能知其法又淨居天知佛心故來白佛言如是世尊過去諸佛威儀亦爾問曰解宿命中何故說共相共性答曰憶念明了故如是說相名字如某人等又以識事故名爲相姓名種族如言此是汝家此是汝性相性合說故知見明了問曰何故爲明了憶答曰過去法盡滅無相而能得知此爲奇特有人以思量相知不能明了謂佛弟子亦復如是是故性相合說有人用宿命智或以有道思慧知過去世如行緣識此二種中思慧爲勝所以者何此人雖知八萬大劫無此思慧故生邪見謂從此來名爲生死過此更無有道思慧終無此心有人言此智次第憶念過去是事不然若念念次第憶一劫中事尚難知盡況無量劫問曰經中何故說我於九十一劫已來未見布施損而無報答曰佛於此中以七佛爲證亦有長壽淨居與佛同見又佛得眞智故功德清淨若

人供養得二世福故齊此說有人言此智不知上地是事不然上身通等中已答問曰若是憶性何故名智答曰憶隨相生過去無相而能憶念當知勝慧名之爲憶宿命有三種一用宿命智二報得三生便自憶宿命智名修得報得者如鬼神等生便自憶謂人道中問曰以何業故生便自憶答曰以不惱衆生此業能得所以者何死時生時苦切逼故忘失憶念此中難得不失故須善業有人言此憶過去極至七世是事不定有人世世深修不惱法故能憶念久遠證漏盡智通者金剛三昧是也金剛三昧是漏盡無礙道漏盡智名無學智以金剛三昧滅盡諸漏名證漏盡智通問曰餘神通亦應說以何法證答曰先以說深修禪定證神足通又隨所用證及所證事皆名神通有人言一切聖道皆是漏盡方便如經中說若佛出世善人聞法出家奉戒除捨五蓋修定見諦此等皆名漏盡方便有人言施等善法亦名漏盡因緣如經中說行者布施助成漏盡空無我智是名真證漏盡智通此法別名金剛三昧能破諸相故曰金剛諸外道人但名五通皆以不得此真智故問曰以無我智應破我見云何以此斷貪恚等答曰無我智能滅諸相以無相故諸煩惱滅問曰以初無我智能壞諸相第二智等更何所用答曰諸相雖滅還生是故須第二等問曰若滅已還生相則無邊然則無阿羅漢道答曰有邊如今現見乳滅還生有時乳滅酪生是則爲邊相亦如是又如燒鐵黑相滅還更生至赤相生爾時名邊迦羅邏等諸

踰亦如是隨於何時諸相滅盡更無相生爾時名得阿羅漢道問曰阿羅漢都無諸相耶答曰若在不定心中爾時亦有色等諸相但不生過若人眼見色以邪心邪分別爾時相能生過問曰何者是空無我智答曰若行者於五陰中不見假名衆生以法空故見色體滅乃至識滅是名空無我智問曰假令諸法常在愛等煩惱亦可除盡如說萬物常在而精進者能除貪愛何須滅相答曰經中說所有生相皆知滅相於諸法中得法眼淨若以滅斷名畢竟斷有行者離諸色欲遮滅貪恚佛爲此故說如是偈又說諸行性空如幻凡夫無智謂之實有學人了知虚誑如幻阿羅漢亦不見幻故知隨以何慧證諸法滅是名證漏盡智通

忍智品第一百九十八

問曰經中說若行者有七方便三種觀義於此法中速得漏盡是何智耶答曰七方便名聞慧思慧所以者何心未定者作如是觀謂此是色色集色滅及色滅道色味過出問曰若是聞思慧者何故言速得漏盡答曰雖是聞慧思慧如是分別五陰能破我心故說速得漏盡三種觀智謂觀有爲法無常苦無我若以陰界入門觀有爲法則無義利問曰若爾者前過中已說無常苦出中已說無我何故復說此三種觀耶答曰習學三種先聞思慧然後修慧先於聞思慧中說七種後修慧中說三種所以者何若無常苦壞相名壞無常非行無常雖說除欲染不說云何除後乃說三種觀義問曰何謂八忍答曰若有智能

破假名是名爲忍是忍在暖頂忍世間第一法中問曰行者亦於佛法僧及戒等中忍何故但說八耶答曰以勝故說勝名近道此慧爲智故名爲忍如爲苦法智名苦法忍如是等所以者何先用順道思慧後得現智如牧象人先觀象跡以比智知在此中後則現見行者亦爾先以忍比智思量泥洹然後以智現見故經中說知者見者能得漏盡

九智品第一百九十九

問曰有論師言阿羅漢證盡智時得世俗九智謂欲界繫善無記乃至非想非非想處善無記是事云何答曰非一切阿羅漢盡得諸禪定云何當得九智問曰一切阿羅漢皆得禪定但非一切皆能現入答曰若不能現入云何名得如人言知書而不識一字是事亦爾問曰若人離欲而未能現入初禪是人命終不生彼耶答曰經中說先此間入後當生彼今云何此間不入而能生彼問曰若離欲時過去未來諸禪皆本得得以此報生答曰未來業無作無起不應得報過去諸禪曾於心生若與果報則無所害又不應得未來諸業若可得者一切未來皆應可得以何障故有得不得問曰若未來法不可得者學人不應八分成就無學不應十分成就所以者何若依第二禪等入正法位是人未來得正思惟又若行者盡智現前爾時未來得世正見有人依無色定得羅漢果是人未來得正思惟正語正業正命又若人依第三禪等得聖道得未來喜如是等法則應皆無故知有未來法又若無未來修者云何當得諸果諸禪

定等行者若在道比智中悉得初果所攝諸智諸定若不爾果等應數數得所以者何諸果皆應現前時得是事不可故知應有未來中修答曰汝言無諸分者此無所妨所以者何我說戒等諸分以次第得非一時得故非難也汝言諸得其種類行者得苦智時餘苦智種皆名爲得如得人種故名得人相亦不名於念念中漸得人相是事亦爾問曰行者所有苦等諸智次第得者皆已捨離更一時得須陀洹果所攝諸智答曰無漏諸智得則不失問曰若先得不失則得行無别所以者何得果者即是行者有此等過答曰若無差别有何咎耶如成就果者亦名行者此亦如是又是人更得勝法故有差别是故無過如受五戒者更得出家律儀亦不失本戒又得果者不以見道故有差别如人雖知初事更以勝事故有差别此事亦爾故知無未來得又行者住空無我智爾時云何得世間法故知得盡智時不得世智問曰此諸世智共盡智得與阿羅漢作入出定心答曰阿羅漢心相續生念念皆淨若更得九智眼等皆應更得若不爾不應但得九智又說未來修者皆無因緣所以者何此等說見諦道中但修相似智思惟道中亦修相似及不相似見諦道中不修上地思惟道中修道比智中不修世俗善餘智中修無礙道中不修他心智信解脱轉爲見到時一切無礙解脱道中不修世俗道時解脱轉爲不壞解脱時九無礙八解脱道中不修世俗道第九解脱道中修微細心中不修一切無漏如是等皆無因緣是故

汝今若說正因若應信受若以學習爲修在暖等中時上諸善根一切皆修以悉增益故如誦習經書則皆明利是故在暖等法時乃至盡智一切皆修若不爾當說正因

十智品第二百

十智法智比智他心智名字智四諦智盡智無生智知現在法是名法智如經中說佛告阿難汝於此法如是見知如是通達過去未來亦如是知應言現在法智今不說現在故但說法智如經中說愚者貴現在法智者貴未來又說現在諸欲未來諸欲皆是魔網魔繫魔縛如是等中皆說現語略現語故但說法智知餘殘法名曰比智餘謂過去未來諸法次現在法後知故名比智所以者何先現知已然後比知法智名現智隨此法智思量比知名爲比智問曰比智是無漏智無漏智云何名比智答曰世間亦有比智所以者何法智比智他心智苦智集智滅智道智皆有有漏無漏是諸智在暖等法中是有漏入法位所得名無漏問曰有人言知欲界諸行諸行集諸行滅諸行滅道名爲法智知色無色界諸行四種名爲比智是事云何答曰經中說佛告阿難過去未來世中亦如是知無有經說色無色界諸行中智名爲比智又經中說行者應念我今爲現色之所侵食過去曾亦爲色之所侵食未來中色亦當侵食又經中說生緣老死去來世中亦復如是如馬鳴菩薩說偈如現在火熱去來火亦熱現在五陰苦去來陰亦苦如是等苦諸大論師亦如是說又知過去未來世法名爲比智亦有道

理所以者何行者於去來現在苦中猒離猒離名於此法中生眞智慧如現在行苦去來諸行亦如是苦今以何智知去來法若是法智色無色界諸行亦有去來於彼中知亦應名法智然則唯是法智無比智也若色無色界去來行中別有智者欲界去來行中亦應別更有智以此義故諸論師言有得未得故次第見諦欲界苦名得色無色界苦名未得是故不可一時並知若未得苦以比智知今欲界中所未得苦亦應以比智知問曰以何智爲斷結道答曰但用法智比智在方便道中問曰用何法智答曰用苦法智滅法智所以者何行者觀無常苦時見空無我爾時證諸行滅餘智皆是方便問曰觀何苦滅答曰觀諸受苦此中能生我心是故亦於此中見

滅如說內解脫故諸愛盡滅自說得阿羅漢問曰經中不說一切行斷名斷性耶答曰此行者證內滅故一切猒離又行者必當應證內滅餘不必定問曰於諸諦中云何生智答曰知生苦等問曰此非定心何能生智答曰有如是觀亦有見陰無常等過生苦無我想如經中說若法無常即是無我所以者何眼等諸根有生有滅若是我者我即生滅故知非我是眼等生時無所從來以有所作故名爲無我而經中說無有作者故知若法無常即是無我如是行者善修無常及無我故身心寂滅所有行生皆覺其惱則生苦想如無皮牛小觸覺痛行者如是以無我想故成上苦想愚者以我想故雖有大苦不覺其惱是名苦智見諸行生是名集智見諸行滅名爲

滅智念道始終是名道智問曰何謂盡智答
曰盡一切相故名盡智所以者何學人相斷
還生此畢竟斷故名盡智如經中說若知妄
相唯是妄想諸苦則盡學人智但妄想是我
此心永斷名爲盡智如經中說阿羅漢於佛
前自記世尊所說諸結我無此也我於是結
不復生疑我常一心攝念正行貪等不善不
漏於心是中取相故生諸結諸相斷故諸結
則滅學人行於相無相故我心時發如見杌
樹疑謂是人故阿羅漢獨得無疑以心常行
無相中故見衆生空於五陰中不見神我後
以法空不見色性乃至識性故知一切相盡
名爲盡智知諸相不生名無生智學人斷相
盡已還生無學相盡更不復生若能令諸相
盡滅更不復生爾時名無生智問曰學人亦
知有盡智無生智如念我三結盡更不復生
何故不說十分成就答曰學人不能斷一切
想故不說有盡智無生智如人處處繫縛雖
一處解不名得脫亦有此義舍利弗說給孤
獨氏十分成就又阿羅漢得自在力故自知
結盡更不復生學人不爾又阿羅漢得無學
道能自知一切生盡名爲盡智梵行成者謂
捨諸學行所作辦者謂諸所應作皆已作訖
知從此身更無相續故知但阿羅漢於一切
所作應得自在成就盡智及無生智非諸學
人如人瘧病雖不發時亦不名瘥如經中說
離一切處喜滅一切處憂證一切法滅常行
無漏心他心智如六通中說五陰和合假名
衆生此等中智名名字智無漏智名眞實智
此似無漏得名爲智故曰名字智問曰有人

言一切衆生成就等智是事云何答曰若佛弟子能知諸法從衆緣生是人能得非餘衆生以得智名故一切衆生但用想識若得此智名内凡夫

四十四智品第二百一

問曰經中説四十四智謂老死智老死集智老死滅智老死滅道智生有取愛受觸六入名色識行亦如是何故説此荅曰泥洹是眞法寶以種種門入有以五陰門入或觀界入因緣及諸諦如是等門皆至泥洹何以知之如經中説王處城中有雙使來從一門入到已向王説其事實語已還去諸門亦爾此中王喻行者諸門謂觀陰界入等雙使如止觀説其事實謂通達空是諸使雖從諸門入皆到一處如是雖觀陰界入等諸門方便皆入泥洹如羅睺羅説於獨屏處思惟法時知如是法皆隨順趣向稱讃泥洹又佛於讃法中説是法能滅諸煩惱火故名爲滅能令行者心得安隱故名安隱能令行者到正徧知故名爲至如是等義皆讃泥洹又梵行名八聖道八聖道中正智爲上是正智果所謂泥洹又佛所説教皆爲泥洹故知五陰等門皆至泥洹問曰有論師言老死智名苦智是事云何答曰非也所以者何是中不説苦行故非苦智問曰爲是何智答曰此名老死性智問曰亦説知老死集老死滅老死滅道故知應是苦智答曰此是因緣門非眞諦門是故此中不應説苦行應説集等以相順故問曰此中何故不説味過出等諸智耶答曰此義皆攝但集經者略而不説

七十七智品第二百二

問曰經中說七十七智謂生緣老死不離生有老死過去未來世中亦如是是法住智觀無常有爲作起從衆緣生盡相壞相離相滅相亦如是觀乃至無明緣行亦如是是中何故不說老死性及滅道等耶答曰爲利智者故如是說但開其門可知餘亦如是又外道多於因緣中謬說世間萬物因世性等故佛於此但說因緣問曰已說生緣老死何故更說不離答曰爲必定故諸法中有不定因如施爲富因亦以持戒得富如說持戒得生天上或有生念老死因生或不因生故須定說問曰何故去來世中復須定說答曰現在與過去世或有異相謂過去衆生壽命無量勢同諸天如是等恐人謂壽命等異老死因緣亦當有異故須定說未來亦爾此六種名法住智餘名泥洹智能令老死相續故說無常有爲作起從衆緣生盡相壞相即是無常行離相即是苦行滅相即是空無我行所以者何此中色性滅受想行識性滅是名三種觀義如經中說比丘有七處方便三種觀義速得漏盡皆是爲泥洹智如是等因緣智有百千無量謂眼智等如經中說眼緣業業緣愛愛緣無明無明緣邪念邪念緣眼色諸漏緣邪念諸食緣愛五欲緣摶食等地獄短命緣殺生等若今苦先苦皆緣妄想妄想緣身心憎愛憎愛緣貪欲貪欲緣邪思惟如是等諸因緣智無量無邊自應當知

成實論卷第二十

音釋

蝥施隻切蟲行毒也

挵盧貢切與弄同

榍先結切與楔同

捫謨奔切

屏處屏必郢切蔽也

阿毗達磨發智論

唐三藏法師玄奘奉詔譯

清刻龍藏佛說法變相圖

阿毗達磨發智論卷第一

尊者迦多衍尼子造

唐三藏法師玄奘奉詔譯

雜蘊第一中世第一法納息第一

世第一法七　頂二煗身見　十一見攝斷

此章願具說

云何世第一法答若心心所法爲等無間入正性離生是謂世第一法有作是說若五根爲等無間入正性離生是謂世第一法於此義中若心心所法爲等無間入正性離生是謂世第一法何故名世第一法答如是心心所法於餘世間法爲最爲勝爲長爲尊爲上爲妙故名世第一法復次如是心心所法爲等無間捨異生性得聖性捨邪性得正性能入正性離生故名世第一法世第一法當言

欲界繫色界繫無色界繫耶答應言色界繫何故此法不應言欲界繫耶答非以欲界道能斷蓋制纏令欲界纏不復現起乃以色界道能斷蓋制纏令欲界纏不復現起若以欲界道能斷蓋制纏令欲界纏不復現起如是世第一法應言欲界繫然非以欲界道能斷蓋制纏令欲界纏不復現起乃以色界道能斷蓋制纏令欲界纏不復現起是故世第一法不應言欲界繫何故此法不應言無色界繫耶答入正性離生先現觀欲界苦爲苦後合現觀色無色界苦爲苦聖道起先辯欲界事後合辯色無色界事若入正性離生先現觀無色界苦爲苦後合前觀欲色界苦爲苦聖道起先辯無色界事後合辯欲色界事如是世第一法應言無色界繫然入正性離生先現觀欲界苦爲苦後合現觀色無色界苦爲苦聖道起先辯欲界事後合辯色無色界事是故世第一法不應言無色界繫復次入無色定除去色想非除色想能知欲界若緣此法起苦法智忍即緣此法起世第一法世第一法當言有尋有伺無尋唯伺無尋無伺耶答應言或有尋有伺或無尋唯伺或無尋無伺云何有尋有伺答若依有尋有伺三摩地入正性離生彼所得世第一法云何無尋唯伺答若依無尋唯伺三摩地入正性離生彼所得世第一法云何無尋無伺答若依無尋無伺三摩地入正性離生彼所得世第一法世第一法當言樂根相應喜根相應捨根相應耶答應言或樂根相應或喜根相應或捨根相應云何樂根相應答若依第三靜慮

入正性離生彼所得世第一法云何喜根相應答若依初二靜慮入正性離生彼所得世第一法云何捨根相應答若依未至第四靜慮入正性離生彼所得世第一法世第一法當言一心多心耶答應言一心何故此法非多心耶答從此心心所法無間不起餘世間心唯起出世心若當起餘世間心者爲劣爲等爲勝若當劣者應不能入正性離生何以故非以退道能入正性離生故若當等者亦不能入正性離生何以故先以此類道不能入正性離生故若當勝者先應非世第一法後方是世第一法世第一法當言退不退耶答應言不退何故此法定不退耶答世第一法隨順諦趣向諦臨入諦此彼中間無容得起不相似心令不得入聖諦現觀譬如壯士渡河渡谷渡山渡崖中間無能迴轉彼身還至本處或往餘處先所發起增上身行未至所趣必不止息世第一法亦復如是隨順諦趣向諦臨入諦此彼中間無容得起不相似心令不得入聖諦現觀如贍部洲有五大河一名殑伽二名閻毋那三名薩洛踰四名阿氏羅筏底五名莫醯如是五河隨順大海趣向大海臨入大海中間無能迴轉彼流還至本處或往餘處彼決定能流入大海世第一法亦復如是隨順諦趣向諦臨入諦彼此中間無容得起不相似心令不得入聖諦現觀復次世第一法與苦法智忍作等無間緣無有一法速疾迴轉過於心者可於爾時能作障礙令不得入聖諦現觀是故此法決定不退云何頂答於佛法僧生小量信如世尊爲

波羅衍拏摩納婆説

若於佛法僧　生起微小信　儒童應知彼
名已得頂法

云何頂墮答如有一類親近善士聽聞正法如理作意信佛菩提法是善説僧修妙行色無常受想行識無常善施設苦諦善施設集滅道諦彼於異時不親近善士不聽聞正法不如理作意於已得世俗信退没破壞移轉亡失故名頂墮如佛即爲波羅衍拏摩納婆説

若人於如是　三法而退失　我説彼等類
應知名頂墮

云何煖答若於正法毗奈耶中有少信愛如世尊爲馬師井宿二苾芻説此二愚人離我正法及毗奈耶譬如大地去虚空遠此二愚人於我正法毗奈耶中無少分煖

此二十句薩迦耶見幾我見幾我所見耶答五我見謂等隨觀色是我受想行識是我十五我所見謂等隨觀我有色色是我所我在色中我有受想行識受想行識是我所我在受想行識中若非常常見於五見何見攝何見所斷答邊執見常見攝見苦所斷若常非常見於五見何見攝何見所斷答邪見攝見滅所斷若苦樂見於五見何見攝何見所斷答取劣法爲勝見取攝見苦所斷若樂苦見於五見何見攝何見所斷答邪見攝見滅所斷若不淨淨見於五見何見攝何見所斷答取劣法爲勝見取攝見苦所斷若淨不淨見於五見何見攝何見所斷答邪見攝此有二種若謂滅爲不淨見滅所斷若謂道爲不淨

見道所斷若非我我見於五見何見攝何見所斷答有身見攝見苦所斷若非因因見於五見何見攝何見所斷答非因謂因戒禁取攝見苦所斷若因非因見於五見何見攝何見所斷答邪見攝見集所斷若有無見於五見何見攝何見所斷答邪見攝此有四種若謂無苦見苦所斷若謂無集見集所斷若謂無滅見滅所斷若謂無道見道所斷若無有見於五見何見攝何見所斷答此非見是邪智

雜蘊第一中智納息第二

一智識因緣　二心念祭祀　三根用過去
疑名句文身　佛訶責六因　隨眠心及斷
因境斷識義　此章頗具說

頗有一智知一切法耶答無若此智生一切法非我此智何所不知答不知自性及此相應俱有諸法頗有一識了一切法耶答無若此識生一切法非我此識何所不了答不了自性及此相應俱有諸法頗有二心展轉相因耶答無所以者何無一補特伽羅非前非後二心俱生又非後心爲前心因頗有二心展轉相緣耶答有如有心起無未來心即思惟此起第二心如有心起有未來心即思惟此起第二心如有心起無未來道心即思惟此起第二心如有心起有未來道心即思惟此起第二心如有二知他心者彼二心展轉相緣何故無一補特伽羅非前非後二心俱生答無第二等無間緣故有情一一心相續轉故補特伽羅既不可得又無前心徃後心理何緣能憶本所作事答有情於法由慣習

力得如是同分智隨所更事能如是知如有二造印者能了自他所造印字雖彼二人不往相問汝云何造此字亦不相答我如是造此字而彼二人由慣習力得如是同分智能了自他所造印字有情亦爾由慣習力得如是同分智隨所更事能如是知又如有二知他心者互相知心雖彼二人不往相問汝云何知我心亦不相答我如是知汝心而彼二人由慣習力得如是同分智互相知心有情亦爾由慣習力得如是同分智隨所更事能如是知復次一切心心所法於所緣定安住所緣又以受意爲因力强念便不忘何緣有情忘而復憶答有情同分相續轉時於法能起相屬智見又以受意爲因力强念便不忘何緣有情憶而復忘答有情異分相續轉時於法不起相屬智見又以受意爲因力劣念便忘失何緣祭祀餓鬼則到非餘趣耶答彼趣法爾得如是處事生我分是故祭祀則到非餘如鵝鴈孔雀鸚鵡舍利命命鳥等雖如意自在飛翔虛空而神力威德不大於人然彼趣法爾得如是處事生我分能飛翔虛空鬼趣亦爾由法爾力祭祀則到餘趣不爾又如一類那洛迦能憶宿住亦知他心一類傍生一類餓鬼能憶宿住亦知他心及起煙焰興雲致雨作寒熱等雖能作是事而神力威德不大於人然彼趣法爾得如是處事生我分能作是事鬼趣亦爾由法爾力祭祀則到餘趣不爾復次有人長夜起如是欲如是愛樂我當娶婦爲兒娶婦爲孫娶婦令生子孫紹繼不絕我命終已若生鬼趣彼念我故當

祭祀我由彼長夜有此欲樂是故祭祀則到非餘

當言一眼見色二眼見色耶答應言二眼見色所以者何若合一眼起不淨識開二眼時起淨識故設合一眼起如是識開二眼時亦起此識則不應言二眼見色然合一眼起不淨識開二眼時便起淨識是故應言二眼見色如合覆損破壞亦爾如眼見色耳聞聲鼻嗅香亦爾

諸過去彼一切不現耶答應作四句有過去非不現謂如具壽鄔陀夷言

一切結過去　從林離林來　樂出離諸欲
如金出山頂

有不現非過去謂如有一或以神通或以呪術或以藥物或以如是生處得智有所隱沒令不顯現有過去亦不現謂所有行已起等起已生等生已轉現轉已集已現已過去已盡滅已離變是過去過去分過去世攝有非過去亦非不現謂除前相諸過去彼一切盡耶答應作四句有過去非盡謂如具壽鄔陀夷言一切結過去乃至廣說有盡非過去謂如佛言此聖弟子已盡地獄已盡傍生已盡餓鬼已盡所有險惡趣坑有過去亦盡謂所有行已起等起乃至廣說有非過去亦非盡謂除前相復次若依結斷說者有結過去非盡謂結過去未斷未徧知未滅未變吐有結盡非過去謂結未來已斷已徧知已滅已變吐有結過去亦盡謂結過去已斷已徧知已滅已變吐有結非過去亦非盡謂結未來未斷未徧知未滅未變吐及結現在諸過去彼

一切滅耶答應作四句有過去非滅謂如具壽鄔陀夷言一切結過去乃至廣說有滅非過去謂依世俗小街小舍小器小眼言是滅街乃至滅眼有過去亦滅謂所有行已起等起乃至廣說有非過去亦非滅謂除前相復次若依結斷說者有結過去非滅謂結過去未斷未徧知未滅未變吐有結滅非過去謂結未來已斷已徧知已滅已變吐有結過去亦滅謂結過去已斷已徧知已滅已變吐有結非過去亦非滅謂結未來未斷未徧知未滅未變吐及結現在

若於苦生疑此是苦耶此非苦耶當言一心多心耶答應言多心謂此是苦耶是一心此非苦耶是第二心於集滅道生疑亦爾頗有一心有疑無疑耶答無所以者何謂於苦諦若言此是苦耶此心有疑若言此是苦此心無疑若言此非苦耶此心有疑若言此非苦此心無疑於集滅道應知亦爾

云何多名身答謂多名號異語增語想等想假施設是謂多名身云何多句身答諸句能滿未滿足義於中連合是謂多句身如世尊說

諸惡莫作　諸善奉行　自淨其心　是諸佛教

如是四句各能滿足未滿足義於中連合是謂多句身云何多文身答諸字衆是謂多文身如世尊說

欲爲頌本　文即是字　頌依於名　及造頌者

如佛世尊訶諸弟子稱言癡人此有何義答是訶責語謂佛世尊訶責弟子稱言癡人如今親教及軌範師若有近住依止弟子起諸

過失便訶責言汝爲愚癡不明不善世尊亦爾訶諸弟子稱言癡人何故世尊訶諸弟子稱言癡人答彼於世尊教誡教授不隨義行不隨順不相續復次彼於聖教作愚癡事空無有果無出無味無有勝利違越佛教於諸學處不能受學故佛訶彼稱言癡人

有六因謂相應因乃至能作因云何相應因答受與受相應法爲相應因受相應法與受爲相應因想思觸作意欲勝解念三摩地慧與慧相應法爲相應因慧相應法與慧爲相應因是謂相應因云何俱有因答心與心所法爲俱有因心所法與心爲俱有因心與隨心轉身業語業爲俱有因心與隨心轉不相應行爲俱有因隨心轉不相應行與心爲俱有因復次俱生四大種展轉爲俱有因是謂俱有因云何同類因答前生善根與後生自界善根及相應法爲同類因過去善根與未來現在自界善根及相應法爲同類因現在善根與未來自界善根及相應法爲同類因如善根不善無記根亦爾差別者不善中除自界是謂同類因云何徧行因答前生見苦所斷徧行隨眠與後生自界見集滅道修所斷隨眠及相應法爲徧行因過去見苦所斷徧行隨眠與未來現在自界見集滅道修所斷隨眠及相應法爲徧行因現在見苦所斷徧行隨眠與未來自界見集滅道修所斷隨眠及相應法爲徧行因如見苦所斷見集所斷亦爾是謂徧行因云何異熟因答諸心心所法受異熟色心心所法心不相應行此心心所法與彼異熟爲異熟因復次諸身語業

受異熟色心心所法心不相應行此身語業與彼異熟爲異熟因復次諸心不相應行受異熟色心心所法心不相應行此心不相應行與彼異熟爲異熟因是謂異熟因云何能作因答眼及色爲緣生眼識此眼識以彼眼色彼相應法彼俱有法及耳聲耳識鼻香鼻識舌味舌識身觸身識意法意識有色無色有見無見有對無對有漏無漏有爲無爲等一切法爲能作因除其自性如眼識耳鼻舌身意識亦爾是謂能作因

諸心由隨眠故名有隨眠心彼隨眠於此心隨增耶答或隨增或不隨增云何隨增謂彼隨眠與此心相應未斷及緣此心云何不隨增謂彼隨眠與此心相應已斷設隨眠於心隨增此心但由彼隨眠故名有隨眠心耶答或由彼非餘或由彼及餘云何由彼非餘謂此心未斷云何由彼及餘謂苦智已生集智未生若心見苦所斷見集所斷隨眠所緣諸心由隨眠故名有隨眠心彼隨眠於此心當斷耶答或當斷或不當斷云何當斷謂彼隨眠緣此心云何不當斷謂彼隨眠與此心相應諸隨眠因何當斷答因所緣汝説隨眠因所緣當斷耶答如是若爾諸隨眠見滅道所斷有漏緣彼隨眠因何當斷若言此斷彼斷俱不應理答見滅道所斷無漏緣隨眠因所緣故斷由此斷故彼亦斷設隨眠於心當斷此心但由彼隨眠故名有隨眠心耶答或由彼非餘或由彼及餘云何由彼非餘謂心不染污修所斷云何由彼及餘謂心染污云何因境斷識答若智已生集智未生若心見集

所斷見苦所斷緣是謂因境斷識於此識幾隨眠隨增若十九一心耶答不爾謂未離欲染苦法智已生集法智未生若心欲界見集所斷見苦所斷緣此因境斷識欲界見集所斷七隨眠隨增已離欲染未離色染苦類智已生集類智未生若心色界見集所斷見苦所斷緣此因境斷識色界見集所斷六隨眠隨增已離色染苦類智已生集類智未生若心無色界見集所斷見苦所斷緣此因境斷識無色界見集所斷六隨眠隨增

雜蘊第一中補特伽羅納息第三

緣起緣息依　心依無有愛　心脫依界想

此章願具說

一補特伽羅於此生十二支緣起幾過去幾未來幾現在耶答二過去謂無明行二未來謂生老死八現在謂識名色六處觸受愛取有如世尊說無明緣行取緣有云何無明緣行云何取緣有答無明緣行者此顯示業先餘生中造作增長得今有異熟及已受異熟取緣有者此顯示業現在生中造作增長得當有異熟無明緣行取緣有何差別答無明緣行者廣說如前此業緣世尊說一煩惱謂無明取緣有者廣說如前此業緣世尊說一切煩惱謂諸取是謂差別頗有行緣無明不緣明耶答無頗有行緣明不緣無明耶答無頗有行緣無明亦緣明耶答有頗有行不緣無明亦不緣明耶答無所以者何無一有情從久遠來不於聖道謗言非道先謗道已彼於後時造作增長感大地業或於後時造作增長感小王業或於後時造作增長感大王

業或於後時造作增長轉輪王業由此因由此緣由彼聖道展轉感得大地所有城邑聚落人非人畜穀稼藥草樹木叢林增長滋茂如是前心四緣於後心但爲一增上緣復次若依因緣說者頗有行緣無明不緣明耶答有謂無明異熟及染污行頗有行緣明不緣無明耶答有謂除初明諸餘無漏行頗有行緣無明亦緣明耶答無頗有行不緣無明亦不緣明耶答有謂除無明異熟諸餘無覆無記行及初明善有漏行入息出息當言依身轉耶依心轉耶答應言亦依身轉亦依心轉如其所應若入出息但依身轉不依心轉則在無想定滅盡定位入出息亦應轉若入出息但依心轉不依身轉則無色界有情入出息亦應轉若入出息但依身心轉不如所應則在卵㲉及母胎中羯剌藍頞部曇閉尸鍵南諸根未滿未熟并在第四靜慮入出息亦應轉以入出息亦依身轉亦依心轉及如所應是故下從無間地獄上至徧淨其中有情諸根滿熟入息出息依身心轉如有色有情心相續依身轉無色有情心相續依何轉耶答依命根衆同分及餘如是類心不相應行無有愛當言見所斷修所斷耶答應言修所斷有作是說無有愛或見所斷或修所斷云何見所斷謂於見所斷法無有而貪云何修所斷謂於修所斷法無有而貪於此義中無有愛但應言修所斷汝說無有愛唯修所斷諸預流者未斷此愛耶答如是汝何所欲諸預流者爲起如是心若我死後斷壞無有豈不安樂耶答不爾聽我所說若無有愛唯修

所斷諸預流者未斷此愛則應說預流者起如是心若我死後斷壞無有豈不安樂若預流者不起如是心若我死後斷壞無有豈不安樂則不應說無有愛唯修所斷諸預流者未斷此愛作如是說俱不應理汝等亦說地獄傍生鬼異熟愛唯修所斷諸預流者未斷此愛耶答如是汝何所欲諸預流者為起如是心我當作哀羅筏拏龍王善住龍王琰魔鬼王統攝鬼界諸有情耶答不爾聽我所說若地獄傍生鬼異熟愛唯修所斷諸預流者未斷此愛則應說預流者起如是心我當作哀羅筏拏龍王乃至廣說若預流者不起如是心我當作哀羅筏拏龍王乃至廣說則不應說地獄傍生鬼異熟愛唯修所斷諸預流者未斷此愛作如是說俱不應理汝等亦說諸纏所纏故害父母命此纏唯修所斷諸預流者未斷此纏耶答如是汝何所欲諸預流者為起如是纏故害父母命耶答不爾聽我所說若纏所纏故害父母命此纏唯修所斷諸預流者未斷此纏則應說預流者起如是纏故害父母命若預流者不起如是纏故害父母命則不應說諸纏所纏故害父母命此纏唯修所斷諸預流者未斷此纏作如是說俱不應理汝等亦說於修所斷法無有而貪此貪唯修所斷諸預流者未斷此貪耶答如是汝何所欲諸預流者為緣此起愛耶答不爾聽我所說若於修所斷法無有而貪此貪唯修所斷諸預流者未斷此貪則應說預流者緣此起愛若預流者不緣此起愛則不應說於修所斷法無有而貪此貪唯修所斷諸

預流者未斷此貪作如是說俱不應理彼既應理此亦應然無有名何法答三界無常

如世尊說心解脫貪瞋癡何等心得解脫有貪瞋癡心耶離貪瞋癡心耶答離貪瞋癡心得解脫有作是說貪瞋癡相應心得解脫彼不應作是說所以者何非此心與貪瞋癡相合相應相雜而貪瞋癡未斷心不解脫貪瞋癡斷心便解脫世尊亦說苾芻當知此日月輪五翳所翳不明不照不廣不淨何等爲五一雲二煙三塵四霧五曷邏呼阿素洛手如日月輪非與五翳相合相應相雜彼翳未離此日月輪不明不照不廣不淨彼翳若離此日月輪明照廣淨如是非此心與貪瞋癡相合相應相雜而貪瞋癡未斷心不解脫貪瞋癡斷心便解脫何等心解脫過去耶未來耶現在耶答未來無學心生時解脫一切障其事如何答如無間道金剛喻定將滅解脫道盡智將生若無間道金剛喻定正滅解脫道盡智正生爾時名未來無學心生時解脫一切障未解脫心當言解脫已解脫心當言解脫耶答已解脫心當言解脫若已解脫不應言解脫若解脫不應言已解脫已解脫心而言解脫不應正理今應問彼如世尊說

若斷愛無餘　如蓮華處水　苾芻捨此彼
如蛇脫故皮

汝許此說是善說耶答如是汝何所欲爲已捨言捨未捨言捨耶答已捨言捨聽我所說若已捨不應言捨若捨不應言已捨已捨而言捨不應正理又世尊說

斷慢自善定　善心一切脫　一靜居不逸

越死到彼岸

汝許此說是善說耶答如是汝何所欲爲已到言到未到言到耶答已到言到聽我所說若已到不應言到若到不應言已到已到而言到不應正理彼既應理此亦應然故於契經應分別義如世尊說

獸歸林藪　鳥歸虛空　聖歸涅槃　法歸分別

如世尊說苾芻當知依猒離染依離染解脫依解脫涅槃云何猒答若於諸行無學猒惡違逆是謂猒云何依猒離染答若猒相應無貪無等貪無瞋無等瞋無癡無等癡善根是謂依猒離染云何依離染解脫答若離染相應心已勝解今勝解當勝解是謂依離染解脫云何依解脫涅槃答若貪永斷瞋永斷癡永斷一切煩惱永斷是謂依解脫涅槃

如世尊說有三界謂斷界離界滅界云何斷界答除愛結餘結斷名斷界云何離界答愛結斷名離界云何滅界答諸餘順結法斷名滅界諸斷界是離界耶答如是設離界是斷界耶答如是諸斷界是滅界耶答如是設滅界是斷界耶答如是諸離界是滅界耶答如是設滅界是離界耶答如是

如世尊說有三想謂斷想離想滅想云何斷想答除愛結餘結斷諸想解名斷想云何離想答愛結斷諸想解名離想云何滅想答諸餘順結法斷諸想解名滅想

阿毗達磨發智論卷第一

音釋

燸奴管切與煗同　伺相吏切察也　殑伽梵語也此云天堂來河名也殑其陵切　筏房越切　醯許兮切　嗅許救切與齅同　㲉克角切鳥卵也　羯剌藍梵語也此云凝滑羯居竭切剌郎達切　頞部曇梵語也此云疱頞阿葛切　鍵南梵語也此云凝厚鍵巨展切　琰魔梵語也此云靜息琰以冉切　藪蘇後切

阿毗達磨發智論卷第二

尊者迦多衍尼子造
唐三藏法師玄奘奉詔譯

雜蘊第一中愛敬納息第四

愛養敬力滅　涅槃蘊究竟　取徧知三歸

此章願具說

云何愛答諸愛等愛喜等喜樂等樂是謂愛云何敬答諸有敬有敬性有自在有自在性於自在者有怖畏轉是謂敬云何愛敬答如有一類於佛法僧親教軌範及餘隨一有智尊重同梵行者愛樂心悅恭敬而住若於是處有愛及敬是諸愛敬云何供養答此有二種一財供養二法供養云何恭敬答諸有恭敬有恭敬性有自在有自在性於自在者有怖畏轉是謂恭敬云何供養恭敬答如有一類於佛法僧親教軌範及餘隨一有智尊重同梵行者施設供養恭敬而住若於是處有供養及恭敬是謂供養恭敬云何身力答諸身勇猛强健輕捷能有所辦是謂身力云何身劣答諸身不勇不猛不强不健不輕不捷無所能辦是謂身劣身力身劣幾處攝幾識識答一處攝謂觸處二識識謂身識及意識如二力士相扠撲時手腕纏交互知强弱又如强者執弱者時力之勝劣相知亦爾云何擇滅答諸滅是離繫云何非擇滅答諸滅非離繫云何無常滅答諸行散壞破沒亡退是謂無常滅非擇滅無常滅何差別答非擇滅者不由擇力解脫疫癘災橫愁惱種種魔事行世苦法非於貪欲調伏斷越無常滅者諸行散壞破沒亡退是謂二滅差別如契經說

有二涅槃界謂有餘依涅槃界及無餘依涅槃界云何有餘依涅槃界答若阿羅漢諸漏永盡壽命猶存大種造色相續未斷依五根身心相續轉有餘依故諸結永盡得獲觸證名有餘依涅槃界云何無餘依涅槃界答即阿羅漢諸漏永盡壽命已滅大種造色相續已斷依五根身心不復轉無餘依故諸結永盡名無餘依涅槃界涅槃當言學耶無學耶非學非無學耶答涅槃應言非學非無學有作是說涅槃有學有無學有非學非無學云何學謂學得諸結斷得獲觸證云何無學謂無學得諸結斷得獲觸證云何非學非無學謂有漏得諸結斷得獲觸證於此義中涅槃但應言非學非無學而汝說涅槃有學有無學有非學非無學耶答如是汝何所欲諸先

以世俗道永斷欲貪瞋恚得非學非無學離繫得彼於四諦未得現觀修習現觀得現觀已證不還果轉成學耶答如是又汝何所欲諸先以世俗道永斷欲貪瞋恚得非學非無學離繫得後證不還果時即彼離繫應轉成學若彼今時轉成學者先應是學體常住故未證不還果未有學得已名爲學不應正理汝何所欲阿羅漢向學諸結斷證阿羅漢果彼轉成無學耶答如是又汝何所欲阿羅漢向學諸結斷證阿羅漢果時即彼結斷應轉成無學若彼今時成無學者先應是無學體常住故未證阿羅漢果無無學得已名無學不應正理汝何所欲謂阿羅漢無學結斷退阿羅漢果時彼轉成學耶答如是又汝何所欲諸阿羅漢無學結斷退阿羅漢果時即彼

結斷應轉成學若彼今時轉成學者先應是學體常住故未退阿羅漢果無有學得已名爲學不應正理復次涅槃不應先是非學非無學後轉成學先是學後轉成無學先是無學復轉成學又涅槃不應有學有無學有非學非無學若如是者應成二分諸法不決定故應有雜亂是則不應施設諸法性相決定佛亦不說涅槃有學有無學性以涅槃恒是非學非無學諸法決定無有雜亂恒住自性不捨自性涅槃常住無有變易是故涅槃但應言非學非無學如契經說彼成就無學戒蘊定蘊慧蘊解脫蘊解脫智見蘊云何無學戒蘊答無學身律儀語律儀命清淨云何無學定蘊答無學三三摩地謂空無願無相云何無學慧蘊答無學正見智云何無學解脫蘊答無學作意相應心已勝解今勝解當勝解云何無學解脫智見蘊答盡智無生智無學慧蘊與解脫智見蘊有何差別答無學苦集智是無學慧蘊無學滅道智是無學解脫智見蘊復次無學苦集滅智是無學慧蘊無學道智是無學解脫智見蘊復次無學苦集道智是無學慧蘊無學滅智是無學解脫智見蘊是謂差別如世尊說苾芻當知唯一究竟無別究竟此中何法名究竟耶答世尊或時於道說究竟聲或時於斷說究竟聲於道說究竟聲者如世尊說

一類聰慢者　不能知究竟　彼不證道故
不調伏而死

於斷說究竟聲者如世尊說

已到究竟者　無怖無疑悔　永拔有箭故

彼住後邊身　此是最究竟　無上寂靜迹
清淨不死迹　諸相皆盡故
又契經說有一梵志名數目連來詣佛所請問佛曰喬答摩尊教授教誡諸苾芻等彼受教已皆能證得最極究竟涅槃界不世尊告曰此事不定一類能證一類不能如契經說佛告苾芻有諸外道雖同施設斷知諸取而彼不能具足施設謂但施設斷知欲取見取戒取非我語取此有何義有作是說此是世尊率爾說法彼不應作是說所以者何世尊說法非全無因或少因故復有說者此言顯彼少分斷者彼不應作是說所以者何異生亦有能斷少分我語取故然佛世尊爲天人等無量大衆廣說法要無倒開示令隨類解有諸外道竊聞佛說蘊界處蓋念住乃至覺支等名或有具足或不具足是諸外道若有得聞欲取名者便作是言我亦施設斷知欲取若有得聞見取名者便作是言我亦施設斷知見取若有得聞戒取名者便作是言我亦施設斷知戒取如多苾芻集在一處有諸外道來作是言如喬答摩爲諸弟子宣說法要謂作是說汝等苾芻應斷五蓋如是五蓋能染污心念慧力劣損害覺分障礙涅槃於四念住應善住心於七覺支應勤修習我等亦能爲諸弟子說此法要則喬答摩所說法要與我何別而今汝等獨歸彼耶然彼外道尚不能識五蓋名相況能了達住四念住修七覺支然竊佛語故作是說施設斷取應知亦然又如外道摩健地迦不了自身衆病所集刹那不住苦空非我來詣佛所鼓腹而言

吾今此身既無諸病應知即是究竟涅槃彼尚不知無病名相況能了達究竟涅槃然竊佛語故作是說施設斷取應知亦然何緣外道但有施設斷知三取非我語取答彼於長夜執有真實我及有情命者生者能養育者補特伽羅彼既執有真實我等寧肯施設斷我語取說同施設斷知諸取斯有何義答是佛世尊隨彼言說如世尊說彼諸外道施設實有有情斷壞然依勝義無實有情但隨彼言而作是說此亦如是故無有過如契經說有二徧知謂智徧知及斷徧知云何智徧知答諸智見明覺現觀是謂智徧知云何斷徧知答諸貪永斷瞋癡永斷一切煩惱永斷是謂斷徧知世尊或時於智說徧知聲或時於斷說徧知聲於智說徧知聲者如伽他說

儒童賢寂靜　能益諸世間　有智能徧知
貪愛生衆苦　有智言應作　不作不應言
智者應徧知　有言無作者

於斷說徧知聲者如契經說佛告苾芻當爲汝說所徧知法徧知自性能徧知者所徧知法謂五取蘊徧知自性謂貪永斷瞋癡永斷一切煩惱永斷能徧知者謂阿羅漢諸漏永盡不執如來死後有等不應記法諸歸依佛者何所歸依答若法實有現有想等想施設言說名爲佛陀歸依彼所有無學成菩提法名歸依佛諸歸依法者何所歸依答若法實有現有想等想施設言說名爲達磨歸依如是愛盡離滅涅槃名歸依法諸歸依僧者何所歸依答若法實有現有想等想施設言說名爲僧伽歸依彼所有學無學成僧伽法名

歸依僧

雜蘊第一中無慚納息第五

黑白二根心　掉悔惛睡夢　蓋無明不共

此章願具說

云何無慚答諸無慚無所慚無異慚無羞無所羞無異羞無敬無敬性無自在無自在性於自在者無怖畏轉是謂無慚云何無愧答諸無愧無所愧無異愧無恥無所恥無異恥於諸罪中不怖不畏不見怖畏是謂無愧無慚無愧有何差別答於自在者無怖畏轉是無慚於諸罪中不見怖畏是無愧如是差別云何慚答諸有慚有所慚有異慚有羞有所羞有異羞有敬有敬性有自在有自在性於自在者有怖畏轉是謂慚云何愧答諸有愧有所愧有異愧有恥有所恥有異恥於諸罪中有怖有畏深見怖畏是謂愧慚愧何差別答於自在者有怖畏轉是慚於諸罪中深見怖畏是愧如是差別云何增上不善根答諸不善根能斷善根及離欲染時最初所捨云何微俱行不善根答諸不善根離欲染時最後所捨由捨彼故名離欲染云何欲界增上善根答菩薩入正性離生時所得欲界現觀邊世俗智及如來得盡智時所得欲界無貪無瞋無癡善根云何微俱行善根答斷善根時最後所捨由捨彼故名斷善根諸心過去彼心變壞耶答諸心過去彼心皆變壞有心變壞彼心非過去謂未來現在貪瞋相應心如世尊說汝等苾芻設被怨賊鋸解汝身或諸支節汝等於彼心勿變壞亦當護口勿出惡言若心變壞及出惡言於自所求深為障

礙又世尊說汝等苾芻於妙欲境不應發起變壞之心諸心染著彼心變壞耶答諸心染著彼心皆變壞有心變壞彼心非染著謂過去貪不相應心及未來現在瞋相應心如世尊說汝等苾芻設被怨賊廣說乃至於自所求深爲障礙云何掉舉答諸心不寂靜不止息輕躁掉舉心躁動性是謂掉舉云何惡作答諸心焦灼懊變惡作心追悔性是謂惡作諸心有掉舉彼心惡作相應耶答應作四句有心有掉舉非惡作相應謂無惡作心有躁動性有心有惡作非掉舉相應謂無染污心有追悔性有心有掉舉亦惡作相應謂染污心有追悔性有心無掉舉亦非惡作相應謂除前相云何惛沉答諸身重性心重性身不調柔心不調柔身瞢瞢心瞢瞢身憒悶心憒悶心惛重性是謂惛沉云何睡眠答諸心睡眠惛微而轉心昧略性是謂睡眠諸心有惛沉彼心睡眠相應耶答應作四句有心有惛沉非睡眠相應謂無睡眠心有惛沉性有心有睡眠非惛沉相應謂無染污心有睡眠性有心有惛沉亦睡眠相應謂染污心有睡眠性有心無惛沉亦非睡眠相應謂除前相睡眠當言善耶不善耶無記耶答睡眠應言或善或不善或無記云何善謂善心睡眠惛微而轉心昧略性云何不善謂不善心睡眠惛微而轉心昧略性云何無記謂無記心睡眠惛微而轉心昧略性夢中當言福增長耶非福增長耶非福非非福增長耶答夢中應言或福增長或非福增長或非福非非福增長福增長者如有夢中布施作福受持齋戒或

餘隨一福相續轉非福增長者如有夢中害生命不與取欲邪行故妄語飲諸酒或餘隨一非福相續轉非福非非福增長者如有夢中非福非非福相續轉夢名何法答諸睡眠時心心所法於所緣轉彼覺已隨憶能爲他說我已夢見如是如是事是謂夢如契經說有五蓋爲五蓋攝諸蓋爲諸蓋攝五蓋答諸蓋攝五蓋非五蓋攝諸蓋不攝何等謂無明蓋如世尊說

無明蓋所覆　愛結所繫縛　愚智俱感得

如是有識身

諸蓋彼覆耶答應作四句有蓋非覆謂過去未來五蓋有覆非蓋謂除五蓋諸餘煩惱現在前有蓋亦覆謂五蓋隨一現在前有非蓋非覆謂除前相謂欲界繫無明隨眠彼一切不善耶答諸不善無明隨眠皆欲界繫有欲界繫無明隨眠非不善謂欲界繫有身見邊執見相應無明諸色無色界繫無明隨眠彼一切無記耶答諸色無色界繫無明隨眠皆是無記有無記無明隨眠非色無色界繫謂欲界繫有身見邊執見相應無明諸見苦集所斷無明隨眠彼皆是徧行耶答諸是徧行無明隨眠皆見苦集所斷有見苦集所斷無明隨眠非徧行謂見苦集所斷非徧行隨眠相應無明諸見滅道所斷無明隨眠彼皆非徧行耶答諸見滅道所斷無明隨眠皆非徧行有非徧行無明隨眠非見滅道所斷謂見苦集所斷非徧行隨眠相應無明云何不共無明隨眠答諸無明於苦不了於集滅道不了云何不共掉舉纏答無不共掉舉纏

雜蘊第一中相納息第六

二三相同異　老死無常强　三相一刹那

此章頗具說

色法生住老無常當言色耶非色耶答應言非色非色法生住老無常當言非色耶色耶答應言非色有見法生住老無常當言有見耶無見耶答應言無見無見法生住老無常當言無見耶有見耶答應言無見有對法生住老無常當言有對耶無對耶答應言無對無對法生住老無常當言無對耶有對耶答應言無對有漏法生住老無常當言有漏耶無漏耶答應言有漏無漏法生住老無常當言無漏耶有漏耶答應言無漏有爲法生住老無常當言有爲耶無爲耶答應言有爲無爲法生住老無常當言無爲耶有爲耶答應言無爲法無生住老無常過去法生住老無常當言過去耶未來現在耶答應言過去未來法生住老無常當言未來耶過去現在耶答應言未來現在法生住老無常當言現在耶過去未來耶答應言現在善法生住老無常當言善耶不善無記耶答應言善法不善法生住老無常當言不善耶善無記耶答應言不善無記法生住老無常當言無記耶善不善耶答應言無記欲界繫法生住老無常當言欲界繫耶色無色界繫耶答應言欲界繫色界繫法生住老無常當言色界繫耶欲無色界繫耶答應言色界繫無色界繫法生住老無常當言無色界繫耶欲色界繫耶答應言無色界繫學法生住老無常當言學耶無學非學非無學耶答應言學無學法生住

老無常當言無學耶學非學非無學耶答應言無學非學非無學法生住老無常當言非學非無學耶學無學耶答應言非學非無學見所斷法生住老無常當言見所斷耶修所斷不斷耶答應言見所斷修所斷法生住老無常當言修所斷耶見所斷不斷耶答應言修所斷不斷法生住老無常當言不斷耶見修所斷耶答應言不斷云何老答諸行向背熟變相是謂老云何死答彼彼有情從彼彼有情衆同分移轉壞沒捨壽煗命根滅棄諸蘊身殞喪是謂死云何無常答諸行散壞破沒亡退是謂無常死無常何差別答諸死是無常有無常非死謂除死餘行滅業力强耶無常力强耶答業力强非無常力有作是說無常力强非業力所以者何業亦無常故於此義中業力强非無常力所以者何業能滅三世行無常唯滅現在行故如世尊說有三有爲之有爲相有爲之起亦可了知盡及住異亦可了知一刹那中云何起答生云何盡答無常云何住異答老

雜蘊第一中無義納息第七

無義念無相　知法輪漏盡　巨欲足滿養
此章願具說

如世尊說

修諸餘苦行　當知無義俱　彼不獲利安
如陸揮船棹

何故世尊作如是說修餘苦行無義俱耶答彼行趣死近死至死非如是苦行能趣越死故又世尊說結跏趺坐端身正願住對面念云何名住對面念耶答修觀行者繫念眉間

或觀青瘀或觀膖脹或觀膿爛或觀破壞或觀異赤或觀被食或觀分離或觀白骨或觀骨鏁此等名爲住對面念又世尊說大目乾連底沙梵天不說第六無相住者耶云何名第六無相住者耶答隨信行隨法行名爲第六無相住者所以者何此二無相不可安立不可施設在此在彼若苦法智忍若苦法智廣說乃至若道類智忍以此無相不可安立不可施設在此在彼故名第六無相住者如契經說佛轉法輪憍陳那等苾芻見法地神藥叉舉聲徧告世尊今在婆羅痆斯仙人鹿苑三轉法輪具十二相爲彼地神有正智見知佛轉法輪苾芻見法不答無彼云何知答信世尊故謂佛起世俗心我轉法輪苾芻見法由是彼知或佛告他我轉法輪苾芻見法故彼得聞或從大德天仙所聞或彼尊者憍陳那等起世俗心佛轉法輪我等見法由是彼知或彼告他地神得聞又契經說有諸苾芻得阿羅漢諸漏已盡三十三天數數雲集善法堂中稱說某處有某尊者或彼弟子剃除鬚髮被服袈裟正信出家勤修聖道諸漏已盡證得無漏心慧解脫於現法中能自通達證具足住又自了知我生已盡梵行已立所作已辦不受後有爲彼諸天有正智見知諸苾芻得阿羅漢諸漏盡不答無彼云何知答信世尊故謂佛起世俗心是謂苾芻得阿羅漢諸漏已盡由是彼知或佛告他是諸苾芻得阿羅漢諸漏已盡故彼得聞或從大德天仙所聞或彼尊者起世俗心我已漏盡得阿羅漢由是彼知或彼告他諸天得聞如契

經說摩揭陀國諸輔佐臣或是化法調伏或是法隨法行云何彼名化法調伏云何彼名法隨法行答若在天中而見法者名化法調伏若在人中而見法者名法隨法行復次若不受持戒而見法者名化法調伏若受持戒而見法者名法隨法行云何多欲答諸欲已欲當欲是謂多欲云何不喜足答諸不喜不等喜不徧喜不已喜不當喜是謂不喜足多欲不喜足何差別答於未得可愛色聲香味觸衣服飲食牀座醫藥及餘資具諸希求尋索思慕方便是謂多欲於已得可愛色聲香味觸衣服飲食牀座醫藥及餘資具諸復希復欲復樂復求是謂不喜足如是差別云何少欲答諸不欲不已欲不當欲是謂少欲云何喜足答諸喜等喜徧喜已喜當喜是謂喜足少欲喜足何差別答於未得可愛色聲香味觸衣服飲食牀座醫藥及餘資具諸不希不求不尋不索不思慕不方便是謂少欲於已得可愛色聲香味觸衣服飲食牀座醫藥及餘資具諸不復希不復欲不復樂不復求是謂喜足如是差別云何難滿答諸重食重噉多食多噉大食大噉非少能濟是謂難滿云何難養答諸饕餮極饕餮躭嗜極躭嗜好咀嚼好甞啜選擇而食選擇而噉非趣能濟是謂難養難滿難養有何差別答即前所說是謂差別云何易滿答諸不重食不重噉不多食不多噉不大食不大噉少便能濟是謂易滿云何易養答諸不饕餮不極饕餮不躭嗜不極躭嗜不嗜不極嗜不好咀嚼不好甞啜不選擇而食不選擇而噉趣得便濟是謂

易養易滿易養有何差別答即前所說是謂差別

雜蘊第一中思納息第八

思尋掉等別　愚知憍慢害　多行根性邪
此章願具說

云何思答諸思等思增思思性思類心行意業是謂思云何慮答諸慮等慮增慮稱量籌度觀察是謂慮思慮何差別答思者業慮者慧是謂差別云何尋答諸心尋求辯了顯示推度搆畫分別性分別類是謂尋云何伺答諸心伺察隨行隨轉隨流隨屬是謂伺尋伺何差別答心麤性名尋心細性名伺是謂差別云何掉舉答諸心不寂靜不止息躁動掉舉心躁動性是謂掉舉云何心亂答諸心散亂流蕩不住非一境性是謂心亂掉舉心亂有何差別答不寂靜相名掉舉非一境相名心亂是謂差別云何無明答三界無智云何不正知答非理所引慧汝說不正知是非理所引慧耶答如是汝何所欲諸有正知而妄語者彼皆失念不正知故而妄語耶答如是又何所欲無有正知而妄語耶答不爾應聽我說若言不正知是非理所引慧諸有正知而妄語彼皆失念不正知故而妄語者則應說無有正知而妄語若不說無有正知而妄語者則不應言不正知是非理所引慧諸有正知而妄語彼皆失念不正知故而妄語作如是說俱不應理應語彼言諸無明皆不正知相應耶答如是汝何所欲諸有正知而妄語者皆無明趣無明所纒失念不正知故而妄語耶答如是又何所欲無有正知而妄語

耶答不爾應聽我說若言一切無明皆不正知相應諸有正知而妄語皆無明趣無明所纏失念不正知故而妄語者則應說無有正知而妄語若不說無有正知而妄語者則不應言一切無明皆不正知相應諸有正知而妄語皆無明趣無明所纏失念不正知故而妄語作如是說亦俱不應理云何憍答諸憍醉極醉悶極悶心慠逸心自取是謂憍云何慢答說慢已慢當慢心舉恃心自取是謂慢憍慢何差别答若不方他染著自法心慠逸相名憍若方於他自舉恃相名慢是謂差别若起增上慢我見苦是苦或見集是集此何所緣答如有一類親近善士聽聞正法如理作意由此因緣得諦順忍苦現觀邊者於苦忍樂顯了是苦集現觀邊者於集忍樂顯了是集彼由此忍作意持故或由中間不作意故見疑不行設行不覺便作是念我於苦見是苦或於集見是集由此起慢已慢當慢心舉恃心自取名增上慢此即緣苦或即緣集若起增上慢我見滅是滅或見道是道此何所緣答如有一類親近善士聽聞正法如理作意由此因緣得諦順忍滅現觀邊者於滅忍樂顯了是滅道現觀邊者於道忍樂顯了是道彼由此忍作意持故或由中間不作意故見疑不行設行不覺便作是念我於滅見是滅或於道見是道由此起慢已慢當慢心舉恃心自取名增上慢此即緣彼心心所法若起增上慢我生已盡此何所緣答如有一類作是念言此是道此是行我依此道此行已徧知苦已永斷集已證滅已修道我生已

盡由此起慢已慢當慢心舉恃心自取名增上慢此即緣生若起增上慢我梵行已立此何所緣答如有一類作是念言此是道此是行我依此道此行已徧知苦已永斷集已證滅已修道我梵行已立由此起慢已慢當慢心舉恃心自取名增上慢此即緣彼心心所法若起增上慢我所作已辦此何所緣答如有一類作是念言此是道此是行我依此道此行已徧知苦已永斷集已證滅已修道我已斷隨眠已害煩惱已吐結已盡漏所作已辦由此起慢已慢當慢心舉恃心自取名增上慢此即緣彼心心所法若起增上慢我不受後有此何所緣答如有一類作是念言此是道此是行我依此道此行已徧知苦已永斷集已證滅已修道我生已盡梵行已立所作已辦不受後有由此起慢已慢當慢心舉恃心自取名增上慢此即緣有云何自謂卑而起慢耶答如有一類見他勝已種姓族類財位伎藝及田宅等作是念言彼少勝我我少劣彼然劣於他多百千倍由此起慢已慢當慢心舉恃心自取是名自謂卑而起慢如契經說若起欲尋恚尋害尋或自害或害他或俱害云何欲尋自害答如有一類起貪纏故身勞心勞身燒心燒身熱心熱身燋心燋復由此緣當受長夜非愛非樂非喜非悅諸異熟果如是自害云何欲尋害他答如有一類起貪纏故觀視他妻彼夫見已心生瞋忿結恨愁惱如是害他云何欲尋俱害答如有一類起貪纏故污奪他妻彼夫覺已遂於其妻及於其人打縛斷命或奪財寶如是俱害

云何恚尋自害答如有一類起瞋纏故身勞心勞身燒心燒身熱心熱身燋心燋復由此縁當受長夜非愛非樂非喜非悅諸異熟果如是自害云何恚尋害他答如有一類起瞋纏故斷害他命如是害他云何恚尋俱害答如有一類起瞋纏故斷害他命亦復被他斷害其命如是俱害云何害尋自害答如有一類起害纏故身勞心勞身燒心燒身熱心熱身燋心燋復由此縁當受長夜非愛非樂非喜非悅諸異熟果如是自害云何害尋害他答如有一類起害纏故打縛於他如是害他云何害尋俱害答如有一類起害纏故打縛於他亦復被他之所打縛如是俱害智多耶境多耶答境多非智所以者何智亦境故智多耶識多耶答識多非智所以者何諸智皆識相應非諸識皆智相應忍相應識非智相應故有漏行多耶無漏行多耶答有漏行多非無漏行所以者何有漏行攝十處二處少分無漏行唯攝二處少分故云何行圓滿答無學身律儀語律儀命清淨云何護圓滿答無學根律儀云何異生性答若於聖法聖煖聖見聖忍聖欲聖慧諸非得已非得當非得是謂異生性此異生性當言善耶不善耶無記耶答應言無記何故異生性非善耶答善法或由加行故得或由餘縁故得無設加行求作異生又斷善時善法皆捨得諸善法不成就性若異生性是善性者斷善根者應非異生何故異生性非不善耶答離欲染時不善皆捨得不善法不成就性若異生性是不善者諸異生離欲染應非異生此異生性當

言欲界繫耶色界繫耶無色界繫耶答應言或欲界繫或色界繫或無色界繫何故異生性非惟欲界繫耶答欲界沒生無色界時欲界法皆捨得欲界法不成就性若異生性惟欲界繫者諸異生欲界沒生無色界應非異生何故異生性非惟色界繫耶答色界沒生無色界時色界法皆捨得色界法不成就性若異生性惟色界繫者諸異生色界沒生無色界應非異生何故異生性非惟無色界繫耶答入正性離生先現觀欲界苦後合現觀色無色界苦聖道起先辦欲界事後合辦色無色界事是故異生性非惟無色界繫此異生性當言見所斷耶修所斷耶答應言修所斷何故異生性非見所斷耶答見所斷法皆染污異生性不染污故又世第一法正滅苦

法智忍正生爾時捨三界異生性得彼不成就性非於爾時見所斷法而有捨故異生性名何法答三界不染污心不相應行諸法邪見相應彼法耶思惟相應耶答應作四句有法邪見相應非邪思惟謂邪見相應邪思惟及餘邪思惟不相應邪見相應法有法邪思惟相應非邪見謂邪思惟相應邪見及餘邪見不相應邪思惟相應法有法邪見相應亦邪思惟謂除邪見相應邪思惟及除邪思惟相應邪見諸餘邪見邪思惟相應法有法非邪見相應亦非邪思惟謂邪見不相應邪思惟邪思惟不相應邪見及諸餘心心所法色無爲心不相應行諸法邪見相應彼法邪精進相應耶答應作四句有法邪見相應非邪精進謂邪見相應邪精進有法邪精進相應

非邪見謂邪見及餘邪見不相應邪精進相應法有法相邪見相應亦邪精進謂除邪見相應邪精進諸餘邪見相應法有法非邪見相應亦非邪精進謂邪見不相應邪精進及諸餘心心所法色無爲心不相應行如以邪見對邪精進以邪見對邪念邪定亦爾如以邪見對邪精進邪念邪定以邪思惟對邪精進邪念邪定亦爾諸法邪精進相應彼法邪念相應耶答應作四句有法邪精進相應非邪念謂邪念有法邪念相應非邪精進謂邪精進有法邪精進相應亦邪念謂邪精進邪念相應法有法非邪精進相應亦非邪念謂諸餘心心所法色無爲心不相應行如以邪精進對邪念以邪精進對邪定亦爾如以邪精進對邪念邪定以邪念對邪定亦爾

阿毗達磨發智論卷第二

音釋

扠撲 扠勑皆切撲粥角切 腕 烏貫切臂也 掉 徒弔切搖也 惛 呼昆切心不明也 寱 莫鳳切與夢同 灼 職畧切爇也 懊 烏皓切恨也 瞢𧅫 都鄧切瞢母亘切瞢瞢不明也 憒 古對切亂也 躭嗜 躭都含切樂也嗜時利切好也 咀嚼 咀在呂切嚼疾雀切 啜 昌悅切大欲也 慠 魚到切慢也

阿毗達磨發智論卷第三

尊者迦多衍尼子造

唐三藏法師玄奘奉詔譯

結蘊第二中不善納息第一

三結等性熟　斷見有眼繫　是在具成緣

此章願具說

有三結謂有身見結戒禁取結疑結三不善根謂貪不善根瞋不善根癡不善根三漏謂欲漏有漏無明漏四瀑流謂欲瀑流有瀑流見瀑流無明瀑流四軛謂欲軛有軛見軛無明軛四取謂欲取見取戒禁取我語取四身繫謂貪欲身繫瞋恚身繫戒禁取身繫此實執身繫五蓋謂貪欲蓋瞋恚蓋惛沉睡眠蓋掉舉惡作蓋疑蓋五結謂貪結瞋結慢結嫉結慳結五順下分結謂貪欲順下分結瞋恚順下分結有身見順下分結戒禁取順下分結疑順下分結五順上分結謂色貪順上分結無色貪順上分結掉舉順上分結慢順上分結無明順上分結五見謂有身見邊執見邪見見取戒禁取六愛身謂眼觸所生愛身耳鼻舌身意觸所生愛身七隨眠謂欲貪隨眠瞋恚隨眠有貪隨眠慢隨眠無明隨眠見隨眠疑隨眠九結謂愛結恚結慢結無明結見結取結疑結嫉結慳結九十八隨眠謂欲界繫三十六隨眠色無色界繫各三十一隨眠三結乃至九十八隨眠幾不善幾無記答三結中一無記二應分別謂戒禁取疑結或不善或無記欲界是不善色無色界是無記三不善根唯不善三漏中一無記二應分別謂欲漏或不善或無記無慚無愧及彼相應

是不善餘是無記無明漏或不善或無記無慚無愧相應是不善餘是無記四瀑流中一無記三應分別謂欲瀑流或不善或無記無慚無愧及彼相應是不善餘是無記見瀑流或不善或無記欲界三見是不善欲界二見色無色界五見是無記無明瀑流或不善或無記無慚無愧相應是不善餘是無記如四瀑流四軛亦爾四取中一無記三應分別謂欲取或不善或無記無慚無愧及彼相應是不善餘是無記見取或不善或無記欲界二見是不善欲界二見色無色界四見是無記戒禁取或不善或無記欲界是不善色無色界是無記四身繫中二不善二應分別謂戒禁取此實執身繫欲界是不善色無色界是無記五蓋唯不善五結中三不善二應分別謂貪慢結或不善或無記欲界是不善色無色界是無記五順下分結中二不善一無記二應分別謂戒禁取疑結或不善或無記欲界是不善色無色界是無記五順上分結唯無記五見中二無記三應分別謂邪見見取戒禁取或不善或無記欲界是不善色無色界是無記六愛身中二不善四應分別謂眼耳身觸所生愛身或不善或無記欲界是不善梵世是無記意觸所生愛身或不善或無記欲界是不善色無色界是無記七隨眠中二不善一無記四應分別謂慢疑隨眠或不善或無記欲界是不善色無色界是無記無明隨眠或不善或無記無慚無愧相應是不善餘是無記見隨眠或不善或無記欲界三見是不善欲界二見色無色界五見是無記

九結中三不善六應分別謂愛慢取疑結或不善或無記欲界是不善色無色界是無記無明結或不善或無記無慚無愧相應是不善餘是無記見結或不善或無記欲界一見是不善欲界二見色無色界三見是無記九十八隨眠中三十三不善六十四無記一應分別謂欲界見苦所斷無明隨眠或不善或無記無慚無愧相應是不善餘是無記三結乃至九十八隨眠幾有異熟幾無異熟答諸不善有異熟諸無記無異熟三結乃至九十八隨眠幾見所斷幾修所斷答三結中有身見結見爲前行有二句或見所斷或見修所斷若有身見非想非非想處繫隨信隨法行現觀邊苦忍斷是見所斷餘若異生斷修所斷世尊弟子斷見所斷如有身見結五順下分結中有身見結五見中有身見邊執見亦爾戒禁取疑結見爲前行有二句或見所斷或見修所斷若戒禁取疑非想非非想處繫隨信隨法行現觀邊諸忍斷是見所斷餘若異生斷修所斷世尊弟子斷見所斷如戒禁取疑結四瀑流軛中見瀑流軛四取中見取戒禁取四身繫中戒禁取此實執身繫五順下分結中戒禁取疑結五見中邪見見取戒禁取七隨眠中見疑隨眠九結中見取疑結亦爾貪不善根修爲前行有二句或修所斷或見修所斷若貪不善根學見迹諸智斷是修所斷餘若異生斷修所斷世尊弟子斷見所斷如貪不善根瞋癡不善根三漏中欲漏四瀑流軛中欲瀑流軛四取中欲取四身繫中貪欲瞋恚身繫五蓋中除惡作疑餘蓋五

結中瞋結五順下分結中貪欲瞋恚結七隨眠中欲貪瞋恚隨眠九結中恚結亦爾有漏無明漏見爲前行有三句或見所斷或修所斷或見修所斷若有漏無明漏非想非非想處繫隨信隨法行現觀邊諸忍斷是見所斷若有漏無明漏學見迹諸智斷是修所斷餘若異生斷修所斷世尊弟子斷見所斷如有漏無明漏四瀑流軛中有無明瀑流軛四取中我語取五結中貪慢結六愛身中意觸所生愛身七隨眠中有貪慢無明隨眠九結中愛慢無明結亦爾惡作蓋修所斷如惡作蓋五結中嫉慳結五順上分結六愛身中前五愛身九結中嫉慳結亦爾疑蓋若異生斷修所斷世尊弟子斷見所斷九十八隨眠中二十八見所斷十修所斷餘若異生斷修所斷世尊弟子斷見所斷三結乃至九十八隨眠幾見苦所斷乃至幾修所斷答三結中有身見結見苦所斷如有身見結五順下分結中有身見結五見中有身見邊執見亦爾戒禁取結有二種或見苦所斷或見道所斷如戒禁取結四取中戒禁取四身繫中戒禁取身繫五順下分結中戒禁取結五見中戒禁取亦爾疑結有四種或見苦所斷乃至或見道所斷如疑結四瀑流軛中見瀑流軛四取中見取四身繫中此實執身繫五蓋中疑蓋五順下分結中疑結五見中邪見見取七隨眠中見疑隨眠九結中見取疑結亦爾三不善根有五種或見苦所斷乃至或修所斷如三不善根三漏四瀑流軛中除見餘瀑流軛四取中欲取我語取四身繫中貪欲瞋恚身繫

五蓋中除惡作疑餘蓋五結中貪瞋慢結五順下分結中貪欲瞋恚結六愛身中意觸所生愛身七隨眠中除見疑餘隨眠九結中愛恚慢無明結亦爾惡作蓋修所斷如惡作蓋五結中嫉慳結五順上分結六愛身中前五愛身九結中嫉慳結亦爾九十八隨眠中二十八見苦所斷十九見集所斷十九見滅所斷二十二見道所斷十修所斷三結乃至九十八隨眠幾見幾非見答三結中二見一非見三不善根非見三漏中一非見二應分別謂欲漏或見或非見欲界五見是見餘非見有漏或見或非見色無色界五見是見餘非見四瀑流軛中一見三非見四取四身繫中俱二見二非見五蓋五結俱非見五順下分結中二見三非見五順上分結非見五見是

見六愛身非見七隨眠中一見六非見九結中二見七非見九十八隨眠中三十六是見六十二非見三結乃至九十八隨眠幾有尋有伺幾無尋唯伺幾無尋無伺答三結三種三不善根及欲漏有尋有伺有漏無明漏除欲瀑流軛餘瀑流軛三種欲瀑流軛及欲取有尋有伺貪欲瞋恚二身繫有尋有伺餘二身繫三種五蓋及三結有尋有伺餘二結及三順下分結三種餘二順下分結有尋有伺五順上分結中無色貪無尋無伺餘四及五見三種前五愛身及欲貪瞋隨眠有尋有伺第六愛身及餘五隨眠三種九結中瞋嫉慳結有尋有伺餘六三種九十八隨眠中欲界三十六有尋有伺色界三十一三種無色界三十一無尋無伺三結乃至九十八隨眠幾

樂根相應幾苦喜憂捨根相應答三結中有身見戒禁取結三根相應除苦憂根疑結四根相應除苦根三不善根中貪不善根三根相應除苦憂根瞋不善根三根相應除樂喜根癡不善根及欲漏無明漏五根相應有漏三根相應除苦憂根四瀑流軛中欲無明瀑流軛五根相應有瀑流軛三根相應除苦憂根見瀑流軛四根相應除苦根四取中欲取五根相應見取四根相應除苦根戒禁我語取三根相應除苦憂根瞋恚身繫三根相應除樂喜根餘三身繫及貪欲蓋三根相應除苦憂根瞋恚蓋三根相應除樂喜根惛沉掉舉蓋五根相應睡眠蓋三根相應除樂苦根惡作疑蓋二根相應謂憂捨根五結中貪慢結三根相應除苦憂根瞋結三根相應除樂

喜根嫉結二根相應謂憂捨根慳結二根相應謂喜捨根五順下分結中瞋恚結三根相應除樂喜根疑結四根相應除苦根餘三結三根相應除苦憂根五順上分結中無色貪結一根相應謂捨根餘四結及四見三根相應除苦憂根邪見四根相應除苦根六愛身中前五愛身二根相應謂樂捨根第六愛身及欲有貪慢隨眠三根相應除苦憂根瞋恚隨眠三根相應除樂喜根見疑隨眠四根相應除苦根無明隨眠五根相應九結中愛慢取結三根相應除苦憂根恚結三根相應除樂喜根無明結五根相應見疑結四根相應除苦根嫉結二根相應謂憂捨根慳結二根相應謂喜捨根九十八隨眠中欲界四見慢及見所斷貪三根相應謂喜捨根疑及見所

斷瞋二根相應謂憂捨根邪見及見所斷無明三根相應除樂苦根修所斷貪三根相應除苦憂根瞋三根相應除樂喜根無明五根相應色界三十一隨眠三根相應除苦憂根無色界三十一隨眠一捨根相應三結乃至九十八隨眠幾欲界繫幾色界繫幾無色界繫答三結三種三不善根及欲漏欲界繫有漏二種或色界繫或無色界繫無明漏三種欲瀑流軛及欲取欲界繫有瀑流軛及我語取二種或色界繫或無色界繫餘瀑流軛及餘二取三種四身繫中貪欲瞋恚及五蓋欲界繫餘二身繫三種五結中貪慢及三順下分結三種餘三結及貪欲瞋恚順下分結欲界繫五順上分結中色貪色界繫無色貪無色界繫餘三結二種或色界繫或無色界繫

五見及第六愛身三種眼耳身觸所生愛身二種或欲界繫或色界繫鼻舌觸所生愛身欲界繫七隨眠中欲貪瞋恚欲界繫有貪二種或色界繫或無色界繫餘隨眠三種九結中恚嫉慳結欲界繫餘結三種九十八隨眠中三十六欲界繫三十一色界繫三十一無色界繫諸結墮欲界彼結在欲界耶答應作四句有結墮欲界彼結非在欲界謂纏所纏色界歿起欲界中有及惡魔住梵世纏所纏故訶拒如來有結在欲界彼結非墮欲界謂纏所纏欲界歿起色界中有及住欲界色無色界結現在前有結墮欲界彼結亦在欲界謂纏所纏欲界歿起欲界中有生有及住欲界欲界結現在前有結非墮欲界彼結亦非在欲界謂纏所纏色界歿起色界中有生有

色界歿生無色界無色界歿生無色界無色界歿生色界及住色界色無色界結現在前住無色界無色界結現在前諸結墮色界彼結在色界耶答應作四句有結墮色界彼結非在色界謂纏所纏欲界歿起色界中有及住欲界色界結現在前有結在色界彼結非墮色界謂纏所纏色界歿起欲界中有及惡魔住梵世纏所纏故訶拒如來及住色界無色界結現在前有結墮色界彼結亦在色界謂纏所纏色界歿起色界中有生有及住色界色界結現在前有結非墮色界亦非在色界謂纏所纏欲界歿起欲界中有生有欲界歿生無色界無色界歿生無色界無色界歿生欲界及住欲界欲無色界結現在前住無色界無色界結現在前諸結墮無色界彼結在無色界耶答諸結在無色界彼結墮無色界有結墮無色界彼結非在無色界謂住欲色界無色界結現在前諸結非墮欲界彼結非在欲界耶答應作四句翻上應知諸結非墮色界彼結非在色界耶答應作四句翻上應知諸結非墮無色界彼結非在無色界耶答如是有結非在無色界彼結非不墮無色界謂住欲色界無色界結現在前具見世尊弟子諸色未斷彼色繫耶答如是設色繫彼色未斷耶答如是諸受想行識未斷彼受想行識繫耶答如是有受想行識繫彼受想行識非未斷謂家家或一來或一間欲界修所斷上中品結已斷徧知彼相應受想行識下品結繫具見世尊弟子諸色已斷彼色離繫耶答如是設色離繫彼色已斷耶答如是諸

受想行識已斷彼受想行識離繫耶答諸受想行識離繫彼受想行識已斷有受想行識已斷非離繫謂家家或一來或一間欲界修所斷上中品結已斷徧知彼相應受想行識下品結繫

有五補特伽羅謂隨信行隨法行信勝解見至身證此五補特伽羅於三結乃至九十八隨眠幾成就幾不成就答隨信行於三結苦類智未已生皆成就苦類智已生二成就一不成就於三不善根未離欲染皆成就已離欲染皆不成就於三漏未離欲染皆成就已離欲染二成就一不成就於四瀑流軛取未離欲染皆成就已離欲染三成就一不成就於四身繫未離欲染皆成就已離欲染二成就二不成就於五蓋未離欲染道法智未已生皆成就道法智已生四成就一不成就已離欲染皆不成就於五結未離欲染皆成就已離欲染二成就三不成就於五順下分結未離欲染苦類智未已生皆成就苦類智已生四成就一不成就已離欲染苦類智未已生三成就二不成就苦類智已生二成就三不成就於五順上分結未離色染皆成就已離色染四成就一不成就於五見苦類智未已生皆成就苦類智已生三成就二不成就於六愛身未離欲染皆成就已離欲染未離梵世染四成就二不成就已離梵世染一成就五不成就於七隨眠未離欲染皆成就已離欲染五成就二不成就於九結未離欲染皆成就已離欲染六成就三不成就於九十八隨眠未離欲染苦法智未已生皆成就苦

法智已生苦類智未已生欲界見苦所斷皆不成就餘皆成就苦類智已生集法智未已生三界見苦所斷皆不成就餘皆成就集法智已生集類智未已生三界見苦所斷及欲界見集所斷皆不成就餘皆成就集類智已生滅法智未已生三界見苦集所斷皆不成就餘皆成就滅法智已生滅類智未已生三界見苦集所斷及欲界見滅所斷皆不成就餘皆成就滅類智已生道法智未已生三界見苦集滅所斷皆不成就餘皆成就道法智已生三界見苦集滅所斷及欲界見道所斷皆不成就餘皆成就已離欲染未離色染苦類智未已生欲界一切不成就餘皆成就苦類智已生集類智未已生欲界一切及色無色界見苦所斷不成就餘皆成就集類智已生滅類智未已生欲界一切及色無色界見苦集所斷不成就餘皆成就滅類智已生欲界一切色無色界見苦集滅所斷不成就餘皆成就已離色染苦類智未已生欲色界一切不成就餘皆成就苦類智已生集類智未已生欲色界一切及無色界見苦所斷不成就餘皆成就集類智已生滅類智未已生欲色界一切及無色界見苦集所斷不成就餘皆成就滅類智已生欲色界一切及無色界見苦集滅所斷不成就餘皆成就如隨信行隨法行亦爾信勝解於三結皆不成就於三不善根未離欲染皆成就已離欲染皆不成就於三漏未離欲染皆成就已離欲染二成就一不成就於四瀑流軛未離欲染三成就一不成就已離欲染二成就二不成就於四

取未離欲染二成就二不成就已離欲染一成就三不成就於四身繫未離欲染二成就二不成就已離欲染皆不成就於五蓋未離欲染四成就一不成就已離欲染皆不成就於五結未離欲染皆成就已離欲染二成就三不成就於五順下分結未離欲染二成就三不成就已離欲染皆不成就於五順上分結未離色染皆成就已離色染四成就一不成就於五見皆不成就於六愛身未離欲染皆成就已離欲染未離梵世染四成就二不成就已離梵世染一成就五不成就於七隨眠未離欲染五成就二不成就已離欲染三成就四不成就於九結未離欲染六成就三不成就已離欲染三成就六不成就於九十八隨眠未離欲染十成就八十八不成就已離欲染未離色染六成就九十二不成就已離色染三成就九十五不成就如信勝解見至亦爾身證於三結三不善根皆不成就於三漏二成就一不成就於四瀑流軛二成就二不成就於四取一成就三不成就於四身繫及五蓋皆不成就於五結二成就三不成就於五順下分結皆不成就於五順上分結四成就一不成就於五見皆不成就於六愛身一成就五不成就於七隨眠三成就四不成就於九結三成就六不成就於九十八隨眠三成就九十五不成就

有身見與有身見爲幾緣有身見與戒禁取乃至無色界修所斷無明隨眠爲幾緣乃至無色界修所斷無明隨眠與無色界修所斷無明隨眠爲幾緣無色界修所斷無明隨眠

與有身見乃至無色界修所斷慢隨眠爲幾緣答有身見與有身見爲或四三二一緣云何四如有身見無間起有身見即思惟彼前生與後生爲四緣云何三如有身見無間起有身見不思惟彼前生與後生爲三緣除所緣或有身見無間起餘心後起有身見即思惟彼前生與後生爲三緣除等無間云何二如有身見無間起餘心後起有身見不思惟彼前生與後生爲二緣謂因增上云何一後生有身見與前生有身見若作所緣爲所緣增上不作所緣一增上未來有身見與過去現在有身見若作所緣爲所緣增上不作所緣一增上未來現在有身見與過去有身見若作所緣爲所緣增上不作所緣一增上欲界有身見與色無色界有身見爲一增上色無色界有身見與欲界有身見若作等無間爲等無間增上不作等無間一增上色界有身見與無色界有身見爲一增上無色界有身見與色界有身見若作等無間爲等無間增上不作等無間一增上如有身見與有身見應知有身見與餘一切非徧行餘一切非徧行與一切非徧行一切徧行與一切非徧行亦爾有身見與戒禁取爲或四三二一緣云何四如有身見無間起戒禁取即思惟彼前生與後生爲四緣云何三如有身見無間起戒禁取不思惟彼前生與後生爲三緣除所緣或有身見無間起餘心後起戒禁取即思惟彼前生與後生爲三緣除等無間云何二如有身見無間起餘心後起戒禁取不思惟彼前生與後生爲二緣謂因增上云何一

後生有身見與前生戒禁取若作所緣爲所緣增上不作所緣一增上未來有身見與過去現在戒禁取若作所緣爲所緣增上不作所緣一增上未來現在有身見與過去戒禁取若作所緣爲所緣增上不作所緣一增上欲界有身見與色無色界戒禁取爲一增上色無色界有身見與欲界戒禁取若作所緣非等無間爲所緣增上若作等無間非所緣爲等無間增上若作等無間及所緣爲等無間所緣增上不作等無間及所緣一增上色界有身見與無色界戒禁取爲一增上無色界有身見與色界戒禁取若作所緣非等無間爲所緣增上若作等無間非所緣爲等無間增上若作等無間及所緣爲等無間所緣增上不作等無間及所緣一增上如有身見與戒禁取應知有身見與餘一切徧行一切徧行與一切徧行餘一切非徧行與一切徧行亦爾

結蘊第二中一行納息第二之一

結一行歷六　小大七攝有　依繫道徧知

此章願具說

有九結謂愛結乃至慳結若於此事有愛結繫亦有恚結繫耶答若於此事有恚結繫必有愛結繫或有愛結繫無恚結繫謂於色無色界法有愛結未斷若於此事有愛結繫亦有慢結繫耶答如是設有慢結繫復有愛結繫耶答如是若於此事有愛結繫亦有無明結繫耶答若於此事有愛結繫必有無明結繫或有無明結繫無愛結繫謂苦智已生集智未生於見苦所斷法有見集所斷無明結

未斷若於此事有愛結繫亦有見結繫耶答應作四句或有愛結繫無見結繫謂集智已生滅智未生於見滅道所斷見結不相應法及於修所斷法有愛結未斷滅智已生道智未生於見道所斷見結不相應法及於修所斷法有愛結未斷具見世尊弟子於修所斷法有愛結未斷或有見結繫無愛結繫謂苦智已生集智未生於見苦所斷法有見集所斷見結未斷或有二俱繫謂具縛者於見修所斷法有二結繫苦智已生集智未生於見集滅道修所斷法有二結繫集智已生滅智未生於見滅道所斷見結相應法有二結繫滅智已生道智未生於見道所斷見結相應法有二結繫或有二俱不繫謂集智已生滅智未生於見苦集所斷法無二結繫滅智已生道智未生於見苦集滅所斷法無二結繫已離欲染於欲界法無二結繫已離色染於欲色界法無二結繫已離無色染於三界法無二結繫如對見結對疑結亦爾若於此事有愛結繫亦有取結繫耶答應作四句或有愛結繫無取結繫謂集智已生滅智未生於修所斷法有愛結未斷滅智已生道智未生於修所斷法有愛結未斷具見世尊弟子於修所斷法有愛結未斷或有取結繫無愛結繫謂苦智已生集智未生於見苦所斷法有見集所斷取結未斷或有二俱繫謂具縛者於見修所斷法有二結繫苦智已生集智未生於見集滅道修所斷法有二結繫集智已生滅智未生於見滅道所斷法有二結繫滅智已

生道智未生於見道所斷法有二結繫或有二俱不繫謂集智已生滅智未生於見苦集所斷法無二結繫滅智已生道智未生於見苦集滅所斷法無二結繫具見世尊弟子於見所斷法無二結繫已離欲染於欲界法無二結繫已離色染於欲色界法無二結繫已離無色染於三界法無二結繫若於此事有愛結繫亦有嫉結繫耶答若於此事有嫉結繫必有愛結繫或有愛結繫無嫉結繫謂於欲界見所斷法及於色無色界法有愛結未斷如對嫉結對慳結亦爾如愛結對後作一行慢結對後作一行亦爾若於此事有恚結繫亦有慢結繫耶答若於此事有恚結繫必有慢結繫或有慢結繫無恚結繫謂於色無色界法有慢結未斷若於此事有恚結繫亦有無明結繫耶答若於此事有恚結繫必有無明結繫或有無明結繫無恚結繫謂未離欲染苦智已生集智未生於欲界見苦所斷法有見集所斷無明結未斷於色無色界法有無明結未斷若於此事有恚結繫亦有見結繫耶答應作四句或有恚結繫無見結繫謂未離欲染集智已生滅智未生於欲界見滅道所斷見結不相應法及於欲界修所斷法有恚結未斷滅智已生道智未生於欲界見道所斷見結不相應法及於欲界修所斷法有恚結未斷具見世尊弟子未離欲染於欲界修所斷法有恚結未斷或有見結繫無恚結繫謂未離欲染苦智已生集智未生於欲界見苦所斷法有見集所斷見結未斷於色無色界法有見結未斷或有二俱繫謂具

縛者於欲界見修所斷法有二結繫未離欲染苦智已生集智未生於欲界見集滅道修所斷法有二結繫集智已生滅智未生於欲界見滅道所斷見結相應法有二結繫滅智已生道智未生於欲界見道所斷見結相應法有二結繫或有二俱不繫謂集智已生滅智未生於見苦集所斷法及於色無色界見滅道所斷見結不相應法并於色無色界修所斷法無二結繫滅智已生道智未生於見苦集滅所斷法及於色無色界見道所斷見結不相應法并於色無色界修所斷法無二結繫具見世尊弟子未離欲染於見所斷法及於色無色界修所斷法無二結繫已離欲染於欲界法無二結繫已離色染於欲色界法無二結繫已離無色染於三界法無二結繫如對見結對疑結亦爾若於此事有恚結繫亦有取結繫耶答應作四句或有恚結繫無取結繫謂未離欲染集智已生滅智未生於欲界修所斷法有恚結未斷滅智已生道智未生於欲界修所斷法有恚結未斷具見世尊弟子未離欲染於欲界修所斷法有恚結未斷或有取結繫無恚結繫謂未離欲染苦智已生集智未生於欲界見苦所斷法有見集所斷取結未斷於色無色界法有取結未斷或有二俱繫謂具縛者於欲界見修所斷法有二結繫未離欲染苦智已生集智未生於欲界見集滅道修所斷法有二結繫集智已生滅智未生於欲界見滅道所斷法有二結繫滅智已生道智未生於欲界見道所斷法有二結繫或有二俱不繫謂未離欲染

集智已生滅智未生於見苦集所斷法及於色無色界修所斷法無二結繫滅智已生道智未生於見苦集滅所斷法及於色無色界修所斷法無二結繫具見世尊弟子未離欲染於見所斷法及於色無色界修所斷法無二結繫已離欲染於欲界法無二結繫已離色染於欲色界法無二結繫已離無色染於三界法無二結繫若於此事有恚結繫亦有嫉結繫耶答若於此事有嫉結繫必有恚結繫或有恚結繫無嫉結繫謂於欲界見所斷法有恚結未斷如對嫉結對慳結亦爾

阿毗達磨發智論卷第三

音釋

瀑（蒲報切與暴同）軛（乙革切）

阿毗達磨發智論卷第四

尊者迦多衍尼子造

唐三藏法師玄奘奉　詔譯

結蘊第二中一行納息第二之二

若於此事有無明結繫亦有見結繫耶答若於此事有見結繫必有無明結繫或有無明結繫無見結繫謂集智已生滅智未生於見滅道所斷見結不相應法及於修所斷法有無明結未斷滅智已生道智未生於見道所斷見結不相應法及於修所斷法有無明結未斷具見世尊弟子於修所斷法有無明結未斷如對見結對疑結亦爾若於此事有無明結繫亦有取結繫耶答若於此事有取結繫必有無明結繫或有無明結繫無取結繫謂集智已生滅智未生於修所斷法有無明結未斷滅智已生道智未生於修所斷法有無明結未斷具見世尊弟子於修所斷法有無明結未斷若於此事有無明結繫亦有嫉結繫耶答若於此事有嫉結繫必有無明結繫或有無明結繫無嫉結繫謂於欲界見所斷法及於色無色界法有無明結未斷如對嫉結對慳結亦爾若於此事有見結繫亦有取結繫耶答若於此事有見結繫必有取結繫或有取結繫無見結繫謂集智已生滅智未生於見滅道所斷見結不相應法有取結未斷滅智已生道智未生於見道所斷見結不相應法有取結未斷若於此事有見結繫亦有疑結繫耶答應作四句或有見結繫無疑結繫謂集智已生滅智未生於見滅道所斷見結相應法有見結未斷滅智已生道智

未生於見道所斷見結相應法有見結未斷或有疑結繫無見結繫謂集智已生滅智未生於見滅道所斷疑結相應法有疑結未斷滅智已生道智未生於見道所斷疑結相應法有疑結未斷或有二俱繫謂具結者於見修所斷法有二結繫苦智已生集智未生於見苦集滅道修所斷法有二結繫或有二俱不繫謂集智已生滅智未生於見苦集所斷法及於見滅道所斷見疑二結不相應法并於修所斷法無二結繫滅智已生道智未生於見苦集滅所斷法及於見道所斷見疑二結不相應法并於修所斷法無二結繫具見世尊弟子於見修所斷法無二結繫已離欲染於欲界法無二結繫已離色染於欲色界法無二結繫已離無色染於三界法無二結繫若於此事有見結繫亦有嫉結繫耶答應作四句或有見結繫無嫉結繫謂於欲界見所斷法及於色無色界法有見結未斷或有嫉結繫無見結繫謂未離欲染集智已生滅智未生於欲界修所斷法有嫉結未斷滅智已生道智未生於欲界修所斷法有嫉結未斷具見世尊弟子未離欲染於欲界修所斷法有嫉結未斷或有二俱繫謂具縛者於欲界修所斷法有二結繫未離欲染苦智已生集智未生於欲界修所斷法有二結繫或有二俱不繫謂未離欲染集智已生滅智未生於見苦集所斷法及於見滅道所斷見結不相應法并於色無色界修所斷法無二結繫滅智已生道智未生於見苦集滅所斷法及於見道所斷見結不相應法并於色無色界

修所斷法無二結繫具見世尊弟子未離欲染於見所斷法及於色無色界修所斷法無二結繫已離欲染於欲界法無二結繫已離色染於欲色界法無二結繫已離無色染於三界法無二結繫如對嫉結對慳結亦爾如見結對後作一行疑結對後作一行亦爾若於此事有取結繫亦有疑結繫耶答若於此事有疑結繫必有取結繫或有取結繫無疑結繫謂集智已生滅智未生於見滅道所斷疑結不相應法有取結未斷滅智已生道智未生於見道所斷疑結不相應法有取結未斷若於此事有取結繫亦有嫉結繫耶答應作四句或有取結繫無嫉結繫謂於欲界見所斷法及於色無色界法有取結未斷或有嫉結繫無取結繫謂未離欲染集智已生滅智未生於欲界修所斷法有嫉結未斷滅智已生道智未生於欲界修所斷法有嫉結未斷具見世尊弟子未離欲染於欲界修所斷法有嫉結未斷或有二俱繫謂具縛者於欲界修所斷法有二結繫未離欲染苦智已生集智未生於欲界修所斷法有二結繫或有二俱不繫謂未離欲染集智已生滅智未生於見苦集所斷法及所色無色界修所斷法無二結繫滅智已生道智未生於見苦集滅所斷法及於色無色界修所斷法無二結繫具見世尊弟子未離欲染於見所斷法及於色無色界修所斷法無二結繫已離欲染於欲界法無二結繫已離色染於欲色界法無二結繫已離無色染於三界法無二結繫如對嫉結對慳結亦爾若於此事有嫉結繫亦

有慳結繫耶答如是設有慳結繫復有嫉結繫耶答如是

若於此事有過去愛結繫亦有未來耶答如是設有未來復有過去耶答若前生未斷則繫若前未生設生已斷則不繫若於此事有過去愛結繫亦有現在耶答若現在前設有現在復有過去耶答若前生未斷則繫若前未生設生已斷則不繫若於此事有未來愛結繫亦有過去現在耶答若現在前設有現在復有未來耶答如是若於此事有過去愛結繫亦有未來現在耶答未來必繫現在若現在前設有未來現在復有過去耶答若前生未斷則繫若前未生設生已斷則不繫若於此事有未來愛結繫亦有過去現在耶答或有未來無過去現在謂於此事愛結未斷而前未生設生已斷不現在前或有未來及過去無現在謂於此事有愛結前生未斷不現在前或有未來及現在無過去謂於此事有愛結現在前而前未生設生已斷或有未來及過去現在謂於此事有愛結前生未斷亦現在前設有過去現在復有未來耶答如是若於此事有現在愛結繫亦有過去未來耶答未來必繫過去若前生未斷則繫若前未生設生已斷則不繫設有過去未來復有現在耶答若現在前如愛結恚慢嫉慳非徧行無明結應知恚慢亦爾若於此事有過去見結繫亦有未來耶答如是設有未來復有過去耶答如是若於此事有過去見結繫亦有現在耶答若現在前設有現在復有過去耶答如是若於此事有未來見結繫亦

有現在耶答若現在前設有現在復有未來耶答如是若於此事有過去見結繫亦有未來現在耶答未來必繫現在若現在前設有未來現在復有過去耶答如是若於此事有未來見結繫亦有過去現在耶答過去必繫現在若現在前設有過去現在復有未來耶答如是若於此事有現在見結繫亦有過去未來耶答如是設有過去未來復有現在耶答若現在前如見結歷六應知取疑徧行無明結歷六亦爾若於此事有過去愛結繫亦有過去恚結繫耶答若前生未斷則繫若前未生設生已斷則不繫設有過去恚結繫復有過去愛結繫耶答若前生未斷則繫若前未生設生已斷則不繫若於此事有過去愛結繫亦有未來恚結繫耶答若未斷設有未來恚結繫復有過去愛結繫耶答若前生未斷則繫若前未生設生已斷則不繫若於此事有過去愛結繫亦有現在恚結繫耶答若現在前設有現在恚結繫復有過去愛結繫耶答若前生未斷則繫若前未生設生已斷則不繫若於此事有過去愛結繫亦有過去現在恚結繫耶答或有過去愛結繫無過去現在恚結繫謂於此事有愛結前生未斷無恚結前生設有已斷不現在前或有過去愛結繫及有過去恚結繫無現在謂於此事有愛結恚結前生未斷無恚結現在前或有過去愛結繫及有現在恚結繫無過去謂於此事有愛結前生未斷有恚結現在前而前未生設生已斷及有過去愛結繫及有過去現在恚結繫謂於此事有愛結恚結前生未斷

及有恚結現在前設有過去現在恚結繫復有過去愛結繫耶答若前生未斷則繫若前未生設生已斷則不繫若於此事有過去愛結繫亦有未來現在恚結繫耶答或有過去愛結繫無未來現在恚結繫謂於色無色界法有愛結前生未斷或有過去愛結繫及有未來恚結繫無現在謂於此事有愛結前生未斷及有恚結未斷不現在前或有過去愛結繫亦有未來現在恚結繫謂於此事有愛結前生未斷及有恚結現在前設有未來現在恚結繫復有過去愛結繫耶答若前生未斷則繫若前生設生已斷則不繫若於此事有過去愛結繫亦有過去未來恚結繫耶答或有過去愛結繫無過去未來恚結繫謂於色無色界法有愛結前生未斷或有過去愛

結繫及有未來恚結繫無過去謂於此事有愛結前生未斷及有恚結未斷而無恚結前生設生已斷或有過去愛結繫亦有過去未來恚結繫謂於此事有愛結恚結前生未斷設有過去未來恚結繫復有過去愛結繫耶答若前生未斷則繫若前未生設生已斷則不繫若於此事有過去愛結繫亦有過去未來現在恚結繫耶答或有過去愛結繫無過去未來現在恚結繫謂於色無色界法有愛結前生未斷或有過去愛結繫及有未來恚結繫無過去現在謂於此事有愛結前生未斷及有恚結未斷而前未生設生已斷不現在前或有過去愛結繫及有未來現在恚結繫無過去謂於此事有愛結前生未斷及有恚結現在前而前未生設生已斷或有過去

愛結繫及有過去未來恚結繫無現在謂於此事有愛結恚結前生未斷而無恚結現在前或有過去愛結繫亦有過去未來現在恚結繫謂於此事有愛結恚結前生未斷及有恚結現在前設有過去未來現在恚結繫復有過去愛結繫耶答若前生未斷則繫若前未生設生已斷則不繫如對恚結對嫉結慳結亦爾差別者於欲界見所斷法及於色無色界法有愛結前生未斷無過去未來現在嫉結慳結若於此事有過去愛結繫亦有過去慢結繫耶答若前生未斷則繫若前未生設生已斷則不繫設有過去慢結繫復有過去愛結繫耶答若前生未斷則繫若前 未生設生已斷則不繫若於此事有過去愛結繫亦有未來慢結繫耶答如是設有未來慢結繫復有過去愛結繫耶答若前生未斷則繫若前未生設生已斷則不繫若於此事有過去愛結繫亦有現在慢結繫耶答若現在前設有現在慢結繫復有過去愛結繫耶答若前生未斷則繫若前未生設生已斷則不繫若於此事有過去愛結繫亦有過去現在慢結繫耶答或有過去愛結繫無過去現在慢結繫謂於此事有愛結前生未斷無慢結前生設生已斷不現在前或有過去愛結繫及有過去慢結繫無現在謂於此事有愛結慢結前生未斷無慢結現在前或有過去愛結繫及有現在慢結繫無過去謂於此事有愛結前生未斷及有慢結現在前而前未生設生已斷或有過去愛結繫及有過去現在慢結繫謂於此事有愛結慢結前生未斷及有

慢結現在前設有過去現在慢結繫復有過
去愛結繫耶答若前生未斷則繫若前未生
設生已斷則不繫若於此事有過去愛結繫
亦有未來現在慢結繫耶答未來必繫現在
若現在前設有未來現在慢結繫復有過去
愛結繫耶答若前生未斷則繫若前未生設
生已斷則不繫若於此事有過去愛結繫亦
有過去未來慢結繫耶答未來必繫過去若
前生未斷則繫若前未生設生已斷則不繫
設有過去未來慢結繫復有過去愛結繫耶
答若前生未斷則繫若前未生設生已斷則
不繫若於此事有過去愛結繫亦有過去未
來現在慢結繫耶答或有過去愛結繫及有
未來慢結繫無過去現在謂於此事有愛結
前生未斷無慢結前生設生已斷不現在前
或有過去愛結繫及有過去未來慢結繫無
現在謂於此事有愛結慢結前生未斷無慢
結現在前或有過去愛結繫及有未來現在
慢結繫無過去謂於此事有愛結前生未斷
及有慢結現在前而無前生設生已斷或有
過去愛結繫亦有過去未來現在慢結繫謂
於此事有愛結慢結前生未斷及有慢結現
在前設有過去未來現在慢結繫復有過去
愛結繫耶答若前生未斷則繫若前未生設
生已斷則不繫若於此事有過去愛結繫亦
有過去無明結繫耶答如是設有過去無明
結繫復有過去愛結繫耶答若前生未斷則
繫若前未生設生已斷則不繫若於此事有
過去愛結繫亦有未來無明結繫耶答如是
設有未來無明結繫復有過去愛結繫耶答

若前生未斷則繫若前未生設生已斷則不繫若於此事有過去愛結繫亦有現在無明結繫耶答若現在前設有現在無明結繫復有過去愛結繫耶答若前生未斷則繫若前未生設生已斷則不繫若於此事有過去愛結繫亦有過去現在無明結繫耶答過去必繫現在若現在前設有過去現在無明結繫復有過去愛結繫耶答若前生未斷則繫若前未生設生已斷則不繫若於此事有過去愛結繫亦有未來現在無明結繫耶答未來必繫現在若現在前設有未來現在無明結繫復有過去愛結繫耶答若前生未斷則繫若前未生設生已斷則不繫若於此事有過去愛結繫亦有過去未來無明結繫耶答如是設有過去未來無明結繫復有過去愛結繫耶答若前生未斷則繫若前未生設生已斷則不繫若於此事有過去愛結繫亦有過去未來現在無明結繫耶答過去未來必繫現在若現在前設有過去未來現在無明結繫復有過去愛結繫耶答若前生未斷則繫若前未生設生已斷則不繫若於此事有過去愛結繫亦有過去見結繫耶答若未斷設有過去見結繫復有過去愛結繫耶答若前生未斷則繫若前未生設生已斷則不繫若於此事有過去愛結繫亦有未來見結繫耶答若未斷設有未來見結繫復有過去愛結繫耶答若前生未斷則繫若前未生設生已斷則不繫若於此事有過去愛結繫亦有現在見結繫耶答若現在前設有現在見結繫復有過去愛結繫耶答若前生未斷則繫若

前未生設生已斷則不繫若於此事有過去愛結繫亦有過去現在見結繫耶答或有過去愛結繫無過去現在見結繫謂於此事有愛結前生未斷而見結已斷或有過去愛結繫及有過去見結繫無現在謂於此事有愛結前生未斷及有見結未斷而不現在前或有過去愛結繫亦有過去現在見結繫謂於此事有愛結前生未斷亦有見結現在前設有過去現在見結繫復有過去愛結繫耶答若前生未斷則繫若前未生設生已斷則不繫若於此事有過去愛結繫亦有未來現在見結繫耶答或有過去愛結繫無未來現在見結繫謂於此事有愛結前生未斷而見結已斷或有過去愛結繫及有未來見結繫無現在謂於此事有愛結前生未斷及有見結未斷而不現在前或有過去愛結繫亦有未來現在見結繫謂於此事有愛結前生未斷及有見結現在前設有未來現在見結繫復有過去愛結繫耶答若前生未斷則繫若前未生設生已斷則不繫若於此事有過去愛結繫亦有過去未來見結繫耶答若未斷設有過去未來見結繫復有過去愛結繫耶答若前生未斷則繫若前未生設生已斷則不繫若於此事有過去愛結繫亦有過去未來現在見結繫耶答或有過去愛結繫無過去未來現在見結繫謂於此事有愛結前生未斷而見結已斷或有過去愛結繫及有過去未來見結繫無現在謂於此事有愛結前生未斷及有見結未斷而不現在前或有過去愛結繫亦有過去未來現在見結繫謂於此

事有愛結前生未斷及有見結現在前設有過去未來現在見結繫復有過去愛結繫耶答若前生未斷則繫若前未生設生已斷則不繫如對見結對取結疑結亦爾如愛結對後作小七乃至嫉結對慳結隨其所應作小七亦爾如小七大七亦爾差別者以二對一乃至以八對一如過去愛等爲首有七乃至過去未來現在愛等爲首亦各有七如是應知有七七句

三結乃至九十八隨眠於九十八隨眠中一一攝幾隨眠答一切應分別謂三結中有身見結攝三戒禁取結攝六疑結攝十二三不善根中貪瞋不善根各攝五癡不善根攝四一少分三漏中欲漏攝三十一有漏攝五十二無明漏攝十五四瀑流中欲瀑流攝十九有瀑流攝二十八見瀑流攝三十六無明瀑流攝十五如四瀑流四軛亦爾四取中欲取攝二十四見取攝三十戒禁取攝六我語取攝三十八四身繫中貪欲瞋恚身繫各攝五戒禁取身繫攝六此實執身繫攝十二五蓋中貪欲瞋恚蓋各攝五疑蓋攝四餘蓋無所攝五結中貪慢結各攝十五瞋結攝五嫉慳結無所攝五順下分結中貪欲瞋恚結各攝五有身見結攝三戒禁取結攝六疑結攝十二五順上分結中色貪結攝一少分無色貪結攝一少分掉舉結無所攝慢結攝二少分無明結攝二少分五見中有身見邊執見各攝三邪見見取各攝十二戒禁取攝六六愛身中眼耳身觸所生愛身各攝二少分鼻舌觸所生愛身各攝一少分意觸所生愛身攝

十三二少分七隨眠中欲貪瞋恚隨眠各攝五有貪隨眠攝十慢無明隨眠各攝十五見隨眠攝三十六疑隨眠攝十二九結中愛慢無明結各攝十五恚結攝五見取結各攝十八疑結攝十二嫉慳結無所攝九十八隨眠中欲界有身見攝欲界有身見乃至無色界修所斷無明攝無色界修所斷無明三結乃至九十八隨眠爲前攝後後攝前耶答三結三不善根互不相攝三結三漏三結二漏少分互相攝餘不相攝三結四瀑流三結三瀑流少分互相攝餘不相攝如對四瀑流對四軛亦爾三結四取三結一取三少分互相攝餘不相攝三結四身繫一結一身繫互相攝餘不相攝三結五蓋一結少分一蓋互相攝餘不相攝三結五結互不相攝三結五順下分結三結三順下分結互相攝餘不相攝三結五順上分結互不相攝三結五見二結二見互相攝餘不相攝三結六愛身互不相攝三結七隨眠三結一隨眠一少分互相攝餘不相攝三結九結三結一結三少分互相攝餘不相攝三結九十八隨眠三結二十一隨眠互相攝餘不相攝如是乃至九結九十八隨眠十結九十八隨眠互相攝餘不相攝三結乃至九十八隨眠幾令欲有相續幾令色有相續幾令無色有相續答一切應分別謂三結令三有相續三不善根及欲漏令欲有相續有漏令色無色有相續無明漏令三有相續四瀑流軛中欲瀑流軛令欲有相續有瀑流軛令色無色有相續見無明瀑流軛令三有相續四取中欲取令欲有相續見戒禁

取令三有相續我語取令色無色有相續四
身繫中初二令欲有相續後二令三有相續
五蓋令欲有相續五結中貪慢結令三有相
續餘三結令欲有相續五順下分結中初二
令欲有相續後三令三有相續五順上分結
中色貪令色有相續無色貪令無色有相續
餘三令色無色有相續五見令三有相續六
愛身中眼耳身觸所生愛身令欲色有相續
鼻舌觸所生愛身令欲有相續意觸所生愛
身令三有相續七隨眠中欲貪瞋恚令欲有
相續有貪令色無色有相續餘四令三有相
續九結中恚嫉慳結令欲有相續餘六結令
三有相續九十八隨眠中欲界三十六令欲
有相續色界三十一令色有相續無色界三
十一令無色有相續三結乃至九十八隨眠

依何定滅答三結或依四或依未至滅三不
善根及欲漏依未至滅有漏無明漏或依七
或依未至滅四瀑流中欲瀑流軛依未至
滅有無明瀑流軛或依七或依未至滅見瀑
流軛或依四或依未至滅四取中欲取依未
至滅見戒禁取或依四或依未至滅我語取
或依七或依未至滅四身繫中初二依未至
滅後二或依四或依未至滅五蓋依未至滅
五結中貪慢結或依七或依未至滅餘三結
依未至滅五順下分結中初二依未至滅後
三或依四或依未至滅五順上分結中色貪
或依四或依未至滅餘四或依七或依未至
滅五見或依四或依未至滅六愛身中鼻舌
觸所生愛身依未至滅眼耳身觸所生愛身
或依初或依未至滅意觸所生愛身或依七

或依未至滅七隨眠中欲貪瞋恚依未至滅有貪慢無明或依七或依未至滅見疑或依四或依未至滅九結中愛慢無明或依七或依未至滅恚嫉慳依未至滅見取疑或依四或依未至滅九十八隨眠中欲界三十六依未至滅色界三十一及無色界見所斷或依四或依未至滅無色界修所斷或依七或依未至滅諸結過去彼結已繫耶答諸結過去彼結已繫有結已繫彼結非過云謂結未來現在已繫諸結未來彼結當繫耶答應作四句有結未來彼結非當繫謂結未來已斷已徧知已滅已吐定不當退有結當繫彼結非未來謂結過去已斷已徧知已滅已吐定當退有結未來彼結亦當繫謂結未來已斷已徧知已滅已吐定當退有結非未來彼結亦非當繫謂結過去已斷已徧知已滅已吐定不當退及現在結諸結現在彼結今繫耶答諸結現在彼結今繫有結今繫彼結非現在謂結過去未來今繫諸用此道斷欲界結退此道時還得彼結繫不答還得彼結繫諸用此道斷色無色界結退此道時還得彼結繫不答還得彼結繫

有九徧知謂欲界見苦集所斷結盡第一徧知色無色界見苦集所斷結盡第二徧知欲界見滅所斷結盡第三徧知色無色界見滅所斷結盡第四徧知欲界見道所斷結盡第五徧知色無色界見道所斷結盡第六徧知五順下分結盡第七徧知色愛結盡第八徧知一切結盡第九徧知爲九徧知攝一切徧知爲一切徧知攝九徧知答一切攝九非九

攝一切不攝何等謂苦智已生集智未生三界見苦所斷結盡非九所攝具見世尊弟子未離欲染欲界修所斷結盡非九所攝已離欲染未離色染色界修所斷結盡非九所攝已離色染未離無色染無色界修所斷結盡非九所攝

有八補特伽羅一預流向二預流果三一來向四一來果五不還向六不還果七阿羅漢向八阿羅漢果此八補特伽羅於九徧知幾成就幾不成就答預流向或不成就或成就一二三四五謂苦法智忍乃至集法智忍位不成就集法智集類智忍位成就一集類智滅法智忍位成就二滅法智滅類智忍位成就三滅類智道法智忍位成就四道法智道類智忍位成就五預流果成就六一來向若位離欲染入正性離生者如預流向若從預流果趣一來果者及一來果成就六不還向若已離欲染入正性離生者如預流向若從一來果趣不還果者成就六不還果成就一謂五順下分結盡阿羅漢向或成就一或成就二謂未離色染者成就一已離色染者成就二阿羅漢果成就一謂一切結盡

阿毗達磨發智論卷第四

阿毗達磨發智論卷第五

尊者迦多衍尼子造

唐三藏法師玄奘奉　詔譯

結蘊第二中有情納息第三

頓漸繫離繫　果攝七成三　死生不六種

此章願具說

三界各有二部結謂見修所斷於欲界見修所斷二部結頗有頓得繫耶答有謂已離欲染異生從離欲染退時及色無色界沒生欲界時頗有頓離繫耶答有謂異生離欲染時頗有漸得繫耶答無頗有漸離繫耶答有謂世尊弟子先離彼見所斷結後離彼修所斷結於色界見修所斷二部結頗有頓得繫耶答有謂已離色染異生從離色染退時及無色界沒生欲色界時頗有頓離繫耶答有謂異生離色染時頗有漸得繫耶答無頗有漸離繫耶答有謂世尊弟子先離彼見所斷結後離彼修所斷結於無色界見修所斷二部結頗有頓得繫耶答無頗有頓離繫耶答無頗有漸得繫耶答無頗有漸離繫耶答有謂世尊弟子先離彼見所斷結彼離彼修所斷結欲界見所斷結盡何果攝答四沙門果或無處欲界修所斷結盡何果攝答不還阿羅漢果或無處色界見所斷結盡何果攝答四沙門果或無處色界修所斷結盡何果攝答阿羅漢果或無處無色界見所斷結盡何果攝答四沙門果無色界修所斷結盡何果攝答阿羅漢果有五部結謂見苦所斷結乃至修所斷結見苦所斷結盡何果攝答四沙門果或無處見集所斷結盡何果攝答四沙門

果或無處見滅所斷結盡何果攝答四沙門果或無處見道所斷結盡何果攝答四沙門果修所斷結盡何果攝答阿羅漢果有九部結謂苦法智所斷結乃至修所斷結苦法智所斷結盡何果攝答四沙門果或無處苦類智乃至道法智所斷結盡何果攝答四沙門果或無處道類智所斷結盡何果攝答四沙門果修所斷結盡何果攝答阿羅漢果有十五部結謂三界各有五部見苦所斷結乃至修所斷結欲界見苦集滅道所斷結盡何果攝答四沙門果或無處欲界修所斷結盡何果攝答不還阿羅漢果或無處色界見苦集滅道所斷結盡何果攝答四沙門果或無處色界修所斷結盡何果攝答阿羅漢果或無處無色界見苦集滅所斷結盡何果攝答四沙門果或無處無色界見道所斷結盡何果攝答四沙門果無色界修所斷結盡何果攝答阿羅漢果三結乃至九十八隨眠一一盡何果攝答三結中有身見盡四沙門果攝或無處如三結中有身見盡應知五順下分結中有身見五見中有身見邊執見盡亦爾戒禁取疑盡四沙門果攝如三結中戒禁取疑盡應知四瀑流軛中見瀑流軛四取中見取戒禁取四身繫中戒禁取此實執身繫五順下分結中戒禁取疑五見中邪見見取戒禁取七隨眠中見疑隨眠九結中見取疑結盡亦爾三不善根盡不還阿羅漢果攝或無處如三不善根盡應知三漏中欲漏四瀑流軛中欲瀑流軛四取中欲取中身繫中貪欲瞋恚五蓋中前四蓋五結中瞋嫉慳結五順下

分結中貪欲瞋恚六愛身中鼻舌觸所生愛身七隨眠中欲貪瞋恚九結中恚嫉慳結盡亦爾有漏無明漏盡阿羅漢果攝如有漏無明漏盡應知四瀑流軛中有無明瀑流軛四取中我語取五結中貪慢結五順上分結中除色貪餘四六愛身中意觸所生愛身七隨眠中有貪無明慢九結中愛慢無明結盡亦爾疑蓋盡四沙門果攝或無處色貪順上分結盡阿羅漢果攝或無處如色貪順上分結盡應知眼耳身觸所生愛身盡亦爾九十八隨眠中欲界見苦集滅道所斷隨眠盡四沙門果攝或無處欲界修所斷隨眠盡不還阿羅漢果攝或無處色界見苦集滅道所斷隨眠盡四沙門果攝或無處色界修所斷隨眠盡阿羅漢果攝或無處無色界見苦集滅所斷隨眠盡四沙門果攝或無處無色界見道所斷隨眠盡四沙門果攝無色界修所斷隨眠盡阿羅漢果攝預流向中諸結盡何果攝答無處預流果中諸結盡何果攝答預流果一來向中諸結盡何果攝答預流果或無處一來果中諸結盡何果攝答一來果不還向中諸結盡何果攝答一來果或無處不還果中諸結盡何果攝答不還果阿羅漢向中諸結盡何果攝答不還果或無處阿羅漢果中諸結盡何果攝答阿羅漢果具見世尊弟子未離欲染欲界修所斷諸結盡何果攝答一來果或無處已離欲染未離色染色界修所斷諸結盡何果攝答無處已離色染未離無色染無色修所斷諸結盡何果攝答無處諸預流者所成就學法此法預流果攝耶答或

攝或不攝云何攝答有爲預流果已得不失云何不攝答諸預流者所得勝進無漏根等有爲法設法預流果攝此是學法耶答或學或非學非無學云何學答有爲預流果云何非學非無學答無爲預流果諸一來者所成就學法此法一來果攝耶答或攝或不攝云何攝答有爲一來果已得不失云何不攝答諸一來者所得勝進無漏根等有爲法設法一來果攝此是學法耶答或學或非學非無學云何學答有爲一來果云何非學非無學答無爲一來果諸不還者所成就學法此法不還果攝耶答或攝或不攝云何攝答有爲不還果已得不失云何不攝答諸不還者所得勝進無漏根等有爲法設法不還果攝此是學法耶答或學或非學非無學云何學答有爲不還果云何非學非無學答無爲不還果諸阿羅漢所成就無學法此法阿羅漢果攝耶答如是設法阿羅漢果攝此是無學法耶答或無學或非學非無學云何無學答有爲阿羅漢果云何非學非無學答無爲阿羅漢果諸預流者所成就無漏法此法預流果攝耶答或攝或不攝云何攝答有爲無爲預流果已得不失云何不攝答諸預流者所得勝進無漏根等有爲法及彼所證諸結盡弁預流者所成就非擇滅設法預流果攝此是無漏法耶答如是諸一來者所成就無漏法此法一來果攝耶答或攝或不攝云何攝答有爲無爲一來果已得不失云何不攝答諸一來者所得勝進無漏根等有爲法及彼所證諸結盡弁一來者所成就非擇滅設法一

來果攝此是無漏法耶答如是諸不還者所成就無漏法此法不還果攝耶答或攝或不攝云何攝答有爲無爲不還果已得不失云何不攝答諸不還者所得勝進無漏根等有爲法及彼所證諸結盡并不還者所成就非擇滅設法不還果攝此是無漏法耶答如是諸阿羅漢所成就無漏法此法阿羅漢果攝耶答或攝或不攝云何攝答有爲無爲阿羅漢果已得不失云何不攝答阿羅漢所成就非擇滅設法阿羅漢果攝此是無漏法耶答如是諸法預流者成就此法預流果攝耶答應作四句有法預流者成就非預流果攝謂預流者所得勝進無漏根等有爲法及彼所證諸結盡并預流者所成就非擇滅有漏法有法預流果攝非預流者成就謂預流果未得已失有法預流者成就亦預流果攝謂預流果已得不失有法非預流者成就亦非預流果攝謂除前相諸法一來者成就此法一來果攝耶答應作四句有法一來者成就非一來果攝謂一來者所得勝進無漏根等有爲法及彼所證諸結盡并一來者所成就非擇滅有漏法有法一來果攝非一來者成就謂一來果未得已失有法一來者成就亦一來果攝謂一來果已得不失有法非一來者成就亦非一來果攝謂除前相諸法不還者成就此法不還果攝耶答應作四句有法不還者成就非不還果攝謂不還者所得勝進無漏根等有爲法及彼所證諸結盡并不還者所成就非擇滅有漏法有法不還果攝非不還者成就謂不還果未得已失有法不還

者成就亦不還果攝謂不還果已得不失有法非不還者成就亦非不還果攝謂除前相
諸法阿羅漢成就此法阿羅漢果攝耶答應作四句有法阿羅漢成就非阿羅漢果攝謂阿羅漢所成就非擇滅有漏法有法阿羅漢果攝非阿羅漢成就謂阿羅漢果未得已失有法阿羅漢成就亦阿羅漢果攝謂阿羅漢果已得不失有法非阿羅漢成就亦非阿羅漢果攝謂除前相
諸在欲界死生者皆受欲有耶答應作四句有在欲界死生非受欲有謂欲界沒起色界中有有受欲有非在欲界死生謂色界沒起欲界中有有在欲界死生亦受欲有謂欲界沒起欲界中有生有有非在欲界死生亦非受欲有謂色界沒生色無色界無色界沒生無色色界諸在色界死生者皆受色有耶答應作四句有在色界死生非受色有謂色界沒起欲界中有有受色有非在色界死生謂欲界沒起色界中有有在色界死生亦受色有謂色界沒起色界中有生有有非在色界死生亦非受色有謂欲界沒生欲無色界無色界沒生無色欲界諸在無色界死生者皆受無色有耶答諸在無色界死生者皆受無色有有受無色有非在無色界死而在無色界生謂欲色界沒生無色界諸在欲界死生者有幾耶答四謂欲色界異生聖者諸在色界死生者有幾耶答三謂欲界異生色界異生聖者諸在無色界死生者有幾耶答二謂無色界異生聖者諸非在欲界死生者皆非受欲有耶答應作四句有非在欲界死生非

不受欲有謂色界沒起欲界中有有非受欲有非不在欲界死生謂欲界沒起色界中有有非在欲界死生亦非受欲有謂色界沒生色無色界無色界沒生無色色界有非不在欲界死生亦非不受欲有謂欲界沒起欲界中有生有諸非在色界死生者皆非受色有耶答應作四句有非在色界死生非不受色有謂欲界沒起色界中有有非受色有非不在色界死生謂色界沒起欲界中有有非在色界死生亦非受色有謂欲界沒生欲無色界無色界沒生無色欲界有非不在色界死生亦非不受色有謂色界沒起色界中有生有諸非在無色界死生者皆非受無色有耶答諸非在無色界死生者皆非受無色有有非受無色有非不在無色界死而非在無色界生謂無色界沒生欲色界諸非在欲界死生者有幾耶答五謂欲界異生色無色界異生聖者諸非在色界死生者有幾耶答六謂三界異生聖者諸非在無色界死生者有幾耶答四謂欲色界異生聖者頗有欲界死不生欲界耶答有謂起欲色界中有生無色界或般涅槃頗有欲界死不生色界耶答有謂起欲色界中有生無色界或般涅槃頗有欲界死不生無色界耶答有謂起欲色界中有或般涅槃頗有色界死不生色界耶答有謂起欲色界中有生無色界或般涅槃頗有色界死不生欲界耶答有謂起欲色界中有生無色界或般涅槃頗有色界死不生無色界耶答有謂起欲色界中有或般涅槃頗有無色界死不生無色界耶答有謂起欲色界中

有或般涅槃頗有無色界死不生欲界耶答有謂起欲色界中有生無色界或般涅槃頗有無色界死不生色界耶答有謂起欲色界中有生無色界或般涅槃諸欲界死不生欲界者有幾耶答六謂三界異生聖者諸欲界死不生色界者有幾耶答六謂三界異生聖者諸欲界死不生無色界者有幾耶答四謂欲色界異生聖者諸色界死不生色界者有幾耶答五謂欲界異生色無色界異生聖者諸色界死不生欲界者有幾耶答五謂欲界異生色無色界異生聖者諸色界死不生無色界者有幾耶答三謂欲界異生色界異生聖者諸無色界死不生無色界者有幾耶答二謂欲色界異生諸無色界死不生欲界者有幾耶答四謂無色界異生聖者欲色界異生諸無色界死不生色界者有幾耶答四謂無色界異生聖者欲色界異生頗有欲界死不生三界耶答有謂起欲色界中有或般涅槃頗有色界死不生三界耶答有謂起欲色界中有或般涅槃頗有無色界死不生三界耶答有謂起欲色界中有或般涅槃諸欲界死不生三界者有幾耶答四謂欲色界異生聖者諸色界死不生三界者有幾耶答三謂欲界異生色界異生聖者謂無色界死不生三界者有幾耶答二謂欲色界異生頗有未離欲染命終不生欲界耶答有謂起欲界中有頗有未離色染命終不生欲色界耶答有謂起欲色中有頗有未離無色染命終不生三界耶答有謂起欲色界中有諸未離欲染命終不生欲界者有幾耶答二謂欲界異生

聖者諸未離色染命終不生欲色界者有幾耶答四謂欲色界異生聖者諸未離無色染命終不生三界者有幾耶答四謂欲色界異生聖者此中欲界異生聖者幾隨眠隨增幾結繫耶答異生九十八隨眠隨增九結繫聖者十隨眠隨增六結繫色界異生聖者幾隨眠隨增幾結繫耶答異生六十二隨眠隨增六結繫聖者六隨眠隨增三結繫無色界異生聖者幾隨眠隨增幾結繫耶答異生三十一隨眠隨增六結繫聖者三隨眠隨增三結繫

結蘊第二中十門納息第四之一

四十二隨增　二緣無間有　根成不知證

此章頌具說

二十二根十八界十二處五蘊五取蘊六界有色無色法有見無見法有對無對法有漏無漏法有爲無爲法過去未來現在法善不善無記法欲界色界無色界繫法學無學非學非無學法見所斷修所斷無斷法四諦四靜慮四無量四無色八解脫八勝處十徧處八智三三摩地三重三摩地三結三不善根三漏四瀑流四軛四取四身繫五蓋五結五順下分結五順上分結五見六愛身七隨眠九結九十八隨眠

眼根乃至無色界修所斷無明隨眠於九十八隨眠中一一有幾隨眠隨增耶答眼根欲色界徧行及修所斷隨眠隨增耳鼻舌身根亦爾女根欲界徧行及修所斷隨眠隨增男苦根亦爾命根三界徧行及修所斷隨眠隨增信等五根亦爾意根一切隨眠隨增捨根

亦爾樂根色界一切欲界徧行及修所斷隨眠隨增喜根色界一切欲界除無漏緣疑及彼相應無明餘一切隨眠隨增憂根欲界一切隨眠隨增三無漏根無隨眠隨增眼耳鼻舌身色聲觸眼耳身識界欲色界徧行及修所斷隨眠隨增眼耳鼻舌身色聲觸處色蘊色取蘊前五界有色有見有對法亦爾香味鼻舌識界欲界徧行及修所斷隨眠隨增香味處亦爾意法意識界一切隨眠隨增意法處後四蘊後四取蘊識界無色無見無對有漏有爲法過去未來現在非學非無學法亦爾無漏無爲法無隨眠隨增學無學無斷法亦爾善及修所斷法三界徧行及修所斷隨眠隨增不善及欲界繫法欲界一切隨眠隨增無記法色無色界一切欲界二部及見集所斷徧行隨眠隨增色界繫法色界一切隨眠隨增無色界繫法無色界一切隨眠隨增見所斷法見所斷一切隨眠隨增苦集諦一切隨眠隨增滅道諦無隨眠隨增法類苦集滅道智三三摩地亦爾四靜慮色界一切隨眠隨增四無量色界徧行及修所斷隨眠隨增前三解脫八勝處前八徧處他心智亦爾四無色無色界一切隨眠隨增後五解脫後二徧處無色界徧行及修所斷隨眠隨增世俗智除無漏緣見餘一切隨眠隨增三重三摩地三界徧行及修所斷隨眠隨增有身見結見苦所斷一切及見集所斷徧行隨眠隨增有身見順下分結有身見邊執見亦爾戒禁取結見苦所斷一切及見集所斷徧行見道所斷有漏緣隨眠隨增戒禁取及戒禁取

身繫順下分結戒禁取亦爾疑結見所斷有漏緣及疑相應無漏緣無明隨眠隨增疑順下分結疑隨眠疑結亦爾貪瞋不善根欲界有漏緣隨眠隨增前二身繫前二蓋瞋結前二順下分結前二隨眠恚結亦爾癡不善根欲界除無漏緣無明餘一切隨眠隨增欲漏欲界一切隨眠隨增欲瀑流軛取惛沉睡眠掉舉蓋亦爾有漏色無色界一切隨眠隨增有瀑流軛我語取亦爾無明漏除無漏緣無明餘一切隨眠隨增無明瀑流軛無明隨眠無明結亦爾見瀑流軛見所斷有漏緣及見相應無漏緣無明隨眠隨增見取邪見見隨眠見結亦爾此實執身繫見所斷有漏緣隨眠隨增見取取結亦爾惡作蓋欲界徧行及修所斷隨眠隨增嫉慳結鼻舌觸所生愛身嫉慳結亦爾疑蓋欲界見所斷有漏緣及疑相應無漏緣無明隨眠隨增貪慢結三界有漏緣隨眠隨增意觸所生愛身慢隨眠愛慢結亦爾色貪色界徧行及修所斷隨眠隨增無色貪無色界徧行及修所斷隨眠隨增後三順上分結色無色界徧行及修所斷隨眠隨增眼耳身觸所生愛身欲色界徧行及修所斷隨眠隨增有貪隨眠色無色界有漏緣隨眠隨增欲界見苦所斷隨眠欲界見苦所斷一切及見集所斷徧行隨眠隨增欲界見集所斷隨眠欲界見集所斷一切及見苦所斷徧行隨眠隨增欲界見滅所斷隨眠欲界見滅所斷除無漏緣不共無明餘一切及徧行隨眠隨增欲界見道所斷隨眠欲界見道所斷除無漏緣不共無明餘一切及徧行隨

眠隨增欲界修所斷隨眠欲界修所斷一切及徧行隨眠隨增色無色界五部隨眠廣說亦爾差別者應說自界眼根乃至無色界修所斷無明隨眠緣識及緣緣識於九十八隨眠中一一有幾隨眠隨增耶答眼根緣識欲色界三部無色界徧行及修所斷緣緣識三界四部耳鼻舌身根亦爾女根緣識欲界三部色界徧行及修所斷緣緣識欲界四部色界三部無色界徧行及修所斷男苦根亦爾命根緣識三界三部緣緣識三界四部意根緣識緣緣識有爲緣捨根亦爾樂根緣識欲界四部色界有爲緣無色界二部及徧行緣緣識欲無色界四部色界有爲緣喜根緣識欲色界有爲緣無色界二部及徧行緣緣識欲色界有爲緣無色界四部憂根緣識欲界

有漏緣色界徧行及修所斷緣緣識欲界有爲緣色界三部無色界徧行及修所斷信等五根緣識緣緣識三界四部三無漏根緣識三界二部及徧行緣緣識三界四部眼耳鼻舌身色聲觸界緣識欲色界三部無色界徧行及修所斷緣緣識三界四部眼耳鼻舌身色聲觸處色取蘊前五界有見有對法亦爾香味鼻舌身界緣識欲界三部色界徧行及修所斷緣緣識欲界四部色界三部無色界徧行及修所斷香味處亦爾眼耳身識界緣識欲色界三部緣緣識欲色界四部無色界二部及徧行意界意識界緣識緣緣識有爲緣意處後四蘊有爲法過去未來現在法亦爾法界緣識三界一切緣緣識有爲緣法處無色無見無對善法亦爾色蘊緣識欲色界

四部無色界二部及徧行緣緣識三界四部有色法亦爾後四取蘊緣識有漏緣緣緣識有爲緣識界有漏法見所斷法亦爾無漏法緣識三界三部及徧行緣緣識有爲緣無斷法亦爾無爲法緣識三界二部及徧行緣緣識有爲緣不善法緣識欲界有漏緣色界徧行及修所斷緣緣識欲界有爲緣色界三部無色界徧行及修所斷欲界繫法亦爾無記法緣識欲界三部色無色界有漏緣緣緣識欲界四部色無色界有爲緣色界繫法緣識欲界三部色界有漏緣無色界徧行及修所斷緣緣識欲界三部色界有爲緣無色界四部無色界繫法緣識欲色界三部無色界有漏緣緣緣識欲界三部色界四部無色界有爲緣學無學法緣識三界二部及徧行緣緣

識三界四部非學非無學法緣識三界四部及見道所斷有漏緣緣緣識有爲緣修所斷法緣識三界三部緣緣識三界四部苦集諦緣識有漏緣緣緣識有爲緣世俗智亦爾滅諦緣識三界二部及徧行緣緣識有爲緣道諦緣識三界二部及徧行緣緣識三界四部苦集滅道智及三三摩地亦爾四靜慮緣識欲界四部色界有爲緣無色界二部及徧行緣緣識欲無色界四部色界有爲緣慈悲捨無量緣識欲色界三部無色界徧行及修所斷緣緣識欲界三部色無色界四部淨解脫後四勝處前八徧處亦爾喜無量緣識欲色界三部緣緣識欲界三部色界四部無色界二部及徧行初二解脫前四勝處亦爾前三無色緣識緣緣識欲界三部色界四部無色

界有為緣非想非非想處緣識欲色界三部無色界有漏緣緣緣識欲界三部色界四部無色界有為緣空識無邊處無所有處解脫緣識緣緣識欲界三部色無色界四部後二解脫及後二徧處緣識三界三部緣緣識欲界三部色無色界四部法智緣識欲界二部及徧行色界徧行及修所斷緣緣識欲界四部色界三部無色界徧行及修所斷類智緣識色無色界二部及徧行欲界徧行及修所斷緣緣識欲界三部色無色界四部他心智緣識欲色界四部無色界二部及徧行緣緣識三界四部三重三摩地緣識三界三部緣緣識三界四部有身見結緣識三界三部緣緣識三界四部有身見順下分結有身見邊執見亦爾戒禁取結緣識三界三部及見道所斷有漏緣緣緣識三界四部戒禁取及戒禁取身繫戒禁取順下分結戒禁取亦爾疑結緣識有漏緣緣緣識有為緣無明漏瀑流軛見取此實執身繫貪慢結疑順下分結邪見見取意觸所生愛身慢無明見疑隨眠愛慢無明見取疑結亦爾三不善根及欲漏緣識欲界有漏緣色界徧行及修所斷緣緣識欲界有為緣色界三部無色界徧行及修所斷欲瀑流軛取前二身繫除惡作餘蓋瞋結前二順下分結欲貪瞋恚隨眠恚結亦爾有漏緣識欲界三部色無色界有漏緣緣緣識欲界三部色無色界有為緣有瀑流軛我語取有貪隨眠亦爾惡作蓋緣識欲界三部色界徧行及修所斷緣緣識欲界四部色界三部無色界徧行及修所斷嫉慳結鼻舌觸所

生愛身嫉慳結亦爾色貪順上分結緣識欲色界三部無色界徧行及修所斷緣緣識欲界三部色無色界四部後四順上分結緣識三界三部緣緣識欲界三部色無色界四部眼耳身觸所生愛身緣識欲色界三部緣緣識欲色界四部無色界徧行及修所斷欲界見苦集及修所斷隨眠緣識欲界三部色界徧行及修所斷緣緣識欲界四部色界三部無色界徧行及修所斷欲界見滅所斷隨眠緣識欲界三部及見滅所斷有漏緣色界徧行及修所斷緣緣識欲界有爲緣色界三部無色界徧行及修所斷欲界見道所斷隨眠緣識欲界三部及見道所斷有漏緣色界徧行及修所斷緣緣識欲界四部色界三部無色界徧行及修所斷色界見苦集及修所斷隨眠緣識欲色界三部無色界徧行及修所斷緣緣識欲界三部色無色界四部色界見滅所斷隨眠緣識欲色界三部及色界見滅所斷有漏緣無色界徧行及修所斷緣緣識欲界三部色界有爲緣無色界四部色界見道所斷隨眠緣識欲色界三部及色界見道所斷有漏緣無色界徧行及修所斷緣緣識欲界三部色無色界四部無色界見苦集及修所斷隨眠緣識三界三部緣緣識欲界三部色無色界四部無色界見滅所斷隨眠緣識三界三部及無色界見滅所斷有漏緣緣緣識欲界三部色界四部無色界有爲緣無色界見道所斷隨眠緣識三界三部及無色界見道所斷有漏緣緣緣識欲界三部色無色界四部

阿毗達磨發智論卷第五

阿毗達磨發智論卷第六

尊者迦多衍尼子造
唐三藏法師玄奘奉　詔譯

結蘊第二中十門納息第四之二

意根乃至無色界修所斷無明隨眠於三界十五部心中一一等無間生幾心耶答意根等無間生十五心捨及信等五根亦爾樂根等無間生十一心苦根等無間生五心憂根亦爾喜根等無間生十心未知當知根等無間不生心已知具知根等無間生三心眼耳身識界等無間生十心鼻舌識界等無間生五心不善法亦爾意法意識界等無間生十五心意法處後四蘊後四取蘊識界無色無見無對有漏有為法現在善無記三界繫非學非無學見修所斷法亦爾無漏法等無間生三心學無學無斷法亦爾過去法等無間生二心未來法不生心苦集諦等無間生十五心四靜慮四無色世俗智亦爾道諦等無間生三心類苦集滅道智三三摩地亦爾四無量等無間生六心第一第二第四第五解脫前四勝處他心智亦爾第三第六第七解脫等無間生五心後四勝處十徧處亦爾第八解脫不生心法智等無間生二心三結等無間生十五心有無明漏有見無明瀑流軛後三取後二身繫貪慢結後三順下分結後四順上分結五見意觸所生愛身後五隨眠愛等六結亦爾三不善根及欲漏等無間生五心欲瀑流軛取前二身繫五蓋瞋嫉慳結前二順下分結鼻舌觸所生愛身欲貪瞋恚隨眠恚嫉慳結亦爾色無色貪順上分結等

無間生二心後三順上分結等無間生三心眼耳身觸所生愛身等無間生十心欲界三十六隨眠等無間生五心色界三十一隨眠等無間生十心無色界三十一隨眠等無間生十五心眼根乃至無色界修所斷無明隨眠一一所增隨眠當言有尋有伺無尋唯伺無尋無伺耶答應言眼根所增隨眠具三耳鼻舌身命喜樂喜信等五根所增隨眠亦爾女根所增隨眠有尋有伺男苦憂根所增隨眠亦爾眼耳鼻舌身色聲觸意法意識界所增隨眠具三眼耳鼻舌身色聲觸意法處五蘊五取蘊六界有色無色有見無見有對無對有漏有爲法過去未來現在善無記色界繫非學非無學見修所斷法所增隨眠亦爾香味鼻舌識界所增隨眠有尋有伺香味處

不善欲界繫法所增隨眠亦爾眼耳身識界所增隨眠或有尋有伺或無尋唯伺無色界繫法所增隨眠無尋無伺苦集諦所增隨眠具三四無量初二解脫前四勝處他心世俗智三種三摩地所增隨眠亦爾初靜慮所增隨眠或有尋有伺或無尋唯伺後三靜慮所增隨眠無尋無伺四無色後六解脫後四勝處十徧處所增隨眠亦爾三結所增隨眠具三有無明漏後三瀑流軛取後二身繫貪慢結後三順下分結除無色貪餘四順上分結五見第六愛身後五隨眠愛等六結所增隨眠亦爾三不善根所增隨眠有尋有伺欲漏瀑流軛取前二身繫五蓋瞋嫉慳結前二順下分結鼻舌觸所生愛身初二隨眠恚嫉慳結所增隨眠亦爾無色貪所增隨眠無尋無

伺眼耳身觸所生愛身所增隨眠或有尋有伺或無尋唯伺欲界三十六隨眠所增隨眠有尋有伺色界三十一隨眠所增隨眠具三無色界三十一隨眠所增隨眠無尋無伺眼根乃至無色界修所斷無明隨眠一一所增隨眠當言樂根苦根喜根憂根捨根相應耶答應言眼根所增隨眠四根相應除苦根耳鼻舌身命樂捨信等五根所增隨眠亦爾女根所增隨眠三根相應除樂苦根男喜憂根所增隨眠亦爾意根所增隨眠五根相應苦根所增隨眠四根相應除樂根眼耳鼻舌身及意識界所增隨眠四根相應除苦根眼耳鼻舌身處見所斷法所增隨眠亦爾色聲香味觸眼耳鼻舌身識意法界所增隨眠五根相應色聲香味觸意法處五蘊五取蘊六界有色無色有見無見有對無對有漏有爲法過去未來現在善不善無記欲界繫非學非無學修所斷法所增隨眠亦爾色界繫法所增隨眠三根相應除苦憂根無色界繫法所增隨眠捨根相應苦集諦所增隨眠五根相應世俗智所增隨眠亦爾初靜慮所增隨眠三根相應除苦憂根慈悲捨無量他心智所增隨眠亦爾第二靜慮所增隨眠喜捨根相應喜無量初二解脫前四勝處所增隨眠亦爾第三靜慮所增隨眠樂捨根相應第四靜慮所增隨眠捨根相應四無色後六解脫後四勝處十徧處所增隨眠亦爾三結所增隨眠四根相應除苦根貪不善根見瀑流軛取戒禁取貪欲戒禁取此實執身繫貪欲蓋貪慢結貪欲有身見戒禁取疑順下分結五見

六愛身欲貪慢見疑隨眠愛慢見取疑結所增隨眠亦爾瞋不善根所增隨眠四根相應除樂根瞋恚身繫瞋恚蓋瞋恚結瞋恚順下分結瞋恚隨眠恚結所增隨眠亦爾癡不善根所增隨眠五根相應欲無明漏瀑流軛欲取惛沉掉舉蓋無明隨眠結所增隨眠亦爾有漏所增隨眠三根相應除苦憂根有瀑流軛我語取色貪掉舉慢無明順上分結有貪隨眠所增隨眠亦爾睡眠惡作疑蓋所增隨眠三根相應除樂苦根嫉慳結及九結中嫉慳結所增隨眠亦爾無色貪所增隨眠捨根相應欲界見所斷一切及修所斷慢隨眠所增隨眠三根相應除樂苦根欲界修所斷貪隨眠所增隨眠四根相應除苦根欲界修所斷瞋隨眠所增隨眠四根相應除樂根欲界修所斷無明隨眠所增隨眠五根相應色界修所斷無明隨眠所增隨眠三根相應除苦憂根無色界三十一隨眠所增隨眠捨根相應眼根乃至無色界修所斷無明隨眠誰成就誰不成就答眼根色界及欲界已得不失成就無色界及欲界未得已失不成就耳鼻舌根亦爾身根欲色界成就無色界不成就女男根欲界已得不失成就色無色界及欲界未得已失不成就命意捨根一切有情皆成就樂根徧淨以下及聖者生上成就異生生上不成就苦根欲界成就色無色界不成就喜根極光淨以下及聖者生上成就異生生上不成就憂根未離欲染成就已離欲染不成就信等五根不斷善根成就已斷善根不成就三無漏根已得不失成就未得已失不成

就眼耳鼻舌界色界及欲界已得不失成就無色界及欲界未得已失不成就眼耳鼻舌處亦爾身色聲觸界欲色界成就無色界不成就身色聲觸處色取蘊前五界有見有對法欲色界繫法亦爾香味鼻舌識界欲界成就色無色界不成就香味處亦爾眼耳身識界梵世以下及生上三靜慮現在前成就不現在前及無色界不成就意法意識界一切有情皆成就意法處後四蘊四取蘊識界無色無見無對有漏無漏有為無為法過去未來現在無記無色界繫非學非無學修所斷無斷法亦爾色蘊欲色界及無色界聖者成就無色界異生不成就有色法亦爾善法不斷善根成就已斷善根不成就不善法未離欲染成就已離欲染不成就學無學法已得不失成就未得已失不成就見所斷法道類智未已生成就已生不成就苦集諦一切有情皆成就非想非非想處世俗智亦爾滅諦已得不失成就未得已失不成就四無量八解脫八勝處十徧處他心智亦爾道諦已得成就未得不成就法類苦集滅道智三三摩地亦爾初靜慮梵世以下及聖者生上成就異生生上不成就第二靜慮極光淨以下及聖者生上成就異生生上不成就第三靜慮徧淨以下及聖者生上成就異生生上不成就第四靜慮廣果以下及聖者生上成就異生生上不成就空無邊處空無邊處以下及聖者生上成就異生生上不成就識無邊處識無邊處以下及聖者生上成就異生生上不成就無所有處無所有處以下及聖者生

上成就異生生上不成就有身見結苦類智未已生成就已生不成就有身見順下分結有身見邊執見亦爾戒禁取疑結道類智未已生成就已生不成就見瀑流軛取戒禁取後二身繫戒禁取疑順下分結後三見見疑隨眠見取疑結亦爾三不善根未離欲染成就已離欲染不成就欲漏瀑流軛取前二身繫前四蓋瞋嫉慳結前二順下分結鼻舌觸所生愛身欲貪瞋恚隨眠恚嫉慳結亦爾有無明漏未離無色染成就已離無色染不成就有無明瀑流軛我語取貪慢結後四順上分結意觸所生愛身有貪慢無明隨眠愛慢無明結亦爾疑蓋未離欲染異生及未離欲染聖者道法智未已生成就已離欲染異生聖者及未離欲染聖者道法智已生不成就色貪順上分結未離色染成就已離色染不成就眼耳身觸所生愛身未離梵世染成就已離梵世染不成就欲界見苦所斷隨眠未離欲染異生及未離欲染聖者苦法智未已生成就已離欲染異生聖者及未離欲染聖者苦法智已生不成就欲界見集所斷隨眠未離欲染異生及未離欲染聖者集法智未已生成就已離欲染異生聖者及未離欲染聖者集法智已生不成就欲界見滅所斷隨眠未離欲染異生及未離欲染聖者滅法智未已生成就已離欲染異生聖者及未離欲染聖者滅法智已生不成就欲界見道所斷隨眠未離欲染異生及未離欲染聖者道法智未已生成就已離欲染異生聖者及未離欲染聖者道法智已生不成就欲界修所斷

隨眠未離欲染成就已離欲染不成就色界見苦所斷隨眠未離色染異生及未離色染聖者苦類智未已生成就已離色染異生聖者及未離色染聖者苦類智已生不成就色界見集所斷隨眠未離色染異生及未離色染聖者集類智未已生成就已離色染異生聖者及未離色染聖者集類智已生不成就色界見滅所斷隨眠未離色染異生及未離色染聖者滅類智未已生成就已離色染異生聖者及未離色染聖者滅類智已生不成就色界見道所斷隨眠未離色染異生及未離色染聖者道類智未已生成就已離色染異生聖者及未離色染聖者道類智已生不成就色界修所斷隨眠未離色染成就已離色染不成就無色界見苦所斷隨眠苦類智未已生成就已生不成就無色界見集所斷隨眠集類智未已生成就已生不成就無色界見滅所斷隨眠滅類智未已生成就已生不成就無色界見道所斷隨眠道類智未已生成就已生不成就無色界修所斷隨眠未離無色染成就已離無色染不成就眼根乃至無色界修所斷無明隨眠一一得徧知時於九十八隨眠中幾隨眠得徧知於九結中幾結盡答眼根得徧知時色愛盡異生三十一隨眠得徧知無結盡聖者三隨眠得徧知無結盡耳鼻舌身根亦爾女男根得徧知時欲愛盡異生三十六隨眠得徧知三結盡聖者四隨眠得徧知三結盡苦憂根亦爾命根得徧知時無色愛盡三隨眠得徧知三結盡意捨信等根亦爾樂根得徧知時徧淨愛盡

即樂根得徧知無結盡喜根得徧知時極光淨愛盡即喜根得徧知無結盡眼耳鼻舌身色聲觸界得徧知時色愛盡異生三十一隨眠得徧知無結盡聖者三隨眠得徧知無結盡眼耳鼻舌身色聲觸處色蘊色取蘊前五界有色有見有對法色界繫法亦爾香味鼻舌識界得徧知時欲愛盡異生三十六隨眠得徧知三結盡聖者四隨眠得徧知三結盡香味處不善欲界繫法亦爾眼耳身識界得徧知時梵世愛盡即眼耳身識界得徧知無結盡意法意識界得徧知時無色愛盡三隨眠得徧知三結盡意法處後四蘊四取蘊識界無色無見無對有漏有爲法過去未來現在善無記無色界繫非學非無學修所斷法亦爾見所斷法得徧知時未離色愛者道類智現在前十四隨眠得徧知三結盡已離色愛者道類智現在前七隨眠得徧知三結盡苦集諦得徧知時無色愛盡三隨眠得徧知三結盡非想非非想處後二解脫世俗智三種三摩地亦爾初靜慮得徧知時梵世愛盡即初靜慮得徧知無結盡第二靜慮得徧知時極光淨愛盡即第二靜慮得徧知無結盡喜無量初二解脫前四勝處亦爾第三靜慮得徧知時徧淨愛盡即第三靜慮得徧知無結盡第四靜慮得徧知時色愛盡異生三十一隨眠得徧知無結盡聖者三隨眠得徧知無結盡三無量淨解脫後四勝處前八徧處他心智亦爾空無邊處得徧知時空無邊處愛盡即空無邊處得徧知無結盡空無邊處解脫徧處亦爾識無邊處得徧知時識無邊

處愛盡即識無邊處得徧知無結盡識無邊處解脫徧處亦爾無所有處得徧知時無所有處愛盡即無所有處得徧知無結盡無所有處解脫亦爾有身見結得徧知時苦類智現在前未離色染者十八隨眠得徧知無結盡已離色染者九隨眠得徧知無結盡有身見順下分結有身見邊執見亦爾戒禁取疑結得徧知時道類智現在前未離色染者十四隨眠得徧知三結盡已離色染者七隨眠得徧知三結盡見瀑流軛取戒禁取後二身繫後二順下分結後三見見疑隨眠見取疑結亦爾三不善根及欲漏得徧知時欲愛盡異生三十六隨眠得徧知三結盡聖者四隨眠得徧知三結盡欲瀑流軛取前二身繫前四蓋瞋嫉慳結前二順下分結鼻舌觸所生愛身欲貪瞋恚隨眠恚嫉慳結亦爾有漏無明漏得徧知時無色愛盡三隨眠得徧知三結盡有無明瀑流軛我語取貪慢結後四順上分結意觸所生愛身有貪慢無明隨眠愛慢無明結亦爾疑蓋得徧知時異生欲愛盡三十六隨眠得徧知三結盡聖者道法智現在前八隨眠得徧知無結盡色貪得徧知時色愛盡異生三十一隨眠得徧知無結盡聖者三隨眠得徧知無結盡眼耳身觸所生愛身得徧知時梵世愛盡即三愛身得徧知無結盡欲界見苦所斷隨眠得徧知時異生欲愛盡三十六隨眠得徧知三結盡聖者苦法智現在前十隨眠得徧知無結盡欲界見集所斷隨眠得徧知時異生欲愛盡三十六隨眠得徧知三結盡聖者集法智現在前七隨

眠得徧知無結盡欲界見滅所斷隨眠得徧知時異生欲愛盡三十六隨眠得徧知三結盡聖者滅法智現在前七隨眠得徧知無結盡欲界見道所斷隨眠得徧知時異生欲愛盡三十六隨眠得徧知三結盡聖者道法智現在前八隨眠得徧知無結盡欲界修所斷隨眠得徧知時欲愛盡異生三十六隨眠得徧知三結盡聖者四隨眠得徧知三結盡色界見苦所斷隨眠得徧知時異生色愛盡三十一隨眠得徧知無結盡聖者苦類智現在前十八隨眠得徧知無結盡色界見集所斷隨眠得徧知時異生色愛盡三十一隨眠得徧知無結盡聖者集類智現在前十二隨眠得徧知無結盡色界見滅所斷隨眠得徧知時異生色愛盡三十一隨眠得徧知無結盡聖者滅類智現在前十二隨眠得徧知無結盡色界見道所斷隨眠得徧知時異生色愛盡三十一隨眠得徧知無結盡聖者道類智現在前十四隨眠得徧知三結盡色界修所斷隨眠得徧知時色愛盡異生三十一隨眠得徧知無結盡聖者三隨眠得徧知無結盡無色界見苦所斷隨眠得徧知時苦類智現在前未離色染者十八隨眠得徧知無結盡已離色染者九隨眠得徧知無結盡無色界見集所斷隨眠得徧知時集類智現在前未離色染者十二隨眠得徧知無結盡已離色染者六隨眠得徧知無結盡無色界見滅所斷隨眠得徧知時滅類智現在前未離色染者十二隨眠得徧知無結盡已離色染者六隨眠得徧知無結盡無色界見道所斷隨眠

得徧知時道類智現在前未離色染者十四隨眠得徧知三結盡已離色染者七隨眠得徧知三結盡無色界修所斷隨眠得徧知時無色愛盡三隨眠得徧知三結盡

眼根乃至無色界修所斷無明隨眠一一滅作證時於九十八隨眠中幾隨眠滅作證於九結中幾結盡答眼根滅作證時色愛盡異生三十一隨眠滅作證無結盡聖者三隨眠滅作證無結盡至阿羅漢九十八隨眠滅作證九結盡耳鼻舌身根亦爾女男根滅作證時欲愛盡異生三十六隨眠滅作證三結盡聖者得不還果九十二隨眠滅作證六結盡至阿羅漢九十八隨眠滅作證九結盡苦憂根亦爾命根滅作證時得阿羅漢果九十八隨眠滅作證九結盡意捨信等五根亦爾樂根滅作證時徧淨愛盡即樂根滅作證無結盡至阿羅漢九十八隨眠滅作證九結盡喜根滅作證時極光淨愛盡即喜根滅作證無結盡至阿羅漢九十八隨眠滅作證九結盡眼耳鼻舌身色聲觸界滅作證時色愛盡異生三十一隨眠滅作證無結盡聖者三隨眠滅作證無結盡至阿羅漢九十八隨眠滅作證九結盡眼耳鼻舌身色聲觸處色蘊色取蘊前五界有色有見有對法色界繫法亦爾香味鼻舌識界滅作證時欲愛盡異生三十六隨眠滅作證三結盡聖者得不還果九十二隨眠滅作證六結盡至阿羅漢九十八隨眠滅作證九結盡香味處不善欲界繫法亦爾眼耳身識界滅作證時梵世愛盡即三識界滅作證無結盡至阿羅漢九十八隨眠滅

作證九結盡意法意識界滅作證時得阿羅漢果九十八隨眠滅作證九結盡意法處後四蘊四取蘊識界無色無見無對有漏有爲法過去未來現在善無記無色界繫非學非無學修所斷法亦爾見所斷法滅作證時得預流果八十八隨眠滅作證三結盡至一來果亦爾至不還果九十二隨眠滅作證六結盡至阿羅漢九十八隨眠滅作證九結盡苦集諦滅作證時得阿羅漢果九十八隨眠滅作證九結盡非想非非想處後二解脫世俗智三種三摩地亦爾初靜慮滅作證時梵世愛盡即初靜慮滅作證無結盡至阿羅漢九十八隨眠滅作證九結盡第二靜慮滅作證時極光淨愛盡即第二靜慮滅作證無結盡至阿羅漢九十八隨眠滅作證九結盡喜無量初二解脫前四勝處亦爾第三靜慮滅作證時徧淨愛盡即第三靜慮滅作證無結盡至阿羅漢九十八隨眠滅作證九結盡第四靜慮滅作證時色愛盡異生三十一隨眠滅作證無結盡聖者三隨眠滅作證無結盡至阿羅漢九十八隨眠滅作證九結盡三無量淨解脫後四勝處前八徧處他心智亦爾空無邊處滅作證時空無邊處愛盡即彼滅作證無結盡至阿羅漢九十八隨眠滅作證九結盡空無邊處解脫徧處亦爾識無邊處滅作證時識無邊處愛盡即彼滅作證無結盡至阿羅漢九十八隨眠滅作證九結盡識無邊處解脫徧處亦爾無所有處滅作證時無所有處愛盡即彼滅作證無結盡至阿羅漢九十八隨眠滅作證九結盡無所有處解脫

亦爾有身見結滅作證時苦類智現在前十八隨眠滅作證無結盡至預流果八十八隨眠滅作證三結盡至一來果亦爾至不還果九十二隨眠滅作證六結盡至阿羅漢九十八隨眠滅作證九結盡有身見順下分結有身見邊執見亦爾戒禁取疑結滅作證時得預流果八十八隨眠滅作證三結盡至一來果亦爾至不還果時九十二隨眠滅作證六結盡至阿羅漢九十八隨眠滅作證九結盡見瀑流軛取戒禁取後二身繫戒禁取疑順下分結後三見見疑隨眠見取疑結亦爾三不善根及欲漏滅作證時異生欲愛盡三十六隨眠滅作證三結盡聖者得不還果九十二隨眠滅作證六結盡至阿羅漢九十八隨眠滅作證九結盡欲瀑流軛取前二身繫前

四蓋瞋嫉慳結前二順下分結鼻舌觸所生愛身欲貪瞋恚隨眠恚嫉慳結亦爾有漏無明漏滅作證時得阿羅漢果九十八隨眠滅作證九結盡有無明瀑流軛我語取貪慢結後四順上分結意觸所生愛身有貪慢無明隨眠愛慢無明結亦爾疑蓋滅作證時異生欲愛盡三十六隨眠滅作證三結盡聖者道法智現在前八隨眠滅作證無結盡至預流果八十八隨眠滅作證三結盡至一來果亦爾至不還果九十二隨眠滅作證六結盡至阿羅漢九十八隨眠滅作證九結盡色貪滅作證時色愛盡異生三十一隨眠滅作證無結盡聖者三隨眠滅作證無結盡至阿羅漢九十八隨眠滅作證九結盡眼耳身觸所生愛身滅作證時梵世愛盡即三愛身滅作證

無結盡至阿羅漢九十八隨眠滅作證九結盡欲界見苦所斷隨眠滅作證時異生欲愛盡三十六隨眠滅作證三結盡聖者苦法智現在前十隨眠滅作證無結盡至預流果八十八隨眠滅作證三結盡至一來果亦爾至不還果九十二隨眠滅作證六結盡至阿羅漢果九十八隨眠滅作證九結盡欲界見集所斷隨眠滅作證時異生欲愛盡三十六隨眠滅作證三結盡聖者集法智現在前七隨眠滅作證無結盡至預流果八十八隨眠滅作證三結盡至一來果亦爾至不還果九十二隨眠滅作證六結盡至阿羅漢果九十八隨眠滅作證九結盡欲界見滅所斷隨眠滅作證時異生欲愛盡三十六隨眠滅作證三結盡聖者滅法智現在前七隨眠滅作證無結盡至預流果八十八隨眠滅作證三結盡至一來果亦爾至不還果九十二隨眠滅作證六結盡至阿羅漢九十八隨眠滅作證九結盡欲界見道所斷隨眠滅作證時異生欲愛盡三十六隨眠滅作證三結盡聖者道法智現在前八隨眠滅作證無結盡至預流果八十八隨眠滅作證三結盡至一來果亦爾至不還果九十二隨眠滅作證六結盡至阿羅漢九十八隨眠滅作證九結盡欲界修所斷隨眠滅作證時異生欲愛盡三十六隨眠滅作證三結盡聖者得不還果九十二隨眠滅作證六結盡至阿羅漢九十八隨眠滅作證九結盡色界見苦所斷隨眠滅作證時異生色愛盡三十一隨眠滅作證無結盡聖者苦類智現在前十八隨眠滅作證無結盡至

預流果八十八隨眠滅作證三結盡至一來果亦爾至不還果九十二隨眠滅作證六結盡至阿羅漢九十八隨眠滅作證九結盡色界見集所斷隨眠滅作證時異生色愛盡三十一隨眠滅作證無結盡聖者集類智現在前十二隨眠滅作證無結盡至預流果八十八隨眠滅作證三結盡至一來果亦爾至不還果九十二隨眠滅作證六結盡至阿羅漢九十八隨眠滅作證九結盡色界見滅所斷隨眠滅作證時異生色愛盡三十一隨眠滅作證無結盡聖者滅類智現在前十二隨眠滅作證無結盡至預流果八十八隨眠滅作證三結盡至一來果亦爾至不還果九十二隨眠滅作證六結盡至阿羅漢九十八隨眠滅作證九結盡色界見道所斷隨眠滅作證時異生色愛盡三十一隨眠滅作證無結盡聖者得預流果八十八隨眠滅作證三結盡至一來果亦爾至不還果九十二隨眠滅作證六結盡至阿羅漢九十八隨眠滅作證九結盡色界修所斷隨眠滅作證時色愛盡異生三十一隨眠滅作證無結盡聖者三隨眠滅作證無結盡至阿羅漢九十八隨眠滅作證九結盡無色界見苦所斷隨眠滅作證時苦類智現在前十八隨眠滅作證無結盡至預流果八十八隨眠滅作證三結盡至一來果亦爾至不還果九十二隨眠滅作證六結盡至阿羅漢果九十八隨眠滅作證九結盡無色界見集所斷隨眠滅作證時集類智現在前十二隨眠滅作證無結盡至預流果八十八隨眠滅作證三結盡至一來果亦爾至

不還果九十二隨眠滅作證六結盡至阿羅漢九十八隨眠滅作證九結盡無色界見滅所斷隨眠滅作證時滅類智現在前十二隨眠滅作證無結盡至預流果八十八隨眠滅作證三結盡至一來果亦爾至不還果九十二隨眠滅作證六結盡至阿羅漢九十八隨眠滅作證九結盡無色界見道所斷隨眠滅作證時得預流果八十八隨眠滅作證三結盡至一來果亦爾至不還果九十二隨眠滅作證六結盡至阿羅漢九十八隨眠滅作證九結盡無色界修所斷隨眠滅作證時得阿羅漢果九十八隨眠滅作證九結盡

阿毗達磨發智論卷第六

阿毗達磨發智論卷第七

尊者迦多衍尼子造

唐三藏法師玄奘奉　詔譯

智蘊第三中學支納息第一

八學十無學　見等學道三　俗無漏見智
此章願具說

如世尊說學行見成就學八支彼成就過去幾未來幾現在幾答若依有尋有伺定初學見現在前過去無未來現在八彼滅已不失若復依有尋有伺定學見現在前過去未來現在八彼滅已不失若依無尋無伺定學見現在前過去未來八現在四彼滅已不失若依無色定學見現在前過去未來八現在四彼滅已不失若入滅定或世俗心現在前過去未來八現在無若依無尋無伺定初學見現在前過去無未來八現在七彼滅已不失若復依無尋無伺定學見現在前過去現在七未來八彼滅已不失若依無色定學見現在前過去七未來八現在四彼滅已不失若入滅定或世俗心現在前過去七未來八現在無彼滅已不失若依有尋有伺定學見現在前過去七未來現在八若依無色定初學見現在前過去無未來八現在四彼滅已不失若復依無色定學見現在前過去現在四未來八彼滅已不失若入滅定或世俗心現在前過去四未來八現在無彼滅已不失若依有尋有伺定學見現在前過去四未來現在八彼滅已不失若依無尋無伺定學見現在前過去四未來八現在七如世尊說漏盡阿羅漢成就十無學支彼成就過去幾未來

幾現在幾答若依有尋有伺定初無學智現在前過去無未來十現在九彼滅已不失若復依有尋有伺定無學智現在前過去現在九未來十彼滅已不失若依無尋無伺定無學智現在前過去九未來十現在八彼滅已不失若依無色定無學智現在前過去九未來十現在五彼滅已不失若入滅定或世俗心現在前過去九未來十現在無彼滅已不失若依有尋有伺定初無學智見現在前過去現在九未來十彼滅已不失若復依有尋有伺定無學若智若見現在前過去未來十現在九彼滅已不失若依無尋無伺定無學若智若見現在前過去未來十現在八彼滅已不失若依無色定無學若智若見現在前過去未來十現在五彼滅已不失若入滅定或世俗心現在前過去未來十現在無若依無尋無伺定初無學智現在前過去無未來十現在八彼滅已不失若復依無尋無伺定無學智現在前過去現在八未來十彼滅已不失若依無色定無學智現在前過去八未來十現在五彼滅已不失若入滅定或世俗心現在前過去八未來十現在無彼滅已不失若依有尋有伺定無學智現在前過去八未來十現在九彼滅已不失若依無尋無伺定初無學見現在前過去現在八未來十彼滅已不失若復依無尋無伺定無學若智若見現在前過去九未來十現在八彼滅已不失若依無色定無學若智若見現在前過去九未來十現在五彼滅已不失若入滅定或世俗心現在前過去九未來十現在無彼滅

已不失若依有尋有伺定無學若智若見現在前過去現在九未來十若依無色定初無學智現在前過去無未來十現在五彼滅已不失若復依無色定無學智現在前過去現在五未來十彼滅已不失若入滅定或世俗心現在前過去五未來十現在無彼滅已不失若依有尋有伺定無學智現在前過去五未來十現在九彼滅已不失若依無尋無伺定無學智現在前過去五未來十現在八彼滅已不失若依無色定初無學見現在前過去現在五未來十彼滅已不失若復依無色定無學若智若見現在前過去六未來十現在五彼滅已不失若入滅定或世俗心現在前過去六未來十現在無彼滅已不失若依有尋有伺定無學若智若見現在前過去六未來十現在九彼滅已不失若依無尋無伺定無學若智若見現在前過去六未來十現在八

云何爲見答眼根五見世俗正見學無學見云何爲智答五識相應慧除無漏忍餘意識相應慧云何爲慧答六識相應慧諸見是智耶答應作四句有見非智謂眼根及無漏忍有智非見謂五識身相應慧盡無生智除五見及世俗正見餘意識相應有漏慧有見亦智謂五見世俗正見除無漏忍及盡無生智餘無漏慧有非見非智謂除前相諸見是慧耶答應作四句有見非慧謂眼根有慧非見謂五識身相應慧盡無生智除五見及世俗正見餘意識相應有漏慧有見是慧謂除盡無生智餘無漏慧及五見世俗正見有非見

非慧謂除前相諸智是慧耶答諸智皆是慧有慧非智謂無漏忍見攝智智攝見耶答應作四句有見非智攝謂眼根及無漏忍有智非見攝謂五識身相應慧盡無生智除五見及世俗正見餘意識相應有漏慧有見亦智攝謂五見世俗正見除無漏忍及盡無生智餘無漏慧有非見亦非智攝謂除前相見攝慧慧攝見耶答應作四句有見非慧攝謂眼根有慧非見攝謂五識相應慧盡無生智除五見及世俗正見餘意識相應有漏慧有見亦慧攝謂五見世俗正見除盡無生智餘無漏慧有非見亦非慧攝謂除前相智攝慧慧攝智耶答慧攝智非智攝慧不攝何等謂無漏忍諸成就見彼智耶答如是設成就智彼見耶答如是諸成就見彼慧耶答如是設成就慧彼見耶答如是諸成就智彼慧耶答如是設成就慧彼智耶答如是諸見已斷已徧知彼智耶答如是設智已斷已徧知彼見耶答如是諸見已斷已徧知彼慧耶答如是設慧已斷已徧知彼見耶答如是諸智已斷已徧知彼慧耶答如是設慧已斷已徧知彼智耶答如是諸正見是擇法覺支耶答應作四句有正見非擇法覺支謂世俗正見有擇法覺支非正見謂盡無生智有正見亦擇法覺支謂除盡無生智餘無漏慧有非正見亦非擇法覺支謂除前相諸正智是擇法覺支耶答應作四句有正智非擇法覺支謂世俗正智有擇法覺支非正智謂無漏忍有正智亦擇法覺支謂除無漏忍餘無漏慧有非正智亦非擇法覺支謂除前相七覺支八道支一

一現在前時幾覺支幾道支現在前耶答若依未至定念覺支現在前時學六覺支八道支現在前無學六覺支九道支現在前若依初靜慮念覺支現在前時學七覺支八道支現在前無學七覺支九道支現在前若依靜慮中間念覺支現在前時學六覺支七道支現在前無學六覺支八道支現在前依第三第四靜慮亦爾若依第二靜慮念覺支現在前時學七覺支七道支現在前無學七覺支八道支現在前若依無色定念覺支現在前時學六覺支四道支現在前無學六覺支五道支現在前擇法精進輕安定捨覺支正見正勤正念正定道支亦爾若依初靜慮喜覺支現在前時學七覺支八道支現在前無學七覺支九道支現在前若依第二靜慮喜覺支現在前時學七覺支七道支現在前無學七覺支八道支現在前若依未至定正思惟現在前時學六覺支八道支現在前無學六覺支九道支現在前若依初靜慮正思惟現在前時學七覺支八道支現在前無學七覺支九道支現在前若依未至定正語現在前時學六覺支八道支現在前無學六覺支九道支現在前若依初靜慮正語現在前時學七覺支八道支現在前無學七覺支九道支現在前若依靜慮中間正語現在前時學六覺支七道支現在前無學六覺支八道支現在前依第三第四靜慮亦爾若依第二靜慮正語現在前時學七覺支七道支現在前無學七覺支八道支現在前正業正命亦爾諸法念覺支相應彼法擇法覺支相應耶答應

作四句有法念相應非擇法謂擇法覺支有法擇法相應非念謂念覺支有法念相應亦擇法謂二相應法有法非念相應亦非擇法謂餘心心所法色無爲心不相應行如對擇法覺支對精進輕安定捨覺支正勤正定亦爾諸法念覺支相應彼法喜覺支相應耶答應作四句有法念相應非喜謂喜覺支及喜不相應念覺支相應法有法喜相應非念謂喜覺支相應念有法念相應亦喜謂二相應法有法非念相應亦非喜謂喜不相應念覺支及餘心心所法色無爲心不相應行如對喜覺支對正見正思惟亦爾諸法念覺支相應彼法正念相應耶答如是諸法正念相應彼法念覺支相應耶答如是諸法擇法覺支相應彼法精進覺支相應耶答應作四句有

法擇法相應非精進謂精進覺支有法精進相應非擇法謂擇法覺支有法擇法相應亦精進謂二相應法有法非擇法相應亦非精進謂餘心心所法色無爲心不相應行如對精進覺支對輕安定捨覺支正勤正念正定亦爾諸法擇法覺支相應彼法喜覺支相應耶答應作四句有法擇法相應非喜謂喜覺支及喜不相應擇法覺支相應法有法喜相應非擇法謂喜覺支相應擇法有法擇法相應亦喜謂二相應法有法非擇法相應亦非喜謂喜不相應擇法覺支及餘心心所法色無爲心不相應行如對喜覺支對正思惟亦爾諸法擇法覺支相應彼法正見相應耶答諸法正見相應亦擇法相應有法擇法相應非正見相應謂正見所不攝擇法覺支相應

法諸法精進覺支相應彼法喜覺支相應耶答應作四句有法精進相應非喜謂喜覺支及喜不相應精進覺支相應法有喜相應非精進謂喜覺支相應精進有法精進相應亦喜謂二相應法有法非精進相應亦非喜謂喜不相應精進覺支及餘心心所法色無爲心不相應行如對喜覺支對正見正思惟亦爾諸法精進覺支相應彼法輕安覺支相應耶答應作四句有法精進相應非輕安謂輕安覺支有法輕安相應非精進謂精進覺支有法精進相應亦輕安謂二相應法有法非精進相應亦非輕安謂餘心心所法色無爲心不相應行如對輕安覺支對定捨覺支正念正定亦爾諸法精進覺支相應彼法正勤相應耶答如是設法正勤相應彼法精進覺支相應耶答如是諸法喜覺支相應彼法輕安覺支相應耶答應作四句有法喜相應非輕安謂喜相應輕安覺支有法輕安相應非喜謂喜覺支及喜不相應輕安覺支相應法有法喜相應亦輕安謂二相應法有法非喜相應亦非輕安謂喜不相應輕安覺支及餘心心所法色無爲心不相應行如對輕安覺支對定捨覺支正勤正念正定亦爾諸法喜覺支相應彼法正見相應耶答應作四句有法喜相應非正見謂喜覺支相應正見及正見不相應喜覺支相應法有法正見相應非喜謂正見相應喜覺支及喜覺支不相應正見相應法有法喜相應亦正見謂二相應法有法非喜相應亦非正見謂喜覺支不相應正見正見不相應喜覺支及餘心心所法色

無爲心不相應行如對正見對正思惟亦爾諸法輕安覺支相應彼法定覺支相應耶答應作四句有法輕安相應非定謂定覺支有法定相應非輕安謂輕安覺支有法輕安相應亦定謂二相應法有法非輕安相應亦非定謂餘心心所法色無爲心不相應行如對定覺支對捨覺支正勤正念正定亦爾諸法輕安覺支相應彼法正見相應耶答應作四句有法輕安相應非正見謂正見及正見不相應輕安覺支相應法有法正見相應非輕安謂正見相應輕安覺支有法輕安相應亦正見謂二相應法有法非輕安相應亦非正見謂正見不相應輕安覺支及餘心心所法色無爲心不相應行如對正見對正思惟亦爾諸法定覺支相應彼法捨覺支相應耶答應作四句有法定相應非捨謂捨覺支有法捨相應非定謂定覺支有法定相應亦捨謂二相應法有法非定相應亦非捨謂餘心心所法色無爲心不相應行如對捨覺支對正勤正念亦爾諸法定覺支相應彼法正見相應耶答應作四句有法定相應非正見謂正見及正見不相應定覺支相應法有法正見相應非定謂正見相應定覺支有法定相應亦正見謂二相應法有法非定相應亦非正見謂正見不相應定覺支及餘心心所法色無爲心不相應行如對正見對正思惟亦爾諸法定覺支相應彼法正定相應耶答如是設法正定相應彼法定覺支相應耶答如是諸法捨覺支相應彼法正見相應耶答應作四句有法捨相應非正見謂正見及正見不

相應捨覺支相應法有法正見相應非捨謂正見相應捨覺支有法捨相應亦正見謂二相應法有法非捨相應亦非正見謂正見不相應捨覺支及餘心心所法色無爲心不相應行如對正見對正思惟亦爾諸法捨覺支相應彼法正勤相應耶答應作四句有法捨相應非正勤謂正勤有法正勤相應非捨謂捨覺支有法捨相應亦正勤謂二相應法有法非捨相應亦非正勤謂餘心心所法色無爲心不相應行如對正勤對正念正定亦爾諸法正見相應彼法正思惟相應耶答應作四句有法正見相應非正思惟謂正見相應正思惟及正思惟不相應正見相應法有法正思惟相應非正見謂正思惟相應正見及正見不相應正思惟相應法有法正見相應

亦正思惟謂二相應法有法非正見相應亦非正思惟謂正見不相應正思惟正思惟不相應正見及餘心心所法色無爲心不相應行諸法正見相應彼法正勤相應耶答應作四句有法正見相應非正勤謂正見相應正勤有法正勤相應非正見謂正見及正見不相應正勤相應法有法正見相應亦正勤謂二相應法有法非正見相應亦非正勤謂正見不相應正勤及餘心心所法色無爲心不相應行如對正勤對正念正定亦爾諸法正思惟相應彼法正勤相應耶答應作四句有法正思惟相應非正勤謂正思惟相應正勤有法正勤相應非正思惟謂正思惟及正思惟不相應正勤相應法有法正思惟相應亦正勤謂二相應法有法非正思惟相應亦非

正勤謂正思惟不相應正勤及餘心心所法色無爲心不相應行如對正勤對正念正定亦爾諸法正勤相應彼法正念相應耶答應作四句有法正勤相應非正念謂正念有法正念相應非正勤謂正勤有法正勤相應亦正念謂二相應法有法非正勤相應亦非正念謂餘心心所法色無爲心不相應行如對正念對正定亦爾諸法正念相應彼法正定相應耶答應作四句有法正念相應非正定謂正定有法正定相應非正念謂正念有法正念相應亦正定謂二相應法有法非正念相應亦非正定謂餘心心所法色無爲心不相應行

云何世俗正見答意識相應善有漏慧云何世俗正智答五識相應善慧及意識相應善有漏慧諸世俗正見是世俗正智耶答諸世俗正見亦是世俗正智有世俗正智非世俗正見謂五識相應善慧世俗正見攝世俗正智世俗正智攝世俗正見耶答世俗正智攝世俗正見非世俗正見攝世俗正智不攝何等謂五識相應善慧諸成就世俗正見彼世俗正智耶答如是設成就世俗正智彼世俗正見耶答如是諸世俗正見已斷已徧知彼世俗正智耶答如是設世俗正智已斷已徧知彼世俗正見耶答如是

云何無漏見答除盡無生智餘無漏慧云何無漏智答除無漏忍餘無漏慧諸無漏見是無漏智耶答應作四句有無漏見非無漏智謂無漏忍有無漏智非無漏見謂盡無生智有無漏見亦無漏智謂除無漏忍盡無生智

餘無漏慧有非無漏見亦非無漏智謂除前相無漏見攝無漏智無漏智攝無漏見耶答應作四句有無漏見非無漏智攝謂無漏忍有無漏智非無漏見攝謂盡無生智有無漏見亦無漏智攝謂除無漏忍盡無生智餘無漏慧有非無漏見亦非無漏智攝謂除前相諸成就無漏見彼無漏智耶答諸成就無漏智亦無漏見有成就無漏見非無漏智謂苦法智忍現在前時

智蘊第三中五種納息第二

邪正見智五　左慧學等三　梵忍五惡見

此章願具說

云何邪見答若不安立則五見皆名邪見若安立則唯無施與無愛樂無祠祀無妙行無惡行無妙惡行業果異熟等見名邪見云何邪智答六識相應染汙慧諸邪見是邪智耶答諸邪見是邪智有邪智非邪見諸五識相應染汙慧及除五見餘意識相應染汙慧邪見攝邪智邪智攝邪見耶答邪智攝邪見非邪見攝邪智不攝何等謂五識相應染汙慧及除五見餘意識相應染汙慧諸成就邪見彼邪智耶答諸成就邪見亦邪智有成就邪智非邪見謂學見迹諸邪見已斷已徧知彼邪智耶答諸邪智已斷已徧知亦邪見有邪見已斷已徧知非邪智謂學見迹

云何正見答盡無生智所不攝意識相應善慧云何正智答五識相應善慧及無漏忍所不攝意識相應善慧諸正見是正智耶答應作四句有正見非正智謂無漏忍有正智非正見謂五識相應善慧及盡無生智有正見

亦正智謂無漏忍及盡無生智所不攝意識相應善慧有非正見亦非正智謂除前相正見攝正智正智攝正見耶答應作四句有正見非正智攝謂無漏忍有正智非正見攝謂五識相應善慧及盡無生智有正見亦正智攝謂無漏忍盡無生智所不攝意識相應善慧有非正見亦非正智攝謂除前相諸成就正見彼正智耶答如是設成就正智彼正見耶答如是諸正見已斷已徧知彼正智耶答如是設正智已斷已徧知彼正見耶答如是諸左慧皆是結耶答應作四句有左慧非結謂除二結餘染汙慧有結非左慧謂七結有左慧亦結謂二結有非左慧亦非結謂除前相云何學見答學慧云何學智答學八智云何學慧答學見學智總名學慧諸學見是學

智耶答諸學智亦學見有學見非學智謂無漏忍諸學見是學慧耶答如是設學慧是學見耶答如是諸學智是學慧耶答諸學智亦學慧有學慧非學智謂無漏忍學見攝學智學智攝學見耶答學見攝學智非學智攝學見不攝何等謂無漏忍學見攝學慧學慧攝學見耶答展轉相攝學智攝學慧學慧攝學智耶答學慧攝學智非學智攝學慧不攝何等謂無漏忍諸成就學見彼學智耶答諸成就學智亦學見有成就學見非學智謂苦法智忍現在前時諸成就學見彼學慧耶答如是設成就學慧彼學見耶答如是諸成就學智彼學慧耶答諸成就學智亦學慧有成就學慧非學智謂苦法智忍現在前時云何無學見答盡無生智所不攝無學慧云何無學

智答無學八智云何無學慧答無學見無學智總名無學慧諸無學見是無學智耶答諸無學見亦無學智有無學智非無學見謂盡無生智諸無學見是無學慧耶答諸無學見亦無學慧有無學慧非無學見謂盡無生智諸無學智是無學慧耶答如是設無學慧是無學智耶答如是無學見攝無學智無學智攝無學見耶答無學智攝無學見非無學見攝無學智不攝何等謂盡無生智無學見攝無學慧無學慧攝無學見耶答無學慧攝無學見非無學見攝無學慧不攝何等謂盡無生智無學智攝無學慧無學慧攝無學智耶答展轉相攝諸成就無學見彼無學智耶答如是設成就無學智彼無學見耶答如是諸成就無學見彼無學慧耶答如是設成就無學慧彼無學見耶答如是諸成就無學智彼無學慧耶答如是設成就無學慧彼無學智耶答如是云何非學非無學見答眼根五見世俗正見云何非學非無學智答五識相應慧及意識相應有漏慧云何非學非無學慧答五識相應慧及意識相應有漏慧諸非學非無學見是非學非無學智耶答應作四句有非學非無學見非非學非無學智謂眼根有非學非無學智非非學非無學見謂五識相應慧及除五見世俗正見餘意識相應有漏慧有非學非無學見亦非學非無學智謂五見世俗正見有非非學非無學見亦非非學非無學智謂除前相諸非學非無學見是非學非無學慧耶答應作四句有非學非無學見非非學非無學慧謂眼根有非學非無

學慧非非學非無學見謂五識相應慧及除五見世俗正見餘意識相應有漏慧有非學非無學見亦非學非無學慧謂五見世俗正見有非非學非無學見亦非非學非無學慧謂除前相諸非學非無學智是非學非無學慧耶答如是設非學非無學慧是非學非無學智耶答如是非學非無學見攝非學非無學智非學非無學智攝非學非無學見耶答應作四句有非學非無學見非非學非無學智攝謂眼根有非學非無學智非非學非無學見攝謂五識相應慧及除五見世俗正見餘意識相應有漏慧有非學非無學見亦非學非無學智攝謂五見世俗正見有非非學非無學見亦非非學非無學智攝謂除前相非學非無學見攝非學非無學慧非學非無

學慧攝非學非無學見耶答應作四句有非學非無學見非非學非無學慧攝謂眼根有非學非無學慧非非學非無學見攝謂五識相應慧及除五見世俗正見餘意識相應有漏慧有非學非無學見亦非學非無學慧攝謂五見世俗正見有非非學非無學見亦非非學非無學慧攝謂除前相非學非無學智攝非學非無學慧非學非無學慧攝非學非無學智耶答展轉相攝諸成就非學非無學見彼非學非無學智耶答如是設成就非學非無學智彼非學非無學見耶答如是諸成就非學非無學見彼非學非無學慧耶答如是設成就非學非無學慧彼非學非無學見耶答如是諸成就非學非無學智彼非學非無學慧耶答如是設成就非學非無學慧彼

非學非無學智耶答如是諸非學非無學見已斷已徧知彼非學非無學智耶答如是設非學非無學智已斷已徧知彼非學非無學見耶答如是諸非學非無學見已斷已徧知彼非學非無學慧耶答如是設非學非無學慧已斷已徧知彼非學非無學見耶答如是諸非學非無學智已斷已徧知彼非學非無學慧耶答如是設非學非無學慧已斷已徧知彼非學非無學智耶答如是

如大梵天作如是說我是梵是大梵得自在我於世間能造化能出生是彼父此於五見何見攝見何諦斷此見耶答我是梵是大梵得自在者取劣法爲勝見取攝見苦所斷我於世間能造化能出生是彼父者非因計因戒禁取攝見苦所斷如梵衆天作如是說此是梵是大梵得自在此於世間能造化能出生是我等父此於五見何見攝見何諦斷此見耶答此是梵是大梵得自在者取劣法爲勝見取攝見苦所斷此於世間能造化能出生是我等父者非因計因戒禁取攝見苦所斷諸起此見我一切忍此於五見何見攝見何諦斷此見耶答邊執見中常見攝見苦所斷諸起此見我一切不忍此於五見何見攝見何諦斷此見耶答邊執見中斷見攝見苦所斷諸起此見我一分忍一分不忍此於五見何見攝見何諦斷此見耶答一分忍者邊執見中常見攝一分不忍者邊執見中斷見攝俱見苦所斷諸起此見有阿羅漢天魔所嬈漏失不淨此於五見何見攝見何諦斷此見耶答非因計因戒禁取攝見苦所斷諸起

此見有阿羅漢於自解脫猶有無知此於五
見何見攝見何諦斷此見耶答諸阿羅漢無
漏智見邪見攝見道所斷諸起此見有阿羅
漢於自解脫猶有疑惑此於五見何見攝見
何諦斷此見耶答諸阿羅漢越度疑惑邪見
攝見道所斷諸起此見有阿羅漢但由他度
此於五見何見攝見何諦斷此見耶答諸阿
羅漢無障無背現量慧眼身證自在邪見攝
見道所斷諸起此見道及道支若言所名此
於五見何見攝見何諦斷此見耶答非因計
因戒禁取攝見苦所斷

阿毗達磨發智論卷第七

音釋

嬈 而沼切與擾同

阿毗達磨發智論卷第八

尊者迦多衍尼子造

唐三藏法師玄奘奉　詔譯

智蘊第三中他心智納息第三

二智二解脫　明智三證淨　顛倒等持修

此章願具說

云何他心智答若智修所成是修果依止修已得不失能知他相續現在欲色界心心所法或無漏心心所法是謂他心智云何宿住隨念智答若智修所成是修果依止修已得不失能現憶知諸宿住事種種相狀及所依止是謂宿住隨念智諸他心智皆現知他心心所法耶答應作四句有他心智非現知他心心所法謂過去未來他心智有現知他心心所法非他心智謂如有一或覩相或聞語或得如是生處得智能現知他心心所法有他心智亦現知他心心所法謂若智修所成是修果依止修已得不失能現知他現在欲色界心心所法或無漏心心所法有非他心智亦非現知他心心所法謂除前相諸宿住隨念智皆現憶知諸宿住事耶答應作四句有宿住隨念智非現憶知諸宿住事謂過去未來宿住隨念智有現憶知諸宿住事非宿住隨念智謂如有一得本性念生智或得如是生處得智能現憶知諸宿住事有宿住隨念智亦現憶知諸宿住事謂若智修所成是修果依止修已得不失能現憶知諸宿住事種種相狀及所依止有非宿住隨念智亦非現憶知諸宿住事謂除前相諸宿住隨念智皆知他過去蘊處界心相續耶答應作四句

有宿住隨念智非知他過去蘊處界心相續謂若智修所成是修果依止修已得不失知自前生過去蘊處界心相續有知他過去蘊處界心相續非宿住隨念智謂若智修所成是修果依止修已得不失知他此生過去蘊處界心相續有宿住隨念智亦知他過去蘊處界心相續謂若智修所成是修果依止修已得不失知他前生過去蘊處界心相續有非宿住隨念智亦非知他過去蘊處界心相續謂若智修所成是修果依止修已得不失知自此生過去蘊處界心相續

云何時愛心解脫答時解脫阿羅漢盡智或無學正見相應心勝解已勝解當勝解云何不動心解脫答不動法阿羅漢盡智無生智或無學正見相應心勝解已勝解當勝解

諸時愛心解脫皆盡智相應耶答應作四句有時愛心解脫非盡智相應謂時解脫阿羅漢無學正見相應心解脫已勝解當勝解有盡智相應非時愛心解脫謂不動法阿羅漢盡智相應心勝解已勝解當勝解有時愛心解脫亦盡智相應謂時解脫阿羅漢盡智相應心勝解已勝解當勝解有非時愛心解脫亦非盡智相應謂不動法阿羅漢無生智或無學正見相應心勝解已勝解當勝解諸不動心解脫皆無生智相應耶答諸無生智相應皆不動心解脫有不動心解脫非無生智相應謂不動法阿羅漢盡智或無學正見相應心勝解已勝解當勝解何緣時心解脫名愛耶答時解脫阿羅漢恒於此法慇懃守護寶愛執藏勿我遇緣退失此法如一目人自

及親友慇懃守護寶愛執藏勿遇寒熱塵翳等緣令此一目更當失壞彼亦如是故名爲愛

云何學明答學慧云何學智答學八智云何無學明答無學慧云何無學智答無學八智

諦現觀時於何最初而得證淨佛耶法耶僧耶答苦集滅現觀時於法最初得證淨道現觀時於佛法僧最初得證淨

諸預流者於四顛倒幾已斷幾未斷耶答一切已斷

諸預流者於空無願無相三三摩地成就過去幾未來幾現在幾答未來一切過去若已滅不失現在若現在前

諸道過去皆已修已息耶答諸道過去皆已修已息有道已修已息非過去謂道未來已修已息諸道未來皆未已修已息耶答應作四句有道未來非未已修已息謂道未來已修已息有道未已修已息非未來謂未曾得道初現在前有道未來亦未已修已息謂道未來未已修已息有道非未來亦非未已修已息謂道過去及曾得道今現在前諸道現在皆正修耶答諸道現在皆正修有道正修非現在謂未曾得道初現在前所修未來彼種類道

智蘊第三中修智納息第四之一

八智攝成修　相緣緣斷證　智知想七善

此章願具說

有八智謂法智乃至道智云何法智答於欲界諸行諸行因諸行滅諸行能斷道所有無漏智又於法智及法智地所有無漏智是謂

法智云何類智答於色無色界諸行諸行因諸行滅諸行能斷道所有無漏智又於類智及類智地所有無漏智是謂類智云何他心智答若智是修果知他現在心心所法云何世俗智答三界有漏慧云何苦智答於諸行作苦非常空非我行相轉智云何集智答於諸行因作因集生緣行相轉智云何滅智答於諸行滅作滅靜妙離行相轉智云何道智答於諸行對治道作道如行出行相轉智法智乃至道智於八智中一一攝幾答法智攝法智五智少分謂他心智苦集滅道智類智攝類智五智少分謂他心智苦集滅道智他心智攝他心智四智少分謂法類世俗道智世俗智攝世俗智他心智少分苦智類苦智二智少分謂法類智集智攝集智二智少分謂法類智滅智攝滅智二智少分謂法類智道智攝道智三智少分謂法類他心智

若成就法智於此八智幾成就幾不成就答或三四五六七八謂苦法智苦類智忍時無他心智成就三有他心智成就四苦類智集法智忍時無他心智成就四有他心智成就五集法智乃至滅法智忍時無他心智成就五有他心智成就六滅法智乃至道法智忍時無他心智成就六有他心智成就七道法智乃至道類智時無他心智成就七有他心智成就八若成就類智於此八智幾成就幾不成就答或四五六七八謂苦類智集法智忍時無他心智成就四有他心智成就五集法智乃至滅法智忍時無他心智成就五有他心智成就六滅法智乃至道法智忍時無

他心智成就六有他心智成就七道法智乃至道類智時無他心智成就七有他心智成就八若成就他心智於此八智幾成就幾不成就答或二四五六七八謂異生及聖者苦法智忍時成就二苦法智苦類智忍時成就四苦類智集法智忍時成就五集法智乃至滅法智忍時成就六滅法智乃至道法智忍時成就七道法智乃至道類智時成就八若成就世俗智於此八智幾成就幾不成就答或一二三四五六七八謂異生及聖者苦法智忍時無他心智成就一有他心智成就二苦法智苦類智忍時無他心智成就三有他心智成就四苦類智集法智忍時無他心智成就四有他心智成就五集法智乃至滅法智忍時無他心智成就五有他心智成就六滅法智乃至道法智忍時無他心智成就六有他心智成就七道法智乃至道類智時無他心智成就七有他心智成就八若成就苦智於此八智幾成就幾不成就答或三四五六七八謂苦法智苦類智忍時無他心智成就三有他心智成就四苦類智集法智忍時無他心智成就四有他心智成就五集法智乃至滅法智忍時無他心智成就五有他心智成就六滅法智乃至道法智忍時無他心智成就六有他心智成就七道法智乃至道類智忍時無他心智成就七有他心智成就八若成就集智於此八智幾成就幾不成就答或五六七八謂集法智乃至滅法智忍時無他心智成就五有他心智成就六滅法智乃至道法智忍時無他心智成就六有他心

智成就七道法智乃至道類智時無他心智成就七有他心智成就八若成就滅智於此八智幾成就幾不成就答或六七八謂滅法智乃至道法智忍時無他心智成就六有他心智成就七道法智乃至道類智時無他也智成就七有他心智成就八若成就道智於此八智幾成就幾不成就答或七八謂無他心智成就七有他心智成就八

若修法智亦類智耶答應作四句有修法智非類智謂入現觀苦集滅道法智時學見迹阿羅漢已得法智現在前時有修類智非法智謂入現觀苦集滅類智時學見迹阿羅漢已得類智現在前時有俱修謂入現觀道類智時學見迹阿羅漢未得無漏智現在前時未得世俗智現在前能俱修時有俱不修謂學見迹阿羅漢已得世俗智現在前時未得世俗智現在前俱不修時一切異生染汙心無記心無想定滅定無想天無漏忍時若修法智亦他心智耶答應作四句有修法智非他心智謂入現觀苦集滅道法智時未離欲染者入現觀道類智時學見迹阿羅漢已得法智現在前非他心智時未得無漏智現在前不修他心智時未得世俗智現在前修法智非他心智時有修他心智非法智謂異生已得未得他心智現在前時未得世俗智現在前修他心智時學見迹阿羅漢已得他心智現在前非法智時有俱修謂已離欲染入現觀道類智時學見迹阿羅漢已得法智現在前是他心智時未得無漏智現在前修他心智時未得世俗智現在前能俱修時有俱

不修謂入現觀苦集滅類智時學見迹阿羅漢已得無漏智現在前非法智他心智時已得世俗智現在前非他心智時未得世俗智現在前俱不修時異生不修他心智時一切染汙心無記心無想定滅定無想天無漏忍時

若修法智亦世俗智耶答應作四句有修法智非世俗智謂入現觀苦集滅道法智道類智時學見迹阿羅漢已得法智現在前時未得無漏智現在前不修世俗智時有修世俗智非法智謂諸異生已得未得世俗智現在前時入現觀苦集滅類智時學見迹阿羅漢已得世俗智現在前時未得世俗智現在前不修法智時有俱修謂學見迹阿羅漢未得無漏智現在前修世俗智時未得世俗智現在前修法智時有俱不修謂學見迹阿羅漢已得無漏智現在前非法智時一切染汙心無記心無想定滅定無想天無漏忍時

若修法智亦苦智耶答應作四句有修法智非苦智謂入現觀集滅道法智時學見迹阿羅漢已得法智現在前非苦智時有修苦智非法智謂入現觀苦類智時學見迹阿羅漢已得苦智現在前非法智時有俱修謂入現觀苦法智及道類智時學見迹阿羅漢已得苦法智現在前時未得無漏智現在前時未得世俗智現在前能俱修時有俱不修謂入現觀集滅類智時學見迹阿羅漢已得無漏智現在前非法苦智時已得世俗智現在前時未得世俗智現在前不修法苦智時一切異生染汙心無記心無想定滅定無想天無

漏忍時

若修法智亦集智耶答應作四句有修法智非集智謂入現觀苦滅道法智時學見迹阿羅漢已得法智現在前非集智時有修集智非法智謂入現觀集類智時學見迹阿羅漢已得集智現在前非法智時有俱修謂入現觀集法智道類智時學見迹阿羅漢已得集法智現在前時未得無漏智現在前時未得世俗智現在前修法集智時有俱不修謂入現觀苦滅類智時學見迹阿羅漢已得無漏智現在前非法集智時已得世俗智現在前時未得世俗智現在前不修法集智時一切異生染汙心無記心無想定滅定無想天無漏忍時

若修法智亦滅智耶答應作四句有修法智非滅智謂入現觀苦集道法智時學見迹阿羅漢已得法智現在前非滅智時有修滅智非法智謂入現觀滅類智時學見迹阿羅漢已得滅智現在前非法智時有俱修謂入現觀滅法智道類智時學見迹阿羅漢已得滅法智現在前時未得無漏智現在前時未得世俗智現在前能俱修時有俱不修謂入現觀苦集類智時學見迹阿羅漢已得無漏智現在前非法滅智時已得世俗智現在前時未得世俗智現在前俱不修時一切異生染汙心無記心無想定滅定無想天無漏忍時

若修法智亦道智耶答應作四句有修法智非道智謂入現觀苦集滅法智時學見迹阿羅漢已得法智現在前非道智時有修道智非法智謂學見迹阿羅漢已得道智現在前

非法智時有俱修謂入現觀道法智道類智時學見迹阿羅漢已得道法智現在前時未得無漏智現在前時未得世俗智現在前能俱修時有俱不修謂入現觀苦集滅類智時學見迹阿羅漢已得無漏智現在前非法道智時已得世俗智現在前時未得世俗智現在前俱不修時一切異生染汙心無記心無想定滅定無想天無漏忍時

若修類智亦他心智耶答應作四句有修類智非他心智謂入現觀苦集滅類智時未離欲染者道類智時學見迹阿羅漢已得類智現在前非他心智時未得無漏智現在前不修他心智時未得世俗智現在前修類智非他心智時有修他心智非類智謂異生已得未得他心智現在前時未得世俗智現在前修他心智時學見迹阿羅漢已得他心智現在前非類智時有俱修謂已離欲染者入現觀道類智時學見迹阿羅漢已得類智現在前是他心智時未得無漏智現在前修他心智時未得世俗智現在前能俱修時有俱不修謂入現觀苦集滅道法智時學見迹阿羅漢已得無漏智現在前非類他心智時已得世俗智現在前非他心智時未得世俗智現在前俱不修時異生不修他心智時一切染汙心無記心無想定滅定無想天無漏忍時

若修類智亦世俗智耶答應作四句有修類智非世俗智謂入現觀道類智時學見迹阿羅漢已得類智現在前時未得無漏智現在前不修世俗智時有修世俗智非類智謂異生已得未得世俗智現在前時學見迹阿羅

漢已得世俗智現在前時未得世俗智現在前不修類智時有俱修謂入現觀苦集滅類智時學見迹阿羅漢未得無漏智現在前修世俗智時未得世俗智現在前修類智時有俱不修謂入現觀苦集滅道法智時學見迹阿羅漢已得無漏智現在前非類智時一切染汙心無記心無想定滅定無想天無漏忍時

若修類智亦苦智耶答應作四句有修類智非苦智謂入現觀集滅類智時學見迹阿羅漢已得類智現在前非苦智時有修苦智非類智謂入現觀苦法智時學見迹阿羅漢已得苦智現在前非類智時有俱修謂入現觀苦道類智時學見迹阿羅漢已得苦類智現在前時未得無漏智現在前時未得世俗智現在前能俱修時有俱不修謂入現觀集滅道法智時學見迹阿羅漢已得無漏智現在前非類苦智時已得世俗智現在前時未得世俗智現在前俱不修時一切異生染汙心無記心無想定滅定無想天無漏忍時

若修類智亦集智耶答應作四句有修類智非集智謂入現觀苦滅類智時學見迹阿羅漢已得類智現在前非集智時有修集智非類智謂入現觀集法智時學見迹阿羅漢已得集智現在前非類智時有俱修謂入現觀集道類智時學見迹阿羅漢已得集類智現在前時未得無漏智現在前時未得世俗智現在前能俱修時有俱不修謂入現觀苦滅道法智時學見迹阿羅漢已得無漏現在前非類集智時已得世俗智現在前時未得世

俗智現在前俱不修時一切異生染汙心無記心無想定滅定無想天無漏忍時

若修類智亦滅智耶答應作四句有修類智非滅智謂入現觀苦集類智時學見迹阿羅漢已得類智現在前非滅智時有修滅智非類智謂入現觀滅法智時學見迹阿羅漢已得滅智現在前非類智時有俱修謂入現觀滅道類智時學見迹阿羅漢已得滅類智現在前時未得無漏智現在前時未得世俗智現在前能俱修時有俱不修謂入現觀苦集道法智時學見迹阿羅漢已得無漏智現在前非類滅智時已得世俗智現在前時未得世俗智現在前俱不修時一切異生染汙心無記心無想定滅定無想天無漏忍時

若修類智亦道智耶答應作四句有修類智非道智謂入現觀苦集滅類智時學見迹阿羅漢已得類智現在前非道智時有修道智非類智謂入現觀道法智時學見迹阿羅漢已得道智現在前非類智時有俱修謂入現觀道類智時學見迹阿羅漢已得道類智現在前時未得無漏智現在前時未得世俗智現在前能俱修時有俱不修謂入現觀苦集滅法智時學見迹阿羅漢已得無漏智現在前非類道智時已得世俗智現在前時未得世俗智現在前俱不修時一切異生染汙心無記心無想定滅定無想天無漏忍時

若修他心智亦世俗智耶答應作四句有修他心智非世俗智謂已離欲染者入現觀道類智時學見迹阿羅漢已得他心智現在前非世俗智時未得無漏智現在前修他心智

非世俗智時有修世俗智非他心智謂無他心智異生已得未得世俗智現在前時有他心智異生已得世俗智現在前非他心智時未得世俗智現在前不修他心智時入現觀苦集滅類智時學見迹阿羅漢已得世俗智現在前非他心智時未得世俗智現在前不修他心智時未得無漏智現在前修世俗智非他心智時有俱修謂異生已得未得他心智現在前時未得世俗智現在前修他心智時學見迹阿羅漢已得世俗他心智現在前時未得世俗智現在前修他心智時未得無漏智現在前能俱修時有俱不修謂入現觀苦集滅道法智時未離欲染者入現觀道類智時學見迹阿羅漢已得無漏智現在前非他心智時未得無漏智現在前俱不修時一切染汙心無記心無想定滅定無想天無漏忍時

若修他心智亦苦智耶答應作四句有修他心智非苦智謂異生已得未得他心智現在前時未得世俗智現在前修他心智時學見迹阿羅漢已得他心智現在前時有修苦智非他心智謂入現觀苦法類智時未離欲染者入現觀道類智時學見迹阿羅漢已得苦智現在前時未得無漏智現在前不修他心智時未得世俗智現在前修苦智非他心智時有俱修謂已離欲染者入現觀道類智時學見迹阿羅漢未得無漏智現在前修他心智時未得世俗智現在前能俱修時有俱不修謂入現觀集滅法類智道法智時學見迹阿羅漢已得無漏智現在前非他心苦智時

已得世俗智現在前非他心智時未得世俗智現在前俱不修時異生不修他心智時一切染汙心無記心無想定滅定無想天無漏忍時

若修他心智亦集智耶答應作四句有修他心智非集智謂異生已得未得他心智現在前時未得世俗智現在前修他心智時學見迹阿羅漢已得他心智現在前時有修集智非他心智謂入現觀集法類智時未離欲染者入現觀道類智時學見迹阿羅漢已得集智現在前時未得無漏智現在前不修他心智時未得世俗智現在前修集智非他心智時有俱修謂已離欲染者入現觀道類智時學見迹阿羅漢未得無漏智現在前修他心智時未得世俗智現在前能俱修時有俱不修謂入現觀苦滅法類智道法智時學見迹阿羅漢已得無漏智現在前非他心集智時已得世俗智現在前非他心智時未得世俗智現在前俱不修時異生不修他心智時一切染汙心無記心入無想定滅定無想天無漏忍時

若修他心智亦滅智耶答應作四句有修他心智非滅智謂異生已得未得他心智現在前時未得世俗智現在前修他心智時學見迹阿羅漢已得他心智現在前時有修滅智非他心智謂入現觀滅法類智時未離欲染者入現觀道類智時學見迹阿羅漢已得滅智現在前時未得無漏智現在前不修他心智時未得世俗智現在前修滅智非他心智時有俱修謂已離欲染者入現觀道類智時

學見迹阿羅漢未得無漏智現在前修他心
智時未得世俗智現在前能俱修時有俱不
修謂入現觀苦集法類智道法智時學見迹
阿羅漢已得無漏智現在前非他心滅智時
已得世俗智現在前非他心智時未得世俗
智現在前俱不修時異生不修他心智時一
切染汙心無記心無想定滅定無想天無漏
忍時
若修他心智亦道智耶答應作四句有修他
心智非道智謂異生已得未得他心智現在
前時未得世俗智現在前修他心智時學見
迹阿羅漢已得他心智現在前非道智時有
修道智非他心智謂入現觀道法智時未離
欲染者入現觀道類智時學見迹阿羅漢已
得道智現在前非他心智時未得無漏智現
在前不修他心智時未得世俗智現在前修
道智非他心智時有俱修謂已離欲染者入
現觀道類智時學見迹阿羅漢已得他心道
智現在前時未得無漏智現在前修他心智
時未得世俗智現在前能俱修時有俱不修
謂入現觀苦集滅法類智時學見迹阿羅漢
已得無漏智現在前非他心道智時已得世
俗智現在前非他心智時未得世俗智現在
前俱不修時異生不修他心智時一切染汙
心無記心無想定滅定無想天無漏忍時
若修世俗智亦苦智耶答應作四句有修世
俗智非苦智謂異生已得未得世俗智現在
前時入現觀集滅類智時學見迹阿羅漢已
得世俗智現在前時未得世俗智現在前不
修苦智時有修苦智非世俗智謂入現觀苦

法智道類智時學見迹阿羅漢已得苦智現在前時未得無漏智現在前不修世俗智時有俱修謂入現觀苦類智時學見迹阿羅漢未得無漏智現在前修世俗智時未得世俗智現在前修苦智時有俱不修謂入現觀集滅道法智時學見迹阿羅漢已得無漏智現在前非苦智時一切染汙心無記心無想定滅定無想天無漏忍時

若修世俗智亦集智耶答應作四句有修世俗智非集智謂異生已得未得世俗智現在前時入現觀苦滅類智時學見迹阿羅漢已得世俗智現在前時未得世俗智現在前不修集智時有修集智非世俗智謂入現觀集法智道類智時學見迹阿羅漢已得集智現在前時未得無漏智現在前不修世俗智時有俱修謂入現觀集類智時學見迹阿羅漢未得無漏智現在前修世俗智時未得世俗智現在前修集智時有俱不修謂入現觀苦滅道法智時學見迹阿羅漢已得無漏智現在前非集智時一切染汙心無記心無想定滅定無想天無漏忍時

若修世俗智亦滅智耶答應作四句有修世俗智非滅智謂異生已得未得世俗智現在前時入現觀苦集類智時學見迹阿羅漢已得世俗智現在前時未得世俗智現在前不修滅智時有修滅智非世俗智謂入現觀滅法智道類智時學見迹阿羅漢已得滅智現在前時未得無漏智現在前不修世俗智時有俱修謂入現觀滅類智時學見迹阿羅漢未得無漏智現在前修世俗智時未得世俗

智現在前修滅智時有俱不修謂入現觀苦集道法智時學見迹阿羅漢已得無漏智現在前非滅智時一切染汙心無記心無想定滅定無想天無漏忍時

若修世俗智亦道智耶答應作四句有修世俗智非道智謂異生已得未得世俗智現在前時入現觀苦集滅類智時學見迹阿羅漢已得世俗智現在前時未得世俗智現在前不修道智時有修道智非世俗智謂入現觀道法類智時學見迹阿羅漢已得道智現在前時未得無漏智現在前不修世俗智時有俱修謂學見迹阿羅漢未得無漏智現在前修世俗智時未得世俗智現在前修道智時有俱不修謂入現觀苦集滅法智時學見迹阿羅漢已得無漏智現在前非道智時一切染汙心無記心無想定滅定無想天無漏忍時

阿毗達磨發智論卷第八

阿毗達磨發智論卷第九

尊者迦多衍尼子造
唐三藏法師玄奘奉　詔譯

智蘊第三中修智納息第四之二

若修苦智亦集智耶答應作四句有修苦智非集智謂入現觀苦法類智時學見迹阿羅漢已得苦智現在前時有修集智非苦智謂入現觀集法類智時學見迹阿羅漢已得集智現在前時有俱修謂入現觀道類智時學見迹阿羅漢未得無漏智現在前時未得世俗智現在前能俱修時有俱不修謂入現觀滅法類智道法智時學見迹阿羅漢已得無漏智現在前非苦集智時已得世俗智現在前時未得世俗智現在前俱不修時一切異生染汙心無記心無想定滅定無想天無漏忍時

若修苦智亦滅智耶答應作四句有修苦智非滅智謂入現觀苦法類智時學見迹阿羅漢已得苦智現在前時有修滅智非苦智謂入現觀滅法類智時學見迹阿羅漢已得滅智現在前時有俱修謂入現觀道類智時學見迹阿羅漢未得無漏智現在前時未得世俗智現在前能俱修時有俱不修謂入現觀集法類智道法智時學見迹阿羅漢已得無漏智現在前非苦滅智時已得世俗智現在前時未得世俗智現在前俱不修時一切異生染汙心無記心無想定滅定無想天無漏忍時

若修苦智亦道智耶答應作四句有修苦智非道智謂入現觀苦法類智時學見迹阿羅

漢已得苦智現在前時有修道智非苦智謂入現觀道法智時學見迹阿羅漢已得道智現在前時有俱修謂入現觀道類智時學見迹阿羅漢未得無漏智現在前時未得世俗智現在前能俱修時有俱不修謂入現觀集滅法類智時學見迹阿羅漢已得無漏智現在前非苦道智時已得世俗智現在前時未得世俗智現在前俱不修時一切異生染汙心無記心無想定滅定無想天無漏忍時

若修集智亦滅智耶答應作四句有修集智非滅智謂入現觀集法類智時學見迹阿羅漢已得集智現在前時有修滅智非集智謂入現觀滅法類智時學見迹阿羅漢已得滅智現在前時有俱修謂入現觀道類智時學見迹阿羅漢未得無漏智現在前時未得世俗智現在前能俱修時有俱不修謂入現觀苦法類智道法智時學見迹阿羅漢已得無漏智現在前非集滅智時已得世俗智現在前時未得世俗智現在前俱不修時一切異生染汙心無記心無想定滅定無想天無漏忍時

若修集智亦道智耶答應作四句有修集智非道智謂入現觀集法類智時學見迹阿羅漢已得集智現在前時有修道智非集智謂入現觀道法智時學見迹阿羅漢已得道智現在前時有俱修謂入現觀道類智時學見迹阿羅漢未得無漏智現在前時未得世俗智現在前能俱修時有俱不修謂入現觀苦滅法類智時學見迹阿羅漢已得無漏智現在前非集道智時已得世俗智現在前時未

得世俗智現在前俱不修時一切異生染汙心無記心無想定滅定無想天無漏忍時若修滅智亦道智耶答應作四句有修滅智非道智謂入現觀滅法類智時學見迹阿羅漢已得滅智現在前時有修道智非滅智謂入現觀道法智時學見迹阿羅漢已得道智現在前時有俱修謂入現觀道類智時學見迹阿羅漢未得無漏智現在前時未得世俗智現在前能俱修時有俱不修謂入現觀苦集法類智時學見迹阿羅漢已得無漏智現在前非滅道智時已得世俗智現在前時未得世俗智現在前俱不修時一切異生染汙心無記心無想定滅定無想天無漏忍時

法智乃至道智於八智中一一緣幾智耶答法智緣七智除類智類智緣七智除法智他心智世俗智俱緣八智苦智集智俱緣二智謂他心世俗智滅智不緣智道智緣七智除世俗智

法智乃至道智自他相望爲幾緣耶答法智與法智爲四緣與類智爲三緣除所緣與他心智爲四緣若與彼爲因等無間非所緣若與彼爲所緣非因等無間與世俗智爲三緣除因與苦集滅智爲三緣除所緣與道智爲四緣類智與類智爲四緣與他心智爲四緣若與彼爲因等無間非所緣若與彼爲所緣非因等無間與世俗智爲三緣除因與苦集滅智爲三緣除所緣與道智爲四緣與法智爲三緣除所緣他心智與他心智爲四緣若與彼爲因等無間非所緣若與彼爲所緣非因等無間與世俗智爲四緣與苦集智爲四緣若與彼爲因非所緣若與彼爲所

緣非因與滅智爲三緣除所緣與道法類智爲四緣世俗智與世俗智爲四緣與苦集智爲三緣除因與滅道智爲二緣謂等無間增上與法類智爲三緣除因與他心智爲四緣若與彼爲因等無間非所緣若與彼爲所緣非因等無間苦智與苦智及集滅智爲三緣除所緣與道法類智爲四緣與他心智爲四緣若與彼爲因等無間非所緣若與彼爲所緣非因等無間與世俗智爲三緣除因集智與集智及滅智爲三緣除所緣與道法類智爲四緣與他心智爲四緣若與彼爲因等無間非所緣若與彼爲所緣非因等無間與世俗智爲三緣除因與苦智爲三緣除所緣滅智與滅智爲三緣除所緣與道法類智爲四緣與他心智爲四緣若與彼爲因等無間非所緣若與彼爲所緣非因等無間與世俗智爲三緣除因與苦集智爲三緣除所緣道智與道智及法類智爲四緣與他心智爲四緣若與彼爲因等無間非所緣若與彼爲所緣非因等無間與世俗智爲三緣除因與苦集滅智爲三緣除所緣

諸結欲界繫彼結法智斷耶答應作四句有結欲界繫非法智斷謂欲界結或忍斷或餘智斷或不斷有結法智斷非欲界繫謂色無色界結法智斷有結欲界繫亦法智斷謂欲界結法智斷有結非欲界繫亦非法智斷謂色無色界結或忍斷或餘智斷或不斷諸結色無色界繫彼結類智斷耶答諸結類智斷彼結色無色界繫有結色無色界繫非類智斷謂色無色界結或忍斷或餘智斷或不斷

諸結見苦所斷彼結苦智斷耶答諸結見苦所斷彼結非苦智斷或忍斷或餘智斷或不斷設結苦智斷彼結見苦所斷耶答諸結苦智斷彼繫非見苦所斷是修所斷諸結見集滅道所斷彼結集滅道智斷耶答諸結見集滅道所斷彼結非集滅道智斷或忍斷或餘智斷或不斷設結集滅道智斷彼結見集滅道所斷耶答諸結集滅道智斷彼結非見集滅道所斷是修所斷諸結法智斷彼結滅法智作證耶答諸結法智斷彼結滅法智作證有結滅法智作證彼結非法智斷謂或忍斷或餘智斷彼結滅法智作證諸結類智斷彼結滅類智作證耶答諸結類智斷彼結滅類智作證有結滅類智作證彼結非類智斷謂或忍斷或餘智斷彼結滅類智作證諸結苦智斷彼結滅苦智作證耶答諸結苦智斷彼結滅苦智作證有結滅苦智作證彼結非苦智斷謂或忍斷或餘智斷彼結滅苦智作證諸結集滅道智斷彼結滅集滅道智作證耶答諸結集滅道智斷彼結滅集滅道智作證有結滅集滅道智作證彼結非集滅道智斷謂或忍斷或餘智斷彼結滅集滅道智作證

眼根乃至無色界修所斷無明隨眠於十智中幾智知耶答眼根七智知除他心滅道智耳鼻舌身命根亦爾女根六智知除類他心滅道智男根亦爾意根九智知除滅智樂喜捨信等五根亦爾苦根七智知除類滅道智憂根亦爾三無漏根七智知除苦集滅智眼耳鼻舌身色聲觸界七智知除他心滅道智眼耳鼻舌身色聲觸處色取蘊前五界有見

有對法亦爾香未界六智知除類他心滅道智香味處亦爾眼耳身識界八智知除滅道智後四取蘊識界有漏法無記見修所斷法亦爾鼻舌識界七智知除類滅道智不善欲界繫法亦爾意界意識界九智知除滅智意處後四蘊有爲法過去未來現在法亦爾法界十智知法處無色無見無對法善法亦爾色蘊八智知除他心滅智有色法亦爾無漏法八智知除苦集智無斷法亦爾無爲法六智知除他心苦集道智色界繫法七智知除法滅道智無色界繫法六智知除法他心滅道智學無學法七智知除苦集滅智非學非無學法九智知除道智苦集諦八智知除滅道智世俗智亦爾滅諦六智知除他心苦集道智道諦七智知除苦集滅智苦集滅道智

三三摩地亦爾四靜慮九智知除滅智他心智亦爾四無量七智知除法滅道智初三解脫八勝處前八徧處亦爾下三無色七智知除法他心滅智第四第五第六解脫亦爾第四無色六智知除法他心滅道智第七第八解脫後二徧處亦爾法智六智知除類苦集滅智類智六智知除法苦集滅智三結八智知除滅道智無明漏見無明瀑流軛見戒禁取後二身繫貪慢結後三順下分結五見眼耳身意觸所生愛身後四隨眠愛慢無明見取疑結亦爾三不善根七智知除類滅道智欲漏瀑流軛取前二身繫五蓋瞋嫉慳結前二順下分結鼻舌觸所生愛身欲貪瞋恚隨眠恚嫉慳結亦爾有漏七智知除法滅道智有瀑流軛我語取除無色貪餘四順上分結

有貪隨眠亦爾無色貪六智知除法他心滅道智欲界三十六隨眠七智知除類滅道智色界三十一隨眠七智知除法滅道智無色界三十一隨眠六智知除法他心滅道智

如說無常想若習若修若多所作能除一切欲貪色貪無色貪掉舉慢無明此想當言幾智相應耶答應言能除欲貪者法智苦智相應能除色無色貪者類智苦智相應能除掉舉慢無明者法智類智苦智相應此想當言有尋有伺無尋唯伺無尋無伺耶答應言能除欲貪者有尋有伺能除色無色貪掉舉慢無明者或有尋有伺或無尋唯伺或無尋無伺此想當言幾根相應耶答應言能除欲貪者捨根相應能除色無色貪掉舉慢無明者樂喜捨根相應此想當言空無願無相俱耶答應言無願俱此想當言緣何界繫耶答應言能除欲貪者緣欲界繫能除色貪者緣色界繫能除無色貪者緣無色界繫能除掉舉慢無明者緣三界繫

如說七處善三義觀能於此法毗奈耶中速盡諸漏云何爲七謂如實知色色集色滅趣色滅行色味色患色出如實知受想行識十亦爾此智當言法智乃至道智耶答應言如實知色是四智謂法類世俗苦智如實知色集是四智謂法類世俗集智如實知色滅是四智謂法類世俗滅智如實知趣色滅行是四智謂法類世俗道智如實知色味是四智謂法類世俗集智如實知色患是四智謂法類世俗苦智如實知色出是四智謂法類世俗滅智如實知受想行識七亦爾色乃至識

滅色乃至識出何差別耶答若由此愛諸色等起彼斷名色滅若諸餘愛緣色增廣彼斷名色出復次若由此業煩惱色等起彼斷名色滅若餘業煩惱緣色增廣彼斷名色出復次若由此愛及業煩惱諸色等起彼斷名色滅若諸餘愛及業煩惱緣色增廣彼斷名色出受想行識滅出亦爾是謂差別

智蘊第三中七聖納息第五之一

七聖於五德　二成現三現　相應事四門
此章願具說

隨信行乃至俱解脫於八智幾成就幾不成就答隨信行於八智或成就一二三四五六七八謂苦法智忍時無他心智一有他心智二苦法智苦類智忍時無他心智三有他心智四苦類智集法智忍時無他心智四有他心智五集法智乃至滅法智忍時無他心智五有他心智六滅法智乃至道法智忍時無他心智六有他心智七道法智道類智忍時無他心智七有他心智八隨法行亦爾信勝解於八智或成就七八謂無他心智七有他心智八見至亦爾身證慧解脫俱解脫於八智皆成就

隨信行乃至俱解脫於八智成就過去幾未來幾現在幾答隨信行於八智苦法智忍時無他心智過去未來一現在無有他心智過去未來二現在無苦法智時無他心智過去一未來三現在二有他心智過去二未來四現在二苦類智忍時無他心智過去未來三現在無有他心智過去未來四現在無苦類智時無他心智過去三未來四現在二有他

心智過去四未來五現在二集法智忍時無他心智過去未來四現在無有他心智過去未來五現在無集法智時無他心智過去四未來五現在二有他心智過去五未來六現在二集類智忍時無他心智過去未來五現在無有他心智過去未來六現在無集類智時無他心智過去未來五現在二有他心智過去未來六現在二滅法智忍時無他心智過去未來五現在無有他心智過去未來六現在無滅法智時無他心智過去五未來六現在二有他心智過去六未來七現在二滅類智忍時無他心智過去未來六現在無有他心智過去未來七現在無滅類智時無他心智過去未來六現在二有他心智過去未來七現在二道法智忍時無他心智過去未來六現在無有他心智過去未來七現在無道法智時無他心智過去六未來七現在二有他心智過去七未來八現在二道類智忍時無他心智過去未來七現在無有他心智過去未來八現在無隨法行亦爾信勝解於八智無他心智未來七有他心智未來八過去若已滅不失現在若現在前見至亦爾身證慧解脫俱解脫於八智皆未來八過去若已滅不失現在若現在前

隨信行乃至俱解脫法智乃至道智現在前時幾智現在前耶答隨信行法智現在前時二智現在前謂法苦智二法集智二法滅智二法道智二類智現在前時二智現在前謂類苦智二類集智二類滅智二苦智現在前時二智現在前謂苦法智二苦類智二集智

現在前時二智現在前謂集法智二集類智二滅智現在前時二智現在前謂滅法智二滅類智二道智現在前時二智現在前謂道法智二隨法行亦爾信勝解法智現在前時或二三智現在前謂法苦智二法集智二法滅智二法道智非他心智二是他心智三類智現在前時或二三智現在前謂類苦智二類集智二類滅智二類道智非他心智二是他心智三他心智現在前時或二三智現在前謂他心世俗智二他心道法智三他心道類智三世俗智現在前時或一二智現在前謂世俗智非他心智一是他心智二苦智現在前時二智現在前謂苦法智二苦類智二集智現在前時二智現在前謂集法智二集類智二滅智現在前時二智現在前謂滅法

智二滅類智二道智現在前時或二三智現在前謂道法智非他心智二是他心智三道類智非他心智二是他心智三見至身證亦爾慧解脫法智現在前時或二三智現在前謂法苦智非盡無生智二是盡或無生智三法集智非盡無生智二是盡或無生智三法滅智非盡無生智二是盡或無生智三法道智非盡無生他心智二是盡或無生或他心智三類智現在前時或二三智現在前謂類苦智非盡無生智二是盡或無生智三類集智非盡無生智二是盡或無生智三類滅智非盡無生智二是盡或無生智三類道智非盡無生他心智二是盡或無生或他心智三他心智現在前時或二三智現在前謂他心世俗智二他心道法智三他心道類智三世

俗智現在前時或一二智現在前謂世俗智非他心智一是他心智二苦智現在前時或二三智現在前苦法智非盡無生智二是盡或無生智三苦類智非盡無生智二是盡或無生智三集智現在前時或二三智現在前謂集法智非盡無生智二是盡或無生智三集類智非盡無生智二是盡或無生智三滅智現在前時或二三智現在前謂滅法智非盡無生智二是盡或無生智三滅類智非盡無生智二是盡或無生智三道智現在前時或二三智現在前謂道法智非盡無生他心智二是盡或無生或他心智三道類智非盡無生他心智二是盡或無生或他心智三俱解脫亦爾

隨信行乃至俱解脫於三三摩地幾成就幾不成就答隨信行於三三摩地滅法智忍未已生成就二已生成就三隨法行亦爾信勝解乃至俱解脫於三三摩地皆成就

隨信行乃至俱解脫於三三摩地成就過去幾未來幾現在幾答隨信行於三三摩地若依空入正性離生苦法智忍時過去無未來二現在一苦法智乃至集法智忍時過去一未來二現在一集法智乃至集類智時過去未來二現在一滅法智忍時過去二未來三現在一滅法智乃至道類智忍時過去未來三現在一若依無願入正性離生苦法智忍時過去無未來二現在一苦法智乃至集類智時過去一未來二現在一滅法智忍時過去一未來三現在一滅法智乃至道類智忍時過去二未來三現在一隨法行亦爾信勝

解乃至俱解脫於三三摩地皆未來三過去
若已滅不失現在若現在前
隨信行乃至俱解脫空無願無相三摩地現
在前時幾智現在前耶答隨信行空三摩地
現在前時或二或無謂苦法智二苦類智二
二忍時無無願三摩地現在前時或二或無
謂苦法智二苦類智二集法智二集類智二
道法智二六忍時無無相三摩地現在前時
或二或無謂滅法智二滅類智二二忍時無
隨法行亦爾信勝解空三摩地現在前時二
智現在前謂苦法智二苦類智二無願三摩
地現在前時或二或三謂苦法智二苦類智
三集法智二集類智二道法智非他心智二
是他心智三道類智非他心智二是他心智
三無相三摩地現在前時二智現在前謂滅
法智二滅類智二見至身證亦爾慧解脫空
三摩地現在前時二智現在前謂苦法智二
苦類智二無願三摩地現在前時或二或三
謂苦法智非盡無生智二是盡或無生智三
苦類智非盡無生智二是盡或無生智三集
法智非盡無生智二是盡或無生智三集類
智非盡無生智二是盡或無生智三道法智
非盡無生他心智二是盡或無生或他心智
三道類智非盡無生他心智二是盡或無生
或他心智三無相三摩地現在前時或二或
三謂滅法智非盡無生智二是盡或無生智
三滅類智非盡無生智二是盡或無生智三
俱解脫亦爾
隨信行乃至俱解脫三無漏根七覺支八道
支隨應現在前時幾智現在前耶答隨信行

未知當知根現在前時或二或無謂苦法智二苦類智二集法智二集類智二滅法智二滅類智二道法智二八忍時無七覺支八道支現在前時亦爾如隨信行隨法行亦爾信勝解已知根現在前時或二或三謂苦法智二苦類智二集法智二集類智二滅法智二滅類智二道法智非他心智二是他心智三道類智非他心智二是他心智三七覺支八道支現在前時亦爾知信勝解見至身證亦爾慧解脱具知根現在前時或二或三謂苦法智非盡無生智二是盡或無生智三苦類智非盡無生智二是盡或無生智三集法智非盡無生智二是盡或無生智三集類智非盡無生智二是盡或無生智三滅法智非盡無生智二是盡或無生智三滅類智非盡無生智二是盡或無生智三道法智非盡無生智二是盡或無生或他心智三道類智非盡無生他心智二是盡或無生或他心智三七覺支七道支亦爾正見現在前時或二或三苦法智二苦類智二集法智二集類智二滅法智二滅類智二道法智非他心智二是他心智三道類智非他心智二是他心智三如慧解脱俱解脱亦爾

諸法法智相應彼法類智相應耶答不爾設法類智相應彼法法智相應耶答不爾對世俗智亦爾諸法法智相應彼法他心智相應耶答應作四句有法法智相應非他心智謂他心智所不攝法智相應法有法他心智相應非法智謂法智所不攝他心智相應法有法法智相應亦他心智謂法智所攝他心智

相應法有法非法智相應亦非他心智謂法智他心智及法智他心智不攝不相應諸餘心心所法色無爲心不相應行對苦集滅道智及正見亦爾諸法法智相應彼法空三摩地相應耶答應作四句有法法智相應非空謂法智相應空及空不相應法智相應法有法空相應非法智謂空相應法智及法智不相應空相應法有法法智相應亦空謂二相應法有法非法智相應亦非空謂法智不相應空空不相應法智及法智空不攝不相應諸餘心心所法色無爲心不相應行對無願無相喜覺支正思惟亦爾諸法法智相應彼法未知當知根相應耶答應作四句有法法智相應非未知當知根謂未知當知根所不攝法智相應法有法未知當知根相應非法智謂未知當知根所攝法智及法智不攝不相應未知當知根相應法有法法智相應亦未知當知根謂未知當知根所攝法智相應法有法非法智相應亦非未知當知根謂未知當知根所不攝法智及法智未知當知根不攝不相應諸餘心心所法色無爲心不相應行對已知具知根亦爾諸法法智相應彼法念覺支相應耶答應作四句有法法智相應非念謂法智相應念覺支有法念覺支相應非法智謂法智及法智不相應念覺支相應法有法法智相應亦念謂除法智相應念諸餘法智相應法有法非法智相應亦非念謂法智不相應念覺支及餘心心所法色無爲心不相應行對精進輕安定捨覺支正精進正念正定亦爾諸法法智相應彼法擇法

覺支相應耶答諸法法智相應亦擇法覺支有法擇法覺支相應非法智謂法智所不攝擇法覺支相應法如法智對後類智對後亦爾

阿毗達磨發智論卷第九

阿毗達磨發智論卷第十

尊者迦多衍尼子造

唐三藏法師玄奘奉　詔譯

智蘊第三中七聖納息第五之二

諸法他心智相應彼法世俗智相應耶答應作四句有法他心智相應非世俗智謂世俗智所不攝他心智相應法有法世俗智相應非他心智謂他心智所不攝世俗智相應法有法他心智相應亦世俗智謂他心智所攝世俗智相應法有法非他心智相應亦非世俗智謂他心世俗智及他心世俗智不攝不相應諸餘心心所法色無爲心不相應行對道智擇法覺支正見亦爾諸法他心智相應彼法苦智相應耶答不爾設法苦智相應彼法他心智相應耶答不爾對集滅智空無相三摩地未知當知根亦爾諸法他心智相應彼法無願三摩地相應耶答應作四句有法他心智相應非無願謂他心智相應無願及無願不相應他心智相應法有法無願相應非他心智謂無願相應他心智及他心智不相應無願相應法有法他心智相應亦無願謂二相應法有法非他心智相應亦非無願謂他心智不相應無願無願不相應他心智及諸餘心心所法色無爲心不相應行對念精進喜輕安定捨覺支正思惟正精進正念正定亦爾諸法他心智相應彼法已知根相應耶答應作四句有法他心智相應非已知根謂已知根所不攝他心智相應法有法已知根相應非他心智謂已知根所攝他心智及他心智不攝不相應已知根相應法有法

他心智相應亦已知根謂已知根所攝他心智相應法有法非他心智相應亦非已知根謂已知根所不攝他心智及他心智已知根不攝不相應諸餘心心所法色無爲心不相應行對具知根亦爾

諸法世俗智相應彼法苦智乃至正定相應耶答不爾設法苦智乃至正定相應彼法世俗智相應耶答不爾

諸法苦智相應彼法集智相應耶答不爾設法集智相應彼法苦智相應耶答不爾對滅道智無相三摩地亦爾諸法苦智相應彼法空三摩地相應耶答應作四句有法苦智相應非空謂苦智相應空空不相應苦智相應法有法空三摩地相應非苦智謂空相應苦智及苦智不相應空相應法有法苦智相應

亦空謂二相應法有法非苦智相應亦非空謂苦智不相應空空不相應苦智及諸餘心心所法色無爲心不相應行對無願亦爾對三無漏根七覺支八道支如法智說

諸法集智相應彼法滅智相應耶答不爾設法滅智相應彼法集智相應耶答不爾對道智空無相三摩地亦爾諸法集智相應彼法無願三摩地相應耶答應作四句有法集智相應非無願謂集智相應無願有法無願相應非集智謂集智及集智不相應無願相應法有法集智相應亦無願謂二相應法有法非集智相應亦非無願謂集智不相應無願及諸餘心心所法色無爲心不相應行對三無漏根七覺支八道支如法智說

諸法滅智相應彼法道智相應耶答不爾設

法道智相應彼法滅智相應耶答不爾對空無願三摩地亦爾諸法滅智相應彼法無相三摩地相應耶答應作四句有法滅智相應非無相謂滅智相應無相有法無相相應非滅智謂滅智及滅智不相應無相相應法有法滅智相應亦無相謂二相應法有法非滅智相應亦非無相謂滅智不相應無相及諸餘心心所法色無爲心不相應行對三無漏根七覺支八道支如法智說

諸法道智相應彼法空三摩地相應耶答不爾設法空三摩地相應彼法道智相應耶答不爾對無相三摩地亦爾諸法道智相應彼法無願三摩地相應耶答應作四句有法道智相應非無願謂道智相應無願有法無願相應非道智謂道智及道智不相應無願相應法有法道智相應亦無願謂二相應法有法非道智相應亦非無願謂道智不相應無願及諸餘心心所法色無爲心不相應行對三無漏根七覺支八道支如法智說

諸法空三摩地相應彼法無願三摩地相應耶答不爾設法無願三摩地相應彼法空三摩地相應耶答不爾對無相亦爾諸法空三摩地相應彼法未知當知根相應耶答應作四句有法空相應非未知當知根謂未知當知根所不攝空相應法有法未知當知根相應非空謂未知當知根所攝空及空不攝不相應未知當知根相應法有法空相應亦未知當知根謂未知當知根所攝空相應法有法非空相應亦非未知當知根謂未知當知根所不攝空及空未知當知根不攝不相應

諸餘心心所法色無爲心不相應行對已知具知根亦爾諸法空三摩地相應彼法念覺支相應耶答應作四句有法空相應非念謂空相應念有法念相應非空謂空及空不相應念相應法有法空相應亦念謂二相應法有法非空相應亦非念謂空不相應念及諸餘心心所法色無爲心不相應行對擇法精進輕安捨覺支正見正精進正念亦爾諸法空三摩地相應彼法喜覺支相應耶答應作四句有法空相應非喜謂空相應喜及喜不相應空相應法有法喜相應非空謂喜相應空及空不相應喜相應法有法空相應亦喜謂二相應法有法非空相應亦非喜謂空不相應喜喜不相應空及諸餘心心所法色無爲心不相應行對正思惟亦爾諸法空三摩地相應彼法定覺支相應耶答諸法空相應彼法亦定相應有法定相應非空謂空所不攝定相應法對正定亦爾如空對後無願無相對後亦爾有差別者如空對喜覺支正思惟無願無相對喜覺支正見正思惟亦爾

諸法未知當知根相應彼法已知根相應耶答不爾設法已知根相應彼法未知當知根相應耶答不爾對具知根亦爾諸法未知當知根相應彼法念覺支相應耶答應作四句有法未知當知根相應非念謂未知當知根所攝念有法念覺支相應非未知當知根謂未知當知根所不攝念相應法有法未知當知根相應亦念謂未知當知根所攝念相應法有法非未知當知根相應亦非念謂未知當知根所不攝念及諸餘心心所法色無爲

心不相應行對擇法精進定覺支正見正精進正念正定亦爾諸法未知當知根相應彼法喜覺支相應耶答應作四句有法未知當知根相應非喜謂未知當知根所攝喜及喜不攝不相應未知當知根相應法有法喜覺支相應非未知當知根謂未知當知根所不攝喜相應法有法未知當知根相應亦喜謂未知當知根所攝喜相應法有法非未知當知根相應亦非喜謂未知當知根所不攝喜及喜未知當知根不攝不相應諸餘心心所法色無爲心不相應行諸法未知當知根相應彼法輕安覺支相應耶答應作四句有法未知當知根相應非輕安謂未知當知根相應輕安有法輕安相應非未知當知根謂未知當知根不相應輕安相應法有法未知當知根相應亦輕安謂未知當知根相應輕安相應法有法非未知當知根相應亦非輕安謂未知當知根不相應輕安及諸餘心心所法色無爲心不相應行對捨覺支亦爾諸法未知當知根相應彼法正思惟相應耶答應作四句有法未知當知根相應非正思惟謂未知當知根相應正思惟及正思惟不相應未知當知根相應法有法正思惟相應非未知當知根謂未知當知根不相應正思惟相應法有法未知當知根相應亦正思惟謂未知當知根相應正思惟相應法有法非未知當知根相應亦非正思惟謂未知當知根不相應正思惟及諸餘心心所法色無爲心不相應行如未知當知根對後已知具知根對後亦爾有差別者具知根對正見應作四句

有法具知根相應非正見謂具知根所攝正見及正見不攝不相應具知根相應法有法正見相應非具知根謂具知根所不攝正見相應法有法具知根相應亦正見謂具知根所攝正見相應法有法非具知根相應亦非正見謂具知根所不攝正見及諸餘心心所法色無爲心不相應行念覺支乃至正念對後廣說如覺支納息

如說苾芻吾當爲汝說四十四智事汝應諦聽極善作意云何四十四智事謂知老死智知老死集智知老死滅智知趣老死滅行智如是知生有取愛受觸六處名色識行智知行集智知行滅智知趣行滅行智是名四十四智事此中知老死智等四十四智事當言法智乃至道智耶答應言知老死智是四智謂法類世俗苦智知老死集智是四智謂法類世俗集智知老死滅智是四智謂法類世俗滅智知趣老死滅行智是四智謂法類世俗道智生乃至行四智亦爾

如說苾芻吾當爲汝說七十七智事汝應諦聽極善作意云何七十七智事謂知生緣老死智知非不生緣老死智知過去生緣老死智知彼非不生緣老死智知未來生緣老死智知彼非不生緣老死智及法住智徧知此是無常有爲思所作從緣生盡法滅法離法滅法如是知有取愛受觸六處名色識行無明緣行智知非不無明緣行智知過去無明緣行智知彼非不無明緣行智知未來無明緣行智知彼非不無明緣行智及法住智徧知此是無常有爲心所作從緣生盡法滅法

離法滅法此中知生緣老死智等七十七智事當言法智乃至道智耶答應言知生緣老死等前六智皆是四智謂法類世俗集智第七法住智是一世俗智如知生緣老死七智乃至知無明緣行七智亦爾

若成就法智彼類智耶答若得設成就類智彼法智耶答如是若成就法智彼他心智耶答若得不失設成就他心智彼法智耶答若得若成就法智彼世俗智耶答如是設成就世俗智彼法智耶答若得若成就法智彼苦智耶答如是設成就苦智彼法智耶答如是若成就法智彼集智耶答若得設成就集智彼法智耶答如是若成就法智彼滅智耶答若得設成就滅智彼法智耶答如是若成就法智彼道智耶答若得設成就道智彼法智耶答如是若成就類智彼他心智耶答若得不失設成就他心智彼類智耶答若得若成就類智彼世俗智耶答如是設成就世俗智彼類智耶答若得若成就類智彼苦智耶答如是設成就苦智彼類智耶答若得若成就類智彼集智耶答若得設成就集智彼類智耶答如是若成就類智彼滅智耶答若得設成就滅智彼類智耶答如是若成就類智彼道智耶答若得設成就道智彼類智耶答如是若成就他心智彼世俗智耶答如是設成就世俗智彼他心智耶答若得不失若成就他心智彼苦智耶答若得設成就苦智彼他心智耶答若得不失若成就他心智彼集智耶答若得設成就集智彼他心智耶答若得不失若成就他心智彼滅智耶答若得設成

就滅智彼他心智耶答若得不失若成就他心智彼道智耶答若得設成就道智彼他心智耶答若得不失若成就世俗智彼苦智耶答若得設成就苦智彼世俗智耶答如是若成就世俗智彼集智耶答若得設成就集智彼世俗智耶答如是若成就世俗智彼滅智耶答若得設成就滅智彼世俗智耶答如是若成就世俗智彼道智耶答若得設成就道智彼世俗智耶答如是若成就苦智彼集智耶答若得設成就集智彼苦智耶答如是若成就苦智彼滅智耶答若得設成就滅智彼苦智耶答如是若成就苦智彼道智耶答若得設成就道智彼苦智耶答如是若成就集智彼滅智耶答若得設成就滅智彼集智耶答如是若成就集智彼道智耶答若得設成就道智彼集智耶答如是若成就滅智彼道智耶答若得設成就道智彼滅智耶答如是

若成就過去法智彼未來耶答如是設成就未來彼過去耶答若已滅不失則成就若未滅設滅已失則不成就若成就過去法智彼現在耶答若現在前設成就現在彼過去耶答若已滅不失則成就若未滅設滅已失則不成就若成就未來法智彼現在耶答若現在前設成就現在彼未來耶答如是若成就過去法智彼未來現在耶答未來定成就現在若現在前設成就未來現在彼過去耶答若已滅不失則成就若未滅設滅已失則不成就若成就未來法智彼過去現在耶答有未來非過去現在謂彼已得未滅設滅已失不現在前有未來及過去非現在謂彼已滅

不失不現在前有未來及現在非過去謂彼現在前未滅設滅已失有未來及過去現在謂彼已滅不失亦現在前設成就過去現在彼未來耶答如是若成就現在法智彼過去未來耶答未來定成就過去若已滅不失則成就若未滅設滅已失則不成就設成就過去未來彼現在耶答若現在前如法智歷六類若集滅道智亦爾若成就過去他心智彼未來耶答如是設成就未來彼過去耶答若已滅不失則成就若未滅設滅已失則不成就若成就過去他心智彼現在耶答若現在前設成就現在彼過去耶答如是若成就未來他心智彼現在耶答若現在前設成就現在彼未來耶答如是若成就過去他心智彼未來現在耶答未來定成就現在若現在前

設成就未來現在彼過去耶答如是若成就未來他心智彼過去現在耶答有未來非過去現在謂彼已得不失未滅設滅已失不現在前有未來及過去非現在謂彼已滅不失不現在前有未來及過去現在謂彼現在前設成就過去現在彼未來耶答如是若成就現在他心智彼過去未來耶答如是設成就過去未來彼現在耶答若現在前若成就過去世俗智彼未來耶答如是設成就未來彼過去耶答如是若成就過去世俗智彼現在耶答若現在前設成就現在彼過去耶答如是若成就未來世俗智彼現在耶答若現在前設成就現在彼未來耶答如是若成就過去世俗智彼未來現在耶答未來定成就現在若現在前設成就未來現在彼過去耶答

如是若成就未來世俗智彼過去現在耶答過去定成就現在若現在前設成就過去現在彼未來耶答如是若成就現在世俗智彼過去未來耶答如是設成就過去未來彼現在耶答若現在前

若成就過去法智彼過去類智耶答若已滅不失則成就若未滅設滅已失則不成就設成就過去類智彼過去法智耶答若已滅不失則成就若未滅設滅已失則不成就若成就過去法智彼未來類智耶答若得設成就未來類智彼過去法智耶答若已滅不失則成就若未滅設滅已失則不成就若成就過去法智彼現在類智耶答若現在前設成就現在類智彼過去法智耶答若已滅不失則成就若未滅設滅已失則不成就若成就過

去法智彼過去現在類智耶答有過去法智非過去現在類智謂法智已滅不失類智未滅設滅已失不現在前有過去法智及過去類智非現在謂法類智已滅不失類智不現在前有過去法智及現在類智非過去謂法智已滅不失類智現在前未滅設滅已失有過去法智及過去現在類智謂法類智已滅不失類智現在前設成就過去現在類智彼過去法智耶答若已滅不失則成就若未滅設滅已失則不成就若成就過去法智彼未來現在類智耶答有過去法智非未來現在類智謂法智已滅不失未得類智有過去法智及未來類智非現在謂法智已滅不失已得類智不現在前有過去法智及未來現在類智謂法智已滅不失類智現在前設成就

未來現在類智彼過去法智耶答若已滅不失則成就若未滅設滅已失則不成就若成就過去法智彼過去未來類智耶答有過去法智非過去未來類智謂法智已滅不失未得類智有過去法智及未來類智非過去謂法智已滅不失已得類智未滅設滅已失有過去法智及過去未來類智謂法類智已滅不失設成就過去未來類智彼過去法智耶答若已滅不失則成就若未滅設滅已失則不成就若成就過去法智彼過去未來現在類智耶答有過去法智非過去未來現在類智謂法智已滅不失未得類智有過去法智及未來類智非過去現在謂法智已滅不失已得類智未滅設滅已失不現在前有過去法智及未來現在類智非過去謂法智已滅不失類智現在前未滅設滅已失有過去法智及過去未來類智非現在謂法類智已滅不失類智不現在前有過去法智及過去未來現在類智謂法類智已滅不失類智現在前設成就過去未來現在類智彼過去法智耶答若已滅不失則成就若未滅設滅已失則不成就如對類智作小七對集滅道智亦爾若成就過去法智彼過去他心智耶答若已滅不失則成就若未滅設滅已失則不成就設成就過去他心智彼過去法智耶答若已滅不失則成就若未滅設滅已失則不成就若成就過去法智彼未來他心智耶答若已得不失設成就未來他心智彼過去法智耶答若已滅不失則成就若未滅設滅已失則不成就若成就過去法智彼現在他心智

耶答若現在前設成就現在他心智彼過去法智耶答若已滅不失則成就若未滅設滅已失則不成就若成就過去法智彼過去現在他心智耶答有過去法智非過去現在他心智謂法智已滅不失他心智未滅設滅已失不現在前有過去法智及過去他心智非現在謂法智他心智已滅不失他心智不現在前有過去法智及過去現在他心智謂法智已滅不失他心智現在前設成就過去現在他心智彼過去法智耶答若已滅不失則成就若未滅設滅已失則不成就若成就過去法智彼未來現在他心智耶答有過去法智非未來現在他心智謂法智已滅不失未得他心智設得已失有過去法智及未來他心智非現在謂法智已滅不失他心智已得不失不現在前有過去法智及未來現在他心智謂法智已滅不失他心智現在前設成就未來現在他心智彼過去法智耶答若已滅不失則成就若未滅設滅已失則不成就若成就過去法智彼過去未來他心智耶答有過去法智非過去未來他心智謂法智已滅不失未得他心智設得已失有過去法智及未來他心智非過去謂法智已滅不失他心智已得不失未滅設滅已失有過去法智及過去未來他心智謂法智他心智已滅不失設成就過去未來他心智彼過去法智耶答若已滅不失則成就若未滅設滅已失則不成就若成就過去法智彼過去未來現在他心智耶答有過去法智非過去未來現在他心智謂法智已滅不失未得他心智設得

已失有過去法智及未來他心智非過去現在謂法智已滅不失他心智已得不失未滅設滅已失不現在前有過去法智及過去未來他心智非現在謂法他心智已滅不失他心智不現在前有過去法智及過去未來現在他心智謂法智已滅不失他心智現在前設成就過去未來現在他心智彼過去法智耶答若已滅不失則成就若未滅設滅已失則不成就若成就過去法智彼過去世俗智耶答如是設成就過去世俗智彼過去法智耶答若已滅不失則成就若未滅設滅已失則不成就若成就過去法智彼未來世俗智耶答如是設成就未來世俗智彼過去法智耶答若已滅不失則成就若未滅設滅已失則不成就若成就過去法智彼現在世俗智耶答若現在前設成就現在世俗智彼過去法智耶答若已滅不失則成就若未滅設滅已失則不成就若成就過去法智彼過去現在世俗智耶答過去定成就現在若現在前設成就過去現在世俗智彼過去法智耶答若已滅不失則成就若未滅設滅已失則不成就若成就過去法智彼未來現在世俗智耶答未來定成就現在若現在前設成就未來現在世俗智彼過去法智耶答若已滅不失則成就若未滅設滅已失則不成就若成就過去法智彼過去未來世俗智耶答如是設成就過去未來世俗智彼過去法智耶答若已滅不失則成就若未滅設滅已失則不成就若成就過去法智彼過去未來現在世俗智耶答過去未來定成就現在若現在前

設成就過去未來現在世俗智彼過去法智耶答若已滅不失則成就若未滅設滅已失則不成就若成就過去法智彼過去苦智耶答若已滅不失則成就若未滅設滅已失則不成就設成就過去苦智彼過去法智耶答若已滅不失則成就若未滅設滅已失則不成就若成就過去法智彼未來苦智耶答如是設成就未來苦智彼過去法智耶答若已滅不失則成就若未滅設滅已失則不成就若成就過去法智彼現在苦智耶答若現在前設成就現在苦智彼過去法智耶答若已滅不失則成就若未滅設滅已失則不成就若成就過去法智彼過去現在苦智耶答有過去法智非過去現在苦智謂法智已滅不失苦智未滅設滅已失不現在前有過去法智及過去苦智非現在謂法苦智已滅不失苦智不現在前有過去法智及現在苦智非過去謂法智已滅不失苦智現在前未滅設滅已失有過去法智及過去現在苦智謂法苦智已滅不失苦智現在前設成就過去現在苦智彼過去法智耶答若已滅不失則成就若未滅設滅已失則不成就若成就過去法智彼未來現在苦智耶答未來定成就現在若現在前設成就未來現在苦智彼過去法智耶答若已滅不失則成就若未滅設滅已失則不成就若成就過去法智彼過去未來苦智耶答未來定成就過去若已滅不失則成就若未滅設滅已失則不成就設成就過去未來苦智彼過去法智耶答若已滅不失則成就若未滅設滅已失則不成就若成

就過去法智彼過去未來現在苦智耶答有過去法智及未來苦智非過去現在謂法智已滅不失苦智未滅設滅已失不現在前有過去法智及未來現在苦智非過去謂法智已滅不失苦智現在前未滅設滅已失有過去法智及過去未來苦智非現在謂法苦智已滅不失苦智不現在前有過去法智及過去未來現在苦智謂法苦智已滅不失苦智現在前設成就過去未來現在苦智彼過去法智耶答若已滅不失則成就若未滅設滅已失則不成就如法智對後作小七乃至滅智對道智隨其所應作小七亦爾如小七大七亦爾差別者以二或多對一或以一對二或多如過去爲首有七未來乃至過去未來現在爲首亦各有七如應當知

阿毗達磨發智論卷第十

阿毗達磨發智論卷第十一

尊者迦多衍尼子造

唐三藏法師玄奘奉 詔譯

業蘊第四中惡行納息第一

三行對三根 及對十業道 三業對十道
九門業相攝 身心受四句 三障體云何
何大罪大果 此章願具說

三惡行三不善根爲前攝後後攝前耶答應作四句有惡行非不善根謂身語惡行邪見不善思有不善根非惡行謂癡不善根有惡行亦不善根謂貪欲瞋恚有非惡行非不善根謂除前相三妙行三善根爲前攝後後攝前耶答應作四句有妙行非善根謂身語妙行及善思有善根非妙行謂正見所不攝無癡善根有妙行亦善根謂無貪無瞋正見有非妙行非善根謂除前相三惡行十不善業道爲三攝十十攝三耶答三攝十非十攝三不攝者何謂除業道所攝餘身語意惡行所餘身語意惡行三妙行十善業道爲三攝十十攝三耶答三攝十非十攝三不攝者何謂除業道所攝餘身語意妙行所餘身語意妙行三業十業道爲三攝十十攝三耶答應作四句有業非業道謂業道所不攝身語業及意業有業道非業謂後三業道有業亦業道謂前七業道有非業非業道謂除前相三業謂身語意業四業謂黑黑異熟業白白異熟業黑白黑白異熟業非黑非白無異熟業能盡諸業爲三攝四四攝三耶答三攝四非四攝三不攝者何謂除能斷諸業學思餘無漏業無色界繫善業無記業三業謂身語意業

復有三業謂順現法受業順次生受業順後次受業爲前攝後後攝前耶答前攝後非後攝前不攝者何謂不定業無記業無漏業三業謂身語意業復有三業謂順樂受業順苦受業順不苦不樂受業爲前攝後後攝前耶答前攝後非後攝前不攝者何謂無記業無漏業三業謂身語意業復有三業謂過去未來現在業復有三業謂善不善無記業復有三業謂學無學非學非無學業復有三業謂見所斷修所斷無斷業爲前攝後後攝前耶答隨其事展轉相攝三業謂身語意業復有三業謂欲色無色界繫業爲前攝後後攝前耶答前攝後非後攝前不攝者何謂無漏業四業如前說三業謂順現法受等業爲四攝三三攝四耶答應作四句有四非三謂能斷諸業學思欲界繫善不善不定業及色界繫善不定業有三非四謂無色界繫善決定業有四亦三謂欲界繫善不善決定業及色界繫善決定業有非四非三謂除能斷諸業學思餘無漏業無色界繫善不定業及無記業四業如前說三業謂順樂受等業爲四攝三三攝四耶答應作四句有四非三謂能斷諸業學思有三非四謂無色界繫善業有四亦三謂欲界繫善不善業色界繫善業有非四非三謂除能斷諸業學思餘無漏業及無記業四業如前說三業謂過去等業復有三業謂善等業復有三業謂學等業復有三業謂見所斷等業爲四攝三三攝四耶答三攝四非四攝三不攝者何謂除能斷諸業學思餘無漏業無色界繫善業及無記業四業如前

説三業謂欲界繫等業爲四攝三三攝四耶答應作四句有四非三謂能斷諸業學思有三非四謂無色界繫善業及無記業有四亦三謂欲界繫善不善業色界繫善業有非四非三謂除能斷諸業學思餘無漏業三業謂順現法受等業復有三業謂順樂受等業爲前攝後後攝前耶答後攝前非前攝後不攝者何謂不定業三業謂順現法受等業復有三業謂過去等業復有三業謂善等業復有三業謂學等業復有三業謂見所斷等業爲前攝後後攝前耶答後攝前非前攝後不攝者何謂不定業無記業無漏業三業謂順現法受等業復有三業謂欲界繫等業爲前攝後後攝前耶答後攝前非前攝後不攝者何謂不定業無記業三業謂順樂受等業復有

三業謂過去等業復有三業謂善等業復有三業謂學等業復有三業謂見所斷等業爲前攝後後攝前耶答後攝前非前攝後不攝者何謂無記業無漏業三業謂順樂受等業復有三業謂欲界繫等業爲前攝後後攝前耶答後攝前非前攝後不攝者何謂無記業三業謂過去等業復有三業謂善等業復有三業謂學等業復有三業謂見所斷等業爲前攝後後攝前耶答隨其事展轉相攝三業謂過去等業復有三業謂欲界繫等業爲前攝後後攝前耶答前攝後非後攝前不攝者何謂無漏業三業謂善等業復有三業謂欲界繫等業爲前攝後後攝前耶答前攝後非後攝前不攝者何謂無漏業三業謂善等業復有三業謂學等業復有三業謂見所斷等

業爲前攝後後攝前耶答隨其事展轉相攝三業謂欲界繫等業復有三業謂學等業復有三業謂見所斷等業爲前攝後後攝前耶答後攝前非前攝後不攝者何謂無漏業三業謂學等業復有三業謂見所斷等業爲前攝後後攝前耶答隨其事展轉相攝頗有業感身受非心耶答有謂不善業頗有業感心受非身耶答有謂善無等業頗有業感身心受耶答有謂善有等業頗有業不感身心受而感異熟耶答有謂諸業感色心不相應行異熟如說三障謂煩惱障業障異熟障云何煩惱障謂如有一本性具足熾然貪瞋癡煩惱由如此故難生猒離難可教誨難可開悟難得免離難得解脫云何業障謂五無間業云何異熟障謂諸有情處那落迦傍生鬼界北拘盧洲無想天處三惡行中何者最大罪謂破僧虛誑語此業能取無間地獄一劫壽量異熟苦果三妙行中何者最大果謂第一有等至中思此業能取非想非非想處八萬劫壽果

業蘊第四中邪語納息第二

三邪正一果　三惡行曲等　妙淨默相攝
非理等六句　業得果三世　八句異熟果
五業非前後　此章頗具說

諸邪語彼邪命耶設邪命彼邪語耶答應作四句有邪語非邪命謂除趣邪命語四惡行諸餘語惡行有邪命非邪語謂趣邪命身三惡行有邪語亦邪命謂趣邪命語四惡行有非邪語非邪命謂除趣邪命身三惡行諸餘身惡行諸邪業彼邪命耶設邪命彼邪業耶

答應作四句有邪業非邪命謂除趣邪命身三惡行諸餘身惡行有邪命非邪業謂趣邪命語四惡行有邪業亦邪命謂趣邪命身三惡行有非邪業非邪命謂除趣邪命語四惡行諸餘語惡行諸正語彼正命耶設正命彼正語耶答應作四句有正語非正命謂除趣正命語四妙行諸餘語妙行有正命非正語謂趣正命身三妙行有正語亦正命謂趣正命語四妙行有非正語非正命謂除趣正命身三妙行諸餘身妙行諸正業彼正命耶設正命彼正業耶答應作四句有正業非正命謂除趣正命身三妙行諸餘身妙行有正命非正業謂趣正命語四妙行有正業亦正命謂趣正命身三妙行有非正業非正命謂除趣正命語四妙行諸餘語妙行三惡行三曲穢濁謂身曲身穢身濁語曲語穢語濁意曲意穢意濁三曲云何謂諂所起身語意業三穢云何謂瞋所起身語意業三濁云何謂貪所起身語意業爲三惡行攝三曲穢濁三曲穢濁攝三惡行耶答應作四句有惡行非曲穢濁謂除欲界諂瞋貪所起身語意惡行諸餘身語意惡行有曲穢濁非惡行謂初靜慮諂貪所起身語意業及餘色無色界貪所起意業有惡行亦曲穢濁謂欲界諂瞋貪所起身語意惡行有非惡行非曲穢濁謂除前相三妙行三清淨謂身語意清淨爲三妙行攝三清淨爲三清淨攝三妙行耶答隨其事展轉相攝三妙行三寂默謂身語意寂默爲三妙行攝三寂默爲三寂默攝三妙行耶答應作四句有妙行非寂默謂除無學身語妙行

諸餘身語妙行及一切意妙行有寂默非妙行謂無學心有妙行亦寂默謂無學身語妙行有非妙行非寂默謂除前相三清淨三寂默爲三清淨攝三寂默爲三寂默攝三清淨耶答應作四句有清淨非寂默謂除無學身語清淨諸餘身語清淨及一切意清淨有寂默非清淨謂無學心有清淨亦寂默謂無學身語清淨有非清淨非寂默謂除前相諸身惡行彼盡非理所引身業耶設非理所引身業彼盡身惡行耶答諸身惡行彼盡非理所引身業有非理所引身業非身惡行謂有覆無記身業及無覆無記非理所引身業諸語惡行彼盡非理所引語業耶設非理所引語業彼盡語惡行耶答諸語惡行彼盡非理所引語業有非理所引語業非語惡行謂有覆無記語業及無覆無語非理所引語業諸意惡行彼盡非理所引意業耶設非理所引意業彼盡意惡行耶答應作四句有意惡行非非理所引意業謂貪欲瞋恚邪見有非理所引意業非意惡行謂有覆無記意業及無覆無記非理所引意業有意惡行亦非理所引意業謂不善意業有非意惡行亦非非理所引意業謂除前相諸身妙行彼盡如理所引身業耶設如理所引身業彼盡身妙行耶答諸身妙行彼盡如理所引身業有如理所引身業非身妙行謂無覆無記如理所引身業諸語妙行彼盡如理所引語業耶設如理所引語業彼盡語妙行耶答諸語妙行彼盡如理所引語業有如理所引語業非語妙行謂無覆無記如理所引語業諸意妙行彼盡如

理所引意業耶設如理所引意業彼盡意妙行耶答應作四句有意妙行非如理所引意業謂無貪無瞋正見有如理所引意業非意妙行謂無覆無記如理所引意業有意妙行亦如理所引意業謂善意業有非意妙行亦非如理所引意業謂除前相諸法由業得彼法當言是善不善無記耶答依異熟果諸法由業得彼法是無記定作是說依異熟果諸法由業得彼法是無記耶答如是爲何所欲如來善心說語妙音美音和雅音悅意音此語是善耶答如是若作是說依異熟果諸法由業得彼法是無記則不應言如來善心說語妙音美音和雅音悅意音此語是善作是說者不應道理若作是說如來善心說語妙音美音和雅音悅意音此語是善則不應言依異熟果諸法由業得彼法是無記而作是說不應道理應作是說菩薩昔餘生中造作增長感異熟果大宗葉業由是因緣展轉出生如來咽喉微妙大種從此能生妙語音聲而聲非異熟諸業過去彼果過去耶答彼果或過去或未來或現在諸業未來彼果未來耶答如是諸業現在彼果現在耶答彼果或現在或未來頗有如身業感異熟果語業意業不爾耶答有如身不護語護彼於爾時有善心或無記心又如身護語不護彼於爾時有不善心或無記心頗有如語業感異熟果身業意業不爾耶答有如身護語不護彼於爾時有善心或無記心又如身不護語護彼於爾時有不善心或無記心頗有如意業感異熟果身業語業不爾耶答有如身護語護

彼於爾時有不善心如身不護語不護彼於爾時有善心頗有如身業語業感異熟果意業不爾耶答有如身不護語不護彼於爾時有善心或無記心如身護語護彼於爾時有不善心或無記心頗有如身業意業感異熟果語業不爾耶答有如身不護語護彼於爾時有不善心如身護語不護彼於爾時有善心頗有如語業意業感異熟果身業不爾耶答有如身護語不護彼於爾時有不善心如身不護語護彼於爾時有善心頗有如身業語業意業感異熟果意業亦爾耶答有如身不護語不護彼於爾時有不善心如身護語護彼於爾時有善心頗有非身業語業意業感異熟而感異熟果耶答有謂心不相應行感異熟果色心心所法心不相應行頗有順現法受等三業非前非後受異熟果耶答有謂順現法受業色順次生受業心心所法順後次受業心不相應行又順現法受業心不相應行順次生受業色順後次受業心心所法又順現法受業心心所法順次生受業心不相應行順後次受業色頗有順樂受等三業非前非後受異熟果耶答有謂順樂受業色順苦受業心心所法順不苦不樂受業心不相應行又順樂受業心不相應行順苦受業色順不苦不樂受業心心所法又順樂受業心心所法順苦受業心不相應行順不苦不樂受業色頗有三界業非前非後受異熟果耶答有謂欲界繫業色色界繫業心心所法無色界繫業心不相應行又欲界繫業心不相應行色界繫業色無色界繫業心心所

法又欲界繫業心心所法色界繫業心不相應行無色繫業色頗有善不善業非前非後受異熟果耶答有謂善業色不善業心心所法心不相應行又善業心心所法心不相應行不善業色頗有見修所斷業非前非後受異熟果耶答有謂見所斷業色修所斷業心心所法心不相應行又見所斷業心心所法心不相應行修所斷業色

業蘊第四中害生納息第三

害生命四種　二熟二防護　身及業成就
離染果異熟　不善顛倒等　繫不繫成就
命終受生處　此章願具說

頗有已害生殺生未滅耶答有如已斷他命彼加行未息頗有未害生殺生已滅耶答有如未斷他命彼加行已息頗有已害生殺生已滅耶答有如已斷他命彼加行已息頗有未害生殺生未滅耶答有如未斷他命彼加行未息頗有未害生殺生未滅此業異熟定生地獄耶答有如作無間業加行時命終頗有業不善順苦受異熟未熟非不初受異熟果而起染汙心耶答有如造作增長無間業已此業最初地獄中有異熟果生頗有故思害生命後不受遠離而於一切有情得防護耶答有如起殺加行致彼必死而中間證見法性若於一切有情得防護彼於一切有情受遠離耶答應作四句有於一切有情得防護非受遠離如不受學處而證見法性有於一切有情受遠離非得防護如受學處而犯遠離有於一切有情得防護亦受遠離如受學處不犯遠離有非於一切有情得防護亦

非受遠離謂除前相若成就身彼成就身業耶答應作四句有成就身非身業謂處卵縠若諸異生住胎藏中若生欲界住非律儀非不律儀都無身表設有而失有成就身業非身謂諸聖者生無色界有成就身亦身業謂諸聖者住胎藏中若生欲界住律儀若住不律儀若住非律儀非不律儀現有身表或先有不失若生色界有非成就身亦非身業謂諸異生生無色界若成就身彼成就語業耶答應作四句有成就身非語業謂處卵縠若諸異生住胎藏中若生欲界住非律儀非不律儀都無語表設有而失有成就語業非身謂諸聖者生無色界有成就身亦語業謂諸聖者住胎藏中若生欲界住律儀若住不律儀若住非律儀非不律儀現有語表或先有

不失若生色界有非成就身亦非語業謂諸異生生無色界若成就身彼成就意業耶答諸成就身彼定成就意業有成就意業非身謂生無色界若成就身彼成就身業語業耶答有成就身非身業語業謂處卵縠若諸異生住胎藏中若生欲界住非律儀非不律儀無身語表設有而失有成就身及身業非語業謂生欲界住非律儀非不律儀現有身表或先有不失無語表設有而失有成就身及語業非身業謂生欲界住非律儀非不律儀現有語表或先有不失無身表設有而失有成就身及身業語業謂諸聖者住胎藏中若生欲界住律儀若住不律儀若住非律儀非不律儀現有身語表或先有不失若生色界設成就身業語業彼成就身耶答或成就或

不成就云何成就謂如前說云何不成就謂諸聖者生無色界若成就身彼成就身業意業耶答有成就身及意業非身業謂處卵㲉若諸異生住胎藏中若生欲界住非律儀非不律儀無身表設有而失有成就身及身業意業謂諸聖者住胎藏中若生欲界住律儀若住不律儀若住非律儀非不律儀現有身表或先有不失若生色界設成就身業意業彼成就身耶答或成就或不成就云何成就謂如前說云何不成就謂諸聖者生無色界若成就身彼成就語業意業耶答有成就身及意業非語業謂處卵㲉若諸異生住胎藏中若生欲界住非律儀非不律儀無語表設有而失有成就身及語業意業謂諸聖者住胎藏中若生欲界住律儀若住不律儀若住非律儀非不律儀現有語表或先有不失若生色界設成就語業意業彼成就身耶答或成就或不成就云何成就謂如前說云何不成就謂諸聖者生無色界若成就身彼成就身業語業意業耶答有成就身及意業非身業語業謂處卵㲉若諸異生住胎藏中若生欲界住非律儀非不律儀無身語表設有而失有成就身及身業意業非語業謂生欲界住非律儀非不律儀現有身表或先有不失無語表設有而失有成就身及語業意業非身業謂生欲界住非律儀非不律儀現有語表或先有不失無身表設有而失有成就身及身業語業意業謂諸聖者住胎藏中若生欲界住律儀若住不律儀若住非律儀非不律儀現有身語表或先有不失若生色界設

成就身業語業意業彼成就身耶答或成就或不成就云何成就謂如前說云何不成就謂諸聖者生無色界若成就身業彼成就語業耶答應作四句有成就身業非語業謂生欲界住非律儀非不律儀現有身表或先有不失無語表設有而失有成就語業非身業謂生欲界住非律儀非不律儀現有語表或先有不失無身表設有而失有成就身業亦語業謂諸聖者住胎藏中若生欲界住律儀若住不律儀若住非律儀非不律儀現有身語表或先有不失若生色界若諸聖者生無色界有非成就身業亦非語業謂處卵鷇若諸異生住胎藏中若生欲界住非律儀非不律儀無身語表設有而失若諸異生生無色界若成就身業彼成就意業耶答諸成就身業彼成就意業有成就意業非身業謂處卵鷇若諸異生住胎藏中若生欲界住非律儀非不律儀無身表設有而失若諸異生生無色界若成就身業彼成就語業意業耶答有成就身業及意業非語業謂生欲界住非律儀非不律儀現有身表或先有不失無語表設有而失有成就身業及語業意業謂諸聖者住胎藏中若生欲界住律儀若住不律儀若住非律儀非不律儀現有身語表或先有不失若生色界若諸聖者生無色界設成就語業意業彼成就身業耶答或成就或不成就云何成就謂如前說云何不成就謂生欲界住非律儀非不律儀現有語表或先有不失無身表設有而失若成就語業彼成就意業耶答諸成就語業彼成就意業有成就意

業非語業謂處卵㲉若諸異生住胎藏中若生欲界住非律儀非不律儀無語表設有而失異生生無色界若業未離染彼業異熟未離染耶答諸業未離染彼業異熟定未離染或有業異熟未離染彼業已離染謂預流者見所斷業已離染彼業異熟未離染若業已離染彼業異熟已離染耶答諸業異熟已離染彼業定已離染或有業已離染彼業異熟未離染謂預流者見所斷業已離染彼業異熟未離染若業有果彼業皆有異熟耶答諸業有異熟彼業皆有果或有業有果彼業無異熟謂無記業無漏業若業無果彼業皆無異熟耶答無有業無果或有業無異熟謂無記業無漏業若業不善彼業皆顛倒耶答應作四句有業不善彼業非顛倒謂如有一具

四果見起如是見立如是論有業有業果異熟而行身語意惡行又如有一於見有不見想於聞覺知有不聞覺知想彼覆此想此忍此見此欲說言我見我聞覺知或於不見有見想於不聞覺知有聞覺知想彼覆此想此忍此見此欲言我不見不聞覺知有業顛倒彼業非不善謂如有一具無因果見起如是見立如是論無業無業果異熟而行身語意妙行又如有一於見有不見想於聞覺知有不聞覺知想彼不覆此想此忍此見此欲言我不見我不聞覺知或於不見有見想於不聞覺知有聞覺知想彼不覆此想此忍此見此欲說言我見我聞覺知有業果不善亦顛倒謂如有一具無因果見起如是見立如是論無業無業果異熟復行身語意惡行又如

有一於見有見想於聞覺知有聞覺知想彼覆此想此忍此見此欲言我不見不聞覺知或於不見有不見想於不聞覺知有不聞覺知想彼覆此想此忍此見此欲說言我見我聞覺知有業非不善非顛倒謂如有一具因果見起如是見立如是論有業有業果異熟復行身語意妙行又如有一於見有見想於聞覺知有聞覺知想彼不覆此想此忍此見此欲說言我見我聞覺知或於不見有不見想於不聞覺知有不聞覺知想彼不覆此想此忍此見此欲言我不見不聞覺知若業善彼業不顛倒耶答應作四句前第二句作此第一句前第一句作此第二句前第四句作此第三句前第三句作此第四句廣如前說若成就不善業彼成就色無色界繫業耶答諸成就不善業彼定成就色無色界繫業有成就色無色界繫業非不善業謂生欲界已離欲界染若生色界若成就欲界繫善業彼成就色無色界繫業耶答諸成就欲界繫善業彼定成就色無色界繫業有成就色無色界繫業非欲界繫善業謂斷善根補特伽羅若生色界若成就欲界繫善業彼成就色無色界繫善業耶答應作四句有成就欲界繫善業非色無色界繫善業謂生欲界不斷善根未得色界善心有成就色無色界繫善業非欲界繫善業謂生色界得無色界善心有成就欲界繫善業亦色無色界繫善業謂生欲界得無色界善心有非成就欲界繫善業亦非色無色界繫善業謂斷善根補特伽羅若成就欲界繫業彼成就色界繫業耶答如

是設成就色界繫業彼成就欲界繫業耶答如是若成就欲界繫業彼成就無色界繫業耶答諸成就欲界繫業彼定成就無色界繫業有成就無色界繫業非欲界繫業謂生無色界補特伽羅若成就欲界繫業彼成就不繫業耶答應作四句有成就欲界繫業非不繫業謂諸異生生欲色界有成就不繫業非欲界繫業謂諸聖者生無色界有成就欲界繫業亦不繫業謂諸聖者生欲色界有非成就欲界繫業亦非不繫業謂諸異生生無色界若成就色界繫業彼成就無色界繫業耶答諸成就色界繫業彼定成就無色界繫業有成就無色界繫業非色界繫業謂諸有情生無色界若成就色界繫業彼成就不繫業耶答應作四句有成就色界繫業非不繫業謂諸異生生欲色界有成就不繫業非色界繫業謂諸聖者生無色界有成就色界繫業亦不繫業謂諸聖者生欲色界有非成就色界繫業亦非不繫業謂諸異生生無色界若成就無色界繫業彼成就不繫業耶答諸成就不繫業彼定成就無色界繫業有成就無色界繫業非不繫業謂諸異生若成就欲界色界無色界繫不繫業彼命終生何處答或欲界或色界或無色界或無生處

阿毗達磨發智論卷第十一 說一切有部

音釋

咽喉 咽因肩切 喉胡鉤切 轂口角切

阿毗達磨發智論卷第十二

尊者迦多衍尼子造

唐三藏法師玄奘奉　詔譯

業蘊第四中表無表納息第四

表無表總別　四性三世成　業果界是非
有漏等學等　身戒與心慧　總別修不修
戒類三世成　此章願具說

若成就身表彼成就此無表耶答應作四句有成就身表非此無表謂生欲界住非律儀非不律儀現有身表不得此無表或先有此表不失不得此無表有成就身無表非此表謂諸聖者住胎藏中若生欲界住律儀不得別解脫律儀無身表設有而失若生色界無身表設有而失若諸聖者生無色界有成就身表亦此無表謂生欲界住律儀不得別解脫律儀現有身表亦得此無表或先有此表不失亦得此無表若住別解脫律儀若住不律儀若住非律儀非不律儀現有身表亦得此無表或先有此表不失亦得此無表若生色界現有身表或先有此表不失有非成就身表亦非此無表謂住卵𣪍若諸異生住胎藏中若生欲界住非律儀非不律儀無身表設有而失若諸異生生無色界若成就善身表彼成就此無表耶答應作四句有成就善身表非此無表謂生欲界住不律儀及非律儀非不律儀現有善身表不得此無表或先有此表不失不得此無表有成就善身無表非此表謂諸聖者住胎藏中若生欲界住律儀不得別解脫律儀無善身表設有而失若生色界無善身表設有而失若諸聖者生無

色界有成就善身表亦此無表謂生欲界住律儀不得別解脱律儀現有善身表亦得此無表或先有此表不失亦得此無表若住別解脱律儀若住不律儀及非律儀非不律儀現有善身表亦得此無表或先有此表不失亦得此無表若生色界現有善身表或先有此表不失有非成就善身表亦非此無表謂處卵鷇若諸異生住胎藏中若生欲界住不律儀及非律儀非不律儀無善身表設有而失若諸異生生無色界若成就不善身表彼成就此無表耶答諸成就不善身無表彼成就此表有成就不善身表非此無表謂生欲界住律儀及非律儀非不律儀現有不善身表不得此無表或先有此表不失不得此無表若成就有覆無記身表彼成就此無表耶答無成就有覆無記身無表有成就此表謂生色界現有有覆無記身表若成就無覆無記身表彼成就此無表耶答無成就無覆無記身無表有成就此表謂生欲色界現有無覆無記身表

若成就過去身表彼成就此無表耶答應作四句有成就過去身表非此無表謂生欲界住非律儀非不律儀先有身表不失不得此無表有成就過去身無表非此表謂諸聖者住胎藏中若生欲界住律儀不得別解脱律儀先無身表設有而失若生色界先無身表設有而失若諸學者生無色界有成就過去身表亦此無表謂生欲界住律儀不得別解脱律儀先有身表不失亦得此無表若住別解脱律儀若住不律儀若住非律儀非不律

儀先有身表不失亦得此無表若生色界先有身表不失有非成就過去身表亦非此無表謂處卵鷇若諸異生住胎藏中若生欲界住非律儀非不律儀先無身表設有而失若阿羅漢及諸異生生無色界若成就過去善身表彼成就此無表耶答應作四句有成就過去善身表非此無表謂生欲界住不律儀及住非律儀非不律儀先有善身表不失不得此無表有成就過去善身無表非此表謂諸聖者住胎藏中若生欲界住律儀不得別解脱律儀先無善身表設有而失若生色界先無善身表設有而失若諸學者生無色界有成就過去善身表亦此無表謂生欲界住律儀不得別解脱律儀先有善身表不失亦得此無表若住別解脱律儀若住不律儀及住非律儀非不律儀先有善身表不失亦得此無表若生色界先有善身表不失有非成就過去善身表亦非此無表謂處卵鷇若諸異生住胎藏中若生欲界住不律儀及住非律儀非不律儀先無善身表設有而失若阿羅漢及諸異生生無色界若成就過去不善身表彼成就此無表耶答諸成就過去不善身無表彼成就此表有成就過去不善身表非此無表謂生欲界住律儀及住非律儀非不律儀先有不善身表不失不得此無表若成就過去有覆無記身表彼成就此無表耶答無成就過去有覆無記身表及此無表若成就過去無覆無記身表彼成就此無表耶答無成就過去無覆無記身表及此無表若成就未來身表彼成就此無表耶答無成

就未來身表有成就此無表謂諸聖者住胎藏中若生欲界已得色界善心若生色界若諸聖者生無色界若成就未來善身表彼成就此無表耶答無成就未來善身表有成就此無表謂諸聖者住胎藏中若生欲界已得色界善心若生色界若諸聖者生無色界若成就未來不善身表彼成就此無表耶答無成就未來不善身表及此無表若成就未來有覆無記身表彼成就此無表耶答無成就未來有覆無記身表及此無表若成就未來無覆無記身表彼成就此無表耶答無成就未來無覆無記身表及此無表

若成就現在身表彼成就此無表耶答應作四句有成就現在身表非此無表謂生欲界住律儀不得別解脫律儀現有身表不得此無表設先有身表不失而不得此無表若住非律儀非不律儀現有身表不得此無表設先有身表不失而不得此無表若生色界現有身表有成就現在身無表非此表謂生欲界住律儀不得別解脫律儀正在定設不在定現無身表先有身表不失得此無表若住別解脫律儀及住不律儀現無身表若住非律儀非不律儀現無身表先有身表不失得此無表若生色界正在定有成就現在身表亦此無表謂生欲界住律儀不得別解脫律儀現有身表得此無表或先有身表不失得此無表若住別解脫律儀及住不律儀現有身表若住非律儀非不律儀現有身表得此無表或先有身表不失得此無表有非成就現在身表亦非此無表謂處卵鷇及住胎藏

中若生欲界住律儀不得別解脫律儀不在定現無身表設先有身表不失而不得此無表若住非律儀非不律儀現無身表設先有身表不失而不得此無表若生色界不在定現無身表若生無色界若成就現在善身表彼成就此無表耶答應作四句有成就現在善身表非此無表謂生欲界住律儀不得別解脫律儀現有善身表不得此無表設先有善身表不失而不得此無表若住不律儀及住非律儀非不律儀現有善身表不得此無表設先有善身表不失而不得此無表若生色界現有善身表有成就現在善身無表非此表謂生欲界住律儀不得別解脫律儀正在定設不在定現無善身表先有善身表不失而得此無表若住別解脫律儀現無善身

表若住不律儀及住非律儀非不律儀現無善身表先有善身表不失而得此無表若生色界正在定有成就現在善身表亦此無表謂生欲界住律儀不得別解脫律儀現有善身表亦得此無表先有善身表不失得此無表若住別解脫律儀現有善身表若住不律儀及住非律儀非不律儀現有善身表亦得此無表先有善身表不失得此無表有非成就現在善身表亦非此無表謂處卵殼及住胎藏中若生欲界住律儀不得別解脫律儀不在定現無善身表設先有善身表不失而不得此無表若住不律儀及住非律儀非不律儀現無善身表設先有善身表不失而不得此無表若生色界不在定現無善身表若生無色界若成就現在不善身表彼成就此

無表耶答應作四句有成就現在不善身表非此無表謂生欲界住律儀及住非律儀非不律儀現有不善身表不得此無表設先有不善身表不失而不得此無表有成就現在不善身無表非此表謂生欲界住不律儀現無不善身表若住律儀及住非律儀非不律儀現無不善身表先有不善身表不失得此無表有成就現在不善身表亦此無表謂生欲界住律儀及住非律儀非不律儀現有不善身表亦得此無表先有不善身表不失得此無表若住不律儀現有不善身表有非成就現在不善身表亦非此無表謂處卵㲉若住胎藏中若生欲界住律儀及住非律儀非不律儀現無不善身表設先有不善身表不失而不得此無表若生色無色界若成就現在有覆無記身表彼成就此無表耶答無成就現在有覆無記身無表有成就此表謂生色界現有有覆無記身表若成就現在無覆無記身表彼成就此無表耶答無成就現在無覆無記身無表有成就此表謂生欲色界現有無覆無記身表如廣說身表無表如是語表無表廣說亦爾若業欲界繫彼業果欲界繫耶答諸業欲界繫彼業果亦爾有業果欲界繫非彼業謂由色界道作欲界化發欲界語若業色界繫彼業果色界繫耶答諸業果色界繫彼業亦爾有業色界繫非彼業果謂由色界道作欲界化發欲界語及由色界道證諸結斷若業無色界繫彼業果無色界繫耶答諸業果無色界繫彼業亦爾有業無色界繫非彼業果謂由無色界道證諸結斷

若業不繫彼業果不繫耶答諸業不繫彼業果亦爾有業果不繫非彼業謂由色無色界道證諸結斷若業非欲界繫彼業果非欲界繫耶答諸業果非欲界繫彼業亦爾有業非欲界繫非彼業果謂由色界道作欲界化發欲界語若業非色界繫彼業果非色界繫耶答諸業非色界繫彼業果亦爾有業果非色界繫非彼業謂由色界道作欲界化發欲界語及由色界道證諸結斷若業非無色界繫彼業果非無色界繫耶答諸業非無色界繫彼業果亦爾有業果非無色界繫非彼業謂由無色界道證諸結斷若業非不繫彼業果非不繫耶答諸業果非不繫彼業亦爾有業非不繫非彼業果謂由色無色界道證諸結斷頗有業有漏有漏果耶答有謂等流異熟

果頗有業有漏無漏果耶答有謂離繫果頗有業有漏有漏無漏果耶答有謂等流異熟離繫果頗有業無漏無漏果耶答有謂等流離繫果頗有業無漏有漏果耶答無頗有業無漏有漏無漏果耶答無頗有業有漏無漏有漏無漏果耶答無頗有業有漏無漏有漏果耶答無頗有業有漏無漏無漏果耶答無頗有業學學果耶答有謂等流果頗有業學無學果耶答有謂等流果頗有業學非學非無學果耶答有謂離繫果頗有業無學無學果耶答有謂等流果頗有業無學學果耶答無頗有業無學非學非無學果耶答無頗有業非學非無學非學非無學果耶答有謂等流異熟離繫果頗有業非學非無學學果耶答無頗有業非學非無學無學果耶答無如

世尊說不修身不修戒不修心不修慧云何不修身答若於身未離貪欲潤喜渴又無間道能盡色貪彼於此道未修未安云何不修戒答若於戒未離貪廣說如身云何不修心答若於心未離貪欲潤喜渴又無間道能盡無色貪彼於此道未修未安云何不修慧答若於慧未離貪廣說如心若不修身彼不修戒耶答如是設不修戒彼不修身耶答如是若不修身彼不修心耶答諸不修身彼不修心有不修心非不修身謂已離色染未離無色染若不修身彼不修慧耶答諸不修身彼不修慧有不修慧非不修身如前說若不修戒彼不修心耶答諸不修戒彼不修心有不修心非不修戒如前說若不修戒彼不修慧耶答諸不修戒彼不修慧有不修慧非不修戒如前說若不修心彼不修慧耶答如是設不修慧彼不修心耶答如是如世尊說修身修戒修心修慧云何修身答若於身已離貪欲潤喜渴又無間道能盡色貪彼於此道已修已安云何修戒答若於戒已離貪廣說如身云何修心答若於心已離貪欲潤喜渴又無間道能盡無色貪彼於此道已修已安云何修慧答若於慧已離貪廣說如心若修身彼修戒耶答如是設修戒彼修身耶答如是若修身彼修心耶答諸修心彼修身有修身非修心謂已離色染未離無色染若修身彼修慧耶答諸修慧彼修身有修身非修慧如前說若修戒彼修心耶答諸修心彼修戒有修戒非修心如前說若修戒彼修慧耶答諸修慧彼修戒有修戒非修慧如前說若修心

彼修慧耶答如是設修慧彼修心耶答如是若成就過去戒彼成就未來現在此類戒耶答有成就過去戒非未來現在此類戒謂表戒已滅不失此類戒不現前有及未來非現在謂靜慮無漏戒已滅不失此類戒不現前有及現在非未來謂表戒已滅不失此類戒現前有及未來現在謂靜慮無漏戒已滅不失此類戒現前若成就未來戒彼成就過去現在此類戒耶答有成就未來戒非過去現在此類戒謂阿羅漢生無色界有及過去非現在謂靜慮無漏戒已滅不失此類戒不現前有及現在非過去謂無漏戒初現前有及過去現在謂靜慮無漏戒已滅不失此類戒現前若成就現在戒彼成就過去未來此類戒耶答有成就現在戒非過去未來此類戒謂表戒初現前有及過去非未來謂表戒已滅不失此類戒現前有及未來非過去謂無漏戒初現前有及過去未來謂靜慮無漏戒已滅不失此類戒現前

業蘊第四中自業納息第五

自業義世成　對異熟成墮　智謀害留捨
心亂纏佛教　書數筭印詩　世間工業處
成就學等戒　此章願具說

云何自業答若業已得今有異熟及業異熟已生正受自業是何義答是得自果自等流自異熟義復次此業所招異熟於自相續現熟非餘於自相續養隨養育隨育護隨護轉隨轉益隨益故名自業若業是自業此業當言過去耶未來耶現在耶答此業當言過去若業是自業此業成就耶答應作四句有業

是自業此業不成就謂業已得今有異熟及業異熟已生正受此業已失有業成就此業非自業謂業非已得今有異熟及業異熟非已生正受此業不失有業是自業此業亦成就謂業已得今有異熟及業異熟已生正受此業不失有業非自業此業亦不成就謂業非已得今有異熟及業異熟非已生正受此業已失非亦有四句翻前應知若業是自業此業定當受異熟耶答應作四句有業是自業此業定當不受異熟謂業已得今有異熟及業異熟已生正受此業異熟已至最後位有業定當受異熟此業非自業謂業非已得今有異熟及業異熟非已生正受此業異熟未熟有業是自業此業定當受異熟謂業已得今有異熟及業異熟已生正受此業異熟未至最後位有業非自業此業定當不受異熟謂業非已得今有異熟及業異熟非已生正受此業異熟已熟非亦有四句翻前相違應廣說若業成就此業定當受異熟耶答應作四句有業成就此業定當不受異熟謂業過去不善善有漏異熟已熟此業不失若業未來不善善有漏已得而定不生若業無記無漏成就有業定當受異熟此業不成就謂業過去不善善有漏異熟未熟此業已失若業未來不善善有漏不得而定當生有業成就此業定當受異熟謂業過去不善善有漏異熟未熟此業不失若業未來不善善有漏已得亦定當生若業現在不善善有漏有業不成就此業定當不受異熟謂業過去不善善有漏異熟已熟此業已失若業未來不善

善有漏不得亦定不生若業無記無漏不成
就非亦有四句翻是應知
若預流者有不善業能順苦受異熟未熟彼
既成就應墮惡趣何道障故而不墮耶答由
二部結縛諸有情令墮惡趣謂見所斷修所
斷結諸預流者雖未永斷修所斷結而已永
斷見所斷結闕一資糧不墮惡趣如車具二
輪有所運載鳥有二翼能飛虛空闕一不然
此亦如是如世尊說我聖弟子應自審記已
盡地獄傍生餓鬼險惡趣坑諸預流者爲有
現智能自審知已盡地獄傍生餓鬼險惡趣
坑而自記耶答不能若爾彼云何知答信佛
語故謂世尊說若有多聞諸聖弟子能隨觀
察見自身中有四證淨現在前者應自審記
已盡地獄傍生餓鬼險惡趣坑又預流者已
得四智謂苦集滅道智未得盡智無生智故
如世尊說由學謀害那伽諦觀却後七日憍
薩羅家必當殄滅云何學謀害答如有學者
未離欲染他加害時便作念言當令衰壞毋
失愛子又如學者已離欲染他加害時從離
欲退作是念言當令衰壞毋失愛子諸學謀
害必果遂耶答此不決定若諸有情造作增
長大威勢業異熟現前便不果遂云何苾芻
留多壽行答謂阿羅漢成就神通得心自在
若於僧衆若別人所以衣以鉢或以隨一沙
門命緣衆具布施施已發願即入邊際第四
靜慮從定起已心念口言設我能感富異熟
業願此轉招壽異熟果時彼能招富異熟業
則轉能招壽異熟果云何苾芻捨多壽行答
謂阿羅漢成就神通得心自在如前布施施

已發願即入邊際第四靜慮從定起已心念口言設我能感壽異熟業願此轉招富異熟果時彼能招壽異熟業則轉能招富異熟果云何心狂亂答謂由四緣勢力所逼令心狂亂一由非人現惡色像遇已驚恐令心狂亂二由非人忿打肢節苦受所逼令心狂亂三由大種乖違令心狂亂四由先業異熟令心狂亂何纏相應法皆不善耶答無慚無愧佛教云何答謂佛語言唱詞評論語音語路語業語表是謂佛教佛教當言善耶無記耶答或善或無記云何善謂佛善心所發語言乃至語表云何無記謂佛無記心所發語言乃至語表

佛教名何法答名身句身文身次第行列次第安布次第連合契經應頌記說伽他自說因緣譬喻本事本生方廣希法論議名何法答名身句身文身次第行列次第安布次第連合書名何法答如理轉變身業及此所依諸巧便智數名何法答如理轉變意業及此所依諸巧便智筭名何法答如理轉變語業及此所依諸巧便智印名何法答如理轉變身業及此所依諸巧便智詩名何法答如理轉變語業及此所依諸巧便智世間種種工巧業處名何法答謂慧爲先造作彼彼工巧業處及此所依諸巧便智

若成就學戒彼成就非學非無學戒耶答應作四句有成就學戒非非學非無學戒謂學者生無色界有成就非學非無學戒非學戒謂阿羅漢及諸異生生欲色界有成就學戒亦非學非無學戒謂學者生欲色界有非成

就學戒亦非非學非無學戒謂阿羅漢及諸異生生無色界若成就無學戒彼成就非學非無學戒耶答應作四句有成就無學戒非非學非無學戒謂阿羅漢生無色界有成就非學非無學戒非無學戒謂諸學者及諸異生生欲色界有成就無學戒亦非學非無學戒謂阿羅漢生欲色界有非成就無學戒亦非非學非無學戒謂諸學者及諸異生生無色界

阿毗達磨發智論卷第十二 說一切有部

阿毗達磨發智論卷第十三

尊者迦多衍尼子造

唐三藏法師玄奘奉　詔譯

大種蘊第五中大造納息第一

大種所造處　幾四二五三　大造成不成
成大對造四　唯成所造四　大種等七種
依定滅住果　此章願具說

大種所造處幾有見答一幾無見答八二少分幾有對答九一少分幾無對答一少分幾有漏答九二少分幾無漏答一少分幾有爲答九二少分幾無爲答無幾過去答十一少分幾未來答十一少分幾現在答十一少分幾善答三少分幾不善答三少分幾無記答七三少分幾欲界繫答二九少分幾色界繫答九少分幾無色界繫答無幾學答一少分幾無學答一少分幾非學非無學答九二少分幾見所斷答無幾修所斷答九二少分幾不斷答一少分若成就大種彼成就所造色耶答諸成就大種彼定成就所造色有成就所造色非大種謂諸聖者生無色界若不成就大種彼不成就所造色耶答諸不成就所造色彼不成就大種有不成就大種非所造色謂諸聖者生無色界若成就大種彼成就善色耶答應作四句有成就大種非善色謂處卵㲉若諸異生住胎藏中若生欲界住不律儀及非律儀非不律儀無善身語表設有而失有成就善色非大種謂諸聖者生無色界有成就大種亦善色謂諸聖者住胎藏中若生欲界住律儀若住不律儀及非律儀非不律儀現有善身語表或先有不失若生色

界有非成就大種及善色謂諸異生生無色界若成就大種彼成就不善色耶答諸成就不善色彼定成就大種有成就大種非不善色謂處卵㲉及住胎中若生欲界住律儀及非律儀非不律儀無不善身語表設有而失若生色界若成就大種彼成就有覆無記色耶答諸成就有覆無記色彼定成就大種有成就大種非有覆無記色謂生欲界若生色界現無有覆無記身語表若成就大種彼成就無覆無記色耶答如是設成就無覆無記色彼成就大種耶答如是若成就大種彼善不善色耶答有成就大種非善不善色謂處卵㲉若諸異生住胎藏中若生欲界住非律儀非不律儀無善不善身語表設有而失有成就大種亦善色非不善色謂諸聖者住胎藏中若生欲界住律儀無不善身語表設有而失若住非律儀非不律儀現有善身語表或先有不失無不善身語表設有而失若生色界有成就大種亦不善色非善色謂生欲界住不律儀無善身語表設有而失若住非律儀非不律儀現有不善身語表或先有不失無善身語表設有而失有成就大種亦善不善色謂生欲界住律儀現有不善身語表或先有不失若住不律儀現有善身語表或先有不失若住非律儀非不律儀現有善不善身語表或先有不失設成就善不善色彼成就大種耶答如是若成就大種彼成就善有覆無記色耶答有成就大種非善有覆無記色謂處卵㲉若諸異生住胎藏中若生欲界住不律儀及非律儀非不律儀無善身語

表設有而失有成就大種亦善色非有覆無記色謂諸聖者住胎藏中若生欲界住律儀若住不律儀及非律儀非不律儀現有善身語表或先有不失若生色界現無有覆無記身語表有成就大種亦善有覆無記色謂生色界現有有覆無記身語表設成就善有覆無記色彼成就大種耶答如是若成就大種彼成就善無覆無記色耶答有成就大種亦無覆無記色非善色謂處卵㲉若諸異生住胎藏中若生欲界住不律儀及非律儀非不律儀無善身語表設有而失有成就大種亦善無覆無記色謂諸聖者住胎藏中若生欲界住律儀若住不律儀及非律儀非不律儀現有善身語表或先有不失若生色界設成就善無覆無記色彼成就大種耶答如是若

成就大種彼成就不善有覆無記色耶答無若成就大種彼成就不善無覆無記色耶答有成就大種亦無覆無記色非不善色謂處卵㲉及住胎藏中若生欲界住律儀及非律儀非不律儀無不善身語表設有而失若生色界有成就大種亦不善無覆無記色謂生欲界住不律儀若住律儀及非律儀非不律儀現有不善身語表或先有不失設成就不善無覆無記色彼成就大種耶答如是若成就大種彼成就有覆無記無覆無記色耶答有成就大種亦無覆無記色非有覆無記色謂生欲界若生色界現無有覆無記身語表有成就大種亦有覆無記無覆無記色謂生色界現有有覆無記身語表設成就有覆無記無覆無記色彼成就大種耶答如是若成

就大種彼成就善不善有覆無記色耶答無若成就大種彼成就善不善無覆無記色耶答有成就大種亦無覆無記色非善不善色謂處卵㲉若諸異生住胎藏中若生欲界住非律儀非不律儀無善不善身語表設有而失有成就大種亦善無覆無記色非不善色謂諸聖者住胎藏中若生欲界住律儀無不善身語表設有而失若住非律儀非不律儀現有善身語表或先有不失無不善身語表設有而失若生色界有成就大種亦不善無覆無記色非善色謂生欲界住不律儀無善身語表設有而失若住非律儀非不律儀現有不善身語表或先有不失無善身語表設有而失有成就大種亦善不善無覆無記色謂生欲界住律儀現有不善身語表或先有不失若住不律儀現有善身語表或先有不失若住非律儀非不律儀現有善不善身語表或先有不失設成就善不善無覆無記色彼成就大種耶答如是若成就大種彼成就善有覆無記無覆無記色耶答有成就大種亦無覆無記色非善有覆無記色謂處卵㲉若諸異生住胎藏中若生欲界住不律儀及非律儀非不律儀無善身語表設有而失有成就大種亦善無覆無記色非有覆無記色謂諸聖者住胎藏中若生欲界住律儀若住不律儀及非律儀非不律儀現有善身語表或先有不失若生色界現無有覆無記身語表有成就大種亦善有覆無記無覆無記色謂生色界現有有覆無記身語表設成就善有覆無記無覆無記色彼成就大種耶答如

是若成就大種彼成就不善有覆無記無覆無記色耶答無若成就大種彼成就善不善有覆無記無覆無記色耶答無

若成就善色彼成就不善色耶答應作四句有成就善色非不善色謂諸聖者住胎藏中若生欲界住律儀無不善身語表設有而失若住非律儀非不律儀現有善身語表或先有不失無不善身語表設有而失若生色界若諸聖者生無色界有成就不善色非善色謂生欲界住不律儀無善身語表設有而失若住非律儀非不律儀現有不善身語表或先有不失無善身語表設有而失有成就善色亦不善色謂生欲界住律儀現有不善身語表或先有不失若住不律儀現有善身語表或先有不失若住非律儀非不律儀現有善不善身語表或先有不失有非成就善色及不善色謂處卵㲉若諸異生住胎藏中若生欲界住非律儀非不律儀無善不善身語表設有而失若諸異生生無色界若成就善色彼成就有覆無記色耶答諸成就有覆無記色彼定成就善色或成就善色非有覆無記色謂諸聖者住胎藏中若生欲界住律儀若住不律儀及非律儀非不律儀現有善身語表或先有不失若生色界現無有覆無記身語表若諸聖者生無色界若成就善色彼成就無覆無記色耶答應作四句有成就善色非無覆無記色謂諸聖者生無色界有成就無覆無記色非善色謂處卵㲉若諸異生住胎藏中若生欲界住不律儀及非律儀非不律儀無善身語表設有而失有成就善色

亦無覆無記色謂諸聖者住胎藏中若生欲界住律儀若住不律儀及非律儀非不律儀現有善身語表或先有不失若生色界有非成就善色及無覆無記色謂諸異生生無色界若成就善色彼成就不善有覆無記色耶答無若成就善色彼成就不善無覆無記色耶若有成就善色非不善無覆無記色謂諸聖者生無色界有成就善色亦無覆無記色非不善色謂諸聖者住胎藏中若生欲界住律儀無不善身語表設有而失若住非律儀非不律儀現有善身語表或先有不失無不善身語表設有而失若生色界有成就善色亦不善無覆無記色謂生欲界住律儀現有不善身語表或先有不失若住不律儀現有善身語表或先有不失若住非律儀非不律儀現有善不善身語表或先有不失設成就不善無覆無記色彼成就善色耶答或成就或不成就云何成就即如上說云何不成就謂生欲界住不律儀無善身語表設有而失若住非律儀非不律儀現有不善身語表或先有不失無善身語表設有而失若成就善色彼成就有覆無記無覆無記色耶答有成就善色非有覆無記無覆無記色謂諸聖者生無色界有成就善色亦無覆無記色非有覆無記色謂諸聖者住胎藏中若生欲界住律儀若住不律儀及非律儀非不律儀現有善身語表或先有不失若生色界現無有覆無記身語表有成就善色亦有覆無記無覆無記色謂生色界現有有覆無記身語表設成就有覆無記無覆無記色彼成就善色耶

答如是若成就善色彼成就不善有覆無記無覆無記色耶答無若成就不善色彼成就有覆無記色耶答無若成就不善色彼成就無覆無記色耶答諸成就不善色彼定成就無覆無記色有成就無覆無記色非不善色謂處卵鷇及住胎藏中若生欲界住律儀及非律儀非不律儀無不善身語表設有而失若生色界若成就不善色彼成就有覆無記無覆無記色耶答無若成就有覆無記色彼成就無覆無記色耶答諸成就有覆無記色彼定成就無覆無記色有成就無覆無記色非有覆無記色謂生欲界若生色界現無有覆無記身語表

諸四大種及所造色依何定滅答依四定或依未至滅尋伺有對觸依何定滅答依初定或依未至滅樂根依何定滅答依三定或依未至滅喜根依何定滅答依二定或依未至滅苦根憂根段食依何定滅答依未至滅捨根觸思識食依何定滅答依七定或依未至滅諸四大種及所造色尋伺有對觸樂根喜根已斷已徧知當言住何果答阿羅漢果或無所住苦根憂根段食已斷已徧知當言住何果答不還果或阿羅漢果或無所住捨根觸思識食已斷已徧知當言住何果答阿羅漢果

大種蘊第五中緣納息第二

大造心處根　相對緣有幾　相應造三世
世界辯成緣　大種與造色　界世爲同異
四體攝識門　此章頗具說

大種與大種爲幾緣答因增上大種與造色

爲幾緣答因增上造色與造色爲幾緣答因增上造色與大種爲幾緣答因增上大種與心心所法爲幾緣答所緣增上心心所法與心心所法爲幾緣答因等無間所緣增上心心所法與大種爲幾緣答因增上大種與眼處爲幾緣答因增上眼處與眼處爲幾緣答因增上眼處與大種爲幾緣答一增上如眼處耳鼻舌身香味處亦爾大種與色處爲幾緣答因增上色處與色處爲幾緣答因增上色處與大種爲幾緣答因增上如色處聲觸處亦爾大種與意處爲幾緣答所緣增上意處與意處爲幾緣答因等無間所緣增上意處與大種爲幾緣答因增上大種與法處爲幾緣答因所緣增上法處與法處爲幾緣答因等無間所緣增上法處與大種爲幾緣答因增上大種與眼根爲幾緣答因增上眼根與大種爲幾緣答一增上如眼根耳鼻舌身男女根亦爾大種與命根爲幾緣答一增上命根與大種爲幾緣答一增上大種與意根爲幾緣答所緣增上意根與大種爲幾緣答因增上如意根樂苦喜憂捨信精進念定慧根亦爾大種與未知當知根爲幾緣答所緣增上未知當知根與大種爲幾緣答一增上如未知當知根已知根具知根亦爾

何故四大種一生一住一滅而不相應心心所法一生一住一滅說名相應答如四大種或滅或增心心所法則不如是又心心所法皆有所緣四大種無所緣非無所緣法可說相應頗有過去大種造過去色耶造未來色耶造現在色耶答皆有頗有未來大種造未

來色耶造過去色耶造現在色耶答未來有過現無頗有現在大種造現在色耶造過去色耶造未來色耶答現未有過去無若成就過去大種彼成就過去所造色耶答無成就過去大種有成就過去所造色謂諸聖者住胎藏中若生欲界住律儀若住不律儀若住非律儀非不律儀先有身語表不失若生色界若諸學者生無色界若成就過去大種彼未來大種耶答無成就過去未來大種若成就過去大種彼成就未來所造色耶答無成就過去大種有成就未來所造色謂諸聖者住胎藏中若生欲界得色界善心若生色界若諸聖者生無色界若成就過去大種彼成就現在大種耶答無成就過去大種有成就現在大種謂生欲色界若成就過去大種彼成就現在所造色耶答無成就過去大種有成就現在所造色謂生欲色界若成就過去所造色彼未來大種耶答無成就未來大種有成就過去所造色謂諸聖者住胎藏中若生欲界住律儀若住不律儀若住非律儀非不律儀先有身語表不失若生色界若諸學者生無色界若成就過去所造色彼成就未來所造色耶答應作四句有成就過去所造色非未來所造色謂生欲界住律儀不得色界善心若住不律儀若住非律儀非不律儀先有身語表不失有成就未來所造色非過去所造色謂阿羅漢生無色界有成就過去所造色亦未來所造色謂諸聖者住胎藏中若生欲界得色界善心若生色界若諸學者生無色界有非成就過去所造色亦非未來

所造色謂處卵㲉若諸異生住胎藏中若生欲界住非律儀非不律儀先無身語表設有而失若諸異生生無色界若成就過去所造色彼成就現在大種耶答應作四句有成就過去所造色非現在大種謂諸學者生無色界有成就現在大種非過去所造色謂處卵㲉若諸異生住胎藏中若生欲界住非律儀非不律儀先無身語表設有而失有成就過去所造色亦現在大種謂諸聖者住胎藏中若生欲界住律儀若住不律儀若住非律儀非不律儀先有身語表不失若生色界有非成就過去所造色亦非現在大種謂阿羅漢若諸異生生無色界若成就過去所造色彼成就現在所造色耶答應作四句有成就過去所造色非現在所造色謂諸學者生無色

界有成就現在所造色非過去所造色謂處卵㲉若諸異生住胎藏中若生欲界住非律儀非不律儀先無身語表設有而失有成就過去所造色亦現在所造色謂諸聖者住胎藏中若生欲界住律儀若住不律儀若住非律儀非不律儀先有身語表不失若生色界有非成就過去所造色亦非現在所造色謂阿羅漢若諸異生生無色界若成就未來大種彼成就未來所造色耶答無成就未來大種有成就未來所造色謂諸聖者住胎藏中若生欲界得色界善心若生色界若諸聖者生無色界若成就未來大種彼成就現在大種耶答無成就未來大種有成就現在大種謂生欲色界若成就未來大種彼成就現在所造色耶答無成就未來大種有成就現在

所造色謂生欲色界若成就未來所造色彼成就現在大種耶答應作四句有成就未來所造色非現在大種謂諸聖者生無色界有成就現在大種非未來所造色謂處卵㲉若諸異生住胎藏中若生欲界不得色界善心有成就未來所造色亦現在大種謂諸聖者住胎藏中若生欲界得色界善心若生色界有非成就未來所造色亦非現在大種謂諸異生生無色界若成就未來所造色彼成就現在所造色耶答應作四句有成就未來所造色非現在所造色謂諸聖者生無色界有成就現在所造色非未來所造色謂處卵㲉若諸異生住胎藏中若生欲界不得色界善心有成就未來所造色亦現在所造色謂諸聖者住胎藏中若生欲界得色界善心若生

色界有非成就未來所造色亦非現在所造色謂諸異生生無色界若成就現在大種彼成就現在所造色耶答如是設成就現在所造色彼成就現在大種耶答如是過去大種與過去大種爲幾緣答因增上過去大種與過去所造色爲幾緣答因增上過去所造色與過去所造色爲幾緣答因增上過去所造色與過去大種爲幾緣答因增上過去大種與未來大種爲幾緣答因增上未來大種與未來大種爲幾緣答因增上未來大種與過去大種爲幾緣答一增上過去大種與未來所造色爲幾緣答因增上未來所造色與未來所造色爲幾緣答因增上未來所造色與過去大種爲幾緣答一增上過去大種與現在大種爲幾緣答因增上現在大種與現在

大種爲幾緣答因增上現在大種與過去大種爲幾緣答一增上過去大種與現在所造色爲幾緣答因增上現在所造色與現在所造色爲幾緣答因增上現在所造色與過去大種爲幾緣答一增上過去所造色與未來大種爲幾緣答因增上未來大種與過去所造色爲幾緣答一增上過去所造色與未來所造色爲幾緣答因增上未來所造色與過去所造色爲幾緣答一增上過去所造色與現在大種爲幾緣答因增上現在大種與過去所造色爲幾緣答一增上過去所造色與現在所造色爲幾緣答因增上現在所造色與過去所造色爲幾緣答一增上未來大種與未來所造色爲幾緣答因增上未來所造色與未來大種爲幾緣答因增上未來大種

與現在大種爲幾緣答一增上現在大種與未來大種爲幾緣答因增上未來大種與現在所造色爲幾緣答一增上現在所造色與未來大種爲幾緣答因增上未來所造色與現在大種爲幾緣答一增上現在大種與未來所造色爲幾緣答因增上未來所造色與現在所造色爲幾緣答一增上現在所造色與未來所造色爲幾緣答因增上現在大種與現在所造色爲幾緣答因增上現在所造色與現在大種爲幾緣答因增上若成就欲界繫大種彼成就欲界繫所造色耶答如是設成就欲界繫所造色彼成就欲界繫大種耶答如是若成就欲界繫大種彼成就色界繫大種耶答應作四句有成就欲界繫大種非色界繫大種謂生欲界色界大種不現在

前有成就色界繫大種非欲界繫大種謂生色界不作欲界化不發欲界語有成就欲界繫大種亦色界繫大種謂生欲界色界大種現在前若生色界作欲界化發欲界語有非成就欲界繫大種亦非色界繫大種謂生無色界若成就欲界繫大種彼成就色界繫所造色耶答應作四句有成就欲界繫大種非色界繫所造色謂生欲界不得色界善心有成就色界繫所造色非欲界繫大種謂生色界不作欲界化不發欲界語有成就欲界繫大種亦色界繫所造色謂生欲界得色界善心若生色界作欲界化發欲界語有非成就欲界繫大種亦非色界繫造色謂生無色界若成就欲界繫所造色彼成就色界繫大種耶答應作四句有成就欲界繫所造色非色界繫大種謂生欲界色界大種不現在前有成就色界繫大種非欲界繫所造色謂生色界不作欲界化不發欲界語有成就欲界繫所造色亦色界繫大種謂生欲界色界大種現在前若生色界作欲界化發欲界語有非成就欲界所造色亦非色界大種謂生無色界若成就欲界繫所造色彼成就色界繫所造色耶答應作四句有成就欲界繫所造色非色界繫所造色謂生欲界不得色界善心有成就色界繫所造色非欲界繫所造色謂生色界不作欲界化不發欲界語有成就欲界繫所造色亦色界繫所造色謂生欲界得色界善心若生色界作欲界化發欲界語有非成就欲界繫所造色亦非色界繫所造色謂生無色界若成就色界繫大種彼成就色

界繫所造色耶答諸成就色界繫大種彼定成就色界繫所造色有成就色界繫所造色非色界繫大種謂生欲界得色界善心色界大種不現在前欲界繫大種與欲界繫大種爲幾縁答因增上欲界繫大種與欲界繫所造色爲幾縁答因增上欲界繫所造色與欲界繫所造色爲幾縁答因增上欲界繫所造色與欲界繫大種爲幾縁答因增上欲界繫色界繫大種與色界繫大種爲幾縁答一增上色界繫大種與色界繫大種爲幾縁答因增上色界繫大種與欲界繫大種爲幾縁答一增上欲界繫大種與色界繫所造色爲幾縁答一增上色界繫所造色與色界繫所造色爲幾縁答因增上色界繫所造色與欲界繫大種爲幾縁答一增上欲界繫所造色與色界繫大種爲幾縁答一增上色界繫大種與欲界繫所造色爲幾縁答一增上色界繫所造色與色界繫所造色爲幾縁答一增上欲界繫所造色與欲界繫所造色爲幾縁答一增上色界繫大種與欲界繫大種爲幾縁答一增上色界繫所造色與色界繫大種爲幾縁答因增上諸色欲界繫彼色一切欲界繫大種所造耶答應作四句有色欲界繫非欲界繫大種所造謂欲界繫大種有色欲界繫大種所造非欲界繫謂色不繫欲界繫大種所造有色欲界繫欲界繫大種所造謂色欲界繫欲界繫大種所造有色非欲界繫非欲界繫大種所造謂色界繫大種若色色界繫色界繫大種所造若色不繫色界繫大種所造諸色色界繫彼色一切色界繫大種所造耶

答應作四句有色界繫非色界繫大種所造謂色界繫大種有色色界繫大種所造非色界繫謂色不繫色界繫大種所造有色色界繫色界繫大種所造謂色色界繫色界繫大種所造有色非色界繫非色界繫大種所造謂欲界繫大種若色欲界繫欲界繫大種所造若色不繫欲界繫大種所造

諸色過去彼色一切過去大種所造耶答應作四句有色過去非過去大種所造謂過去大種有色過去大種所造非過去謂色未來現在過去大種所造有色過去過去大種所造謂色過去過去大種所造有色非過去非過去大種所造謂未來現在大種若色未來現在現在大種所造若色未來未來大種所造諸色未來彼色一切未來大種所造耶答諸色未來大種所造彼色一切未來有色未來非未來大種所造謂未來大種若色未來過去現在大種所造諸色現在彼色一切現在大種所造耶答應作四句有色現在非現在大種所造謂現在大種若色現在過去大種所造有色現在大種所造非現在謂色未來現在大種所造有色現在現在大種所造謂色現在現在大種所造有色非現在非現在大種所造謂過去未來大種若色過去未來過去大種所造若色未來未來大種所造

地云何答顯形色地界云何答堅性觸水云何答顯形色水界云何答濕性觸火云何答顯形色火界云何答煖性觸風云何答即風界風界云何答動性觸地水火風幾處所攝幾識所識答地水火一處所攝謂色處二識

所識謂眼識意識風一處所攝謂觸處二識所識謂身識意識地水火風界幾處所攝幾識所識答一處所攝謂觸處二識所識謂身識意識

大種蘊第五中具見納息第三

六色何大造　三色熟爲因　化九中有七
世劫心三分　緣因緣各四　無色除色想
互攝四七九　此章願具説

已具見諦世尊弟子未離欲染所成就色界繫身語業色何大種所造答色界繫生欲界入有漏四靜慮身語業色何大種所造答色界繫生欲界入無漏四靜慮身語業色何大種所造答欲界繫生色界入有漏四靜慮身語業色何大種所造答色界繫生色界入無漏四靜慮身語業色何大種所造答色界繫

世尊弟子生無色界所成就無漏身語業色何大種所造答或欲界繫或色界繫無色界沒生欲界最初所得諸根大種何大種爲因答欲界繫無色界沒生色界最初所得諸根大種何大種爲因答色界繫色界沒生欲界最初所得諸根大種何大種爲因答欲界繫生欲界作色界化發色界語彼身語色何大種所造答色界繫生色界作欲界化發欲界語彼身語色何大種所造答欲界繫化當言有大種無大種耶答當言有大種化當言有所造色無所造色耶答當言有所造色化當言有心無心耶答當言無心化當言誰心所轉耶答當言化主

中有當言有大種無大種耶答當言有大種

中有當言有所造色無所造色耶答當言有

所造色中有當言有心無心耶答當言有心
中有當言誰心所轉耶答當言自心世名何
法答此增語所顯行劫名何法答此增語所
顯半月月時年心起住滅分名何法答此增
語所顯刹那臘縛牟呼栗多
頗有法四緣生耶答有謂一切心心所法頗
有法三緣生耶答有謂無想等至滅盡等至
頗有法二緣生耶答有謂除無想滅盡等至
諸餘心不相應行及一切色頗有法一緣生
耶答無
云何因相應法答一切心心所法云何因不
相應法答色無爲心不相應行云何因相應
因不相應法答即心心所法少分因相應少
分因不相應云何非因相應非因不相應法
答即心心所法少分非因相應少分非因不
相應
云何緣有緣法答若意識幷相應法緣心心
所法云何緣無緣法答五識身幷相應法若
意識幷相應法緣色無爲心不相應行云何
緣有緣緣無緣法答若意識幷相應法緣心
心所法及色無爲心不相應行云何非緣有
緣非緣無緣法答色無爲心不相應行
如世尊說內無色想觀外色云何內無色想
觀外色耶答謂有苾芻起如是勝解今我此
身將死已死將上轝已上轝將往冢間已往
冢間將置地已置地將爲種種蟲食已爲種
種蟲食彼於最後不見內身唯見外蟲復有
苾芻起如是勝解今我此身將死已死將上
轝已上轝將往冢間已往冢間將置薪積已
置薪積將爲火焚已爲火焚彼於最後不見

内身唯見外火復有苾芻起如是勝解令我此身甚爲虛僞如雪或雪摶如沙糖或沙糖摶如生熟酥或生熟酥摶將爲火炙已爲火炙將融銷已融銷彼於最後不見内身唯見外火是名内無色想觀外色如世尊說有除色想云何除色想耶答謂有苾芻起如是勝解令我此身將死已死將上轝已上轝將往冢間已往冢間將置地已置地將爲種種蟲食已爲種種蟲食此種種蟲將散已散彼於最後不見自身亦不見蟲復有苾芻起如是勝解令我此身將死已死將上轝已上轝將往冢間已往冢間將置薪積已置薪積將爲火焚已爲火焚此焚屍火將滅已滅彼於最後不見自身亦不見火復有苾芻起如是勝解令我此身甚爲虛僞如雪或雪摶如生酥或生酥摶如熟酥或熟酥摶將爲火炙已爲火炙將融銷已融銷此能銷火將滅已滅彼於最後不見自身亦不見火是名除色想諸無除色想皆未離色染耶答諸未離色染皆無除色想有無除色想非未離色染謂已離色染而未入彼定諸有除色想皆已離色染耶答諸有除色想皆已離色染有已離色染非有除色想謂已離色染而未入彼定

四識住七識住爲四攝七七攝四耶答應作四句有四非七謂地獄傍生鬼界廣果色受想行及非想非非想處受想行有七非四謂人欲界天梵衆極光淨徧淨空無邊處識無邊處無所有處心有亦四亦七謂人欲界天梵衆極光淨徧淨色受想行及空無邊處識無邊處無所有處受想行有非四非七謂地

獄傍生鬼界廣果非想非非想處心四識住九有情居爲四攝九九攝四耶答應作四句有四非九謂地獄傍生鬼界無想天所不攝廣果色受想行有九非四謂人欲界天梵衆極光淨徧淨無想天四無色心有亦四亦九謂人欲界天梵衆極光淨徧淨無想天色受想行及四無色受想行有非四非九謂地獄傍生鬼界無想天所不攝廣果心七識住九有情居爲七攝九九攝七耶答九攝七非七攝九何所不攝答二處謂無想天處及非想非非想處

阿毗達磨發智論卷第十三 說一切有部

音釋

伺 相吏切察也　轝 羊諸切車乙　冢 知隴切高墳也　積 子智切聚也
摶 徒官切捉聚也　炙 之石切燔也

阿毗達磨發智論卷第十四

尊者迦多衍尼子造

唐三藏法師玄奘奉　詔譯

大種蘊第五中執受納息第四

十七對幾緣　對自他有八　唯對他有九

八何義內外　八門受相攝　九位十五門

現在未來修　此章頗具說

有執受大種與有執受大種爲幾緣答因增上有執受大種與無執受大種爲幾緣答因增上無執受大種與無執受大種爲幾緣答因增上無執受大種與有執受大種爲幾緣答因增上因相應法與因相應法爲幾緣答因等無間所緣增上因相應法與因不相應法爲幾緣答因等無間增上因不相應法與因不相應法爲幾緣答因增上因不相應法與因相應法爲幾緣答因所緣增上有所緣法與有所緣法爲幾緣答因等無間所緣增上有所緣法與無所緣法爲幾緣答因等無間增上無所緣法與無所緣法爲幾緣答因增上無所緣法與有所緣法爲幾緣答因所緣增上有色法與有色法爲幾緣答因增上有色法與無色法爲幾緣答因所緣增上無色法與無色法爲幾緣答因等無間所緣增上無色法與有色法爲幾緣答因增上有見法與有見法爲幾緣答因增上有見法與無見法爲幾緣答因所緣增上無見法與無見法爲幾緣答因等無間所緣增上無見法與有見法爲幾緣答因增上有對法與有對法爲幾緣答因增上有對法與無對法爲幾緣答因所緣增上無對法與無對法爲幾緣答

因等無間所緣增上無對法與有對法爲幾緣答因增上有漏法與有漏法爲幾緣答因等無間所緣增上有漏法與無漏法爲幾緣答等無間所緣增上無漏法與無漏法爲幾緣答因等無間所緣增上無漏法與有漏法爲幾緣答等無間所緣增上有爲法與有爲法爲幾緣答因等無間所緣增上有爲法與無爲法爲幾緣答無無爲法與無爲法爲幾緣答無無爲法與有爲法爲幾緣答所緣增上諸纏所纏續地獄有最初所得諸根大種彼諸根大種與彼心心所法爲幾緣答一增上彼心心所法與彼諸根大種爲幾緣答一增上諸纏所纏續傍生有鬼有人有天有最初所得諸根大種彼諸根大種與彼心心所法爲幾緣答一增上彼心心所法與彼諸根大種爲幾緣答一增上生欲界入有漏初靜慮乃至非想非非想處長養諸根增益大種彼諸根大種與彼心心所法爲幾緣答一增上彼心心所法與彼諸根大種爲幾緣答一增上生欲界入無漏初靜慮乃至無所有處長養諸根增益大種彼諸根大種與彼心心所法爲幾緣答一增上彼心心所法與彼諸根大種爲幾緣答一增上生色界入有漏初靜慮乃至非想非非想處長養諸根增益大種彼諸根大種與彼心心所法爲幾緣答一增上彼心心所法與彼諸根大種爲幾緣答一增上生色界入無漏初靜慮乃至無所有處長養諸根增益大種彼諸根大種與彼心心所法爲幾緣答一增上彼心心所法與彼諸根大種爲幾緣答一增上有執受是何義

答此增語所顯墮自體法無執受是何義答
此增語所顯非墮自體法順取是何義答此
增語所顯有漏法非順取是何義答此增語
所顯無漏法順結是何義答此增語所顯有
漏法非順結是何義答此增語所顯無漏法
見處是何義答此增語所顯有漏法非見處
是何義答此增語所顯無漏法若法是內彼
法內處攝耶答應作四句有法是內非內處
攝如說於內受內法住循法觀有法內處攝
非內如說於外身外心住循心觀有法是內
亦內處攝如說於內身內心住循心觀有法
非內非內處攝如說於外受外法住循法觀
若法是外彼法外處攝耶答應作四句有法
是外非外處攝如說於外身外心住循心觀
有法外處攝非外如說於內受內法住循法

觀有法是外亦外處攝如說於外受外法住
循法觀有法非外非外處攝如說於內身內
心住循心觀有二受謂身受心受有三受謂
樂受苦受不苦不樂受爲二攝三三攝二耶
答互相攝隨其事二受如前說有四受謂三
界繫受及不繫受爲二攝四四攝二耶答互
相攝隨其事二受如前說有五受謂樂受苦
受喜受憂受捨受爲二攝五五攝二耶答互
相攝隨其事二受如前說有六受謂眼觸所
生受耳鼻舌身意觸所生受爲二攝六六攝
二耶答互相攝隨其事二受如前說有十八
受謂六喜意近行六憂意近行六捨意近行
爲二攝十八十八攝二耶答二攝十八非十
八攝二何所不攝謂有漏樂根苦根五識相
應捨根及無漏受二受如前說有三十六受

謂六依躭嗜喜六依出離喜六依躭嗜憂六依出離憂六依躭嗜捨六依出離捨爲二攝三十六三十六攝二耶答二攝三十六非三十六攝二何所不攝謂如前說二受如前說有百八受謂依三世各三十六爲二攝百八百八攝二耶答二攝百八非百八攝二何所不攝謂如前說三受四受爲三攝四四攝三耶答互相攝隨其事三受五受六受爲三攝五六五六攝三耶答互相攝隨其事三受十八受三十六受百八受爲三攝十八等十八等攝三耶答三攝十八等非十八等攝三何所不攝謂如前說四受五受六受爲四攝五六五六攝四耶答互相攝隨其事四受十八受三十六受百八受爲四攝十八等十八等攝四耶答四攝十八等非十八等攝四何所不攝謂如前說五受六受爲五攝六六攝五耶答互相攝隨其事五受十八受三十六受百八受爲五攝十八等十八等攝五耶答五攝十八等非十八等攝五何所不攝謂如前說六受十八受三十六受百八受爲六攝十八等十八等攝六耶答六攝十八等非十八等攝六何所不攝謂如前說十八受三十六受百八受爲十八攝三十六等三十六等攝十八耶答互相攝隨其事三十六受百八受爲三十六攝百八百八攝三十六耶答互相攝隨其事

以無間道證預流果修彼道時四念住幾現在修幾未來修四正斷四神足五根五力七覺支八道支四靜慮四無量四無色八解脫八勝處十徧處八智三等持幾現在修幾未

來修答念住現在一未來四正斷神足現在未來四根力現在未來五覺支現在未來六道支現在未來八無靜慮無無量無無色無解脫無勝處無徧處無智等持現在未來一以無間道證一來果修彼道時四念住乃至三等持幾現在修幾未來修答若倍離欲染入正性離生修彼道時念住現在一未來四正斷神足現在未來四根力現在未來五覺支現在未來六道支現在未來八無靜慮無無量無無色無解脫無勝處無徧處無智等持現在未來一若從預流果以世俗道證一來果修彼道時念住現在一未來四正斷神足現在未來四根力現在未來五覺支現在無未來六道支現在無未來八無靜慮無無量無無色無解脫無勝處無徧處智現在一未來七等持現在無未來三若從預流果以無漏道證一來果修彼道時念住現在一未來四正斷神足現在未來四根力現在未來五覺支現在未來六道支現在未來八無靜慮無無量無無色無解脫無勝處無徧處智現在二未來七等持現在一未來三以無間道證不還果修彼道時四念住乃至三等持幾現在修幾未來修答若已離欲染依未至定入正性離生修彼道時念住現在一未來四正斷神足現在未來四根力現在未來五覺支現在未來六道支現在未來八無靜慮無無量無無色無解脫無勝處無徧處無智等持現在未來一

若依初靜慮入正性離生修彼道時念住現在一未來四正斷神足現在未來四根力現

在未來五覺支現在未來七道支現在未來八靜慮現在未來一無無量無無色無解脫無勝處無徧處無智等持現在未來一若依靜慮中間入正性離生修彼道時念住現在一未來四正斷神足現在未來四根力現在未來五覺支現在六未來七道支現在七未來八靜慮現在無未來一無無量無無色無解脫無勝處無徧處無智等持現在未來一若依第二靜慮入正性離生修彼道時念住現在一未來四正斷神足現在未來四根力現在未來五覺支現在未來七道支現在七未來八靜慮現在一未來二無無量無無色無解脫無勝處無徧處無智等持現在未來一若依第三靜慮入正性離生修彼道時念住現在一未來四正斷神足現在未來四根力現在未來五覺支現在六未來七道支現在七未來八靜慮現在一未來三無無量無無色無解脫無勝處無徧處無智等持現在未來一若依第四靜慮入正性離生修彼道時念住現在一未來四正斷神足現在未來四根力現在未來五覺支現在六未來七道支現在七未來八靜慮現在一未來四無無量無無色無解脫無勝處無徧處無智等持現在未來一

若從一來果以世俗道證不還果修彼道時念住現在一未來四正斷神足現在未來四根力現在未來五覺支現在無未來六道支現在無未來八無靜慮無無量無無色無解脫無勝處無徧處智現在一未來七等持現在無未來三若從一來果以無漏道證不還

果修彼道時念住現在一未來四正斷神足現在未來四根力現在未來五覺支現在未來六道支現在未來八無靜慮無無量無無色無解脫無勝處無徧處智現在二未來七等持現在一未來三

以無間道證神境智通修彼道時四念住乃至三等持幾現在修幾未來修答若諸異生依初靜慮修彼道時念住現在一未來四正斷神足現在未來四根力現在未來五無覺支無道支靜慮現在未來一無量現在無未來四無無色解脫現在無未來二勝處現在無未來四無徧處智現在未來一無等持若諸聖者依初靜慮修彼道時念住現在一未來四正斷神足現在未來四根力現在未來五覺支現在無未來七道支現在無未來八

靜慮現在未來一無量現在無未來四無無色解脫現在無未來二勝處現在無未來四無徧處智現在一未來七等持現在無未來三若諸異生依第二靜慮修彼道時念住現在一未來四正斷神足現在未來四根力現在未來五無覺支無道支靜慮現在未來一無量現在無未來四無無色解脫現在無未來二勝處現在無未來四無徧處智現在未來一無等持若諸聖者依第二靜慮修彼道時念住現在一未來四正斷神足現在未來四根力現在未來五覺支現在無未來七道支現在無未來八靜慮現在一未來二無量現在無未來四無無色解脫現在無未來二勝處現在無未來四無徧處智現在一未來七等持現在無未來三若諸異生依第三靜

處修彼道時念住現在一未來四正斷神足現在未來四根力現在未來五無覺支無道支靜慮現在未來一無量現在無未來三無無色無解脫無勝處無徧處智現在未來一無等持若諸聖者依第三靜慮修彼道時念住現在一未來四正斷神足現在未來四根力現在未來五覺支現在無未來七道支現在無未來八靜慮現在一未來三無量現在無未來三無無色無解脫無勝處無徧處智現在一未來七等持現在無未來三若諸異生依第四靜慮修彼道時念住現在一未來四正斷神足現在未來四根力現在未來五無覺支無道支靜慮現在未來一無量現在無未來三無無色解脫現在無未來一勝處現在無未來四徧處現在無未來八智現在未來一無等持若諸聖者依第四靜慮修彼道時念住現在一未來四正斷神足現在未來四根力現在未來五覺支現在無未來七道支現在無未來八靜慮現在一未來四無量現在無未來三無無色解脫現在無未來一勝處現在無未來四徧處現在無未來八智現在一未來七等持現在無未來三以無間道證天耳智通他心智通宿住隨念智通死生智通修彼道時四念住乃至三等持幾現在修幾未來修答如神境智通應隨相說以無間道證漏盡智通修彼道時四念住乃至三等持幾現在修幾未來修答若依未至定證阿羅漢果修彼道時念住現在一未來四正斷神足現在未來四根力現在未來五覺支現在六未來七道支現在未來八靜慮

現在無未來四無無量無色現在無未來三解脫現在無未來三無勝處無徧處智現在三未來六等持現在一未來三若依初靜慮證阿羅漢果修彼道時念住現在一未來四正斷神足現在未來四根力現在未來五覺支現在未來七道支現在未來八靜慮現在一未來四無無量無色現在無未來三解脫現在無未來三無勝處無徧處智現在二未來六等持現在一未來三若依靜慮中間證阿羅漢果修彼道時念住現在一未來四正斷神足現在未來四根力現在未來五覺支現在六未來七道支現在七未來八靜慮現在無未來四無無量無色現在無未來三解脫現在無未來三無勝處無徧處智現在二未來六等持現在一未來三若依第二靜慮證阿羅漢果修彼道時念住現在一未來四正斷神足現在未來四根力現在未來五覺支現在未來七道支現在七未來八靜慮現在一未來四無無量無色現在無未來三解脫現在無未來三無勝處無徧處智現在二未來六等持現在一未來三若依第三第四靜慮證阿羅漢果修彼道時念住現在一未來四正斷神足現在未來四根力現在未來五覺支現在六未來七道支現在七未來八靜慮現在一未來四無無量無色現在無未來三解脫現在無未來三無勝處無徧處智現在二未來六等持現在一未來三若依無色定證阿羅漢果修彼道時念住現在一未來四正斷神足現在未來四根力現在未來五覺支現在六未來七道支現在四未來八

靜慮現在無未來四無無量無色現在一未來三解脫現在一未來三無勝處無徧處智現在二未來六等持現在一未來三

根蘊第六中根納息第一

根學善等三　異熟三六斷　見等有尋等
受相應界繫　因緣四凡聖　蘊攝七攝三
爲緣生幾緣　此章願具說

二十二根眼根耳根鼻根舌根身根女根男根命根意根樂根苦根喜根憂根捨根信根精進根念根定根慧根未知當知根已知根具知根此二十二根幾學幾無學幾非學非無學答二學一無學十非學非無學九應分別謂意根或學或無學或非學非無學云何學謂學作意相應意根云何無學謂無學作意相應意根云何非學非無學謂有漏作意根相應意根如意根樂根喜根捨根信根精進根念根定根慧根亦爾諸根學彼是學者根耶答應作四句有根學彼非學者根謂學根學者不成就有是學者根彼根非學謂非學非無學根學者成就有根學彼亦學者根謂學根學者成就有根非學彼亦非學者根謂無學根及非學非無學根學者不成就諸根無學彼是無學者根耶答應作四句有根無學彼非無學者根謂無學根無學者不成就有是無學者根彼根非無學謂非學非無學根無學者成就有根無學彼亦無學者根謂無學根無學者成就有根非無學彼亦非無學者根謂學根及非學非無學根無學者不成就諸根非學非無學彼是非學非無學者根耶答諸非學非無學者根彼是非學非

無學有根非學非無學彼非非學非無學者根謂非學非無學根非學非無學者不成就此二十二根幾善幾不善幾無記答八善八無記六應分別謂意根或善或不善或無記云何善謂善作意相應意根云何不善謂不善作意相應意根云何無記謂無記作意相應意根如意根樂根苦根喜根捨根亦爾憂根或善或不善云何善謂善作意相應憂根云何不善謂不善作意相應憂根此二十二根幾有異熟幾無異熟答一有異熟十一無異熟十應分別謂意根或有異熟或無異熟云何有異熟謂不善善有漏意根云何無異熟謂無記無漏意根如意根樂根喜根捨根亦爾苦根或有異熟或無異熟云何有異熟謂善不善苦根云何無異熟謂無記苦根信根精進根念根定根慧根或有異熟或無異熟云何有異熟謂有漏信等五根云何無異熟謂無漏信等五根此二十二根幾見所斷幾修所斷幾不斷答九修所斷三不斷十應分別謂意根或見所斷或修所斷或不斷云何見所斷謂意根隨信隨法行現觀邊忍所斷此復云何謂見所斷八十八隨眠相應意根云何修所斷謂意根學見迹修所斷此復云何謂修所斷十隨眠相應意根及不染汙有漏意根云何不斷謂無漏意根如意根捨根亦爾樂根或見所斷或修所斷或不斷云何見所斷謂樂根隨信隨法行現觀邊忍所斷此復云何謂見所斷二十八隨眠相應樂根云何修所斷謂樂根學見迹修所斷此復云何謂修所斷五隨眠相應樂根及不染汙

有漏樂根云何不斷謂無漏樂根喜根或見所斷或修所斷或不斷云何見所斷謂喜根隨信隨法行現觀邊忍所斷此復云何謂見所斷五十二隨眠相應喜根云何修所斷謂喜根學見迹修所斷此復云何謂修所斷六隨眠相應喜根及不染汙有漏喜根云何不斷謂無漏喜根憂根或見所斷或修所斷云何見所斷謂憂根隨信隨法行現觀邊忍所斷此復云何謂見所斷十六隨眠相應憂根云何修所斷謂憂根學見迹修所斷此復云何謂修所斷二隨眠相應憂根及不染汙憂根信根精進根念根定根慧根或修所斷或不斷云何修所斷謂有漏信等五根云何不斷謂無漏信等五根此二十二根幾見苦所斷幾見集所斷幾見滅所斷幾見道所斷幾

修所斷幾不斷答九修所斷三不斷十應分別謂意根或見苦所斷或見集見滅見道所斷或修所斷或不斷云何見苦所斷謂意根隨信隨法行苦現觀邊忍所斷此復云何謂見苦所斷二十八隨眠相應意根云何見集所斷謂意根隨信隨法行集現觀邊忍所斷此復云何謂見集所斷十九隨眠相應意根云何見滅所斷謂意根隨信隨法行滅現觀邊忍所斷此復云何謂見滅所斷十九隨眠相應意根云何見道所斷謂意根隨信隨法行道現觀邊忍所斷此復云何謂見道所斷二十二隨眠相應意根云何修所斷謂意根學見迹修所斷此復云何謂修所斷十隨眠相應意根及不染汙有漏意根云何不斷謂無漏意根如意根捨根亦爾樂根或見苦所

斷或見集見滅見道所斷或修所斷或不斷云何見苦所斷謂樂根隨信隨法行苦現觀邊忍所斷此復云何謂見苦所斷九隨眠相應樂根云何見集所斷謂樂根隨信隨法行集現觀邊忍所斷此復云何謂見集所斷六隨眠相應樂根云何見滅所斷謂樂根隨信隨法行滅現觀邊忍所斷此復云何謂見滅所斷六隨眠相應樂根云何見道所斷謂樂根隨信隨法行道現觀邊忍所斷此復云何謂見道所斷七隨眠相應樂根云何修所斷謂樂根學見迹修所斷此復云何謂修所斷五隨眠相應樂根及不染汙有漏樂根云何不斷謂無漏樂根喜根或見苦所斷或見集見滅見道所斷或修所斷或不斷云何見苦所斷謂喜根隨信隨法行苦現觀邊忍所斷

此復云何謂見苦所斷十七隨眠相應喜根云何見集所斷謂喜根隨信隨法行集現觀邊忍所斷此復云何謂見集所斷十一隨眠相應喜根云何見滅所斷謂喜根隨信隨法行滅現觀邊忍所斷此復云何謂見滅所斷十一隨眠相應喜根云何見道所斷謂喜根隨信隨法行道現觀邊忍所斷此復云何謂見道所斷十三隨眠相應喜根云何修所斷謂喜根學見迹修所斷此復云何謂修所斷六隨眠相應喜根及不染汙有漏喜根云何不斷謂無漏喜根憂根或見苦所斷或見集見滅見道所斷或修所斷云何見苦所斷謂憂根隨信隨法行苦現觀邊忍所斷此復云何謂見苦所斷四隨眠相應憂根云何見集所斷謂憂根隨信隨法行集現觀邊忍所斷

此復云何謂見集所斷四隨眠相應憂根云何見滅所斷謂憂根隨信隨法行滅現觀邊忍所斷此復云何謂見滅所斷四隨眠相應憂根云何見道所斷謂憂根隨信隨法行道現觀邊忍所斷此復云何謂見道所斷四隨眠相應憂根云何修所斷謂憂根學見迹修所斷此復云何謂修所斷二隨眠相應憂根及不染汙憂根信等五根或修所斷或不斷云何修所斷謂有漏信等五根云何不斷謂無漏信等五根此二十二根幾見幾非見答一見十七非見四應分別慧根或見或非見云何見謂盡智無生智所不攝意識相應慧根云何非見謂餘慧根未知當知根或見或非見云何見謂未知當知根所攝慧根云何非見謂未知當知根所攝餘根如未知當知根已知根亦爾具知根或見或非見云何見謂盡智無生智所不攝具知根所攝慧根云何非見謂具知根所攝餘根此二十二根幾有尋有伺幾無尋唯伺幾無尋無伺答二有尋有伺八無尋無伺十二應分別意根或有尋有伺或無尋唯伺或無尋無伺云何有尋有伺謂有尋有伺作意相應意根云何無尋唯伺謂無尋唯伺作意相應意根云何無尋無伺謂無尋無伺作意相應意根如意根捨根信根精進根念根定根慧根未知當知根已知根具知根亦爾樂根或有尋有伺或無尋無伺云何有尋有伺謂有尋有伺作意相應樂根云何無尋無伺謂無尋無伺作意相應樂根如樂根喜根亦爾此二十二根幾樂根相應幾苦根相應幾喜根相應幾憂根相

應幾捨根相應答樂根喜根捨根九根少分相應苦根憂根六根少分相應此二十二根幾欲界繫幾色界繫幾無色界繫幾不繫答四欲界繫三不繫十五應分别眼根或欲界繫或色界繫云何欲界繫謂欲界繫大種所造眼根云何色界繫謂色界繫大種所造眼根如眼根耳根鼻根舌根身根亦爾命根或欲界繫或色界繫或無色界繫云何欲界繫謂欲界繫壽云何色界繫謂色界繫壽云何無色界繫謂無色界繫壽意根或欲界繫或色界繫或無色界繫或不繫云何欲界繫謂欲界繫作意相應意根云何色界繫謂色界繫作意相應意根云何無色界繫謂無色界繫作意相應意根云何不繫謂無漏作意相應意根如意根捨根信根精進根念根定根慧根亦爾樂根或欲界繫或色界繫或不繫云何欲界繫謂欲界繫作意相應樂根云何色界繫謂色界繫作意相應樂根云何不繫謂無漏作意相應樂根如樂根喜根亦爾此二十二根幾因相應答十四幾因不相應答八幾因相應因不相應答即前十四少分因相應少分因不相應幾非因相應非因不相應答即前十四少分非因相應少分非因不相應此二十二根幾緣有緣答十三少分幾緣無緣答一十三少分幾緣有緣緣無緣答即前十三少分幾非緣有緣非緣無緣答八諸根此法彼根異生耶設根異生彼根此法耶答諸根此法彼根非異生諸根異生彼根非此法色蘊攝幾根答七受蘊攝幾根答五三少分想蘊攝幾根答無行蘊攝幾根答六

三少分識蘊攝幾根答一三少分善根幾界幾處幾蘊攝答八界二處三蘊唯攝善根有幾界幾處幾蘊答無不善根幾界幾處幾蘊攝答八界二處二蘊惟攝不善根有幾界幾處幾蘊答無有覆無記根幾界幾處幾蘊攝答六界二處二蘊唯攝有覆無記根有幾界幾處幾蘊答無無覆無記根幾界幾處幾蘊攝答十三界七處四蘊唯攝無覆無記根有幾界幾處幾蘊答五界五處非蘊法幾界幾處幾蘊攝答十三界七處四蘊唯攝根法有幾界幾處幾蘊答十二界六處二蘊非根法幾界幾處幾蘊攝答六界六處三蘊唯攝非根法有幾界幾處幾蘊答五界五處一蘊根非根法幾界幾處幾蘊攝答十八界十二處五蘊唯攝根非根法有幾界幾處幾蘊攝答

一界一處二蘊頗根爲緣生根耶答生生非根耶答生生根非根耶答生頗非根爲緣生非根耶答生生根耶答生生根非根耶答生頗根非根爲緣生根非根耶答生生根耶答生生非根耶答生頗眼根爲緣生眼根耶答生生耳根乃至具知根耶答生頗乃至具知根爲緣生具知根耶答生生眼根乃至已知根耶答生眼根與眼根爲幾緣與耳根乃至具知根爲幾緣乃至具知根與具知根爲幾緣與眼根乃至已知根爲幾緣答眼根與眼根爲因增上與餘色根命根苦根爲一增上與餘根爲所緣增上如眼根耳鼻舌根亦爾身根與身根女根男根爲因增上與餘色根命根苦根爲一增上與餘根爲所緣增上女根與女根身根爲因增上與餘色根命根苦

根爲一增上與餘根爲所緣增上如女根男根亦爾命根與命根爲因增上與七色根苦根爲一增上與餘根爲所緣增上意根與意根爲因等無間所緣增上與七色根命根爲因增上與苦根爲因等無間增上非所緣與餘根爲因等無間所緣增上如意根樂根喜根捨根信根精進根念根定根慧根亦爾苦根與苦根爲因等無間增上非所緣與七色根命根爲因增上與三無漏根爲所緣增上與餘根爲因等無間所緣增上憂根與憂根爲因等無間所緣增上與七色根命根爲因增上與苦根爲因等無間增上非所緣與三無漏根爲所緣增上與餘根爲因等無間所緣增上未知當知根與未知當知根爲因等無間所緣增上與具知根爲因所緣增上非等無間與七色根命根苦根爲一增上與憂根增上與餘根爲所緣增上與餘根爲因等無間所緣增上已知根與已知根爲因等無間所緣增上與七色根命根苦根爲一增上與憂根未知當知根爲所緣增上與餘根爲因等無間所緣增上具知根與具知根爲因等無間所緣增上與七色根命根苦根爲一增上與憂根未知當知根已知根爲所緣增上與餘根爲因等無間所緣增上

阿毗達磨發智論卷第十四 說一切有部

阿毗達磨發智論卷第十五

尊者迦多衍尼子造

唐三藏法師玄奘奉　詔譯

根蘊第六中有納息第二

得一徧知三　沙門果九節　四智法類智
緣相應五門　學無學根得　無間證四果
幾根斷滅起　此章願具說

欲有相續最初得幾業所生根答卵生胎生濕生得二化生得六或七或八無形六一形七二形八色有相續最初得幾業所生根答六無色有相續最初得幾業所生根答一頗思惟欲界繫法徧知欲界耶答徧知徧知色界耶答不徧知徧知無色界耶答不徧知頗思惟色界繫法徧知色界耶答徧知徧知欲界耶答徧知徧知無色界耶答不徧知頗思惟無色界繫法徧知無色界耶答徧知徧知欲界耶答不徧知徧知色界耶答徧知幾根徧知欲界答世俗道七無漏道八幾根徧知色界答世俗道七無漏道十幾根徧知無色界答十一徧知欲界時徧知幾根答四徧知色界時徧知幾根答五徧知無色界時徧知幾根答八幾根得預流果答九幾根得一來果答若倍離欲染入正性離生者九若從預流果得一來果者世俗道七無漏道八幾根得不還果答若已離欲染入正性離生者九若從一來果得不還果者世俗道七無漏道八幾根得阿羅漢果答十一得預流果徧知幾根答無得一來果徧知幾根答無得不還果徧知幾根答若已離欲染入正性離生者無若從一來果得不還果者四得阿羅漢果

徧知幾根答八諸根得預流果此根得彼果已當言成就當言不成就答解脫道攝者當言成就無間道攝者當言不成就諸根得一來果不還果阿羅漢果此根得彼果已當言成就當言不成就答解脫道攝者當言成就無間道攝者當言不成就諸根得預流果此根斷何界結答色無色界或無此根何果攝答預流果或無諸根得一來果此根斷何界結答欲界或色無色界或無此根何果攝答一來果或無諸根得不還果此根斷何界結答欲界或色無色界或無此根何果攝答不還果或無諸根得阿羅漢果此根斷何界結答無色界或無此根何果攝答阿羅漢果或無得預流果時所捨諸根此根斷何界結答欲界或色無色界或無此根何果攝答無得一來果時所捨諸根此根斷何界結答欲界或色無色界或無此根何果攝答預流果或無得不還果時所捨諸根此根斷何界結答欲界或色無色界或無此根何果攝答一來果或無得阿羅漢果時所捨諸根此根斷何界結答色界或無色界或無此根何果攝答不還果或無得預流果時所得諸根此根斷何界結答無此根何果攝答預流果或無得一來果時所得諸根此根斷何界結答無此根何果攝答一來果或無得不還果時所得諸根此根斷何界結答無此根何果攝答不還果或無得阿羅漢果時所得諸根此根斷何界結答無此根何果攝答阿羅漢果或無諸預流者所成就根此根斷何界結答欲界或無此根何果攝答預流果或無諸一來者

所成就根此根斷何界結答欲界或無此根何果攝答一來果或無諸不還者所成就根此根斷何界結答色界或無色界或無此根何果攝答不還果或無諸阿羅漢所成就根此根斷何界結答無此根何果攝答阿羅漢果或無諸預流者斷結諸根此根斷何界結答欲界此根何果攝答無諸一來者斷結諸根此根斷何界結答欲界此根何果攝答無諸不還者斷結諸根此根斷何界結答色界或無色界此根何果攝答無諸預流果所攝諸根此根斷何界結答無諸一來果不還果阿羅漢果所攝諸根此根斷何界結答無

諸苦智是於苦無漏智耶設於苦無漏智是苦智耶答諸苦智是於苦無漏智有於苦無漏智非苦智謂於苦智集智諸集智是於集無漏智耶設於集無漏智是集智耶答諸集智是於集無漏智有於集無漏智非集智謂於集智苦智諸滅智是於滅無漏智耶答如是設於滅無漏智是滅智耶答如是諸道智是於道無漏智耶答如是設於道無漏智是道智耶答如是諸根無漏緣欲界繫此根法智相應耶設根無漏法智相應此根緣欲界繫耶答應作四句有根無漏緣欲界繫此根非法智相應謂苦法智忍及相應根苦法智集法智忍及相應根集法智有根無漏法智相應此根不緣欲界繫謂滅道法智相應根有根無漏緣欲界繫此根亦法智相應謂苦集法智相應根有根無漏不緣欲界繫此根亦非法智相應謂苦類智忍苦類智及二相應根集類智忍集類智及二相應根滅法智

忍及相應根滅法智滅類智忍滅類智及二相應根道法智忍及相應根道法智道類智忍道類智及二相應根諸根無漏緣色無色界繫此根類智相應耶設根無漏類智相應此根緣色無色界繫耶答應作四句有根無漏緣色無色界繫此根非類智相應謂苦類智忍及相應根苦類智集類智忍及相應根集類智有根無漏類智相應此根不緣色無色界繫謂滅道類智相應根有根無漏緣色無色界繫此根亦類智相應謂苦集類智相應根有根無漏不緣色無色界繫此根亦非類智相應謂苦法智忍苦法智及二相應根集法智忍集法智及二相應根滅法智忍滅法智及二相應根滅類智忍及相應根滅類智道法智忍道法智及二相應根道類智忍及相應根道類智法智當言法智耶當言類智他心智世俗智苦智集智滅智道智耶答當言法智或他心智苦智集智滅智道智當言有尋有伺無尋唯伺無尋無伺耶答當言三種當言樂根相應喜根相應捨根相應耶答當言三種當言空無願無相相應耶答當言三種當言緣欲界繫緣色界繫緣無色界繫緣不繫耶答當言緣欲界繫或不繫類智當言類智耶當言法智他心智世俗智苦智集智滅智道智耶答當言類智或他心智苦智集智滅智道智當言有尋有伺無尋唯伺無尋無伺耶答當言三種當言樂根相應喜根相應捨根相應耶答當言三種當言空無願無相相應耶答當言三種當言緣欲界繫緣色界繫緣無色界繫緣不繫耶答當言緣

色無色界繫或不繫時心解脱當言學根得無學根得學無學根得耶答當言學無學根得不動心解脱當言學根得無學根得學無學根得耶答若本得不動當言學無學根得若時解脱阿羅漢得不動當言無學根得一切結盡當言學根得無學根得學無學根得耶答當言學無學根得以無間道證預流果乃至阿羅漢果此道當言法智相應類智他心智世俗智苦智集智滅智道智相應耶當言有尋有伺無尋唯伺無尋無伺耶當言樂根喜根捨根相應耶當言空無願無相相應耶當言緣欲界繫色界繫無色界繫不繫耶答以無間道證預流果此道當言忍相應有尋有伺捨根相應無願相應緣不繫以無間道證一來果若倍離欲染入正性離生者如證預流果說若從預流果以世俗道證一來果此道當言世俗智相應有尋有伺捨根相應緣欲界繫若從預流果以無漏道證一來果此道當言法智相應或苦智或集智或滅智或道智相應有尋有伺捨根相應或空或無願或無相相應或緣欲界繫或緣不繫以無間道證不還果若已離欲染入正性離生此道當言忍相應或有尋有伺或無尋唯伺或無尋無伺或樂根相應或喜根相應或捨根相應無願相應緣不繫若從一來果以世俗道證不還果者如以世俗道證一來果說若從一來果以無漏道證不還果者如以無漏道證不還果說以無間道證阿羅漢果此道當言或法智相應或類智或苦智或集智或滅智或道智相應或有尋有伺或無尋唯

伺或無尋無伺或樂根或喜根或捨根相應或空或無願或無相相應或緣無色界繫或緣不繫幾根永斷滅起得預流果答無根永斷七根滅起一滅不起一起不滅得預流果幾根永斷滅起得一來果答若倍離欲染入正性離生者如證預流果說若從預流果以世俗道證一來果無根永斷七根滅起得一來果若從預流果以無漏道證一來果無根永斷八根滅起得一來果幾根永斷滅起得不還果答若已離欲染入正性離生無根永斷七根滅起一滅不起一起不滅得不還果若從一來果以世俗道證不還果不入靜慮四根永斷七根滅起得不還果若入靜慮四根永斷六根滅起一滅不起一起不滅得不還果若從一來果以無漏道證不還果不入

靜慮四根永斷八根滅起得不還果若入靜慮四根永斷七根滅起一滅不起一起不滅得不還果幾根永斷滅起得阿羅漢果答若依未至證阿羅漢果一根永斷七根永斷滅起一滅不起一起不滅得阿羅漢果如依未至依靜慮中間第四靜慮三無色定亦爾若依初靜慮證阿羅漢果二根永斷六根永斷滅起一根滅起一滅不起一起不滅得阿羅漢果如依初靜慮依第二第三靜慮亦爾

根蘊第六中觸納息第二

十六觸相攝　根相應成就　徧知滅作證

此章願具說

有十六觸謂有對觸增語觸明觸無明觸非明非無明觸愛觸恚觸順樂受觸順苦受觸順不苦不樂受觸眼觸耳觸鼻觸舌觸身觸

意觸云何有對觸答五識身相應觸云何增語觸答意識身相應觸云何明觸答無漏觸云何無明觸答染汙觸云何非明非無明觸答不染有漏觸云何愛觸答貪相應觸云何恚觸答瞋相應觸云何順樂受觸答樂受相應觸云何順苦受觸答苦受相應觸云何順不苦不樂受觸答不苦不樂受相應觸云何眼觸答眼識身相應觸云何耳觸答耳識身相應觸云何鼻觸答鼻識身相應觸云何舌觸答舌識身相應觸云何身觸答身識身相應觸云何意觸答意識身相應觸有對觸攝幾觸乃至意觸攝幾耶答有對觸攝六觸全七觸少分增語觸攝三觸全七觸少分明觸攝明觸全四觸少分無明觸攝三觸全十一觸少分非明非無明觸攝非明非無明觸全十一觸少分愛觸攝愛觸全十一觸少分恚觸攝恚觸全十一觸少分順樂受觸攝順樂受觸全十二觸少分順苦受觸攝順苦受觸全十一觸少分順不苦不樂受觸攝順不苦不樂受觸全十三觸少分眼觸攝眼觸全八觸少分如眼觸耳鼻舌身觸亦爾意觸攝三觸全七觸少分有對觸幾根相應乃至意觸幾根相應耶答有對觸一根全八根少分相應增語觸五根全八根心分相應明觸三根全九根少分相應無明觸六根少分相應非明非無明觸十一根少分相應愛觸四根少分相應恚觸四根少分相應順樂受觸二根全九根少分相應順苦受觸二根全六根少分相應順不苦不樂受觸一根全九根少分相應眼觸九根少分相應如眼觸耳鼻舌身

觸亦爾意觸五根全八根少分相應諸根因有對觸此根有對觸相應耶設根有對觸相應此根因有對觸耶答諸根有對觸相應此根因有對觸有根因有對觸此根非有對觸相應諸根因有對觸餘觸相應及異熟生無所緣如有對觸除二觸餘十三觸亦爾諸根因明觸此根明觸相應耶答如是設根明觸相應此根因明觸耶答如是諸根因非明非無明觸此根非明非無明觸相應耶設根非明非無明觸相應此根因非明非無明觸耶答諸根非明非無明觸相應此根因非明非無明觸有根因非明非無明觸此根非明非無明觸相應謂根因非明非無明觸異熟生無所緣諸成就此類眼根彼成就此類身根耶設成就此類身根彼成就此類眼根耶答應作四句有成就此類眼根非此類身根謂生欲界不得眼根設得已失得色界眼有成就此類身根非此類眼根謂生欲界不得眼根設得已失不得色界眼有成就此類眼根亦此類身根謂生欲界眼根已得不失若生色界有非成就此類眼根亦非此類身根謂生無色界如眼根耳根亦爾諸成就此類鼻根彼成就此類身根耶設成就此類身根彼成就此類鼻根耶答若成就此類鼻根彼成就此類身根有成就此類身根彼不成就此類鼻根謂生欲界不得鼻根設得已失諸鼻根舌根亦爾地獄成就幾根傍生乃至諸無色隨信行乃至俱解脫成就幾根答地獄極多十九極少八傍生極多十九極少十三鬼界亦爾斷善根者極多十三極少八邪定

聚極多十九極少八正定聚極多十九極少十一不定聚極多十九極少八贍部洲極多十九極少八毗提訶洲瞿陀尼洲亦爾俱盧洲極多十八極少十三四大王衆天極多十九極少十七三十三天夜摩天覩史多天樂變化天他化自在天亦爾梵衆天極多十六極少十五極光淨天亦爾徧淨天極多十六極少十四廣果天極多十六極少十三中有極多十九極少十三諸無色極多十一極少八隨信行極多十九極少十三隨法行亦爾信勝解極多十九極少十一見至亦爾身證極多十八極少十一慧解脫俱解脫亦爾眼根乃至慧根得徧知時幾根得徧知耶答眼根得徧知時至離色染五根得徧知耳鼻舌身根亦爾女根得徧知時至離欲染四根得徧知男根苦根憂根亦爾命根得徧知時至離無色染八根得徧知意根捨根信等五根亦爾樂根得徧知時至離徧淨染即樂根得徧知喜根得徧知時至離極光淨染即喜根得徧知眼根乃至慧根滅作證時幾根滅作證耶答眼根滅作證時至離色染五根滅作證至阿羅漢十九根滅作證耳鼻舌身根亦爾女根滅作證時至離欲染四根滅作證至阿羅漢十九根滅作證男根苦根憂根亦爾命根滅作證時至阿羅漢十九根滅作證意根捨根信等五根亦爾樂根滅作證時至離徧淨染即樂根滅作證至阿羅漢十九根滅作證喜根滅作證時至離極光淨染即喜根滅作證至阿羅漢十九根滅作證

根蘊第六中等心納息第四

等心壽二定　無想攝相應　界死生涅槃
此章願具說
一切有情心當言等起等住等滅耶答如是有貪心離貪心當言等起等住等滅耶答如是有瞋離瞋有癡離癡略散下舉小大掉不掉不靜靜不定定不修修不解脫解脫心當言等起等住等滅耶答如是壽當言隨心轉不隨心轉耶答不隨心轉當言隨相續轉爲一起便住耶答若欲界有情不住無想滅盡等至當言隨相續轉若住無想滅盡等至及色無色界有情當言一起便住住無想滅盡等至壽當言轉爲住耶答當言轉如世尊說人壽漸盡如小河水若諸有情壽起便住云何知彼壽漸盡耶答由世盡劫盡故入無想定幾根滅答七何繫心心所滅答色界繫出無想定幾根現前答七何繫心心所現前答色界繫入滅盡定幾根滅答七何繫心心所滅答無色界繫出滅盡定幾根現前答或七或八有漏心七無漏心八何繫心心所現前答或無色界繫或不繫生無想天幾根滅答八何繫心心所滅答色界繫幾根現前答八何繫心心所現前答色界繫無想天歿幾根滅答八何繫心心所滅答色界繫幾根現前答或八或九或十無形八一形九二形十何繫心心所現前答欲界繫無想有情生時當言有想耶無想耶答當言有想如世尊說彼諸有情由想起故從彼處歿從彼歿時彼想當言滅耶不滅耶答當言滅當言住何處彼想滅耶答當言即住彼處彼想當言善爲無記耶答或善或無記彼想幾隨眠隨增答色

界有漏緣幾結繫答六如世尊說一切有情皆由食住無想有情由何食住答觸意思識眼根攝幾根乃至具知根攝幾根答眼根攝眼根如眼根耳鼻舌命苦憂根亦爾身根攝三根女根攝女根身根少分如女根男根亦爾意根攝意根三根少分如意根樂喜捨根信等五根亦爾未知當知根攝未知當知根九根少分如未知當知根已知根具知根亦爾信力乃至慧力念等覺支乃至捨等覺支正見乃至正定法智乃至道智空無願無相攝幾根答信力攝一根三根少分如信力餘四力亦爾念等覺支攝四根少分如念等覺支擇法精進喜定等覺支亦爾餘不攝根正見攝四根少分如正見正勤念定亦爾餘不攝根法智攝四根少分如法智類智苦集滅道智亦爾他心智攝三根少分世俗智攝一根少分空攝四根少分如空無願無相亦爾意根幾根相應乃至具知根幾根相應答意根十根三根少分相應樂喜捨根九根少分相應苦根憂根六根少分相應信根四根九根少分相應如信根精進念定慧根亦爾未知當知根與未知當知根九根少分相應如未知當知根已知根具知根亦爾信力乃至慧力念等覺支乃至捨等覺支正見乃至正定法智乃至道智空無願無相幾根相應答信力四根九根少分相應如信力餘四力亦爾念等覺支十一根少分相應如念等覺支擇法精進定等覺支亦爾喜等覺支九根少分相應安捨等覺支三根九根少分相應正見十一根少分相應如正見正思惟正勤正

定亦爾餘非根相應法智十一根少分相應如法智類智苦集滅道智亦爾他心智十根少分相應世俗智二根八根少分相應空無願無相十一根少分相應欲界沒生欲界時幾根滅答或四或九或八或十三或九或十四或十五漸命終者無記心四善心九頓命終者若無形無記心八善心十三若一形無記心九善心十四若二形無記心十善心十五何繫心心所滅答欲界繫幾根現前答或八或九或十無形八一形九二形十何繫心心所現前答欲界繫欲界沒生色界時幾根滅答或四或九或十四漸命終者無記心四善心九頓命終者無記心九善心十四何繫心心所滅答欲界繫幾根現前答八何繫心心所現前答色界繫欲界沒生無色界時幾根滅答或四或九或十四如前說何繫心心所滅答欲界繫幾根現前答三何繫心心所現前答無色界繫色界沒生色界時幾根滅答或八或十三無記心八善心十三何繫心心所滅答色界繫幾根現前答八何繫心心所現前答色界繫色界沒生欲界時幾根滅答或八或十三如前說何繫心心所滅答色界繫幾根現前答或八或九或十如前說何繫心心所現前答欲界繫色界沒生無色界時幾根滅答或八或十三如前說何繫心心所滅答色界繫幾根現前答三何繫心心所現前答無色界繫無色界沒生無色界時幾根滅答或三或八無記心三善心八何繫心心所滅答無色界繫幾根現前答三何繫心心所現前答無色界繫無色界沒生欲界時

幾根滅答或三或八如前說何繫心心所滅答無色界繫幾根現前答或八或九或十如前說何繫心心所現前答欲界繫無色界没生色界時幾根滅答或三或八如前說何繫心心所滅答無色界繫幾根現前答八何繫心心所現在前答色界繫阿羅漢般涅槃時幾根最後滅答或四或九或八或三欲界漸般涅槃者四頓般涅槃者九色界八無色界三

根蘊第六中一心納息第五

相應緣不離　不修修得根　捨得未知根
五門辯三智　初盡無生智　盡無生所緣
七正互相應　此章頗具說

諸法與心一起一住一滅彼法與心相應耶答若法與心相應彼法與心一起一住一滅有法與心一起一住一滅彼法非心相應謂隨心轉色心不相應行諸法與心一起一住一滅彼法與心一所緣耶答若法與心一所緣彼法與心一起一住一滅有法與心一起一住一滅彼法非心一所緣謂隨心轉色心不相應行諸法與心俱起不離心彼法與心俱住俱滅不離心耶答欲色界有情不住無想滅盡定者諸根大種與心俱起不離心與心俱住俱滅不離心若住無想滅盡定者彼便離心如說不修眼根乃至身根云何不修眼根乃至身根答若於眼根未離貪未離欲潤喜渴又無間道能盡色貪彼於此道未修未安如不修眼根不修耳鼻舌身根亦爾如說不修意根云何不修意根答若於意根未離貪未離欲潤喜渴又無間道能盡無色貪

彼於此道未修未安如説修眼根乃至身根云何修眼根乃至身根答若於眼根已離貪已離欲潤喜渴又無間道能盡色貪彼於此道已修已安如修眼根修耳鼻舌身根亦爾如説修意根云何修意根答若於意根已離貪已離欲潤喜渴又無間道能盡無色貪彼於此道已修已安諸不成就學根得學根彼一切入正性離生耶答若入正性離生彼一切不成就學根得學根有不成就學根得學根彼非入正性離生謂退阿羅漢果時諸不成就學根得學根彼一切世第一法等無間耶答若世第一法等無間彼一切不成就學根得學根有不成就學根得學根彼非世第一法等無間謂退阿羅漢果時諸捨無漏根得無漏根彼一切從果至果耶答若從果至果彼一切捨無漏根得無漏根有捨無漏根得無漏根彼非從果至果謂現觀邊道類智起時若時解脱阿羅漢練根作不動時諸捨無漏根得無漏根彼一切無漏根滅無漏根起耶答應作四句有捨無漏根得無漏根彼非無漏根滅無漏根起謂退阿羅漢不還一來果時及以世俗道得一來不還果時有無漏根滅無漏根起彼非捨無漏根得無漏根謂已得無漏根現前滅起有捨無漏根得無漏根彼亦無漏根滅無漏根起謂現觀邊道類智起時及以無漏道得一來不還果時得阿羅漢果時時解脱阿羅漢練根作不動時有非捨無漏根得無漏根彼亦非無漏根滅無漏根起謂除前相諸未知當知根彼一切於未現觀四聖諦能現觀耶答應作四句有

未知當知根彼非於未現觀四聖諦能現觀謂未知當知根在過去或未來有於未現觀四聖諦能現觀彼非未知當知根謂諸非根法於未現觀四聖諦能現觀有未知當知根彼亦於未現觀四聖諦能現觀謂未知當知根於未現觀四聖諦能現觀有非未知當知根彼亦非於未現觀四聖諦能現觀謂除前相盡智當言盡智乃至道智耶當言有尋有伺乃至無尋無伺耶當言樂根乃至捨根相應耶當言空乃至無相相應耶當言緣欲界繫乃至緣不繫耶如盡智無生智無學正見亦爾答盡智當言盡智或法類智或苦集滅道智或有尋有伺或無尋唯伺或無尋無伺或樂根相應或喜捨根相應或無願相應或無相相應或緣欲界繫或緣色無色界繫或緣不繫如盡智無生智亦爾無學正見當言無學正見或法類他心智或苦集滅道智或有尋有伺或無尋唯伺或無尋無伺或樂根相應或喜捨根相應或空相應或無願無相相應或緣欲界繫或緣色無色界繫或緣不繫諸最初盡智彼一切無間道等無間耶答如是設無間道等無間彼一切盡智耶答如是諸最初無生智彼一切盡智等無間耶答如是設盡智等無間彼一切無生智耶答或盡智或無生智或無學正見諸緣彼無間道起即緣彼初盡智起耶答若緣生無間道起即緣彼初盡智起若不緣生無間道起即不緣彼初盡智起諸緣彼盡智起即緣彼無生智起耶答如是設緣彼無生智起即緣彼盡智起耶答如是諸法無學正見相應彼法無

學正思惟相應耶答應作四句有法無學正見相應非無學正思惟謂無學正見相應正思惟及無學正思惟不相應無學正見相應法有法無學正思惟相應非無學正見謂無學正思惟相應正見及無學正見不相應無學正思惟相應法有法無學正見正思惟相應謂除無學正見相應正思惟及除無學正思惟相應正見諸餘無學正見正思惟相應法有法非無學正見正思惟相應謂無學正見不相應正思惟無學正思惟不相應正見及前所不攝心心所法并色無為心不相應行諸法無學正見相應彼法無學正勤相應耶答應作四句有法無學正見相應非無學正勤謂無學正見相應正勤有法無學正勤相應非無學正見謂無學正見及無學正見不相應無學正勤相應法有法無學正見正勤相應謂除無學正見相應正勤諸餘無學正見相應法有法非無學正見正勤相應謂無學正見不相應正勤及前所不攝心心所法并色無為心不相應行如對正勤對正念正定正解脫亦爾諸法無學正見相應彼法非無學正智相應諸法無學正智相應彼法非無學正見相應諸法無學正思惟相應彼法無學正勤相應耶答應作四句有法無學正思惟相應非無學正勤謂無學正思惟相應正勤有法無學正勤相應非無學正思惟謂無學正勤相應正思惟及無學正思惟不相應無學正勤相應法有法無學正思惟正勤相應謂除無學正思惟相應正勤諸餘無學正思惟相應法有法非無學正思惟正勤

相應謂無學正思惟不相應正勤及前所不攝心心所法并色無爲心不相應行如對正勤對正念正定正解脫亦爾諸法無學正思惟相應彼法無學正智相應耶答應作四句有法無學正思惟相應非無學正智謂無學正思惟相應正智及無學正智不相應無學正思惟相應法有法無學正智相應非無學正思惟謂無學正智相應正思惟及無學正思惟不相應無學正智相應法有法無學正思惟正智相應謂除無學正思惟相應正智及除無學正智相應正思惟諸餘無學正思惟正智相應法有法非無學正思惟正智相應謂無學正思惟不相應無學正智無學正智不相應無學正思惟及前所不攝心心所法并色無爲心不相應行諸法無學正勤相

應彼法無學正念相應耶答應作四句有法無學正勤相應非無學正念謂無學正念有法無學正念相應非無學正勤謂無學正勤有法無學正勤正念相應謂除無學正勤正念諸餘無學正勤正念相應法有法非無學正勤正念相應謂前所不攝心心所法并色無爲心不相應行如對正念對正定正解脫亦爾諸法無學正勤相應彼法無學正智相應耶答應作四句有法無學正勤相應非無學正智謂無學正智及無學正智不相應無學正勤相應法有法無學正智相應非無學正勤謂無學正智相應正勤有法無學正勤正智相應謂除無學正智相應正勤諸餘無學正智相應法有法非無學正勤正智相應謂無學正智不相應正勤及前所不攝心心

所法并色無爲心不相應行如正勤正念正定亦爾諸法無學正解脱相應彼法無學正智相應耶答應作四句有法無學正解脱相應非無學正智謂無學正智及無學正智不相應無學正解脱相應法有法無學正智相應非無學正解脱謂無學正智相應正解脱相應正解脱諸餘無學正智相應法有法非有法無學正解脱正智相應謂除無學正智無學正解脱正智相應謂無學正智不相應正解脱及前所攝心心所法并色無爲心不相應行

阿毗達磨發智論卷第十五說一切有部

阿毗達磨發智論卷第十六

尊者迦多衍尼子造
唐三藏法師玄奘奉　詔譯

根蘊第六中魚納息第六

總三世成就　不成就亦然　善等根爲因
此章願具說

若成就眼根彼於二十二根幾成就幾不成就乃至具知根問亦爾答若成就眼根彼定成就五餘不定耳鼻舌根亦爾若成就身根彼定成就四餘不定若成就女根彼定成就八餘不定男根亦爾若成就命根彼定成就三餘不定意根捨根亦爾若成就樂根彼定成就四餘不定若成就苦根彼定成就七餘不定若成就喜根彼定成就五餘不定若成就憂根彼定成就八定不成就一餘不定若成就信根彼定成就八餘不定精進念定慧根亦爾若成就未知當知根彼定成就十三定不成就二餘不定若成就已知根彼定成就十一定不成就二餘不定若成就具知根彼定成就十一定不成就三餘不定

若成就眼根彼於三世二十二根幾成就幾不成就乃至具知根問亦爾答若成就眼根彼定不成就過去未來八定成就過去未來二現在三餘不定耳鼻舌根亦爾若成就身根彼定不成就過去未來八定成就過去未來二現在二餘不定若成就女根彼定不成就過去未來八定成就過去未來五現在三餘不定男根亦爾若成就命根彼定不成就過去未來八定成就過去未來二現在一餘不定意根捨根亦爾若成就樂根彼定不成

就過去未來八定成就過去未來二未來一現在一餘不定若成就苦根彼定不成就過去未來八定成就過去未來五現在二餘不定若成就喜根彼定不成就過去未來八定成就過去未來二未來二現在一餘不定若成就憂根彼定不成就過去未來八三世一定成就過去未來四三世二現在二餘不定若成就信根彼定不成就過去未來八定成就過去未來七現在一餘不定精進念定慧根亦爾若成就未知當知根彼定不成就過去未來八三世二現在二定成就三世七過去未來三未來現在一現在二餘不定若成就已知根彼定不成就過去未來八三世二定成就過去未來七未來三現在一餘不定若成就具知根彼定不成就過去未來八三世三定成就過去未來七未來三現在一餘不定

若不成就眼根彼於二十二根幾不成就幾成就乃至具知根問亦爾答若不成就眼根彼定不成就一定成就三餘不定耳鼻舌女男三無漏根亦爾若不成就身根彼定不成就十定成就八餘不定命意捨根無不成就若不成就樂根彼定不成就九定成就八餘不定若不成就苦根彼定不成就五定成就八餘不定若不成就喜根彼定不成就八定成就八餘不定若不成就憂根彼定不成就一定成就八餘不定若不成就信根彼定不成就八定成就八餘不定精進念定慧根亦爾若不成就眼根彼於三世二十二根幾不成就幾成就乃至具知根問亦爾答若不成

就眼根彼定不成就三世一過去未來七定成就過去未來二現在一餘不定耳鼻舌女男根亦爾若不成就身根彼定不成就三世十過去未來一定成就過去未來五三世二現在一餘不定命意捨根無不成就若不成就樂根彼定不成就三世九過去未來六定成就過去未來七現在一餘不定若不成就苦根彼定不成就三世五過去未來六定成就過去未來七現在一餘不定若不成就喜根彼定不成就三世八過去未來六定成就過去未來七現在一餘不定若不成就憂根彼定不成就三世一過去未來八定成就過去未來七現在一餘不定若不成就信根彼定不成就三世八過去未來八定成就過去未來四三世二現在二餘不定精進念定慧根亦爾若不成就未知當知根彼定不成就三世一過去未來八定成就過去未來二現在一餘不定已知具知根亦爾

諸根善彼根因善根耶設根因善根彼根善耶答諸根善彼根因善根有根因善根彼根非善謂善根所引異熟生根諸根不善彼根因不善根耶設根因不善根彼根不善耶答諸根不善彼根因不善根有根因不善根彼根非不善謂不善根所引異熟生根及欲界有身見邊執見相應根諸根無記彼根因無記根耶設根因無記根彼根無記耶答應作四句有根無記彼根非因無記根謂無緣根有根因無記根彼根非無記謂不善根有根無記彼根亦因無記根謂無記有緣根有根非無記彼根亦非因無記根謂善根頗有根

非因善根非因不善根非因無記根彼根非無因耶答有謂無緣根因色心不相應行

根蘊第六中因緣納息第七

五三四四八　八八八四門　辯根因所緣此章願具說

諸根因過去彼根緣過去耶答諸根因過去彼根或緣過去或緣未來或緣現在或緣無爲或無所緣諸根因過去緣過去者謂根過去緣過去及根未來現在因過去緣過去因過去緣未來者謂根過去緣未來及根未來現在因過去緣未來因過去緣現在者謂根過去緣現在及根未來現在因過去緣現在因過去緣無爲者謂根過去緣無爲及根未來現在因過去緣無爲因過去無所緣者謂無緣根因過去設根緣過去彼根因過去耶答諸根緣過去彼根或因過去或因未來或因現在諸根緣過去因過去者謂根過去緣過去及根未來現在因過去緣過去因現在因未來者謂根未來緣過去緣過去因現在者謂根現在緣過去及根未來因現在緣過去諸根因未來彼根緣未來耶答諸根因未來彼根或緣未來或緣過去或緣現在或緣無爲或無所緣諸根因未來緣未來者謂根未來緣未來因未來緣過去者謂根未來緣過去因未來緣現在者謂根未來緣現在因未來緣無爲者謂根未來緣無爲因未來無所緣者謂無緣根因未來設根緣未來彼根因未來耶答諸根緣未來彼根或因未來或因過去或因現在諸根緣未來因未來者謂根未來緣未來因過去者謂根過去

緣未來及根未來現在因過去緣未來緣未來因現在者謂根現在緣未來及根未來因現在緣未來諸根因現在彼根緣現在耶答諸根因現在彼根或緣現在或緣過去或緣未來或緣無爲或無所緣諸根因現在緣現在者謂根現在緣現在及根未來因現在緣現在因現在緣過去者謂根現在緣過去及根未來因現在緣過去因現在緣未來者謂根現在緣未來及根未來因現在緣未來因現在緣無爲者謂根現在緣無爲及根未來因現在緣無爲因現在無所緣者謂無緣根因現在設根緣現在彼根因現在耶答諸根緣現在彼根或因現在或因過去或因未來諸根緣現在因現在者謂根現在緣現在及根未來因現在緣現在緣現在因過去者謂根過去緣現在及根未來現在因過去緣現在緣現在因未來者謂根未來緣現在

諸根因善彼根緣善耶答諸根因善彼根或緣善或緣不善或緣無記或無所緣諸根因善緣善者謂根善緣善及根無記因善緣善因善緣不善者謂根善緣不善及根無記因善緣不善因善緣無記者謂根善緣無記及根無記因善緣無記因善無所緣者謂無緣根因善設根緣善彼根因善耶答諸根緣善彼根或因善或因不善或因無記諸根緣善因善者謂根善緣善及根無記因善緣善緣善因不善者謂根不善緣善及根無記因不善緣善緣善因無記者謂根無記緣善及根不善因無記緣善諸根因不善彼根緣不善耶答諸根因不善彼根或緣不善或緣善或

緣無記或無所緣諸根因不善緣不善者謂根不善緣不善及根無記因不善緣不善因不善緣善者謂根不善緣善及根無記因不善緣善因不善緣無記者謂根不善緣無記及根無記因不善緣無記因不善無所緣者謂無緣根因不善設根緣不善彼根因不善耶答諸根緣不善彼根或因不善或因善或因無記諸根緣不善因不善者謂根不善緣不善及根無記因不善緣不善緣不善因善者謂根善緣不善及根無記因善緣不善緣不善因無記者謂根無記緣不善及根不善因無記緣不善諸根因無記彼根緣無記耶答諸根因無記彼根或緣無記或緣善或緣不善或無所緣諸根因無記緣無記者謂根無記緣無記及根不善因無記緣無記因無記緣善者謂根無記緣善及根不善因無記緣善因無記緣不善者謂根無記緣不善及根不善因無記緣不善因無記無所緣者謂無緣根因無記設根緣無記彼根因無記耶答諸根緣無記彼根或因無記或因善或因不善諸根緣無記因無記者謂根無記緣無記及根不善因無記緣無記緣無記因善者謂根善緣無記及根無記因善緣無記緣無記因不善者謂根不善緣無記及根無記因不善緣無記

諸根因欲界彼根緣欲界耶答諸根因欲界彼根或緣欲界或緣色界或緣無色界或緣不繫或無所緣諸根因欲界緣欲界者謂根欲界緣欲界因欲界緣色界者謂根欲界緣色界因欲界緣無色界者謂根欲界緣無色

界因欲界緣不繫者謂根欲界緣不繫因欲界無所緣者謂無緣根因欲界設根緣欲界彼根因欲界耶答諸根緣欲界彼根或因欲界或因色界或因不繫諸根緣欲界因欲界者謂根欲界緣欲界緣欲界因色界者謂根色界緣欲界緣欲界因不繫者謂根不繫緣欲界諸根因色界彼根緣色界耶答諸根因色界彼根或緣色界或緣欲界或緣無色界或緣不繫或無所緣諸根因色界緣色界者謂根色界緣色界因色界緣欲界者謂根色界緣欲界因色界緣無色界者謂根色界緣無色界因色界緣不繫者謂根色界緣不繫因色界無所緣者謂無緣根因色界設根緣色界彼根因色界耶答諸根緣色界彼根或因色界或因欲界或因無色界或因不繫諸

根緣色界因色界者謂根色界緣色界緣色界因欲界者謂根欲界緣色界緣色界因無色界者謂根無色界緣色界緣色界因不繫者謂根不繫緣色界諸根因無色界彼根緣無色界耶答諸根因無色界彼根或緣無色界或緣色界或緣不繫或無所緣諸根因無色界緣無色界者謂根無色界緣無色界因無色界緣色界者謂根無色界緣色界因無色界緣不繫者謂根無色界緣不繫因無色界無所緣者謂無緣根因無色界設根緣無色界彼根因無色界耶答諸根緣無色界彼根或因無色界或因欲界或因色界或因不繫諸根緣無色界因無色界者謂根無色界緣無色界緣無色界因欲界者謂根欲界緣無色界緣無色界因色界者謂根色界緣無

色界緣無色界因不繫者謂根不繫緣無色界諸根因學彼根緣學耶答諸根因學彼根或緣學或緣無學或緣非學非無學諸根因學緣學者謂根學緣學及根無學因學緣學因學緣無學者謂根學緣無學及根無學因學緣無學因學緣非學非無學者謂根學緣非學非無學及根無學因學緣非學非無學設根緣學彼根因學耶答諸根緣學彼根或因學或因無學或因非學非無學諸根緣學因學者謂根學緣學及根無學因學緣學緣學因無學者謂根無學緣學緣學因非學非無學者謂根非學非無學緣學諸根因無學彼根緣無學耶答諸根因無學彼根或緣無學或緣學或緣非學非無學諸根因無學緣無學者謂根無學緣無學因無學緣學者謂

根無學緣學因無學緣非學非無學者謂根無學緣非學非無學設根緣無學彼根因無學耶答諸根緣無學彼根或因無學或因學或因非學非無學諸根緣無學因無學者謂根無學緣無學緣無學因學者謂根學緣無學及根無學因學緣無學緣無學因非學非無學者謂根非學非無學緣無學諸根因非學非無學彼根緣非學非無學耶答諸根因非學非無學彼根或緣非學非無學或緣學或緣無學或無所緣諸根因非學非無學緣非學非無學者謂根非學非無學緣非學非無學因非學非無學緣學者謂根非學非無學緣學因非學非無學緣無學者謂根非學非無學緣無學因非學非無學無所緣者謂無緣根因非學非無學設根緣非學非無學

彼根因非學非無學耶答諸根緣非學非無學彼根或因非學非無學或因學或因無學諸根緣非學非無學因非學非無學者謂根非學非無學緣非學非無學緣非學非無學因學者謂根學緣非學非無學及根無學因學緣非學非無學緣非學非無學因無學者謂根無學緣非學非無學

諸根因見斷彼根緣見斷耶答諸根因見斷彼根或緣見斷或緣修斷或緣不斷或無所緣諸根因見斷緣見斷者謂根見斷緣見斷因見斷緣修斷者謂根見斷緣修斷及根修斷因見斷緣修斷因見斷緣不斷者謂根見斷緣不斷因見斷無所緣者謂無緣根因見斷設根緣見斷彼根因見斷耶答諸根緣見斷彼根或因見斷或因修斷或因不斷諸根緣見斷因見斷者謂根見斷緣見斷緣見斷因修斷者謂根修斷緣見斷緣見斷因不斷者謂根不斷緣見斷諸根因修斷彼根緣修斷耶答諸根因修斷彼根或緣修斷或緣見斷或緣不斷或無所緣諸根因修斷緣修斷者謂根修斷緣修斷因修斷緣見斷者謂根修斷緣見斷因修斷緣不斷者謂根修斷緣不斷因修斷無所緣者謂無緣根因修斷設根緣修斷彼根因修斷耶答諸根緣修斷彼根或因修斷或因見斷或因不斷諸根緣修斷因修斷者謂根修斷緣修斷緣修斷因見斷者謂根見斷緣修斷及根修斷因見斷緣修斷緣修斷因不斷者謂根不斷緣修斷諸根因不斷彼根緣不斷耶答諸根因不斷彼根或緣不斷或緣見斷或緣修斷諸根因不

斷緣不斷者謂根不斷緣不斷因不斷緣見斷者謂根不斷緣見斷因不斷緣修斷者謂根不斷緣修斷設根緣不斷彼根因不斷耶答諸根緣不斷彼根或因不斷或因見斷或因修斷諸根緣不斷因不斷者謂根不斷緣不斷緣不斷因見斷者謂根見斷緣不斷緣不斷因修斷者謂根修斷緣不斷

諸根因見苦斷彼根緣見苦斷耶答諸根因見苦斷彼根或緣見苦斷或緣見集斷或緣見滅斷或緣見道斷或緣修斷或緣不斷或無所緣諸根因見苦斷緣見苦斷者謂根見苦斷緣見苦斷及根見集斷因見苦斷緣見苦斷因見苦斷緣見集斷者謂根見苦斷緣見集斷及根見集斷因見苦斷緣見集斷因見苦斷緣見滅斷者謂根見苦斷緣見滅斷及根見集見滅斷因見苦斷緣見滅斷因見苦斷緣見道斷者謂根見苦斷緣見道斷及根見集見道斷因是苦斷緣見道斷因見苦斷緣修斷者謂根見苦斷緣修斷及根見集修斷因見苦斷緣修斷因見苦斷緣不斷者謂根見滅見道斷因是苦斷緣不斷因見苦斷無所緣者謂無緣根因見苦斷設根緣見苦斷彼根因見苦斷耶答諸根緣見苦斷彼根或因見苦斷或因見集斷或因修斷或因不斷諸根緣見苦斷因見苦斷者謂根見苦斷緣見苦斷及根見集斷因見苦斷緣見苦斷緣見苦斷因見集斷者謂根見集斷緣見苦斷及根見苦斷因見集斷緣見苦斷緣見苦斷因修斷者謂根修斷緣見苦斷緣見苦斷因不斷者謂根不斷緣見苦斷如見苦斷

見集斷亦爾諸根因見滅斷彼根緣見滅斷耶答諸根因見滅斷彼根或緣見滅斷或緣修斷或緣不斷或無所緣諸根因見滅斷緣見滅斷者謂根見滅斷緣見滅斷因見滅斷緣修斷者謂根修斷因見滅斷緣修斷因見滅斷緣不斷者謂根見滅斷緣不斷因見滅斷無所緣者謂無緣根因見滅斷設根緣見滅斷彼根因見滅斷耶答諸根緣見滅斷彼根或因見滅斷或因見苦斷或因見集斷或因修斷或因不斷諸根緣見滅斷因見滅斷者謂根因見滅斷緣見滅斷緣見滅斷因見苦斷者謂根見苦斷緣見滅斷及根見集見滅斷因見苦斷緣見滅斷緣見滅斷因見集斷者謂根見集斷緣見滅斷及根見苦見滅斷因見集斷緣見滅斷緣見滅斷因修斷者謂根修斷緣見滅斷緣見滅斷因不斷者謂根不斷緣見滅斷如見滅斷見道斷亦爾

諸根因見苦斷彼根緣苦法智斷耶答諸根因見苦斷彼根或緣苦法智斷或緣苦類智斷或緣集法智斷或緣集類智斷或緣滅法智斷或緣滅類智斷或緣道法智斷或緣道類智斷或緣修斷或緣不斷或無所緣諸根因見苦斷緣苦法智斷者謂根見苦斷緣苦法智斷及根見集斷因見苦斷緣苦法智斷因見苦斷緣苦類智斷者謂根見苦斷緣苦類智斷及根見集斷因見苦斷緣苦類智斷因見苦斷緣集法智斷者謂根見苦斷緣集法智斷及根見集斷因見苦斷緣見集斷因見苦斷緣集類智斷者謂根見苦斷緣集類智斷及根見集斷因見苦斷緣集類智斷因

見苦斷緣滅法智斷者謂根見苦斷緣滅法智斷及根見集見滅斷因見苦斷緣滅法智斷因見苦斷緣滅類智斷者謂根見苦斷緣滅類智斷及根見集見滅斷因見苦斷緣滅類智斷因見苦斷緣道法智斷者謂根見苦斷緣道法智斷及根見集見道斷因見苦斷緣道法智斷因見苦斷緣道類智斷者謂根見苦斷緣道類智斷及根見集見道斷因見苦斷緣道類智斷因見苦斷緣修斷者謂根見苦斷緣修斷及根見集修斷因見苦斷緣修斷因見苦斷緣不斷者謂根見滅見道斷因見苦斷緣不斷因見苦斷無所緣者謂無緣根因見苦斷設根緣苦法智斷彼根因見苦斷耶答諸根緣苦法智斷彼根或因見苦斷或因見集斷或因修斷或因不斷諸根緣

苦法智斷因見苦斷者謂根見苦斷緣苦法智斷及根見集斷因見苦斷緣苦法智斷緣苦法智斷因見集斷者謂根見集斷緣苦法智斷及根見苦斷因見集斷緣苦法智斷緣苦法智斷因修斷者謂根修斷緣苦法智斷緣苦法智斷因不斷者謂根不斷緣苦法智斷諸根因見苦斷彼根緣苦類智斷耶答諸根因見苦斷彼根或緣苦類智斷或緣苦法智斷或緣集法智斷或緣集類智斷或緣滅法智斷或緣滅類智斷或緣道法智斷或緣道類智斷或緣修斷或緣不斷或無所緣諸根因見苦斷緣苦類智斷者謂根見苦斷緣苦類智斷及根見集斷因見苦斷緣苦類智斷因見苦斷緣苦法智斷者謂根見苦斷緣苦法智斷及根見集斷因見苦斷緣苦法智

斷因見苦斷緣集法智斷者謂根見苦斷緣集法智斷及根見集斷因見苦斷緣集法智斷因見苦斷緣集類智斷者謂根見苦斷緣集類智斷及根見集斷因見苦斷緣集類智斷因見苦斷緣滅法智斷者謂根見苦斷緣滅法智斷及根見集見滅斷因見苦斷緣滅法智斷因見苦斷緣滅類智斷者謂根見苦斷緣滅類智斷及根見集見滅斷因見苦斷緣滅類智斷因見苦斷緣道法智斷者謂根見苦斷緣道法智斷及根見集見道斷因見苦斷緣道法智斷因見苦斷緣道類智斷者謂根見苦斷緣道類智斷及根見集見道斷因見苦斷緣道類智斷因見苦斷緣修斷者謂根見苦斷緣修斷及根見集修斷因見苦斷緣修斷因見苦斷緣不斷者謂根見滅見道斷因見苦斷緣不斷因見苦斷無所緣者謂無緣根因見苦斷設根緣苦類智斷彼根因見苦斷耶答諸根緣苦類智斷彼根或因見苦斷或因見集斷或因修斷或因不斷諸根緣苦類智斷因見苦斷者謂根見苦斷緣苦類智斷及根見集斷因見苦斷緣苦類智斷緣苦類智斷因見集斷者謂根見集斷緣苦類智斷及根見苦斷因見集斷緣苦類智斷緣苦類智斷因修斷者謂根修斷緣苦類智斷緣苦類智斷因不斷者謂根不斷緣苦類智斷如於苦於集亦爾諸根因見滅斷彼根緣滅法智斷耶答諸根因見滅斷彼根或緣滅法智斷或緣滅類智斷或緣修斷或緣不斷或無所緣諸根因見滅斷緣滅法智斷者謂根見滅斷緣滅法智斷因見滅斷緣滅

類智斷者謂根見滅斷緣滅類智斷因見滅斷緣修斷者謂根修斷因見滅斷緣修斷因見滅斷緣不斷者謂根見滅斷緣不斷因見滅斷無所緣者謂無緣根因見滅斷設根緣滅法智斷彼根因見滅斷耶答諸根緣滅法智斷彼根或因見滅斷或因見苦斷或因見集斷或因修斷或因不斷諸根緣滅法智斷因見滅斷者謂根見滅斷緣滅法智斷緣滅法智斷因見苦斷者謂根見苦斷緣滅法智斷及根見集見滅斷因見苦斷緣滅法智斷緣滅法智斷因見集斷者謂根見集斷緣滅法智斷及根見苦見滅斷因見集斷緣滅法智斷緣滅法智斷因修斷者謂根修斷緣滅法智斷緣滅法智斷因不斷者謂根不斷緣滅法智斷諸根因見滅斷彼根緣滅類智斷

耶答諸根因見滅斷彼根或緣滅類智斷或緣滅法智斷或緣修斷或緣不斷或無所緣諸根因見滅斷緣滅類智斷者謂根見滅斷緣滅類智斷因見滅斷緣滅法智斷者謂根見滅斷緣滅法智斷因見滅斷緣修斷者謂根修斷因見滅斷緣修斷因見滅斷緣不斷者謂根見滅斷緣不斷因見滅斷無所緣者謂無緣根因見滅斷設根緣滅類智斷彼根因見滅斷耶答諸根緣滅類智斷彼根或因見滅斷或因見苦斷或因見集斷或因修斷或因不斷諸根緣滅類智斷因見滅斷者謂根見滅斷緣滅類智斷緣滅類智斷因見苦斷者謂根見苦斷緣滅類智斷及根見集見滅斷因見苦斷緣滅類智斷緣滅類智斷因見集斷者謂根見集斷緣滅類智斷及根見

苦見滅斷因見集斷緣滅類智斷緣滅類智斷因修斷者謂根修斷緣滅類智斷緣滅類智斷因不斷者謂根不斷緣滅類智斷如於滅於道亦爾

諸根因苦法智斷彼根緣苦法智斷耶答諸根因苦法智斷彼根或緣苦法智斷或緣苦類智斷或緣集法智斷或緣集類智斷或緣滅法智斷或緣滅類智斷或緣道法智斷或緣道類智斷或緣修斷或緣不斷或無所緣諸根因苦法智斷緣苦法智斷者謂根苦法智斷緣苦法智斷及根集法智斷因苦法智斷緣苦法智斷因苦法智斷緣苦類智斷者謂根苦法智斷緣苦類智斷及根集法智斷因苦法智斷緣苦類智斷因苦法智斷緣集法智斷者謂根苦法智斷緣集法智斷及根集法智斷因苦法智斷緣集法智斷因苦法智斷緣集類智斷者謂根苦法智斷緣集類智斷及根集法智斷因苦法智斷緣集類智斷因苦法智斷緣滅法智斷者謂根苦法智斷緣滅法智斷及根集滅法智斷因苦法智斷緣滅法智斷因苦法智斷緣滅類智斷者謂根苦法智斷緣滅類智斷及根集法智斷因苦法智斷緣滅類智斷因苦法智斷緣道法智斷者謂根苦法智斷緣道法智斷及根集道法智斷因苦法智斷緣道法智斷因苦法智斷緣道類智斷者謂根苦法智斷緣道類智斷及根集法智斷因苦法智斷緣道類智斷因苦法智斷緣修斷者謂根苦法智斷緣修斷及根集法智修斷因苦法智斷緣修斷因苦法智斷緣不斷者謂根滅道法智斷

因苦法智斷緣不斷因苦法智斷無所緣者謂無緣根因苦法智斷設根緣苦法智斷彼根因苦法智斷耶答諸根緣苦法智斷彼根或因苦法智斷或因集法智斷或因修斷或因不斷緣苦法智斷因苦法智斷者謂根苦法智斷緣苦法智斷及根集法智斷因苦法智斷緣苦法智斷緣苦法智斷因集法智斷者謂根集法智斷緣苦法智斷及根苦法智斷因集法智斷緣苦法智斷緣苦法智斷因修斷者謂根修斷緣苦法智斷緣苦法智斷因不斷者謂根不斷緣苦法智斷諸根因苦類智斷彼根或緣苦類智斷耶答諸根因苦類智斷彼根或緣苦類智斷或緣集類智斷或緣滅類智斷或緣道類智斷或緣修斷或緣不斷諸根因苦類智斷緣苦類智斷者謂

根苦類智斷緣苦類智斷及根集類智斷因苦類智斷緣苦類智斷因苦類智斷緣集類智斷者謂根苦類智斷緣集類智斷及根集類智斷因苦類智斷緣集類智斷因苦類智斷緣滅類智斷者謂根苦類智斷緣滅類智斷及根集滅類智斷因苦類智斷緣滅類智斷因苦類智斷緣道類智斷者謂根苦類智斷緣道類智斷及根集道類智斷因苦類智斷緣道類智斷因苦類智斷緣修斷者謂根苦類智斷緣修斷及根集類智修斷因苦類智斷緣修斷因苦類智斷緣不斷者謂根滅道類智斷因苦類智斷緣不斷設根緣苦類智斷彼根因苦類智斷耶答諸根緣苦類智斷彼根或因苦類智斷或因苦法智斷或因集法智斷或因集類智斷或因修斷或因不

斷緣苦類智斷因苦類智斷者謂根苦類智斷緣苦類智斷及根集類智斷因苦類智斷緣苦類智斷緣苦類智斷因苦法智斷者謂根苦法智斷緣苦類智斷及根集法智斷因苦法智斷緣苦類智斷緣苦類智斷因集法智斷者謂根集法智斷緣苦類智斷及根苦法智斷因集法智斷緣苦類智斷緣苦類智斷因集類智斷者謂根集類智斷緣苦類智斷及根苦類智斷因集類智斷緣苦類智斷緣苦類智斷因修斷者謂根修斷緣苦類智斷緣苦類智斷因不斷者謂根不斷緣苦類智斷如於苦於集斷亦爾

諸根因滅法智斷彼根緣滅法智斷耶答諸根因滅法智斷彼根或緣滅法智斷或緣修斷或緣不斷或無所緣諸根因滅法智斷緣滅法智斷者謂根滅法智斷緣滅法智斷因滅法智斷緣修斷者謂根修斷因滅法智斷緣修斷因滅法智斷緣不斷者謂根滅法智斷緣不斷因滅法智斷無所緣者謂無緣根因滅法智斷設根緣滅法智斷彼根因滅法智斷耶答諸根緣滅法智斷彼根或因滅法智斷或因苦法智斷或因集法智斷或因修斷或因不斷諸根緣滅法智斷因滅法智斷者謂根滅法智斷緣滅法智斷緣滅法智斷因苦法智斷者謂根苦法智斷緣滅法智斷及根集滅法智斷因苦法智斷緣滅法智斷緣滅法智斷因集法智斷者謂根集法智斷緣滅法智斷及根苦法智斷滅法智斷因集法智斷緣滅法智斷緣滅法智斷因修斷者謂根修斷緣滅法智斷緣滅法智斷因不斷

者謂根不斷緣滅法智斷諸根因滅類智斷彼根緣滅類智斷耶答諸根因滅類智斷彼根或緣滅類智斷或緣不斷諸根因滅類智斷緣滅類智斷者謂根滅類智斷緣滅類智斷因滅類智斷緣不斷者謂根滅類智斷緣不斷設根緣滅類智斷彼根因滅類智斷耶答諸根緣滅類智斷彼根或因滅類智斷或因苦法智斷或因苦類智斷或因集法智斷或因集類智斷或因修斷或因不斷諸根緣滅類智斷因滅類智斷者謂根滅類智斷緣滅類智斷緣滅類智斷因苦法智斷者謂根苦法智斷緣滅類智斷及根集法智斷因苦法智斷緣滅類智斷緣滅類智斷因苦類智斷者謂根苦類智斷緣滅類智斷及根集滅類智斷因苦類智斷緣滅類智斷緣滅類智斷因集法智斷者謂根集法智斷緣滅類智斷及根苦法智斷因集法智斷緣滅類智斷緣滅類智斷因集類智斷者謂根集類智斷緣滅類智斷及根苦滅類智斷因集類智斷緣滅類智斷緣滅類智斷因修斷者謂根修斷緣滅類智斷緣滅類智斷因不斷者謂根不斷緣滅類智斷如於滅於道亦爾

諸根因苦法智斷彼根緣見苦斷耶答諸根因苦法智斷彼根或緣見苦斷或緣見集斷或緣見滅斷或緣見道斷或緣修斷或緣不斷或無所緣諸根因苦法智斷緣見苦斷者謂根苦法智斷緣見苦斷及根集法智斷因苦法智斷緣見苦斷因苦法智斷緣見集斷者謂根苦法智斷緣見集斷及根集法智斷因苦法智斷緣見集斷因苦法智斷緣見滅

斷者謂根苦法智斷緣見滅斷及根集滅法智斷因苦法智斷緣見滅斷因苦法智斷緣見道斷者謂根苦法智斷緣見道斷及根集道法智斷因苦法智斷緣見道斷因苦法智斷緣修斷者謂根苦法智斷緣修斷及根集法智斷修斷因苦法智斷緣修斷因苦法智斷緣不斷者謂根滅道法智斷因苦法智斷緣不斷因苦法智斷無所緣者謂無緣根因苦法智斷設根緣見苦斷彼根因苦法智斷耶答諸根緣見苦斷彼根或因苦法智斷或因苦類智斷或因集法智斷或因集類智斷或因修斷或因不斷諸根緣見苦斷因苦法智斷者謂根苦法智斷緣見苦斷及根集法智斷因苦法智斷緣見苦斷緣見苦斷因苦類智斷者謂根苦類智斷緣見苦斷及根集類智斷因苦類智斷緣見苦斷緣見苦斷因集法智斷者謂根集法智斷緣見苦斷及根苦法智斷因集法智斷緣見苦斷緣見苦斷因集類智斷者謂根集類智斷緣見苦斷及根苦類智斷因集類智斷緣見苦斷緣見苦斷因修斷者謂根修斷緣見苦斷緣見苦斷因不斷者謂根不斷緣見苦斷諸根因苦類智斷彼根緣見苦斷耶答諸根因苦類智斷彼根或緣見苦斷或緣見集斷或緣見滅斷或緣見道斷或緣修斷或緣不斷諸根因苦類智斷緣見苦斷者謂根苦類智斷緣見苦斷及根集類智斷因苦類智斷緣見苦斷因苦類智斷緣見集斷者謂根苦類智斷緣見集斷及根集類智斷因苦類智斷緣見集斷因苦類智斷緣見滅斷者謂根苦類智斷緣

見滅斷及根集滅類智斷因苦類智斷緣見滅斷因苦類智斷緣見道斷者謂根苦類智斷緣見道斷及根集道類智斷緣見道斷因苦類智斷緣修斷者謂根苦類智斷緣修斷及根集類智斷修斷因苦類智斷緣修斷因苦類智斷緣不斷者謂根滅道類智斷因苦類智斷緣不斷設根緣見苦斷彼根因苦類智斷耶答諸根緣見苦斷彼根或因苦類智斷或因苦法智斷或因集法智斷或因集類智斷或因修斷或因不斷諸根緣見苦斷因苦類智斷者謂根苦類智斷緣見苦斷及根集類智斷因苦類智斷緣見苦斷緣見苦斷因苦法智斷者謂根苦法智斷緣見苦斷及根集法智斷因苦法智斷緣見苦斷緣見苦斷因集法智斷者謂根集法智斷緣見苦斷

及根苦法智斷因集法智斷緣見苦斷緣見苦斷因集類智斷者謂根集類智斷緣見苦斷及根苦類智斷因集類智斷緣見苦斷緣見苦斷因修斷者謂根修斷緣見苦斷緣見苦斷因不斷者謂根不斷緣見苦斷如於苦於集亦爾諸根因滅法智斷彼根緣見滅斷耶答諸根因滅法智斷彼根或緣見滅斷或緣修斷或緣不斷或無所緣諸根因滅法智斷緣見滅斷者謂根滅法智斷緣見滅斷因滅法智斷緣修斷者謂根修斷因滅法智斷緣修斷因滅法智斷緣不斷者謂根滅法智斷緣不斷因滅法智斷無所緣者謂無緣根因滅法智斷設根緣見滅斷彼根因滅法智斷耶答諸根緣見滅斷彼根或因滅法智斷或因滅類智斷或因苦法智斷或因苦類智

斷或因集法智斷或因集類智斷或因修斷或因不斷諸根緣見滅斷因滅法智斷者謂根滅法智斷緣見滅斷緣見滅斷因滅類智斷者謂根滅類智斷緣見滅斷緣見滅斷因苦法智斷者謂根苦法智斷緣見滅斷及根集滅法智斷因苦法智斷緣見滅斷緣見滅斷因苦類智斷者謂根苦類智斷緣見滅斷及根集滅類智斷因苦類智斷緣見滅斷緣見滅斷因集法智斷者謂根集法智斷緣見滅斷及根苦滅法智斷因集法智斷緣見滅斷緣見滅斷因集類智斷者謂根集類智斷緣見滅斷及根苦滅類智斷因集類智斷緣見滅斷緣見滅斷因修斷者謂根修斷緣見滅斷緣見滅斷因不斷者謂根不斷緣見滅斷諸根因滅類智斷彼根緣見滅斷耶答諸根因滅類智斷彼根或緣見滅斷或緣不斷諸根因滅類智斷緣見滅斷者謂根因滅類智斷緣見滅斷因滅類智斷緣不斷者謂根滅類智斷緣不斷設根緣見滅斷彼根因滅類智斷耶答諸根緣見滅斷彼根或因滅類智斷或因滅法智斷或因苦法智斷或因苦類智斷或因集法智斷或因集類智斷或因修斷或因不斷諸根緣見滅斷因滅類智斷者謂根滅類智斷緣見滅斷緣見滅斷因滅法智斷者謂根滅法智斷緣見滅斷緣見滅斷因苦法智斷者謂根苦法智斷緣見滅斷及根集滅法智斷因苦法智斷緣見滅斷緣見滅斷因苦類智斷者謂根苦類智斷緣見滅斷及根集滅類智斷因苦類智斷緣見滅斷緣見滅斷因集法智斷者謂根集法智斷

緣見滅斷及根苦滅法智斷因集法智斷緣見滅斷緣見滅斷因集類智斷者謂根集類智斷緣見滅斷及根苦滅類智斷因集類智斷緣見滅斷緣見滅斷因修斷者謂根修斷緣見滅斷緣見滅斷因不斷者謂根不斷緣見滅斷如於滅於道亦爾

阿毗達磨發智論卷第十六 說一切有部

阿毗達磨發智論卷第十七

尊者迦多衍尼子造

唐三藏法師玄奘奉　詔譯

定蘊第七中得納息第一

五得四起支　味入生無量　斷結受果處

此章願具說

諸得過去法彼得過去耶答彼得或過去或未來或現在設得過去彼得過去法耶答彼法或過去或未來或現在或無為諸得未來法彼得未來耶答彼得或未來或過去或現在設得未來彼得未來法耶答彼法或未來或過去或現在或無為諸得現在法彼得現在耶答彼得現在設得現在彼得現在法耶答彼法或現在或過去或未來或無為諸得善法彼得善耶答如是設得善彼得善法耶答如是諸得不善法彼得不善耶答如是設得不善彼得不善法耶答如是諸得無記法彼得無記耶答如是設得無記彼得無記法耶答如是諸得欲界法彼得欲界耶答如是設得欲界彼得欲界法耶答彼法或欲界或不繫諸得色界法彼得色界耶答如是設得色界彼得色界法耶答彼法或色界或不繫諸得無色界法彼得無色界耶答如是設得無色界彼得無色界法耶答彼法或無色界或不繫諸得學法彼得學耶答如是設得學彼得學法耶答彼法或學或非學非無學諸得無學法彼得無學耶答如是設得無學彼得無學法耶答彼法或無學或非學非無學諸得非學非無學法彼得非學非無學耶答彼得或非學非無學或學

或無學設得非學非無學彼得非學非無學法耶答如是諸得見所斷法彼得見所斷耶答如是設得見所斷彼得見所斷法耶答如是諸得修所斷法彼得修所斷耶答如是設得修所斷彼得修所斷法耶答彼法或修所斷或不斷諸得不斷法彼得不斷耶答彼得或不斷或修所斷設得不斷彼得不斷法耶答如是

諸法善無色起彼法善心俱耶答諸法善無色起彼法或善心俱或不善心俱或無記心俱云何善心俱答諸法彼心相應彼心俱有善無色云何不善心俱答如不善心若退若生善法得起云何無記心俱答如無記心若退若生善法得起設法善心俱起彼法善無色耶答諸法善心俱起彼法或善無色或無記無色云何善無色答諸法彼心相應彼心俱有善無色云何無記無色答如善心勝進無記法得起及住善心無記諸根長養大種增益彼法得生老住無常諸法不善無色起彼法不善心俱耶答諸法不善無色起彼法或不善心俱或無記心俱云何不善心俱答諸法彼心相應彼心俱有不善無色云何無記心俱答如無記心若退若生不善法得起設法不善心俱起彼不善無色耶答諸法不善心俱起彼法或不善無色或善無色或無記無色云何不善無色答諸法彼心相應彼心俱有不善無色云何善無色答如不善心若退若生善法得起云何無記無色答如不善心若退若生無記法得起及住不善心無記諸根長養大種增益彼法得生老住無常

諸法無記無色起彼法無記心俱耶答諸法無記無色起彼法或無記心俱或善心俱或不善心俱云何無記心俱答諸法彼心相應彼心俱有無記無色云何善心俱答如善心勝進無記法得起及住善心無記諸根長養大種增益彼法得生老住無常云何不善心俱答如不善心若退若生無記法得起及住不善心無記諸根長養大種增益彼法得生老住無常設法無記心俱起彼法無記無色耶答諸法無記心俱起彼法或無記無色或善無色或不善無色云何無記無色答諸法彼心相應彼心俱有無記無色云何善無色答如無記心若退若生善法得起云何不善無色答如無記心若退若生不善法得起諸法欲界無色起彼法欲界心俱耶答諸法欲界無色起彼法或欲界心俱或色界心俱或無色界心俱或不繫心俱云何欲界心俱答諸法彼心相應彼心俱有欲界無色云何色界心俱答如色界心若生若勝進欲界法得起及住色界心欲界諸根長養大種增益彼法得生老住無常云何無色界心俱答如住無色界心欲界諸根長養大種增益彼法得生老住無常云何不繫心俱答如不繫心勝進欲界法得起及住不繫心欲界諸根長養大種增益彼法得生老住無常設法欲界心俱起彼法欲界無色耶答諸法欲界心俱起彼法或欲界無色或色界無色或無色界無色或不繫無色云何欲界無色答諸法彼心相應彼心俱有欲界無色云何色界無色答如欲界心若退若生色界法得起云何無色

界無色答如欲界心若退若生無色界法得起云何不繫無色答如欲界心退不繫法得起諸法色界無色起彼法色界心俱耶答諸法色界無色起彼法或色界心俱或欲界心俱或無色界心俱或不繫心俱云何色界心俱答諸法彼心相應彼心俱有色界無色云何欲界心俱答如欲界心若退若生色界法得起云何無色界心俱答如住無色界心色界諸根長養大種增益彼法得生老住無常云何不繫心俱答如不繫心勝進色界法得起及住不繫心色界諸根長養大種增益彼法得生老住無常設法色界心俱起彼法色界無色耶答諸法色界心俱起彼法或色界無色或欲界無色或無色界無色或不繫無色云何色界無色答諸法彼心相應彼心俱

有色界無色云何欲界無色答如色界心若生若勝進欲界法得起及住色界心欲界諸根長養大種增益彼法得生老住無常云何無色界無色答如色界心若退若生無色界法得起云何不繫無色答如色界心若退若勝進不繫法得起諸法無色界無色起彼法無色界心俱耶答諸法無色界無色起彼色或無色界心俱或欲界心俱或色界心俱或不繫心俱云何無色界心俱答諸法彼心相應彼心俱有無色界無色云何欲界心俱答如欲界心若退若生無色界法得起云何色界心俱答如色界心若退若生無色界法得起云何不繫心俱答如不繫心勝進無色界法得起設法無色界心俱起彼法無色界無色耶答諸法無色界心俱起彼法或無色界

無色或欲界無色或色界無色或不繫無色云何無色界無色答諸法彼心相應彼心俱有無色界無色云何欲界無色答如住無色界心欲界諸根長養大種增益彼法得生老住無常云何色界無色答如住無色界心色界諸根長養大種增益彼法得生老住無常云何不繫無色答如無色界心若退若勝進不繫法得起

諸法學無色起彼法學心俱耶答諸法學無色起彼法或學心俱或非學非無學心俱云何學心俱答諸法彼心相應彼心俱有學無色云何非學非無學心俱答如非學非無學心若退若勝進學法得起設法學心俱起彼法學無色耶答諸法學心俱起彼法或學無色或非學非無學無色云何學無色答諸法彼心相應彼心俱有學無色云何非學非無學無色答如學心勝進非學非無學法得起及住學心非學非無學諸根長養大種增益彼法得生老住無常諸法無學無色起彼法無學心俱耶答諸法無學無色起彼法或無學心俱或非學非無學心俱云何無學心俱答諸法彼心相應彼心俱有無學無色云何非學非無學心俱答如非學非無學心若退若勝進無學法得起設法無學心俱起彼法無學無色耶答諸法無學心俱起彼法或無學無色或非學非無學無色云何無學無色答諸法彼心相應彼心俱有無學無色云何非學非無學無色答如無學心勝進非學非無學法得起及住無學心非學非無學諸根長養大種增益彼法得生老住無常諸法非

學非無學無色起彼法非學非無學心俱耶答諸法非學非無學無色起彼法或非學非無學心俱或學心俱或無學心俱云何非學非無學心俱答諸法彼心相應彼心俱有非學非無學無色云何學心俱答如學心勝進非學非無學法得起及住學心非學非無學諸根長養大種增益彼法得生老住無常云何無學心俱答如無學心勝進非學非無學法得起及住無學心非學非無學諸根長養大種增益彼法得生老住無常設法非學非無學心俱起彼法非學非無學無色耶答諸法非學非無學心俱起彼法或非學非無學無色或學無色或無學無色云何非學非無學無色答諸法彼心相應彼心俱有非學非無學無色云何學無色答如非學非無學心若退若勝進學法得起云何無學無色答如非學非無學心若退若勝進無學法得起諸法見所斷無色起彼法見所斷心俱耶答諸法見所斷無色起彼法或見所斷心俱或修所斷心俱云何見所斷心俱答諸法彼心相應彼心俱有見所斷無色云何修所斷心俱答如修所斷心若退若生見所斷法得起設法見所斷心俱起彼法見所斷無色耶答諸法見所斷心俱起彼法或見所斷無色或修所斷無色云何見所斷無色答諸法彼心相應彼心俱有見所斷無色云何修所斷無色答如見所斷心若退若生修所斷法得起及住見所斷心修所斷諸根長養大種增益彼法得生老住無常諸法修所斷無色起彼法修所斷心俱耶答諸法修所斷無色起彼法

或修所斷心俱或見所斷心俱或不斷心俱云何修所斷心俱答諸法彼心相應彼心俱有修所斷無色云何見所斷心俱答如見所斷心若退若生修所斷法得起及住見所斷心修所斷諸根長養大種增益彼法得生老住無常云何不斷心俱答如不斷心勝進修所斷法得起及住不斷心修所斷諸根長養大種增益彼法得生老住無常設法修所斷心俱起彼法修所斷無色耶答諸法修所斷心俱起彼法或修所斷無色或見所斷無色或不斷無色云何修所斷無色答諸法彼心相應彼心俱有修所斷無色云何見所斷無色答如修所斷心若退若生見所斷法得起云何不斷無色答如修所斷心若退若勝進不斷法得起諸法不斷無色起彼法不斷心俱耶答諸法不斷無色起彼法或不斷心俱或修所斷心俱云何不斷心俱答諸法彼心相應彼心俱有不斷無色云何修所斷心俱答如修所斷心若退若勝進不斷法得起設法不斷心俱起彼法不斷無色耶答諸法不斷心俱起彼法或不斷無色或修所斷無色云何不斷無色答諸法彼心相應彼心俱有不斷無色云何修所斷無色答如不斷心勝進修所斷法得起及住不斷心修所斷諸根長養大種增益彼法得生老住無常

一切初靜慮皆有五支耶答不染汙有五染汙無五無何等答無離生喜樂一切第二靜慮皆有四支耶答不染汙有四染汙無四無何等答無內等淨一切第三靜慮皆有五支耶答不染汙有五染汙無五無何等答無正

念正知一切第四靜慮皆有四支耶答不染汙有四染汙無四無何等答無捨念清淨味相應初靜慮入當言味耶出當言味耶答於能味當言入於所味當言出乃至味相應非想非非想處入當言味耶出當言味耶答於能味當言入於所味當言出諸味相應初靜慮皆有覆無記耶設有覆無記初靜慮皆味相應耶答諸味相應初靜慮皆有覆無記有覆無記初靜慮非味相應謂除愛餘煩惱現前乃至諸味相應非想非非想處皆有覆無記耶設有覆無記非想非非想處皆味相應耶答諸味相應非想非非想處皆有覆無記有覆無記非想非非想處非味相應謂除愛餘煩惱現前

頗有不入初靜慮入第二靜慮耶答入乃至頗有不入無所有處入非想非非想處耶答入頗有不入初靜慮生梵世耶答生乃至頗有不入非想非非想處生非想非非想處耶答生若得初靜慮非第二靜慮彼命終生何處答或梵世或極光淨或徧淨或廣果或空無邊處或識無邊處或無所有處或非想非非想處或無所有處乃至若得無所有處非想非非想處彼命終生何處答或無所有處或非想非非想處或無處所

思惟何等入慈定答與有情樂思惟何等入悲定答拔有情苦思惟何等入喜定答慶諸有情思惟何等入捨定答於有情捨慈斷何繫結答無悲喜捨斷何繫結答無淨初靜慮斷何繫結答無乃至淨非想非非想處斷何繫結答無初第二第三解脫斷何繫結答無

空無邊處解脫斷何繫結答或空無邊處或識無邊處或無所有處或非想非非想處或無識無邊處解脫斷何繫結答或識無邊處或無所有處或非想非非想處或無無所有處解脫斷何繫結答或無所有處或非想非非想處或無非想非非想處解脫滅受想解脫斷何繫結答無初勝處斷何繫結答無乃至第八勝處斷何繫結答無初徧處斷何繫結答無乃至第十徧處斷何繫結答無法智斷何繫結答或欲界或色界或無色界或無類智斷何繫結答或色界或無色界或無他心智斷何繫結答無世俗智斷何繫結答或欲界或色界或無色界或無如世俗智若集滅道智空無願無相三摩地亦爾

慈異熟何處受答或梵世或極光淨或徧淨或廣果或無處所如慈悲捨亦爾喜異熟何處受答或梵世或極光淨或無處所淨初靜慮異熟何處受答或梵世或無處所淨第二靜慮異熟何處受答或極光淨或無處所淨第三靜慮異熟何處受答或徧淨或無處所淨第四靜慮異熟何處受答或廣果或無處所淨空無邊處異熟何處受答或空無邊處或無處所淨識無邊處異熟何處受答或識無邊處或無處所淨無所有處異熟何處受答或無所有處或無處所淨非想非非想處異熟何處受答或非想非非想處或無處所初第二解脫異熟何處受答或梵世或極光淨或無處所淨解脫異熟何處受答或廣果或無處所空無邊處解脫乃至非想非非想處解脫異熟何處受答或自地或無處所滅

受想解脱異熟何處受答或非想非非想處或無處所初四勝處異熟何處受答或梵世或極光淨或無處所後四勝處異熟何處受答或廣果或無處所如後四勝處前八徧處亦爾後二徧處異熟何處受答或自地或無處所他心智異熟何處受答或梵世或極光淨或徧淨或廣果或無處所世俗智異熟何處受答或欲界或色界或無色界或無處所

定蘊第七中緣納息第二

八味淨無漏　成不成得捨　退修初入緣
此章願具說

有八等至謂四靜慮四無色有三等至謂味相應淨無漏此中前七各具三種第八唯二謂除無漏頗有成就味相應初靜慮非淨無漏耶答有謂欲界愛未盡頗有成就淨初靜慮非味相應無漏耶答有謂異生生欲界梵世梵世愛盡頗有成就無漏初靜慮非味相應淨耶答有謂聖者生梵世上頗有成就味相應淨初靜慮非無漏耶答有謂異生生欲界欲界愛盡梵世愛未盡及生梵世梵世愛未盡頗有成就味相應無漏初靜慮非淨耶答無頗有成就淨無漏初靜慮非味相應耶答有謂聖者生欲界梵世梵世愛盡頗有成就味相應淨無漏初靜慮耶答有謂聖者生欲界欲界愛盡梵世愛未盡及生梵世梵世愛未盡頗有不成就味相應初靜慮非淨無漏耶答有謂聖者生欲界梵世梵世愛盡頗有不成就淨初靜慮非味相應無漏耶答無頗有不成就無漏初靜慮非味相應淨耶答有謂異生生欲界欲界愛盡梵世愛未盡及

生梵世梵世愛未盡頗有不成就味相應淨初靜慮非無漏耶答有謂聖者生梵世上頗有不成就味相應無漏初靜慮非淨耶答有謂異生生欲界梵世梵世愛盡頗有不成就淨無漏初靜慮非味相應耶答有謂欲界愛未盡頗有不成就味相應淨無漏初靜慮耶答有謂異生生梵世上頗有得味相應初靜慮非淨無漏耶答有謂從梵世愛盡退時及梵世上沒生欲界時頗有得淨初靜慮非味相應無漏耶答有謂異生欲界愛盡時頗有得無漏初靜慮非味相應淨耶答有謂依靜慮靜慮中間入正性離生及得阿羅漢果時頗有得味相應淨初靜慮非無漏耶答有謂梵世上沒生梵世時頗有得味相應無漏初靜慮非淨耶答無頗有得淨無漏初靜慮非味相應耶答有謂聖者欲界愛盡時頗有得味相應淨無漏初靜慮非淨無漏耶答有謂梵世愛盡時頗有捨味相應初靜慮非淨無漏耶答有謂異生從欲界愛盡退時及欲界梵世沒生梵世上時并梵世沒生欲界時頗有捨淨無漏初靜慮非味相應耶答有謂聖者從欲界愛盡退時頗有餘捨耶答無頗有退味相應初靜慮非淨無漏耶答無頗有退淨初靜慮非味相應無漏耶答有謂異生從欲界愛盡退時頗有退淨無漏初靜慮非味相應耶答有謂聖者從欲界愛盡退時頗有餘退耶答無如說初靜慮乃至無所有處說亦如是

若修淨初靜慮彼亦修無漏耶設修無漏初靜慮彼亦修淨耶答應作四句有修淨初靜

慮非無漏謂已得淨初靜慮現在前若未得淨初靜慮現在前而不修無漏若未得非初靜慮世俗智現在前而修淨初靜慮非無漏有修無漏初靜慮非淨謂已得無漏初靜慮現在前若未得無漏初靜慮現在前而不修淨若未得非初靜慮世俗智及未得非初靜慮無漏智彼現在前而修無漏初靜慮非淨有修淨初靜慮亦無漏謂未得淨初靜慮現在前而修無漏若未得無漏初靜慮現在前而修淨若未得非初靜慮世俗智無漏智彼現在前而修淨初靜慮及無漏有不修淨初靜慮亦非無漏謂已得非初靜慮世俗智無漏智現在前若未得非初靜慮世俗智無漏智彼現在前而不修淨初靜慮及無漏若一切染汙心無記心現在前若住無想定滅盡定生無想天如說初靜慮第二第三靜慮說亦如是若修淨第四靜慮彼亦修無漏耶設修無漏第四靜慮彼亦修淨耶答應作四句有修淨第四靜慮非無漏謂已得淨第四靜慮現在前若未得淨第四靜慮現在前而不修無漏有修無漏第四靜慮非淨謂已得無漏第四靜慮現在前若未得無漏第四靜慮現在前而不修淨若未得非第四靜慮世俗智及未得非第四靜慮無漏智彼現在前而修無漏第四靜慮非淨有修淨第四靜慮亦無漏謂未得淨第四靜慮現在前而修無漏若未得無漏第四靜慮現在前而修淨若未得非第四靜慮無漏智現在前而修淨第四靜慮及無漏有不修淨第四靜慮亦非無漏謂已得非第四靜慮世俗智無漏智現在前

若未得非第四靜慮世俗智無漏智彼現在前而不修淨第四靜慮及無漏若一切染汙心無記心現在前若住無想定滅盡定生無想天如說第四靜慮乃至無所有處說亦如是若最初入無漏初靜慮爾時所得諸餘未來無漏心心所法彼一切當言有尋有伺耶答彼或有尋有伺或無尋唯伺或無尋無伺若最初入無漏第二靜慮爾時所得諸餘未來無漏心心所法彼一切當言喜根相應耶答彼或樂根相應或喜根相應或捨根相應若最初入無漏第三靜慮爾時所得諸餘未來無漏心心所法彼一切當言樂根相應耶答彼或樂根相應或喜根相應或捨根相應若最初入無漏第三靜慮爾時所得諸餘未來無漏心心所法彼一切當言捨根相應耶答彼或樂根相應或喜根相應或捨根相應若最初入無漏空無邊處爾時所得諸餘未來無漏心心所法彼一切當言空無邊處攝耶答彼或空無邊處攝或識無邊處攝或無所有處攝若最初入無漏識無邊處爾時所得諸餘未來無漏心心所法彼一切當言識無邊處攝耶答彼或空無邊處攝或識無邊處攝或無所有處攝若最初入無漏無所有處爾時所得諸餘未來無漏心心所法彼一切當言無所有處攝耶答彼或空無邊處攝或識無邊處攝或無所有處攝

味相應初靜慮與味相應初靜慮等爲幾緣答與自地味相應爲因等無間所緣增上與自地淨爲等無間所緣增上與自地無漏及淨無漏上三靜慮爲所緣增上與餘爲一增

上淨初靜慮與淨初靜慮等爲幾緣答與自地淨爲因等無間所緣增上與自地無漏味相應及淨無漏第二第三靜慮爲等無間所緣增上與淨無漏第四靜慮爲所緣增上與餘爲一增上無漏初靜慮與無漏初靜慮等爲幾緣答與自地無漏及無漏第二第三靜慮爲因等無間所緣增上與自地淨及淨第二第三靜慮爲等無間所緣增上與淨第四淨慮及淨無色爲所緣增上與無漏第四靜慮及無漏無色爲因所緣增上與餘爲一增上味相應第二靜慮與味相應第二靜慮等爲幾緣答與自地味相應爲因等無間所緣增上與淨初二靜慮爲等無間所緣增上與一切無漏靜慮及淨第三第四靜慮爲所緣增上與餘爲一增上淨第二靜慮與淨第二靜慮等爲幾緣答與自地淨爲因等無間所緣增上與一切無漏靜慮及淨初第三第四靜慮并自地味相應爲等無間所緣增上與餘爲一增上無漏第二靜慮與無漏第二靜慮等爲幾緣答與一切無漏靜慮爲因等無間所緣增上與一切淨靜慮爲等無間所緣增上與淨無色爲所緣增上與無漏無色爲因所緣增上與餘爲一增上味相應第三靜慮與味相應第三靜慮等爲幾緣答與自地味相應爲因等無間所緣增上與淨第二第三靜慮爲等無間所緣增上與一切無漏靜慮及淨初第四靜慮爲所緣增上與餘爲一增上淨第三靜慮與淨第三靜慮等爲幾緣答與自地淨爲因等無間所緣增上與一切地無漏靜慮及淨初第二第四靜慮并自地

味相應爲等無間所緣增上與淨無漏空無邊處爲等無間增上與餘爲一增上無漏第三靜慮與無漏第三靜慮等爲幾緣答與無漏四靜慮空無邊處爲因等無間所緣增上與淨四靜慮空無邊處爲等無間所緣增上與淨上三無色爲所緣增上與無漏上二無色爲因所緣增上與餘爲一增上味相應第四靜慮與味相應第四靜慮等爲幾緣答與自地味相應爲因等無間所緣增上與淨第三第四靜慮爲等無間所緣增上與無漏四靜慮及淨初第二靜慮爲所緣增上與餘爲一增上淨第四靜慮與淨第四靜慮等爲幾緣答與自地淨爲因等無間所緣增上與無漏上三靜慮及淨第二第三靜慮并自地味相應爲等無間所緣增上與淨無漏初二無色爲等無間增上與淨無漏初靜慮爲所緣增上與餘爲一增上無漏第四靜慮與無漏第四靜慮等爲幾緣答與無漏上三靜慮下二無色爲因等無間所緣增上與淨上三靜慮初二無色爲等無間所緣增上與淨初靜慮後二無色爲所緣增上與無漏初靜慮無所有處爲因所緣增上與餘爲一增上味相應空無邊處與味相應空無邊處等爲幾緣答與自地味相應爲因等無間所緣增上與自地淨及淨第四靜慮爲等無間所緣增上與一切無漏靜慮及淨下三靜慮爲所緣增上與餘爲一增上淨空無邊處與淨空無邊處等爲幾緣答與自地淨爲因等無間所緣增上與自地無漏及淨無漏第三第四靜慮并自地味相應爲等無間所緣增上與淨無

漏識無邊處無所有處爲等無間增上與淨無漏初第二靜慮爲所緣增上與餘爲一增上無漏空無邊處與無漏空無邊處等爲幾緣答與無漏三無色後二靜慮爲因等無間所緣增上與淨下三無色後二靜慮爲等無間所緣增上與淨初二靜慮及淨非想非非想處爲所緣增上與無漏初二靜慮爲因所緣增上與餘爲一增上味相應識無邊處與味相應識無邊處等爲幾緣答與自地味相應爲因等無間所緣增上與淨下二無色爲等無間所緣增上與淨無漏四靜慮及無漏下二無色爲所緣增上與餘爲一增上淨識無邊處與淨識無邊處等爲幾緣答與自地淨爲因等無間所緣增上與自地無漏及淨無漏第四靜慮空無邊處并自地味相應爲等無間所緣增上與淨無漏無所有處及淨非想非非想處爲等無間增上與淨無漏下三靜慮爲所緣增上與餘爲一增上無漏識無邊處與無漏識無邊處等爲幾緣答與無漏第四靜慮三無色爲因等無間所緣增上與淨第四靜慮四無色爲等無間所緣增上與淨下三靜慮爲所緣增上與無漏下三靜慮爲因所緣增上與餘爲一增上味相應無所有處與味相應無所有處等爲幾緣答與自地味相應爲因等無間所緣增上與自地淨及淨識無邊處爲等無間所緣增上與一切地無漏及淨四靜慮空無邊處爲所緣增上與餘爲一增上淨無所有處與淨無所有處等爲幾緣答與自地淨爲因等無間所緣增上與無漏三無色及淨下二無色并自地

味相應爲等無間所緣增上與淨非想非非想處爲等無間增上與淨無漏四靜慮爲所緣增上與餘爲一增上無漏無所有處與無漏無所有處等爲幾緣答與無漏三無色爲因等無間所緣增上與淨四靜慮爲所緣增上與無漏四靜慮爲因所緣增上與淨四無色爲等無間所緣增上與餘爲一增上味相應非想非非想處與味相應非想非非想處等爲幾緣答與自地味相應爲因等無間所緣增上與淨上二無色爲等無間所緣增上與一切地無漏及下六地淨爲所緣增上與餘爲一增上淨非想非非想處與淨非想非非想處等爲幾緣答與自地淨爲因等無間所緣增上與淨無漏識無邊處無所有處及自地味相應爲等無間所緣增上與下五地淨無漏爲所緣增上與餘爲一增上

阿毗達磨發智論卷第十七 說一切有部

阿毗達磨發智論卷第十八

尊者迦多衍尼子造

唐三藏法師玄奘奉　詔譯

定蘊第七中攝納息第三

攝可得相應　成不得捨退　頓漸滅依定

此章願具說

十想謂無常想無常苦想苦無我想死想不淨想猒食想一切世間不可樂想斷想離想滅想四靜慮四無量四無色八解脫八勝處十徧處八智三三摩地無常想等攝幾靜慮等耶答無常想攝四靜慮四無色四解脫如無常想無常苦想苦無我想死想斷想離想滅想亦爾不淨想攝第三第四靜慮初二解脫如不淨想猒食想亦爾一切世間不可樂想攝第三第四靜慮初靜慮等攝幾靜慮等耶答初靜慮攝初靜慮四無量初二解脫前四勝處八智三三摩地第二靜慮攝第二靜慮四無量初二解脫前四勝處八智三三摩地第三靜慮攝第三靜慮三無量八智三三摩地第四靜慮攝第四靜慮三無量淨解脫後四勝處前八徧處八智三三摩地慈無量等攝幾無量等耶答慈攝慈世俗智乃至捨攝捨世俗智空無邊處等攝幾無色等耶答空無邊處攝空無邊處及彼解脫彼徧處六智三三摩地識無邊處攝識無邊處及彼解脫彼徧處六智三三摩地無所有處攝無所有處及彼解脫六智三三摩地非想非非想處攝非想非非想處及彼解脫滅想受解脫世俗智初解脫等攝幾解脫等耶答初第二第三解脫攝初第二第三解脫世俗智空無

邊處解脫攝空無邊處解脫及彼徧處六智三三摩地識無邊處解脫攝識無邊處解脫及彼徧處六智三三摩地無所有處解脫攝無所有處解脫六智三三摩地非想非非想處解脫攝非想非非想處解脫世俗智滅想受解脫攝滅想受解脫初勝處等攝幾勝處等耶答初勝處攝初勝處世俗智乃至第八勝處攝第八勝處世俗智初徧處等攝幾徧處等耶答初徧處攝初徧處世俗智乃至第十徧處攝第十徧處世俗智法智等攝幾智等耶答法智攝法智五智少分類智攝類智五智少分他心智攝他心智四智少分世俗智攝世俗智一智少分苦智攝苦智二智少分集智攝集智二智少分滅智攝滅智二智少分道智攝道智三智少分空三摩地等攝幾三摩地耶答空攝空無願攝無願無相攝無相如攝可得亦爾

無常想等與幾靜慮等相應耶答無常想與四靜慮四無色四解脫四智一三摩地相應如無常想無常苦想苦無我想死想斷想離想滅想亦爾不淨想與後二靜慮初二解脫世俗智相應如不淨想厭食想亦爾一切世間不可樂想與後二靜慮世俗智相應初靜慮等與幾靜慮等相應耶答初靜慮與初靜慮四無量初二解脫前四勝處八智三三摩地相應第二靜慮與第二靜慮四無量初二解脫前四勝處八智三三摩地相應第三靜慮與第三靜慮三無量八智三三摩地相應第四靜慮與第四靜慮三無量淨解脫後四勝處前八徧處八智三三摩地相應慈無量

等與幾無量等相應耶答慈與慈世俗智相應乃至捨與捨世俗智相應空無邊處等與幾無色等相應耶答空無邊處與空無邊處及彼解脫彼徧處六智三三摩地相應識無邊處與識無邊處及彼解脫彼徧處六智三三摩地相應無所有處與無所有處及彼解脫六智三三摩地相應非想非非想處與非想非非想處及彼解脫世俗智相應初解脫等與幾解脫等相應耶答初第二第三解脫與初第二第三解脫世俗智相應空無邊處解脫與空無邊處解脫及彼徧處六智三三摩地相應識無邊處解脫與識無邊處解脫及彼徧處六智三三摩地相應無所有處解脫與無所有處解脫六智三三摩地相應非想非非想處解脫與非想非非想處解脫世俗智相應滅想受解脫非相應初勝處等與幾勝處等相應耶答初勝處與初勝處世俗智相應乃至第八勝處與第八勝處世俗智相應初徧處等與幾徧處等相應耶答初徧處與初徧處世俗智相應乃至第十徧處與第十徧處世俗智相應法智等與幾三摩地相應耶答法智與三三摩地少分相應如法智類智亦爾他心智與一三摩地少分相應如他心智集滅道智亦爾苦智與二三摩地少分相應

若成就初靜慮等彼於四靜慮等幾成就幾不成就答若成就初靜慮彼於四靜慮或一二三四一者謂梵世愛未盡二者謂梵世愛盡上愛未盡三者謂極光淨愛盡上愛未盡四者謂徧淨愛盡於四無量或無或三或四

無者謂生無色界三者謂生徧淨廣果四者謂生欲界梵世極光淨於四無色或無或一二三四無者謂色愛未盡一者謂色愛盡上愛未盡二者謂空無邊處愛盡上愛未盡三者謂識無邊處愛盡上愛未盡四者謂無所有處愛盡於八解脫或無或一二三四五六七八無者謂生徧淨即彼愛未盡一者謂生徧淨即彼愛盡上愛未盡若生廣果即彼愛未盡若生空無邊處即彼愛未盡二者謂生欲界梵世極光淨徧淨愛未盡若生徧淨廣果廣果愛盡上愛未盡若生空無邊處即彼愛盡上愛未盡若生識無邊處即彼愛未盡三者謂生欲界梵世極光淨徧淨愛盡上愛未盡若生徧淨廣果空無邊處愛盡上愛未盡若生空識無邊處識無邊處愛盡上愛未盡若生無所有處即彼愛未盡四者謂生欲界梵世極光淨廣果愛盡上愛未盡若生徧淨廣果識無邊處愛盡上愛未盡若生空識無邊處無所有處無所有處愛盡若生非想非非想處不得滅盡定五者謂生欲界梵世極光淨空無邊處愛盡上愛未盡若生徧淨廣果無所有處愛盡不得滅盡定若生非想非非想處得滅盡定六者謂生欲界梵世極光淨識無邊處愛盡上愛未盡若生徧淨廣果得滅盡定七者謂生欲界梵世極光淨無所有處愛盡不得滅盡定八者謂生欲界梵世極光淨得滅盡定於八勝處或無或四或八無者謂生徧淨即彼愛未盡若生無色界四者謂生欲界梵世極光淨徧淨愛未盡若生徧淨即彼愛盡若生廣果八者謂生欲界

梵世極光淨徧淨愛盡於十徧處或無或一二八九十無者謂生欲界梵世極光淨徧淨徧淨愛未盡若生無所有處非想非非想處一者謂生空無邊處即彼愛未盡若生識無邊處二者謂生空無邊處即彼愛盡八者謂生欲界梵世極光淨徧淨徧淨愛盡上愛未盡若生廣果即彼愛未盡九者謂生欲色界色愛盡上愛未盡十者謂生欲色界空無邊處愛盡於八智或三四五六七八三者謂異生苦法忍位四者謂苦法智苦類忍位五者謂苦類智集法忍位六者謂集法智乃至滅法忍位七者謂滅法智乃至道法忍位八者謂道法智以上諸位於三三摩地或無或二或三無者謂諸異生二者謂諸聖者滅法忍未生三者謂滅法忍已生如成就初靜慮乃至成就第四靜慮隨所應亦爾

七補特伽羅謂隨信行隨法行信勝解見至身證慧解脱俱解脱隨信行等於味相應等四靜慮四無色幾成就幾不成就答隨信行於味相應四靜慮或無或一二三四無者謂色愛盡一者謂徧淨愛盡上愛未盡二者謂極光淨愛盡上愛未盡三者謂梵世愛盡上愛未盡四者謂梵世愛未盡於淨四靜慮或無或一二三四無者謂欲愛未盡一者謂欲愛盡上愛未盡二者謂梵世愛盡上愛未盡三者謂極光淨愛盡徧淨愛上愛未盡四者謂徧淨愛盡於無漏四靜慮或無或一二三四無者謂依未至定入正性離生一者謂依初靜慮或靜慮中間入正性離生二者謂依第二靜慮入正性離生三者謂依第三靜慮

入正性離生四者謂依第四靜慮入正性離生於味相應四無色或一二三四一者謂無所有處愛盡上愛未盡二者謂識無邊處愛盡上愛未盡三者謂空無邊處愛盡上愛未盡四者謂空無邊處愛未盡於淨四無色或無或一二三四無者謂色愛未盡一者謂色愛盡上愛未盡二者謂空無邊處愛盡上愛未盡三者謂識無邊處愛盡上愛未盡四者謂無所有處愛盡於無漏三無色皆不成就如隨信行隨法行亦爾信勝解於味相應四靜慮或無或一二三四無者謂色愛盡一者謂徧淨愛盡上愛未盡二者謂極光淨愛盡上愛未盡三者謂梵世愛盡上愛未盡四者謂梵世愛未盡於淨四靜慮或無或一二三四無者謂欲愛未盡若生無色界一者謂生

欲界欲愛盡上愛未盡若生梵世即彼愛未盡若生極光淨即彼愛未盡若生徧淨即彼愛未盡若生廣果二者謂生欲界梵世梵世愛盡上愛未盡若生極光淨即彼愛盡上愛未盡若生徧淨即彼愛盡三者謂生欲界梵世極光淨愛盡上愛未盡若生極光淨徧淨愛盡四者謂生欲界梵世徧淨愛盡於無漏四靜慮或無或一二三四無者謂欲愛未盡一者謂欲愛盡上愛未盡二者謂梵世愛盡上愛未盡三者謂極光淨愛盡上愛未盡四者謂徧淨愛盡於味相應四無色或一二三四一者謂無所有處愛盡上愛未盡二者謂識無邊處愛盡上愛未盡三者謂空無邊處愛盡上愛未盡四者謂空無邊處愛未盡於淨四無色或無或一二三四無者謂生欲色

界色愛未盡一者謂生欲色界色愛盡上愛未盡若生空無邊處即彼愛未盡若生識無邊處即彼愛未盡若生無所有處即彼愛未盡若生非想非非想處二者謂生欲色界空無邊處空無邊處愛盡上愛未盡若生識無邊處即彼愛盡上愛未盡若生無所有處即彼愛盡三者謂生欲色界空無邊處識無邊處愛盡上愛未盡若生識無邊處無所有處愛盡四者謂生欲色界空無邊處無所有處愛盡於無漏三無色或無或一二三無者謂色愛未盡一者謂色愛盡上愛未盡二者謂空無邊處愛盡上愛未盡三者謂識無邊處愛盡如信勝解見至亦爾身證於味相應四靜慮皆不成就於淨四靜慮或無或一二三四無者謂生非想非非想處一者謂生廣果二者謂生徧淨三者謂生極光淨四者謂生欲界梵世於無漏四靜慮皆成就於味相應四無色成就一不成就三於淨四無色或一或四一者謂生非想非非想處四者謂生欲色界於無漏三無色皆成就慧解脫於味相應四靜慮皆不成就於淨四靜慮或無或一二三四無者謂生無色界一者謂生廣果二者謂生徧淨三者謂生極光淨四者謂生欲界梵世於無漏四靜慮皆成就於味相應四無色皆不成就於淨四無色或一二三四一者謂生非想非非想處二者謂生無所有處三者謂生識無邊處四者謂生欲色界空無邊處於無漏三無色皆成就俱解脫於味相應四靜慮皆不成就於淨四靜慮或無或一二三四無者謂生非想非非想處一者謂生

廣果二者謂生徧淨三者謂生極光淨四者謂生欲界梵世於無漏四靜慮皆成就於味相應四無色皆不成就於淨四無色或一或四一者謂生非想非非想處四者謂生欲色界於無漏三無色皆成就頗有成就味相應四靜慮非淨非無漏耶答有謂欲愛未盡頗有成就淨四靜慮非味相應非無漏耶答有謂異生生欲界梵世色愛盡頗有成就無漏四靜慮非味相應非淨耶答有謂聖者生無色界頗有成就淨無漏四靜慮非味相應耶答有謂聖者生欲界梵世色愛盡頗有成就餘二或三耶答無頗有不成就味相應四靜慮非淨非無漏耶答有謂聖者生欲界梵世色愛盡頗有不成就淨四靜慮非味相應非無漏耶答無頗有不成就無漏四靜慮非味相應非淨耶答無頗有不成就味相應淨四靜慮非無漏耶答有謂聖者生無色界頗有不成就味相應無漏四靜慮非淨耶答有謂異生生欲界梵世色愛盡頗有不成就淨無漏四靜慮非味相應耶答有謂欲愛未盡頗有不成就味相應淨無漏四靜慮耶答有謂異生生無色界頗有成就味相應四無色非淨非無漏耶答有謂色愛未盡頗有成就淨無漏四無色非味相應耶答有謂生欲色界空無邊處阿羅漢頗有成就餘耶答無頗有不成就味相應四無色非淨非無漏耶答有謂生欲色界空無邊處阿羅漢頗有不成就淨無漏四無色非味相應耶答有謂色愛未盡頗有不成就餘耶答無

頗有得味相應四靜慮非淨非無漏耶答有

謂色愛盡起欲界纏退時若無色界沒生欲界時頗有得無漏四靜慮非味相應非淨耶答有謂依第四靜慮入正性離生若得阿羅漢果時頗有得餘耶答無頗有捨味相應四靜慮非淨非無漏耶答無頗有捨淨四靜慮非味相應非無漏耶答有謂異生徧淨愛盡起欲界纏退時若欲界梵世沒生無色界時頗有捨淨無漏四靜慮非味相應耶答有謂聖者徧淨愛盡起欲界纏退時頗有捨餘耶答無頗有得味相應四無色非淨非無漏耶答有謂阿羅漢起欲色界纏退時頗有得無漏三無色非味相應非淨耶答有謂得阿羅漢果時頗有得餘耶答無頗有捨味相應四無色非淨非無漏耶答無頗有捨淨四無色非味相應非無漏耶答有謂異生無所有處愛盡起欲色界纏退時頗有捨淨無漏四無色非味相應耶答有謂聖者無所有處愛盡起欲色界纏退時頗有捨餘耶答無

頗有退味相應四靜慮非淨非無漏耶答無頗有退淨四靜慮非味相應非無漏耶答有謂異生徧淨愛盡起欲界纏退時頗有退淨無漏四靜慮非味相應耶答有謂聖者徧淨愛盡起欲界纏退時頗有退餘耶答無頗有退味相應四無色非淨非無漏耶答無頗有退淨四無色非味相應非無漏耶答有謂異生無所有處愛盡起欲色界纏退時頗有退淨無漏四無色非味相應耶答有謂聖者無所有處愛盡起欲色界纏退時頗有退餘耶答無

頗有味相應四靜慮頓得耶答有謂色愛盡

起欲界梵世纏退時若無色界沒生欲界梵世時頗有味相應四靜慮頓捨耶答無頗有味相應四靜慮漸得耶答有頗有味相應四靜慮漸捨耶答有頗有淨四靜慮頓得耶答無頗有淨四靜慮頓捨耶答有謂徧淨愛盡起欲界纏退時若欲界梵世沒生無色界時頗有淨四靜慮漸得耶答有頗有淨四靜慮漸捨耶答有頗有無漏四靜慮頓得耶答有謂依第四靜慮入正性離生若得阿羅漢果頗有無漏四靜慮頓捨耶答有謂聖者徧淨愛盡起欲界纏退時頗有無漏四靜慮漸得耶答有頗有無漏四靜慮漸捨耶答有頗有味相應四無色頓得耶答有謂阿羅漢起欲色界空無邊處纏退時頗有味相應四無色頓捨耶答無頗有味相應四無色漸得耶答有頗有味相應四無色漸捨耶答有頗有淨四無色頓得耶答無頗有淨四無色頓捨耶答有謂無所有處愛盡起欲色界纏退時頗有淨四無色漸得耶答有頗有淨四無色漸捨耶答有頗有無漏三無色頓得耶答有謂得阿羅漢果時頗有無漏三無色頓捨耶答有謂聖者識無邊處愛盡起欲色界纏退時頗有無漏三無色漸得耶答有頗有無漏三無色漸捨耶答有

身語表無表依何定滅答身語表依初或未至身語無表依四或未至三惡行三妙行三不善根三善根依何定滅答依未至四非聖語四聖語四生四種入胎四識住依何定滅答四非聖語四聖語胎卵濕生四種入胎依未至化生後三識住依七或未至色識住依

四或未至五蘊五取蘊五趣五妙欲五學處依何定滅答色蘊色取蘊依四或未至四蘊四取蘊天趣依七或未至餘四趣五妙欲五學處依未至六內處六外處六識身六觸身六受身六想身六思身六愛身依何定滅答五內處色聲觸外處依四或未至意內處法外處意識身及彼相應觸受想思愛身依七或未至香味外處鼻舌識身及彼相應觸受想思愛身依未至眼耳身識身及彼相應觸受想思愛身依初或未至七識住八世法九有情居十業道依何定滅答初識住八世法初有情居十業道依未至第二識住有情居依初或未至第三識住有情居依二或未至第四識住有情居依三或未至第五有情居依四或未至第五識住第六有情居依五或未至第六識住第七有情居依六或未至第七識住第八第九有情居依七或未至四靜慮四無量四無色八解脫八勝處十徧處依何定滅答初靜慮依初或未至第二靜慮喜無量初二解脫前四勝處依二或未至第三靜慮依三或未至第四靜慮三無量淨解脫後四勝處前八徧處依四或未至空無邊處及彼解脫徧處依五或未至識無邊處及彼解脫徧處依六或未至後二無色後三解脫依七或未至他心智世俗智依何定滅答他心智依四或未至世俗智依七或未至

定蘊第七中不還納息第四

不還學無學　順逆位極一　菩薩記願智
無諍四雙別　住斷法調伏　法隨法及行
法輪正法世　此章願具說

有五不還謂中般涅槃生般涅槃有行般涅槃無行般涅槃上流往色究竟爲五攝一切爲一切攝五耶答一切攝五非五攝一切不攝何等謂現法般涅槃及往無色不還中般涅槃生般涅槃何者爲勝答若住等斷則中般涅槃爲勝若生般涅槃斷結多則彼爲勝中般涅槃乃至上流往色究竟何者爲勝答若住等斷則中般涅槃爲勝若乃至上流往色究竟斷結多則彼爲勝如是生般涅槃乃至上流往色究竟有行般涅槃乃至上流往色究竟無行般涅槃上流往色究竟何者爲勝答若住等斷則生般涅槃等爲勝若有行般涅槃等斷結多則彼爲勝

諸學彼一切爲得未得而學耶設爲得未得而學彼一切學耶答應作四句有學非爲得未得而學謂學住本性有爲得未得而學彼非學謂阿羅漢及異生進求上法有學亦爲得未得而學謂學進求上法有非學亦非爲得未得而學謂阿羅漢及異生住本性諸無學彼一切不爲得未得而學耶設不爲得未得而學彼一切無學耶答應作四句有無學非不爲得未得而學謂阿羅漢進求上法有不爲得未得而學非無學謂學及異生住本性有無學亦不爲得未得而學謂阿羅漢住本性有非無學亦非不爲得未得而學謂學及異生進求上法

順流是何義答於諸生諸趣諸有諸種類諸生死爲支爲門爲事爲道爲迹向是順流義逆流是何義答於生滅趣滅有滅種類滅生死滅爲支爲門爲事爲道爲迹向是逆流義

自住是何義答非於諸生乃至諸生死爲支乃至爲迹向亦非於生滅乃至生死滅爲支乃至爲迹向是自住義諸阿羅漢彼一切自住耶設自住彼一切阿羅漢耶答諸阿羅漢彼一切皆自住有自住非阿羅漢謂不還如世尊言

永斷五煩惱　學滿無引法　得自在定根

是人名自住

諸得極禁彼一切得極迹耶設得極迹彼一切得極禁耶答諸得極禁彼一切得極迹有得極迹非得極禁謂不還如世尊言云何苾芻得極迹謂於五順下分結永斷徧知齊何名菩薩答應能造作增長相異熟業得何名菩薩答得相異熟業如說慈氏汝於來世當得作佛名慈氏如來應正等覺此何智答因智道智此於何轉答有於相異熟業轉由此名因智有於無漏根力覺支道支得阿耨多羅三藐三菩提轉由此名道智如說此苾芻即於現法當辦聖旨此何智答道智此於何轉答此於無漏根力覺支道支得諸漏永盡轉由此名道智

願智云何答如阿羅漢成就神通得心自在隨欲知義發正願巳便入邊際第四靜慮從定起巳如願皆知願智當言善耶無記耶答或善或無記

云何無諍行答一切阿羅漢善達內時外不如是若亦善達外時名無諍行無諍名何法答令他相續無雜穢轉

如說我弟子中因儒童黠慧第一婆呬迦等敏捷第一此二何差別答尊者因儒童心直

心無曲心淳質增上尊者婆呬迦等心輭心調柔心和順增上如說我弟子中小路於心迴善大路於想迴善此二何差別答尊者小路多住於心循心觀念住尊者大路多住於法循法觀念住如說我弟子中舍利子具大慧辯執大藏得無礙解此二何差別答尊者舍利子多住義無礙解尊者執大藏多住四無礙解如說我弟子中大迦葉波少欲善足具杜多行薄矩羅少病節儉具淨戒行此二何差別答尊者大迦葉波所得飲食若麤若妙隨次第食無所簡別尊者薄矩羅所得飲食或麤或妙簡去妙者而食麤者復次尊者大迦葉波廣識大福易得衣服飲食卧具醫藥及餘資具先不受杜多功德而能奉行尊者薄矩羅非廣識大福難得衣服飲食卧具醫藥及餘資具先受杜多功德亦能奉行少識苾芻受杜多功德於中隨轉此不爲難如說大名學多住五蓋漸斷此中云何學答預流或一來云何學多住五蓋漸斷答漸斷漸離漸伏漸背如說苾芻法珊度沙故毗柰耶珊度沙故法珊度沙云何法答八支聖道云何毗柰耶答貪瞋癡滅云何法珊度沙故毗柰耶珊度沙毗柰耶珊度沙故法珊度沙答若於八支聖道不修習時彼於貪瞋癡滅不能作證若於貪瞋癡滅不作證時彼於八支聖道不能修習由此因緣故作是說

如說法隨法行云何法答寂滅涅槃云何隨法答八支聖道云何法隨法行答若於此中隨義而行復次別解脫名法別解脫律儀名隨法若於此中隨義而行名法隨法行復次

身律儀語律儀命清淨名法受此名隨法若
於此中隨義而行名法隨法行
云何法輪答八支聖道齊何當言轉法輪答
若時具壽阿若多憍陳那見法云何正法答
無漏根力覺支道支齊何當言正法住答若
時行法者住齊何當言正法滅答若時行法
者滅
若初入無漏初靜慮由得此故得諸餘無漏
心心所法故何世攝答未來若初入乃至無
漏無所有處由得此故得諸餘無漏心心所
法彼何世攝答未來諸生何世攝答未來諸
滅何世攝答現在若餘者

阿毗達磨發智論卷第十八 說一切有部

阿毗達磨發智論卷第十九

尊者迦多衍尼子造

唐三藏法師玄奘奉　詔譯

定蘊第七中一行納息第五

一行六七修　斷正性二智　二樂異二起
想定出定聞　定不定覺支　斷知天眼耳
退得五通果　此章願具說

三三摩地謂空無願無相若成就空彼無願耶答如是設成就無願彼空耶答如是若成就空彼無相耶答若得設成就無相彼空耶答如是若成就無願彼無相耶答若得設成就無相彼無願耶答如是

若成就過去空彼未來耶答如是設成就未來空彼過去耶答若已滅不失則成就若未已滅設已滅而失則不成就若成就過去空彼現在耶答若現在前設成就現在空彼過去耶答若已滅不失則成就若未已滅設已滅而失則不成就若成就未來空彼現在耶答若現在前設成就現在空彼未來耶答如是若成就過去空彼未來現在耶答未來成就現在若現在前設成就未來現在空彼過去耶答若已滅不失則成就若未已滅設已滅而失則不成就若成就未來空彼過去現在耶答有成就未來空非過去現在有及過去非現在有及現在非過去有及過去現在成就未來空非過去現在者謂已得空未已滅設已滅而失不現在前及過去非現在者謂空已滅不失不現在前及現在非過去者謂空現在前未已滅設已滅而失及過去現在者謂空已滅不失現在前設成就過去現

在空彼未來耶答如是若成就現在空彼過去未來耶答未來成就過去若已滅不失則成就若未已滅設已滅而失則不成就設成就過去未來空彼現在耶答若現在前如空歷作六句應知無願無相亦爾

若成就過去空彼過去無願耶答若已滅不失則成就若未已滅設已滅而失則不成就設成就過去無願彼過去空耶答若已滅不失則成就若未已滅設已滅而失則不成就若成就過去空彼未來無願耶答如是設成就未來無願彼過去空耶答若已滅不失則成就若未已滅設已滅而失則不成就若成就過去空彼現在無願耶答若現在前設成就現在無願彼過去空耶答若已滅不失則成就若未已滅設已滅而失則不成就若成就過去空彼過去現在無願耶答有成就過去空非過去現在無願有及過去非現在有及現在非過去有及過去現在成就過去空非過去現在無願者謂空已滅不失無願未已滅設已滅而失不現在前及過去非現在者謂空無願已滅不失無願不現在前及現在非過去者謂空已滅不失無願現在前未已滅設已滅而失及過去現在者謂空無願已滅不失無願現在前設成就過去現在無願彼過去空耶答若已滅不失則成就若未已滅設已滅而失則不成就若成就過去空彼未來現在無願耶答未來成就現在若現在前設成就未來現在無願彼過去空耶答若已滅不失則成就若未已滅設已滅而失則不成就若成就過去空彼過去未來無願

耶答未來成就過去若已滅不失則成就若未已滅設已滅而失則不成就設成就過去未來無願彼過去空耶答若已滅不失則成就若未已滅設已滅而失則不成就若成就過去空彼過去未來現在無願耶答有成就過去空及未來無願非過去現在有及未來現在非過去有及過去未來非現在有及過去未來現在成就過去空及未來無願非過去現在者謂空已滅不失無願未已滅設已滅而失不現在前及未來現在非過去者謂空已滅不失無願現在前非已滅設已滅而失及過去未來非現在者謂空無願已滅不失無願不現在前及過去未來現在者謂空無願已滅不失無願現在前設成就過去未來現在無願彼過去空耶答若已滅不失則成就若未已滅設已滅而失則不成就若成就過去空彼過去無相耶答若已滅不失則成就若未已滅設已滅而失則不成就設成就過去無相彼過去空耶答若已滅不失則成就若未已滅設已滅而失則不成就若成就過去空彼未來無相耶答若得設成就未來無相彼過去空耶答若已滅不失則成就若未已滅設已滅而失則不成就若成就過去空彼現在無相耶答若現在前設成就現在無相彼過去空耶答若已滅不失則成就若未已滅設已滅而失則不成就若成就過去空彼過去現在無相耶答有成就過去空非過去現在無相有及過去非現在有及現在非過去有及過去現在成就過去空非過去現在無相者謂空已滅不失無相未

已滅設已滅而失不現在前及過去非現在者謂空無相已滅不失無相不現在前及現在非過去者謂空已滅不失無相現在前未已滅設已滅而失及過去現在者謂空無相已滅不失無相現在前設成就過去現在無相彼過去空耶答若已滅不失則成就若未已滅設已滅而失則不成就若成就過去空彼未來現在無相耶答有成就過去空非未來現在無相有及未來非現在有及未來現在成就過去空非未來現在無相者謂空已滅不失未得無相及未來非現在者謂空已滅不失已得無相不現在前及未來現在者謂空已滅不失無相現在前設成就未來現在無相彼過去空耶答若已滅不失則成就若未已滅設已滅而失則不成就若成就過去空彼過去未來無相耶答有成就過去空非過去未來無相有及未來非過去有及過去未來成就過去空非過去未來無相者謂空已滅不失未得無相及未來非過去者謂空已滅不失已得無相未已滅設已滅而失及過去未來者謂空無相已滅不失設成就過去未來無相彼過去空耶答若已滅不失則成就若未已滅設已滅而失則不成就若成就過去空彼過去未來現在無相耶答有成就過去空非過去未來現在無相有及未來非過去現在有及未來現在非過去有及過去未來非現在有及過去未來現在成就過去空非過去未來現在無相者謂空已滅不失未得無相及未來非過去現在者謂空已滅不失已得無相未已滅設已滅而失不

現在前及未來現在非過去者謂空已滅不失無相現在前未已滅設已滅而失及過去未來非現在者謂空無相已滅不失無相不現在前及過去未來現在者謂空無相已滅不失無相現在前設成就過去未來現在無相彼過去空耶答若已滅不失則成就若未已滅設已滅而失則不成就如空對無相應知無願對無相亦爾如小七應知大七亦爾差別者以二對一如以過去空過去無願對過去無相有七

若修空彼無願耶設修無願彼空耶答應作四句有修空非無願謂已得空現在前有修無願非空謂已得無願現在前若未得無願現在前不修空有俱修謂未得空現在前若未得無願現在前修空若未得無相及未得世俗智現在前修空無願有俱不修謂已得無相現在前若未得無相現在前不修空無願若已得世俗智現在前若未得世俗智現在前不修空無願一切異生染汙無記心在前不修空無願一切異生染汙無記心在無想定滅盡定生無想天若修空彼無相耶設修無相彼空耶答應作四句有修空非無相謂已得空現在前若未得空現在前不修無相非空謂已得無相現在前若未得無相現在前修無相若未得無相現在前修空若未得無願及未得世俗智現在前修空無相有俱不修謂已得無願現在前若未得無願現在前不修空無相若已得世俗智現在前若未得世俗智現在前不修空無相一切異生染汙

心無記心在無想定滅盡定生無想天若修無願彼無相耶設修無相彼無願耶答應作四句有修無願非無相謂已得無願現在前若未得無願及未得空現在前不修無相有修無相非無願謂已得無相現在前若未得無相現在前不修無願有俱修謂未得無願現在前修無相若未得無相現在前修無願若未得空及未得世俗智現在前修無願無相有俱不修謂已得空及已得世俗智現在前若未得世俗智現在前不修無願無相一切異生染汙心無記心在無想定滅盡定生無想天

頗有結空所斷非無願無相耶答無頗有結無願所斷非空無相耶答有謂見集見道所斷結無願斷頗有結無相所斷非空無願耶答有謂見滅所斷結無相斷頗有結空無願所斷非無相耶答有謂見苦所斷結空無願斷頗有結空無相所斷非無願耶答無頗有結無願無相所斷非空耶答無頗有結空無願無相所斷耶答有謂學見迹修所斷結空無願無相斷頗有結非空無願無相所斷而是所斷耶答有謂異生所斷結

云何作意入正性離生答或無常或苦或空或無我思惟何繫行入正性離生答欲界繫

盡智當言於身循身觀念住耶乃至當言於法循法觀念住耶答盡智應言或於身循身觀念住或於受或於心或於法循法觀念住如盡智無生智亦爾

諸無漏初靜慮樂諸輕安等覺支樂此何差別答無差別諸無漏第二靜慮樂諸輕安等

覺支樂此何差別答無差別
若從等持出彼所緣耶設從所緣出彼等持耶答應作四句有從等持出非所緣謂如有一思惟此相入初靜慮彼復思惟此相入第二靜慮有從所緣出非等持謂如有一思惟此相入初靜慮彼不出初靜慮復思惟餘相有從等持出亦所緣謂如有一思惟此相入初靜慮彼思惟餘相入第二靜慮有非從等持出亦非所緣謂如有一思惟此相入初靜慮住經多時如說苾芻乃至想定能達聖旨
世尊弟子生非想非非想處彼依何定得阿羅漢果答無漏無所有處
如說尊者大目揵連言具壽我自憶住無所有處定聞曼陀枳尼池側有衆多龍象哮吼等聲彼尊者爲在定聞爲起定耶答起定聞非在定
諸不定彼一切非聰慧無明趣耶答諸不定彼一切非聰慧無明趣有非聰慧無明趣而非不定謂邪定諸定彼一切聰慧明趣耶答諸聰慧明趣彼一切定有定彼非聰慧無明趣謂邪定諸不定彼一切不成就等覺支耶答諸不定彼一切不成就等覺支有不成就等覺支而非不定謂邪定諸定彼一切成就等覺支耶答諸成就等覺支彼一切定有定而不成就等覺支謂邪定
諸成就等覺支彼成就無漏法耶答諸成就等覺支彼成就無漏法有成就無漏法非等覺支謂諸異生諸不成就等覺支彼不成就無漏法耶答無不成就無漏法有不成就等覺支謂諸異生諸得等覺支彼得無漏法耶

答諸得等覺支彼得無漏法有得無漏法非等覺支謂諸異生諸捨等覺支彼捨無漏法耶答無全捨等覺支亦無全捨無漏法諸退等覺支彼退無漏法耶答無全退等覺支亦無全退無漏法

諸未斷彼未徧知耶答諸未徧知彼未斷有未斷非未徧知謂若智徧知故已徧知非斷徧知故已斷諸已斷彼已徧知耶答諸已斷彼已徧知有已徧知非已斷謂若智徧知故已徧知非斷徧知故已斷

諸有此生眼不見色彼依何法引發天眼耶答如有一得自性生念先餘生中眼曾見色彼依此故引發天眼諸有此生耳不聞聲彼依何法引發天耳耶答如有一得自性生念先餘生中耳曾聞聲彼依此故引發天耳何故異生退時見修所斷結增益世尊弟子退時唯修所斷結增益耶答異生用此道斷見所斷結即用此道斷修所斷結故彼退時二結俱增益世尊弟子用此道斷見所斷結彼於此道定不退用餘道斷修所斷結彼於餘道有退有不退世尊弟子設用此道斷見所斷結即用此道斷修所斷結者彼亦無退何故上三果有退非預流果耶答修所斷結依有事起謂有淨相有不淨相彼由非理作意觀淨相時便於不淨想退見所斷結依無事起無有一法是我我所可令彼觀於無我見退退上三果時諸所得無漏根力覺支道支當言曾得得未曾得得耶答應言曾得得無色界沒生欲界時諸所得蘊界處善不善無記根結縛隨眠隨煩惱纏當言曾得得未曾

得得耶答應言善染汙法曾得得異熟法未曾得得無色界沒生色界時諸所得蘊界處善無記根結縛隨眠隨煩惱纏當言曾得得未曾得得耶答應言善染汙法曾得得異熟法未曾得得色界沒生欲界時諸所得蘊界處等如無色界沒生欲界說

依初靜慮引發神境通道時彼極遠至何處耶答乃至梵世依初靜慮引發天耳通道時彼極遠聞何繫聲耶答乃至梵世依初靜慮引發他心通道時彼極遠知何繫心心所法耶答乃至梵世依初靜慮引發宿住隨念通道時彼極遠憶何繫宿住事耶答乃至梵世依初靜慮引發天眼通道時彼極遠見何繫色耶答乃至梵世如依初靜慮乃至依第四靜慮各隨自處廣說亦爾

若於苦思惟苦得阿羅漢果彼思惟何繫苦答無色界繫若於集思惟集得阿羅漢果彼思惟何繫集答無色界繫集若於滅思惟滅得阿羅漢果彼思惟何繫諸行滅答或欲界繫或色無色界繫諸行滅若於道思惟道得阿羅漢果彼思惟何繫諸行能斷道答或欲界繫或色無色界繫諸行能斷道

見蘊第八中念住納息第一

念住有六門　如實知有八　貪瞋癡增減
死受涅槃心　弟子先涅槃　佛涅槃出定
四有三有行　此章願具說

四念住謂身受心法念住若修身念住彼受耶設修受念住彼身耶答應作四句有修身念住非受謂已得身念住現在前有修受念住非身謂已得受念住現在前若未得受念

住現在前不修身若未得心法念住現在前修受非身有俱修謂未得身念住現在前若未得受念住現在前修身若未得心法念住現在前修身受有俱不修謂已得心法念住現在前若未得法念住現在前不修身受一切染汙心無記心在無想定滅盡定生無想天如身念住受念住應知身念住心念住亦爾若修身念住彼法耶設修法念住彼身耶答應作四句有修身念住非法謂已得身念住現在前有修法念住非身謂已得法念住現在前若未得法念住現在前不修身若未得受心念住現在前修法非身有俱修謂未得身念住現在前若未得法念住現在前修身若未得受心念住現在前修身法有俱不修謂已得受心念住現在前一切染汙心無記心在無想定滅盡定生無想天若修受念住彼心耶設修心念住彼受耶答應作四句有修受念住非心謂已得受念住現在前有修心念住非受謂已得心念住現在前有俱修謂未得身受心念住現在前若未得法念住現在前修受心有俱不修謂已得身法念住現在前若未得法念住現在前不修受心一切染汙心無記心在無想定滅盡定生無想天若修受念住彼法耶設修法念住彼受耶答應作四句有修受念住非法謂已得受念住現在前有修法念住非受謂已得法念住現在前若未得法念住現在前不修受有俱修謂未得身受心念住現在前若未得法念住現在前修受有俱不修謂已得身心念住現在前一切染汙心無記心在無想定滅

盡定生無想天如受念住法念住應知心念住法念住亦爾

於身循身觀念住當言法類世俗苦集道智當言有尋有伺無尋唯伺無尋無伺當言樂喜捨根相應當言空無願三摩地俱當言緣欲色界繫及不繫於受循受觀念住當言法類他心世俗苦集道智當言有尋有伺等三當言樂喜捨根相應當言空無願三摩地俱當言緣三界繫不繫如於受於心亦爾於法循法觀念住當言法類他心世俗苦集滅道智當言有尋有伺等三當言樂喜捨根相應當言空無願無相三摩地俱當言緣三界繫不繫

如說受樂受時如實知受樂受此四智謂法類世俗道受苦受時如實知受苦受此一智謂世俗受不苦不樂受時如實知受不苦不樂受此四智謂法類世俗道受樂身受苦身受不苦不樂身受及苦心受時如實知此一智謂世俗受樂心受不苦不樂心受時如實知此四智謂法類世俗道受樂有味受苦有味受不苦不樂有味受及苦無味受時如實知此一智謂世俗受樂無味受不苦不樂無味受時如實知此四智謂法類世俗道受樂躭嗜依受苦躭嗜依受不苦不樂躭嗜依受及苦出離依受時如實知此一智謂世俗受樂出離依受不苦不樂出離依受時如實知此四智謂法類世俗道

如說有貪心如實知有貪心此一智謂世俗離貪心如實知離貪心此四智謂法類世俗道如有貪心離貪心應知有癡心離癡心染

心不染心略心散心下心舉心小心大心掉心不掉心不寂靜心寂靜心不定心定心不修心修心不解脫心解脫心亦爾有瞋心如實知有瞋心此一智謂世俗離瞋心如實知離瞋心此三智謂法世俗道

如說有內貪欲蓋如實知有內貪欲蓋此一智謂世俗無內貪欲蓋如實知無內貪欲蓋此三智謂法世俗道如未生內貪欲蓋而生如實知此一智謂世俗生已便斷斷已後不復生如實知此三智謂法世俗道如貪欲蓋應知瞋恚惛沉睡眠掉舉惡作疑蓋亦爾

如說有內眼結如實知有內眼結此一智謂世俗無內眼結如實知無內眼結此四智謂法類世俗道如未生內眼結而生如實知此一智謂世俗生已便斷斷已後不復生如實知此四智謂法類世俗道如眼結應知耳身意結亦爾鼻舌結如蓋說

如說有內念等覺支如實知有內念等覺支此四智謂法類世俗道無內念等覺支如實知無內念等覺支此一智謂世俗如未生念等覺支而生生已住不忘令圓滿倍增廣智作證此四智謂法類世俗道如念等覺支應知擇法精進喜安定捨等覺支亦爾

如說等隨觀自貪瞋癡增云何貪瞋癡增答有下貪瞋癡纏故中有中故上是謂增如說等隨觀自貪瞋癡減云何貪瞋癡減答無上貪瞋癡纏故中無中故下是謂減

云何死邊際受答由此末摩斷命根滅齊何當言死邊際受答齊此末摩斷命根滅何處攝答法處幾識相應答身識意識初末摩斷

受身識相應最後受意識相應

阿羅漢般涅槃心當言善耶無記耶答當言無記

何故雙賢弟子先般涅槃然後佛耶答彼二尊者先長夜中造作增長感無斷業匆空無果異熟故復次由法爾故

如說世尊依不動寂靜定而般涅槃世間眼滅此爲在定爲出定耶答出定如說四有謂本有死有中有生有云何本有答除生分死分諸蘊中間諸有云何死有答死分諸蘊云何中有答除死分生分諸蘊中間諸有云何生有答生分諸蘊

諸欲有彼一切五行耶設五行彼一切欲有耶答應作四句有欲有非五行謂欲界有情住不同分心及住無想滅盡定有五行非欲有謂色界有想天住同分心若無想天不得無想有欲有亦五行謂欲界有情住同分心有非欲有亦非五行謂色界有想天住不同分心及住無想滅盡定若無想天得無想若生無色界諸色有有想天彼一切五行耶設五行彼一切色有有想天耶答應作四句有色有有想天非五行謂色界有想天住不同分心及住無想滅盡定有五行非色有有想天謂欲界有情住同分心若無想天不得無想有色有有想天亦五行謂色界有想天住同分心有非色有有想天亦非五行謂欲界有情住不同分心及住無想滅盡定若無想天得無想若生無色界諸色有無想天彼一切二行耶設二行彼一切色有無想天耶答應作四句有色有無想天非二行謂無想天

不得無想有二行非色有無想天謂欲界有情住不同分心及住無想滅盡定若色界有想天住不同分心及住無想滅盡定有色有無想天亦二行謂無想天得無想有非色有無想天亦非二行謂欲界有情色界有想天住同分心若生無色界諸無色有彼一切四行耶設四行彼一切無色有耶答諸四行彼一切無色有有無色有非四行謂無色界有情住不同分心

頗有有五行耶答有謂欲界有情及色界有想天住同分心若無想天不得無想頗有有四行耶答有謂無色界有情住同分心頗有有三行耶答無頗有有二行耶答有謂欲界有情及色界有想天住不同分心若住無想滅盡定若無想天得無想頗有有一行耶答有謂無色界有情住不同分心頗有有無行耶答無

見蘊第八中三有納息第二

三有隨眠想　六尋明無明　對因等有無

此章願具說

諸捨欲有欲有相續彼一切欲界法滅欲界法現在前耶答諸捨欲有欲有相續彼一切欲界法滅欲界法現在前有欲界法滅欲界法現在前而非捨欲有欲有相續謂不命終而欲界法滅欲界法現在前諸捨欲有色有相續彼一切欲界法滅色界法現在前耶答諸捨欲有色有相續彼一切欲界法滅色界法現在前有欲界法滅色界法現在前而非捨欲有色有相續謂不命終欲界法滅色界法現在前諸捨欲有無色有相續彼一切欲

界法滅無色界法現在前耶答如是設欲界法滅無色界法現在前彼一切捨欲有無色有相續耶答如是諸捨色有色有相續彼一切色界法滅色界法現在前耶答諸捨色有色有相續彼一切色界法滅色界法現在前有色界法滅色界法現在前而非捨色有色有相續謂不命終色界法滅色界法現在前諸捨色有欲有相續彼一切色界法滅欲界法現在前耶答諸捨色有欲有相續彼一切色界法滅欲界法現在前有色界法滅欲界法現在前而非捨色有欲有相續謂不命終而色界法滅欲界法現在前諸捨色有無色有相續彼一切色界法滅無色界法現在前耶答諸捨色有無色有相續彼一切色界法滅無色界法現在前有色界法滅無色界法

現在前而非捨色有無色有相續謂不命終色界法滅無色界法現在前諸捨無色有無色有相續彼一切無色界法滅無色界法現在前耶答諸捨無色有無色有相續彼一切無色界法滅無色界法現在前有無色界法滅無色界法現在前而非捨無色有無色有相續謂不命終無色界法滅無色界法現在前諸捨無色有欲有相續彼一切無色界法滅欲界法現在前耶答如是設無色界法滅欲界法現在前彼一切捨無色有欲有相續耶答如是諸捨無色有色有相續彼一切無色界法滅色界法現在前耶答諸捨無色有色有相續彼一切無色界法滅色界法現在前有無色界法滅色界法現在前而非捨無色有色有相續謂不命終而無色界法滅色

界法現在前
何故欲界隨眠不於色界法隨增耶答界應雜亂及應不可知離欲染故何故欲界隨眠不於無色界法隨增耶答界應雜亂及應不可知離欲染故何故色界隨眠不於欲界法隨增耶答界應雜亂及彼非此所緣故何故色界隨眠不於無色界法隨增耶答界應雜亂及應不可知離色染故何故無色界隨眠不於欲界法隨增耶答界應雜亂及彼非此所緣故何故無色界隨眠不於色界法隨增耶答界應雜亂及彼非此所緣故何故欲界不徧行隨眠不徧於欲界法隨增耶答此應成徧行及彼非此所緣故何故色界不徧行隨眠不徧於色界法隨增耶答此應成徧行及彼非此所緣故何故無色界不徧行隨眠不徧於無色界法隨增耶答此應成徧行及彼非此所緣故

有十想謂無常想乃至滅想若修無常想彼思惟無常想耶答應作四句有修無常想不思惟無常想謂緣餘法修無常想有思惟無常想不修無常想謂緣無常想修餘想有修無常想亦思惟無常想謂緣無常想修無常想有不修無常想亦不思惟無常想謂除前想如無常想無常苦想苦無我想亦爾不淨想猒食想一切世間不可樂想死想斷想離想滅想隨應當知

若起欲尋彼思惟欲尋耶答應作四句有起欲尋不思惟欲尋謂緣餘法起欲尋有思惟欲尋不起欲尋謂緣欲尋起餘尋有起欲尋亦思惟欲尋謂緣欲尋起欲尋有不起欲尋

亦不思惟欲尋謂除前想如欲尋恚尋害尋出離尋無恚尋無害尋亦爾

諸法因無明彼法緣無明耶答若法因無明彼法緣無明有法緣無明不因無明謂除無明異熟諸餘無覆無記行及善行諸法因明彼法緣明耶答若法因明彼法緣明有法緣明不因明謂初明及諸有漏行諸法因無明彼法緣明耶答若法因無明彼法緣明有法緣明不因無明謂除無明異熟諸餘無覆無記行及善行諸法因明彼法緣無明耶答若法因明彼法緣無明有法緣無明不因明謂初明及諸有漏行諸法因無明彼法不善耶答若法不善彼法因無明有法因無明非不善謂無明異熟及有覆無記行諸法因明彼法善耶答若法因明彼法善有法善不因明謂初明及善有漏行頗有法不因明不因無明彼法非無因耶答有謂除無明異熟諸餘無覆無記行及初明善有漏行

見蘊第八中想納息第三

想心知等四　無緣法見疑　因道等攝三

此章願具說

諸法無常想生彼法無常想相應耶答應作四句有法無常想生非無常想相應謂無常想現前必滅餘想現前必生彼相應法有法無常想相應非無常想生謂餘想現前必滅無常想現前必生彼相應法有法無常想生亦無常想相應謂無常想現前必滅無常想現前必生彼相應法有法非無常想生亦非無常想相應謂餘想現前必滅餘想現前必生彼相應法如無常想乃至滅想亦爾諸法

無常想生彼法無常想一緣耶答應作四句有法無常想生非無常想一緣謂無常想現前必滅餘想現前必生彼有餘緣有法無常想一緣非無常想生謂餘想現前必滅無常想現前必生彼有此緣有法無常想生無常想一緣謂無常想現前必滅無常現前必生彼有此緣有法非無常想生亦非無常想一緣謂餘想現前必滅餘想現前必生彼有餘緣如無常想乃至滅想亦爾

諸法由心起非不由心若時心起爾時彼法耶答心先起後彼法若時心滅爾時彼法耶答心先滅後彼法若時心得爾時彼法耶答心先得後彼法若時心捨爾時彼法耶答彼心先捨後乃至若時心受異熟爾時彼法耶答或爾時或餘時

頗有法是所通達所徧知非所斷非所修非所作證耶答有謂虛空非擇滅頗有法是所通達所徧知非所斷非所修是所作證耶答有謂擇滅頗有法是所通達所徧知非所斷是所修是所作證耶答有謂無漏有爲法頗有法是所通達所徧知是所斷是所修是所作證耶答有謂善有漏行頗有法是所通達所徧知是所斷非所修是所作證耶答有謂定所起天眼耳頗有法是所通達所徧知是所斷非所修非所作證耶答有謂除定所起天眼耳餘無記行不善法頗有法無緣因緣無緣法緣無緣法俱生是有是有性非無非無性異色異受想識異相應行耶答有謂五識身彼相應法及緣色無爲心不相應行意識身彼相應法所有生老住無常此法無緣

因緣無緣法緣無緣法俱生是有是有性非無非無性異色異受想識此法於彼法當言因當言緣耶答當言因當言緣此法當言善耶不善耶無記耶答於善法當言善於不善法當言不善於無記法當言無記此法幾隨眠隨增幾結繫答三界有漏緣隨眠隨增九結繫見相應受幾隨眠隨增答三界有漏緣及無漏緣見彼相應無明隨眠隨增見不相應受幾隨眠隨增答除無漏緣見彼相應無明餘隨眠隨增疑相應受幾隨眠隨增答三界見所斷有漏緣及無漏緣疑彼相應無明隨眠隨增疑不相應受幾隨眠隨增答除無漏緣疑彼相應無明餘隨眠隨增

因道緣起法幾界幾處幾蘊攝答十八界十二處五蘊除眼觸等起想受心相應法及耳觸等起想受心不相應法餘法幾界幾處幾蘊攝答十八界十二處五蘊乃至除身觸等起想受心相應法及意觸等起想受心不相應法餘法幾界幾處幾蘊攝答十八界十二處五蘊

阿毗達磨發智論卷第十九　說一切有部

音釋

枳　諸氏切

哮吼　哮虛交切　吼許厚切

惛　呼昆切　不明也

阿毗達磨發智論卷第二十

尊者迦多衍尼子造

唐三藏法師玄奘奉　詔譯

見蘊第八中智納息第四

智斷猒離修　緣觸慢業事　攝餘攝一切

此章願具說

若事能通達彼事能徧知耶答應作四句有事能通達非能徧知謂苦集滅道智不斷諸煩惱有事能徧知非能通達謂苦集滅道忍斷諸煩惱有事能通達亦能徧知謂苦集滅道智斷諸煩惱有事非能通達非能徧知謂苦集滅道忍不斷諸煩惱苦事能猒彼事能離耶答應作四句有事能猒非能離謂苦集忍智不斷諸煩惱有事能離非能猒謂滅道忍智斷諸煩惱有事能猒亦能離謂苦集忍智斷諸煩惱有事非能猒非能離謂滅道忍智不斷諸煩惱若事能猒彼事修猒耶答若事能猒彼事亦修猒有事修猒非能猒謂滅道智斷諸煩惱若事能離彼事修猒耶答應作四句有事能離非修猒謂滅道忍斷諸煩惱有事修猒非能離謂苦集忍智不斷諸煩惱有事能離亦修猒謂苦集忍智及滅道智斷諸煩惱有事非能離亦非修猒謂滅道忍智不斷諸煩惱

若法與彼法作因或時此法與彼法非因耶答無時非因若法與彼法作等無間或時此法與彼法非等無間耶答若時此法未至已生若法與彼法作所緣或時此法與彼法非所緣耶答無時非所緣若法與彼法作增上或時此法與彼法非增上耶答無時非增上

諸意觸彼一切三和合觸耶答諸意觸彼一切三和合觸有三和合觸非意觸謂五識身相應觸故世尊說苾芻當知有意界有法界有無明界無明觸所生受所觸故無聞愚夫便執有執無或執有無諸慢彼一切自執耶答諸慢彼一切自執有自執非慢謂諸見趣故世尊說苾芻當知自執有我自執有我所諸慢彼一切不寂靜耶答諸慢彼一切不寂靜有不寂靜非慢謂餘煩惱現在前故世尊說苾芻當知動為魔所縛不動脫惡者諸業彼不律儀耶答應作四句有業非不律儀謂身語律儀有不律儀非業謂根不律儀有業亦不律儀謂身語不律儀有非業亦非不律儀謂根律儀諸業彼律儀耶答應作四句有業非律儀謂身語不律儀有律儀非業謂根律儀有業亦律儀謂身語律儀有非業亦非律儀謂根不律儀若事未得彼不成就耶答若事未得彼不成就有事不成就非未得謂得已失若事已得彼成就耶答若事成就彼已得有事已得而不成就謂得已失

除苦聖諦及法處餘法二界一處一蘊攝除集聖諦及法處說亦爾除滅聖諦及法處餘法十七界十一處二蘊攝除道聖諦及法處說亦爾除有色法及法處餘法七界一處一蘊攝除無色法及法處餘法十界十處一蘊攝除有見法及法處餘法十六界十處二蘊攝除無見法及法處餘法一界一處一蘊攝除有對法及法處餘法七界一處一蘊攝除無對法及法處餘法十界十處一蘊攝除有漏法及法處餘法二界一處一蘊攝除無漏

法及法處餘法十七界十一處二蘊攝除有爲法及法處此除一切法而問餘法是無事空論除無爲法及法處餘法十七界十一處二蘊攝除過去法及法處餘法十七界十一處二蘊攝除未來法現在法及法處說亦爾除善法及法處餘法十七界十一處二蘊攝除不善法及法處說亦爾除無記法及法處餘法九界三處二蘊攝除欲界繫法及法處餘法十三界九處二蘊攝除色界繫法及法處餘法十七界十一處二蘊攝除無色界繫法學法無學法及法處說亦爾除非學非無學法及法處餘法二界一處一蘊攝除見所斷法及法處餘法十七界十一處二蘊攝除修所斷法及法處餘法二界一處一蘊攝除不斷法及法處餘法十七界十一處二蘊攝

除已生法及定不生法餘法十八界十二處五蘊攝除非已生法及定不生法此除一切法而問餘法是無事空論除有色法及定不生法餘法八界二處四蘊攝除無色法及定不生法餘法十一界十一處一蘊攝除有見法及定不生法餘法十七界十一處五蘊攝除無見法及定不生法餘法一界一處一蘊攝除有對法及定不生法餘法八界二處五蘊攝除無對法及定不生法餘法十界十處一蘊攝除有漏法及定不生法餘法三界二處五蘊攝除無漏法及定不生法餘法十八界十二處五蘊攝除有爲法及定不生法此除一切法而問餘法是無事空論除無爲法及定不生法餘法十八界十二處五蘊攝除過去法現在法及定不生法說亦爾除未來

法及定不生法此除一切法而問餘法是無事空論除善法及定不生法餘法十八界十二處五蘊攝除不善法及定不生法說亦爾除無記法及定不生法餘法十界四處五蘊攝除欲界繫法及定不生法餘法十四界十處五蘊攝除色界繫法及定不生法餘法十八界十二處五蘊攝除無色界繫法學法無學法及定不生法說亦爾除非學非無學法及定不生法餘法三界二處五蘊攝除見所斷法及定不生法餘法十八界十二處五蘊攝除修所斷法及定不生法餘法三界二處五蘊攝除不斷法及定不生法餘法十八界十二處五蘊攝頗有一界一處一蘊攝一切法耶答有一界謂法界一處謂意處一蘊謂色蘊

見蘊第八中見納息第五

邪斷邪常見　戒邪戒邪常　六見五涅槃
九慢類常見　迷執自他作　悟則二非有
具慢及得等　此章願具說

諸有此見無施與無愛樂無祠祀無妙行惡行此謗因邪見見集所斷無妙行惡行果此謗果邪見見苦所斷無此世無他世無化生有情此謗因邪見見集所斷或謗果邪見見苦所斷無父無母此謗因邪見見集所斷諸有此見世間無阿羅漢此謗道邪見見道所斷無正至此謗滅邪見見滅所斷無正行此世他世即於現法知自通達作證具足住我生已盡梵行已立所作已辦不受後有如實知此謗道邪見見道所斷諸有此見乃至活有命者死已斷壞無有此四大種士夫身死

時地身歸地水身歸水火身歸火風身歸風根隨空轉轝爲第五持彼死屍往棄塚間未燒可知燒已成灰餘鴿色骨愚者讚施智者讚受諸有論者一切空虛妄語乃至活有愚智者死已斷壞無有此邊執見斷見攝見苦所斷諸有此見無因無緣令有情雜染非因非緣而有情雜染此謗因邪見見集所斷無因無緣令有情清淨非因非緣而有情清淨此謗道邪見見道所斷無因無緣令有情無智無見非因非緣而有情無智無見此謗因邪見見集所斷無因無緣令有情智見非因非緣而有情智見此謗道邪見見道所斷諸有此見無力無精進無力精進無士無威勢無士威勢無自作無他作無自他作一切有情一切生一切種無力無自在無精進無威勢定合性變於六勝生受諸苦樂此邪見若謗有漏力精進等則謗因邪見見集所斷若謗無漏力精進等則謗道邪見見道所斷諸有此見造殺造責殺責害殺害殺諸衆生不與取欲邪行知而妄語故飲諸酒穿牆解結盡取所有守阨斷道害村害城害國生命以刀以輪擁略大地所有衆生斷截分解聚集團積爲一肉聚應知由此無惡無惡緣於殑伽南斷截撾打於殑伽北惠施修福應知由此無罪福亦無罪福緣布施愛語利行同事攝諸有情皆無有福此謗因邪見見集所斷諸有此見此七士身不作作不化化不可害常安住如伊師迦安住不動無有轉變互不相觸何等爲七謂地水火風及苦樂命此七士身非作乃至如伊師迦安住不動若罪若

福若罪福若苦若樂若苦樂不能轉變亦不能令互相觸礙設有士夫斷士夫頭亦不名爲害世間生若行若住七身中間刀刃雖轉而不害命此中無能害無所害無能捶無所捶無表無表處此邊執見常見攝見苦所斷諸有此見有十四億六萬六百生門五業三業二業一業半業六十二行跡六十二中劫百三十六地獄百二十根三十六塵界四萬九千龍家四萬九千妙翅鳥家四萬九千異學家四萬九千活命家七有想藏七無想藏七離繫藏七阿素洛七畢舍遮七天七人七夢七百夢七覺七百覺七池七百池七險七百險七滅七百滅七增七百增六勝生類八大土地於如是處經八萬四千大劫若愚若智往來流轉乃決定能作苦邊際如擲縷丸縷盡便住此中無有沙門若婆羅門能作是說我以尸羅或以精進或以梵行令所有業未熟者熟熟者觸已即便變吐以如是解度量生死苦樂已邊際不可施設有增有減亦不可說或然不然此非因計因戒禁取見苦所斷諸有此見一切士夫補特伽羅諸有所受無不皆以宿作爲因此非因計因戒禁取見苦所斷諸有此見一切士夫補特伽羅諸有所受無不皆以自在變化爲因此非因計因戒禁取見苦所斷諸有此見一切士夫補特伽羅所受皆是無因無緣此謗因邪見見集所斷諸有此見自作苦樂他作苦樂自他作苦樂此非因計因戒禁取見苦所斷諸有此見所受苦樂非自作非他作無因而生此謗因邪見見集所斷諸有此見我及世間常

恒堅住無變易法正爾安住此邊執見常見攝見苦所斷諸有此見諦故住故我有我此邊執見常見攝見苦所斷諸有此見諦故住故我無我此邊執見斷見攝見苦所斷諸有此見我觀我眼色即我此有身見見苦所斷諸有此見我觀無我眼即我色爲衆具此有身見見苦所斷諸有此見無我觀我色即我眼爲衆具此有身見見苦所斷諸有此見此是我是有情命者生者養育者補特伽羅意生儒童作者教者生者等生者起者等起者語者覺者等領受者非曾不有非當不有於彼彼處造善惡業於彼彼處受果異熟捨此蘊續餘蘊此邊執見常見攝見苦所斷諸有此見受妙五欲名得第一現法涅槃此見取見苦所斷諸有此見離欲惡不善法有尋有伺離生喜樂入初靜慮具足住名得第一現法涅槃尋伺寂靜內等淨心一趣性無尋無伺定生喜樂入第二靜慮具足住名得第一現法涅槃離喜住捨正念正知身受樂聖說能捨具念樂住入第三靜慮具足住名得第一現法涅槃斷樂斷苦先喜憂沒不苦不樂捨念清淨入第四靜慮具足住名得第一現法涅槃此見取見苦所斷有九慢類謂我勝我等我劣有勝我有等我有劣我無勝我無等我無劣我我勝者是依見起過慢我等者是依見起慢我劣者是依見起卑慢有勝我者是依見起卑慢有等我者是依見起慢有劣我者是依見起過慢無勝我者是依見起過慢無等我者是依見起慢無劣我者是依見起卑慢諸有此見風不吹河不流火不然

乳不注胎不孕日月不出不没離染清淨自
性安住不增不減此邊執見常見攝見苦所
斷如契經中說

衆生執我作　執他作亦然　各不能如實
觀知此是箭

此言有何義答衆生謂外道彼作是執我能
作我能生我能化故言衆生執我作復有外
道執他能作他能生他能化故言執他作亦
然各謂一一非一切箭謂惡見能中傷故彼
於此見不能如實觀知是箭

當觀此是箭　衆生堅執著　如是則無有
我作及他作

當觀此是箭者謂應如實觀知此見是眞毒
箭與老病死爲前導故衆生堅執著者衆生
謂外道彼於見趣中堅固執著不能出離若
能如是如實觀知則不復有我作我生我化
執亦不復有他作他生他化執知於非有妄
執有故

具慢衆生　慢著慢縛　於見相逆　不越生死

具慢者顯成就七慢衆生者謂外道彼於七
慢著多著徧著故言慢著縛多縛徧縛故言
慢縛於見相逆者謂斷常見類互相違逆不
越生死者謂彼於無際生死不能越度而取
涅槃

得當得俱坌　劣學戒禁浴　梵苦事一邊
受欲淨第二　不見極沈走　明眼見能異
於彼無塵慢　絶路至苦邊

得者顯示已得諸蘊界處當得者顯示未得
諸蘊界處俱坌者此二俱爲貪瞋癡塵坌徧
坌極坌劣有二義一目病者二目外道令說

外道爲劣者彼於此隨學故言劣學彼作是說諸補特伽羅學乘象馬船車輦轝執持弓杖鉤輪罥索書印筭數皆令善等由此便得淨脫出離至苦樂邊此非因計因戒禁取見苦所斷戒者有諸外道起此見立此論諸補特伽羅受持牛鹿狗戒露形戒等由此便得淨脫出離至苦樂邊此非因計因戒禁取見苦所斷禁者有諸外道起此見立此論諸補特伽羅受持烏禁鵂鶹禁鷃鷃禁等由此便得淨脫出離至苦樂邊此非因計因戒禁取見苦所斷浴者有諸外道起此見立此論諸補特伽羅於摩捺娑壮摩捺娑殑伽河門三池中浴由此便得淨脫出離至苦樂邊此非因計因戒禁取見苦所斷梵謂梵行有諸外道起此見立此論諸補特伽羅受持梵行遠離婬欲由此便得淨脫出離至苦樂邊此非因計因戒禁取見苦所斷苦謂苦行有諸外道起此見立此論諸補特伽羅受種種苦行由此便得淨脫出離至苦樂邊此非因計因戒禁取見苦所斷事謂承事有諸外道起此見立此論諸補特伽羅調象馬牛事日月星火珠藥等由此便得淨脫出離至苦樂邊此非因計因戒禁取見苦所斷一邊者謂上所說是苦行邊受欲淨者有諸外道起此見立此論諸欲淨妙快意受用而無過失此見取見苦所斷第二者謂此所說是樂行邊不見者謂諸外道於上二邊不如實見極沈走者謂彼外道由不見故一類起愛故名極沈一類起見故名極走復次一類懈怠故名極沈一類掉舉故名極走復次一類起慢故名極

沈一類起過慢故名極走明眼見者明眼謂佛及佛弟子見謂於上所説二邊如實知見能興者由如實知見故不同彼極沈極走以能不起愛見等故於彼無塵者謂於已得未得蘊界處不起貪瞋癡塵於彼無慢者謂於二邊雖俱遠離而心不恃絶路者若能如是便絶三路謂煩惱業苦至苦邊者苦謂五取蘊苦邊謂涅槃若絶三路便得至此苦蘊邊際

見蘊第八中伽陁納息第六

見梵父勝網　車本信流轉　毋王慧脱根
此章願具説　已見者能見　已見及不見
不見者不見　不見及已見

已見者者謂諸已見苦集滅道能見已見及不見者謂彼能見諸餘已見及不見苦集滅道不見者者謂諸不見苦集滅道不見不見及已見者謂彼不見諸餘不見及已見苦集滅道

不應害梵志　亦復不應捨　若害彼或捨
俱世智所訶

不應害梵志者梵志即阿羅漢謂不應以手塊刀杖害阿羅漢亦復不應捨者謂於阿羅漢應以衣服飲食卧具醫藥及餘資具恭敬供養不應棄捨若害彼或捨俱世智所訶者謂於阿羅漢若以手塊等害或復棄捨而不敬養俱為世間諸有智者訶責毀呰

逆害於父毋　王及二多聞　誅國及隨行
無礙過梵志

逆害於父毋王及二多聞者毋即喻愛以能生故如世尊説

士夫愛所生　由心故馳走　有情處生死
苦爲大怖畏
父即喻有漏業以能引故如世尊說苾芻如是有情造善有漏修所成業得生於彼受果異熟故我說彼隨業而行王即喻有取識如世尊說
第六增上王　染時染自取　無染而有染
染者謂愚夫
又世尊說苾芻當知我說城主即有取識二多聞即喻見取戒禁取如祠祀靜默二多聞士於塵穢中共爲嬉戲如是二取於有漏法執爲第一勝上或復淨脫出離棄捨永斷愛業識取故名逆害國喻煩惱隨行喻彼相應尋伺誅謂誅戮棄捨永斷煩惱尋伺故名爲誅無礙者礙有三種謂貪瞋癡彼於此三已斷徧知故名無礙過者出也彼無礙故出過三界永除惡法故名梵志如世尊說
佛恒住正念　遊化於世間　滅惡法盡結
故名爲梵志　逆害於父母　王及二多聞
除虎第五怨　是人說清淨
此中上半義如前說虎喻瞋纏如虎稟性暴惡凶險飲噉血肉瞋纏亦爾暴惡凶險滅諸善根第五怨者喻五蓋中第五蓋或喻五順下分結中第五結棄捨永斷故說爲除是人永斷貪瞋癡故說爲清淨
勝已不復勝　已勝無所隨　佛所行無邊
無迹由何往
勝已者謂諸煩惱已斷徧知彼有復勝有不復勝誰復勝謂已斷煩惱後還退者誰不復勝謂已斷煩惱不復退者不復勝者簡異復

勝已勝無所隨者謂若煩惱未斷徧知即隨三界循環流轉既諸煩惱已斷徧知故無所隨佛所行無邊者謂佛世尊無學智見明覺菩提慧照現觀起得成就故名爲佛四種念住名佛所行此四念住行相所緣俱無邊際故名無邊無迹由何往者迹謂足迹即喻煩惱若諸煩惱未斷徧知由彼往於三界惡趣既諸煩惱已斷徧知故無由往

諸網不可布　愛無何所將　佛所行無邊
無迹由何往

諸網不可布者網即喻愛如世尊說我說愛網彌覆林池愛若未斷徧知則可彌布網羅三界既已斷徧知故不可布愛無何所將者愛若未斷徧知則可將往三界既已斷徧知故無所將往頌中後半義如前說

已壞車斷索　流注及隨行　度塹於世間
唯佛稱梵志

已壞車斷索流注及隨行者車喻我慢索即喻愛如車所載物由車故高以索縛持遠有所至有情亦爾由慢故高愛所縛持流轉生死流注即喻一切煩惱隨行喻彼相應尋伺已斷徧知慢愛煩惱相應尋伺名已斷壞度塹者塹喻無明已斷徧知故名度如世尊說齊何名爲已度塹謂已斷徧知無明於世間唯佛稱梵志者佛與梵志義如前釋於諸世間唯佛得稱眞實梵志無上覺者方能永滅諸惡法故

一本二洄洑　三垢五流轉　大海十二險
牟尼皆已度

一本者喻無明是生死根本故如世尊說

諸所有惡趣　此世及後生　皆無明爲本
欲貪等資助
二洄洑者即喻名色有情於中難可出故三垢者謂貪瞋癡垢五流轉者即喻五趣有情於中恒流轉故大海者喻六内處十二者即十二相此喻六内及六外處險者險坑喻諸煩惱牟尼皆已度者牟尼有二一學二無學學於彼正度無學於彼已度

不信不知恩　斷客無容處　恒希望變吐
是最上丈夫
不信者謂阿羅漢彼於三寶四諦皆自證知非信他語不知恩者恩謂有爲有作用故涅槃名非恩諸阿羅漢有勝智見知非恩故名不知恩斷客者客謂相續此有二種一欲色界相續二色無色界相續彼阿羅漢離此相續故名斷客無容處者謂阿羅漢離相續故於三界中無容生處恒希望變吐者希望有二一希望財位二希望壽命彼阿羅漢於此二種已斷徧知故名變吐即是棄捨恒希望義是最上丈夫者謂阿羅漢得上所說最上最勝第一功德故丈夫中名爲第一最勝最上

三十六駃流　意所引增盛　惡見者乘御
分別著所依
三十六駃流者喻三十六愛行意所引者謂意爲集意所生起是意種類增盛者謂上品猛利圓滿惡見者者謂諸外道彼乘御此往捺落迦傍生鬼界故名乘御分別者謂三種分別一欲分別二恚分別三害分別著所依者著謂貪欲瞋恚愚癡此依彼起故名所依

棄身惡行　及語惡行　棄意惡行　及餘過失

棄身惡行者謂斷身三惡行及語惡行者謂斷語四惡行棄意惡行者謂斷意三惡行及餘過失者謂斷除前十種惡行諸餘過失

汝於所見聞　唯有所見聞　及於所覺知
唯有所覺知　由汝唯有故　無此彼近遠
亦無二中間　便至苦邊際

如是二頌重顯經中佛告大母汝於所見唯有所見汝於所聞唯有所聞汝於所覺唯有所覺汝於所知唯有所知由汝唯有所見聞等故汝無此由汝無此故汝無彼由汝無彼故汝無近無遠無二中間由是因緣至苦邊際此中眼識所受所了別名所見有於所見唯有所見有於所見非唯有所見誰於所見唯有所見謂於眼識所愛所了別不起煩惱誰於所見非唯有所見謂於眼識所受所了起諸煩惱耳識所受所了別名所聞有於所聞唯有所聞有於所聞非唯有所聞誰於所聞唯有所聞謂於耳識所受所了別不起煩惱誰於所聞非唯有所聞謂於耳識所受所了別起諸煩惱鼻舌身三識所受所了別名所覺有於所覺唯有所覺有於所覺非唯有所覺誰所覺唯有所覺謂於三識所受所了別不起煩惱誰於所覺非唯有所覺謂於三識所受所了別起諸煩惱意識所受所了別名所知有於所知唯有所知有於所知非唯有所知誰於所知唯有所知謂於意識所受所了別不起煩惱誰於所知非唯有所知謂於意識所受所了別起諸煩惱由彼於所見聞覺知唯有所見聞覺知不起煩惱故無有

此謂不起慢憍傲心高舉心決勇由其無此故無有彼謂不起貪瞋癡由其無彼故無近無遠無二中間謂於欲界色無色界皆無生處由如是理便得至苦邊際苦者謂五取蘊此苦邊際即是棄捨一切所依愛盡離染永滅涅槃

翳泥及謎泥　踰鋪達鞢鋪　勿希應喜寂
徧離至苦邊

如是一頌重顯經中佛爲護世二王作懱戾車語說四聖諦等彼便領會翳泥者顯苦聖諦謎泥者顯集聖諦踰鋪者顯滅聖諦達鞢鋪者顯道聖諦勿希者勸彼勿希求欲界色無色界應喜者勸彼若聞佛證菩提法是善說僧修妙行色無常受想行識無常善施設苦諦善施設集滅道諦應生歡喜應寂者勸彼若起貪瞋癡時應寂等寂最極寂靜應徧離者勸勵彼心應離欲界色無色界至苦邊者謂彼若能如是便得至苦邊際苦邊際言我如前說

知身如聚沫　亦覺同陽燄　斷魔花小花
不見死王使

知身如聚沫者謂如實知身如聚沫無力虛劣不可撮磨亦覺同陽燄者謂如實覺身同陽燄因熱惱生遷流不住斷魔花小花者魔有四種謂煩惱魔蘊魔死魔自在天魔應知此中說煩惱魔見所斷者名魔花修所斷者名小花於彼棄捨永斷名斷不見死王使者無常能滅名曰死王老病迫逐稱死王使

觀住覺近遠　應喜諸業無　知世有興衰
善心普解脫

觀住者謂應觀察住有三種一空二無願三無相覺近遠者覺謂覺慧聰明委具於內外境應正生起應喜者謂若聞說佛證菩提法是善說僧修妙行色無常受想行識無常善施設苦諦善施設集滅道諦應生歡喜諸業無者謂不成就能感後生身語意業知世有興衰者知謂了達世謂五取蘊興衰謂生滅即是隨觀有漏五蘊有起盡義善心者謂決擇心善巧心調柔心普解脫者謂於諸趣諸有諸生已解脫徧解脫極解脫

雖脫而墜墮　饕餮復來還　得安仍樂樂
乘樂至樂所

雖脫者謂諸外道雖脫欲界而墮墮者謂彼而墜色無色界生及墮彼受生貪饕餮復來還者謂彼於順五下分結雖少分斷而餘多故後必起貪還生欲界得安者安謂有餘依涅槃界諸阿羅漢已證故名得仍樂樂者樂謂無餘依涅槃界彼恒欣慕故名樂乘樂至樂所者謂乘道樂至涅槃樂

無根於地界　無葉亦無枝　彼雄猛脫縛
誰復應譏毀

葉者喻有取識地界者喻四識住如世尊說五種子者顯有取識地界者顯四識住葉者喻我慢如世尊說云何燒葉謂我慢已斷已徧知枝者喻愛如世尊說

五妙色官內　苦有愛枝生　牟尼見彼生
以慧速除斷

諸阿羅漢於四識住中無牽後有有取之識無慢無愛故說無根於地界無葉亦無枝彼雄猛者謂彼阿羅漢成就能成雄猛法故亦

名雄猛脫縛者縛有三種謂貪瞋癡彼於此縛已解脫徧解脫極解脫誰復應譏毀者謂如是類補特伽羅唯應稱譽不應譏毀若致譏毀獲罪無邊損壞世間真福田故如世尊說

若應毀而譽　及應譽而毀　彼口集殃禍
必不受安樂

阿毗達磨發智論卷第二十　說一切有部

音釋

殑伽（梵語也此云天堂來殑其京切）撾（職瓜切擊也）捶（諸橥切杖擊也）翅（施智切鳥翼也）坌（蒲悶切塵坋也）鵂鶹（鵂虛尤切鶹力求切鵂鶹怪鳥名）呰（將此切譏毀也）戮（力竹切刑也）塹（七豔切坑也）洄洑（洄胡瑰切洑房六切洄洑水漩流也）駛（踈士切疾也）瞖（壹計切）謎（莫計切）蹹（達合切）韘（失涉切）懱戾車（梵語也此云惡見懱莫結切戾郎計切）勵（力制切勉也）饕餮（饕他刀切貪食也餮他結切貪財也）

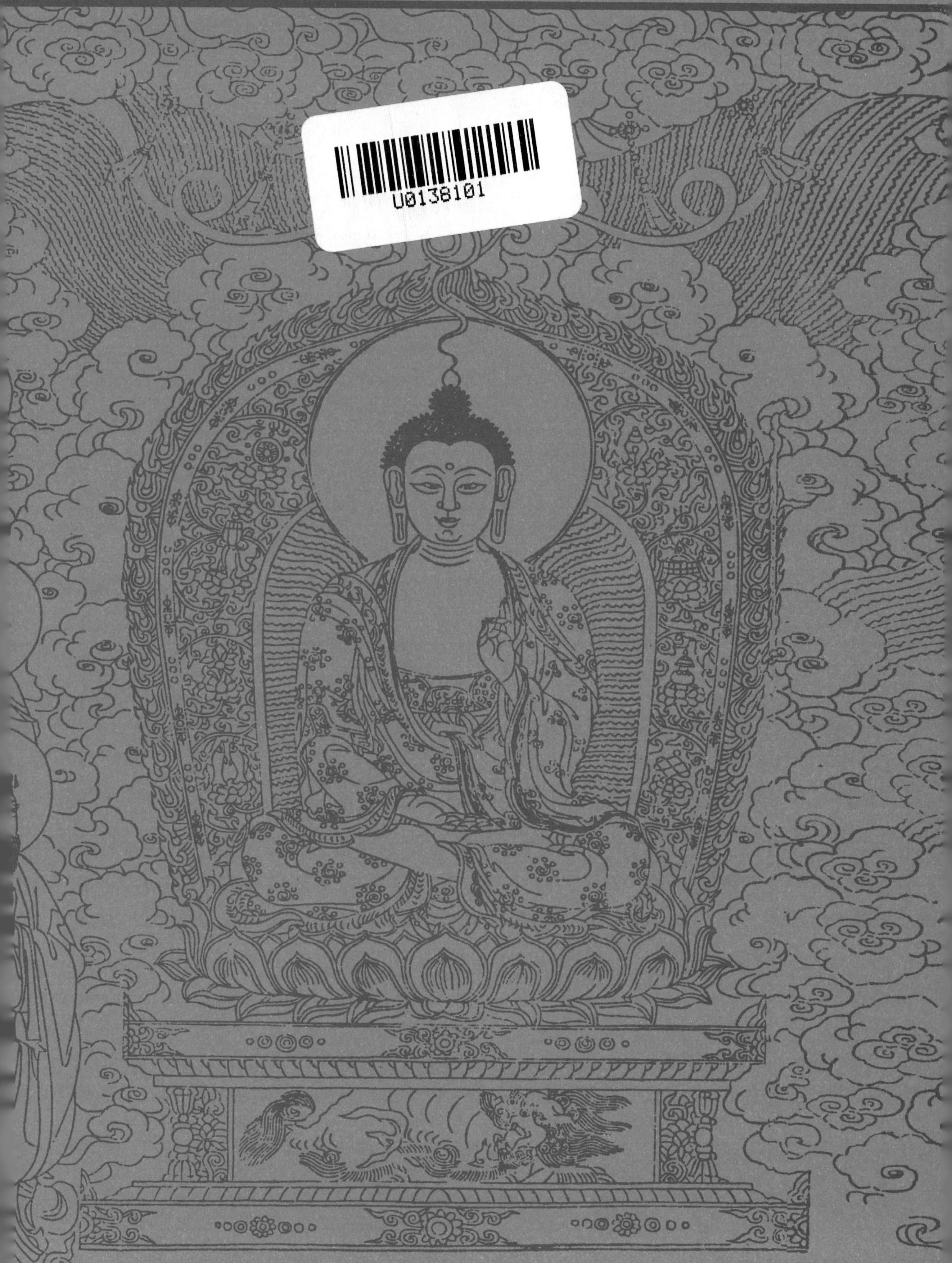